MADAME BOVARY

GUSTAVE FLAUBERT

Madame Bovary

PRÉFACE, NOTES ET DOSSIER PAR JACQUES NEEFS

LE LIVRE DE POCHE
classique

Cette édition a été réalisée à l'initiative de Michel Simonin.

Jacques Neefs, professeur de littérature française à l'Université Paris VIII-Vincennes-Saint-Denis, enseigne également à The Johns Hopkins University ; il est responsable du programme Flaubert de l'Institut des textes et manuscrits modernes du C.N.R.S. Il a publié de nombreuses études sur l'histoire et la théorie du roman, et sur la critique génétique. Il a notamment publié, avec Claude Mouchard, *Flaubert*, Balland, coll. « Phares », 1986.

PRÉFACE

« L'apparition de *Madame Bovary* fut une révolution dans les lettres », écrit Maupassant, en 1884, trois ans après la mort de Gustave Flaubert [1]. L'effet de nouveauté qu'a pu représenter le roman de Flaubert est sans doute pour nous maintenant difficilement imaginable, sauf à le comparer avec ce que furent en peinture les grandes révolutions impressionnistes, ou plus tard cubistes. Banville, à la mort de Flaubert, témoigna lui aussi de la puissance de cette œuvre : « Quelle création ce fut, quelle révolution, quel monde soulevé par la conception de *Madame Bovary* ! » Il y voit le renouveau du genre : « Trouver, inventer, après Balzac et *La Comédie humaine*, une formule de roman moderne absolument nouvelle : [...] c'est cela que Gustave Flaubert a fait, et non autre chose. » Le monde lui-même y apparaît comme renouvelé : « N'est-ce pas à peu près comme si l'on avait dit à quelque dieu, après la création : "Voilà l'univers fini ; recommence-le !" »

---

1. Dans une longue étude parue dans la *Revue bleue*, 19 et 26 janvier 1884, qui est aussi un hommage d'une intelligence profonde et amicale ; le texte sera repris en tête des *Lettres de Gustave Flaubert à George Sand* (Charpentier, 1884), puis en tête du volume 7 (celui de *Bouvard et Pécuchet*) de l'édition des *Œuvres complètes* chez Quantin en 1885. Voir Dossier, p. 547. Ce texte est repris avec d'autres textes sur Flaubert dans Guy de Maupassant, *Pour Gustave Flaubert*, Éditions Complexe, coll. « Le Regard littéraire », 1986.

« La vie elle-même apparue »

Maupassant décrit en détail cet effet : « Ce n'était plus du roman comme l'avaient fait les plus grands, du roman où l'on sent toujours un peu l'imagination et l'auteur, du roman pouvant être classé dans le genre tragique, dans le genre sentimental, dans le genre passionné ou dans le genre familier, du roman où se montrent les intentions, les opinions et les manières de penser de l'écrivain ; c'était la vie elle-même apparue. [1] » Cette puissance de « vie » que l'œuvre projette devant elle, et l'infinie complexité que celle-ci expose, avec précision, sont ce qui frappe alors les lecteurs.

Cette puissance était également une violence : on reprocha à Flaubert sa « cruauté », « la dureté du trait », la « brutalité » de son ton, de ses scènes. Sainte-Beuve se désole, à la parution en 1857 de ce tout nouveau roman (Flaubert n'a encore rien publié, il est inconnu du monde littéraire), d'une sorte de noirceur du livre : « Tout en me rendant bien compte du parti pris qui est la méthode et qui constitue l'*art poétique* de l'auteur, un reproche que je fais à son livre, c'est que le bien est trop absent ; pas un personnage ne le représente. Le seul dévoué, désintéressé, amoureux en silence, le petit Justin, apprenti de M. Homais, est imperceptible. Pourquoi ne pas avoir mis là un seul personnage qui soit de nature à consoler, à reposer le lecteur par un bon spectacle, ne pas lui avoir ménagé un seul ami ? » [2] George Sand a un regret du même genre, quand elle compare, dans *Le Courrier de Paris* du 29 septembre 1857, le roman de Flaubert à Balzac,

---

1. *Ibidem.*   **2.** Sainte-Beuve, dans *Le Moniteur universel*, 4 mai 1857 (repris dans les *Causeries du lundi*). Mais dans le *Lundi* 12 octobre 1857, consacré aux *Poésies complètes* de Théodore de Banville, Sainte-Beuve citera en note *Madame Bovary* comme exemple récent d'une « œuvre qui vous mette en demeure de choisir, de dire oui ou non sans hésiter [...] une œuvre qui fasse office de pierre de touche ».

en ajoutant que « [Balzac] ne se fût peut-être pas défendu du besoin de placer une figure aimable ou une situation douce dans cette énergique et désolante peinture de la réalité ».

En même temps, le livre est bien, pour Sainte-Beuve, dans l'actualité de la pensée contemporaine : « ... en bien des endroits, et sous des formes diverses, je crois reconnaître des signes littéraires nouveaux : science, esprit d'observation, maturité, force, un peu de dureté. Ce sont les caractères qui semblent affecter les chefs de file des générations nouvelles. Fils et frère de médecins distingués, M. Gustave Flaubert tient la plume comme d'autres le scalpel [1]. Anatomistes et physiologistes, je vous retrouve partout ! »

C'est encore « l'expression de la vie elle-même à la fois dans sa complexité et dans son détail précis » qu'Émile Faguet, en 1899, attribue comme qualité première à *Madame Bovary*. C'est cette qualité qui, selon lui, distingue radicalement le roman de Flaubert de ce qui l'a précédé, en particulier de Balzac. L'impression dégagée par le roman est en effet pour lui celle d'une présence nouvelle : « La description des choses se mêle, tout de suite et sans confusion, à celle des personnes, et les personnages agissent dès qu'ils paraissent, et leurs entours se présentent à nos yeux en même temps qu'ils s'y présentent eux-mêmes. Dès la première entrevue de Bovary et d'Emma, la ferme, Emma, le Père Rouault, tout se lève devant nos yeux en une seule page. » [2]

Cette puissance d'attrait, si fortement ressentie dans l'actualité du roman, est ce qui traverse le temps, ce qui fait de cette œuvre de Flaubert une œuvre presque constamment familière, à travers les époques.

Il y a un paradoxe de *Madame Bovary* : ce roman,

---

1. Une caricature de Loriot, dans *La Parodie* du 5-12 septembre 1869, reprendra ce thème rebattu (voir p. 504). 2. Émile Faguet, *Flaubert*, Hachette, « Les grands écrivains français », 1899, p. 70.

si difficile dans sa conception, par la densité et la nouveauté de son style, si hautement exigeant, par rapport
à ses devanciers et par rapport à ce que « devait être »
la littérature, est en même temps sans doute l'un des
plus « connus », l'un des plus lus et cités, il est une
référence obligée du panthéon littéraire contemporain,
culturel et scolaire. L'aventure d'Emma Bovary est
étonnamment « publique », connue, répandue. C'est
que le livre semble détenir une force de figuration parfaitement juste, inépuisable, et toute proche, présente à
son lecteur dès qu'il a accepté d'adopter le rythme et
la voix du récit.

« La perfection en soi »

Ce livre est « populaire », d'une certaine manière,
mais non comme peuvent l'être les grandes fables pour
adulte que sont les romans de Victor Hugo, *Les Misérables* surtout, qui paraissent cinq ans après *Madame
Bovary*. Il l'est par la persistance dans la mémoire
d'une présence comme « vivante », d'un être qui passe,
d'une énigme aussi, celle d'une double vie consommée
dans le cours des phrases, dressée dans une sorte de
calme profondément mélancolique, et qui est la tension
de l'œuvre elle-même.

Car cet « effet » de présence diffuse, intense, intime,
qui rend cette œuvre indéfiniment mémorable, est également ce qui en fait la nouveauté esthétique.

Madame Bovary est en effet dans l'histoire de la
littérature narrative la première œuvre, sans doute, à
porter avec elle une telle conscience d'une rupture dans
l'art de la prose : Flaubert le dit longuement dans sa
correspondance, en particulier avec Louise Colet, en
strict parallèle avec le labeur de rédaction du roman.
Mais cela est également identifié lors de la parution.
Le livre devient aussitôt le modèle d'un art moderne
de l'écriture. Baudelaire, en cela parfait contemporain
de Flaubert (et ils eurent l'un et l'autre à subir un pro-

cès pour leur œuvre, la même année 1857), le premier,
et le mieux sans doute, identifia la grande énergie artistique — et moderne — du livre de Flaubert. Il le fait
en mimant ce que pouvaient être l'intuition et la décision profondes de l'écrivain, en se plaçant précisément au foyer de la pensée du créateur, face à son
époque :

« Les dernières années de Louis-Philippe avaient vu
les dernières explosions d'un esprit encore excitable
par les jeux de l'imagination ; mais le nouveau romancier se trouvait en face d'une société absolument usée,
— pire qu'usée, — abrutie et goulue, n'ayant horreur
que de la fiction, et d'amour que pour la possession.

» Dans des conditions semblables, un esprit bien
nourri, amoureux du beau [...] a dû se dire : "Quel cst
le moyen le plus sûr de remuer toutes ces vieilles
âmes ? Elles ignorent en réalité ce qu'elles aimeraient ;
elles n'ont un dégoût positif que du grand ; la passion
naïve, ardente, l'abandon poétique les fait rougir et les
blesse. — Soyons donc vulgaire dans le choix du sujet,
puisque le choix d'un sujet trop grand est une impertinence pour un lecteur du XIXᵉ siècle." » Et Baudelaire
montre comment, de cette décision, découle la logique
impérative d'un choix esthétique : « Nous serons de
glace en racontant des passions et des aventures où le
commun du monde met ses chaleurs ; nous serons,
comme dit l'école, objectif et impersonnel[1] [...] Nous
étendrons un style nerveux, pittoresque, subtil, exact,
sur un canevas banal. Nous enfermerons les sentiments
les plus chauds et les plus bouillants dans l'aventure
la plus triviale. Les paroles les plus solennelles, les

---

1. L'école « réaliste », dont Duranty était un des théoriciens (voir
Dossier, p. 544), ainsi que, pour la peinture, Champfleury, qui publie
en 1857 *Le Réalisme*.

plus décisives, s'échapperont des bouches les plus sottes. »[1]

L'ambiguïté active du livre tient d'abord à ce contraste volontaire — dans lequel Baudelaire s'est lui aussi tant exercé — entre la rigueur de l'écriture, la perfection « artistique », la force propre de l'art (« une gageure, une vraie gageure, un pari, comme toutes les œuvres d'art », dit encore Baudelaire) et la banalité, la trivialité du sujet, l'ordinaire d'un univers dans lequel la passion d'Emma fuse. Donner l'absolue grandeur d'un art tout nouveau à la banalité de l'existence, c'était bien découvrir cet « héroïsme de la vie moderne » que Baudelaire désigne, logé dans l'indifférent, dans la platitude et l'ordinaire. Et le geste esthétique est là tout à fait parallèle à ce qui se développe alors dans le domaine de la peinture, en particulier avec Courbet (que Flaubert détestait, pour des raisons idéologiques, pour son « socialisme ») et Manet (auquel Flaubert déclare aigrement ne rien comprendre).

Aussi l'œuvre apparaît-elle bientôt comme une référence esthétique et éthique pour les écrivains, auprès de laquelle nombre d'entre eux prendront force et courage. Maupassant est peut-être le plus proche, dans un rapport de disciple admiratif (*Le Horla* de 1887 inscrit étrangement, en son début, un rapport intime avec le séjour familier de Flaubert, la maison de Croisset, et la vue sur la Seine), lui qui, au moment où Flaubert écrira *Bouvard et Pécuchet*, lui servira de correspondant, d'enquêteur, presque de secrétaire dans la recherche de lieux et de données érudites. Tourgueniev, ami fidèle et aimé de Flaubert, considérait que « *Madame Bovary* est indiscutablement l'œuvre la plus remarquable de

---

1. Baudelaire, « *Madame Bovary*, de Gustave Flaubert », paru dans *L'Artiste*, 18 octobre 1857, repris dans *L'Art romantique*, *Œuvres complètes*, Gallimard, Bibliothèque de la Pléiade, 1976, t. II, p. 80.

toute la nouvelle école française.[1] » Zola dira ce qu'il
a trouvé auprès de Flaubert[2].

Un peu plus tard, en 1902, Henry James racontera
les dimanches après-midi où il était reçu par Flaubert,
et où il rencontrait Taine, Renan, Zola, et « deux ou
trois autres » dans l'appartement du faubourg Saint-
Honoré (où Flaubert s'est installé fin 1875) : « Il n'y
avait pour ainsi dire rien que la conversation ; rien,
sinon une idole peinte, rehaussée d'or, — riche vestige
du passé aux dimensions considérables, installé contre
la cheminée. Flaubert était énorme et manquait d'assurance, mais en même temps flamboyait et retentissait,
et de lui je me rappelle avant tout une certaine idée
de la courtoisie, une ouverture aux relations humaines
auxquelles manquait seulement de savoir avec certitude quel comportement adopter. »[3] Dans cette proximité du jeune auteur (il a alors un peu plus de trente
ans) avec la grande figure surplombante de Flaubert,
on peut mesurer l'autorité artistique désormais irrécu-
sable alors acquise par celui-ci.

Et, pour James, cette autorité réside dans le rayonnement de *Madame Bovary* : « *Madame Bovary* ne porte
pas seulement le sceau du parfait : c'est la perfection
en soi, apparaissant avec une assurance pure et
suprême qui tout ensemble provoque et défie le jugement critique. Car cet art irréprochable ne doit rien à
la noblesse ou au raffinement d'un sujet : il ne fait que
donner à une matière passablement vulgaire une forme
insurpassable. » Et ce n'est pas « formalisme », ou
pure décoration, mais au contraire un fabuleux pouvoir
donné à l'inintérêt du sujet ; la perfection de la forme
est la transfiguration visible du sujet en matière d'art :

---

1. Préface à la traduction russe des *Forces perdues* de Maxime Du
Camp, cité par Alexandre Zviguilsky, « Introduction » à la *Correspon-
dance Flaubert/Tourgueniev*, Flammarion, 1989, p. 16. **2.** Voir
« Gustave Flaubert. L'écrivain », dans *Le Messager de l'Europe*, nov.
1875. **3.** *Gustave Flaubert* (1902), traduction par Michel Zeraffa,
L'Herne, 1969, p. 37.

« *Par elle-même* la forme est aussi captivante, aussi vivante que ne l'est le sujet dans son essence même, et pourtant elle s'y adapte si étroitement, en épouse tellement la vie qu'on ne la voit jamais s'isoler dans son existence propre. Voilà qui *est* en soi captivant, pour tout dire. Voilà l'authenticité, la plénitude mêmes. »[1] Cette force de « modèle » traverse le temps, sous des formes variables, de Kafka à Joyce, de Proust à Queneau et Georges Perec ou au Nouveau Roman : « Flaubert le précurseur » (c'est le titre d'un texte de Nathalie Sarraute[2]), c'est Flaubert l'écrivain, la rigueur d'une vie livrée tout entière à l'écriture (Proust en fera ainsi de sa vie et en fera le motif d'*À la recherche du temps perdu*), et l'autonomie esthétique de la prose narrative moderne.

Réalisme moderne

Ainsi la puissance, devenue aussitôt « classique » dans la modernité, du roman de Flaubert règne, comme un écran parfois, comme enveloppée par un respect obligé : « La perfection de *Madame Bovary* est un des lieux communs de la critique, sa place l'une des plus hautes qu'un homme de lettres ose rêver, sa possession, l'une des gloires de la France. Jamais projet ne fut mieux exécuté, ni convoi si bien ordonnancé », dit ailleurs Henry James[3]. L'œuvre semble par là même inaltérable, ironique et surprenante par la violence profonde qu'elle oblige à considérer dans l'intimité de sa forme, par ce qu'elle contraint le lecteur à voir et à adopter, mimétiquement, dans la lecture.

La « révolution » qu'apporte *Madame Bovary* est en effet une profonde conversion du regard porté sur le

---

1. *Idem*, p. 61.   **2.** Voir la Bibliographie, p. 551.   **3.** *Gustave Flaubert* (1893), dans Henry James, *Du roman considéré comme un des Beaux-Arts*, traduction par Chantal de Biasi, Christian Bourgois, 1987, p. 65.

monde, sur la société, sur la manière dont nous vivons dans la langue, autant que de la place de l'art dans (contre) la société. Cette « révolution » est historique, en particulier, comme l'a montré Auerbach, en ce qu'elle consiste, comme chez Stendhal et Balzac, à « prendre très au sérieux » « des événements réels de la vie quotidienne, se produisant dans une couche sociale inférieure » et en ce que « ces événements quotidiens sont immergés exactement et profondément dans l'histoire contemporaine (l'époque de Louis-Philippe) [1] ». Ce sont, selon Auerbach, les deux traits essentiels du « réalisme moderne ». Mais, ajoute Auerbach, Flaubert, à la différence de ses deux prédécesseurs, « tait son opinion sur les personnages et les événements, et lorsque ses personnages s'expriment eux-mêmes, l'auteur ne s'identifie jamais à eux et ne fait rien non plus pour que le lecteur s'identifie à eux. [...] Son rôle se borne à sélectionner les événements et à les traduire en mots, avec la conviction que, s'il réussit à l'exprimer purement et totalement, tout événement s'interprétera parfaitement de lui-même ainsi que les individus qui y prennent part, que cette interprétation sera bien meilleure et plus complète que les opinions et les jugements qui pourraient s'y associer. »

Travail dans la langue, et sur la langue, force donnée à la prose : il faudrait que l'écriture donne à l'événement qu'elle porte devant elle une présence muette et intense, une sorte de puissance d'envahissement, que l'événement raconté ait la force d'une réalité : « La confiance de Flaubert dans la langue va encore plus loin que celle de Vauvenargues : il pense que la vérité de l'événement se révèle dans l'expression linguistique. » [2] Proust avait bien désigné l'importance de cette révolution dans la langue et dans l'art, en parlant

---

1. Erich Auerbach, *Mimesis*, trad. française par Cornelius Heim, Gallimard, 1968 (repris dans la coll. « Tel »), p. 481.   **2.** *Idem*, p. 482.

de Flaubert comme d'un « homme qui par l'usage entièrement nouveau et personnel qu'il a fait du passé défini, du passé indéfini, du participe présent, de certains pronoms et de certaines propositions, a renouvelé presque autant notre vision des choses que Kant, avec ses Catégories, les théories de la Connaissance et de la Réalité du monde extérieur ». Cette révolution est un rapport profondément nouveau, par l'art, à la perception du monde, des émotions, à l'écoute de la langue, rapport d'absorption et de transfiguration. Proust voit dans *Madame Bovary* quelques scories encore : « tout ce qui n'est pas lui n'a pas encore été éliminé » ; et considère que c'est dans *L'Éducation sentimentale* que « la révolution est accomplie : tout ce qui jusqu'à Flaubert était action devient impression ». La langue, en prose, livre alors une sorte de vie commune à tout : « Les choses ont autant de vie que les hommes, car c'est le raisonnement qui après [coup] assigne à tout phénomène visuel des causes extérieures, mais dans l'impression première que nous recevons cette cause n'est pas impliquée. » Les « verbes », multipliés, les tournures et les effets de syntaxe également, donneront cette activité aux choses, « et cette variété des verbes gagne les hommes qui dans cette vision continue, homogène, ne sont pas plus que les choses, mais pas moins, "une illusion à décrire". [1] »

Flaubert avait une conscience vive de cette « révolution » lointaine, en avant de lui, au cours de la réalisation de *Madame Bovary*. Il voyait la difficulté de son roman comme celle d'un exercice d'équilibre, qui sera une tension inédite entre des contraires, un grand écart entre des

---

1. Marcel Proust, « À propos du style de Flaubert », dans *Contre Sainte-Beuve*, précédé de *Pastiches et mélanges* et suivi de *Essais et articles*, Gallimard, Bibliothèque de la Pléiade, 1971, p. 586, 588, 589. Proust cite ici la préface de Flaubert aux *Dernières Chansons* de Louis Bouilhet, où il dit qu'est écrivain celui à qui « les accidents du monde [...] paraissent tous transposés comme pour l'emploi d'une illusion à décrire », *Œuvres complètes*, Le Seuil, 1964, t. II, p. 764.

incompatibles, comme il l'écrit à Louise Colet, alors qu'il est au début de la rédaction de son roman : « Toute la valeur de mon livre, s'il en a une, sera d'avoir su marcher droit sur un cheveu, suspendu entre le double abîme du lyrisme et du vulgaire (que je veux fondre dans une analyse narrative). » L'œuvre devra « se tenir seule » par la force interne de son style, elle est une puissance à conquérir, le « réalisme » est à l'épreuve d'une beauté absolument nouvelle : « Quand je pense à ce que ça peut être, j'en ai des éblouissements. Mais lorsque je songe ensuite que tant de beauté m'est confiée — à moi — j'ai des coliques d'épouvante à fuir me cacher n'importe où » (le 20 mars 1852).

ÉCRIRE FACE À SON TEMPS

Quand Flaubert entreprend *Madame Bovary*, en 1851, il a déjà beaucoup écrit, sans publier. Dès l'enfance ; l'une des toutes premières lettres que nous avons de lui dessine une sorte de petite fable que l'on pourrait appliquer comme un programme pour l'avenir : à Ernest Chevalier son ami, le 1er janvier 1831 (à l'âge de dix ans), il propose une collaboration, avec une orthographe enfantine : « Si tu veux nous associers pour écrire moi, j'écrirait des comédies et toi tu écriras tes rèves, et comme il y a une dame qui vient chez papa et qui nous contes toujours de bêtises je les écrirait. » Écrire la parole de l'autre, faire rire avec des « bêtises » entendues, relevées, mais en restant collé à elles, ce sera bien à la fois programme et méthode, de *Madame Bovary* à *Bouvard et Pécuchet*. Flaubert ne cessera plus d'écrire, à partir de son adolescence.

« *Homme-plume* »

Aussi a-t-il déjà considérablement exploré les possibles de son écriture en 1851, dans ce qui peut apparaître, après coup, comme une sorte de stratégie, confuse, « insciente », comme dit Flaubert à propos de ce que doit être la poétique d'une œuvre. Les premiers textes foisonnent de débauches métaphysiques, d'un « romantisme » noir, frénétique, textes qui sont souvent à usage quasi « privé », règlements de compte familiaux (dans *La Peste à Florence*, en 1836, le fils humilié tue son frère aîné), textes qui flattent un désir d'envol, l'envie de l'ailleurs, en même temps que le rêve d'une sorte d'appartenance à tous les temps, dans la mode des récits « historiques » : *Louis XI, La Danse des morts, Un rêve d'enfer* (1837-1838), ou encore *Smarh* (1839), sorte de théâtre métaphysique, inspiré par le Faust de Goethe et l'*Ahasvérus* de Quinet, et qui est un banc d'essai de ce que les *Tentation de saint Antoine* successives (1849, 1856, 1874) exploreront : les formes multiples des croyances et l'horizon de la pensée. En 1836, avec *Rage et Impuissance*, sous-titré « conte malsain pour les nerfs sensibles », Flaubert développe rudement une figure d'angoisse (opium et catalepsie, phobie de l'enfermement) qui sera comme fondue dans nombre de moments des œuvres de la maturité (la conclusion du conte revient à un docteur nommé Ohmlin, enterré vivant, et une « Berthe » s'y suicide).

L'univers des passions « sociales » est lui aussi objet de récits, dans lesquels Flaubert s'attaque à la pétrification moderne des êtres de convention : une petite « comédie bourgeoise » est incluse dans *Smarh* ; *Une leçon d'histoire naturelle : genre commis* (1837) met en scène le bourgeois des temps modernes (caricature de l'époque Louis-Philippe). Le fait divers bourgeois alimente ces essais : *Passion et Vertu* (1837), conte dans lequel une femme empoisonne mari et enfants pour rejoindre en Amérique un amant qui rompt avant même qu'elle n'embarque. Le récit se termine par l'empoisonnement de l'héroïne elle-même. On y a souvent vu la préfiguration, jusque dans certains détails, de *Madame Bovary* [1].

Pour écrire encore, pour se dire, Flaubert rédige ensuite une série complexe de textes fortement auto-biographiques, *Mémoires d'un fou* (1838), et surtout *Novembre* (1842). Alors que les *Mémoires d'un fou* sont presque trop habités par le souvenir et la passion (amour entrevu, vision désirée, que l'on rattache à une rencontre bien réelle, à Trouville, en 1836, celle d'Élisa Foucault, compagne de l'éditeur de musique Maurice Schlesinger, qu'elle épousera en 1840), trop immédiats, dans *Novembre*, Flaubert expérimente déjà une « forme » qui expose, qui divise. Le roman autobiographique qui commence le livre est interrompu et présenté comme un manuscrit trouvé par un deuxième narrateur (c'était le dispositif du *Louis Lambert* de Balzac, que Flaubert découvrira, en 1852, avec effroi, en s'y reconnaissant [2]). La parole se déplace, se coupe de trop d'immédiateté, l'écriture est un apprentissage de la distance interne avec soi. Flaubert le formulera pour lui-même, quand il écrira à Louise Colet, le 31 août 1846 : « Celui qui vit mainte-nant et qui est moi ne fait que contempler l'autre qui est mort. J'ai eu deux existences bien distinctes ; des événe-ments extérieurs ont été le symbole de la fin de la pre-mière et de la naissance de la seconde ; tout cela est mathématique. »

L'apprentissage véritable de la forme romanesque commencera avec un autre « roman d'apprentissage » :

---

1. Claudine Gothot-Mersch, *La Genèse de* Madame Bovary, José Corti, 1966, p. 61 ; Mario Vargas Llosa, *L'Orgie perpétuelle*, Galli-mard, 1978, p. 98-99 : « C'est la première fiction de son adolescence et quelque chose comme le premier brouillon de *Madame Bovary* » ; Yvan Leclerc, présentation de *Passion et Vertu*, dans *Mémoires, Novembre, et autres textes de jeunesse*, GF Flammarion, 1991, p. 194. Nous renvoyons à cette édition pour les « écrits de jeunesse ».
2. « Je suis, dans ce moment comme tout épouvanté [...] As-tu un livre de Balzac qui s'appelle *Louis Lambert* ? Je viens de l'achever il y a cinq minutes ; il me foudroie » (à Louise Colet, 27 décembre 1852).

L'Éducation sentimentale, que Flaubert écrit en 1845. Le roman met en scène deux existences parallèles, celle de Henry, l'être qui s'adapte au succès et au bonheur, celle de Jules qui recherche, à travers solitude et souffrance, une « vocation » ; l'opposition des deux personnages dessine un choix à la fois esthétique et éthique : « Ne recherchant dans l'art que des sensations ou de simples amusements d'esprit, Henry ne s'entendait pas avec Jules, qui y puisait des émotions d'intelligence et y cherchait le rayonnement de cette Beauté rêvée qu'il sentait en lui-même. »[1] Le récit est animé par l'effort de cette « séparation » comme il l'est par les idées sur l'art : « Il entra donc dans cette grande étude du style ; il observa la naissance de l'idée en même temps que cette forme où elle se fond, leurs développements mystérieux, parallèles et adéquats l'un à l'autre, fusion divine où l'esprit, s'assimilant la matière, la rend éternelle comme lui-même. »[2] James Joyce, avec *Stephen Hero*, et avec *A Portrait of the Artist as a Young Man*, usera de la même fonction du récit quasi « autobiographique » pour exposer et accomplir la séparation qui conduit à la création originale, sorte d'œuvres qui disent et effectuent le passage vers ce qui pourra être la plénitude indépendante que conquièrent les œuvres de la maturité[3].

La dernière grande expérimentation d'écriture avant *Madame Bovary* fut *La Tentation de saint Antoine*, écrite entre mai 1848 et septembre 1849. Flaubert commençait là l'expérience d'une œuvre sans genre préalable, rêve d'érudition, jeu de massacre des figures de la religion, une longue interrogation sur la croyance et l'hallucination, sur la volonté d'adhérer. Il expérimente également ce qui sera un recours constant de sa

---

1. *L'Éducation sentimentale* de 1845, Le Livre de Poche, p. 349. **2.** *Idem*, p. 307. **3.** Voir Jacques Neefs, « Écrits de formation : *L'Éducation sentimentale* de 1845 et le *Portrait* », dans « "Scribble" 2, Joyce et Flaubert », *James Joyce 2*, *La Revue des Lettres Modernes*, Minard, 1990.

vie d'écrivain, l'écriture faite avec les livres de l'érudition (sa documentation est immense, de Spinoza à Goethe et Byron, de Quinet aux *Religions de l'Antiquité* de Creuzer et à *L'Histoire du gnosticisme* de Matter), mettant en défilé les rêves de l'humanité : « Les dix-huit mois que j'ai passés à en écrire les 50 pages ont été les plus profondément voluptueux de toute ma vie. » Maxime Du Camp et Louis Bouilhet : auditeurs perplexes de l'œuvre, conseillent d'oublier la chose : « Nous pensons qu'il faut jeter cela au feu et n'en jamais reparler », aurait dit Bouilhet : « Flaubert fit un bond et poussa un cri d'horreur », d'après le récit qu'en fit plus tard Du Camp dans ses *Souvenirs littéraires*[1]. Flaubert reviendra plusieurs fois vers la *Tentation*, dès 1856, aussitôt après avoir terminé *Madame Bovary*, et à nouveau dès 1869, après *L'Éducation sentimentale*, dans l'époque de l'invasion prussienne, et il en fera un texte complètement nouveau, publié, sur l'insistance de Tourgueniev, en 1874. « C'est l'œuvre de toute ma vie », écrira Flaubert à Mlle Leroyer de Chantepie, le 5 juin 1872.

L'apprentissage d'une autre écriture encore intervient, celle des voyages (que Flaubert avait déjà pratiquée, avec Du Camp, lors d'un voyage en Bretagne en 1847, avec le texte à deux mains de *Par les champs et par les grèves*), au cours du long voyage en Orient qu'il fait avec Du Camp, du 29 octobre 1849 à juin 1851 : les textes du *Voyage* sont l'apprentissage de l'espace, du mouvement, comme des gammes descriptives, qui émigreront intimement dans toute l'œuvre à venir, et dès *Madame Bovary*.

Un autre récit de Maxime Du Camp, sans doute inventé, situe le « baptême » de Madame Bovary au cœur de ce voyage : « Nous regardions le Nil se battre contre les épis de rochers en granit noir, il jeta un cri :

---

1. Maxime Du Camp, *Souvenirs littéraires*, Aubier, 1994, p. 290 (les *Souvenirs littéraires* ont été publiés en 1882-1883).

"J'ai trouvé ! *Eurêka ! Eurêka !* Je l'appellerai Emma Bovary" ; et plusieurs fois il répéta, il dégusta le nom de Bovary en prononçant l'*o* très bref. »[1] Du Camp dit au moins, par ce récit-légende, combien l'œuvre à venir habitait la pensée de Flaubert, et combien ici peut être l'ailleurs.

De fait, la décision d'être écrivain, totalement, se forme bien chez Flaubert à cette époque. Et de le devenir inaltérablement ; ce sera avec *Madame Bovary*. Le roman, unique, impassible, éclatant de nouveauté, est né dans l'ombre des œuvres qui le précèdent, qui sont comme des pierres d'attente ; il est fait aussi avec elles, et en grande partie contre elles.

De retour à Croisset, Flaubert s'installera dans l'œuvre à faire, définitivement : « Je n'ai par devers moi aucun autre horizon que celui qui m'entoure immédiatement. Je me considère comme ayant quarante ans, comme ayant cinquante ans, comme ayant soixante ans. Ma vie est un rouage monté qui tourne régulièrement. Ce que je fais aujourd'hui, je le ferai demain, je l'ai fait hier » (à Louise Colet, 31 janvier 1852, alors qu'il a commencé depuis quatre mois la rédaction de son roman). Flaubert est désormais Flaubert écrivain ; il ajoute, dans la même lettre : « Il s'est trouvé que mon organisation est un système ; le tout sans parti pris de soi-même, par la pente des choses qui fait que l'ours blanc habite les glaces et que le chameau marche sur le sable. Je suis un homme-plume. Je sens par elle, à cause d'elle, par rapport à elle et beaucoup plus avec elle. »

« Un livre sur rien »

De Constantinople, le 14 novembre 1850, dans son voyage de retour, Flaubert écrit à Louis Bouilhet, pour lui dire sa perplexité : « Quant à moi, littérairement

---

1. *Idem*, p. 314.

parlant, je ne sais plus où j'en suis. Je me sens quelquefois anéanti (le mot est faible) ; d'autres fois le style
limbique (à l'état de limbe et de fluide impondérable)
passe et circule en moi avec des chaleurs enivrantes.
Puis ça retombe. » Une idée traverse, un désir d'œuvre
dont la consistance plus que le contenu est pressentie.
C'est ce que Flaubert précise encore, à propos d'un
projet de pièce : « À mon retour j'ai envie de m'enfon-
cer dans les socialistes et de faire sous la forme théâtrale quelque chose de très brutal, de très farce et
d'impartial bien entendu. J'ai le mot sur le bout de la
langue et la couleur au bout des doigts. » Il n'écrira
pas cette « farce », mais « s'enfoncera dans les socialistes » pour *L'Éducation sentimentale* en 1862, et à
nouveau pour *Bouvard et Pécuchet*.

Flaubert revient souvent sur cette « proximité » de
l'œuvre à faire, sur la « couleur » qui attend, comme
si c'était d'abord l'unité de l'œuvre et son effet global
qui devaient être recherchés. Il ne s'agit pas de décliner
des réalités en récits ordonnés, il s'agit de trouver la
puissance juste d'une œuvre, qui démontrera d'elle-
même ce qu'elle apporte.

Dans la même lettre, les sujets tout à coup se bous-
culent : « À propos de sujets, j'en ai trois, qui ne sont
peut-être que le même, et ça m'emmerde considérablement : 1° *Une nuit de Don Juan* à laquelle j'ai pensé
au Lazaret de Rhodes ; 2° l'histoire d'*Anubis*, la
femme qui veut se faire baiser par le Dieu. — C'est la
plus haute, mais elle a des difficultés atroces ; 3° mon
roman flamand de la jeune fille qui meurt vierge et
mystique entre son père et sa mère, dans une petite
ville de province, au fond d'un jardin planté de choux
et de quenouilles, au bord d'une rivière grande comme
l'eau de Robec. — Ce qui me turlupine, c'est la parenté
d'idées entre ces trois plans. » Flaubert commente ces
voisinages de sujets : « Dans le premier, l'amour inas-
souvissable sous les deux formes de l'amour terrestre
et de l'amour mystique. Dans le second, même histoire,

seulement on s'y baise et l'amour terrestre est moins élevé en ce qu'il est plus précis. Dans le troisième, ils sont réunis dans la même personne, et l'un mène à l'autre ; mon héroïne seulement en crève de masturbation religieuse après avoir exercé la masturbation digitale. »

Madame Bovary naît au milieu de ces possibles. Et Flaubert retrouvera toujours, à chaque étape de son œuvre, ces moments où la contamination des sujets entre eux joue, où reviennent d'anciennes, mais constantes idées (*Saint Julien*, *Saint Antoine*, le *Dictionnaire des Idées reçues*) : en 1856, dès que *Bovary* est terminé (il commence alors la publication d'extraits de *La Tentation* dans *L'Artiste*), en 1862 dès la fin de *Salammbô*, en 1870 après la publication de *L'Éducation sentimentale*, comme si l'ensemble de l'œuvre, où chaque livre est une aventure parfaitement singulière, totalement nouvelle, était en même temps fait de ramifications secrètes, de liens obstinés et lointains.

Bouilhet et Du Camp avaient suggéré à Flaubert — c'est le récit de Du Camp — de prendre, au sortir de *Saint Antoine*, « un sujet terre à terre, un de ces incidents dont la vie bourgeoise est pleine, quelque chose comme *La Cousine Bette*, comme *Le Cousin Pons*, de Balzac » ; et Bouilhet avait suggéré « l'histoire de Delamare », sinistre histoire d'un officier de santé qui avait été l'élève du père de Flaubert, qui s'était marié en premières noces à une femme plus âgée que lui, et qui, devenu veuf, épouse une jeune femme « atteinte de nymphomanie et de prodigalité maniaque », dit Du Camp, et qui, accablée de dettes s'empoisonna[1]. Le récit de Du Camp insiste bien évidemment sur les ressemblances entre le fait divers et la fiction de Flau-

---

1. *Idem*, p. 292-293. Du Camp, dans ses *Souvenirs*, par discrétion, change le nom et donne celui de « Delaunay ». Mais dans sa correspondance avec Flaubert il emploie bien le nom véritable.

bert [1]. Le 23 juillet 1851, Du Camp demande encore à Flaubert : « Que travailles-tu ? qu'écris-tu ? as-tu pris un parti, est-ce toujours *Don Juan* ? Est-ce l'histoire de Mme Delamare, qui est bien belle ? » Et le 2 août, Du Camp écrit : « Je te donnerai pour ta *Bovary* tout ce que j'ai eu dans le corps à cet endroit, ça pourra peut-être te servir. » La décision ferme d'écrire *Madame Bovary* semble alors acquise [2].

La contamination entre eux des sujets auxquels pense Flaubert est profonde, il le remarquait. Yvan Leclerc a souligné ces liens : « Voilà bien posée une *structure* permanente de l'amour flaubertien, glissant d'un personnage à l'autre ou à l'intérieur d'un seul entre physique et mystique — ou en termes crus de l'épistolier "des hauteurs du ciel aux profondeurs du cul" (lettre à Louise Colet, 23 février 1853) et retour » ; et il montre les très nombreuses proximités qui existent avec le contemporain Baudelaire [3].

Mais ce qui est commun à ces sujets, également, c'est la dégradation mythique, ou encore, en sens inverse, la certitude qu'il était désormais nécessaire de partir du banal pour donner à celui-ci sa profondeur de souffrance, de sacrifice, d'exaltation vaine, aussi,

---

1. L'histoire de Delamare fut vite considérée comme une source absolue du roman. La ville de Ry, en Normandie, où était Delamare, en tira une conséquence étrange quant à la passion « réaliste », elle s'intitula modèle de Yonville, et organise encore maintenant une sorte de culte touristique autour de *Madame Bovary*. Sur l'histoire de cette « source », voir les analyses très complètes de Claudine Gothot-Mersch, dans *La Genèse de* Madame Bovary, José Corti, 1966, ch. 1. 2. D'autres « sources » sont convoquées, ou du moins d'autres faits divers ou récits vont pouvoir être matière à telle ou telle idée du roman : différentes affaires d'empoisonnement, dont une affaire Loursel où figure une demoiselle de Bovery, le très célèbre antécédent de « l'affaire Lafarge », dont Flaubert fera l'une de ses « scies », et un document qui figure dans les dossiers de Flaubert, les *Mémoires de Madame Ludovica* (qui sont le récit commandé des aventures de Louise Pradier), toutes « documentations » disponibles que Flaubert travaille dans l'œuvre. 3. Yvan Leclerc, « *Madame Bovary* et *Les Fleurs du mal* : lectures croisées », *Romantisme*, 62, 1988, p. 41-49.

comme dans une universelle impuissance. C'est une interrogation sur la dissolution de toute transcendance dans les corps souffrants, ou sur la séparation d'avec soi dans le désir, dans le vertige d'un « gouffre » (Yvan Leclerc rapproche ce terme « plus baudelairien »), que ces « sujets » permettaient d'ouvrir.

Flaubert pense encore au projet d'*Anubis* dans les premières années de la rédaction de *Madame Bovary*, jusqu'en septembre 1853. Toute mention disparaît ensuite, mais *Salammbô* en sera assurément un écho amplifié (mais ne peut-on pas rêver aussi, subrepticement, aux « jeudis », jour de Jupiter, d'Emma[1] ?). Et, après coup, Flaubert rapportera *Madame Bovary* au « roman flamand » : « L'idée première que j'avais eue était d'en faire une vierge, vivant au milieu de la province, vieillissant dans le chagrin et arrivant ainsi aux derniers états du mysticisme et de la passion *rêvée*. J'ai gardé de ce premier plan tout l'entourage (paysages et personnages assez noirs), la couleur enfin » (à Mlle Leroyer de Chantepie, 30 mars 1857). Échos, signes cachés ? Dans *Madame Bovary*, Charles étudiant logera « sur l'Eau-de-Robec » (p. 64), et le « chemin *de grande vicinalité* » récemment établi à Yonville « sert quelquefois aux rouliers allant d'Abbeville dans les Flandres » (p. 146). Enfin, comme le fait remarquer Yvan Leclerc, la *Nuit de Don Juan* disparaît tout à fait, « comme si elle avait été complètement absorbée dans la simultanéité des nuits d'Emma ». Mythe dégradé, mythe inversé, l'incorporation du mythe dans une pâle aventure de province est aussi la manière de dire l'aplatissement moderne, la dissipation de l'héroïsme dans la vie ordinaire.

Pendant que Flaubert écrit *Madame Bovary*, Baude-

---

1. Un écho également dans l'exaltation d'Emma écrivant à Léon : « et il devenait à la fin si véritable, et accessible, qu'elle en palpitait émerveillée, sans pouvoir néanmoins le nettement imaginer, tant il se perdait, comme un dieu, sous l'abondance de ses attributs » (p. 429).

laire, pour sa part, songe à un livret d'opéra (en 1852 ou 1853, d'après Claude Pichois), *La Fin de Don Juan* : « Le Drame s'ouvre comme le *Faust* de Goethe. Don Juan se promène DANS LA VILLE ET DANS LA CAMPAGNE avec son domestique. Il est en train de familiarité, — et il parle de son ennui mortel et de la difficulté insurmontable pour lui de trouver une occupation ou des jouissances nouvelles. Il avoue que quelquefois il lui arrive d'envier le bonheur naïf des êtres inférieurs à lui. »[1] Les territoires de l'ennui sont manifestement communs aux deux écrivains[2].

Le travail du « sujet » de *Madame Bovary* est ainsi l'objet d'une profonde méditation, par déplacements, par voisinages, par réutilisations. Claudine Gothot-Mersch a minutieusement montré l'élaboration progressive de la composition, l'imposant travail des scénarios — ce travail est parfaitement lisible désormais grâce à l'édition complète et génétique qu'en a donnée Yvan Leclerc[3]. Et la rédaction elle-même s'étendra de 1851 à 1856, dans un calendrier où les pages deviennent l'unité de temps, les chapitres dessinant des plages et des repères (nous signalons quelques-uns de ces repères que se donne Flaubert, en note dans le texte). Or c'est précisément en intégrant ainsi des complexités extrêmes dans l'histoire d'une vie banale, d'un destin obscur, une sorte de « vie minuscule », que Flaubert peut dégager la force esthétique elle-même, comme seule loi moderne. Il y a comme une conversion

---

1. Baudelaire, *Œuvres complètes*, Gallimard, Bibliothèque de la Pléiade, 1975, p. 628. **2.** « L'ennui donc, l'ennui universel, voilà le mal et pour nous servir d'un mot ennuyeux, le mal constitutionnel du XIXᵉ siècle », écrit Barbey d'Aurevilly, dans *Le Nain jaune* du 23 juin 1867. Pierre Rosanvallon commente cet ennui : « L'ennui, comme la bêtise, se nourrit en effet de la répétition. Il n'est pas une disposition maladive de l'âme mais un produit du système social et politique, un défaut de la vie publique. » (*Le Moment Guizot*, Gallimard, 1985, p. 318). **3.** *Plans et scénarios de* Madame Bovary, CNRS Éditions et Zulma, 1995.

farouche de l'intérêt du sujet (ou de son peu d'intérêt) en intensité de l'œuvre.

La rencontre d'un intense travail d'écriture, que Flaubert décrit sans cesse comme douloureux et impératif, avec la banalité d'un destin d'impuissance, d'un désir infiniment bafoué, jusqu'au vertige, jusqu'au suicide, fait précisément la modernité de cet art. Écrire *Madame Bovary* est d'abord un événement dans la façon de concevoir l'art de la prose. Flaubert insiste sans cesse sur ce point, sur la nécessité de bien concevoir pour écrire : « Il faut bien ruminer son objectif avant de songer à la forme, car elle n'arrive bonne que si l'illusion du sujet nous obsède » (à Louise Colet, 29 novembre 1853). Écrire jusqu'à obtenir l'obsession de la chose, de l'espace, des êtres et des choses ensemble, jusqu'à ce qu'une sorte d'absorption complète dans l'œuvre elle-même puisse s'opérer, telle est la nouveauté de l'écriture de Flaubert avec *Madame Bovary* [1]. L'effet de l'œuvre en tire sa force, le monde écrit en reçoit sa présence.

Flaubert affirmera également hautement l'autonomie de sa création, son identité intellectuelle et esthétique : « Non, Monsieur, aucun modèle n'a posé devant moi. *Madame Bovary* est une pure invention. Tous les personnages de ce livre sont complètement imaginés, et Yonville-l'Abbaye lui-même est un pays *qui n'existe pas*, ainsi que la Rieulle, etc. Ce qui n'empêche pas qu'ici, en Normandie, on n'ait voulu découvrir dans mon livre une foule d'allusions. Si j'en avais fait, mes portraits seraient moins ressemblants, parce que j'aurais en vue des personnalités et que j'ai voulu, au contraire, reproduire des types » (à Émile Cailteaux, 4 juin 1857). La capacité de l'œuvre à être reconnue,

---

1. Michael Fried a décrit ce processus de l'absorption dans l'œuvre à propos de Courbet, *Le Réalisme de Courbet, Esthétique et origine de la peinture moderne II*, trad. française par Michel Gautier, Gallimard, 1990.

et à faire que l'on s'y reconnaisse [1], tient à la capacité de généralité qu'elle porte avec elle, mais aussi à l'intensité sensible qu'elle donne à sa force d'abstraction.

« Ce qui me semble beau, ce que je voudrais faire, c'est un livre sur rien, un livre sans attache extérieure, qui se tiendrait de lui-même par la force interne de son style, comme la terre sans être soutenue se tient en l'air, un livre qui n'aurait presque pas de sujet ou du moins où le sujet serait presque invisible si cela se peut. Les œuvres les plus belles sont celles où il y a le moins de matière ; plus l'expression se rapproche de la pensée, plus le mot colle dessus et disparaît, plus c'est beau. Je crois que l'avenir de l'Art est dans ces voies », écrit Flaubert à Louise Colet, le 16 janvier 1852 — il a commencé la rédaction de la première partie du roman. L'amenuisement de la matière permettra seul le tumulte proprement esthétique des émotions, la participation à l'intensité que l'on trouve à imaginer être parmi ces êtres fantômes. Il s'agit d'écrire sur « rien » de décelable, de déjà repéré ou codifié dans le langage journalier ou dans les fables « romanesques » toute faites, pour obtenir par l'œuvre une sorte de présence diffuse, précise, présence à toutes choses : espace, sensations, émotions. Flaubert désigne bien ainsi le paradoxe même de ce livre : l'histoire que celui-ci synthétise d'un malheur moderne (féminin d'abord, mais partagé, courant, et métaphysique, dans le deuil de toute transcendance) gagne sa force de démonstra-

---

1. Une lectrice écrira à Flaubert cette « reconnaissance », Mlle Leroyer de Chantepie : « J'ai vu d'abord que vous aviez écrit un chef-d'œuvre de naturel et de vérité. Oui, ce sont bien là les mœurs de cette province où je suis née, où j'ai passé ma vie. C'est vous dire, Monsieur, combien j'ai compris les tristesses, les ennuis, les misères de cette pauvre dame Bovary. Dès l'abord, je l'ai reconnue, aimée, comme une amie que j'aurais connue. Je me suis identifiée à son existence au point qu'il me semblait que c'était elle et que c'était moi. » Ce fut le début d'une longue correspondance entre la lectrice (elle-même auteur) et son écrivain. Martine Reid a analysé les formes de cette relation épistolaire à travers les livres dans *Flaubert correspondant*, SEDES, 1995, ch. 2.

tion par la densité même de l'art dans lequel cette histoire s'annule, se consume, s'évanouit.

« C'est pour cela qu'il n'y a ni beaux ni vilains sujets et qu'on pourrait presque établir comme axiome, en se posant du point de vue de l'Art pur, qu'il n'y en a aucun, le style étant à lui tout seul une manière absolue de voir les choses » (à Louise Colet, 16 janvier 1852) : la puissance de l'art tire sa force de l'égalisation même des choses, de leur égal intérêt, ou inintérêt, comme de leur vacuité : « il n'y a pas en littérature de beaux sujets d'art, et [...] Yvetot donc vaut Constantinople » (à Louise Colet, 25 juin 1853). Une sorte de justice pourra alors répondre du monde : « Ce qui me soutient, *c'est la conviction que je suis dans le vrai*, et si je suis dans le vrai, je suis dans le bien. J'accomplis un devoir, j'exécute la justice » (à Louise Colet, 13 avril 1853). Ce sera le programme, tenace, de la série des œuvres de Flaubert, jusqu'à *Bouvard et Pécuchet*.

« *L'art en soi paraît toujours insurrectionnel* »

La publication de *Madame Bovary* a été une difficile négociation. Flaubert n'était pas pressé par le désir de « publier » : « Si je publie, écrit-il le 21 octobre 1851, à Maxime Du Camp, quand il vient de commencer la rédaction de son roman, ce sera le plus bêtement du monde. Parce qu'on me dit de le faire, par imitation. » Mais au cours de la rédaction, Flaubert parle bien de son roman comme d'un livre à venir, et il en pressent l'étrangeté : « Ce sera, je crois, la première fois que l'on verra un livre qui se moque de sa jeune première et de son jeune premier » (à Louise Colet, 9 octobre 1852).

La publication, en 1856, de *Madame Bovary* dans la *Revue de Paris* (qui venait de reprendre en 1851, après une longue interruption) fut l'objet de tractations complexes, et de discussions avec Bouilhet d'abord,

avec Du Camp ensuite, par précaution, avec le sentiment que l'œuvre était difficilement recevable. Le
roman inscrit en lui ce risque, Yvan Leclerc l'a bien
montré[1] : Madame Bovary mère menace « d'avertir la
police si le libraire persistait quand même dans son
métier d'empoisonneur » (II, 7, p. 220). Le critique du
Figaro (article du 28 juin 1857) vit d'ailleurs en celle-
ci la seule figure morale du livre : « Il y a une figure
véritablement aimable et sympathique ; c'est celle de
Madame Bovary, mère de Charles. Simple et hé-
roïque... » On peut voir quel type de personnage on
pouvait exiger du roman dans cette période d'ordre
moral, et jusqu'où allait l'aveuglement devant l'ironie
profonde de Flaubert.

Ce risque conduisit la *Revue de Paris* à demander des
suppressions dans le texte de Flaubert, ce dont se chargea Maxime Du Camp, provoquant la fureur de Flaubert.
De nombreux passages sont ainsi visés, allant de la brève
allusion trop « charnelle » au développement jugé sca-
breux ou indécent, ainsi du célèbre épisode du fiacre, à
la fin de la deuxième partie du roman, supprimé en entier
(« Il ne s'agit pas de plaisanter. Ta scène du fiacre est
impossible, non pour nous qui nous en moquons, non
pour moi qui signe le numéro, mais pour la police cor-
rectionnelle qui nous condamnerait tout net », écrit
Maxime Du Camp, le 19 novembre 1856). Nous signalons cette « lutte » entre Flaubert et ses éditeurs de la
Revue de Paris en notes du texte[2]. Cela amena Flaubert
à demander d'insérer dans la dernière livraison une note
par laquelle il déclare « dénier la responsabilité des
lignes qui suivent ; le lecteur est donc prié de n'y voir
qu'un fragment et non pas un ensemble[3] ».

---

1. Yvan Leclerc, *Crimes écrits, la littérature en procès*, Plon, 1991 :
le livre éclaire avec une très grande précision l'ensemble des questions
de la publication et du procès, dans le contexte des procès littéraires
du XIXᵉ siècle. **2.** Voir également Dossier, « Repentirs », p. 511.
3. Voir p. 434.

Flaubert voit ailleurs la force et la violence de son livre : « Vous vous attaquez à des détails, c'est à l'ensemble qu'il faut s'en prendre. L'élément brutal est au fond et non à la surface. On ne blanchit pas les nègres et on ne change pas le *sang* d'un livre. On peut l'appauvrir, voilà tout » (à Laurent-Pichat, le 7 décembre 1856, en réponse à la suppression de l'épisode du fiacre).

Le procès eut lieu, le 29 janvier et le 7 février 1857, malgré les tentatives d'intervention de Flaubert et de ses proches : « Les *dames* se sont fortement mêlées de ton serviteur et frère ou plutôt de son livre, surtout la princesse de Beauvau, qui est une « Bovaryste » enragée et qui a été deux fois chez l'Impératrice pour faire arrêter les poursuites » (à son frère Achille, 6 janvier 1857).

Le procès donnait à l'œuvre une notoriété dont Flaubert se plaignait. La confusion devenait complète, entre l'attaque politique contre la *Revue de Paris*, opposante à l'Empire, le triomphe d'un « ordre moral » obtus (le second Empire est alors dans une période « autoritaire »), et l'atteinte à la liberté d'une œuvre. Flaubert fut acquitté. Mais la même année, avec le même procureur Ernest Pinard, *Les Fleurs du mal* de Baudelaire furent condamnées en août (6 poèmes doivent être supprimés, l'auteur est condamné à 300 francs d'amende, l'éditeur et l'imprimeur à 100 francs chacun), et *Les Mystères du peuple* d'Eugène Sue furent fortement condamnés (l'auteur à 6 000 francs d'amende et un an de prison, l'éditeur et l'imprimeur à la prison et à des amendes, et le livre devra être détruit).

Si l'accusation « d'offense à la morale publique et d'offense à la morale religieuse » s'attaque à la « couleur lascive » du livre, dans certains détails, elle dénonce en particulier quatre épisodes : l'amour avec Rodolphe, la transition avec le curé Bournisien, les amours avec Léon, et la mort d'Emma. On peut remarquer que le procureur Pinard a un certain sens des grandes phases narratives. Mais le plus frappant est la manière réaliste par laquelle il « lit » le livre, paraphrase les épisodes, entrelaçant le résumé de citations ; il vit littéralement le roman [1], pour s'en indigner : « Voilà ce qui se passe dans cette chambre. Voici encore un passage très important — comme peinture lascive ! » (il cite longuement la description de la chambre de Rouen (p. 396-397) ; ou bien : « Ce n'est pas tout, à la page 73 (de l'édition de la *Revue de Paris*, p. 419 ici), il est un dernier tableau que je ne veux pas omettre ; elle était arrivée jusqu'à la fatigue de la volupté. » « Peinture admirable sous le rapport du talent, mais une peinture exécrable au point de vue de la morale », dit le procureur ; c'est bien l'intensité esthétique de l'œuvre qui est inacceptable : « Chez lui point de gaze, point de voile, c'est la nature dans toute sa nudité, dans toute sa crudité [2] ! »

« La nature dans toute sa crudité ! » La violence de l'œuvre est dans son étrange « réalisme », qui donne une présence nouvelle des choses, qui projette comme intimement dans l'univers qu'elle déploie sous les yeux. Flaubert avait le sentiment de ce risque. Ainsi, quand il travaille à la première rencontre amoureuse d'Emma et Rodolphe, il écrit à Louise Colet : « J'ai une baisade qui m'inquiète fort et qu'il ne faudra pas biaiser, quoique je veuille la faire chaste, c'est-à-dire littéraire, sans détails lestes, ni images licencieuses ; il faudra que le luxurieux soit dans l'émotion » (21 juillet 1853). « Le luxurieux dans l'émotion » : la puissance du style nous placera précisément comme au foyer de

---

1. La façon dont le même Pinard « raconte » les poèmes de Baudelaire dans son réquisitoire, paraphrasant les métaphores (voir *Œuvres complètes*, Gallimard, Bibliothèque de la Pléiade, t. I, p. 1206-1210), est sans doute encore plus « comique » : mais ne s'agissait-il pas précisément de défaire scrupuleusement la dimension esthétique de l'écrit, pour en dénoncer l'effet trop vif ? **2.** Le 3 août 1877, à Mme Roger des Genettes qui lui apprend que Pinard serait l'auteur de vers grivois, Flaubert écrit : « ... Je remercie la Providence pour les poésies lubriques du sieur Pinard. *Ça ne m'étonne pas...* »

ce qui est sensation, émotion profonde que l'œuvre saura intimement produire.

Il y eut la même violence dans l'accueil fait à certains tableaux de Courbet (*Les Baigneuses*, par exemple, en 1853, tableau jugé « révoltant »), de Manet, *Olympia* en particulier, en 1863 (on dénonce sa « laideur de gorille »). C'est parce que la puissance de cet art nouveau arrachait décidément ces figures à toute convention atténuante ou « idéalisante » qu'elles devenaient insupportables. Georges Bataille a décrit cette puissance d'arrachement à propos de *L'Olympia* : « C'est la dureté résolue avec laquelle Manet *détruisit* qui scandalisa ; c'est aussi cette raideur qui *nous* charme si l'art recherche la valeur suprême (ou le *charme* suprême), substituée à la majesté des sentiments convenus, qui jadis faisait la grandeur des figures souveraines. »[1] C'est cette souveraineté nouvelle des figures, comme proches, comme séparées des conventions et découpées sur le monde, que l'art nouveau invente alors.

Flaubert se souviendra toujours de cela : dans sa Préface aux *Dernières Chansons* de Louis Bouilhet[2], il écrit, en 1871 : « D'ailleurs le style, l'art en soi paraît toujours insurrectionnel aux gouvernements et immoral aux bourgeois. Ce fut la mode, plus que jamais, d'exalter le sens commun et de honnir la poésie pour vouloir montrer du jugement, on se rua dans la sottise. » Et il demandera, en 1873, à l'éditeur Charpentier de joindre à la nouvelle édition de *Madame Bovary* le réquisitoire

---

1. Georges Bataille, *Manet*, Skira, 1983, p. 63. Manet « représentera » ou « citera » son *Olympia* dans le portrait qu'il fera de Zola en 1868, où Olympia, à son tour, « regarde » Zola. Voir Gérard Genette, « Le regard d'Olympia », dans *Mimesis et Sémiosis*, textes réunis par Philippe Hamon et Jean-Pierre Leduc Adine, Nathan, 1992, p. 475-484.   2. *Œuvres complètes*, Le Seuil, 1964, t. II, p. 761.

et la plaidoirie du procès : comme un document sur ce que l'œuvre avait dû combattre [1] pour triompher.

« Lieu commun »

À Louise Colet, qui vient d'achever *La Paysanne*, Flaubert écrit, le 2 juillet 1853 : « Tu as condensé et réalisé, sous une forme *aristocratique*, une histoire commune et dont le fond est à tout le monde. Et c'est là, pour moi, la vraie marque de la force en littérature. Le lieu commun n'est manié que par les imbéciles ou par les plus grands. » Flaubert est assurément, en ce domaine du « lieu commun », parmi les plus grands. Il se prépare alors à lire, le lendemain, à Bouilhet « 114 pages de la *Bovary* », c'est-à-dire tout le premier mouvement de la deuxième partie, depuis la description de Yonville jusqu'à l'apparition de Rodolphe.

« Il faut que ça hurle par l'ensemble »

C'est sur ce fond « commun » que le livre s'édifie, que la figure d'Emma se distingue, se perd, repose. C'est aussi ce fond « commun » que le roman doit agiter, et projeter jusqu'à l'insupportable.

Ainsi, par exemple, la scène des Comices (II, 8), l'un des pivots du roman, au centre du livre, devient-elle, par un montage complexe, par l'interférence d'une sérénade cynique et de la représentation d'une société dans sa gloire satisfaite, l'éclatante présentation d'un monde de dissonances, d'écarts sans réconciliation possible. Cette « musique » avait déjà été essayée,

---

1. Peu après, en octobre 1874, Charpentier publie une édition de *Salammbô* qui comprend la lettre de Flaubert à Sainte-Beuve, la réponse de Sainte-Beuve, et les lettres de Flaubert à Froehner et à Guéroult, qui composent la polémique « archéologique » qui avait suivi la parution du roman. Flaubert dispose ses œuvres dans un espace de preuves, de débats.

presque en sourdine, dans la scène introductrice de la deuxième partie, dans l'auberge du *Lion d'or*.

Dans le chapitre des Comices, les histoires se croisent et s'ignorent, l'intrigue amoureuse est d'avance disqualifiée, par les mouvements même de cette foule, par une sorte de mécanique qui agite l'ensemble : « on voyait alternativement passer et repasser les épaulettes rouges et les plastrons noirs. Cela ne finissait pas et toujours recommençait » (p. 228).

Et le monde est parfaitement exposé, topographiquement divisé ; trois histoires, trois étages : les paysans et les animaux, les notables sur l'estrade, encadrés par « deux ifs couverts de lampions », Rodolphe et Emma, au premier étage, nouant leur romance dans la bien nommée « *salle des délibérations* ».

Mais c'est l'effet d'ensemble qui donne à cette scène une présence mémorable, en relief, et c'est parce que, esthétiquement, le tout est emporté dans une sorte de matière commune, qui lie et délie les choses et les personnages, que l'effet est cinglant. Emma, envahie de « mollesse » et de souvenir, à l'odeur « de vanille et de citron » que dégage la « pommade qui lustrait » la chevelure de Rodolphe, cherche un appui pour le regard, et ne retrouve que le cercle restreint de son monde « ... et, machinalement, elle entre-ferma les paupières pour la mieux respirer. Mais, dans ce geste qu'elle fit en se cambrant sur sa chaise, elle aperçut au loin, tout au fond de l'horizon, la vieille diligence *l'Hirondelle*, qui descendait la côte de Leux, en traînant après soi un long panache de poussière ». L'extraordinaire précision qui arrime le texte de Flaubert à la densité des sensations et des perceptions, et, par de lointaines et très subtiles associations, à la totalité du texte, emporte littéralement les différences figées dans un même impalpable espace : « Un coup de vent qui arriva par les fenêtres fronça le tapis de la table, et, sur la Place, en bas, tous les grands bonnets des paysannes se soulevèrent, comme des ailes de papillons blancs qui s'agitent [1]. »

Flaubert avait désigné, à propos de cette scène, cet effet de complexité liée, enveloppée dans l'unité esthétique de l'écriture, comme étant sa volonté d'écrivain : « Si jamais les effets d'une symphonie ont été reportés dans un livre, ce sera là. *Il faut que ça hurle par l'ensemble*, qu'on entende à la fois des beuglements de taureaux, des soupirs d'amour et des phrases d'administrateurs. Il y a du soleil sur tout cela, et des coups de vent qui font remuer les grands bonnets » (à Louise Colet, 12 octobre 1853). La puissance « mimétique » de l'œuvre, son effet de « vérité » aussi, sont nouveaux en ce que ce n'est plus l'énergie de telle ou telle action, de telle configuration d'événements, qui fait la tension « dramatique » dc la fiction (comme cela pouvait être dans les romans de Balzac), mais cette qualité générale d'atmosphère, liée à l'étonnante précision des visions minuscules, des détails qui surgissent, intenses et vibrants dans le rythme même des phrases.

On est ainsi reporté à l'ensemble de l'œuvre, sans cesse, à partir de chaque point d'intensité, de chaque attention pensive portée sur un trait, dans une fuite du regard, vers un bruit, vers une couleur. Le monde se « distingue » d'abord par d'infimes perceptions : « On distingua le bruit d'une voiture mêlé à un claquement de fers lâches qui battaient la terre, et *l'Hirondelle* enfin s'arrêta devant la porte » (II, 1, p. 157). Le monde intérieur et le monde extérieur sont unis, comme en chiasme, par les mouvements de la lumière :

---

1. La mémoire du texte est subtile : lorsque Emma retrouvera Léon, dans la scène du fiacre (III, 1), l'épisode s'achèvera sur un signe fugitif : une main nue « jeta des déchirures de papier, qui se dispersèrent au vent et s'abattirent plus loin, comme des papillons blancs, sur un champ de trèfles rouges tout en fleur ». Et lorsque Emma eut jeté dans le feu son bouquet de mariage (I, 9, p. 140-141) : « les corolles de papier, racornies, se balançant le long de la plaque comme des papillons noirs, enfin s'envolèrent par la cheminée ».

« Elle était seule. Le jour tombait. Les petits rideaux de mousseline, le long des vitres, épaississaient le crépuscule, et la dorure du baromètre, sur qui frappait un rayon de soleil, étalait des feux dans la glace, entre les découpes du polypier » (II, 9, p. 256-257).

Le monde est infiniment mouvant, Flaubert invente une certaine perception du mouvement : « À chaque tournant, on apercevait de plus en plus tous les éclairages de la ville qui faisaient une large vapeur lumineuse au-dessus des maisons confondues » (III, 5, p. 399). Mais aussi bien, souvent, le monde est comme immobilisé dans des instants de quasi-abstraction : « Le bourg était endormi. Les piliers des halles allongeaient de grandes ombres. La terre était toute grise, comme par une nuit d'été » (II, 2, p. 167). Les « vues » font événement, qui disent une brusque angoisse : « Par la fenêtre à guillotine, on voyait un coin de ciel noir, entre des toits pointus » (III, 1, p. 361), ou un abandon général : « Le jour commençait à se lever, et une grande tache de couleur pourpre s'élargissait dans le ciel pâle, du côté de Sainte-Catherine. La rivière livide frissonnait au vent ; il n'y avait personne sur les ponts ; les réverbères s'éteignaient[1] » (III, 6, p. 430).

La lecture de *Madame Bovary* est ainsi curieusement tiraillée. Elle est emportée, d'abord lentement, par la vaste structure d'une attente, d'une vie qui « rêve », puis se précipite, à partir du milieu du livre, lors de la rencontre « d'amour » avec Rodolphe ; et le sens de la « catastrophe » est porté par l'accélération de la dernière partie du roman, où la brièveté l'emporte (Flau-

---

1. Walter Benjamin note comme un mérite des *Fleurs du mal* de ne pas « éviter les néologismes qui, dépourvus de patine poétique, frappent l'œil par leur éclat tout neuf. Elles connaissent *quinquet*, *wagon*, ou *omnibus* ; elles ne reculent pas devant *bilan*, *réverbère*, *voierie*. Ainsi se crée le vocabulaire lyrique dans lequel, brusquement, surgit une allégorie que rien ne prépare ». *Charles Baudelaire, un poète lyrique à l'apogée du capitalisme*, trad. française par Jean Lacoste, Payot, 1982, p. 143.

bert avait le sens, et la crainte, de ce déséquilibre, voir note 2 p. 220). La lecture est guidée également dans une étrange dissymétrie : un petit roman (la première partie) qui donne la tonalité de l'ennui et de l'attente ; une vaste aventure (les deux autres parties), elle-même découpée en épisodes successifs, mais en nombre minimal pour la démonstration (Flaubert retrouvera cette dissymétrie dans *L'Éducation sentimentale*, et dans *Bouvard et Pécuchet*). L'histoire, saisie globalement, a une violence par elle-même, la nécessité narrative emporte comme une « fatalité » (c'est le mot qui s'échange, de Rodolphe à Charles).

Mais, en même temps, le texte est d'une parfaite continuité, de chapitre à chapitre (le découpage des chapitres par Flaubert n'intervient qu'au dernier moment, sur la copie des copistes) ; le texte sollicite une lecture latérale, portée de point de vue en point de vue, de lieu en lieu, comme contaminée sans cesse par l'atmosphère traversée antérieurement, une lecture lentement cumulative, comme la vie d'Emma.

Enfin, en chaque point, une intensité particulière se découpe, et donne une sorte de liberté d'évasion dans telle vision, dans tel instant suspendu, dans la vibration d'un bruit ou d'une couleur. On peut lire *Madame Bovary* comme on regarde un tableau, en alternant sans cesse la vision d'ensemble et l'absorption en chaque point. C'est cette stéréoscopie de l'écriture qui fait que « ça hurle par l'ensemble ».

« Apologie de la canaillerie humaine »

Dans une lettre du 16 décembre 1852 à Louise Colet (« je suis en train d'écrire une visite à une nourrice. On va par un petit sentier et on revient par un autre » — il s'agit de II, 3), Flaubert expose sa « vieille idée » du *Dictionnaire des idées reçues* (la première mention en apparaît dans une lettre à Louis Bouilhet du 4 septembre

1850). Il commente le projet de la « préface » qui devrait accompagner ce dictionnaire : « Ce serait la glorification historique de tout ce qu'on approuve. J'y démontrerais que les majorités ont toujours eu raison, les minorités toujours tort. J'immolerais les grands hommes à tous les imbéciles, les martyrs à tous les bourreaux, et cela dans un style poussé à outrance, à fusées. »

Flaubert élabore ainsi une stratégie ironique qui consiste à déjouer le règne de « l'opinion » (c'est de fait la grande affaire historique de l'invention d'un espace démocratique au XIXᵉ siècle), en manifestant les poses qui gouvernent cette opinion, ses limites, ses contraintes et sa « médiocrité ». La littérature y serait incluse : « Ainsi, pour la littérature, j'établirais, ce qui serait facile, que le médiocre, étant à la portée de tous, est le seul légitime et qu'il faut donc honnir toute espèce d'originalité comme dangereuse, sotte, etc. »

Il s'agit de montrer le puissant impératif moderne de la conformité, de l'obéissance à la majorité : « Cette apologie de la canaillerie humaine sur toutes ses faces, ironique et hurlante d'un bout à l'autre, pleine de citations, de preuves (qui prouveraient le contraire) et de textes effrayants (ce serait facile), est dans le but, dirais-je, d'en finir une fois pour toutes avec les excentricités, quelles qu'elles soient. » La dimension profondément politique de cette « ironie » est soulignée : « Je rentrerais par là dans l'idée moderne d'égalité, dans le mot de Fourier que les grands hommes sont inutiles. » Flaubert donne à Louise Colet quelques exemples d'entrées, dont « Artistes : sont tous désintéressés » et « France : veut un bras de fer pour être régie ». Le projet du *Dictionnaire* sera poursuivi par Flaubert, toute sa vie, jusqu'à *Bouvard et Pécuchet*, qui devait précisément inclure, dans le second volume, le *Dictionnaire des idées reçues*, à côté d'un *Catalogue des idées chics* [1].

---

1. Voir la présentation que fait Anne Herschberg Pierrot dans son édition du *Dictionnaire des idées reçues*, Le Livre de Poche, 1997.

Madame Bovary est voisine de ce projet. Le livre semble en effet détenir de cette dénonciation de la « médiocrité[1] » une violence particulière, diffuse, contenue dans le cours même du livre (son vertige grandissant) aussi bien que dans la tenace présence que prennent les paroles convenues, les obligations de dire. Le personnage de Homais tient assurément le premier rôle dans ce théâtre de la « canaillerie humaine »[2] ; il profère les idées reçues « modernes » avec une satisfaction parfaite, et Flaubert organise dans le récit son irrésistible ascension. Mais il l'est avec Lheureux (qui détient le fil économique de ce destin moderne), avec Bournisien, avec Binet, avec Guillaumin. « Canaillerie » des amants aussi ; Rodolphe : « Car depuis trois ans, il l'avait soigneusement évitée par cette lâcheté naturelle qui caractérise le sexe fort » (III, 8, p. 453) ; ou Léon : « D'ailleurs, il allait devenir premier clerc : c'était le moment d'être sérieux » (III, 6, p. 428). Et la justesse discrète de Justin (comme plus tard dans *L'Éducation sentimentale*, la petite Louise Roque) ainsi que le long amour de Charles (qui littéralement est l'écrin d'Emma : Charles découvre Emma, comme dans un rêve, Charles prolonge Emma dans un deuil bouleversant, le roman donne à Charles l'ouverture et le dénouement) sont l'envers fragile de cette « canaillerie humaine ».

Mais la violence du livre ne tient pas seulement à la trame de l'intrigue — le « sacrifice » d'Emma, comme il est d'usage dans l'Opéra du XIXe siècle[3] ; cette violence n'est telle que parce que tout est hautement « écrit », parce que cet art oblige à participer au plus intime des moments, des instants, des espoirs et des

---

1. Shiguehiko Hasumi a décrit cette « Invention de la médiocrité », à propos de Du Camp, et du Second Empire.   **2.** « Homais vient de Homo = l'homme », dit une note scénarique (MS. gg 10, f° 46 v°).   **3.** Auquel renvoie le rêve « italien » qui traverse le roman, et qui culmine dans la représentation (tronquée) de *Lucia di Lamermoor*.

souffrances, tout en faisant écouter les dissonances constantes, les aveuglements et les mensonges. Le langage tout fait devient une matière presque palpable : c'est une des fonctions de l'italique ; la langue des autres (et de nous) est entendue également dans l'usage nouveau que fait Flaubert du discours indirect libre, cette parole qui n'est de personne, qui flotte entre le personnage et le narrateur.

L'attention portée aux objets, aux meubles, aux vêtements, aux tissus [1] dit la puissance de la convention et de l'appât « modernes ». La même intensité esthétique qui produit l'attrait imaginaire des moments du récit, les visions des lieux, les sentiments de l'espace et du temps, capte en elle la présence des choses, des objets [2], d'une double manière : ceux-ci signifient un rang social, un désir, une coutume, un goût pour le « chic » et les « nouveautés », etc., mais ils sont également intégrés dans des éclats de vision, dans des impressions de toucher. De ce point de vue, l'aménagement progressif de l'appartement d'Emma fait à lui seul une sorte de récit — jusqu'à devenir le lieu-relique, luxe désuet, et déserté, d'un rêve de province. Il y a un roman des choses, comme il y a un roman de la « canaillerie », qui sont l'habitacle d'Emma Bovary.

---

1. Le roman comprend un impressionnant inventaire des tissus et détails vestimentaires. Nous les signalons en note. Flaubert suit en cela la conception balzacienne du *Traité de la vie élégante* — mais il est proche aussi de l'intérêt que porte Baudelaire au sens des « habits ». Flaubert est sans doute l'auteur, sous le pseudonyme d'Arthur, en 1854, d'une « Causerie nouvelle sur la Librairie nouvelle » parue dans *Les Modes parisiennes*, article qui lui avait été demandé par Louise Colet. On y lit : « Un traité de la vie élégante n'est-ce pas un livre opportun par ce temps de bon marché qui court, dans ce joli siècle tout encombré d'omnibus, de parapluies-cannes, d'argenterie Ruolz, de daguerréotypes et de caoutchouc ? » Voir la présentation et la publication par Anne Herschberg Pierrot de ce texte, dans *Littérature*, n° 88, déc. 1992. **2.** Claude Duchet a analysé ce « discours des objets » dans « Roman et objets », *Travail de Flaubert*, textes présentés par Gérard Genette, Paris, Le Seuil, coll. « Points », 1983.

Le roman de Flaubert absorbe ainsi, de façon profondément mélancolique, pour en être le tombeau et l'exposer à la fois, ce qui disparaît, ce qui échoue, et dessine une profonde impossibilité « moderne ». La « couleur normande » que Flaubert voulait forte (« Et mes compatriotes rugiront, car la *couleur normande* du livre sera si vraie qu'elle les scandalisera », écrit-il à Louise Colet, 10 avril 1853) fait que le récit, secrètement, porte avec lui une image de l'univers ancien, du monde paysan, avec ses objets et ses légendes, comme dans une mémoire textuelle. Le monde moderne, lui, n'est qu'approché ou désiré (Rouen, et, au loin, Paris), mais pèse de tout son « avenir ».

Et si la figure d'Emma a une puissance quasi mythique[1], si elle demeure véritablement mémorable, c'est par l'extraordinaire consistance incertaine que Flaubert lui donne, en la sacrifiant à ce triomphe de la conformité qui s'installe, en offrant, contre ce monde de l'intérêt, l'énigme d'une insaisissable plénitude : « Elle se tenait au bord, presque suspendue, entourée d'un grand espace. Le bleu du ciel l'envahissait, l'air circulait dans sa tête creuse... »[2]

Jacques NEEFS

---

1. Cela est multiplement montré dans *Emma Bovary*, sous la direction d'Alain Buisine, textes d'Alain Buisine, Yvan Leclerc, Jean Bellemin-Noël, Elissa Marder, Jorge Pedrasa, Antonia Fonyi, Paris, Autrement, 1997. **2.** II, 13, p. 319.

NOTE SUR CETTE ÉDITION

Nous donnons *Madame Bovary* en suivant le texte de l'édition Charpentier de 1873, dite « Édition définitive ». Cette édition reproduisait en outre les « réquisitoires, plaidoirie et jugement du procès intenté à l'auteur devant le tribunal correctionnel de Paris, audiences du 31 janvier et du 7 février 1857 ».

Nous avons cependant, dans quelques cas, actualisé l'orthographe, par exemple dans les cas suivants : « troènes » pour « troënes », « nénuphars » pour « nénufars », « béret » pour « berret », « fut très étonnée » pour « fut très-étonnée », « très froidement » pour « très-froidement », « passeports » pour « passe-ports », « ras de terre » pour « raz de terre », « falot » pour « fallot », « résolument » pour « résolûment », « très tard » pour « très-tard ». Nous avons également apporté des corrections dans le cas de fautes typographiques manifestes (nous les indiquons en notes).

Nous avons suivi la ponctuation de cette édition Charpentier. Pourtant, il y a de nombreuses différences de ponctuation entre le manuscrit final de Flaubert, la copie faite par les copistes en vue de l'impression, l'édition préoriginale dans la *Revue de Paris*, et les éditions successives du roman de 1857 à 1873. Cela concerne également le découpage des paragraphes. L'édition dans la *Revue de Paris* donnait un texte d'une certaine manière plus compact, une ponctuation moins articulée, qui laisse à la syntaxe toute sa complexité. Claudine Gothot-Mersch a donné un exemple de ces changements de ponctuation, et indique les variantes de texte dans son édition critique de *Madame Bovary*, Garnier, 1971, p. 437-440 [1].

Flaubert a porté de nombreuses corrections ultimes sur la copie des copistes, et a eu des négociations difficiles avec la rédaction de la *Revue de Paris*, qui demandait la suppression de nombreux passages, et qui, finalement, en a imposé certaines. Nous indiquons en note les textes concernés par ces tensions dans la publication du texte, et nous donnons dans le « Dossier » ces « repentirs » de dernier moment [2], qui sont comme la marge du texte publié.

Le texte de Flaubert a une certaine proximité avec le *Dictionnaire des idées reçues*, que Flaubert a enrichi, revu, modifié, tout au long de sa vie, et auquel il fait allusion dans une lettre à Louise Colet, peu avant de commencer *Madame Bovary*. Nous donnons en note certaines définitions de ce *Dictionnaire*, comme l'avait fait déjà Claudine Gothot-Mersch dans son édition, qui font écho avec le texte du roman. Nous reprenons le texte du *Dictionnaire* d'après l'édition donnée par Anne Herschberg Pierrot (Le Livre de Poche, 1997).

Abréviations :

DIR : *Dictionnaire des idées reçues*, éd. Anne Herschberg Pierrot, Le Livre de Poche, 1997.
GDU : *Grand Dictionnaire Universel* de Pierre Larousse, 1865-1878.

---

1. Sur la question de la ponctuation, voir également Yvan Leclerc, « Ponctuation de Flaubert », dans *Flaubert, l'autre. Pour Jean Bruneau*, textes réunis par F. Lecercle et F. Messina, Lyon, Presses universitaires de Lyon, 1989, p. 145-151. **2.** Voir p. 511.

Flaubert, par Paul Baudouin.

Madame Bovary

mœurs de province [1]

1. Publication préoriginale, dans la *Revue de Paris* XXXI, le 1er octobre 1856, p. 5 à 55 : MADAME BOVARY / (MŒURS DE PROVINCE).

À

MARIE-ANTOINE-JULES SENARD

MEMBRE DU BARREAU DE PARIS
EX-PRÉSIDENT DE L'ASSEMBLÉE NATIONALE
ET ANCIEN MINISTRE DE L'INTÉRIEUR

Cher et illustre ami,

Permettez-moi d'inscrire votre nom en tête de ce livre et au-dessus même de sa dédicace ; car c'est à vous, surtout, que j'en dois la publication. En passant par votre magnifique plaidoirie, mon œuvre a acquis pour moi-même comme une autorité imprévue. Acceptez donc ici l'hommage de ma gratitude, qui, si grande qu'elle puisse être, ne sera jamais à la hauteur de votre éloquence et de votre dévouement.

GUSTAVE FLAUBERT

Paris, 12 avril 1857 [1]

---

1. Cette dédicace fut portée par Flaubert dès la première édition du roman en volume, en avril 1857, chez Michel Lévy. Le procès intenté à Flaubert et à la *Revue de Paris* avait eu lieu le 29 janvier et le 7 février 1857. Les pièces du procès furent ajoutées au texte du roman dans l'édition Charpentier de 1873, avec cette mention en page de titre : « Édition définitive / suivie des réquisitoire, plaidoirie et jugement / du procès intenté à l'auteur / devant le tribunal correctionnel de Paris / audiences du 31 [*sic*] janvier et du 7 février 1857. » Voir Préface p. 31-33.

À

LOUIS BOUILHET [1]

---

1. Cela était la seule dédicace dans la *Revue de Paris*. Louis Bouilhet (1821-1869), poète et auteur dramatique, fut l'ami fidèle, qui
accompagnait le travail, avec lequel Flaubert écrivit plusieurs pièces.
Voir Alan Raitt, *Pour Louis Bouilhet*, University of Exeter Press, 1994,
et Henri Raczimov, *Pauvre Bouilhet*, Gallimard, 1998. À la mort de
Bouilhet, Flaubert écrit à Jules Duplan (29 juillet 1869) : « Je me dis :
"À quoi bon écrire maintenant, puisqu'il n'est plus là !" C'est fini, les
bonnes gueulades, les enthousiasmes en commun, les œuvres futures
rêvées ensemble. »

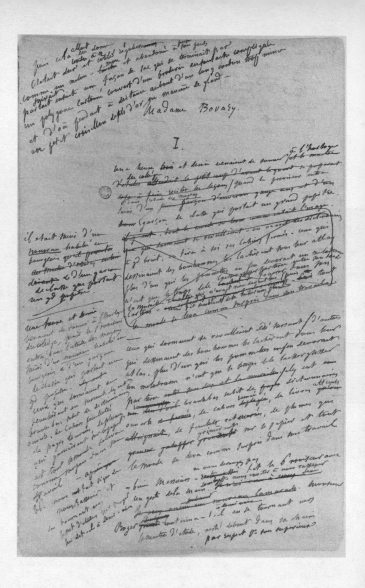

Brouillon du début du roman.
Manuscrit g 223¹, folio 3.

PREMIÈRE PARTIE

Brouillon du début du roman (suite).
Manuscrit g 223¹ folio 3 verso.

I

Nous étions à l'Étude, quand le Proviseur entra[1], suivi d'un *nouveau* habillé en bourgeois[2] et d'un garçon de classe qui portait un grand pupitre. Ceux qui dormaient se réveillèrent, et chacun se leva comme surpris dans son travail.

Le Proviseur nous fit signe de nous rasseoir ; puis, se tournant vers le maître d'études :

— Monsieur Roger, lui dit-il à demi-voix, voici un élève que je vous recommande, il entre en cinquième. Si son travail et sa conduite sont méritoires, il passera *dans les grands*, où l'appelle son âge.

Resté dans l'angle, derrière la porte, si bien qu'on l'apercevait à peine, le *nouveau* était un gars de la campagne, d'une quinzaine d'années environ, et plus haut de taille qu'aucun de nous tous. Il avait les cheveux coupés droit sur le front, comme un chantre de village, l'air raisonnable et fort embarrassé. Quoiqu'il ne fût

---

1. Le manuscrit et la copie indiquent : « Une heure et demie venaient de sonner à l'horloge du collège quand le proviseur entra dans l'étude... » C'est sur la copie du copiste que Flaubert modifie, au dernier moment, semble-t-il, ce début, et introduit le « nous » initial, qui intensifie l'effet de mémoire, de proximité, de communauté, celle d'une génération « scolaire ». Dans *L'Éducation sentimentale* de 1869, c'est sur un autre « nous », de complicité et de mélancolie, que s'achève le récit : « — C'est là ce que nous avons eu de meilleur ! dit Frédéric. — Oui, peut-être bien ? C'est là ce que nous avons eu de meilleur ! dit Deslauriers. » 2. C'est-à-dire en habit de ville et non en uniforme de collège.

pas large des épaules, son habit-veste[1] de drap vert à
boutons noirs devait le gêner aux entournures et laissait
voir, par la fente des parements[2], des poignets rouges
habitués à être nus. Ses jambes, en bas bleus, sortaient
d'un pantalon jaunâtre très tiré par les bretelles. Il était
chaussé de souliers forts, mal cirés, garnis de clous.

On commença la récitation des leçons. Il les écouta
de toutes ses oreilles, attentif comme au sermon,
n'osant même croiser les cuisses, ni s'appuyer sur le
coude, et, à deux heures, quand la cloche sonna, le
maître d'études fut obligé de l'avertir, pour qu'il se mît
avec nous dans les rangs.

Nous avions l'habitude, en entrant en classe, de jeter
nos casquettes par terre, afin d'avoir ensuite nos mains
plus libres ; il fallait, dès le seuil de la porte, les lancer
sous le banc, de façon à frapper contre la muraille en
faisant beaucoup de poussière ; c'était là le *genre*.

Mais, soit qu'il n'eût pas remarqué cette manœuvre
ou qu'il n'eût osé s'y soumettre, la prière était finie
que le *nouveau* tenait encore sa casquette sur ses deux
genoux. C'était une de ces coiffures d'ordre composite,
où l'on retrouve les éléments du bonnet à poil, du
chapska[3], du chapeau rond, de la casquette de loutre et
du bonnet de coton, une de ces pauvres choses, enfin,
dont la laideur muette a des profondeurs d'expression
comme le visage d'un imbécile. Ovoïde et renflée de
baleines, elle commençait par trois boudins circu-
laires ; puis s'alternaient, séparés par une bande rouge,
des losanges de velours et de poils de lapin ; venait
ensuite une façon de sac qui se terminait par un poly-

---

1. « Habit à basques très courtes » (*GDU*). Les détails vestimentaires sont très précis, et marquent à la fois le statut social et un rapport
avec les habitudes et la mode. Ici, l'habit-veste de drap vert est à la fois
modeste et démodé. « Vert », « noir », poignets « rouges », « bleu »,
« jaunâtre », Charles est étrangement coloré, tel un Arlequin.
2. Revers des manches, généralement ornés de galons.　　　**3.** Coiffure
militaire d'origine polonaise, alors portée en France par les lanciers.

gone cartonné, couvert d'une broderie en soutache[1] compliquée, et d'où pendait, au bout d'un long cordon trop mince, un petit croisillon de fils d'or, en manière de gland. Elle était neuve ; la visière brillait[2].

— Levez-vous, dit le professeur.

Il se leva ; sa casquette tomba. Toute la classe se mit à rire.

Il se baissa pour la reprendre. Un voisin la fit tomber d'un coup de coude, il la ramassa encore une fois.

— Débarrassez-vous donc de votre casque, dit le professeur, qui était un homme d'esprit.

Il y eut un rire éclatant des écoliers qui décontenança le pauvre garçon, si bien qu'il ne savait s'il fallait garder sa casquette à la main, la laisser par terre ou la mettre sur sa tête. Il se rassit et la posa sur ses genoux.

— Levez-vous, reprit le professeur, et dites-moi votre nom.

Le *nouveau* articula, d'une voix bredouillante, un nom inintelligible.

— Répétez !

Le même bredouillement de syllabes se fit entendre, couvert par les huées de la classe.

— Plus haut ! cria le maître, plus haut !

Le *nouveau*, prenant alors une résolution extrême, ouvrit une bouche démesurée et lança à pleins poumons, comme pour appeler quelqu'un, ce mot : *Charbovari*.

Ce fut un vacarme qui s'élança d'un bond, monta en *crescendo*, avec des éclats de voix aigus (on hurlait, on aboyait, on trépignait, on répétait : *Charbovari ! Charbovari !*), puis qui roula en notes isolées, se calmant à grand-peine, et parfois qui reprenait tout à coup sur la

---

1. Galon ou lacet servant à décorer un uniforme ou un vêtement féminin.   2. La description est célèbre. René Dumesnil lui voyait une source dans une caricature du *Charivari* du 21 juin 1833, représentant une scène d'enfant. Cette description inscrit, avec l'entrée de Charles, une figure du composite : matières et formes font un montage grotesque.

ligne d'un banc où saillissait encore çà et là, comme
un pétard mal éteint, quelque rire étouffé.

Cependant, sous la pluie des pensums, l'ordre peu à
peu se rétablit dans la classe, et le professeur, parvenu
à saisir le nom de Charles Bovary, se l'étant fait dicter,
épeler et relire, commanda tout de suite au pauvre
diable d'aller s'asseoir sur le banc de paresse, au pied
de la chaire. Il se mit en mouvement, mais, avant de
partir, hésita.

— Que cherchez-vous ? demanda le professeur.

— Ma cas..., fit timidement le *nouveau*, promenant
autour de lui des regards inquiets.

— Cinq cents vers à toute la classe ! exclamé d'une
voix furieuse, arrêta, comme le *Quos ego*, une bourrasque nouvelle [1]. — Restez donc tranquilles ! continuait le professeur indigné, et s'essuyant le front avec
son mouchoir qu'il venait de prendre dans sa toque :
Quant à vous, le *nouveau*, vous me copierez vingt fois
le verbe *ridiculus sum*.

Puis, d'une voix plus douce :

— Eh ! vous la retrouverez, votre casquette ; on ne
vous l'a pas volée !

Tout reprit son calme. Les têtes se courbèrent sur les
cartons, et le *nouveau* resta pendant deux heures dans
une tenue exemplaire, quoiqu'il y eût bien, de temps à
autre, quelque boulette de papier lancée d'un bec de
plume qui vînt s'éclabousser sur sa figure. Mais il s'essuyait avec la main, et demeurait immobile, les yeux
baissés.

Le soir, à l'Étude, il tira ses bouts de manches [2] de son
pupitre, mit en ordre ses petites affaires, régla [3] soigneusement son papier. Nous le vîmes qui travaillait en

---

1. « Vous, je vous... », Virgile, *Énéide*, livre I, 135, menace que
Neptune en colère adresse, pour les arrêter, aux Vents envoyés par
Éole, contre Énée, à la demande de Junon.   2. Pièces de tissu que
l'on enfilait pour protéger les manches des vêtements.   3. Tracer à
la règle les lignes qui guideront l'écriture.

conscience, cherchant tous les mots dans le dictionnaire
et se donnant beaucoup de mal. Grâce, sans doute, à cette
bonne volonté dont il fit preuve, il dut de ne pas descendre dans la classe inférieure ; car, s'il savait passablement ses règles, il n'avait guère d'élégance dans les
tournures. C'était le curé de son village qui lui avait
commencé le latin, ses parents, par économie, ne l'ayant
envoyé au collège que le plus tard possible.

Son père, M. Charles-Denis-Bartholomé Bovary,
ancien aide-chirurgien-major, compromis, vers 1812,
dans des affaires de conscription [1], et forcé, vers cette
époque, de quitter le service, avait alors profité de ses
avantages personnels pour saisir au passage une dot
de soixante mille francs [2], qui s'offrait en la fille d'un
marchand bonnetier, devenue amoureuse de sa tournure. Bel homme, hâbleur, faisant sonner haut ses éperons, portant des favoris rejoints aux moustaches, les
doigts toujours garnis de bagues et habillé de couleurs
voyantes, il avait l'aspect d'un brave, avec l'entrain
facile d'un commis voyageur. Une fois marié, il vécut
deux ou trois ans sur la fortune de sa femme, dînant
bien, se levant tard, fumant dans de grandes pipes en
porcelaine, ne rentrant le soir qu'après le spectacle et
fréquentant les cafés. Le beau-père mourut et laissa peu
de chose ; il en fut indigné, se lança *dans la fabrique*,
y perdit quelque argent, puis se retira dans la campagne, où il voulut *faire valoir* [3]. Mais, comme il ne

---

1. Aide-chirurgien major était un grade modeste. L'année 1812 cor-
respond à la rupture de l'alliance de Napoléon avec le tsar Alexandre Ier,
à la campagne et à la retraite de Russie, particulièrement coûteuses en
vies humaines (juin-décembre). La conscription de très nombreux soldats fut alors organisée.   2. En francs actuels, environ 150 000
francs, mais considérablement plus en pouvoir d'achat ou en possibi-
lités de revenus.   3. De la bonneterie du beau-père (industrie relativement florissante au début du XIXe siècle) à *la fabrique* (petite
entreprise, ici d'étoffes) puis au *faire-valoir* agricole (exploiter soi-
même sa terre), c'est une sorte de panoplie des activités économiques
que Flaubert expose. Les expérimentations successives, régulièrement
suivies d'échecs, seront également le fait d'Arnoux, industriel-artiste

s'entendait guère plus en culture qu'en indiennes[1],
qu'il montait ses chevaux au lieu de les envoyer au
labour, buvait son cidre en bouteilles au lieu de le
vendre en barriques, mangeait les plus belles volailles
de sa cour et graissait ses souliers de chasse avec le
lard de ses cochons, il ne tarda point à s'apercevoir
qu'il valait mieux planter là toute spéculation.

Moyennant deux cents francs par an, il trouva donc
à louer dans un village, sur les confins du pays de Caux
et de la Picardie, une sorte de logis moitié ferme, moitié maison de maître ; et, chagrin, rongé de regrets,
accusant le ciel, jaloux contre tout le monde, il s'enferma dès l'âge de quarante-cinq ans, dégoûté des
hommes, disait-il, et décidé à vivre en paix[2].

Sa femme avait été folle de lui autrefois ; elle l'avait
aimé avec mille servilités qui l'avaient détaché d'elle
encore davantage. Enjouée jadis, expansive et tout
aimante, elle était, en vieillissant, devenue (à la façon
du vin éventé qui se tourne en vinaigre) d'humeur difficile, piaillarde, nerveuse. Elle avait tant souffert, sans
se plaindre, d'abord, quand elle le voyait courir après
toutes les gotons[3] de village et que vingt mauvais lieux
le lui renvoyaient le soir, blasé et puant l'ivresse ! Puis
l'orgueil s'était révolté. Alors elle s'était tue, avalant
sa rage dans un stoïcisme muet, qu'elle garda jusqu'à
sa mort. Elle était sans cesse en courses, en affaires.
Elle allait chez les avoués, chez le président[4], se rappelait l'échéance des billets, obtenait des retards ; et, à la
maison, repassait, cousait, blanchissait, surveillait les

de *L'Éducation sentimentale* de 1869, et, dans une perspective diffé-
rente, de Bouvard et Pécuchet. **1.** Toile de coton peinte ou imprimée. **2.** Suit un passage supprimé sur la copie (voir « Repentirs », texte n° 1, p. 513). **3.** Dimi-
nutif populaire de Margotton, pour Marguerite, « prostituée ou femme
dissolue » (*GDU*). Dans *Notre-Dame de Paris*, la Esmeralda dit à Phœ-
bus, qui n'arrive pas à prononcer son nom : « ... moi qui croyais ce
nom joli pour sa singularité ! Mais puisqu'il vous déplaît, je voudrais
m'appeler Goton » (Livre VII, ch. 8). **4.** Président de tribunal.

ouvriers, soldait les mémoires, tandis que, sans s'inquiéter de rien, Monsieur, continuellement engourdi dans une somnolence boudeuse dont il ne se réveillait que pour lui dire des choses désobligeantes, restait à fumer au coin du feu, en crachant dans les cendres.

Quand elle eut un enfant, il le fallut mettre en nourrice. Rentré chez eux, le marmot fut gâté comme un prince. Sa mère le nourrissait de confitures ; son père le laissait courir sans souliers, et, pour faire le philosophe, disait même qu'il pouvait bien aller tout nu, comme les enfants des bêtes. À l'encontre des tendances maternelles, il avait en tête un certain idéal viril de l'enfance, d'après lequel il tâchait de former son fils, voulant qu'on l'élevât durement, à la spartiate, pour lui faire une bonne constitution. Il l'envoyait se coucher sans feu, lui apprenait à boire de grands coups de rhum et à insulter les processions. Mais, naturellement paisible, le petit répondait mal à ses efforts. Sa mère le traînait toujours après elle ; elle lui découpait des cartons, lui racontait des histoires, s'entretenait avec lui dans des monologues sans fin, pleins de gaietés mélancoliques et de chatteries babillardes. Dans l'isolement de sa vie, elle reporta sur cette tête d'enfant toutes ses vanités éparses, brisées. Elle rêvait de hautes positions, elle le voyait déjà grand, beau, spirituel, établi, dans les ponts et chaussées ou dans la magistrature. Elle lui apprit à lire, et même lui enseigna, sur un vieux piano qu'elle avait, à chanter deux ou trois petites romances. Mais, à tout cela, M. Bovary, peu soucieux des lettres, disait que ce *n'était pas la peine* ! Auraient-ils jamais de quoi l'entretenir dans les écoles du gouvernement, lui acheter une charge ou un fonds de commerce ? D'ailleurs, *avec du toupet, un homme réussit toujours dans le monde*. Madame Bovary se mordait les lèvres, et l'enfant vagabondait dans le village.

Il suivait les laboureurs, et chassait, à coups de motte de terre, les corbeaux qui s'envolaient. Il mangeait des mûres le long des fossés, gardait les dindons avec une

gaule, fanait à la moisson, courait dans le bois, jouait
à la marelle sous le porche de l'église les jours de
pluie, et, aux grandes fêtes, suppliait le bedeau de lui
laisser sonner les cloches, pour se pendre de tout son
corps à la grande corde et se sentir emporter par elle
dans sa volée.

Aussi poussa-t-il comme un chêne. Il acquit de
fortes mains, de belles couleurs.

À douze ans, sa mère obtint que l'on commençât ses
études. On en chargea le curé. Mais les leçons étaient
si courtes et si mal suivies, qu'elles ne pouvaient servir
à grand-chose. C'était aux moments perdus qu'elles se
donnaient, dans la sacristie, debout, à la hâte, entre un
baptême et un enterrement ; ou bien le curé envoyait
chercher son élève après l'*Angélus* [1], quand il n'avait
pas à sortir. On montait dans sa chambre, on s'installait : les moucherons et les papillons de nuit tour-
noyaient autour de la chandelle. Il faisait chaud,
l'enfant s'endormait ; et le bonhomme, s'assoupissant
les mains sur son ventre, ne tardait pas à ronfler, la
bouche ouverte. D'autres fois, quand M. le curé, revenant de porter le viatique [2] à quelque malade des environs, apercevait Charles qui polissonnait dans la
campagne, il l'appelait, le sermonnait un quart d'heure
et profitait de l'occasion pour lui faire conjuguer son
verbe au pied d'un arbre. La pluie venait les interrompre, ou une connaissance qui passait. Du reste, il
était toujours content de lui, disait même que le *jeune
homme* avait beaucoup de mémoire.

Charles ne pouvait en rester là. Madame fut énergique. Honteux, ou fatigué plutôt, Monsieur céda sans

---

1. La sonnerie de l'*Angélus* ou des « points du jour » rythmait la
journée de travail dans les champs, et la vie du village. Il s'agit ici de
l'*Angélus* du soir. Le célèbre *Angélus* du peintre Millet a été présenté
en 1858.   2. Sacrement de l'eucharistie administré à quelqu'un en
péril de mort.

résistance, et l'on attendit encore un an que le gamin eût fait sa première communion.

Six mois se passèrent encore ; et, l'année d'après, Charles fut définitivement envoyé au collège de Rouen, où son père l'amena lui-même, vers la fin d'octobre, à l'époque de la foire Saint-Romain[1].

Il serait maintenant impossible à aucun de nous de se rien rappeler de lui. C'était un garçon de tempérament modéré, qui jouait aux récréations, travaillait à l'étude, écoutant en classe, dormant bien au dortoir, mangeant bien au réfectoire[2]. Il avait pour correspondant un quincaillier en gros de la rue Ganterie, qui le faisait sortir une fois par mois, le dimanche, après que sa boutique était fermée, l'envoyait se promener sur le port à regarder les bateaux, puis le ramenait au collège dès sept heures, avant le souper. Le soir de chaque jeudi, il écrivait une longue lettre à sa mère, avec de l'encre rouge et trois pains à cacheter ; puis il repassait ses cahiers d'histoire, ou bien lisait un vieux volume d'*Anacharsis*[3] qui traînait dans l'étude. En promenade, il causait avec le domestique, qui était de la campagne comme lui.

À force de s'appliquer, il se maintint toujours vers le milieu de la classe ; une fois même, il gagna un

---

1. « Je serai parti avant la foire Saint Romain. Il est probable que je ne verrai pas les baraques. Pauvre foire Saint-Romain ! » écrit Flaubert à Louis Bouilhet, le 10 octobre 1855, alors qu'il rédige la dernière partie de *Madame Bovary*. Cette fête d'un saint patron de Rouen, célébrée fin octobre, est pour Flaubert un souvenir d'enfance très présent : dans le premier scénario du roman, Flaubert imagine Emma adolescente « au spectacle aux foires Saint-Romain quand son père [...] y vient » ; une tradition critique a longtemps fait de ces spectacles (des marionnettes en particulier) une des sources de *La Tentation de saint Antoine*.   **2.** Suit un passage supprimé sur la copie (voir « Repentirs », texte n° 2, p. 513).   **3.** *Le Voyage du jeune Anacharsis en Grèce au* IVe *siècle de l'ère vulgaire* (1779), de l'abbé Barthélemy (1716-1795), « ouvrage dont le temps a confirmé le mérite, [...] d'une lecture aussi agréable qu'instructive » (*GDU*), était très en usage dans l'éducation au XIXe siècle.

premier accessit d'histoire naturelle. Mais à la fin de sa troisième, ses parents le retirèrent du collège pour lui faire étudier la médecine, persuadés qu'il pourrait se pousser seul jusqu'au baccalauréat[1].

Sa mère lui choisit une chambre, au quatrième, sur l'Eau-de-Robec[2], chez un teinturier de sa connaissance. Elle conclut les arrangements pour sa pension, se procura des meubles, une table et deux chaises, fit venir de chez elle un vieux lit en merisier, et acheta de plus un petit poêle en fonte, avec la provision de bois qui devait chauffer son pauvre enfant. Puis elle partit au bout de la semaine, après mille recommandations de se bien conduire, maintenant qu'il allait être abandonné à lui-même.[3]

Le programme des cours, qu'il lut sur l'affiche, lui fit un effet d'étourdissement : cours d'anatomie, cours de pathologie, cours de physiologie, cours de pharmacie, cours de chimie, et de botanique, et de clinique, et de thérapeutique, sans compter l'hygiène ni la matière médicale, tous noms dont il ignorait les étymologies et qui étaient comme autant de portes de sanctuaires pleins d'augustes ténèbres[4].

Il n'y comprit rien ; il avait beau écouter, il ne saisissait pas. Il travaillait pourtant, il avait des cahiers reliés, il suivait tous les cours, il ne perdait pas une seule visite. Il accomplissait sa petite tâche quotidienne à la manière du cheval de manège, qui tourne en place les yeux bandés, ignorant de la besogne qu'il broie.

Pour lui épargner de la dépense, sa mère lui envoyait chaque semaine, par le messager, un morceau de veau

---

1. Au début du XIXe siècle, c'est le baccalauréa ès lettres qui était exigé pour préparer un doctorat en médecine. **2.** Le lieu est prévu dès le premier scénario : « loge sur l'eau de Robec ». Il s'agit d'un endroit sordide, d'un égout ouvert, au long duquel étaient installées des teintureries. **3.** Un long passage est ici supprimé sur la copie (voir « Repentirs », texte n° 3, p. 513-514). **4.** Bouvard et Pécuchet traverseront à leur tour, en amateurs, ces différents domaines : *Bouvard et Pécuchet*, chapitre 3.

cuit au four, avec quoi il déjeunait le matin, quand il était rentré de l'hôpital, tout en battant la semelle[1] contre le mur. Ensuite il fallait courir aux leçons, à l'amphithéâtre, à l'hospice, et revenir chez lui, à travers toutes les rues. Le soir, après le maigre dîner de son propriétaire, il remontait à sa chambre et se remettait au travail, dans ses habits mouillés qui fumaient sur son corps, devant le poêle rougi.

Dans les beaux soirs d'été, à l'heure où les rues tièdes sont vides, quand les servantes jouent au volant sur le seuil des portes, il ouvrait sa fenêtre et s'accoudait. La rivière, qui fait de ce quartier de Rouen comme une ignoble petite Venise, coulait en bas, sous lui, jaune, violette ou bleue, entre ses ponts et ses grilles. Des ouvriers, accroupis au bord, lavaient leurs bras dans l'eau. Sur des perches partant du haut des greniers, des écheveaux de coton séchaient à l'air. En face, au-delà des toits, le grand ciel pur s'étendait, avec le soleil rouge se couchant. Qu'il devait faire bon là-bas ! Quelle fraîcheur sous la hêtrée ! Et il ouvrait les narines pour aspirer les bonnes odeurs de la campagne, qui ne venaient pas jusqu'à lui.

Il maigrit, sa taille s'allongea, et sa figure prit une sorte d'expression dolente qui la rendit presque intéressante.

Naturellement, par nonchalance, il en vint à se délier de toutes les résolutions qu'il s'était faites. Une fois, il manqua la visite, le lendemain son cours, et, savourant la paresse, peu à peu, n'y retourna plus.

Il prit l'habitude du cabaret, avec la passion des dominos. S'enfermer chaque soir dans un sale appartement public, pour y taper sur des tables de marbre de petits os de mouton marqués de points noirs, lui semblait un acte précieux de sa liberté, qui le rehaussait d'estime vis-à-vis de lui-même. C'était comme l'initiation au monde, l'accès des plaisirs défendus ; et, en

---

1. Frapper des pieds, pour les réchauffer.

entrant, il posait la main sur le bouton de la porte avec une joie presque sensuelle. Alors, beaucoup de choses comprimées en lui se dilatèrent ; il apprit par cœur des couplets qu'il chantait aux bienvenues, s'enthousiasma pour Béranger[1], sut faire du punch[2] et connut enfin l'amour[3].

Grâce à ces travaux préparatoires, il échoua complètement à son examen d'officier de santé[4]. On l'attendait le soir même à la maison pour fêter son succès !

Il partit à pied et s'arrêta vers l'entrée du village, où il fit demander sa mère, lui conta tout. Elle l'excusa, rejetant l'échec sur l'injustice des examinateurs, et le raffermit un peu, se chargeant d'arranger les choses. Cinq ans plus tard seulement, M. Bovary connut la vérité ; elle était vieille, il l'accepta, ne pouvant d'ailleurs supposer qu'un homme issu de lui fût un sot.

Charles se remit donc au travail et prépara sans discontinuer les matières de son examen, dont il apprit d'avance toutes les questions par cœur. Il fut reçu avec

---

1. Pierre-Jean de Béranger (1780-1857), chansonnier très populaire dans tout le XIXe siècle, porteur d'une mémoire vivante de la Révolution de 1789 et de l'époque napoléonienne : il fut condamné à plusieurs reprises sous la Restauration pour ses attaques contre l'aristocratie et la monarchie ; il fut favorable à la révolution de 1830, et, brièvement, membre de l'Assemblée constituante en 1848. Ses chansons et poèmes ont été régulièrement republiés, ses œuvres posthumes (92 chansons et son autobiographie) furent publiées dès 1858.   **2.** *DIR* : « PUNCH Convient à une soirée de garçons — Source de délires — éteindre les lumières quand on l'allume — et ça produit des flammes fantastiques » (article raturé).   **3.** Un long passage sur les « mésaventures » de Charles est supprimé sur la copie (voir « Repentirs », texte n° 4, p. 514-515).   **4.** La médecine est, pendant tout le XIXe siècle, très hiérarchisée en deux ordres, « reflétant fidèlement l'opposition entre la bourgeoisie et le peuple » (Jacques Léonard, *La France médicale au XIXe siècle*, Gallimard/Julliard, 1978) : l'officier de santé est un médecin de « second ordre », qui n'a pas à être titulaire du baccalauréat, qui ne peut exercer que dans le département où il a obtenu son titre, dont les interventions sont strictement limitées, et qui ne peut « pratiquer les grandes opérations chirurgicales que sous la surveillance et l'inspection d'un docteur ». L'officiat sera supprimé en 1892.

une assez bonne note. Quel beau jour pour sa mère !
On donna un grand dîner.

Où irait-il exercer son art ? À Tostes. Il n'y avait
là qu'un vieux médecin. Depuis longtemps madame
Bovary guettait sa mort, et le bonhomme n'avait point
encore plié bagage, que Charles était installé en face,
comme son successeur.

Mais ce n'était pas tout que d'avoir élevé son fils,
de lui avoir fait apprendre la médecine et découvert
Tostes pour l'exercer : il lui fallait une femme. Elle lui
en trouva une : la veuve d'un huissier de Dieppe, qui
avait quarante-cinq ans et douze cents livres de rente[1].

Quoiqu'elle fût laide, sèche comme un cotret[2], et
bourgeonnée comme un printemps, certes madame
Dubuc ne manquait pas de partis à choisir. Pour arriver
à ses fins, la mère Bovary fut obligée de les évincer
tous, et elle déjoua même fort habilement les intrigues
d'un charcutier qui était soutenu par les prêtres[3].

Charles avait entrevu dans le mariage l'avènement
d'une condition meilleure, imaginant qu'il serait plus
libre et pourrait disposer de sa personne et de son
argent. Mais sa femme fut le maître ; il devait devant
le monde dire ceci, ne pas dire cela, faire maigre tous
les vendredis, s'habiller comme elle l'entendait, harce-
ler par son ordre les clients qui ne payaient pas. Elle
décachetait ses lettres, épiait ses démarches, et l'écoutait, à travers la cloison, donner ses consultations dans
son cabinet, quand il y avait des femmes.

Il lui fallait son chocolat tous les matins, des égards
à n'en plus finir. Elle se plaignait sans cesse de ses

---

1. La livre avait la même valeur que le franc, mais le vocable
connote l'Ancien Régime. En francs actuels, environ 30 000 francs,
mais environ 240 000 francs en pouvoir d'achat. La rente est une
recette assurée annuellement, provenant de biens divers. **2.** Fagot,
ou brindille de bois qui sert à faire des fagots : « être sec comme un
cotret », expression familière pour « être très maigre » (Littré).
3. Un développement sur Charles est rayé sur la copie (voir « Repentirs », texte nº 5, p. 515).

nerfs, de sa poitrine, de ses humeurs. Le bruit des pas lui faisait mal ; on s'en allait, la solitude lui devenait odieuse ; revenait-on près d'elle, c'était pour la voir mourir, sans doute. Le soir, quand Charles rentrait, elle sortait de dessous ses draps ses longs bras maigres, les lui passait autour du cou, et, l'ayant fait asseoir au bord du lit, se mettait à lui parler de ses chagrins : il l'oubliait, il en aimait une autre ! On lui avait bien dit qu'elle serait malheureuse ; et elle finissait en lui demandant quelque sirop pour sa santé et un peu plus d'amour.

II

Une nuit, vers onze heures, ils furent réveillés par le bruit d'un cheval qui s'arrêta juste à la porte. La bonne ouvrit la lucarne du grenier et parlementa quelque temps avec un homme resté en bas, dans la rue. Il venait chercher le médecin ; il avait une lettre. *Nastasie* descendit les marches en grelottant, et alla ouvrir la serrure et les verrous, l'un après l'autre. L'homme laissa son cheval, et, suivant la bonne, entra tout à coup derrière elle. Il tira de dedans son bonnet de laine à houppes [1] grises, une lettre enveloppée dans un chiffon, et la présenta délicatement à Charles, qui s'accouda sur l'oreiller pour la lire. Nastasie, près du lit, tenait la lumière. Madame, par pudeur, restait tournée vers la ruelle [2] et montrait le dos [3].

Cette lettre, cachetée d'un petit cachet de cire

---

1. Brins de laine ou de coton liés à une extrémité, utilisés comme ornement.   2. Espace compris entre le lit et le mur.   3. Phrase supprimée sur la copie par la *Revue de Paris* puis rétablie par Flaubert.

bleue [1], suppliait M. Bovary de se rendre immédiatement à la ferme des Bertaux, pour remettre une jambe
cassée. Or il y a, de Tostes aux Bertaux, six bonnes
lieues [2] de traverse, en passant par Longueville et Saint-
Victor. La nuit était noire. Madame Bovary jeune [3]
redoutait les accidents pour son mari. Donc il fut
décidé que le valet d'écurie prendrait les devants.
Charles partirait trois heures plus tard, au lever de la
lune. On enverrait un gamin à sa rencontre, afin de lui
montrer le chemin de la ferme et d'ouvrir les clôtures
devant lui.

Vers quatre heures du matin, Charles, bien enveloppé dans son manteau, se mit en route pour les Bertaux. Encore endormi par la chaleur du sommeil, il se
laissait bercer au trot pacifique de sa bête. Quand elle
s'arrêtait d'elle-même devant ces trous entourés
d'épines que l'on creuse au bord des sillons, Charles
se réveillant en sursaut, se rappelait vite la jambe cassée, et il tâchait de se remettre en mémoire toutes les
fractures qu'il savait. La pluie ne tombait plus ; le jour
commençait à venir, et, sur les branches des pommiers
sans feuilles, des oiseaux se tenaient immobiles, héris-
sant leurs petites plumes au vent froid du matin. La
plate campagne s'étalait à perte de vue, et les bouquets
d'arbres autour des fermes faisaient, à intervalles éloignés, des taches d'un violet noir sur cette grande surface grise, qui se perdait à l'horizon dans le ton morne
du ciel. Charles, de temps à autre, ouvrait les yeux ;
puis, son esprit se fatiguant et le sommeil revenant de
soi-même, bientôt il entrait dans une sorte d'assoupissement où, ses sensations récentes se confondant avec
des souvenirs, lui-même se percevait double, à la fois
étudiant et marié, couché dans son lit comme tout à
l'heure, traversant une salle d'opérés comme autrefois.

---

1. Le chromatisme du bleu traverse tout le roman, comme un motif musical autour d'Emma Bovary.   **2.** Environ 24 kilomètres.
3. S'oppose à « Madame Bovary mère ».

L'odeur chaude des cataplasmes se mêlait dans sa tête à la verte odeur de la rosée ; il entendait rouler sur leur tringle les anneaux de fer des lits et sa femme dormir [1]... Comme il passait par Vassonville, il aperçut, au bord d'un fossé, un jeune garçon assis sur l'herbe.

— Êtes-vous le médecin ? demanda l'enfant.

Et, sur la réponse de Charles, il prit ses sabots à ses mains et se mit à courir devant lui.

L'officier de santé, chemin faisant, comprit aux discours de son guide que M. Rouault devait être un cultivateur des plus aisés. Il s'était cassé la jambe, la veille au soir, en revenant de *faire les Rois*, chez un voisin. Sa femme était morte depuis deux ans. Il n'avait avec lui que sa *demoiselle*, qui l'aidait à tenir la maison.

Les ornières devinrent plus profondes. On approchait des Bertaux. Le petit gars, se coulant alors par un trou de haie, disparut, puis il revint au bout d'une cour en ouvrir la barrière. Le cheval glissait sur l'herbe mouillée ; Charles se baissait pour passer sous les branches. Les chiens de garde à la niche aboyaient en tirant sur leur chaîne. Quand il entra dans les Bertaux, son cheval eut peur et fit un grand écart [2].

C'était une ferme de bonne apparence. On voyait dans les écuries, par le dessus des portes ouvertes, de gros chevaux de labour qui mangeaient tranquillement dans des râteliers neufs. Le long des bâtiments s'étendait un large fumier, de la buée s'en élevait, et, parmi les poules et les dindons, picoraient dessus cinq ou six paons, luxe des basses-cours cauchoises. La bergerie était longue, la grange était haute, à murs lisses comme la main. Il y avait sous le hangar deux grandes charrettes et quatre charrues, avec leurs fouets, leurs colliers, leurs équipages complets, dont les toisons de laine bleue se salissaient à la poussière fine qui tom-

---

1. Phrase supprimée sur la copie par la *Revue de Paris*, puis rétablie par Flaubert.   **2.** Phrase supprimée sur la copie par la *Revue de Paris*, puis rétablie par Flaubert.

bait des greniers. La cour allait en montant, plantée
d'arbres symétriquement espacés, et le bruit gai d'un
troupeau d'oies retentissait près de la mare.

Une jeune femme, en robe de mérinos [1] bleu garnie
de trois volants, vint sur le seuil de la maison pour
recevoir M. Bovary, qu'elle fit entrer dans la cuisine,
où flambait un grand feu. Le déjeuner des gens bouil-
lonnait alentour, dans des petits pots de taille inégale.
Des vêtements humides séchaient dans l'intérieur de la
cheminée. La pelle, les pincettes et le bec du soufflet,
tous de proportion colossale, brillaient comme de
l'acier poli, tandis que le long des murs s'étendait une
abondante batterie de cuisine, où miroitait inégalement
la flamme claire du foyer, jointe aux premières lueurs
du soleil arrivant par les carreaux.

Charles monta, au premier, voir le malade. Il le
trouva dans son lit, suant sous ses couvertures et ayant
rejeté bien loin son bonnet de coton. C'était un gros
petit homme de cinquante ans, à la peau blanche, à
l'œil bleu, chauve sur le devant de la tête, et qui portait
des boucles d'oreilles [2]. Il avait à ses côtés, sur une
chaise, une grande carafe d'eau-de-vie, dont il se versait de temps à autre pour se donner du cœur au
ventre ; mais, dès qu'il vit le médecin, son exaltation
tomba, et, au lieu de sacrer comme il faisait depuis
douze heures, il se prit à geindre faiblement.

La fracture était simple, sans complication d'aucune
espèce. Charles n'eût osé en souhaiter de plus facile.
Alors, se rappelant les allures de ses maîtres auprès du
lit des blessés, il réconforta le patient avec toutes sortes
de bons mots, caresses chirurgicales qui sont comme
l'huile dont on graisse les bistouris. Afin d'avoir des

---

1. Étoffe tissée avec la laine de mérinos, mouton importé en
Espagne au milieu du XVIIIe siècle. Elle ne fut fabriquée en France
qu'à partir du début du XIXe siècle ; c'est alors encore un tissu cher et
recherché.   **2.** Traditionnellement, les marins portaient à l'oreille
des anneaux, censés améliorer la vue. L'usage en était passé dans la
paysannerie normande.

attelles, on alla chercher, sous la charretterie, un paquet de lattes. Charles en choisit une, la coupa en morceaux et la polit avec un éclat de vitre, tandis que la servante déchirait des draps pour faire des bandes, et que mademoiselle Emma tâchait à coudre des coussinets. Comme elle fut longtemps avant de trouver son étui, son père s'impatienta ; elle ne répondit rien ; mais, tout en cousant, elle se piquait les doigts, qu'elle portait ensuite à sa bouche pour les sucer.

Charles fut surpris de la blancheur de ses ongles. Ils étaient brillants, fins du bout, plus nettoyés que les ivoires de Dieppe [1], et taillés en amande. Sa main pourtant n'était pas belle, point assez pâle peut-être, et un peu sèche aux phalanges ; elle était trop longue aussi, et sans molles inflexions de lignes sur les contours. Ce qu'elle avait de beau, c'étaient les yeux ; quoiqu'ils fussent bruns, ils semblaient noirs à cause des cils, et son regard arrivait franchement à vous avec une hardiesse candide [2].

Une fois le pansement fait, le médecin fut invité, par M. Rouault lui-même, à *prendre un morceau* avant de partir.

Charles descendit dans la salle, au rez-de-chaussée. Deux couverts, avec des timbales d'argent, y étaient mis sur une petite table, au pied d'un grand lit à baldaquin revêtu d'une indienne à personnages représentant des Turcs. On sentait une odeur d'iris et de draps humides, qui s'échappait de la haute armoire en bois de chêne, faisant face à la fenêtre. Par terre, dans les angles, étaient rangés, debout, des sacs de blé. C'était le trop-plein du grenier proche, où l'on montait par trois marches de pierre. Il y avait, pour décorer l'appar-

---

1. L'ivoirerie était une industrie importante à Dieppe au XIXe siècle : « Ses ouvrages d'ivoirerie sont recherchés à bon droit, car ce sont de petits chefs-d'œuvre de patience et de bon goût » (*GDU*).   2. Suit un développement supprimé sur la copie (voir « Repentirs », texte n° 6, p. 515).

tement, accrochée à un clou, au milieu du mur dont la peinture verte s'écaillait sous le salpêtre, une tête de Minerve au crayon noir, encadrée de dorure, et qui portait au bas, écrit en lettres gothiques : « À mon cher papa. »

On parla d'abord du malade, puis du temps qu'il faisait, des grands froids, des loups [1] qui couraient les champs, la nuit. Mademoiselle Rouault ne s'amusait guère à la campagne, maintenant surtout qu'elle était chargée presque à elle seule des soins de la ferme. Comme la salle était fraîche, elle grelottait tout en mangeant, ce qui découvrait un peu ses lèvres charnues, qu'elle avait coutume de mordillonner à ses moments de silence.

Son cou sortait d'un col blanc, rabattu. Ses cheveux, dont les deux bandeaux noirs semblaient chacun d'un seul morceau, tant ils étaient lisses, étaient séparés sur le milieu de la tête par une raie fine, qui s'enfonçait légèrement selon la courbe du crâne ; et, laissant voir à peine le bout de l'oreille, ils allaient se confondre par derrière en un chignon abondant, avec un mouvement ondé vers les tempes, que le médecin de campagne remarqua là pour la première fois de sa vie. Ses pommettes étaient roses. Elle portait, comme un homme, passé entre deux boutons de son corsage, un lorgnon [2] d'écaille.

Quand Charles, après être monté dire adieu au père Rouault, rentra dans la salle avant de partir, il la trouva debout, le front contre la fenêtre, et qui regardait dans le jardin, où les échalas [3] des haricots avaient été renversés par le vent. Elle se retourna.

— Cherchez-vous quelque chose ? demanda-t-elle.

---

1. Les loups étaient encore nombreux dans les campagnes au XIXe siècle ; on trouve des « pièges à loup », dans la ferme des Liébard, dans *Un cœur simple* (Le Livre de Poche, p. 57).　**2.** *DIR* : « LORGNON Insolent et distingué. »　**3.** Étais en bois pour les arbustes et les plants grimpants.

— Ma cravache, s'il vous plaît, répondit-il.

Et il se mit à fureter sur le lit, derrière les portes, sous les chaises ; elle était tombée à terre, entre les sacs et la muraille. Mademoiselle Emma l'aperçut ; elle se pencha sur les sacs de blé. Charles, par galanterie, se précipita et, comme il allongeait aussi son bras dans le même mouvement, il sentit sa poitrine effleurer le dos de la jeune fille, courbée sous lui. Elle se redressa toute rouge et le regarda par-dessus l'épaule, en lui tendant son nerf de bœuf.

Au lieu de revenir aux Bertaux trois jours après, comme il l'avait promis, c'est le lendemain même qu'il y retourna, puis deux fois la semaine régulièrement, sans compter les visites inattendues qu'il faisait de temps à autre, comme par mégarde.

Tout, du reste, alla bien ; la guérison s'établit selon les règles, et quand, au bout de quarante-six jours, on vit le père Rouault qui s'essayait à marcher seul dans sa *masure*[1], on commença à considérer M. Bovary comme un homme de grande capacité. Le père Rouault disait qu'il n'aurait pas été mieux guéri par les premiers médecins d'Yvetot ou même de Rouen.

Quant à Charles, il ne chercha point à se demander pourquoi il venait aux Bertaux avec plaisir. Y eût-il songé, qu'il aurait sans doute attribué son zèle à la gravité du cas, ou peut-être au profit qu'il en espérait. Était-ce pour cela, cependant, que ses visites à la ferme faisaient, parmi les pauvres occupations de sa vie, une exception charmante ? Ces jours-là il se levait de bonne heure, partait au galop, poussait sa bête[2], puis il descendait pour s'essuyer les pieds sur l'herbe, et passait ses gants noirs avant d'entrer. Il aimait à se voir arriver dans la cour, à sentir contre son épaule la barrière qui tournait, et le coq qui chantait sur le mur, les garçons qui venaient à sa rencontre. Il aimait la grange

---

1. Basse-cour (normandisme).   **2.** Forcer le cheval pour le faire aller le plus vite possible.

et les écuries ; il aimait le père Rouault, qui lui tapait
dans la main en l'appelant son sauveur ; il aimait les
petits sabots de mademoiselle Emma sur les dalles
lavées de la cuisine ; ses talons hauts la grandissaient
un peu, et, quand elle marchait devant lui, les semelles
de bois, se relevant vite, claquaient avec un bruit sec
contre le cuir de la bottine.

Elle le reconduisait toujours jusqu'à la première
marche du perron. Lorsqu'on n'avait pas encore amené
son cheval, elle restait là. On s'était dit adieu, on ne
parlait plus ; le grand air l'entourait, levant pêle-mêle
les petits cheveux follets de sa nuque, ou secouant sur
sa hanche les cordons de son tablier, qui se tortillaient
comme des banderoles[1]. Une fois, par un temps de
dégel, l'écorce des arbres suintait dans la cour, la neige
sur les couvertures des bâtiments se fondait. Elle était
sur le seuil ; elle alla chercher son ombrelle, elle l'ouvrit. L'ombrelle, de soie gorge de pigeon, que traversait le soleil, éclairait de reflets mobiles la peau
blanche de sa figure. Elle souriait là-dessous à la chaleur tiède ; et on entendait les gouttes d'eau, une à une,
tomber sur la moire tendue.

Dans les premiers temps que Charles fréquentait les
Bertaux, madame Bovary jeune ne manquait pas de
s'informer du malade, et même sur le livre qu'elle
tenait en partie double[2], elle avait choisi pour
M. Rouault une belle page blanche. Mais quand elle
sut qu'il avait une fille, elle alla aux informations ; et
elle apprit que mademoiselle Rouault, élevée au couvent, chez les Ursulines, avait reçu, comme on dit, *une
belle éducation*, qu'elle savait, en conséquence, la
danse, la géographie, le dessin, faire de la tapisserie et
toucher du piano. Ce fut le comble !

— C'est donc pour cela, se disait-elle, qu'il a la

---

1. Suit un développement supprimé sur la copie (voir « Repentirs »,
texte n° 7, p. 515).   **2.** Enregistrement d'une comptabilité sous deux
aspects distincts.

figure si épanouie quand il va la voir, et qu'il met son gilet neuf, au risque de l'abîmer à la pluie ? Ah ! cette femme ! cette femme !...

Et elle la détesta, d'instinct. D'abord, elle se soulagea par des allusions, Charles ne les comprit pas ; ensuite, par des réflexions incidentes qu'il laissait passer de peur de l'orage ; enfin, par des apostrophes à brûle-pourpoint auxquelles il ne savait que répondre.

— D'où vient qu'il retournait aux Bertaux, puisque M. Rouault était guéri et que ces gens-là n'avaient pas encore payé ? Ah ! c'est qu'il y avait là-bas *une personne*, quelqu'un qui savait causer, une brodeuse, un bel esprit. C'était là ce qu'il aimait : il lui fallait des demoiselles de ville ! — Et elle reprenait :

— La fille au père Rouault, une demoiselle de ville ! Allons donc ! leur grand-père était berger, et ils ont un cousin qui a failli passer par les assises pour un mauvais coup, dans une dispute. Ce n'est pas la peine de faire tant de fla-fla[1], ni de se montrer le dimanche à l'église avec une robe de soie, comme une comtesse. Pauvre bonhomme, d'ailleurs, qui, sans les colzas de l'an passé, eût été bien embarrassé de payer ses arrérages[2] !

Par lassitude, Charles cessa de retourner aux Bertaux. Héloïse lui avait fait jurer qu'il n'irait plus, la main sur son livre de messe, après beaucoup de sanglots et de baisers, dans une grande explosion d'amour. Il obéit donc ; mais la hardiesse de son désir protesta contre la servilité de sa conduite, et, par une sorte d'hypocrisie naïve, il estima que cette défense de la voir était pour lui comme un droit de l'aimer. Et puis la veuve était maigre ; elle avait les dents longues ; elle portait en toute saison un petit châle noir dont la pointe lui descendait entre les omoplates ; sa taille dure était engainée dans des robes en façon de fourreau, trop

---

1. Rechercher l'effet, expression alors récente, apparue vers 1830.
2. Redevance périodique dont le paiement est en retard.

courtes, qui découvraient ses chevilles, avec les rubans
de ses souliers larges s'entrecroisant sur des bas gris.

La mère de Charles venait les voir de temps à autre ;
mais, au bout de quelques jours, la bru semblait l'aiguiser à son fil ; et alors, comme deux couteaux, elles
étaient à le scarifier [1] par leurs réflexions et leurs observations. Il avait tort de tant manger ! Pourquoi toujours
offrir la goutte au premier venu ? Quel entêtement que
de ne pas vouloir porter de flanelle !

Il arriva qu'au commencement du printemps, un
notaire d'Ingouville, détenteur de fonds à la veuve
Dubuc, s'embarqua, par une belle marée, emportant
avec lui tout l'argent de son étude [2]. Héloïse, il est vrai,
possédait encore, outre une part de bateau évaluée six
mille francs, sa maison de la rue Saint-François ; et
cependant, de toute cette fortune que l'on avait fait
sonner si haut, rien, si ce n'est un peu de mobilier et
quelques nippes [3], n'avait paru dans le ménage. Il fallut
tirer la chose au clair. La maison de Dieppe se trouva
vermoulue d'hypothèques jusque dans ses pilotis ; ce
qu'elle avait mis chez le notaire, Dieu seul le savait, et
la part de barque n'excéda point mille écus. Elle avait
donc menti, la bonne dame ! Dans son exaspération,
M. Bovary père, brisant une chaise contre les pavés,
accusa sa femme d'avoir fait le malheur de leur fils en
l'attelant à une haridelle [4] semblable, dont les harnais
ne valaient pas la peau. Ils vinrent à Tostes. On s'expliqua. Il y eut des scènes. Héloïse, en pleurs, se jetant
dans les bras de son mari, le conjura de la défendre de

---

1. Inciser superficiellement la peau : la métaphore chirurgicale est
l'aboutissement des métaphores du couteau : « aiguiser à son fil »,
« comme deux couteaux ».   2. *DIR* : « NOTAIRES Maintenant ne pas
s'y fier. » Dans *Un cœur simple* Mme Aubin est victime des « turpitu-
des » de son homme d'affaires : la « ruine » est un trait narratif récurrent chez Flaubert (avec son symétrique, l'héritage).   3. Vêtements
usés, pauvres, laids.   4. Mauvais cheval maigre ; au figuré et péjoratif : une grande femme sèche et maigre.

ses parents. Charles voulut parler pour elle. Ceux-ci se
choquèrent, et ils partirent.

Mais *le coup était porté*. Huit jours après, comme
elle étendait du linge dans sa cour, elle fut prise d'un
crachement de sang, et le lendemain, tandis que
Charles avait le dos tourné pour fermer le rideau de la
fenêtre, elle dit : « Ah ! mon Dieu ! » poussa un soupir
et s'évanouit. Elle était morte ! Quel étonnement !

Quand tout fut fini au cimetière, Charles rentra chez
lui. Il ne trouva personne en bas ; il monta au premier,
dans la chambre, vit sa robe encore accrochée au pied
de l'alcôve ; alors, s'appuyant contre le secrétaire, il
resta jusqu'au soir perdu dans une rêverie douloureuse.
Elle l'avait aimé, après tout.

III

Un matin, le père de Rouault vint apporter à Charles
le payement de sa jambe remise : soixante et quinze
francs en pièces de quarante sous, et une dinde. Il avait
appris son malheur, et l'en consola tant qu'il put.

— Je sais ce que c'est ! disait-il en lui frappant sur
l'épaule ; j'ai été comme vous, moi aussi ! Quand j'ai
eu perdu ma pauvre défunte, j'allais dans les champs
pour être tout seul ; je tombais au pied d'un arbre, je
pleurais, j'appelais le bon Dieu, je lui disais des sot-
tises ; j'aurais voulu être comme les taupes, que je
voyais aux branches, qui avaient des vers leur grouil-
lant dans le ventre, crevé, enfin. Et quand je pensais
que d'autres, à ce moment-là, étaient avec leurs bonnes
petites femmes à les tenir embrassées contre eux, je
tapais de grands coups par terre avec mon bâton ;
j'étais quasiment fou, que je ne mangeais plus ; l'idée
d'aller seulement au café me dégoûtait, vous ne croi-

riez pas. Eh bien, tout doucement, un jour chassant l'autre, un printemps sur un hiver et un automne par-dessus un été, ça a coulé brin à brin, miette à miette ; ça s'en est allé, c'est parti, c'est descendu, je veux dire, car il vous reste toujours quelque chose au fond, comme qui dirait... un poids, là, sur la poitrine ! Mais, puisque c'est notre sort à tous, on ne doit pas non plus se laisser dépérir, et, parce que d'autres sont morts, vouloir mourir... Il faut vous secouer, monsieur Bova-ry ; ça se passera ! Venez nous voir ; ma fille pense à vous de temps à autre, savez-vous bien, et elle dit comme ça que vous l'oubliez. Voilà le printemps bien-tôt ; nous vous ferons tirer un lapin dans la garenne [1], pour vous dissiper [2] un peu.

Charles suivit son conseil. Il retourna aux Bertaux ; il retrouva tout comme la veille, comme il y avait cinq mois, c'est-à-dire. Les poiriers déjà étaient en fleur, et le bonhomme Rouault, debout maintenant, allait et venait, ce qui rendait la ferme plus animée.

Croyant qu'il était de son devoir de prodiguer au médecin le plus de politesses possible, à cause de sa position douloureuse, il le pria de ne point se découvrir la tête, lui parla à voix basse, comme s'il eût été ma-lade, et même fit semblant de se mettre en colère de ce que l'on n'avait pas apprêté à son intention quelque chose d'un peu plus léger que tout le reste, tels que des petits pots de crème ou des poires cuites. Il conta des histoires. Charles se surprit à rire ; mais le souvenir de sa femme, lui revenant tout à coup, l'assombrit. On apporta le café ; il n'y pensa plus.

Il y pensa moins, à mesure qu'il s'habituait à vivre seul. L'agrément nouveau de l'indépendance lui rendit bientôt la solitude plus supportable. Il pouvait changer maintenant les heures de ses repas, rentrer ou sortir sans donner de raisons, et, lorsqu'il était bien fatigué,

---

1. Territoire boisé, réservé, dans lequel les lapins vivent et se multi-plient à l'état sauvage.   2. Se distraire, sans nuance péjorative.

s'étendre de ses quatre membres, tout en large, dans son lit. Donc, il se choya, se dorlota et accepta les consolations qu'on lui donnait. D'autre part, la mort de sa femme ne l'avait pas mal servi dans son métier, car on avait répété durant un mois : « Ce pauvre jeune homme ! quel malheur ! » Son nom s'était répandu, sa clientèle s'était accrue ; et puis il allait aux Bertaux tout à son aise. Il avait un espoir sans but, un bonheur vague ; il se trouvait la figure plus agréable en brossant ses favoris devant son miroir[1].

Il arriva un jour vers trois heures ; tout le monde était aux champs ; il entra dans la cuisine, mais n'aperçut point d'abord Emma ; les auvents[2] étaient fermés. Par les fentes du bois, le soleil allongeait sur les pavés de grandes raies minces, qui se brisaient à l'angle des meubles et tremblaient au plafond. Des mouches, sur la table, montaient le long des verres qui avaient servi, et bourdonnaient en se noyant au fond, dans le cidre resté. Le jour qui descendait par la cheminée, veloutant la suie de la plaque, bleuissait un peu les cendres froides. Entre la fenêtre et le foyer, Emma cousait ; elle n'avait point de fichu, on voyait sur ses épaules nues de petites gouttes de sueur.

Selon la mode de la campagne, elle lui proposa de boire quelque chose. Il refusa, elle insista, et enfin lui offrit, en riant, de prendre un verre de liqueur avec elle. Elle alla donc chercher dans l'armoire une bouteille de curaçao[3], atteignit deux petits verres, emplit l'un jusqu'au bord, versa à peine dans l'autre, et, après avoir trinqué, le porta à sa bouche. Comme il était presque vide, elle se renversait pour boire ; et, la tête en arrière, les lèvres avancées, le cou tendu, elle riait de ne rien sen-

---

1. Depuis « D'autre part... » jusqu'au début du paragraphe suivant, ce texte est le résultat de nombreuses transformations apportées par Flaubert sur la copie, qui rétablissait partiellement tout un passage rayé (voir « Repentirs », texte n° 8, p. 515-516).   2. Volets, ou contre-vents.   3. Liqueur à base de zeste d'oranges amères, alors nouvelle, et rare, considérée comme « tonique et hygiénique ».

tir, tandis que le bout de sa langue, passant entre ses
dents fines, léchait à petits coups le fond du verre.

Elle se rassit et elle reprit son ouvrage, qui était un
bas de coton blanc où elle faisait des reprises ; elle
travaillait le front baissé ; elle ne parlait pas, Charles
non plus. L'air, passant par le dessous de la porte,
poussait un peu de poussière sur les dalles ; il la regardait se traîner, et il entendait seulement le battement
intérieur de sa tête, avec le cri d'une poule, au loin,
qui pondait dans les cours. Emma, de temps à autre, se
rafraîchissait les joues en y appliquant la paume de ses
mains [1], qu'elle refroidissait après cela sur la pomme
de fer des grands chenets.

Elle se plaignit d'éprouver, depuis le commencement de la saison, des étourdissements ; elle demanda
si les bains de mer lui seraient utiles ; elle se mit à
causer du couvent, Charles de son collège, les phrases
leur vinrent. Ils montèrent dans sa chambre. Elle lui fit
voir ses anciens cahiers de musique, les petits livres
qu'on lui avait donnés en prix et les couronnes en
feuilles de chêne, abandonnées dans un bas d'armoire.
Elle lui parla encore de sa mère, du cimetière, et même
lui montra dans le jardin la plate-bande dont elle cueil-
lait les fleurs, tous les premiers vendredis de chaque
mois, pour les aller mettre sur sa tombe. Mais le jardi-
nier qu'ils avaient n'y entendait rien ; on était si mal
servi ! Elle eût bien voulu, ne fût-ce au moins que
pendant l'hiver, habiter la ville, quoique la longueur
des beaux jours rendît peut-être la campagne plus
ennuyeuse encore durant l'été ; — et, selon ce qu'elle
disait, sa voix était claire, aiguë, ou se couvrant de
langueur tout à coup, traînait des modulations qui finis-

---

1. « La paume appliquée aux joues : ce n'est pas la première fois,
dans le récit, qu'Emma est figurée, dans le geste d'un contact avec
son propre corps, suscitant ou s'efforçant de modifier elle-même sa
sensibilité » (Jean Starobinski, « L'échelle des températures », dans
Travail de Flaubert, Le Seuil, coll. « Points », 1983, p. 48).

saient presque en murmures, quand elle se parlait à
elle-même, — tantôt joyeuse, ouvrant des yeux naïfs,
puis les paupières à demi closes, le regard noyé
d'ennui, la pensée vagabondant.

Le soir, en s'en retournant, Charles reprit une à une
les phrases qu'elle avait dites, tâchant de se les rappeler, d'en compléter le sens, afin de se faire la portion
d'existence [1] qu'elle avait vécu dans le temps qu'il ne
la connaissait pas encore. Mais jamais il ne put la voir
en sa pensée, différemment qu'il ne l'avait vue la première fois, ou telle qu'il venait de la quitter tout à
l'heure. Puis il se demanda ce qu'elle deviendrait, si
elle se marierait, et à qui ? hélas ! le père Rouault était
bien riche, et elle !... si belle ! Mais la figure d'Emma
revenait toujours se placer devant ses yeux, et quelque
chose de monotone comme le ronflement d'une toupie
bourdonnait à ses oreilles : « Si tu te mariais, pourtant !
si tu te mariais ! » La nuit, il ne dormit pas, sa gorge
était serrée, il avait soif ; il se leva pour aller boire à
son pot à l'eau et il ouvrit la fenêtre ; le ciel était couvert d'étoiles, un vent chaud passait, au loin des chiens
aboyaient. Il tourna la tête du côté des Bertaux.

Pensant qu'après tout l'on ne risquait rien, Charles se
promit de faire la demande quand l'occasion s'en offri-
rait ; mais, chaque fois qu'elle s'offrit, la peur de ne
point trouver les mots convenables lui collait les lèvres.

Le père Rouault n'eût pas été fâché qu'on le débar-
rassât de sa fille, qui ne lui servait guère dans sa maison. Il l'excusait intérieurement, trouvant qu'elle avait
trop d'esprit pour la culture, métier maudit du ciel,
puisqu'on n'y voyait jamais de millionnaire. Loin d'y
avoir fait fortune, le bonhomme y perdait tous les ans ;
car, s'il excellait dans les marchés, où il se plaisait aux
ruses du métier, en revanche la culture proprement
dite, avec le gouvernement intérieur de la ferme, lui
convenait moins qu'à personne. Il ne retirait pas volon-

---

1. « Se représenter la portion d'existence... »

tiers ses mains de dedans ses poches, et n'épargnait point la dépense pour tout ce qui regardait sa vie, voulant être bien nourri, bien chauffé, bien couché. Il aimait le gros cidre, les gigots saignants, les *glorias*[1] longuement battus. Il prenait ses repas dans la cuisine, seul, en face du feu, sur une petite table qu'on lui apportait toute servie, comme au théâtre.

Lorsqu'il s'aperçut donc que Charles avait les pommettes rouges près de sa fille, ce qui signifiait qu'un de ces jours on la lui demanderait en mariage, il rumina d'avance toute l'affaire. Il le trouvait bien un peu *gringalet*, et ce n'était pas là un gendre comme il l'eût souhaité ; mais on le disait de bonne conduite, économe, fort instruit, et sans doute qu'il ne chicanerait pas trop sur la dot. Or, comme le père Rouault allait être forcé de vendre vingt-deux acres[2] de *son bien*, qu'il devait beaucoup au maçon, beaucoup au bourrelier, que l'arbre du pressoir était à remettre :

— S'il me la demande, se dit-il, je la lui donne.

À l'époque de la Saint-Michel[3], Charles était venu passer trois jours aux Bertaux. La dernière journée s'était écoulée comme les précédentes, à reculer de quart d'heure en quart d'heure. Le père Rouault lui fit la conduite ; ils marchaient dans un chemin creux, ils s'allaient quitter ; c'était le moment. Charles se donna jusqu'au coin de la haie, et enfin, quand on l'eut dépassée :

— Maître Rouault, murmura-t-il, je voudrais bien vous dire quelque chose.

Ils s'arrêtèrent. Charles se taisait.

— Mais contez-moi votre histoire ! est-ce que je ne sais pas tout ? dit le père Rouault, en riant doucement.

---

1. Café sucré mélangé d'eau-de-vie. **2.** Mesure agraire qui valait environ 52 ares ; soit au total un peu plus de 11 hectares. **3.** Le 29 septembre. C'était l'époque du paiement des loyers agricoles.

— Père [1] Rouault..., père Rouault..., balbutia Charles.

— Moi, je ne demande pas mieux, continua le fermier. Quoique sans doute la petite soit de mon idée, il faut pourtant lui demander son avis. Allez-vous-en donc ; je m'en vais retourner chez nous. Si c'est oui, entendez-moi bien, vous n'aurez pas besoin de revenir, à cause du monde, et, d'ailleurs, ça la saisirait trop. Mais pour que vous ne vous mangiez pas le sang, je pousserai tout grand l'auvent de la fenêtre contre le mur : vous pourrez le voir par derrière, en vous penchant sur la haie.

Et il s'éloigna.

Charles attacha son cheval à un arbre. Il courut se mettre dans le sentier ; il attendit. Une demi-heure se passa, puis il compta dix-neuf minutes à sa montre. Tout à coup un bruit se fit contre le mur ; l'auvent s'était rabattu, la cliquette [2] tremblait encore.

Le lendemain, dès neuf heures, il était à la ferme. Emma rougit quand il entra, tout en s'efforçant de rire un peu, par contenance. Le père Rouault embrassa son futur gendre. On remit à causer des arrangements d'intérêt ; on avait, d'ailleurs, du temps devant soi, puisque le mariage ne pouvait décemment avoir lieu avant la fin du deuil de Charles, c'est-à-dire vers le printemps de l'année prochaine.

L'hiver se passa dans cette attente. Mademoiselle Rouault s'occupa de son trousseau. Une partie en fut commandée à Rouen, et elle se confectionna des chemises et des bonnets de nuit, d'après des dessins de modes qu'elle emprunta. Dans les visites que Charles faisait à la ferme, on causait des préparatifs de la noce ;

---

1. « Maître Rouault », « Père Rouault » : le titre de « Maître » (au lieu de « Monsieur ») était encore d'usage au XIXᵉ siècle pour s'adresser à un artisan ou à un paysan ; le terme de « Père... », aujourd'hui encore en usage dans la langue familière, désigne ici à la fois le respect et l'affection. **2.** *Auvent* : volet ; *cliquette* : crochet. Ces signes s'inscrivent comme dans un conte.

on se demandait dans quel appartement[1] se donnerait le dîner ; on rêvait à la quantité de plats qu'il faudrait et quelles seraient les entrées.

Emma eût, au contraire, désiré se marier à minuit, aux flambeaux ; mais le père Rouault ne comprit rien à cette idée. Il y eut donc une noce, où vinrent quarante-trois personnes, où l'on resta seize heures à table, qui recommença le lendemain et quelque peu les jours suivants.

IV

Les conviés arrivèrent de bonne heure dans des voitures, carrioles à un cheval, chars à bancs à deux roues, vieux cabriolets sans capote, tapissières à rideaux de cuir, et les jeunes gens des villages les plus voisins dans des charrettes[2] où ils se tenaient debout, en rang, les mains appuyées sur les ridelles[3] pour ne pas tomber, allant au trot et secoués dur. Il en vint de dix lieues[4] loin, de Goderville, de Normanville et de Cany. On avait invité tous les parents des deux familles, on s'était raccommodé avec les amis brouillés, on avait écrit à des connaissances perdues de vue depuis longtemps.

De temps à autre, on entendait des coups de fouet derrière la haie ; bientôt la barrière s'ouvrait : c'était

---

1. Partie de la ferme ou corps de bâtiment. 2. « Carrioles » (petites charrettes couvertes à roues très hautes), « cabriolets » (voitures légères plus luxueuses, mais ici vieilles et « sans capote »), « tapissières » (voitures couvertes et ouvertes sur le côté, servant au transport des gros objets), « charrettes » (voitures à deux roues servant à transporter des fardeaux), ces distinctions composent l'univers matériel paysan. 3. Châssis latéral à claire-voie disposé de chaque côté pour maintenir la charge. 4. Environ 40 kilomètres, ce qui est alors considérable.

une carriole qui entrait. Galopant jusqu'à la première marche du perron, elle s'y arrêtait court, et vidait son monde, qui sortait par tous les côtés en se frottant les genoux et en s'étirant les bras. Les dames, en bonnet, avaient des robes à la façon de la ville, des chaînes de montre en or, des pèlerines à bouts croisés dans la ceinture, ou de petits fichus de couleur attachés dans le dos avec une épingle, et qui leur découvraient le cou par derrière. Les gamins, vêtus pareillement à leurs papas, semblaient incommodés par leurs habits neufs (beaucoup même étrennèrent ce jour-là la première paire de bottes de leur existence), et l'on voyait à côté d'eux, ne soufflant mot dans la robe blanche de sa première communion rallongée pour la circonstance, quelque grande fillette de quatorze ou seize ans, leur cousine ou leur sœur aînée sans doute, rougeaude, ahurie, les cheveux gras de pommade à la rose, et ayant bien peur de salir ses gants. Comme il n'y avait point assez de valets d'écurie pour dételer toutes les voitures, les messieurs retroussaient leurs manches et s'y mettaient eux-mêmes. Suivant leur position sociale différente, ils avaient des habits, des redingotes, des vestes, des habits-vestes[1] : — bons habits, entourés de toute la considération d'une famille, et qui ne sortaient de l'armoire que pour les solennités ; redingotes à grandes basques flottant au vent, à collet cylindrique, à poches larges comme des sacs ; vestes de gros drap, qui accompagnaient ordinairement quelque casquette cerclée de cuivre à sa visière ; habits-vestes très courts, ayant dans le dos deux boutons rapprochés comme une paire d'yeux, et dont les pans semblaient avoir été coupés à même un seul bloc, par la hache du charpentier. Quelques-uns encore (mais ceux-là, bien sûr, devaient dîner au bas bout de la table) portaient des blouses de cérémonie, c'est-à-dire dont le col était

---

1. Un résumé de la hiérarchie sociale est représenté par les vêtements, ici de haut en bas.

rabattu sur les épaules, le dos froncé à petits plis et la taille [1] attachée très bas par une ceinture cousue.

Et les chemises sur les poitrines bombaient comme des cuirasses ! Tout le monde était tondu à neuf, les oreilles s'écartaient des têtes, on était rasé de près ; quelques-uns même qui s'étaient levés dès avant l'aube, n'ayant pas vu clair à se faire la barbe, avaient des balafres en diagonale sous le nez, ou, le long des mâchoires, des pelures d'épiderme larges comme des écus de trois francs, et qu'avait enflammées le grand air pendant la route, ce qui marbrait un peu de plaques roses toutes ces grosses faces blanches épanouies.

La mairie se trouvant à une demi-lieue de la ferme, on s'y rendit à pied, et l'on revint de même, une fois la cérémonie faite à l'église. Le cortège, d'abord uni comme une seule écharpe de couleur, qui ondulait dans la campagne, le long de l'étroit sentier serpentant entre les blés verts, s'allongea bientôt et se coupa en groupes différents, qui s'attardaient à causer. Le ménétrier [2] allait en tête, avec son violon empanaché de rubans à la coquille ; les mariés venaient ensuite, les parents, les amis tout au hasard, et les enfants restaient derrière, s'amusant à arracher les clochettes des brins d'avoine, ou à se jouer entre eux, sans qu'on les vît. La robe d'Emma, trop longue, traînait un peu par le bas ; de temps à autre, elle s'arrêtait pour la tirer, et alors délicatement, de ses doigts gantés, elle enlevait les herbes rudes avec les petits dards des chardons, pendant que Charles, les mains vides, attendait qu'elle eût fini. Le père Rouault, un chapeau de soie neuf sur la tête et les parements de son habit noir lui couvrant les mains jusqu'aux ongles, donnait le bras à madame Bovary mère. Quant à M. Bovary père, qui, méprisant au fond tout ce monde-là, était venu simplement avec une

---

1. Partie de vêtement qui se rattache à la hauteur de la ceinture.
2. Violoniste, dans les villages, qui accompagnait les noces et faisait danser les invités.

redingote à un rang de boutons d'une coupe militaire,
il débitait des galanteries d'estaminet à une jeune paysanne blonde. Elle saluait, rougissait, ne savait que
répondre. Les autres gens de la noce causaient de leurs
affaires ou se faisaient des niches dans le dos, s'excitant d'avance à la gaieté ; et, en y prêtant l'oreille, on
entendait toujours le crin-crin du ménétrier qui continuait à jouer dans la campagne. Quand il s'apercevait
qu'on était loin derrière lui, il s'arrêtait à reprendre
haleine, cirait longuement de colophane son archet,
afin que les cordes grinçassent mieux, et puis il se
remettait à marcher, abaissant et levant tour à tour le
manche de son violon, pour se bien marquer la mesure
à lui-même. Le bruit de l'instrument faisait partir de
loin les petits oiseaux.

C'était sous le hangar de la charretterie que la table
était dressée. Il y avait dessus quatre aloyaux, six fricas-
sées de poulets, du veau à la casserole, trois gigots, et,
au milieu, un joli cochon de lait rôti, flanqué de quatre
andouilles à l'oseille. Aux angles, se dressait l'eau-de-
vie dans des carafes. Le cidre doux en bouteilles poussait
sa mousse épaisse autour des bouchons, et tous les
verres, d'avance, avaient été remplis de vin jusqu'au
bord. De grands plats de crème jaune, qui flottaient
d'eux-mêmes au moindre choc de la table, présentaient,
dessinés sur leur surface unie, les chiffres des nouveaux
époux en arabesques de nonpareille [1]. On avait été chercher un pâtissier à Yvetot, pour les tourtes et les nougats.
Comme il débutait dans le pays, il avait soigné les
choses ; et il apporta, lui-même, au dessert, une pièce
montée qui fit pousser des cris. À la base, d'abord,
c'était un carré de carton bleu figurant un temple avec
portiques, colonnades et statuettes de stuc tout autour,
dans des niches constellées d'étoiles en papier doré ;
puis se tenait au second étage un donjon en gâteau de
Savoie, entouré de menues fortifications en angélique,

1. Très petites dragées.

amandes, raisins secs, quartiers d'oranges ; et enfin, sur la plate-forme supérieure, qui était une prairie verte où il y avait des rochers avec des lacs de confitures et des bateaux en écales de noisettes, on voyait un petit Amour, se balançant à une escarpolette de chocolat, dont les deux poteaux étaient terminés par deux boutons de rose naturels, en guise de boules, au sommet[1].

Jusqu'au soir, on mangea. Quand on était trop fatigué d'être assis, on allait se promener dans les cours ou jouer une partie de bouchon[2] dans la grange ; puis on revenait à table. Quelques-uns, vers la fin, s'y endormirent et ronflèrent. Mais, au café, tout se ranima ; alors on entama des chansons, on fit des tours de force, on portait des poids, on passait sous son pouce, on essayait à soulever les charrettes sur ses épaules, on disait des gaudrioles, on embrassait les dames. Le soir, pour partir, les chevaux gorgés d'avoine jusqu'aux naseaux, eurent du mal à entrer dans les brancards ; ils ruaient, se cabraient, les harnais se cassaient, leurs maîtres juraient ou riaient ; et toute la nuit, au clair de la lune, par les routes du pays, il y eut des carrioles emportées qui couraient au grand galop, bondissant dans les saignées[3], sautant par-dessus les mètres de caillou[4], s'accrochant aux talus, avec des femmes qui se penchaient en dehors de la portière pour saisir les guides.

Ceux qui restèrent aux Bertaux passèrent la nuit à boire dans la cuisine. Les enfants s'étaient endormis sous les bancs.

La mariée avait supplié son père qu'on lui épargnât les plaisanteries d'usage. Cependant, un mareyeur de

---

1. Avec la casquette de Charles (I, 1), la pièce montée entre dans la série des objets hétéroclites, longuement décrits, qui parsèment le roman : le manège sur l'orgue de barbarie (p. 137), la flèche de la cathédrale de Rouen (p. 369), le jouet des enfants Homais (« Repentirs », p. 535).   **2.** Jeu d'adresse, où l'on doit, depuis une certaine distance, renverser avec un palet un bouchon sur lequel on a déposé une mise.   **3.** Rigoles creusées pour le drainage des eaux.   **4.** Tas de cailloux à l'usage des cantonniers, d'un mètre cube environ.

leurs cousins (qui même avait apporté, comme présent
de noces, une paire de soles) commençait à souffler de
l'eau avec sa bouche par le trou de la serrure, quand le
père Rouault arriva juste à temps pour l'en empêcher,
et lui expliqua que la position grave de son gendre
ne permettait pas de telles inconvenances. Le cousin,
toutefois, céda difficilement à ces raisons. En dedans
de lui-même, il accusa le père Rouault d'être fier, et il
alla se joindre dans un coin à quatre ou cinq autres des
invités qui, ayant eu par hasard plusieurs fois de suite
à table les bas morceaux des viandes, trouvaient aussi
qu'on les avait mal reçus, chuchotaient sur le compte
de leur hôte et souhaitaient sa ruine à mots couverts.

Madame Bovary mère n'avait pas desserré les dents
de la journée. On ne l'avait consultée ni sur la toilette de
la bru, ni sur l'ordonnance du festin ; elle se retira de
bonne heure. Son époux, au lieu de la suivre, envoya
chercher des cigares à Saint-Victor et fuma jusqu'au
jour, tout en buvant des grogs[1] au kirsch, mélange
inconnu à la compagnie, et qui fut pour lui comme la
source d'une considération plus grande encore.

Charles n'était point de complexion facétieuse, il
n'avait pas brillé pendant la noce. Il répondit médiocrement aux pointes, calembours, mots à double entente,
compliments et gaillardises que l'on se fit un devoir de
lui décrocher dès le potage.

Le lendemain, en revanche, il semblait un autre
homme. C'est lui plutôt que l'on eût pris pour la vierge
de la veille, tandis que la mariée ne laissait rien découvrir où l'on pût deviner quelque chose. Les plus malins
ne savaient que répondre, et ils la considéraient, quand
elle passait près d'eux, avec des tensions d'esprit
démesurées. Mais Charles ne dissimulait rien. Il l'appelait ma femme, la tutoyait, s'informait d'elle à chacun, la cherchait partout, et souvent il l'entraînait dans
les cours, où on l'apercevait de loin, entre les arbres,

---

1. *DIR* : « Grog Pas comme il faut » (entrée rayée par Flaubert).

qui lui passait le bras sous la taille et continuait à marcher à demi penché sur elle, en lui chiffonnant avec sa tête la guimpe [1] de son corsage [2].

Deux jours après la noce, les époux s'en allèrent : Charles, à cause de ses malades, ne pouvait s'absenter plus longtemps. Le père Rouault les fit reconduire dans sa carriole et les accompagna lui-même jusqu'à Vassonville. Là, il embrassa sa fille une dernière fois, mit pied à terre et reprit sa route. Lorsqu'il eut fait cent pas environ, il s'arrêta, et, comme il vit la carriole s'éloignant, dont les roues tournaient dans la poussière, il poussa un gros soupir. Puis il se rappela ses noces, son temps d'autrefois, la première grossesse de sa femme ; il était bien joyeux, lui aussi, le jour qu'il l'avait emmenée de chez son père dans sa maison, quand il la portait en croupe en trottant sur la neige ; car on était aux environs de Noël et la campagne était toute blanche ; elle le tenait par un bras, à l'autre était accroché son panier ; le vent agitait les longues dentelles de sa coiffure cauchoise, qui lui passaient quelquefois sur la bouche, et, lorsqu'il tournait la tête, il voyait près de lui, sur son épaule, sa petite mine rosée qui souriait silencieusement, sous la plaque d'or de son bonnet. Pour se réchauffer les doigts, elle les lui mettait, de temps en temps, dans la poitrine. Comme c'était vieux tout cela ! Leur fils, à présent, aurait trente ans ! Alors il regarda derrière lui, il n'aperçut rien sur la route. Il se sentit triste comme une maison démeublée ; et, les souvenirs tendres se mêlant aux pensées noires dans sa cervelle obscurcie par les vapeurs de la bombance, il eut bien envie un moment

---

1. Sorte de plastron, qui forme le dos d'une robe décolletée.
2. Ce paragraphe avait été rayé sur la copie par la *Revue de Paris*. Flaubert le rétablit dans la marge, avec quelques modifications. Il sera relevé par le procureur Pinard, lors du procès : « Je passe sur ce mot du *lendemain*, et sur cette mariée qui ne laissait rien découvrir où l'on pût deviner quelque chose, il y a là déjà un tour de phrase plus qu'équivoque, mais voulez-vous savoir comment était le mari ? »

d'aller faire un tour du côté de l'église. Comme il eut peur, cependant, que cette vue ne le rendît plus triste encore, il s'en revint tout droit chez lui.

M. et madame Charles arrivèrent à Tostes, vers six heures. Les voisins se mirent aux fenêtres pour voir la nouvelle femme de leur médecin.

La vieille bonne se présenta, lui fit ses salutations, s'excusa de ce que le dîner n'était pas prêt, et engagea Madame, en attendant, à prendre connaissance de sa maison.

V

La façade de briques était juste à l'alignement de la rue, ou de la route plutôt. Derrière la porte se trouvaient accrochés un manteau à petit collet, une bride, une casquette de cuir noir, et, dans un coin, à terre, une paire de houseaux [1] encore couverts de boue sèche. À droite était la salle, c'est-à-dire l'appartement où l'on mangeait et où l'on se tenait. Un papier jaune-serin, relevé dans le haut par une guirlande de fleurs pâles, tremblait tout entier sur sa toile mal tendue ; des rideaux de calicot [2] blanc, bordés d'un galon rouge, s'entre-croisaient le long des fenêtres, et sur l'étroit chambranle de la cheminée resplendissait une pendule à tête d'Hippocrate, entre deux flambeaux d'argent plaqué, sous des globes de forme ovale. De l'autre côté du corridor était le cabinet de Charles, petite pièce de six pas de large environ, avec une table, trois chaises et un fauteuil de bureau. Les tomes du *Dictionnaire*

---

1. Jambières dont le bas s'adaptait sur la chaussure.   **2.** Toile de coton grossière, rare avant le XIXe siècle (elle tire son nom de sa ville d'origine : Calicut).

des sciences médicales[1], non coupés, mais dont la brochure[2] avait souffert dans toutes les ventes successives par où ils avaient passé, garnissaient presque à eux seuls, les six rayons d'une bibliothèque en bois de sapin. L'odeur des roux pénétrait à travers la muraille, pendant les consultations, de même que l'on entendait de la cuisine, les malades tousser dans le cabinet et débiter toute leur histoire. Venait ensuite, s'ouvrant immédiatement sur la cour, où se trouvait l'écurie, une grande pièce délabrée qui avait un four, et qui servait maintenant de bûcher, de cellier, de garde-magasin[3], pleine de vieilles ferrailles, de tonneaux vides, d'instruments de culture hors de service, avec quantité d'autres choses poussiéreuses dont il était impossible de deviner l'usage.

Le jardin, plus long que large, allait, entre deux murs de bauge[4] couverts d'abricots en espalier, jusqu'à une haie d'épines qui le séparait des champs. Il y avait au milieu un cadran solaire en ardoise, sur un piédestal de maçonnerie ; quatre plates-bandes garnies d'églantiers maigres entouraient symétriquement le carré plus utile des végétations sérieuses. Tout au fond, sous les sapinettes, un curé de plâtre lisait son bréviaire[5].

Emma monta dans les chambres. La première n'était point meublée ; mais la seconde, qui était la chambre conjugale, avait un lit d'acajou dans une alcôve à draperie rouge. Une boîte en coquillages décorait la commode ; et, sur le secrétaire, près de la fenêtre, il y avait,

---

1. 60 volumes in 8° (1812-1822), « par une société de médecins et de chirurgiens, publié par Chauneton et Mérat ». Flaubert prendra 42 grandes pages de notes systématiques dans ce *Dictionnaire* pour la préparation de *Bouvard et Pécuchet* (Bibliothèque municipale de Rouen, Ms g 226[7] f° 105-125 v°). **2.** Les ouvrages, vendus « brochés », devaient être ensuite « reliés ». **3.** « Écurie » (pour le cheval), « four » (pour la cuisson du pain), « cellier » (pour la boisson et les provisions), « garde-magasin » (pour les marchandises abandonnées), le lieu hétéroclite dit l'abandon. **4.** Mortier fait de terre grasse et de paille. **5.** Bouvard et Pécuchet s'exerceront, en grand, à « l'architecture des jardins » (*Bouvard et Pécuchet*, ch. 2).

dans une carafe, un bouquet de fleurs d'oranger, noué par des rubans de satin blanc. C'était un bouquet de mariée, le bouquet de l'autre ! Elle le regarda. Charles s'en aperçut, il le prit et l'alla porter au grenier, tandis qu'assise dans un fauteuil (on disposait ses affaires autour d'elle), Emma songeait à son bouquet de mariage, qui était emballé dans un carton, et se demandait, en rêvant, ce qu'on en ferait, si par hasard elle venait à mourir.

Elle s'occupa, les premiers jours, à méditer des changements dans sa maison[1]. Elle retira les globes des flambeaux, fit coller des papiers neufs, repeindre l'escalier et faire des bancs dans le jardin, tout autour du cadran solaire ; elle demanda même comment s'y prendre pour avoir un bassin à jet d'eau avec des poissons. Enfin son mari, sachant qu'elle aimait à se promener en voiture, trouva un *boc* d'occasion, qui, ayant une fois des lanternes neuves et des garde-crotte en cuir piqué, ressembla presque à un tilbury[2].

Il était donc heureux et sans souci de rien au monde. Un repas en tête-à-tête, une promenade le soir sur la grande route, un geste de sa main sur ses bandeaux, la vue de son chapeau de paille accroché à l'espagnolette d'une fenêtre, et bien d'autres choses encore où Charles n'avait jamais soupçonné de plaisir, composaient maintenant la continuité de son bonheur. Au lit, le matin, et côte à côte sur l'oreiller, il regardait la lumière du soleil passer parmi le duvet de ses joues blondes, que couvraient à demi les pattes escalopées[3] de son bonnet. Vus de si près, ses yeux lui paraissaient agrandis, surtout

---

1. Suit un développement supprimé sur la copie (voir « Repentirs », texte n° 9, p. 516).   2. Le *boc* (abréviation de *boghei* ou *boghey* ou *boguet*, francisation [1796] de l'anglais *buggy*) est un petit cabriolet à deux roues ; le *tilbury* (du nom du carrossier anglais qui le conçut), cabriolet à deux places, introduit dans les années 1820 en France, était une des voitures les plus « élégantes ».   3. Terme dérivé de « escalope » (coquille), qui désignait en Bretagne un petit bonnet rond avec deux grandes pattes repliées et fixées sur la tête avec une épingle.

quand elle ouvrait plusieurs fois de suite ses paupières en s'éveillant ; noirs à l'ombre et bleu foncé au grand jour [1], ils avaient comme des couches de couleurs successives, et qui plus épaisses dans le fond, allaient en s'éclaircissant vers la surface de l'émail [2]. Son œil, à lui, se perdait dans ces profondeurs, et il s'y voyait en petit jusqu'aux épaules, avec le foulard qui le coiffait et le haut de sa chemise entr'ouvert [3]. Il se levait. Elle se mettait à la fenêtre pour le voir partir ; et elle restait accoudée sur le bord, entre deux pots de géraniums, vêtue de son peignoir, qui était lâche autour d'elle. Charles, dans la rue, bouclait ses éperons sur la borne ; et elle continuait à lui parler d'en haut, tout en arrachant avec sa bouche quelque bribe de fleur ou de verdure qu'elle soufflait vers lui, et qui voltigeant, se soutenant, faisant dans l'air des demi-cercles comme un oiseau, allait, avant de tomber, s'accrocher aux crins mal peignés de la vieille jument blanche, immobile à la porte. Charles, à cheval, lui envoyait un baiser ; elle répondait par un signe, elle refermait la fenêtre, il partait. Et alors, sur la grande route qui étendait sans en finir son long ruban de poussière, par les chemins creux où les arbres se courbaient en berceaux, dans les sentiers dont les blés lui montaient jusqu'aux genoux, avec le soleil sur ses

---

1. « Quoiqu'ils fussent bruns, ils semblaient noirs à cause des cils » (I, 2, p. 72) : Claudine Gothot-Mersch a commenté ces variations sur la couleur des yeux d'Emma, dans « La description des visages dans *Madame Bovary* », *Littérature*, n° 15, 1974. Est-ce un souvenir en miroir que Proust propose dans *Du côté de chez Swann*, lors de la première apparition de la blonde Gilberte Swann : « Peut-être si elle n'avait pas eu des yeux aussi noirs [...] je n'aurais pas été, comme je le fus, plus particulièrement amoureux, en elle, de ses yeux bleus » (*À la recherche du temps perdu*, Gallimard, Pléiade, 1987, t. I, p. 139) ? 2. Le terme est étrange : est-il métaphore pour dire à la fois la dureté et la profondeur colorée de l'œil ? Mais le vivant devient statue. On trouve au XVIIᵉ siècle « l'émail des fleurs », pour désigner l'éclat et la variété de leur coloris.   3. Ce passage, depuis « Au lit, le matin... », est supprimé sur la copie par la *Revue de Paris*, et rétabli dans la marge par Flaubert.

épaules et l'air du matin à ses narines, le cœur plein des
félicités de la nuit, l'esprit tranquille, la chair contente,
il s'en allait ruminant son bonheur, comme ceux qui
mâchent encore, après dîner, le goût des truffes qu'ils
digèrent.

Jusqu'à présent, qu'avait-il eu de bon dans l'existence ? Était-ce son temps de collège, où il restait
enfermé entre ces hauts murs, seul au milieu de ses
camarades plus riches ou plus forts que lui dans leurs
classes, qu'il faisait rire par son accent, qui se moquaient
de ses habits, et dont les mères venaient au parloir avec
des pâtisseries dans leur manchon ? Était-ce plus tard,
lorsqu'il étudiait la médecine et n'avait jamais la bourse
assez ronde pour payer la contredanse [1] à quelque petite
ouvrière qui fût devenue sa maîtresse ? Ensuite il avait
vécu pendant quatorze mois avec la veuve, dont les
pieds, dans le lit, étaient froids comme des glaçons.
Mais, à présent [2], il possédait pour la vie cette jolie
femme qu'il adorait. L'univers, pour lui, n'excédait pas
le tour soyeux de son jupon ; et il se reprochait de ne pas
l'aimer, il avait envie de la revoir ; il s'en revenait vite,
montait l'escalier, le cœur battant. Emma, dans sa
chambre, était à faire sa toilette ; il arrivait à pas muets,
il la baisait dans le dos, elle poussait un cri.

Il ne pouvait se retenir de toucher continuellement à
son peigne, à ses bagues, à son fichu ; quelquefois, il
lui donnait sur les joues de gros baisers à pleine
bouche, ou c'étaient de petits baisers à la file tout le
long de son bras nu, depuis le bout des doigts jusqu'à
l'épaule ; et elle le repoussait, à demi souriante et
ennuyée, comme on fait à un enfant qui se pend après
vous.

---

1. La contredanse (francisation de l'anglais *country dance*) se dansait généralement à huit, les quatre couples faisant entre eux des figures.   **2.** Le passage qui précède, depuis « le cœur plein des
félicités de la nuit... », est rayé sur la copie par la *Revue de Paris*, puis
rétabli par Flaubert.

Avant qu'elle se mariât, elle avait cru avoir de l'amour ; mais le bonheur qui aurait dû résulter de cet amour n'étant pas venu, il fallait qu'elle se fût trompée, songeait-elle. Et Emma cherchait à savoir ce que l'on entendait au juste dans la vie par les mots de *félicité*, de *passion* et d'*ivresse*, qui lui avaient paru si beaux dans les livres.

VI

Elle avait lu *Paul et Virginie*[1] et elle avait rêvé la maisonnette de bambous, le nègre Domingo, le chien Fidèle, mais surtout l'amitié douce de quelque bon petit frère, qui va chercher pour vous des fruits rouges dans des grands arbres plus hauts que des clochers, ou qui court pieds nus sur le sable, vous apportant un nid d'oiseau.

Lorsqu'elle eut treize ans, son père l'amena lui-même à la ville, pour la mettre au couvent. Ils descendirent dans une auberge du quartier Saint-Gervais, où ils eurent à leur souper des assiettes peintes qui représentaient l'histoire de mademoiselle de La Vallière[2].

---

1. Le roman de Bernardin de Saint-Pierre (1737-1814), paru en 1787, moralisant et mélancolique, était très célèbre et populaire dans la première moitié du XIXe siècle. Chateaubriand déclarait le savoir « à peu près tout par cœur », et un chapitre du *Génie du christianisme* (1802) lui est consacré. Dans *Un cœur simple* les enfants de Mme Aubin se nomment Paul et Virginie. **2.** Louise de La Vallière (1644-1710), favorite de Louis XIV (deux enfants furent légitimés) ; lorsque le roi lui opposa Mme de Montespan, elle se retira au Carmel, en 1674 : elle prit le nom de Louise de la Miséricorde. Un roman « historique » de Mme de Genlis, *La Duchesse de la Vallière*, raconte sa vie. Son histoire fut très largement représentée, à des fins d'édification pieuse, par la propagande catholique, et devint très populaire au début du XIXe siècle.

Les explications légendaires[1], coupées çà et là par l'égratignure des couteaux, glorifiaient toutes la religion, les délicatesses du cœur et les pompes de la Cour.

Loin de s'ennuyer au couvent les premiers temps, elle se plut dans la société des bonnes sœurs, qui, pour l'amuser, la conduisaient dans la chapelle, où l'on pénétrait du réfectoire par un long corridor. Elle jouait fort peu durant les récréations, comprenait bien le catéchisme, et c'est elle qui répondait toujours à M. le vicaire dans les questions difficiles. Vivant donc sans jamais sortir de la tiède atmosphère des classes et parmi ces femmes au teint blanc portant des chapelets à croix de cuivre, elle s'assoupit doucement à la langueur mystique qui s'exhale des parfums de l'autel, de la fraîcheur des bénitiers et du rayonnement des cierges. Au lieu de suivre la messe, elle regardait dans son livre les vignettes pieuses bordées d'azur, et elle aimait la brebis malade, le sacré cœur percé de flèches aiguës, ou le pauvre Jésus, qui tombe en marchant sous[2] sa croix[3]. Elle essaya, par mortification, de rester tout un jour sans manger. Elle cherchait dans sa tête quelque vœu à accomplir.

Quand elle allait à confesse, elle inventait de petits péchés afin de rester là plus longtemps, à genoux dans l'ombre, les mains jointes, le visage à la grille sous le chuchotement du prêtre. Les comparaisons de fiancé, d'époux, d'amant céleste et de mariage éternel qui

---

1. La légende des images.   2. L'édition Charpentier donne « sur » sa croix, qui est manifestement une coquille.   3. « La brebis malade » (le thème du Christ Bon Pasteur, qui sauve la brebis égarée), « le sacré cœur » (le cœur du Christ, organe de son humanité et symbole de son amour pour les hommes, fut l'objet d'un culte particulier, et d'abord très contesté, dans l'Église catholique, promu en particulier par les jésuites, à partir du XVIIIᵉ siècle), « Jésus qui tombe sous sa croix » (le Christ tombe à trois reprises lors de la montée au calvaire), sont des scènes emblématiques, souvent représentées dans le catholicisme populaire. *Un cœur simple* développera cette croyance sans distance à l'imagerie religieuse.

reviennent dans les sermons lui soulevaient au fond de l'âme des douceurs inattendues[1].

Le soir, avant la prière, on faisait dans l'étude une lecture religieuse. C'était, pendant la semaine, quelque résumé d'Histoire sainte ou les *Conférences* de l'abbé Frayssinous, et, le dimanche, des passages du *Génie du christianisme*, par récréation[2]. Comme elle écouta, les premières fois, la lamentation sonore des mélancolies romantiques se répétant à tous les échos de la terre et de l'éternité ! Si son enfance se fût écoulée dans l'arrière-boutique d'un quartier marchand, elle se serait peut-être ouverte alors aux envahissements lyriques de la nature, qui, d'ordinaire, ne nous arrivent que par la traduction des écrivains. Mais elle connaissait trop la campagne ; elle savait le bêlement des troupeaux, les laitages, les charrues. Habituée aux aspects calmes, elle se tournait, au contraire, vers les accidentés. Elle n'aimait la mer qu'à cause de ses tempêtes, et la verdure seulement lorsqu'elle était clairsemée parmi les ruines. Il fallait qu'elle pût retirer des choses une sorte de profit personnel ; et elle rejetait comme inutile tout ce qui ne contribuait pas à la consommation immédiate de son cœur, — étant de tempérament plus sentimentale qu'artiste, cherchant des émotions et non des paysages.

Il y avait au couvent une vieille fille qui venait tous les mois, pendant huit jours, travailler à la lingerie.

---

1. Dans son réquisitoire, le procureur Pinard commentera : « Et puis à cet âge-là, quand une petite fille n'est pas formée, la montrer inventant de petits péchés dans l'ombre, sous le chuchotement du prêtre, en se rappelant ces comparaisons de fiancé, d'époux, d'amant céleste et de mariage éternel, qui lui faisaient éprouver comme un frisson de volupté, n'est-ce pas faire ce que j'ai appelé une peinture lascive ? »
2. Les *Conférences* de l'abbé Frayssinous (1765-1841), commencées sous l'Empire, puis interdites, et reprises en 1814, sous la Restauration, à Saint-Sulpice à Paris, furent publiées en 1825 ; elles sont une *défense de la religion* contre l'esprit de la Révolution, et représentent la réaction religieuse. Le *Génie du christianisme* (1802), de Chateaubriand (1768-1848), est une apologie de la religion catholique d'une tout autre portée dans l'histoire du sentiment religieux.

Protégée par l'archevêché comme appartenant à une ancienne famille de gentilshommes ruinés sous la Révolution, elle mangeait au réfectoire à la table des bonnes sœurs, et faisait avec elles, après le repas, un petit bout de causette avant de remonter à son ouvrage. Souvent les pensionnaires s'échappaient de l'étude pour l'aller voir. Elle savait par cœur des chansons galantes du siècle passé, qu'elle chantait à demi-voix, tout en poussant son aiguille. Elle contait des histoires, vous apprenait des nouvelles, faisait en ville vos commissions, et prêtait aux grandes, en cachette, quelque roman, qu'elle avait toujours dans les poches de son tablier, et dont la bonne demoiselle elle-même avalait de longs chapitres, dans les intervalles de sa besogne. Ce n'étaient qu'amours, amants, amantes, dames persécutées s'évanouissant dans des pavillons solitaires, postillons qu'on tue à tous les relais, chevaux qu'on crève à toutes les pages, forêts sombres, troubles du cœur, serments, sanglots, larmes et baisers, nacelles[1] au clair de lune, rossignols dans les bosquets, *messieurs* braves comme des lions, doux comme des agneaux, vertueux comme on ne l'est pas, toujours bien mis, et qui pleurent comme des urnes. Pendant six mois, à quinze ans, Emma se graissa donc les mains à cette poussière des vieux cabinets de lecture[2]. Avec Walter Scott[3], plus tard, elle s'éprit de choses histo-

---

1. Petits bateaux à rames.   2. Les « cabinets de lecture », lieux où l'on pouvait lire sur place, moyennant le paiement d'une contribution, ou, par abonnement, emprunter livres, revues et journaux, étaient le moyen courant d'accès à la lecture dans la première moitié du XIXe siècle ; leur rôle était très important, en particulier pour la diffusion de la nouvelle littérature.   3. Walter Scott, poète et romancier écossais (1771-1832), eut, en particulier par ses romans historiques, une influence considérable sur tout le romantisme, et sur le développement du roman européen : « Walter Scott élevait [...] à la valeur philosophique de l'histoire le roman », écrit Balzac dans son *Avant-Propos* à *La Comédie humaine*. Les romans de Walter Scott, en particulier à partir d'*Ivanhoé* (1819), devinrent en Europe une sorte de répertoire populaire d'histoires.

riques, rêva bahuts, salle des gardes et ménestrels. Elle aurait voulu vivre dans quelque vieux manoir, comme ces châtelaines au long corsage, qui, sous le trèfle des ogives, passaient leurs jours, le coude sur la pierre et le menton dans la main, à regarder venir du fond de la campagne un cavalier à plume blanche qui galope sur un cheval noir. Elle eut dans ce temps-là le culte de Marie Stuart[1], et des vénérations enthousiastes à l'endroit des femmes illustres ou infortunées. Jeanne d'Arc, Héloïse, Agnès Sorel, la belle Ferronnière et Clémence Isaure[2], pour elle, se détachaient comme des comètes sur l'immensité ténébreuse de l'histoire, où saillissaient encore çà et là, mais plus perdus dans l'ombre et sans aucun rapport entre eux, Saint Louis avec son chêne, Bayard mourant, quelques férocités de Louis XI, un peu de Saint-Barthélemy, le panache du Béarnais[3], et toujours le souvenir des assiettes peintes où Louis XIV était vanté[4].

À la classe de musique, dans les romances qu'elle chantait, il n'était question que de petits anges aux ailes d'or, de madones, de lagunes, de gondoliers, pacifiques compositions qui lui laissaient entrevoir, à tra-

---

1. Marie Stuart (1542-1587), reine d'Écosse et reine de France, fut décapitée sur l'ordre d'Elizabeth Ire, reine d'Angleterre, en 1587. *L'Abbé*, de Walter Scott, raconte son abdication et sa défaite ; des tragédies (Schiller, 1800) et des opéras furent composés sur le sujet. **2.** « Jeanne d'Arc » (1412-1431, héroïne, sanctifiée, de la défense du Royaume de France contre les Anglais), « Héloïse » (1101-1164, célèbre par la passion amoureuse, et philosophique, qu'elle partagea avec Abélard), « Agnès Sorel » (1422-1450, favorite et conseillère politique de Charles VII, « dame de Beauté »), « la Belle Ferronnière » (maîtresse de François Ier, à laquelle son mari jaloux aurait transmis la maladie qu'il s'était inoculée, pour en frapper, à travers elle, le roi), « Clémence Isaure » (poétesse que l'on célébrait pour avoir fondé, au XIVe siècle, les Jeux floraux de Toulouse, mais dont la nature légendaire commençait à être démontrée à l'époque de Flaubert), la panoplie des « femmes illustres » construit un légendaire amoureux. **3.** Le panache blanc d'Henri IV. **4.** Cette série de « vignettes » de l'histoire de France rassemble ce qui sera longtemps porté par la mémoire scolaire.

vers la niaiserie du style et les imprudences de la note, l'attirante fantasmagorie des réalités sentimentales. Quelques-unes de ses camarades apportaient au couvent les keepsakes[1] qu'elles avaient reçus en étrennes. Il les fallait cacher, c'était une affaire ; on les lisait au dortoir. Maniant délicatement leurs belles reliures de satin, Emma fixait ses regards éblouis sur le nom des auteurs inconnus qui avaient signé, le plus souvent, comtes ou vicomtes, au bas de leurs pièces.

Elle frémissait, en soulevant de son haleine le papier de soie des gravures, qui se levait à demi plié et retombait doucement contre la page. C'était, derrière la balustrade d'un balcon, un jeune homme en court manteau qui serrait dans ses bras une jeune fille en robe blanche, portant une aumônière[2] à sa ceinture ; ou bien les portraits anonymes des ladies anglaises à boucles blondes, qui, sous leur chapeau de paille rond, vous regardent avec leurs grands yeux clairs. On en voyait d'étalées dans des voitures, glissant au milieu des parcs, où un lévrier sautait devant l'attelage que conduisaient au trot deux petits postillons en culotte blanche. D'autres, rêvant sur des sofas près d'un billet décacheté, contemplaient la lune, par la fenêtre entr'-ouverte, à demi drapée d'un rideau noir. Les naïves, une larme sur la joue, becquetaient une tourterelle à travers les barreaux d'une cage gothique, ou, souriant la tête sur l'épaule, effeuillaient une marguerite de leurs doigts pointus, retroussés comme des souliers à la poulaine[3]. Et vous y étiez aussi, sultans à longues pipes, pâmés sous des tonnelles, aux bras des baya-

---

1. Le « keepsake » (de « *Keep for my sake* », « que l'on garde pour l'amour de moi ») était une sorte de précieux livre-album, contenant des choix de poèmes et de prose, illustrés de fines gravures, très en vogue en Angleterre puis en France à partir de l'époque romantique. *DIR* : « Keepsake Doit se trouver sur la table d'un salon. » **2.** Bourse à coulant. **3.** Mode de la fin du Moyen Âge, souliers allongés en pointe, généralement recourbée.

dères, djiaours, sabres turcs, bonnets grecs[1], et vous surtout, paysages blafards des contrées dithyrambiques, qui souvent nous montrez à la fois des palmiers, des sapins, des tigres à droite, un lion à gauche, des minarets tartares à l'horizon, au premier plan des ruines romaines, puis des chameaux accroupis ; — le tout encadré d'une forêt vierge bien nettoyée, et avec un grand rayon de soleil perpendiculaire tremblotant dans l'eau, où se détachent en écorchures blanches, sur un fond d'acier gris, de loin en loin, des cygnes qui nagent.

Et l'abat-jour du quinquet[2], accroché dans la muraille au-dessus de la tête d'Emma, éclairait tous ces tableaux du monde, qui passaient devant elle les uns après les autres, dans le silence du dortoir et au bruit lointain de quelque fiacre attardé qui roulait encore sur les boulevards[3].

Quand sa mère mourut, elle pleura beaucoup les premiers jours. Elle se fit faire un tableau funèbre[4] avec les cheveux de la défunte, et, dans une lettre qu'elle envoyait aux Bertaux, toute pleine de réflexions tristes

---

1. « Bayadères » (danseuses sacrées de l'Inde), « djiaours » (« ghiaour » ou « giaour », d'un mot — signifiant « veau » — par lequel les Turcs désignent les « incroyants »), « sabres turcs », « bonnets grecs », cet orientalisme est hétéroclite, stéréotypé et, en 1857, déjà daté ; *DIR* : « Giour Expression farouche, d'une signification inconnue. Mais on sait que ça a rapport à l'Orient. »   2. Lampe à huile, du nom de son inventeur, le pharmacien Quinquet (1782). 3. « Je viens de relire pour mon roman plusieurs livres d'enfant. Je suis à moitié fou, ce soir, de tout ce qui a passé aujourd'hui devant mes yeux, depuis de vieux keepsakes jusqu'à des récits de naufrages et de flibustiers. J'ai retrouvé de vieilles gravures que j'avais coloriées à sept et huit ans [...] J'ai éprouvé quelques-unes (un hibernage devant les glaces entre autres) des terreurs que j'avais eues étant petit [...] j'ai presque peur de me coucher » ; et plus loin : « Voilà deux jours que je tâche d'entrer dans des *rêves de jeunes filles* et que je navigue pour cela dans les océans laiteux de la littérature à castels, troubadours à toques de velours à plumes blanches [...] Tu peux me donner là-dessus des détails précis qui me manquent » (Flaubert à Louise Colet, le 3 mars 1852).   4. Objet fait pour évoquer le défunt.

sur la vie, elle demandait qu'on l'ensevelît plus tard dans
le même tombeau. Le bonhomme la crut malade et vint
la voir. Emma fut intérieurement satisfaite de se sentir
arrivée du premier coup à ce rare idéal des existences
pâles, où ne parviennent jamais les cœurs médiocres.
Elle se laissa donc glisser dans les méandres lamartiniens, écouta les harpes sur les lacs, tous les chants de
cygnes mourants, toutes les chutes de feuilles, les
vierges pures qui montent au ciel, et la voix de l'Éternel
discourant dans les vallons [1]. Elle s'en ennuya, n'en voulut point convenir, continua par habitude, ensuite par
vanité, et fut enfin surprise de se sentir apaisée, et sans
plus de tristesse au cœur que de rides sur son front.

Les bonnes religieuses, qui avaient si bien présumé
de sa vocation, s'aperçurent avec de grands étonne-
ments que mademoiselle Rouault semblait échapper à
leur soin. Elles lui avaient, en effet, tant prodigué les
offices, les retraites, les neuvaines et les sermons, si
bien prêché le respect que l'on doit aux saints et aux
martyrs, et donné tant de bons conseils pour la modestie du corps et le salut de son âme, qu'elle fit comme
les chevaux que l'on tire par la bride : elle s'arrêta
court et le mors lui sortit des dents. Cet esprit, positif
au milieu de ses enthousiasmes, qui avait aimé l'église
pour ses fleurs, la musique pour les paroles des romances, et la littérature pour ses excitations passion-
nelles, s'insurgeait devant les mystères de la foi, de
même qu'elle s'irritait davantage contre la discipline,

---

1. Les œuvres poétiques de Lamartine, en particulier les *Méditations*
(1820), eurent un impact considérable sur l'imagination romantique.
En filigrane, des titres et des thèmes lamartiniens : *Le Lac*, les harpes,
les cygnes (« La lyre en se brisant jette un son plus sublime », *Le Poète
mourant*), les chutes de feuilles (« Quand la feuille des bois tombe dans
la prairie / Le vent du soir s'élève et l'arrache aux vallons », *L'Isolement*), *Le Vallon* ; Flaubert écrit à Louise Colet : « Il faut s'en tenir
aux sources, or Lamartine est un robinet » (16 septembre 1853) ; à
propos de *Graziella* : « L'homme qui adopte de telles tournures a
l'oreille fausse. — Ce n'est pas un écrivain » (24 avril 1852).

qui était quelque chose d'antipathique à sa constitution. Quand son père la retira de pension, on ne fut point fâché de la voir partir. La supérieure trouvait même qu'elle était devenue, dans les derniers temps, peu révérencieuse envers la communauté.

Emma, rentrée chez elle, se plut d'abord au commandement des domestiques, prit ensuite la campagne en dégoût et regretta son couvent. Quand Charles vint aux Bertaux pour la première fois, elle se considérait comme fort désillusionnée, n'ayant plus rien à apprendre, ne devant plus rien sentir.

Mais l'anxiété d'un état nouveau, ou peut-être l'irritation causée par la présence de cet homme, avait suffi à lui faire croire qu'elle possédait enfin cette passion merveilleuse qui jusqu'alors s'était tenue comme un grand oiseau au plumage rose planant dans la splendeur des ciels poétiques ; — et elle ne pouvait s'imaginer à présent que ce calme où elle vivait fût le bonheur qu'elle avait rêvé.

VII

Elle songeait quelquefois que c'étaient là pourtant les plus beaux jours de sa vie, la lune de miel, comme on disait. Pour en goûter la douceur, il eût fallu, sans doute, s'en aller vers ces pays à noms sonores où les lendemains de mariage ont de plus suaves paresses ! Dans des chaises de poste [1], sous des stores de soie bleue, on monte au pas des routes escarpées, écoutant la chanson

---

1. La « poste » était un système de relais de chevaux, et un service public pour acheminer voyageurs et courrier. La « chaise » (voiture à deux ou quatre roues) de poste s'oppose à ce qui serait une voiture personnelle.

du postillon, qui se répète dans la montagne avec les clochettes des chèvres et le bruit sourd de la cascade. Quand le soleil se couche, on respire au bord des golfes le parfum des citronniers ; puis, le soir, sur la terrasse des villas, seuls et les doigts confondus, on regarde les étoiles en faisant des projets. Il lui semblait que certains lieux sur la terre devaient produire du bonheur, comme une plante particulière au sol et qui pousse mal tout autre part. Que ne pouvait-elle s'accouder sur le balcon des chalets suisses ou enfermer sa tristesse dans un cottage écossais, avec un mari vêtu d'un habit de velours noir à longues basques, et qui porte des bottes molles, un chapeau pointu et des manchettes !

Peut-être aurait-elle souhaité faire à quelqu'un la confidence de toutes ces choses. Mais comment dire un insaisissable malaise, qui change d'aspect comme les nuées, qui tourbillonne comme le vent ? Les mots lui manquaient donc, l'occasion, la hardiesse.

Si Charles l'avait voulu cependant, s'il s'en fût douté, si son regard, une seule fois, fût venu à la rencontre de sa pensée, il lui semblait qu'une abondance subite se serait détachée de son cœur, comme tombe la récolte d'un espalier quand on y porte la main. Mais, à mesure que se serrait davantage l'intimité de leur vie, un détachement intérieur se faisait qui la déliait de lui.

La conversation de Charles était plate comme un trottoir de rue[1], et les idées de tout le monde y défilaient dans leur costume ordinaire, sans exciter d'émotion, de rire ou de rêverie. Il n'avait jamais été curieux, disait-il, pendant qu'il habitait Rouen, d'aller voir au théâtre les acteurs de Paris. Il ne savait ni nager, ni faire des armes, ni tirer le pistolet, et il ne put, un

---

1. Proust dit de Flaubert, tout en décrivant par ailleurs la nouveauté absolue de son style, que « ses images sont si faibles qu'elles ne s'élèvent guère au-dessus de celles que pourraient trouver ses personnages les plus insignifiants » (*Contre Sainte-Beuve*, Gallimard, Bibliothèque de la Pléiade, 1971, p. 586-587). La « platitude » y gagne cependant en intensité.

jour, lui expliquer un terme d'équitation qu'elle avait rencontré dans un roman.

Un homme, au contraire, ne devait-il pas tout connaître, exceller en des activités multiples, vous initier aux énergies de la passion, aux raffinements de la vie, à tous les mystères ? Mais il n'enseignait rien, celui-là, ne savait rien, ne souhaitait rien. Il la croyait heureuse ; et elle lui en voulait de ce calme si bien assis, de cette pesanteur sereine, du bonheur même qu'elle lui donnait.

Elle dessinait quelquefois ; et c'était pour Charles un grand amusement que de rester là, tout debout, à la regarder penchée sur son carton, clignant des yeux afin de mieux voir son ouvrage, ou arrondissant, sur son pouce, des boulettes de mie de pain. Quant au piano, plus les doigts y couraient vite, plus il s'émerveillait. Elle frappait sur les touches avec aplomb, et parcourait du haut en bas tout le clavier sans s'interrompre. Ainsi secoué par elle, le vieil instrument, dont les cordes frisaient[1], s'entendait jusqu'au bout du village si la fenêtre était ouverte, et souvent le clerc de l'huissier qui passait sur la grande route, nu-tête et en chaussons, s'arrêtait à l'écouter, sa feuille de papier à la main.

Emma, d'autre part, savait conduire sa maison. Elle envoyait aux malades le compte des visites, dans des lettres bien tournées qui ne sentaient pas la facture. Quand ils avaient, le dimanche, quelque voisin à dîner, elle trouvait moyen d'offrir un plat coquet, s'entendait à poser sur des feuilles de vigne les pyramides de reines-claudes, servait renversés les pots de confitures dans une assiette, et même elle parlait d'acheter des rince-bouche pour le dessert[2]. Il rejaillissait de tout cela beaucoup de considération sur Bovary.

---

1. Rendre un son tremblé.   **2.** Ce passage, depuis « servait renversés... », est supprimé sur la copie par la *Revue de Paris*, et rétabli dans la marge par Flaubert. *DIR* : « RINCE-BOUCHE Signe de richesse dans une maison. » La mode en était toute récente.

Charles finissait par s'estimer davantage de ce qu'il possédait une pareille femme. Il montrait avec orgueil, dans la salle, deux petits croquis d'elle, à la mine de plomb, qu'il avait fait encadrer de cadres très larges et suspendus contre le papier de la muraille à de longs cordons verts. Au sortir de la messe, on le voyait sur sa porte avec de belles pantoufles en tapisserie.

Il rentrait tard, à dix heures, minuit quelquefois. Alors il demandait à manger, et, comme la bonne était couchée, c'était Emma qui le servait. Il retirait sa redingote[1] pour dîner plus à son aise[2]. Il disait les uns après les autres tous les gens qu'il avait rencontrés, les villages où il avait été, les ordonnances qu'il avait écrites, et satisfait de lui-même, il mangeait le reste du miroton, épluchait son fromage, croquait une pomme, vidait sa carafe, puis s'allait mettre au lit, se couchait sur le dos et ronflait.

Comme il avait eu longtemps l'habitude du bonnet de coton, son foulard ne lui tenait pas aux oreilles[3] ; aussi ses cheveux, le matin, étaient rabattus pêle-mêle sur sa figure et blanchis par le duvet de son oreiller, dont les cordons se dénouaient pendant la nuit. Il portait toujours de fortes bottes, qui avaient au cou-de-pied deux plis épais obliquant vers les chevilles, tandis que le reste de l'empeigne se continuait en ligne droite, tendu comme par un pied de bois. Il disait que *c'était bien assez bon pour la campagne*.

Sa mère l'approuvait en cette économie ; car elle le venait voir comme autrefois, lorsqu'il y avait eu chez elle quelque bourrasque un peu violente ; et cependant madame Bovary mère semblait prévenue contre sa bru. Elle lui trouvait *un genre trop relevé pour leur position de fortune* ; le bois, le sucre et la chandelle *filaient*

---

1. De *riding-coat*, vêtement long pour aller à cheval.   **2.** Un passage est ici supprimé sur la copie (voir « Repentirs », texte n° 10, p. 516).   **3.** Le « foulard » (étoffe de soie) est d'une « élégance » plus grande que le « bonnet de coton », de tradition paysanne.

comme dans une grande maison, et la quantité de braise qui se brûlait à la cuisine aurait suffi pour vingt-cinq plats ! Elle rangeait son linge dans les armoires et lui apprenait à surveiller le boucher quand il apportait la viande. Emma recevait ces leçons ; madame Bovary les prodiguait ; et les mots de *ma fille* et de *ma mère* s'échangeaient tout le long du jour, accompagnés d'un petit frémissement des lèvres, chacune lançant des paroles douces d'une voix tremblante de colère.

Du temps de madame Dubuc, la vieille femme se sentait encore la préférée ; mais, à présent, l'amour de Charles pour Emma lui semblait une désertion de sa tendresse, un envahissement sur ce qui lui appartenait ; et elle observait le bonheur de son fils avec un silence triste, comme quelqu'un de ruiné qui regarde, à travers les carreaux, des gens attablés dans son ancienne maison[1]. Elle lui rappelait, en manière de souvenirs, ses peines et ses sacrifices, et, les comparant aux négligences d'Emma, concluait qu'il n'était point raisonnable de l'adorer d'une façon si exclusive.

Charles ne savait que répondre ; il respectait sa mère, et il aimait infiniment sa femme ; il considérait le jugement de l'une comme infaillible, et cependant il trouvait l'autre irréprochable. Quand madame Bovary était partie, il essayait de hasarder timidement, et dans les mêmes termes, une ou deux des plus anodines observations qu'il avait entendu faire à sa maman ; Emma, lui prouvant d'un mot qu'il se trompait, le renvoyait à ses malades[2].

Cependant, d'après des théories qu'elle croyait bonnes, elle voulut se donner de l'amour. Au clair de lune, dans le jardin, elle récitait tout ce qu'elle savait par cœur de rimes passionnées et lui chantait en soupirant des adagios mélancoliques ; mais elle se trouvait

---

1. Cette phrase est rayée sur la copie par la *Revue de Paris*, et rétablie en interligne par Flaubert. **2.** Un passage est ici supprimé sur la copie (voir « Repentirs », texte nº 11, p. 516).

ensuite aussi calme qu'auparavant, et Charles n'en paraissait ni plus amoureux ni plus remué.

Quand elle eut ainsi un peu battu le briquet sur son cœur sans en faire jaillir une étincelle, incapable, du reste, de comprendre ce qu'elle n'éprouvait pas, comme de croire à tout ce qui ne se manifestait point par des formes convenues, elle se persuada sans peine que la passion de Charles n'avait plus rien d'exorbitant. Ses expansions étaient devenues régulières ; il l'embrassait à de certaines heures. C'était une habitude parmi les autres, et comme un dessert prévu d'avance, après la monotonie du dîner.

Un garde-chasse, guéri par Monsieur, d'une fluxion de poitrine, avait donné à Madame une petite levrette d'Italie [1] ; elle la prenait pour se promener, car elle sortait quelquefois, afin d'être seule un instant et de n'avoir plus sous les yeux l'éternel jardin avec la route poudreuse.

Elle allait jusqu'à la hêtrée de Banneville, près du pavillon abandonné qui fait l'angle du mur, du côté des champs. Il y a dans le saut-de-loup [2], parmi les herbes, de longs roseaux à feuilles coupantes.

Elle commençait par regarder tout alentour, pour voir si rien n'avait changé depuis la dernière fois qu'elle était venue. Elle retrouvait aux mêmes places les digitales et les ravenelles, les bouquets d'orties entourant les gros cailloux, et les plaques de lichen le long des trois fenêtres, dont les volets toujours clos s'égrenaient de pourriture, sur leurs barres de fer rouillées. Sa pensée, sans but d'abord, vagabondait au hasard, comme sa levrette, qui faisait des cercles dans la campagne, jappait après les papillons jaunes, donnait

---

1. « Les levrettes [...] avaient été mises à la mode par Lamartine » (Léon Bopp, *Commentaire sur* Madame Bovary).   2. « Fossé assez large pour n'être pas franchi par un loup et qu'on creuse au bout des allées d'un parc pour les fermer sans ôter la vue de la campagne » (Littré).

la chasse aux musaraignes, ou mordillait les coquelicots sur le bord d'une pièce de blé. Puis ses idées peu à peu se fixaient, et, assise sur le gazon, qu'elle fouillait à petits coups avec le bout de son ombrelle, Emma se répétait :

— Pourquoi, mon Dieu ! me suis-je mariée ?

Elle se demandait s'il n'y aurait pas eu moyen, par d'autres combinaisons du hasard, de rencontrer un autre homme ; et elle cherchait à imaginer quels eussent été ces événements non survenus, cette vie différente, ce mari qu'elle ne connaissait pas. Tous, en effet, ne ressemblaient pas à celui-là. Il aurait pu être beau, spirituel, distingué, attirant, tels qu'ils étaient sans doute, ceux qu'avaient épousés ses anciennes camarades du couvent. Que faisaient-elles maintenant ? À la ville, avec le bruit des rues, le bourdonnement des théâtres et les clartés du bal, elles avaient des existences où le cœur se dilate, où les sens s'épanouissent. Mais elle, sa vie était froide comme un grenier dont la lucarne est au nord, et l'ennui, araignée silencieuse, filait sa toile dans l'ombre à tous les coins de son cœur. Elle se rappelait les jours de distribution de prix, où elle montait sur l'estrade pour aller chercher ses petites couronnes. Avec ses cheveux en tresse, sa robe blanche et ses souliers de prunelle[1] découverts, elle avait une façon gentille, et les messieurs, quand elle regagnait sa place, se penchaient pour lui faire des compliments ; la cour était pleine de calèches, on lui disait adieu par les portières, le maître de musique passait en saluant, avec sa boîte à violon. Comme c'était loin, tout cela ! comme c'était loin !

Elle appelait Djali[2], la prenait entre ses genoux, passait ses doigts sur sa longue tête fine et lui disait :

---

1. Étoffe de laine, utilisée pour sa solidité.   2. Djali est le nom de la chèvre de la Esméralda dans *Notre-Dame de Paris* de Victor Hugo (1831).

— Allons, baisez maîtresse, vous qui n'avez pas de chagrins.

Puis, considérant la mine mélancolique du svelte animal qui bâillait avec lenteur, elle s'attendrissait, et, le comparant à elle-même, lui parlait tout haut, comme à quelqu'un d'affligé que l'on console.

Il arrivait parfois des rafales de vent, brises de la mer qui, roulant d'un bond sur tout le plateau du pays de Caux, apportaient, jusqu'au loin dans les champs, une fraîcheur salée. Les joncs sifflaient à ras de terre, et les feuilles des hêtres bruissaient en un frisson rapide, tandis que les cimes, se balançant toujours, continuaient leur grand murmure. Emma serrait son châle contre ses épaules et se levait.

Dans l'avenue, un jour vert rabattu par le feuillage éclairait la mousse rase qui craquait doucement sous ses pieds. Le soleil se couchait ; le ciel était rouge entre les branches, et les troncs pareils des arbres plantés en ligne droite semblaient une colonnade brune se détachant sur un fond d'or ; une peur la prenait[1], elle appelait Djali, s'en retournait vite à Tostes par la grande route, s'affaissait dans un fauteuil, et de toute la soirée ne parlait pas.

Mais, vers la fin de septembre, quelque chose d'extraordinaire tomba dans sa vie : elle fut invitée à la Vaubyessard, chez le marquis d'Andervilliers.

Secrétaire d'État sous la Restauration, le Marquis, cherchant à rentrer dans la vie politique, préparait de longue main sa candidature à la Chambre des députés. Il faisait, l'hiver, de nombreuses distributions de fagots, et, au Conseil général, réclamait avec exaltation toujours des routes pour son arrondissement. Il avait

---

1. « "*Une* peur la prenait." Pourquoi pas *la* peur ? Mais demandons-nous au contraire pourquoi la culture occidentale considère qu'il y a *la* peur, toujours la même. Progrès vers l'impression », commente Sartre (« Notes sur *Madame Bovary* », dans *L'Idiot de la famille*, Gallimard, 1988, t. III, p. 668).

eu, lors des grandes chaleurs, un abcès dans la bouche, dont Charles l'avait soulagé comme par miracle, en y donnant à point un coup de lancette. L'homme d'affaires, envoyé à Tostes pour payer l'opération, conta, le soir, qu'il avait vu dans le jardinet du médecin des cerises superbes. Or, les cerisiers poussaient mal à la Vaubyessard, M. le Marquis demanda quelques boutures à Bovary, se fit un devoir de l'en remercier lui-même, aperçut Emma, trouva qu'elle avait une jolie taille et qu'elle ne saluait point en paysanne ; si bien qu'on ne crut pas au château outrepasser les bornes de la condescendance, ni d'autre part commettre une maladresse, en invitant le jeune ménage.

Un mercredi, à trois heures, M. et madame Bovary, montés dans leur *boc*, partirent pour la Vaubyessard, avec une grande malle attachée par derrière et une boîte à chapeau qui était posée devant le tablier[1]. Charles avait, de plus, un carton entre les jambes.

Ils arrivèrent à la nuit tombante, comme on commençait à allumer des lampions dans le parc, afin d'éclairer les voitures.

VIII

Le château, de construction moderne, à l'Italienne[2], avec deux ailes avançant et trois perrons, se déployait au bas d'une immense pelouse où paissaient quelques

---

1. Protection en cuir, à l'avant d'un cabriolet.   **2.** Le marquis d'Andervilliers est présenté comme le type complet de l'aristocrate qui, de la Restauration à la Monarchie de Juillet, a su adopter le monde moderne : entrer dans la représentation électorale, gérer et moderniser l'agriculture, construire et créer des modes nouvelles ; le style « à l'Italienne », nommé ainsi d'après les constructions du XVIe siècle, fut très imité dans la première moitié du XIXe siècle.

vaches, entre des bouquets de grands arbres espacés, tandis que des bannettes [1] d'arbustes, rhododendrons, seringas et boules-de-neige bombaient leurs touffes de verdure inégales sur la ligne courbe du chemin sablé. Une rivière passait sous un pont ; à travers la brume, on distinguait des bâtiments à toit de chaume, éparpillés dans la prairie, que bordaient en pente douce deux coteaux couverts de bois, et par derrière, dans les massifs, se tenaient, sur deux lignes parallèles, les remises et les écuries, restes conservés de l'ancien château démoli.

Le *boc* de Charles s'arrêta devant le perron du milieu ; des domestiques parurent ; le Marquis s'avança, et, offrant son bras à la femme du médecin, l'introduisit dans le vestibule.

Il était pavé de dalles en marbre, très haut, et le bruit des pas, avec celui des voix, y retentissait comme dans une église. En face montait un escalier droit, et à gauche une galerie donnant sur le jardin conduisait à la salle de billard dont on entendait, dès la porte, caramboler les boules d'ivoire. Comme elle la traversait pour aller au salon, Emma vit autour du jeu des hommes à figure grave, le menton posé sur de hautes cravates, décorés tous, et qui souriaient silencieusement, en poussant leur queue. Sur la boiserie sombre du lambris, de grands cadres dorés portaient, au bas de leur bordure, des noms écrits en lettres noires. Elle lut : « Jean-Antoine d'Andervilliers d'Yverbonville, comte de la Vaubyessard et baron de la Fresnaye, tué à la bataille de Coutras, le 20 octobre 1587. » Et sur un autre : « Jean-Antoine-Henry-Guy d'Andervilliers de la Vaubyessard, amiral de France et chevalier de l'ordre de Saint-Michel [2], blessé au combat de la Hougue-Saint-Vaast, le 29 mai 1692, mort à la Vau-

---

1. Paniers en osier.   **2.** Créé par Louis XI, en 1469, cet ordre « ne brilla jamais d'un grand éclat » (*GDU*). Supprimé sous la Révolution, rétabli par la Restauration, il cessa d'être conféré en 1830.

byessard le 23 janvier 1693 [1]. » Puis on distinguait à peine ceux qui suivaient, car la lumière des lampes, rabattue sur le tapis vert du billard, laissait flotter une ombre dans l'appartement. Brunissant les toiles horizontales, elle se brisait contre elles en arêtes fines, selon les craquelures du vernis ; et de tous ces grands carrés noirs bordés d'or sortaient, çà et là, quelque portion plus claire de la peinture, un front pâle, deux yeux qui vous regardaient, des perruques se déroulant sur l'épaule poudrée des habits rouges, ou bien la boucle d'une jarretière au haut d'un mollet rebondi.

Le Marquis ouvrit la porte du salon ; une des dames se leva (la Marquise elle-même), vint à la rencontre d'Emma et la fit asseoir près d'elle, sur une causeuse, où elle se mit à lui parler amicalement, comme si elle la connaissait depuis longtemps. C'était une femme de la quarantaine environ, à belles épaules, à nez busqué, à la voix traînante, et portant, ce soir-là, sur ses cheveux chatains, un simple fichu de guipure [2] qui retombait par derrière, en triangle. Une jeune personne blonde se tenait à côté, dans une chaise à dossier long ; et des messieurs, qui avaient une petite fleur à la boutonnière de leur habit, causaient avec les dames, tout autour de la cheminée.

À sept heures, on servit le dîner. Les hommes, plus nombreux, s'assirent à la première table, dans le vestibule, et les dames à la seconde, dans la salle à manger, avec le Marquis et la Marquise.

Emma se sentit, en entrant, enveloppée par un air chaud, mélange du parfum des fleurs et du beau linge, du fumet des viandes et de l'odeur des truffes. Les bou-

---

1. « Bataille de Coutras » (première grande victoire de Henri de Navarre, futur Henri IV, remportée sur les troupes du duc de Joyeuse, nommé général en chef de l'armée catholique par Henri III — on peut supposer que l'ancêtre était de ce côté-ci), « la Hougue-Saint-Vaast » (défaite de Tourville devant les flottes anglaise et hollandaise), la galerie historique n'est pas d'un grand éclat. **2.** Dentelle, aux motifs très espacés, sans fond.

gies des candélabres allongeaient des flammes sur les
cloches d'argent ; les cristaux à facettes, couverts d'une
buée mate, se renvoyaient des rayons pâles ; des bouquets étaient en ligne sur toute la longueur de la table, et,
dans les assiettes à large bordure, les serviettes, arran-
gées en manière de bonnet d'évêque, tenaient entre le
bâillement de leurs deux plis chacune un petit pain de
forme ovale. Les pattes rouges des homards dépassaient
les plats ; de gros fruits dans des corbeilles à jour s'étageaient sur la mousse ; les cailles avaient leurs plumes,
des fumées montaient ; et, en bas de soie, en culotte
courte, en cravate blanche, en jabot, grave comme un
juge, le maître d'hôtel, passant entre les épaules des
convives les plats tout découpés, faisait d'un coup de sa
cuiller sauter pour vous le morceau qu'on choisissait.
Sur le grand poêle de porcelaine à baguette de cuivre,
une statue de femme drapée jusqu'au menton regardait
immobile la salle pleine de monde.

Madame Bovary remarqua que plusieurs dames
n'avaient pas mis leurs gants dans leur verre [1].

Cependant, au haut bout de la table [2], seul parmi
toutes ces femmes, courbé sur son assiette remplie, et
la serviette nouée dans le dos comme un enfant, un
vieillard mangeait, laissant tomber de sa bouche des
gouttes de sauce [3]. Il avait les yeux éraillés et portait
une petite queue enroulée d'un ruban noir [4]. C'était le
beau-père du marquis, le vieux duc de Laverdière, l'ancien favori du comte d'Artois [5], dans le temps des par-

---

1. L'usage de mettre le gant dans le verre indiquait qu'on ne prenait
pas de vin. Ne pas le mettre indique que ces femmes ne suivent plus
cet usage.   2. Place d'honneur.   3. Ce détail est rayé sur la copie
par la *Revue de Paris*, et rétabli en marge par Flaubert.   4. Coiffure
d'Ancien Régime.   5. Le comte d'Artois (1757-1836), frère de
Louis XVI, connu sous l'Ancien Régime pour ses fastes et son goût
des plaisirs, fut l'un des premiers à donner le signal de l'émigration
sous la Révolution ; il prit part à la lutte contre-révolutionnaire, et
devint roi, après la mort de Louis XVIII, en 1825, sous le nom de
Charles X. Il fut chassé par la Révolution de 1830.

ties de chasse au Vaudreuil, chez le marquis de Conflans, et qui avait été, disait-on, l'amant de la reine Marie-Antoinette entre MM. de Coigny et de Lauzun[1]. Il avait mené une vie bruyante de débauches, pleine de duels, de paris, de femmes enlevées, avait dévoré sa fortune et effrayé toute sa famille. Un domestique, derrière sa chaise, lui nommait tout haut, dans l'oreille, les plats qu'il désignait du doigt en bégayant ; et sans cesse les yeux d'Emma revenaient d'eux-mêmes sur ce vieil homme à lèvres pendantes, comme sur quelque chose d'extraordinaire et d'auguste. Il avait vécu à la Cour et couché dans le lit des reines[2] !

On versa du vin de Champagne à la glace. Emma frissonna de toute sa peau en sentant ce froid dans sa bouche. Elle n'avait jamais vu de grenades ni mangé d'ananas. Le sucre en poudre même lui parut plus blanc et plus fin qu'ailleurs.

Les dames, ensuite, montèrent dans leurs chambres s'apprêter pour le bal.

Emma fit sa toilette avec la conscience méticuleuse d'une actrice à son début[3]. Elle disposa ses cheveux d'après les recommandations du coiffeur, et elle entra dans sa robe de barège[4], étalée sur le lit. Le pantalon de Charles le serrait au ventre.

— Les sous-pieds[5] vont me gêner pour danser, dit-il.

— Danser ? reprit Emma.

---

1. Les récits sur « l'inconduite » de Marie-Antoinette alimentaient abondamment la chronique populaire, longtemps après la Révolution : « ... on lui prête, à tort ou à raison, beaucoup d'amants, notamment d'Artois, de Vaudreuil, Coigny, le Suédois Fersen, Lauzun et tant d'autres dont l'énumération serait sans intérêt. Mais c'est un sujet que nous nous hâtons d'abandonner » (*GDU*).   **2.** Ce dernier détail est rayé sur la copie par la *Revue de Paris*, et rétabli en interligne par Flaubert.   **3.** Flaubert remplace par cette phrase une autre, rayée sur la copie : « Emma se lava les bras jusqu'aux aisselles. »   **4.** Étoffe, modeste, de laine légère (du nom d'un village des Pyrénées).   **5.** Bandes qui passent sous les pieds au bas du pantalon, pour le maintenir tendu.

— Oui !

— Mais tu as perdu la tête ! On se moquerait de toi, reste à ta place. D'ailleurs, c'est plus convenable pour un médecin, ajouta-t-elle.

Charles se tut. Il marchait de long en large, attendant qu'Emma fût habillée.

Il la voyait par-derrière, dans la glace, entre deux flambeaux. Ses yeux noirs semblaient plus noirs. Ses bandeaux, doucement bombés vers les oreilles, luisaient d'un éclat bleu ; une rose à son chignon tremblait sur une tige mobile, avec des gouttes d'eau factices au bout de ses feuilles. Elle avait une robe de safran pâle, relevée par trois bouquets de roses pompon [1] mêlées de verdure.

Charles vint l'embrasser sur l'épaule.

— Laisse-moi ! dit-elle, tu me chiffonnes.

On entendit une ritournelle de violon et les sons d'un cor. Elle descendit l'escalier, se retenant de courir.

Les quadrilles [2] étaient commencés. Il arrivait du monde. On se poussait. Elle se plaça près de la porte, sur une banquette.

Quand la contredanse fut finie, le parquet resta libre pour les groupes d'hommes causant debout et les domestiques en livrée qui apportaient de grands plateaux. Sur la ligne des femmes assises, les éventails peints s'agitaient, les bouquets cachaient à demi le sourire des visages, et les flacons à bouchon d'or [3] tournaient dans des mains entr'ouvertes dont les gants blancs marquaient la forme des ongles et serraient la chair au poignet. Les garnitures de dentelles, les broches de diamants, les bracelets à médaillon frissonnaient aux corsages, scintillaient aux poitrines, bruis-

---

1. Petites roses sphériques.   **2.** Forme de la contredanse adaptée pour les salons, à la mode au XIXe siècle. Les couples se font face et s'échangent en figures diverses.   **3.** Dans les brouillons, on lit : « Les bouchons d'or des flacons de vinaigre sortaient d'un gant blanc de peau fine » (éd. Pommier-Leleu, p. 208). Il s'agit d'un vinaigre de toilette, parfumé.

saient sur les bras nus. Les chevelures, bien collées sur les fronts et tordues à la nuque, avaient, en couronnes, en grappes ou en rameaux, des myosotis, du jasmin, des fleurs de grenadier, des épis ou des bluets. Pacifiques à leurs places, des mères à figure renfrognée portaient des turbans rouges.

Le cœur d'Emma lui battit un peu lorsque, son cavalier la tenant par le bout des doigts, elle vint se mettre en ligne et attendit le coup d'archet pour partir. Mais bientôt l'émotion disparut ; et, se balançant au rythme de l'orchestre, elle glissait en avant, avec des mouvements légers du cou. Un sourire lui montait aux lèvres à certaines délicatesses du violon, qui jouait seul, quelquefois, quand les autres instruments se taisaient ; on entendait le bruit clair des louis d'or qui se versaient à côté, sur le tapis des tables ; puis tout reprenait à la fois, le cornet à pistons lançait un éclat sonore, les pieds retombaient en mesure, les jupes se bouffaient et frôlaient, les mains se donnaient, se quittaient ; les mêmes yeux, s'abaissant devant vous, revenaient se fixer sur les vôtres.

Quelques hommes (une quinzaine) de vingt-cinq à quarante ans, disséminés parmi les danseurs ou causant à l'entrée des portes, se distinguaient de la foule par un air de famille, quelles que fussent leurs différences d'âge, de toilette ou de figure.

Leurs habits, mieux faits, semblaient d'un drap plus souple, et leurs cheveux, ramenés en boucles vers les tempes, lustrés par des pommades plus fines. Ils avaient le teint de la richesse, ce teint blanc que rehaussent la pâleur des porcelaines, les moires du satin, le vernis des beaux meubles, et qu'entretient dans sa santé un régime discret de nourritures exquises. Leur cou tournait à l'aise sur des cravates basses ; leurs favoris longs tombaient sur des cols rabattus ; ils s'essuyaient les lèvres à des mouchoirs brodés d'un large chiffre, d'où sortait une odeur suave. Ceux qui commençaient à vieillir avaient l'air jeune, tandis que quelque chose de mûr s'étendait sur le visage des jeunes. Dans leurs regards indifférents flottait la quiétude de passions journellement assouvies ; et, à travers leurs manières douces, perçait cette brutalité particulière que communique la domination de choses à demi faciles, dans lesquelles la force s'exerce et où la vanité s'amuse, le maniement des chevaux de race et la société des femmes perdues[1].

À trois pas d'Emma, un cavalier en habit bleu causait Italie avec une jeune femme pâle, portant une parure de perles. Ils vantaient la grosseur des piliers de Saint-Pierre, Tivoli, le Vésuve, Castellamare et les Cassines, les roses de Gênes, le Colisée au clair de lune[2]. Emma écoutait de son autre oreille une conversation pleine de mots qu'elle ne comprenait pas. On entourait un tout jeune homme qui avait battu, la semaine d'avant, *Miss-Arabelle* et *Romulus*, et gagné deux mille louis à sauter un fossé, en Angleterre. L'un se plaignait de ses coureurs qui engraissaient ; un autre, des fautes d'impression qui avaient dénaturé le nom de son cheval[3].

L'air du bal était lourd ; les lampes pâlissaient. On refluait dans la salle de billard. Un domestique monta sur une chaise et cassa deux vitres ; au bruit des éclats

---

1. Suit une longue scène rayée sur la copie, à laquelle Flaubert renonce (voir « Repentirs », texte n° 12, p. 516-519). **2.** La rêverie romantique sur l'Italie affleure sans cesse dans le roman d'Emma, elle est résurgente en de très nombreuses images, dans tout le livre ; elle rencontre ici une incarnation concrète, même si ce n'est que pour une liste stéréotypée de lieux-clichés : « causer Italie » suffit pour rêver sur les noms de pays : « Saint-Pierre », basilique de Rome, « Tivoli », lieu de villégiature des riches Romains à l'époque antique, où se trouve en particulier la Villa d'Hadrien, « le Vésuve », volcan au-dessus de Naples, « Castellamare », ville thermale d'où la vue sur le golfe de Naples est remarquable, « Cassines », la promenade de la Cascine à Florence, « Gênes », ville de la Riviera italienne, « Colisée », grand amphithéâtre de la Rome antique. *DIR* : « ITALIE Doit se voir immédiatement après le mariage. — Donne lieu à bien des déceptions, n'est pas si belle qu'on dit. » **3.** Un bref dialogue est rayé sur la copie (voir « Repentirs », texte n° 13, p. 519).

de verre, madame Bovary tourna la tête et aperçut dans le jardin, contre les carreaux, des faces de paysans qui regardaient. Alors le souvenir des Bertaux lui arriva. Elle revit la ferme, la mare bourbeuse, son père en blouse sous les pommiers, et elle se revit elle-même, comme autrefois, écrémant avec son doigt les terrines de lait dans la laiterie. Mais, aux fulgurations de l'heure présente, sa vie passée, si nette jusqu'alors, s'évanouissait tout entière, et elle doutait presque de l'avoir vécue. Elle était là ; puis autour du bal, il n'y avait plus que de l'ombre, étalée sur tout le reste. Elle mangeait alors une glace au marasquin [1], qu'elle tenait de la main gauche dans une coquille de vermeil, et fermait à demi les yeux, la cuiller entre les dents.

Une dame, près d'elle, laissa tomber son éventail. Un danseur passait.

— Que vous seriez bon, monsieur, dit la dame, de vouloir bien ramasser mon éventail, qui est derrière ce canapé !

Le monsieur s'inclina, et, pendant qu'il faisait le mouvement d'étendre son bras, Emma vit la main de la jeune dame qui jetait dans son chapeau quelque chose de blanc, plié en triangle. Le monsieur, ramenant l'éventail, l'offrit à la dame, respectueusement ; elle le remercia d'un signe de tête et se mit à respirer son bouquet.

Après le souper, où il y eut beaucoup de vins d'Espagne et de vins du Rhin, des potages à la bisque et au lait d'amandes, des puddings à la Trafalgar et toutes sortes de viandes froides avec des gelées alentour qui tremblaient dans les plats, les voitures, les unes après les autres, commencèrent à s'en aller. En écartant du coin le rideau de mousseline [2], on voyait glisser dans l'ombre la lumière de leurs lanternes. Les banquettes s'éclaircirent ; quelques joueurs restaient

---

1. Liqueur faite avec des marasques, petites cerises acides méditerranéennes. 2. Tissu de coton ou de soie, fin et délicat.

encore ; les musiciens rafraîchissaient, sur leur langue, le bout de leurs doigts ; Charles dormait à demi, le dos appuyé contre une porte.

À trois heures du matin, le cotillon[1] commença. Emma ne savait pas valser. Tout le monde valsait[2], mademoiselle d'Andervilliers elle-même et la marquise ; il n'y avait plus que les hôtes du château, une douzaine de personnes à peu près.

Cependant, un des valseurs, qu'on appelait familièrement *vicomte*, et dont le gilet très ouvert semblait moulé sur la poitrine, vint une seconde fois encore inviter madame Bovary, l'assurant qu'il la guiderait et qu'elle s'en tirerait bien.

Ils commencèrent lentement, puis allèrent plus vite. Ils tournaient : tout tournait autour d'eux, les lampes, les meubles, les lambris, et le parquet, comme un disque sur un pivot. En passant auprès des portes, la robe d'Emma, par le bas, s'ériflait[3] au pantalon ; leurs jambes entraient l'une dans l'autre[4] ; il baissait ses regards vers elle, elle levait les siens vers lui ; une torpeur la prenait, elle s'arrêta. Ils repartirent ; et, d'un mouvement plus rapide, le vicomte, l'entraînant, disparut avec elle jusqu'au bout de la galerie, où, haletante, elle faillit tomber, et, un instant, s'appuya la tête sur sa poitrine. Et puis, tournant toujours, mais plus doucement, il la reconduisit à sa place ; elle se renversa contre la muraille et mit la main devant ses yeux.

Quand elle les rouvrit, au milieu du salon, une dame assise sur un tabouret avait devant elle trois valseurs agenouillés. Elle choisit le Vicomte, et le violon recommença.

On les regardait. Ils passaient et revenaient, elle

---

1. Ensemble de danses et de jeux par lesquels on terminait généralement les bals de salon.   **2.** « La *valse* est l'une des danses les plus enivrantes qui se puissent voir » (*GDU*). Elle a été introduite d'Allemagne en France à la fin du XVIIIe siècle, et s'est vite répandue. **3.** Pour « s'éraflait ».   **4.** Ce détail est rayé sur la copie par la *Revue de Paris*, et rétabli par Flaubert en interligne.

immobile du corps et le menton baissé, et lui toujours dans sa même pose, la taille cambrée, le coude arrondi, la bouche en avant. Elle savait valser, celle-là ! Ils continuèrent longtemps et fatiguèrent tous les autres.

On causa quelques minutes encore, et, après les adieux ou plutôt le bonjour, les hôtes du château s'allèrent coucher[1].

Charles se traînait à la rampe, les genoux *lui rentraient dans le corps*. Il avait passé cinq heures de suite, tout debout devant les tables, à regarder jouer au whist sans y rien comprendre. Aussi poussa-t-il un grand soupir de satisfaction lorsqu'il eut retiré ses bottes.

Emma mit un châle sur ses épaules, ouvrit la fenêtre et s'accouda.

La nuit était noire. Quelques gouttes de pluie tombaient. Elle aspira le vent humide qui lui rafraîchissait les paupières. La musique du bal bourdonnait encore à ses oreilles, et elle faisait des efforts pour se tenir éveillée, afin de prolonger l'illusion de cette vie luxueuse qu'il lui faudrait tout à l'heure abandonner.

Le petit jour parut. Elle regarda les fenêtres du château, longuement, tâchant de deviner quelles étaient les chambres de tous ceux qu'elle avait remarqués la veille. Elle aurait voulu savoir leurs existences, y pénétrer, s'y confondre.

Mais elle grelottait de froid. Elle se déshabilla et se blottit entre les draps, contre Charles qui dormait[2].

Il y eut beaucoup de monde au déjeuner. Le repas

---

1. À Louise Colet, le 2 mai 1852 : « J'ai à faire une narration. Or le récit est une chose qui m'est très fastidieuse. Il faut que je mette mon héroïne dans un bal. Il y a si longtemps que je n'en ai vu que ça me demande de grands efforts d'imagination. Et puis c'est si commun, c'est tellement dit partout ! Ce serait une merveille que d'éviter le vulgaire, et je veux l'éviter pourtant. »   2. Flaubert efface par une ellipse, en recopiant en une page du manuscrit définitif trois pages de brouillons, la longue description d'une promenade matinale d'Emma (voir « Repentirs », texte n° 14, p. 519-522).

dura dix minutes ; on ne servit aucune liqueur, ce qui étonna le médecin. Ensuite mademoiselle d'Andervilliers ramassa des morceaux de brioche dans une bannette, pour les porter aux cygnes sur la pièce d'eau ; et on s'alla promener dans la serre chaude, où des plantes bizarres, hérissées de poils, s'étageaient en pyramides sous des vases suspendus, qui, pareils à des nids de serpents trop pleins, laissaient retomber, de leurs bords, de longs cordons verts entrelacés[1]. L'orangerie, que l'on trouvait au bout, menait à couvert jusqu'aux communs du château. Le Marquis, pour amuser la jeune femme, la mena voir les écuries. Au-dessus des râteliers en forme de corbeille, des plaques de porcelaine portaient en noir le nom des chevaux. Chaque bête s'agitait dans sa stalle, quand on passait près d'elle, en claquant de la langue. Le plancher de la sellerie luisait à l'œil comme le parquet d'un salon. Les harnais de voiture étaient dressés dans le milieu sur deux colonnes tournantes, et les mors, les fouets, les étriers, les gourmettes rangés en ligne tout le long de la muraille.

Charles, cependant, alla prier un domestique d'atteler son *boc*. On l'amena devant le perron, et, tous les paquets y étant fourrés, les époux Bovary firent leurs politesses au Marquis et à la Marquise, et repartirent pour Tostes.

Emma, silencieuse, regardait tourner les roues. Charles, posé sur le bord extrême de la banquette, conduisait les deux bras écartés, et le petit cheval trottait l'amble[2] dans les brancards, qui étaient trop larges pour lui. Les guides molles battaient sur sa croupe en

---

1. La mode des arboretums et des serres pour plantes rares, en particulier les plantes grasses, s'était développée dans les années 1830.
2. Allure du cheval, qui lève en même temps les deux jambes du même côté.

s'y trempant d'écume, et la boîte ficelée derrière le *boc* donnait contre la caisse de grands coups réguliers[1].

Ils étaient sur les hauteurs de Thibourville, lorsque devant eux, tout à coup, des cavaliers passèrent en riant, avec des cigares à la bouche. Emma crut reconnaître le Vicomte ; elle se détourna, et n'aperçut à l'horizon que le mouvement des têtes s'abaissant et montant, selon la cadence inégale du trot ou du galop.

Un quart de lieue plus loin, il fallut s'arrêter pour raccommoder, avec de la corde, le reculement[2] qui était rompu.

Mais Charles, donnant au harnais un dernier coup d'œil, vit quelque chose par terre, entre les jambes de son cheval ; et il ramassa un porte-cigares tout bordé de soie verte et blasonné à son milieu comme la portière d'un carrosse.

— Il y a même deux cigares dedans, dit-il ; ce sera pour ce soir, après dîner.

— Tu fumes donc ? demanda-t-elle.

— Quelquefois, quand l'occasion se présente.

Il mit sa trouvaille dans sa poche et fouetta le bidet.

Quand ils arrivèrent chez eux, le dîner n'était point prêt. Madame s'emporta. Nastasie répondit insolemment.

— Partez ! dit Emma. C'est se moquer, je vous chasse.

Il y avait pour dîner de la soupe à l'oignon, avec un morceau de veau à l'oseille. Charles, assis devant Emma, dit en se frottant les mains d'un air heureux :

— Cela fait plaisir de se retrouver chez soi !

On entendait Nastasie qui pleurait. Il aimait un peu cette pauvre fille. Elle lui avait, autrefois, tenu société pendant bien des soirs, dans les désœuvrements de son

---

1. Suit un passage supprimé sur la copie (voir « Repentirs », texte n° 15, p. 522).   **2.** Pièce du harnais.

veuvage. C'était sa première pratique [1], sa plus ancienne connaissance du pays.

— Est-ce que tu l'as renvoyée pour tout de bon ?
dit-il enfin.

— Oui. Qui m'en empêche ? répondit-elle.

Puis ils se chauffèrent dans la cuisine, pendant qu'on
apprêtait leur chambre. Charles se mit à fumer. Il
fumait en avançant les lèvres, crachant à toute minute,
se reculant à chaque bouffée.

— Tu vas te faire mal, dit-elle dédaigneusement.

Il déposa son cigare, et courut avaler, à la pompe, un
verre d'eau froide. Emma, saisissant le porte-cigares, le
jeta vivement au fond de l'armoire.

La journée fut longue, le lendemain ! Elle se promena dans son jardinet, passant et revenant par les
mêmes allées, s'arrêtant devant les plates-bandes,
devant l'espalier, devant le curé de plâtre, considérant
avec ébahissement toutes ces choses d'autrefois qu'elle
connaissait si bien. Comme le bal déjà lui semblait
loin ! Qui donc écartait, à tant de distance, le matin
d'avant-hier et le soir d'aujourd'hui ? Son voyage à la
Vaubyessard avait fait un trou dans sa vie, à la manière
de ces grandes crevasses qu'un orage, en une seule
nuit, creuse quelquefois dans les montagnes. Elle se
résigna pourtant ; elle serra pieusement dans la commode sa belle toilette et jusqu'à ses souliers de satin,
dont la semelle s'était jaunie à la cire glissante du parquet. Son cœur était comme eux : au frottement de la
richesse, il s'était placé dessus quelque chose qui ne
s'effacerait pas.

Ce fut donc une occupation pour Emma que le souvenir de ce bal. Toutes les fois que revenait le mercredi,
elle se disait en s'éveillant : « Ah ! il y a huit jours... il y
a quinze jours..., il y a trois semaines, j'y étais ! » Et
peu à peu, les physionomies se confondirent dans sa
mémoire, elle oublia l'air des contredanses, elle ne vit

---

1. Patiente.

plus si nettement les livrées et les appartements ;
quelques détails s'en allèrent, mais le regret lui resta.

IX

Souvent, lorsque Charles était sorti, elle allait
prendre dans l'armoire, entre les plis du linge où elle
l'avait laissé, le porte-cigares en soie verte.

Elle le regardait, l'ouvrait, et même elle flairait
l'odeur de sa doublure, mêlée de verveine et de tabac.
À qui appartenait-il ?... Au Vicomte. C'était peut-être
un cadeau de sa maîtresse. On avait brodé cela sur
quelque métier de palissandre, meuble mignon que l'on
cachait à tous les yeux, qui avait occupé bien des
heures et où s'étaient penchées les boucles molles de
la travailleuse pensive. Un souffle d'amour avait passé
parmi les mailles du canevas ; chaque coup d'aiguille
avait fixé là une espérance ou un souvenir, et tous ces
fils de soie entrelacés n'étaient que la continuité de la
même passion silencieuse. Et puis le Vicomte, un
matin, l'avait emporté avec lui. De quoi avait-on parlé,
lorsqu'il restait sur les cheminées à large chambranle,
entre les vases de fleurs et les pendules Pompadour[1] ?
Elle était à Tostes. Lui, il était à Paris, maintenant ; là-
bas ! Comment était ce Paris ? Quel nom démesuré !
Elle se le répétait à demi-voix, pour se faire plaisir ; il
sonnait à ses oreilles comme un bourdon de cathédrale,
il flamboyait à ses yeux jusque sur l'étiquette de ses
pots de pommade[2].

La nuit, quand les mareyeurs, dans leurs charrettes,

---

1. Style Pompadour, ou style « rocaille », du XVIIIe siècle.   **2.** Ce
dernier détail, supprimé sur la copie par la *Revue de Paris* est rétabli
par Flaubert en interligne.

passaient sous ses fenêtres en chantant *La Marjolaine*,
elle s'éveillait ; et écoutant le bruit des roues ferrées,
qui, à la sortie du pays, s'amortissait vite sur la terre :

— Ils y seront demain ! se disait-elle.

Et elle les suivait dans sa pensée, montant et descendant les côtes, traversant les villages, filant sur la
grande route à la clarté des étoiles. Au bout d'une distance indéterminée, il se trouvait toujours une place
confuse où expirait son rêve [1].

Elle s'acheta un plan de Paris, et, du bout de son
doigt, sur la carte, elle faisait des courses dans la capitale. Elle remontait les boulevards, s'arrêtant à chaque
angle, entre les lignes des rues, devant les carrés blancs
qui figurent les maisons. Les yeux fatigués à la fin, elle
fermait ses paupières, et elle voyait dans les ténèbres se
tordre au vent des becs de gaz, avec des marchepieds
de calèches, qui se déployaient à grand fracas devant
le péristyle des théâtres.

Elle s'abonna à *la Corbeille*, journal des femmes, et
au *Sylphe des salons* [2]. Elle dévorait, sans en rien passer, tous les comptes rendus de premières représentations, de courses et de soirées, s'intéressait au début
d'une chanteuse, à l'ouverture d'un magasin. Elle
savait les modes nouvelles, l'adresse des bons tailleurs,
les jours de Bois ou d'Opéra. Elle étudia, dans Eugène
Sue, des descriptions d'ameublements [3] ; elle lut Balzac
et George Sand, y cherchant des assouvissements imaginaires pour ses convoitises personnelles. À table
même, elle apportait son livre, et elle tournait les feuil-
lets, pendant que Charles mangeait en lui parlant. Le

---

1. Cet épisode de rêverie conduit Flaubert à supprimer sur son
manuscrit définitif une rêverie antérieure analogue, dans le chapitre 7
(voir « Repentir », texte n° 16, p. 522).   **2.** *Le Sylphe, Journal des
salons*, bihebdomadaire, informait sur les événements de la vie mon-
daine et culturelle à Paris.   **3.** Divers romans de mœurs d'Eugène
Sue (1804-1857) satisfont ce type de curiosité : *Arthur, le journal d'un
inconnu* (1838), *Le Marquis de Létorière* (1839), et *Mathilde* (1841),
qui fut l'un des plus grands succès de l'époque.

souvenir du Vicomte revenait toujours dans ses lectures. Entre lui et les personnages inventés, elle établissait des rapprochements [1]. Mais le cercle dont il était
le centre peu à peu s'élargit autour de lui, et cette
auréole qu'il avait, s'écartant de sa figure, s'étala plus
au loin, pour illuminer d'autres rêves.

Paris, plus vague que l'Océan, miroitait donc aux
yeux d'Emma dans une atmosphère vermeille. La vie
nombreuse qui s'agitait en ce tumulte y était cependant
divisée par parties, classée en tableaux distincts. Emma
n'en apercevait que deux ou trois qui lui cachaient tous
les autres, et représentaient à eux seuls l'humanité
complète. Le monde des ambassadeurs marchait sur
des parquets luisants, dans des salons lambrissés de
miroirs, autour de tables ovales couvertes d'un tapis de
velours à crépines [2] d'or. Il y avait là des robes à queue,
de grands mystères, des angoisses dissimulées sous des
sourires. Venait ensuite la société des duchesses ; on y
était pâle ; on se levait à quatre heures ; les femmes,
pauvres anges ! portaient du point d'Angleterre au bas
de leur jupon, et les hommes, capacités méconnues
sous des dehors futiles, crevaient leurs chevaux par
partie de plaisir, allaient passer à Bade [3] la saison d'été,
et, vers la quarantaine enfin, épousaient des héritières.
Dans les cabinets de restaurant où l'on soupe après
minuit riait, à la clarté des bougies, la foule bigarrée
des gens de lettres et des actrices. Ils étaient, ceux-là,
prodigues comme des rois, pleins d'ambitions idéales
et de délires fantastiques. C'était une existence au-dessus des autres, entre ciel et terre, dans les orages,
quelque chose de sublime. Quant au reste du monde, il
était perdu, sans place précise, et comme n'existant

---

1. Une phrase est ici rayée sur la copie, elle était déjà entre crochets
dans le manuscrit final, ce qui marquait l'intention qu'avait Flaubert
de la supprimer : « et il se grandissait ainsi de la poésie des écrivains,
pendant qu'il affirmait leurs fictions de sa réalité ». Phrase trop explicite, trop « théorique » ? **2.** Franges tissées. **3.** Ville thermale
d'Allemagne, alors élégante et recherchée.

pas. Plus les choses, d'ailleurs, étaient voisines, plus sa pensée s'en détournait. Tout ce qui l'entourait immédiatement, campagne ennuyeuse, petits bourgeois imbéciles, médiocrité de l'existence, lui semblait une exception dans le monde, un hasard particulier où elle se trouvait prise, tandis qu'au delà s'étendait à perte de vue l'immense pays des félicités et des passions. Elle confondait, dans son désir, les sensualités du luxe avec les joies du cœur, l'élégance des habitudes et les délicatesses du sentiment. Ne fallait-il pas à l'amour, comme aux plantes indiennes, des terrains préparés, une température particulière ? Les soupirs au clair de lune, les longues étreintes, les larmes qui coulent sur les mains qu'on abandonne, toutes les fièvres de la chair et les langueurs de la tendresse ne se séparaient donc pas du balcon des grands châteaux qui sont pleins de loisirs, d'un boudoir à stores de soie avec un tapis bien épais, des jardinières remplies, un lit monté sur une estrade [1], ni du scintillement des pierres précieuses et des aiguillettes [2] de la livrée.

Le garçon de la poste, qui, chaque matin, venait panser la jument, traversait le corridor avec ses gros sabots ; sa blouse avait des trous, ses pieds étaient nus dans des chaussons. C'était là le groom en culotte courte dont il fallait se contenter ! Quand son ouvrage était fini, il ne revenait plus de la journée ; car Charles, en rentrant, mettait lui-même son cheval à l'écurie, retirait la selle et passait le licou [3], pendant que la bonne apportait une botte de paille et la jetait, comme elle le pouvait, dans la mangeoire.

Pour remplacer Nastasie (qui enfin partit de Tostes, en versant des ruisseaux de larmes), Emma prit à son

---

1. Le détail est rayé sur la copie par la *Revue de Paris*, et rétabli par Flaubert en interligne.   2. Petit cordon qui sert à fermer, ou à ouvrir, un vêtement. Peut-on lire ici l'écho, par opposition, de l'expression « nouer l'aiguillette », qui signifiait « rendre impuissant par maléfice » ?   3. Harnais pour attacher le cheval à un objet fixe, ici à la mangeoire.

service une jeune fille de quatorze ans, orpheline et de physionomie douce. Elle lui interdit les bonnets de coton, lui apprit qu'il fallait vous parler à la troisième personne, apporter un verre d'eau dans une assiette, frapper aux portes avant d'entrer, et à repasser, à empeser, à l'habiller, voulut en faire sa femme de chambre. La nouvelle bonne obéissait sans murmure pour n'être point renvoyée ; et, comme Madame, d'habitude, laissait la clef au buffet, Félicité, chaque soir prenait une petite provision de sucre qu'elle mangeait toute seule, dans son lit, après avoir fait sa prière [1].

L'après-midi, quelquefois, elle allait causer en face avec les postillons. Madame se tenait en haut, dans son appartement.

Elle portait une robe de chambre tout ouverte, qui laissait voir, entre les revers à châle du corsage, une chemisette plissée avec trois boutons d'or. Sa ceinture était une cordelière à gros glands, et ses petites pantoufles de couleur grenat avaient une touffe de rubans larges, qui s'étalait sur le cou-de-pied. Elle s'était acheté un buvard [2], une papeterie [3], un porte-plume et des enveloppes, quoiqu'elle n'eût personne à qui écrire ; elle époussetait son étagère, se regardait dans la glace, prenait un livre, puis, rêvant entre les lignes, le laissait tomber sur ses genoux. Elle avait envie de faire des voyages ou de retourner vivre à son couvent. Elle souhaitait à la fois mourir et habiter Paris.

Charles, à la neige à la pluie, chevauchait par les chemins de traverse. Il mangeait des omelettes sur la table des fermes, entrait son bras dans des lits humides, recevait au visage le jet tiède des saignées, écoutait des râles, examinait des cuvettes, retroussait bien du linge sale ; mais il trouvait, tous les soirs, un feu flambant,

---

1. Cette dernière phrase, depuis « comme Madame... », est rayé sur la copie par la *Revue de Paris* et rétablie par Flaubert en interligne. 2. Sous-main garni de papier buvard. 3. Boîte de bois ou de carton contenant tout ce qui est nécessaire pour écrire.

la table servie, des meubles souples, et une femme en
toilette fine, charmante et sentant frais, à ne savoir
même d'où venait cette odeur, ou si ce n'était pas sa
peau qui parfumait sa chemise [1].

Elle le charmait par quantité de délicatesses : c'était
tantôt une manière nouvelle de façonner pour les bougies des bobèches [2] de papier, un volant qu'elle changeait à sa robe, ou le nom extraordinaire d'un mets
bien simple, et que la bonne avait manqué, mais que
Charles, jusqu'au bout, avalait avec plaisir. Elle vit à
Rouen des dames qui portaient à leur montre un paquet
de breloques ; elle acheta des breloques. Elle voulut
sur sa cheminée deux grands vases de verre bleu, et,
quelque temps après, un nécessaire d'ivoire, avec un
dé de vermeil. Moins Charles comprenait ces élégances, plus il en subissait la séduction. Elles ajoutaient quelque chose au plaisir de ses sens et à la
douceur de son foyer. C'était comme une poussière
d'or qui sablait tout du long le petit sentier de sa vie.

Il se portait bien, il avait bonne mine ; sa réputation
était établie tout à fait. Les campagnards le chérissaient
parce qu'il n'était pas fier. Il caressait les enfants,
n'entrait jamais au cabaret, et, d'ailleurs, inspirait de
la confiance par sa moralité. Il réussissait particulièrement dans les catarrhes et maladies de poitrine. Craignant beaucoup de tuer son monde, Charles, en effet,
n'ordonnait guère que des potions calmantes, de temps
à autre de l'émétique, un bain de pieds ou des sangsues. Ce n'est pas que la chirurgie lui fît peur ; il vous
saignait les gens largement, comme des chevaux, et il
avait pour l'extraction des dents une *poigne d'enfer*.

Enfin, *pour se tenir au courant*, il prit un abonnement à *la Ruche médicale*, journal nouveau dont il

---

1. Ce dernier détail, rayé sur la copie par la *Revue de Paris*, est
rétabli par Flaubert en interligne.   2. Petit disque que l'on met au
sommet des chandeliers, pour recueillir la cire qui coule des bougies
allumées.

avait reçu le prospectus. Il en lisait un peu après son dîner ; mais la chaleur de l'appartement, jointe à la digestion, faisait qu'au bout de cinq minutes il s'endormait ; et il restait là, le menton sur ses deux mains, et les cheveux étalés comme une crinière jusqu'au pied de la lampe. Emma le regardait en haussant les épaules. Que n'avait-elle, au moins, pour mari un de ces hommes d'ardeurs taciturnes qui travaillent la nuit dans les livres, et portent enfin, à soixante ans, quand vient l'âge des rhumatismes, une brochette de croix[1], sur leur habit noir, mal fait. Elle aurait voulu que ce nom de Bovary, qui était le sien, fût illustre, le voir étalé chez les libraires, répété dans les journaux, connu par toute la France. Mais Charles n'avait point d'ambition ! Un médecin d'Yvetot, avec qui dernièrement il s'était trouvé en consultation, l'avait humilié quelque peu, au lit même du malade, devant les parents assemblés. Quand Charles lui raconta, le soir, cette anecdote, Emma s'emporta bien haut contre le confrère. Charles en fut attendri. Il la baisa au front avec une larme. Mais elle était exaspérée de honte, elle avait envie de le battre, elle alla dans le corridor ouvrir la fenêtre et huma l'air frais pour se calmer.

— Quel pauvre homme ! quel pauvre homme ! disait-elle tout bas, en se mordant les lèvres.

Elle se sentait, d'ailleurs, plus irritée de lui. Il prenait, avec l'âge, des allures épaisses ; il coupait, au dessert, le bouchon des bouteilles vides ; il se passait, après manger, la langue sur les dents ; il faisait, en avalant sa soupe, un gloussement à chaque gorgée[2], et, comme il commençait d'engraisser, ses yeux, déjà petits, semblaient remontés vers les tempes par la bouffissure de ses pommettes.

Emma, quelquefois, lui rentrait dans son gilet la bor-

---

1. L'édition Charpentier donne par erreur : « en croix ». **2.** Ce passage, depuis « il coupait, au dessert... », est rayé sur la copie par la *Revue de Paris*, et rétabli en marge par Flaubert.

dure rouge de ses tricots, rajustait sa cravate, ou jetait à l'écart les gants déteints qu'il se disposait à passer ; et ce n'était pas, comme il croyait, pour lui ; c'était pour elle-même, par expansion d'égoïsme, agacement nerveux. Quelquefois aussi, elle lui parlait des choses qu'elle avait lues, comme d'un passage de roman, d'une pièce nouvelle, ou de l'anecdote du *grand monde* que l'on racontait dans le feuilleton ; car, enfin, Charles était quelqu'un, une oreille toujours ouverte, une approbation toujours prête. Elle faisait bien des confidences à sa levrette ! Elle en eût fait aux bûches de la cheminée et au balancier de la pendule.

Au fond de son âme, cependant, elle attendait un événement. Comme les matelots en détresse, elle promenait sur la solitude de sa vie des yeux désespérés, cherchant au loin quelque voile blanche dans les brumes de l'horizon. Elle ne savait pas quel serait ce hasard, le vent qui le pousserait jusqu'à elle, vers quel rivage il la mènerait, s'il était chaloupe ou vaisseau à trois ponts, chargé d'angoisses ou plein de félicités jusqu'aux sabords. Mais, chaque matin, à son réveil, elle l'espérait pour la journée, et elle écoutait tous les bruits, se levait en sursaut, s'étonnait qu'il ne vînt pas ; puis, au coucher du soleil, toujours plus triste, désirait être au lendemain.

Le printemps reparut. Elle eut des étouffements aux premières chaleurs, quand les poiriers fleurirent.

Dès le commencement de juillet, elle compta sur ses doigts combien de semaines lui restaient pour arriver au mois d'octobre, pensant que le marquis d'Andervilliers, peut-être, donnerait encore un bal à la Vaubyessard. Mais tout septembre s'écoula sans lettres ni visites.

Après l'ennui de cette déception, son cœur de nouveau resta vide, et alors la série des mêmes journées recommença.

Elles allaient donc maintenant se suivre ainsi à la file, toujours pareilles, innombrables, et n'apportant rien ! Les autres existences, si plates qu'elles fussent, avaient du moins la chance d'un événement. Une aventure amenait parfois des péripéties à l'infini, et le décor changeait. Mais, pour elle, rien n'arrivait, Dieu l'avait voulu ! L'avenir était un corridor tout noir, et qui avait au fond sa porte bien fermée.

Elle abandonna la musique. Pourquoi jouer ? qui l'entendrait ? Puisqu'elle ne pourrait jamais, en robe de velours à manches courtes, sur un piano d'Érard[1], dans un concert, battant de ses doigts légers les touches d'ivoire, sentir, comme une brise, circuler autour d'elle un murmure d'extase, ce n'était pas la peine de s'ennuyer à étudier. Elle laissa dans l'armoire ses cartons à dessin et la tapisserie. À quoi bon ? à quoi bon ? La couture l'irritait.

— J'ai tout lu, se disait-elle.

Et elle restait à faire rougir les pincettes, ou regardant la pluie tomber.

Comme elle était triste le dimanche, quand on sonnait les vêpres ! Elle écoutait, dans un hébétement attentif, tinter un à un les coups fêlés de la cloche. Quelque chat sur les toits, marchant lentement, bombait son dos aux rayons pâles du soleil. Le vent, sur la grande route, soufflait des traînées de poussière. Au loin, parfois, un chien hurlait : et la cloche, à temps égaux, continuait sa sonnerie monotone qui se perdait dans la campagne.

Cependant on sortait de l'église. Les femmes en sabots cirés, les paysans en blouse neuve, les petits enfants qui sautillaient nu-tête devant eux, tout rentrait chez soi. Et, jusqu'à la nuit, cinq ou six hommes, toujours les mêmes, restaient à jouer au bouchon, devant la grande porte de l'auberge.

L'hiver fut froid. Les carreaux, chaque matin, étaient chargés de givre, et la lumière, blanchâtre à travers

---

1. Érard, célèbre marque de piano, du nom du facteur qui en perfectionna le système en 1821, en inventant le double échappement.

eux, comme par des verres dépolis, quelquefois ne
variait pas de la journée. Dès quatre heures du soir, il
fallait allumer la lampe.

Les jours qu'il faisait beau, elle descendait dans le
jardin. La rosée avait laissé sur les choux des guipures
d'argent avec de longs fils clairs qui s'étendaient de
l'un à l'autre. On n'entendait pas d'oiseaux, tout semblait dormir, l'espalier couvert de paille et la vigne
comme un grand serpent malade sous le chaperon du
mur, où l'on voyait, en s'approchant, se traîner des
cloportes à pattes nombreuses. Dans les sapinettes, près
de la haie, le curé en tricorne qui lisait son bréviaire
avait perdu le pied droit et même le plâtre, s'écaillant
à la gelée, avait fait des gales blanches sur sa figure.

Puis elle remontait, fermait la porte, étalait les charbons, et, défaillant à la chaleur du foyer, sentait l'ennui
plus lourd qui retombait sur elle. Elle serait bien descendue causer avec la bonne, mais une pudeur la
retenait.

Tous les jours, à la même heure, le maître d'école,
en bonnet de soie noire, ouvrait les auvents de sa maison, et le garde-champêtre passait, portant son sabre
sur sa blouse. Soir et matin, les chevaux de la poste,
trois par trois, traversaient la rue pour aller boire à la
mare. De temps à autre, la porte d'un cabaret faisait
tinter sa sonnette, et, quand il y avait du vent, l'on
entendait grincer sur leurs deux tringles les petites
cuvettes en cuivre du perruquier, qui servaient d'enseigne à sa boutique. Elle avait pour décoration une
vieille gravure de modes collée contre un carreau et un
buste de femme en cire, dont les cheveux étaient
jaunes. Lui aussi, le perruquier, il se lamentait de sa
vocation arrêtée, de son avenir perdu, et, rêvant
quelque boutique dans une grande ville, comme à
Rouen, par exemple, sur le port, près du théâtre, il restait toute la journée à se promener en long, depuis la
mairie jusqu'à l'église, sombre, et attendant la clientèle. Lorsque madame Bovary levait les yeux, elle le

voyait toujours là, comme une sentinelle en faction, avec son bonnet grec sur l'oreille et sa veste de lasting[1].

Dans l'après-midi, quelquefois, une tête d'homme apparaissait derrière les vitres de la salle, tête hâlée, à favoris noirs, et qui souriait lentement d'un large sourire doux à dents blanches. Une valse aussitôt commençait, et, sur l'orgue, dans un petit salon, des danseurs hauts comme le doigt, femmes en turban rose, Tyroliens en jaquette, singes en habit noir, messieurs en culotte courte, tournaient, tournaient entre les fauteuils, les canapés, les consoles, se répétant dans les morceaux de miroir que raccordait à leurs angles un filet de papier doré. L'homme faisait aller sa manivelle, regardant à droite, à gauche et vers les fenêtres. De temps à autre, tout en lançant contre la borne un long jet de salive brune, il soulevait du genou son instrument, dont la bretelle dure lui fatiguait l'épaule[2] ; et, tantôt dolente et traînarde, ou joyeuse et précipitée, la musique de la boîte s'échappait en bourdonnant à travers un rideau de taffetas rose, sous une grille[3] de cuivre en arabesque. C'étaient des airs que l'on jouait ailleurs sur les théâtres, que l'on chantait dans les salons, que l'on dansait le soir sous des lustres éclairés, échos du monde qui arrivaient jusqu'à Emma. Des sarabandes à n'en plus finir se déroulaient dans sa tête, et, comme une bayadère sur les fleurs d'un tapis, sa pensée bondissait avec les notes, se balançait de rêve en rêve, de tristesse en tristesse. Quand l'homme avait reçu l'aumône dans sa casquette, il rabattait une vieille couverture de laine bleue, passait son orgue sur son dos et s'éloignait d'un pas lourd. Elle le regardait partir.

Mais c'était surtout aux heures des repas qu'elle n'en pouvait plus, dans cette petite salle au rez-de-

---

1. Étoffe rase, solide, en laine peignée, lustrée.   **2.** Cette phrase est rayée sur la copie par la *Revue de Paris*, et rétablie en interligne par Flaubert.   **3.** Charpentier donne, par erreur, « griffe ».

chaussée, avec le poêle qui fumait, la porte qui criait, les murs qui suintaient, les pavés humides ; toute l'amertume de l'existence lui semblait servie sur son assiette, et, à la fumée du bouilli, il montait du fond de son âme comme d'autres bouffées d'affadissement. Charles était long à manger ; elle grignotait quelques noisettes, ou bien, appuyée du coude, s'amusait, avec la pointe de son couteau, à faire des raies sur la toile cirée [1].

Elle laissait maintenant tout aller dans son ménage, et madame Bovary mère, lorsqu'elle vint passer à Tostes une partie du carême, s'étonna fort de ce changement. Elle, en effet, si soigneuse autrefois et délicate, elle restait à présent des journées entières sans s'habiller, portait des bas de coton gris, s'éclairait à la chandelle [2]. Elle répétait qu'il fallait économiser, puisqu'ils n'étaient pas riches, ajoutant qu'elle était très contente, très heureuse, que Tostes lui plaisait beaucoup, et autres discours nouveaux qui fermaient la bouche à la belle-mère. Du reste, Emma ne semblait plus disposée à suivre ses conseils ; une fois même, madame Bovary s'étant avisée de prétendre que les maîtres devaient surveiller la religion de leurs domestiques, elle lui avait répondu d'un œil si colère et avec un sourire tellement froid, que la bonne femme ne s'y frotta plus.

Emma devenait difficile, capricieuse. Elle se commandait des plats pour elle, n'y touchait point, un jour ne buvait que du lait pur, et, le lendemain, des tasses de thé à la douzaine. Souvent elle s'obstinait à ne pas sortir, puis elle suffoquait, ouvrait les fenêtres, s'habillait en robe légère. Lorsqu'elle avait bien rudoyé sa servante, elle lui faisait des cadeaux ou l'envoyait se

---

1. À propos de cette scène, Erich Auerbach écrit : « Il ne se passe rien, mais ce *rien* est devenu *quelque chose* qui est lourd, diffus et menaçant » (*Mimésis*, 1968, Gallimard, « Tel », p. 484).   2. La chandelle, en suif, est moins chère que la bougie ou l'huile.

promener chez les voisines, de même qu'elle jetait parfois aux pauvres toutes les pièces blanches de sa bourse, quoiqu'elle ne fût guère tendre cependant, ni facilement accessible à l'émotion d'autrui, comme la plupart des gens issus de campagnards, qui gardent toujours à l'âme quelque chose de la callosité des mains paternelles.

Vers la fin de février, le père Rouault, en souvenir de sa guérison, apporta lui-même à son gendre une dinde superbe, et il resta trois jours à Tostes. Charles étant à ses malades, Emma lui tint compagnie. Il fuma dans la chambre, cracha sur les chenets, causa culture, veaux, vaches, volailles et conseil municipal ; si bien qu'elle referma la porte, quand il fut parti, avec un sentiment de satisfaction qui la surprit elle-même. D'ailleurs, elle ne cachait plus son mépris pour rien, ni pour personne ; et elle se mettait quelquefois à exprimer des opinions singulières, blâmant ce que l'on approuvait, et approuvant des choses perverses ou immorales : ce qui faisait ouvrir de grands yeux à son mari.

Est-ce que cette misère durerait toujours ? est-ce qu'elle n'en sortirait pas ? Elle valait bien cependant toutes celles qui vivaient heureuses ! Elle avait vu des duchesses à la Vaubyessard qui avaient la taille plus lourde et les façons plus communes, et elle exécrait l'injustice de Dieu ; elle s'appuyait la tête aux murs pour pleurer ; elle enviait les existences tumultueuses, les nuits masquées, les insolents plaisirs avec tous les éperduments qu'elle ne connaissait pas et qu'ils devaient donner.

Elle pâlissait et avait des battements de cœur. Charles lui administra de la valériane et des bains de camphre. Tout ce que l'on essayait semblait l'irriter davantage.

En de certains jours, elle bavardait avec une abondance fébrile ; à ces exaltations succédaient tout à coup des torpeurs où elle restait sans parler, sans bouger. Ce qui la ranimait alors, c'était de se répandre sur les bras un flacon d'eau de Cologne.

Comme elle se plaignait de Tostes continuellement, Charles imagina que la cause de sa maladie était sans doute dans quelque influence locale, et, s'arrêtant à cette idée, il songea sérieusement à aller s'établir ailleurs.

Dès lors, elle but du vinaigre pour se faire maigrir, contracta une petite toux sèche et perdit complètement l'appétit.

Il en coûtait à Charles d'abandonner Tostes après quatre ans de séjour et au moment *où il commençait à s'y poser*. S'il le fallait, cependant ! Il la conduisit à Rouen voir son ancien maître. C'était une maladie nerveuse : on devait la changer d'air.

Après s'être tourné de côté et d'autre, Charles apprit qu'il y avait dans l'arrondissement de Neufchâtel, un fort bourg nommé Yonville-l'Abbaye, dont le médecin, qui était un réfugié polonais, venait de décamper la semaine précédente. Alors il écrivit au pharmacien de l'endroit pour savoir quel était le chiffre de la population, la distance où se trouvait le confrère le plus voisin, combien par année gagnait son prédécesseur, etc. ; et, les réponses ayant été satisfaisantes, il se résolut à déménager vers le printemps, si la santé d'Emma ne s'améliorait pas.

Un jour qu'en prévision de son départ elle faisait des rangements dans un tiroir, elle se piqua les doigts à quelque chose. C'était un fil de fer de son bouquet de mariage. Les boutons d'oranger étaient jaunes de poussière, et les rubans de satin, à liséré d'argent, s'effiloquaient par le bord. Elle le jeta dans le feu. Il s'enflamma plus vite qu'une paille sèche. Puis ce fut comme un buisson rouge sur les cendres, et qui se rongeait lentement. Elle le regarda brûler. Les petites baies de carton éclataient, les fils d'archal [1] se tordaient, le

---

1. Laiton.

galon se fondait ; et les corolles de papier, racornies, se balançant le long de la plaque comme des papillons noirs, enfin s'envolèrent par la cheminée.

Quand on partit de Tostes, au mois de mars, madame Bovary était enceinte [1]. [2]

---

1. Le 22 juillet 1853, Flaubert écrit à Louise Colet : « Je suis en train de corriger et raturer toute ma première partie de Bovary. Les yeux m'en piquent. Je voudrais d'un seul coup d'œil lire ces cent cinquante-huit pages et les saisir avec tous leurs détails dans une seule pensée. Ce sera dimanche en huit que je relirai tout à Bouilhet et le lendemain, ou le surlendemain, tu me verras. » **2.** Fin de la première livraison dans la *Revue de Paris*, le 1er octobre 1856, avec l'indication, en note : « (La suite au prochain volume.) » Le texte de Flaubert y est suivi par un long article sur *L'Ancien Régime et la Révolution* de Tocqueville, livre alors récemment paru, et très important dans la pensée politique du XIXe siècle, par Eugène Despois ; favorable, l'article fait un curieux rapprochement avec le socialisme : « Tout au plus pourrions-nous lui reprocher quelques préjugés fort bizarres contre le socialisme, — contre le mot sans doute plus que contre la chose elle-même ; car, enfin, on entend d'ordinaire par ce mot l'étude de la société, la recherche des maux qui la travaillent, celle des remèdes qu'on peut y apporter. Or M. de Tocqueville ne semble guère s'occuper d'autre chose. Le voilà donc, lui aussi, convaincu de socialisme. » Le même article fait une allusion élogieuse à l'*Histoire de la Révolution française* de Louis Blanc.

DEUXIÈME PARTIE [1]

1. Dans la *Revue de Paris*, du 1er octobre 1856, p. 200-248, le texte reprend ici, avec la reprise du titre : *Madame Bovary (mœurs de province)*, et la mention : « suite ».

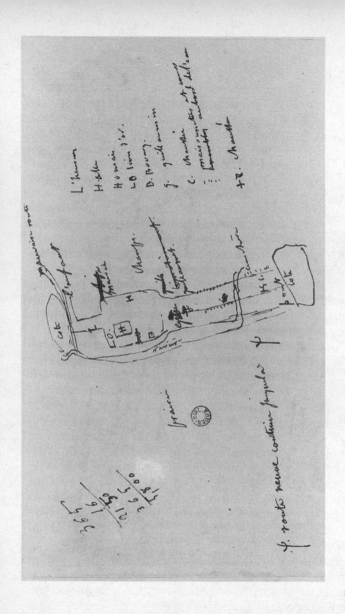

Plan d'Yonville. Manuscrit gg⁹, folio 16.

I

Yonville-l'Abbaye (ainsi nommé à cause d'une ancienne abbaye de Capucins dont les ruines n'existent même plus) est un bourg à huit lieues de Rouen, entre la route d'Abbeville et celle de Beauvais, au fond d'une vallée qu'arrose la Rieule, petite rivière qui se jette dans l'Andelle, après avoir fait tourner trois moulins vers son embouchure, et où il y a quelques truites, que les garçons, le dimanche, s'amusent à pêcher à la ligne.

On quitte la grande route à la Boissière et l'on continue à plat jusqu'au haut de la côte des Leux, d'où l'on découvre la vallée. La rivière qui la traverse en fait comme deux régions de physionomie distincte : tout ce qui est à gauche est en herbage, tout ce qui est à droite est en labour. La prairie s'allonge sous un bourrelet de collines basses pour se rattacher par-derrière aux pâturages du pays de Bray, tandis que, du côté de l'est, la plaine, montant doucement, va s'élargissant et étale à perte de vue ses blondes pièces de blé. L'eau qui court au bord de l'herbe sépare d'une raie blanche la couleur des prés et celle des sillons, et la campagne ainsi ressemble à un grand manteau déplié qui a un collet de velours vert, bordé d'un galon d'argent.

Au bout de l'horizon, lorsqu'on arrive, on a devant soi les chênes de la forêt d'Argueil, avec les escarpements de la côte Saint-Jean, rayés du haut en bas par de longues traînées rouges, inégales ; ce sont les traces des pluies, et ces tons de brique, tranchant en filets minces sur la couleur grise de la montagne, viennent de la quantité de sources ferrugineuses qui coulent au delà, dans le pays d'alentour.

On est ici sur les confins de la Normandie, de la Picardie et de l'Île-de-France, contrée bâtarde où le langage est sans accentuation, comme le paysage sans caractère. C'est là que l'on fait les pires fromages de Neufchâtel de tout l'arrondissement, et, d'autre part, la culture y est coûteuse, parce qu'il faut beaucoup de fumier pour engraisser ces terres friables pleines de sable et de cailloux.

Jusqu'en 1835, il n'y avait point de route praticable pour arriver à Yonville ; mais on a établi vers cette époque un chemin *de grande vicinalité*[1] qui relie la route d'Abbeville à celle d'Amiens, et sert quelquefois aux rouliers[2] allant de Rouen dans les Flandres. Cependant, Yonville-l'Abbaye est demeuré stationnaire, malgré ses *débouchés nouveaux*. Au lieu d'améliorer les cultures, on s'y obstine encore aux herbages, quelque dépréciés qu'ils soient, et le bourg paresseux, s'écartant de la plaine, a continué naturellement à s'agrandir vers la rivière. On l'aperçoit de loin, tout couché en long sur la rive, comme un gardeur de vaches qui fait la sieste au bord de l'eau.

Au bas de la côte, après le pont, commence une chaussée plantée de jeunes trembles, qui vous mène en droite ligne jusqu'aux premières maisons du pays. Elles sont encloses de haies, au milieu de cours pleines de bâtiments épars, pressoirs, charretteries et bouilleries[3], disséminés sous les arbres touffus portant des échelles, des gaules ou des faux accrochées dans leur branchage. Les toits de chaume, comme des bonnets de fourrure rabattus sur des yeux, descendent jusqu'au tiers à peu près des

---

1. Le chemin de « grande vicinalité » (« vicinal » signifie « de voisinage ») rattache les communes entre elles, ou, c'est le cas ici, les villages aux routes départementales et nationales. Yonville est ainsi greffé dans une géographie (relativement) large.   **2.** Transporteurs de marchandises.   **3.** Locaux où le « bouilleur » distille l'eau-de-vie.

fenêtres basses, dont les gros verres bombés sont garnis d'un nœud dans le milieu, à la façon des culs de bouteilles. Sur le mur de plâtre que traversent en diagonale des lambourdes[1] noires, s'accroche parfois quelque maigre poirier, et les rez-de-chaussée ont à leur porte une petite barrière tournante pour les défendre des poussins, qui viennent picorer, sur le seuil, des miettes de pain bis trempé de cidre. Cependant les cours se font plus étroites, les habitations se rapprochent, les haies disparaissent ; un fagot de fougères se balance sous une fenêtre au bout d'un manche à balai ; il y a la forge d'un maréchal et ensuite un charron avec deux ou trois charrettes neuves, en dehors, qui empiètent sur la route. Puis, à travers une claire-voie, apparaît une maison blanche au-delà d'un rond de gazon que décore un Amour, le doigt posé sur la bouche[2] ; deux vases en fonte sont à chaque bout du perron ; des panonceaux brillent à la porte ; c'est la maison du notaire, et la plus belle du pays.

L'église est de l'autre côté de la rue, vingt pas plus loin, à l'entrée de la place. Le petit cimetière qui l'entoure, clos d'un mur à hauteur d'appui[3], est si bien rempli de tombeaux, que les vieilles pierres à ras du sol font un dallage continu, où l'herbe a dessiné de soi-même des carrés verts réguliers. L'église a été rebâtie à neuf dans les dernières années du règne de Charles X[4]. La voûte en bois commence à se pourrir par le haut, et, de place en place, a des enfonçures noires dans sa couleur bleue. Au-dessus de la porte, où seraient les orgues, se tient un jubé[5] pour les hommes, avec un escalier tournant qui retentit sous les sabots.

Le grand jour, arrivant par les vitraux tout unis, éclaire obliquement les bancs rangés en travers de la muraille,

---

1. Poutres assemblées, qui font l'armature des murs, et sont apparentes.   **2.** G. Gengembre propose d'y voir une statue de Falconet (1716-1791), très célèbre et reproduite à l'infini, comme objet décoratif.   **3.** Suit un détail supprimé sur la copie : « et où l'on entre par un tourniquet tout usé ».   **4.** Soit, peu avant 1830. Ce fut une grande période de restauration catholique.   **5.** Galerie servant de tribune.

que tapisse çà et là quelque paillasson cloué, ayant au-
dessous de lui ces mots en grosses lettres : « Banc de
M. un tel. » Plus loin, à l'endroit où le vaisseau se rétrécit, le confessionnal fait pendant à une statuette de la
Vierge, vêtue d'une robe de satin, coiffée d'un voile de
tulle semé d'étoiles d'argent, et tout empourprée aux
pommettes comme une idole des îles Sandwich ; enfin
une copie de la *Sainte Famille, envoi du ministre de l'Intérieur*, dominant le maître-autel entre quatre chandeliers, termine au fond la perspective [1]. Les stalles du
chœur, en bois de sapin, sont restées sans être peintes.

Les halles, c'est-à-dire un toit de tuiles supporté par
une vingtaine de poteaux, occupent à elles seules la moitié environ de la grande place d'Yonville. La mairie,
construite *sur les dessins d'un architecte de Paris*, est
une manière de temple grec qui fait l'angle, à côté de la
maison du pharmacien. Elle a, au rez-de-chaussée, trois
colonnes ioniques et, au premier étage, une galerie à
plein cintre, tandis que le tympan qui la termine est rempli par un coq gaulois, appuyé d'une patte sur la Charte
et tenant de l'autre les balances de la justice [2].

Mais ce qui attire le plus les yeux, c'est, en face de
l'auberge du *Lion d'or*, la pharmacie de M. Homais !
Le soir, principalement, quand son quinquet est allumé
et que les bocaux rouges et verts qui embellissent sa
devanture allongent au loin, sur le sol, leurs deux
clartés de couleur ; alors, à travers elles, comme dans

---

1. Un autre détail est ici supprimé sur la copie : « On sent dans
l'église une odeur tiède de moisissure, d'encens et de résine, car... »
2. L'architecture de Yonville est un condensé d'histoire : fin de la
Restauration, pour l'Église, nouvelle monarchie constitutionnelle (« la
Charte » est la Constitution de cette monarchie) issue de la Révolution
de 1830, et nouveau droit municipal (la loi du 18 juillet 1837 a été la
Charte des communes) avec la mairie ; le « coq gaulois », symbole
ancien du pays (*Gallus* en latin signifie à la fois « coq » et « gaulois »),
emblème de la Nation sur les drapeaux, pendant la Révolution, avait
été remplacé par l'Aigle sous l'Empire, et rétabli après 1830. Le tout
entoure le foyer traditionnel de l'activité du village, les halles.

des feux du Bengale [1], s'entrevoit l'ombre du pharmacien, accoudé sur son pupitre. Sa maison, du haut en bas, est placardée d'inscriptions écrites en anglaise, en ronde, en moulée [2] : « Eaux de Vichy, de Seltz et de Barèges, robs dépuratifs, médecine Raspail, racahout des Arabes, pastilles Darcet, pâte Regnault, bandages [3], bains, chocolats de santé, etc. [4] » Et l'enseigne, qui tient toute la largeur de la boutique, porte en lettres d'or : *Homais, pharmacien*. Puis, au fond de la boutique, derrière les grandes balances scellées sur le comptoir, le mot *laboratoire* se déroule au-dessus d'une porte vitrée qui, à moitié de sa hauteur, répète encore une fois *Homais*, en lettres d'or, sur un fond noir.

Il n'y a plus ensuite rien à voir dans Yonville. La rue (la seule), longue d'une portée de fusil et bordée de quelques boutiques, s'arrête court au tournant de la route. Si on la laisse sur la droite et que l'on suive le bas de la côte Saint-Jean, bientôt on arrive au cimetière.

Lors du choléra [5], pour l'agrandir, on a abattu un pan de mur et acheté trois acres de terre à côté ; mais toute cette portion nouvelle est presque inhabitée, les tombes, comme autrefois, continuant à s'entasser vers la porte. Le gardien, qui est en même temps fossoyeur et bedeau à l'église (tirant ainsi des cadavres de la paroisse un double bénéfice), a profité du terrain vide pour y semer des pommes de terre. D'année en année, cependant, son

---

1. Sorte de feu d'artifice.   **2.** Trois formes d'écriture.   **3.** Sur la copie, « robs dépuratifs » et « bandages » ont été rayés par la *Revue de Paris*, et rétablis par Flaubert en interligne.   **4.** L'inventaire renvoie à des « spécialités médicales » qui datent précisément la vitrine de Homais, spécialités pharmaceutiques alors nouvelles : Bouvard et Pécuchet (après Flaubert) liront « le *Manuel de la Santé* de François Raspail », paru en 1845. Les « robs » (mot d'origine arabe) sont des sirops épais, faits de sucs de fruits ; un brevet protégeait le « racahout (mot attesté en 1833) des Arabes », produit à base de cacao, de glands, de fécules et de farines.   **5.** L'épidémie de 1832 fit de nombreuses victimes. C'est une référence fréquente dans la mémoire du XIXᵉ siècle. Chateaubriand l'évoque dans les *Mémoires d'outre-tombe*. Il y eut une nouvelle épidémie de choléra en 1849.

petit champ se rétrécit, et, lorsqu'il survient une épidémie, il ne sait pas s'il doit se réjouir des décès ou s'affli-
ger des sépultures.

— Vous vous nourrissez des morts, Lestiboudois[1] !
lui dit enfin, un jour, M. le curé.

Cette parole sombre le fit réfléchir ; elle l'arrêta pour
quelque temps ; mais, aujourd'hui encore, il continue
la culture de ses tubercules, et même soutient avec
aplomb qu'ils poussent naturellement.

Depuis les événements que l'on va raconter, rien, en
effet, n'a changé à Yonville. Le drapeau tricolore[2]
de fer-blanc tourne toujours au haut du clocher de
l'église ; la boutique du marchand de nouveautés agite
encore au vent ses deux banderoles d'indienne ; les
fœtus[3] du pharmacien, comme des paquets d'amadou
blanc, se pourrissent de plus en plus dans leur alcool
bourbeux, et, au-dessus de la grande porte de l'auberge, le vieux lion d'or, déteint par les pluies, montre
toujours aux passants sa frisure de caniche.

Le soir que les époux Bovary devaient arriver à
Yonville, madame veuve Lefrançois, la maîtresse de
cette auberge, était si fort affairée, qu'elle suait à
grosses gouttes en remuant ses casseroles. C'était le
lendemain jour de marché dans le bourg. Il fallait
d'avance tailler les viandes, vider les poulets, faire de
la soupe et du café. Elle avait, de plus, le repas de ses
pensionnaires, celui du médecin, de sa femme et de
leur bonne ; le billard[4] retentissait d'éclats de rire ;

---

1. « Lestiboudois » est le nom que Flaubert donne à Emma dans
les premiers scénarios (« Rouault » apparaît en ajout dans le deuxième
scénario) ; c'est aussi le nom qu'il donne d'abord, dans les brouillons
de *Un cœur simple*, à un personnage secondaire (voir *Trois Contes*, Le
Livre de Poche, 1999, note 3, p. 56).   2. Il était redevenu drapeau
national en 1830.   3. *DIR* : « Fœtus Toute pièce anatomique conservée dans de l'esprit de vin. »   4. La salle de billard ; jeu à la fois
populaire et aristocratique. *DIR* : « Billard Noble jeu — indispensable
à la campagne. » Dans *Bouvard et Pécuchet*, le comte de Faverges a
un billard, comme, à la Vaubyessard, le marquis d'Andervilliers (I, 8,
p. 114).

trois meuniers, dans la petite salle, appelaient pour
qu'on leur apportât de l'eau-de-vie ; le bois flambait,
la braise craquait, et, sur la longue table de la cuisine,
parmi les quartiers de mouton cru, s'élevaient des piles
d'assiettes qui tremblaient aux secousses du billot où
l'on hachait des épinards. On entendait, dans la basse-
cour, crier les volailles que la servante poursuivait pour
leur couper le cou.

Un homme en pantoufles de peau verte, quelque peu
marqué de petite vérole[1] et coiffé d'un bonnet de
velours à gland d'or, se chauffait le dos contre la cheminée. Sa figure n'exprimait rien que la satisfaction de
soi-même, et il avait l'air aussi calme dans la vie que
le chardonneret suspendu au-dessus de sa tête, dans
une cage d'osier : c'était le pharmacien.

— Artémise[2] ! criait la maîtresse d'auberge, casse
de la bourrée[3], emplis les carafes, apporte de l'eau-de-
vie, dépêche-toi ! Au moins, si je savais quel dessert
offrir à la société que vous attendez ! Bonté divine !
les commis du déménagement recommencent leur tin-
tamarre dans le billard ! Et leur charrette qui est restée
sous la grande porte ! *L'Hirondelle* est capable de la
défoncer en arrivant ! Appelle Polyte pour qu'il la
remise !... Dire que, depuis le matin, monsieur Homais,
ils ont peut-être fait quinze parties et bu huit pots de
cidre !... Mais ils vont me déchirer le tapis, continuait-
elle en les regardant de loin, son écumoire à la main.

---

1. Le détail des marques sur le visage signe le personnage, intensifie
la mémoire que l'on peut en garder. Pourtant Flaubert pensera ne
l'avoir retenu que pour lui, dans une lettre à Taine (du 20 nov. 1866) :
« Il y a bien des détails que je n'écris pas. Ainsi, pour moi, M. Homais
est légèrement marqué de petite vérole » (cité par Claudine Gothot-
Mersch dans son édition, note 40).   2. Mythologie dégradée : Artémise est le nom d'une reine de l'Antiquité grecque, reine d'Halicar-
nasse, dont la légende dit qu'elle fit crever les yeux à un jeune homme
qui refusait de l'aimer, et se jeta ensuite du haut d'une falaise.
3. Menus fagots.

— Le mal ne serait pas grand, répondit M. Homais, vous en achèteriez un autre.

— Un autre billard ! exclama la veuve.

— Puisque celui-là ne tient plus, madame Lefrançois ; je vous le répète, vous vous faites tort ! vous vous faites grand tort ! Et puis les amateurs, à présent, veulent des blouses [1] étroites et des queues lourdes. On ne joue plus la bille ; tout est changé ! Il faut marcher avec son siècle ! Regardez Tellier, plutôt...

L'hôtesse devint rouge de dépit. Le pharmacien ajouta :

— Son billard, vous avez beau dire, est plus mignon que le vôtre ; et qu'on ait l'idée, par exemple, de monter une poule patriotique pour la Pologne ou les inondés de Lyon [2]...

— Ce ne sont pas des gueux comme lui qui nous font peur ! interrompit l'hôtesse, en haussant ses grosses épaules. Allez ! allez ! monsieur Homais, tant que le *Lion d'or* vivra, on y viendra. Nous avons du foin dans nos bottes [3], nous autres ! Au lieu qu'un de ces matins vous verrez le *Café français* fermé, et avec une belle affiche sur les auvents !... Changer mon billard, continuait-elle en se parlant à elle-même, lui qui m'est si commode pour ranger ma lessive, et sur lequel, dans le temps de la chasse, j'ai mis coucher jusqu'à six voyageurs !... Mais ce lambin d'Hivert qui n'arrive pas !

— L'attendez-vous pour le dîner de vos messieurs ? demanda le pharmacien.

— L'attendre ? Et M. Binet donc ! À six heures bat-

---

1. Trous avec des poches, aux coins et au milieu des grands côtés du billard.   **2.** L'insurrection polonaise contre la Russie commença le 29 novembre 1830, avec le soulèvement de Varsovie, et dura jusqu'à l'été 1831, où elle fut écrasée par les troupes russes aidées par la Prusse et l'Autriche. Une célèbre lithographie de Granville, de 1831, « L'ordre règne à Varsovie », diffusa l'événement. Le soutien aux insurgés fut constant pendant toute la Monarchie de Juillet. L'inondation de Lyon eut lieu en 1840. La « poule » est le rassemblement des gains. **3.** Expression utilisée pour signifier une certaine sécurité financière.

tant vous allez le voir entrer, car son pareil n'existe pas sur la terre pour l'exactitude. Il lui faut toujours sa place dans la petite salle ! On le tuerait plutôt que de le faire dîner ailleurs ! et dégoûté qu'il est ! et si difficile pour le cidre ! Ce n'est pas comme M. Léon ; lui, il arrive quelquefois à sept heures, sept heures et demie même ; il ne regarde seulement pas à ce qu'il mange. Quel bon jeune homme ! Jamais un mot plus haut que l'autre.

— C'est qu'il y a bien de la différence, voyez-vous, entre quelqu'un qui a reçu de l'éducation et un ancien carabinier qui est percepteur.

Six heures sonnèrent. Binet entra.

Il était vêtu d'une redingote bleue, tombant droit d'elle-même tout autour de son corps maigre, et sa casquette de cuir, à pattes nouées par des cordons sur le sommet de sa tête, laissait voir, sous la visière relevée, un front chauve, qu'avait déprimé l'habitude du casque. Il portait un gilet de drap noir, un col de crin [1], un pantalon gris, et, en toute saison, des bottes bien cirées qui avaient deux renflements parallèles, à cause de la saillie de ses orteils. Pas un poil ne dépassait la ligne de son collier blond, qui, contournant la mâchoire, encadrait comme la bordure d'une plate-bande sa longue figure terne, dont les yeux étaient petits et le nez busqué. Fort à tous les jeux de cartes, bon chasseur et possédant une belle écriture, il avait chez lui un tour, où il s'amusait à tourner [2] des ronds de serviette dont il encombrait sa maison, avec la jalousie d'un artiste et l'égoïsme d'un bourgeois [3].

Il se dirigea vers la petite salle ; mais il fallut d'abord en faire sortir les trois meuniers ; et, pendant tout le temps que l'on fut à mettre son couvert, Binet

---

1. Étoffe rude faite de crins d'animaux ou de crins végétaux. **2.** Le tour pour artisanat à domicile semble avoir été une mode ; *DIR* : « Tour Indispensable à avoir dans son grenier, à la campagne, pour les jours de pluie. » **3.** Flaubert écrit à George Sand, le 6 septembre 1871 : « Je fais de la Littérature pour moi, comme un bourgeois tourne des ronds de serviette, dans son grenier. »

resta silencieux à sa place, auprès du poêle ; puis il ferma la porte et retira sa casquette, comme d'usage.

— Ce ne sont pas les civilités qui lui useront la langue ! dit le pharmacien, dès qu'il fut seul avec l'hôtesse.

— Jamais il ne cause davantage, répondit-elle ; il est venu ici, la semaine dernière, deux voyageurs en draps, des garçons pleins d'esprit qui contaient, le soir, un tas de farces que j'en pleurais de rire ; eh bien ! il restait là, comme une alose [1], sans dire un mot.

— Oui, fit le pharmacien, pas d'imagination, pas de saillies, rien de ce qui constitue l'homme de société !

— On dit pourtant qu'il a des moyens, objecta l'hôtesse.

— Des moyens ? répliqua M. Homais ; lui ! des moyens ? Dans sa partie, c'est possible, ajouta-t-il d'un ton plus calme.

Et il reprit :

— Ah ! qu'un négociant qui a des relations considérables, qu'un jurisconsulte, un médecin, un pharmacien soient tellement absorbés, qu'ils en deviennent fantasques et bourrus même, je le comprends ; on en cite des traits dans les histoires ! Mais, au moins, c'est qu'ils pensent à quelque chose. Moi, par exemple, combien de fois m'est-il arrivé de chercher ma plume sur mon bureau pour écrire une étiquette, et de trouver, en définitive, que je l'avais placée à mon oreille !

Cependant, madame Lefrançois alla sur le seuil regarder si *l'Hirondelle* n'arrivait pas. Elle tressaillit. Un homme vêtu de noir entra tout à coup dans la cuisine. On distinguait, aux dernières lueurs du crépuscule, qu'il avait une figure rubiconde et le corps athlétique.

— Qu'y a-t-il pour votre service, monsieur le curé ?

---

1. Poisson marin qui remonte les rivières pour frayer.

demanda la maîtresse d'auberge, tout en atteignant sur la cheminée un des flambeaux de cuivre qui s'y trouvaient rangés en colonnade avec leurs chandelles ; voulez-vous prendre quelque chose ? un doigt de cassis, un verre de vin ?

L'ecclésiastique refusa fort civilement. Il venait chercher son parapluie, qu'il avait oublié l'autre jour au couvent d'Ernemont, et, après avoir prié madame Lefrançois de le lui faire remettre au presbytère dans la soirée, il sortit pour se rendre à l'église, où sonnait l'*Angélus*.

Quand le pharmacien n'entendit plus sur la place le bruit de ses souliers, il trouva fort inconvenante sa conduite de tout à l'heure. Ce refus d'accepter un rafraîchissement lui semblait une hypocrisie des plus odieuses ; les prêtres godaillaient[1] tous sans qu'on les vît, et cherchaient à ramener le temps de la dîme.

L'hôtesse prit la défense de son curé :

— D'ailleurs, il en plierait quatre comme vous sur son genou. Il a, l'année dernière, aidé nos gens à rentrer la paille ; il en portait jusqu'à six bottes à la fois, tant il est fort !

— Bravo ! dit le pharmacien. Envoyez donc vos filles en confesse à des gaillards d'un tempérament pareil ! Moi, si j'étais le gouvernement, je voudrais qu'on saignât les prêtres une fois par mois. Oui, madame Lefrançois, tous les mois, une large phlébotomie[2], dans l'intérêt de la police et des mœurs[3] !

— Taisez-vous donc, monsieur Homais ! vous êtes un impie ! vous n'avez pas de religion[4] !

---

1. Faire godaille, faire des débauches de table.   **2.** Terme technique de la saignée.   **3.** C'est l'expression même de la Justice ; « police » signifie ici « l'ordre public ». Le roman de Flaubert sera poursuivi pour « outrage à la morale publique et religieuse et aux bonnes mœurs ».   **4.** Cet échange, depuis « Bravo... », rayé sur la copie par la *Revue de Paris* a été rétabli selon l'indication expresse de Flaubert, en marge : « rétablir tout ce § ».

Le pharmacien répondit :

— J'ai une religion, ma religion, et même j'en ai plus qu'eux tous, avec leurs momeries et leurs jongleries ! J'adore Dieu, au contraire ! Je crois en l'Être suprême, à un Créateur, quel qu'il soit, peu m'importe, qui nous a placés ici-bas pour y remplir nos devoirs de citoyen et de père de famille ; mais je n'ai pas besoin d'aller, dans une église, baiser des plats d'argent et engraisser de ma poche un tas de farceurs qui se nourrissent mieux que nous ! Car on peut l'honorer aussi bien dans un bois, dans un champ, ou même en contemplant la voûte éthérée, comme les anciens. Mon Dieu, à moi, c'est le Dieu de Socrate, de Franklin, de Voltaire et de Béranger ! Je suis pour la *Profession de foi du vicaire savoyard* et les immortels principes de 89[1] ! Aussi, je n'admets pas un bonhomme de bon Dieu qui se promène dans son parterre la canne à la main, loge ses amis dans le ventre des baleines, meurt en poussant un cri et ressuscite au bout de trois jours : choses absurdes

---

1. Socrate (470-399 av. J.-C.), philosophe grec que l'on pose à l'origine de la pensée rationnelle ; Franklin (1706-1790), inventeur de génie dans le domaine de l'électricité, reçu par Buffon à l'Académie des sciences à Paris, homme politique qui participa à la rédaction de la Déclaration d'indépendance (4 juillet 1776) et de la Constitution fédérale (1787) des États-Unis ; Voltaire, référence constante dans le XIXe siècle pour une religion rationnelle et dans la lutte contre le cléricalisme ; Béranger, chansonnier très populaire, qui défendait le libéralisme sous la Restauration (voir note 1, p. 66) ; la *Profession de foi du vicaire savoyard* de Rousseau, incluse dans le livre IV d'*Émile* (1762), toujours citée comme modèle pour la défense de la « religion naturelle » contre la « foi dogmatique » ; les principes de la Révolution : cette liste est elle-même ironique, elle égalise jusqu'à l'absurde des modes historiquement et philosophiquement très divers de « rationalisme », de pensée « politique » et de sentiment religieux. Dans *L'Éducation sentimentale* de 1845, Flaubert avait esquissé un personnage de ce genre, le père de Henry, « un de ces hommes [...] se croyant raisonnables, et cousus d'absurdité, se vantant d'être sans préjugés, et pétris de prétentions, parlant sans cesse de leurs jugements, et plus étroits qu'un sac de papier qui se crève dès qu'on veut y faire entrer quelque chose » (Le Livre de Poche, p. 240).

en elles-mêmes et complètement opposées, d'ailleurs, à toutes les lois de la physique ; ce qui nous démontre, en passant, que les prêtres ont toujours croupi dans une ignorance turpide, où ils s'efforcent d'engloutir avec eux les populations.

Il se tut, cherchant des yeux un public autour de lui, car, dans son effervescence, le pharmacien un moment s'était cru en plein conseil municipal. Mais la maîtresse d'auberge ne l'écoutait plus ; elle tendait son oreille à un roulement éloigné. On distingua le bruit d'une voiture mêlé à un claquement de fers lâches qui battaient la terre, et *l'Hirondelle* enfin s'arrêta devant la porte.

C'était un coffre jaune porté par deux grandes roues qui, montant jusqu'à la hauteur de la bâche, empêchaient les voyageurs de voir la route et leur salissaient les épaules. Les petits carreaux de ses vasistas étroits tremblaient dans leurs châssis quand la voiture était fermée, et gardaient des taches de boue, çà et là, parmi leur vieille couche de poussière, que les pluies d'orage même ne lavaient pas tout à fait. Elle était attelée de trois chevaux, dont le premier en arbalète, et, lorsqu'on descendait les côtes, elle touchait du fond en cahotant.

Quelques bourgeois d'Yonville arrivèrent sur la place ; ils parlaient tous à la fois, demandant des nouvelles, des explications et des bourriches[1] ; Hivert ne savait auquel répondre. C'était lui qui faisait à la ville les commissions du pays. Il allait dans les boutiques, rapportait des rouleaux de cuir au cordonnier, de la ferraille au maréchal, un baril de harengs pour sa maîtresse, des bonnets de chez la modiste, des toupets[2] de chez le coiffeur ; et, le long de la route, en s'en revenant, il distribuait ses paquets, qu'il jetait par-

---

1. Panier dont on se sert pour expédier du gibier, du poisson, des huîtres. 2. Cheveux postiches, qui font une mèche sur le sommet du crâne.

dessus les clôtures des cours, debout sur son siège, et criant à pleine poitrine, pendant que ses chevaux allaient tout seuls.

Un accident l'avait retardé : la levrette de madame Bovary s'était enfuie à travers champs. On l'avait sifflée un grand quart d'heure. Hivert même était retourné d'une demi-lieue en arrière, croyant l'apercevoir à chaque minute ; mais il avait fallu continuer la route. Emma avait pleuré, s'était emportée ; elle avait accusé Charles de ce malheur. M. Lheureux, marchand d'étoffes, qui se trouvait avec elle dans la voiture, avait essayé de la consoler par quantité d'exemples de chiens perdus, reconnaissant leur maître au bout de longues années. On en citait un, disait-il, qui était revenu de Constantinople à Paris. Un autre avait fait cinquante lieues en ligne droite et passé quatre rivières à la nage ; et son père à lui-même avait possédé un caniche qui, après douze ans d'absence, lui avait tout à coup sauté sur le dos, un soir, dans la rue comme il allait dîner en ville [1].

II

Emma descendit la première, puis Félicité, M. Lheureux, une nourrice, et l'on fut obligé de réveiller Charles dans son coin, où il s'était endormi complètement dès que la nuit était venue.

Homais se présenta ; il offrit ses hommages à Madame, ses civilités à Monsieur, dit qu'il était charmé d'avoir pu leur rendre quelque service, et ajouta d'un air

---

1. Bouvard et Pécuchet seront amateurs de ce genre d'anecdotes de l'extraordinaire.

cordial qu'il avait osé s'inviter lui-même, sa femme d'ailleurs étant absente.

— Madame Bovary, quand elle fut dans la cuisine, s'approcha de la cheminée. Du bout de ses deux doigts, elle prit sa robe à la hauteur du genou, et, l'ayant ainsi remontée jusqu'aux chevilles, elle tendit à la flamme, par-dessus le gigot qui tournait, son pied chaussé d'une bottine noire. Le feu l'éclairait en entier, pénétrant d'une lumière crue la trame de sa robe, les pores égaux de sa peau blanche et même les paupières de ses yeux qu'elle clignait de temps à autre. Une grande couleur rouge passait sur elle, selon le souffle du vent qui venait par la porte entrouverte.

De l'autre côté de la cheminée, un jeune homme à chevelure blonde la regardait silencieusement.

Comme il s'ennuyait beaucoup à Yonville, où il était clerc chez maître Guillaumin, souvent M. Léon Dupuis (c'était lui, le second habitué du *Lion d'or*) reculait l'instant de son repas, espérant qu'il viendrait quelque voyageur à l'auberge avec qui causer dans la soirée. Les jours que sa besogne était finie il lui fallait bien, faute de savoir que faire, arriver à l'heure exacte, et subir depuis la soupe jusqu'au fromage le tête-à-tête de Binet. Ce fut donc avec joie qu'il accepta la proposition de l'hôtesse de dîner en la compagnie des nouveaux venus, et l'on passa dans la grande salle, où madame Lefrançois, par pompe, avait fait dresser les quatre couverts[1].

Homais demanda la permission de garder son bonnet grec[2], de peur des coryzas.

---

1. Un paragraphe est ici supprimé sur la copie (voir « Repentirs », texte n° 17, p. 523).   **2.** *DIR* : « Bonnet grec Indispensable à l'homme de cabinet, donne de la majesté au visage. » Déjà, fugitivement, le perruquier nostalgique de Tostes : « Elle le voyait toujours là, comme une sentinelle en faction, avec son bonnet grec sur l'oreille et sa veste de lasting » (I, 9, p. 137). C'est aussi, dans *L'Éducation sentimentale* de 1845, « l'ornement du bourgeois M. Renaud », comme le fait remarquer Anne Herschberg Pierrot.

Puis, se tournant vers sa voisine :

— Madame, sans doute, est un peu lasse ? on est si épouvantablement cahoté dans notre *Hirondelle* !

— Il est vrai, répondit Emma ; mais le dérangement m'amuse toujours ; j'aime à changer de place.

— C'est une chose si maussade, soupira le clerc, que de vivre cloué aux mêmes endroits !

— Si vous étiez comme moi, dit Charles, sans cesse obligé d'être à cheval...

— Mais, reprit Léon s'adressant à madame Bovary, rien n'est plus agréable, il me semble ; quand on le peut, ajouta-t-il.

— Du reste, disait l'apothicaire, l'exercice de la médecine n'est pas fort pénible en nos contrées ; car l'état de nos routes permet l'usage du cabriolet, et, généralement, l'on paye assez bien, les cultivateurs étant aisés. Nous avons, sous le rapport médical, à part les cas ordinaires d'entérite, bronchite, affections bilieuses, etc., de temps à autre quelques fièvres intermittentes à la moisson, mais, en somme, peu de choses graves, rien de spécial à noter, si ce n'est beaucoup d'humeurs froides [1], et qui tiennent sans doute aux déplorables conditions hygiéniques de nos logements de paysan. Ah ! vous trouverez bien des préjugés à combattre, monsieur Bovary ; bien des entêtements de la routine, où se heurteront quotidiennement tous les efforts de votre science ; car on a recours encore aux neuvaines, aux reliques, au curé, plutôt que de venir naturellement chez le médecin ou chez le pharmacien. Le climat, pourtant, n'est point, à vrai dire, mauvais, et même nous comptons dans la commune quelques nonagénaires. Le thermomètre (j'en ai fait les observations) descend en hiver jusqu'à quatre

---

1. Il s'agit des « écrouelles », « maladie caractérisée par la tuméfaction des glandes du cou et par une détérioration générale de la constitution » (Littré). L'énumération des maladies « modernes » s'achève sur une maladie plus « traditionnelle », liée à la pauvreté et l'indigence, maladie que les rois de France étaient censés avoir le don de guérir.

degrés, et, dans la forte saison, touche vingt-cinq, trente centigrades tout au plus, ce qui nous donne vingt-quatre Réaumur au maximum, ou autrement cinquante-quatre Fahrenheit (mesure anglaise), pas davantage [1] ! — et, en effet, nous sommes abrités des vents du nord par la forêt d'Argueil d'une part, des vents d'ouest par la côte Saint-Jean de l'autre ; et cette chaleur, cependant, qui à cause de la vapeur d'eau dégagée par la rivière et la présence considérable de bestiaux dans les prairies, lesquels exhalent, comme vous savez, beaucoup d'ammoniaque, c'est-à-dire azote, hydrogène et oxygène (non, azote et hydrogène seulement [2]), et qui, pompant à elle l'humus de la terre, confondant toutes ces émanations différentes, les réunissant en un faisceau, pour ainsi dire, et se combinant de soi-même avec l'électricité répandue dans l'atmosphère, lorsqu'il y en a, pourrait à la longue, comme dans les pays tropicaux, engendrer des miasmes insalubres [3] ; — cette chaleur, dis-je, se trouve justement tempérée du côté où elle vient, ou plutôt d'où elle viendrait, c'est-à-dire du côté sud, par les vents de sud-est, lesquels, s'étant rafraîchis d'eux-mêmes en passant sur la Seine, nous arrivent quelquefois tout d'un coup, comme des brises de Russie !

— Avez-vous du moins quelques promenades dans

---

1. G. Gengembre fait remarquer que Homais se trompe dans son calcul : 30° centigrades équivalent à 86° Fahrenheit. **2.** Le lapsus, qui permet la rime en « gène », permet également de « synthétiser trois néologismes de Lavoisier, les trois éléments qu'il [lui] appartint de synthétiser » (Philippe Dufour, *Flaubert et le Pignouf*, Presses universitaires de Vincennes, 1993, p. 36). **3.** Une note savante, réponse à une « consultation chimique » de Flaubert, se trouve dans les manuscrits de Rouen (en fait dans les dossiers de *Bouvard et Pécuchet*, Ms g 226¹⁴, f° 223 recto et verso), qui précise que « les troupeaux dégagent de l'ammoniaque, c'est-à-dire, de l'azote et de l'hydrogène, en plus ils dégagent de l'acide carbonique — résultat général de la respiration — plus des miasmes et de la vapeur d'eau ». Effets combinés avec l'électricité, etc., l'ensemble de la note est converti par Flaubert dans le discours approximatif de Homais : ce sera le principe de création de tout *Bouvard et Pécuchet*.

les environs ? continuait madame Bovary parlant au jeune homme.

— Oh ! fort peu, répondit-il. Il y a un endroit que l'on nomme la Pâture, sur le haut de la côte, à la lisière de la forêt. Quelquefois, le dimanche, je vais là, et j'y reste avec un livre, à regarder le soleil couchant.

— Je ne trouve rien d'admirable comme les soleils couchants, reprit-elle, mais au bord de la mer, surtout.

— Oh ! j'adore la mer, dit M. Léon.

— Et puis ne vous semble-t-il pas, répliqua madame Bovary, que l'esprit vogue plus librement sur cette étendue sans limites, dont la contemplation vous élève l'âme et donne des idées d'infini, d'idéal[1] ?

— Il en est de même des paysages de montagnes, reprit Léon. J'ai un cousin qui a voyagé en Suisse l'année dernière, et qui me disait qu'on ne peut se figurer la poésie des lacs, le charme des cascades, l'effet gigantesque des glaciers. On voit des pins d'une grandeur incroyable, en travers des torrents, des cabanes suspendues sur des précipices, et, à mille pieds sous vous, des vallées entières, quand les nuages s'entrouvrent. Ces spectacles doivent enthousiasmer, disposer à la prière, à l'extase ! Aussi je ne m'étonne plus de ce musicien célèbre qui, pour exciter mieux son imagination, avait coutume d'aller jouer du piano devant quelque site imposant.

— Vous faites de la musique ? demanda-t-elle.

— Non, mais je l'aime beaucoup, répondit-il[2].

---

1. *DIR* : « Mer N'a pas de fond / Image de l'infini / Donne de grandes pensées. » **2.** « Voilà deux ou trois jours que ça va bien. Je suis à faire une conversation d'un jeune homme et d'une jeune dame sur la littérature, la mer, les montagnes, la musique, tous les sujets poétiques enfin. — On pourrait la prendre au sérieux, et elle est d'une grande intention de grotesque. Ce sera, je crois, la première fois que l'on verra un livre qui se moque de sa jeune première et de son jeune premier. L'ironie n'enlève rien au pathétique, elle l'outre au contraire. — Dans ma 3e partie, qui sera pleine de choses farces, je veux qu'on pleure » (à Louise Colet, 9 octobre 1852). Flaubert, deux jours auparavant, exposait son idée du rythme d'ensemble de l'épisode, et du roman

— Ah ! ne l'écoutez pas, madame Bovary, inter-rompit Homais en se penchant sur son assiette, c'est modestie pure. — Comment, mon cher ! Eh ! l'autre jour, dans votre chambre, vous chantiez *l'Ange gardien*[1] à ravir. Je vous entendais du laboratoire ; vous détachiez cela comme un acteur.

Léon, en effet, logeait chez le pharmacien, où il avait une petite pièce au second étage, sur la place. Il rougit à ce compliment de son propriétaire, qui déjà s'était tourné vers le médecin et lui énumérait les uns après les autres les principaux habitants d'Yonville. Il racontait des anecdotes, donnait des renseignements ; on ne savait pas au juste la fortune du notaire, *et il y avait la maison Tuvache* qui faisait beaucoup d'embarras.

Emma reprit :

— Et quelle musique préférez-vous ?

— Oh ! la musique allemande, celle qui porte à rêver[2].

— Connaissez-vous les Italiens[3] ?

_____

entier : « À la fin de ce mois j'espère avoir fait mon *auberge*. L'action se passe en trois heures, j'aurai été plus de deux mois. — Quoi qu'il en soit, je commence à m'y reconnaître un peu. Mais je perds un temps incalculable, écrivant quelquefois des pages entières que je supprime ensuite complètement, sans pitié, comme nuisant au mouvement. Pour ce passage-là, en effet, il faut, en composant, que j'en embrasse du même coup d'œil une quarantaine, au moins. [...] La troisième partie devra être enlevée et écrite d'un seul trait de plume. J'y pense souvent et c'est là, je crois, que sera tout l'effet du livre » (à Louise Colet, 7 octobre 1852).
    1. Romance très populaire de Pauline Duchambge (1778-1858) : « Les mélodies de Mme Duchambge se font remarquer par une sensibilité douce et l'élégance de la forme » (F.J. Fétis, *Biographie universelle des musiciens*, 1878).   **2.** *DIR* : « ALLEMANDS Peuple de rêveurs. » À propos de Frédéric s'installant à Paris, dans *L'Éducation sentimentale*, on lit : « Il loua un piano, et composa des valses allemandes » (I, 3).   **3.** Les chanteurs du théâtre des Italiens, à Paris. Le goût pour les compositeurs italiens et le *bel canto* fut très grand pendant toute la première moitié du XIXe siècle. Le Théâtre-Italien à Paris avait donné « avec le plus grand succès » *Lucia di Lammermoor* en 1837.

— Pas encore ; mais je les verrai l'année prochaine, quand j'irai habiter Paris, pour finir mon droit.

— C'est comme j'avais l'honneur, dit le pharmacien, de l'exprimer à M. votre époux, à propos de ce pauvre Yanoda qui s'est enfui ; vous vous trouverez, grâce aux folies qu'il a faites, jouir d'une des maisons les plus confortables d'Yonville. Ce qu'elle a principalement de commode pour un médecin, c'est une porte sur *l'Allée*, qui permet d'entrer et de sortir sans être vu. D'ailleurs, elle est fournie de tout ce qui est agréable à un ménage : buanderie, cuisine avec office, salon de famille, fruitier [1], etc. C'était un gaillard qui n'y regardait pas ! il s'était fait construire, au bout du jardin, à côté de l'eau, une tonnelle tout exprès pour boire de la bière en été, et si Madame aime le jardinage, elle pourra...

— Ma femme ne s'en occupe guère, dit Charles ; elle aime mieux, quoiqu'on lui recommande l'exercice, toujours rester dans sa chambre, à lire.

— C'est comme moi, répliqua Léon ; quelle meilleure chose, en effet, que d'être le soir au coin du feu avec un livre, pendant que le vent bat les carreaux, que la lampe brûle ?...

— N'est-ce pas ? dit-elle, en fixant sur lui ses grands yeux noirs tout ouverts.

— On ne songe à rien, continuait-il, les heures passent. On se promène immobile dans des pays que l'on croit voir, et votre pensée, s'enlaçant à la fiction, se joue dans les détails ou poursuit le contour des aventures. Elle se mêle aux personnages ; il semble que c'est vous qui palpitez sous leurs costumes.

— C'est vrai ! c'est vrai ! disait-elle.

— Vous est-il arrivé parfois, reprit Léon, de rencontrer dans un livre une idée vague que l'on a eue, quelque image obscurcie qui revient de loin, et comme l'exposition entière de votre sentiment le plus délié ?

---

1. Local où l'on conserve les fruits.

— J'ai éprouvé cela, répondit-elle.

— C'est pourquoi, dit-il, j'aime surtout les poètes. Je trouve les vers plus tendres que la prose, et qu'ils font bien mieux pleurer.

— Cependant ils fatiguent à la longue, reprit Emma ; et maintenant, au contraire, j'adore les histoires qui se suivent tout d'une haleine, où l'on a peur. Je déteste les héros communs et les sentiments tempérés, comme il y en a dans la nature.

— En effet, observa le clerc, ces ouvrages ne touchant pas le cœur, s'écartent, il me semble, du vrai but de l'Art. Il est si doux, parmi les désenchantements de la vie, de pouvoir se reporter en idée sur de nobles caractères, des affections pures et des tableaux de bonheur. Quant à moi, vivant ici, loin du monde, c'est ma seule distraction ; mais Yonville offre si peu de ressources !

— Comme Tostes, sans doute, reprit Emma ; aussi j'étais toujours abonnée à un cabinet de lecture [1].

— Si Madame veut me faire l'honneur d'en user, dit le pharmacien, qui venait d'entendre ces derniers mots, j'ai moi-même à sa disposition une bibliothèque composée des meilleurs auteurs : Voltaire, Rousseau, Delille [2], Walter Scott, *l'Écho des feuilletons* [3], etc., et je reçois, de plus, différentes feuilles périodiques, parmi lesquelles *le Fanal de Rouen* [4], quotidiennement,

---

1. Voir note 2, p. 100.   2. Jacques Delille (1738-1813), poète lyrique, didactique, pittoresque, traducteur des *Géorgiques* de Virgile, fut très célèbre jusqu'au début du XIXᵉ siècle (*Les Jardins ou l'Art d'embellir les paysages*, 1782, *Les Trois Règnes de la Nature*, 1808).   3. Périodique qui publiait à part les romans et récits, parus en feuilletons dans les journaux.   4. On demanda à Flaubert, au dernier moment avant la publication, de changer le titre qu'il avait donné dans son manuscrit : *Le Journal de Rouen*, qui correspondait à un journal existant, et de le remplacer par *Le Progressif de Rouen*. Flaubert demanda conseil à Louis Bouilhet : « *Je suis dévoré d'incertitude. Je ne sais que faire. Il me semble qu'en cédant je fais une couillade atroce* [...] ça va casser le rythme de mes pauvres phrases ! » (5 octobre 1856).

ayant l'avantage d'en être le correspondant pour les circonscriptions de Buchy, Forges, Neufchâtel, Yonville et les alentours [1].

Depuis deux heures et demie, on était à table ; car la servante Artémise, traînant nonchalamment sur les carreaux ses savates de lisière [2], apportait les assiettes les unes après les autres, oubliait tout, n'entendait à rien et sans cesse laissait entrebâillée la porte du billard, qui battait contre le mur du bout de sa clenche [3].

Sans qu'il s'en aperçût, tout en causant, Léon avait posé son pied sur un des barreaux de la chaise où madame Bovary était assise. Elle portait une petite cravate de soie bleue, qui tenait droit comme une fraise un col de batiste [4] tuyauté [5] ; et, selon les mouvements de tête qu'elle faisait, le bas de son visage s'enfonçait dans le linge ou en sortait avec douceur. C'est ainsi, l'un près de l'autre, pendant que Charles et le pharmacien devisaient, qu'ils entrèrent dans une de ces vagues conversations où le hasard des phrases vous ramène toujours au centre fixe d'une sympathie commune. Spectacles de Paris, titres de romans, quadrilles nouveaux, et le monde qu'ils ne connaissaient pas, Tostes où elle avait vécu, Yonville où ils étaient, ils examinèrent tout, parlèrent de tout jusqu'à la fin du dîner.

Quand le café fut servi, Félicité s'en alla préparer la chambre dans la nouvelle maison, et les convives bientôt levèrent le siège. Madame Lefrançois dormait auprès des cendres, tandis que le garçon d'écurie, une lanterne à la main, attendait M. et madame Bovary pour les conduire chez eux. Sa chevelure rouge était entremêlée de brins de paille, et il boitait de la jambe gauche. Lorsqu'il eut pris de son autre main le parapluie de M. le curé, l'on se mit en marche.

---

1. Un paragraphe est ici supprimé sur la copie (voir « Repentirs », texte n° 18, p. 523). 2. Chutes de tissu tressées. 3. Le bras du loquet d'une porte. 4. Toile de lin très fine. 5. Repassé avec des plis en forme de tuyaux.

Le bourg était endormi. Les piliers des halles allongeaient de grandes ombres. La terre était toute grise, comme par une nuit d'été.

Mais, la maison du médecin se trouvant à cinquante pas de l'auberge, il fallut presque aussitôt se souhaiter le bonsoir, et la compagnie se dispersa[1].

Emma, dès le vestibule, sentit tomber sur ses épaules, comme un linge humide, le froid du plâtre. Les murs étaient neufs, et les marches de bois craquèrent. Dans la chambre, au premier, un jour blanchâtre passait par les fenêtres sans rideaux. On entrevoyait des cimes d'arbres, et plus loin la prairie, à demi noyée dans le brouillard, qui fumait au clair de la lune, selon le cours de la rivière. Au milieu de l'appartement, pêle-mêle, il y avait des tiroirs de commode, des bouteilles, des tringles, des bâtons dorés avec des matelas sur des chaises et des cuvettes sur le parquet, — les deux hommes qui avaient apporté les meubles ayant tout laissé là, négligemment.

C'était la quatrième fois qu'elle couchait dans un endroit inconnu. La première avait été le jour de son entrée au couvent, la seconde celle de son arrivée à Tostes, la troisième à la Vaubyessard, la quatrième

---

1. Au cours de la rédaction de cette longue scène de l'auberge, Flaubert en avait expliqué à Louise Colet les difficultés : « Ce que j'écris présentement risque d'être du Paul de Kock [auteur très populaire de romans sentimentaux, alors l'un des plus grands succès de librairie] si je n'y mets pas une forme profondément littéraire » (13 septembre 1852) ; et : « Je n'ai jamais de ma vie rien écrit de plus difficile que ce que je fais présentement, du dialogue trivial ! [...] J'ai à poser à la fois dans la même conversation cinq ou six personnages (qui parlent), plusieurs autres (dont on parle), le lieu où l'on est, tout le pays, en faisant des descriptions physiques de gens et d'objets, et à montrer au milieu de tout cela un monsieur et une dame qui commencent (par une sympathie de goûts) à s'éprendre un peu l'un de l'autre [...] il faut que tout cela soit rapide sans être sec, et développé sans être épaté [...] Je m'en vais faire tout rapidement et procéder par grandes esquisses d'ensemble successives ; à force de revenir dessus, cela se serrera peut-être [...] il me faut faire parler en style écrit des gens du dernier commun » (19 septembre 1852).

était celle-ci ; et chacune s'était trouvée faire dans sa vie comme l'inauguration d'une phase nouvelle. Elle ne croyait pas que les choses pussent se représenter les mêmes à des places différentes, et, puisque la portion vécue avait été mauvaise, sans doute ce qui restait à consommer serait meilleur.

III

Le lendemain, à son réveil, elle aperçut le clerc sur la place. Elle était en peignoir. Il leva la tête et la salua. Elle fit une inclination rapide et referma la fenêtre.

Léon attendit pendant tout le jour que six heures du soir fussent arrivées ; mais, en entrant à l'auberge, il ne trouva personne que M. Binet, attablé.

Ce dîner de la veille était pour lui un événement considérable ; jamais, jusqu'alors, il n'avait causé pendant deux heures de suite avec une *dame*. Comment donc avoir pu lui exposer, et en un tel langage, quantité de choses qu'il n'aurait pas si bien dites auparavant ? il était timide d'habitude et gardait cette réserve qui participe à la fois de la pudeur et de la dissimulation. On trouvait à Yonville qu'il avait des manières *comme il faut*. Il écoutait raisonner les gens mûrs, et ne paraissait point exalté en politique, chose remarquable pour un jeune homme. Puis il possédait des talents, il peignait à l'aquarelle, savait lire la clef de sol, et s'occupait volontiers de littérature après son dîner [1], quand il ne jouait pas aux cartes. M. Homais le considérait pour son instruction ; madame Homais l'affectionnait pour sa complaisance, car souvent il accompagnait au jardin

---

1. Le clerc de Marescot, dans *Bouvard et Pécuchet*, sera lui aussi écrivain amateur.

les petits Homais, marmots toujours barbouillés[1], fort mal élevés et quelque peu lymphatiques[2], comme leur mère. Ils avaient pour les soigner, outre la bonne, Justin, l'élève en pharmacie, un arrière-cousin de M. Homais que l'on avait pris dans la maison par charité, et qui servait en même temps de domestique.

L'apothicaire se montra le meilleur des voisins. Il renseigna madame Bovary sur les fournisseurs, fit venir son marchand de cidre tout exprès, goûta la boisson lui-même, et veilla dans la cave à ce que la futaille fût bien placée ; il indiqua encore la façon de s'y prendre pour avoir une provision de beurre à bon marché, et conclut un arrangement avec Lestiboudois, le sacristain, qui, outre ses fonctions sacerdotales et mortuaires, soignait les principaux jardins d'Yonville à l'heure ou à l'année, selon le goût des personnes.

Le besoin de s'occuper d'autrui ne poussait pas seul le pharmacien à tant de cordialité obséquieuse, et il y avait là-dessous un plan.

Il avait enfreint la loi du 19 ventôse an XI, article 1er, qui défend à tout individu non porteur de diplôme l'exercice de la médecine[3] ; si bien que, sur des dénonciations ténébreuses, Homais avait été mandé à Rouen, près M. le procureur du roi, en son cabinet particulier.

---

1. Le manuscrit précisait : « marmots de cinq à dix ans... » ; les éditions successives, depuis la *Revue de Paris* : « marmots de cinq à six ans... », par erreur. Flaubert supprime l'indication dans l'édition de 1873.   2. L'un des quatre tempéraments de la médecine des humeurs : lenteur, apathie, rondeur des formes.   3. Flaubert prit deux grandes pages de notes très détaillées sur la « législation pharmaceutique » dans *L'Officine ou Répertoire général de pharmacie pratique* par Dorvault, livre paru en 1844. Il y relève le texte de cette loi, les peines encourues, mais aussi la « Loi concernant la vente des poisons, du 25 juillet 1845 » que l'auteur, pharmacien lui-même, critique fortement, dans un style « Homais » : « ... que dire d'une ordonnance qui reconnaît les médecins plus aptes à prononcer sur les qualités physiques et chimiques des substances médicamenteuses que les pharmaciens, que dire d'une telle ordonnance, nous le répétons, sinon qu'elle est inconséquente et radicalement impraticable » (Ms g 226[4] f° 229 recto et verso).

Le magistrat l'avait reçu debout, dans sa robe, hermine à l'épaule et toque en tête. C'était le matin, avant l'audience. On entendait dans le corridor passer les fortes bottes des gendarmes, et comme un bruit lointain de grosses serrures qui se fermaient. Les oreilles du pharmacien lui tintèrent à croire qu'il allait tomber d'un coup de sang ; il entrevit des culs de basse-fosse [1], sa famille en pleurs, la pharmacie vendue, tous les bocaux disséminés ; et il fut obligé d'entrer dans un café prendre un verre de rhum avec de l'eau de Seltz, pour se remettre les esprits.

Peu à peu, le souvenir de cette admonition [2] s'affaiblit, et il continuait, comme autrefois, à donner des consultations anodines dans son arrière-boutique. Mais le maire lui en voulait, des confrères étaient jaloux, il fallait tout craindre ; en s'attachant M. Bovary par des politesses, c'était gagner sa gratitude, et empêcher qu'il parlât plus tard, s'il s'apercevait de quelque chose. Aussi tous les matins, Homais lui apportait *le journal*, et souvent, dans l'après-midi, quittait un instant la pharmacie pour aller chez l'officier de santé faire la conversation.

Charles était triste : la clientèle n'arrivait pas. Il demeurait assis pendant de longues heures, sans parler, allait dormir dans son cabinet ou regardait coudre sa femme. Pour se distraire, il s'employa chez lui comme homme de peine, et même il essaya de peindre le grenier avec un reste de couleur que les peintres avaient laissé. Mais les affaires d'argent le préoccupaient. Il en avait tant dépensé pour les réparations de Tostes, pour les toilettes de Madame et pour le déménagement, que toute la dot, plus de trois mille écus, s'était écoulée en deux ans. Puis que de choses endommagées ou perdues dans le transport de Tostes à Yonville, sans compter le

---

1. Cachots souterrains, la vision est presque médiévale.
2. Avertissement. Le terme juridique remplace ici la leçon du manuscrit et des éditions antérieures, « admonestation », plus simplement morale.

curé de plâtre, qui, tombant de la charrette à un cahot trop fort, s'était écrasé en mille morceaux sur le pavé de Quincampoix !

Un souci meilleur vint le distraire, à savoir la grossesse de sa femme. À mesure que le terme en approchait, il la chérissait davantage. C'était un autre lien de la chair s'établissant et comme le sentiment continu d'une union plus complexe. Quand il voyait de loin sa démarche paresseuse et sa taille tourner mollement sur ses hanches sans corset, quand vis-à-vis l'un de l'autre il la contemplait tout à l'aise et qu'elle prenait, assise, des poses fatiguées dans son fauteuil, alors son bonheur ne se tenait plus ; il se levait, il l'embrassait, passait ses mains sur sa figure, l'appelait petite maman, voulait la faire danser, et débitait, moitié riant, moitié pleurant, toutes sortes de plaisanteries caressantes qui lui venaient à l'esprit. L'idée d'avoir engendré le délectait. Rien ne lui manquait à présent. Il connaissait l'existence humaine tout du long, et il s'y attablait sur les deux coudes avec sérénité.

Emma d'abord sentit un grand étonnement, puis eut envie d'être délivrée, pour savoir quelle chose c'était que d'être mère. Mais, ne pouvant faire les dépenses qu'elle voulait, avoir un berceau en nacelle avec des rideaux de soie rose et des béguins[1] brodés, elle renonça au trousseau dans un accès d'amertume, et le commanda d'un seul coup à une ouvrière du village, sans rien choisir ni discuter. Elle ne s'amusa donc pas à ces préparatifs où la tendresse des mères se met en appétit, et son affection, dès l'origine, en fut peut-être atténuée de quelque chose.

Cependant, comme Charles, à tous les repas, parlait du marmot, bientôt elle y songea d'une façon plus continue.

Elle souhaitait un fils ; il serait fort et brun, elle l'appellerait Georges ; et cette idée d'avoir pour enfant un

---

1. Petites coiffes pour les enfants.

mâle était comme la revanche en espoir de toutes ses impuissances passées. Un homme, au moins, est libre ; il peut parcourir les passions et les pays, traverser les obstacles, mordre aux bonheurs les plus lointains. Mais une femme est empêchée continuellement. Inerte et flexible à la fois, elle a contre elle les mollesses de la chair avec les dépendances de la loi. Sa volonté, comme le voile de son chapeau retenu par un cordon, palpite à tous les vents ; il y a toujours quelque désir qui entraîne, quelque convenance qui retient.

Elle accoucha un dimanche, vers six heures, au soleil levant.

— C'est une fille ! dit Charles.

Elle tourna la tête et s'évanouit.

Presque aussitôt, madame Homais accourut et l'embrassa, ainsi que la mère Lefrançois, du *Lion d'or*. Le pharmacien, en homme discret, lui adressa seulement quelques félicitations provisoires, par la porte entrebâillée. Il voulut voir l'enfant, et le trouva bien conformé.

Pendant sa convalescence, elle s'occupa beaucoup à chercher un nom pour sa fille. D'abord, elle passa en revue tous ceux qui avaient des terminaisons italiennes, tels que Clara, Louisa, Amanda, Atala ; elle aimait assez Galsuinde, plus encore Yseult ou Léocadie[1]. Charles désirait qu'on appelât l'enfant comme sa mère ; Emma s'y opposait. On parcourut le calendrier d'un bout à l'autre, et l'on consulta les étrangers.

— M. Léon, disait le pharmacien, avec qui j'en causais l'autre jour, s'étonne que vous ne choisissiez point Madeleine, qui est excessivement à la mode maintenant.

Mais la mère Bovary se récria bien fort sur ce nom de pécheresse. M. Homais, quant à lui, avait en prédilection tous ceux qui rappelaient un grand homme, un fait illustre ou une conception généreuse, et c'est dans ce

---

1. Panoplie de prénoms « romantiques ».

système-là qu'il avait baptisé ses quatre enfants. Ainsi, Napoléon représentait la gloire [1] et Franklin la liberté ; Irma, peut-être, était une concession au romantisme ; mais Athalie, un hommage au plus immortel chef-d'œuvre de la scène française. Car ses convictions philosophiques n'empêchaient pas ses admirations artistiques, le penseur chez lui n'étouffait point l'homme sensible ; il savait établir des différences, faire la part de l'imagination et celle du fanatisme. De cette tragédie, par exemple, il blâmait les idées, mais il admirait le style ; il maudissait la conception, mais il applaudissait à tous les détails, et s'exaspérait contre les personnages, en s'enthousiasmant de leurs discours. Lorsqu'il lisait les grands morceaux, il était transporté ; mais, quand il songeait que les calotins [2] en tiraient avantage pour leur boutique, il était désolé, et dans cette confusion de sentiments où il s'embarrassait, il aurait voulu tout à la fois pouvoir couronner Racine de ses deux mains et discuter avec lui pendant un bon quart d'heure.

Enfin, Emma se souvint qu'au château de la Vaubyessard elle avait entendu la marquise appeler Berthe une jeune femme ; dès lors ce nom-là fut choisi, et, comme le père Rouault ne pouvait venir, on pria M. Homais d'être parrain. Il donna pour cadeaux tous produits de son établissement, à savoir : six boîtes de jujubes, un bocal entier de racahout, trois coffins [3] de pâte à la guimauve, et, de plus, six bâtons de sucre candi qu'il avait retrouvés dans un placard [4]. Le soir de la cérémonie, il y eut un grand dîner ; le curé s'y trouvait ; on s'échauffa. M. Homais, vers les liqueurs, entonna *le Dieu des bonnes gens* [5]. M. Léon chanta une

---

1. Ce segment, rayé sur la copie, est rétabli en interligne par Flaubert. 2. Les partisans de la « calote », c'est-à-dire du parti des prêtres et de l'Église. 3. Petits paniers. 4. Suit un paragraphe rayé sur la copie (voir « Repentirs », texte n° 19, p. 523). 5. Chanson de Béranger, de circonstance à la fin du repas ; le refrain est : « Le verre à la main, gaîment je me confie / Au Dieu des bonnes gens. » Première strophe : « Il est un Dieu ; devant lui je m'incline, /

barcarolle [1], et madame Bovary mère, qui était la marraine, une romance du temps de l'Empire ; enfin M. Bovary père exigea que l'on descendît l'enfant, et se mit à le baptiser avec un verre de champagne qu'il lui versait de haut sur la tête. Cette dérision du premier des sacrements indigna l'abbé Bournisien ; le père Bovary répondit par une citation de *la Guerre des dieux* [2], le curé voulut partir ; les dames suppliaient ; Homais s'interposa ; et l'on parvint à faire rasseoir l'ecclésiastique, qui reprit tranquillement, dans sa soucoupe, sa demi-tasse [3] de café à moitié bue [4].

M. Bovary père resta encore un mois à Yonville, dont il éblouit les habitants par un superbe bonnet de police à galons d'argent, qu'il portait le matin, pour fumer sa pipe sur la place. Ayant aussi l'habitude de boire beaucoup d'eau-de-vie, souvent il envoyait la servante au *Lion d'or* lui en acheter une bouteille, que l'on inscrivait au compte de son fils ; et il usa, pour parfumer ses foulards, toute la provision d'eau de Cologne qu'avait sa bru.

Celle-ci ne se déplaisait point dans sa compagnie. Il avait couru le monde : il parlait de Berlin, de Vienne, de Strasbourg, de son temps d'officier, des maîtresses qu'il avait eues, des grands déjeuners qu'il avait faits ; puis il se montrait aimable, et parfois même, soit dans l'escalier ou au jardin, il lui saisissait la taille en s'écriant :

— Charles, prends garde à toi !

Pauvre et content, sans lui demander rien. / De l'univers observant la machine, / J'y vois du mal, et n'aime que le bien. / Mais le plaisir à ma philosophie / révèle assez des cieux intelligents. / Le verre en main, gaîment je me confie / Au Dieu des bonnes gens. »
  1. Type de mélodie ; ce nom est celui des chants des gondoliers, à Venise. **2.** Poème de 1799, parodique et violemment antichrétien du chevalier de Parny (1753-1814). Le *Génie du christianisme* de Chateaubriand est une réponse à ce poème. **3.** Format de tasse. **4.** Suit un paragraphe supprimé sur la copie (voir « Repentirs », texte n° 20, p. 523-524).

Alors la mère Bovary s'effraya pour le bonheur de son fils, et, craignant que son époux, à la longue, n'eût une influence immorale sur les idées de la jeune femme, elle se hâta de presser le départ. Peut-être avait-elle des inquiétudes plus sérieuses. M. Bovary était homme à ne rien respecter [1].

Un jour, Emma fut prise tout à coup du besoin de voir sa petite fille, qui avait été mise en nourrice chez la femme du menuisier ; et, sans regarder à l'almanach si les six semaines de la Vierge [2] duraient encore[2], elle s'achemina vers la demeure de Rollet [3], qui se trouvait à l'extrémité du village, au bas de la côte, entre la grande route et les prairies.

Il était midi ; les maisons avaient leurs volets fermés, et les toits d'ardoises, qui reluisaient sous la lumière âpre du ciel bleu, semblaient à la crête de leurs pignons faire pétiller des étincelles. Un vent lourd soufflait. Emma se sentait faible en marchant ; les cailloux du trottoir la blessaient [4] ; elle hésita si elle ne s'en retournerait pas chez elle, ou entrerait quelque part pour s'asseoir.

À ce moment, M. Léon sortit d'une porte voisine avec une liasse de papiers sous son bras. Il vint la saluer et se mit à l'ombre devant la boutique de Lheureux, sous la tente grise qui avançait.

Madame Bovary dit qu'elle allait voir son enfant, mais qu'elle commençait à être lasse.

— Si..., reprit Léon, n'osant poursuivre.

— Avez-vous affaire quelque part ? demanda-t-elle.

Et, sur la réponse du clerc, elle le pria de l'accompagner. Dès le soir, cela fut connu dans Yonville, et

---

1. Ces deux dernières phrases, rayées sur la copie par la *Revue de Paris*, ont été rétablies en marge par Flaubert.   **2.** Période pendant laquelle, traditionnellement, la mère nouvellement accouchée devait ne pas sortir de chez elle. Elle représente le temps qui sépare la Nativité (25 décembre) de la Purification (2 février).   **3.** L'orthographe du nom varie (« Rollet » puis « Rolet ») dans le cours du manuscrit, ainsi que dans les éditions. Nous conservons cette variation.   **4.** « ... à travers ses chaussures minces » : la précision est supprimée sur la copie.

madame Tuvache, la femme du maire, déclara devant sa servante que *madame Bovary se compromettait*.

Pour arriver chez la nourrice il fallait, après la rue, tourner à gauche, comme pour gagner le cimetière, et suivre, entre des maisonnettes et des cours, un petit sentier que bordaient des troènes. Ils étaient en fleur et les véroniques aussi, les églantiers, les orties, et les ronces légères qui s'élançaient des buissons. Par le trou des haies, on apercevait, dans les *masures*[1], quelque pourceau sur un fumier, ou des vaches embricolées[2], frottant leurs cornes contre le tronc des arbres. Tous les deux, côte à côte, ils marchaient doucement, elle s'appuyant sur lui et lui retenant son pas qu'il mesurait sur les siens ; devant eux, un essaim de mouches voltigeait, en bourdonnant dans l'air chaud[3].

Ils reconnurent la maison à un vieux noyer qui l'ombrageait. Basse et couverte de tuiles brunes, elle avait en dehors, sous la lucarne de son grenier, un chapelet d'oignons suspendu. Des bourrées[4], debout contre la clôture d'épines, entouraient un carré de laitues, quelques pieds de lavande et des pois à fleurs montés sur des rames. De l'eau sale coulait en s'éparpillant sur l'herbe, et il y avait tout autour plusieurs guenilles indis-

---

1. Basse-cour (normandisme) [voir I, 2, p. 74]. **2.** On met un collier de bois (« bricole », normandisme) aux vaches pour les empêcher de brouter les feuilles des arbres (Léon Bopp). **3.** À Louise Colet, 16 décembre 1852 : « Depuis samedi j'ai travaillé de grand cœur et d'une façon débordante, lyrique. C'est peut-être une atroce ratatouille. Tant pis, ça m'amuse pour le moment, dussé-je plus tard tout effacer, comme cela m'est arrivé maintes fois. Je suis en train d'écrire une visite à une nourrice. On va par un petit sentier et on revient par un autre. Je marche, comme tu le vois, sur les brisées du *Livre posthume* [roman que Maxime Du Camp venait d'achever] ; mais je crois que le parallèle ne m'écrasera pas. Cela sent un peu mieux la campagne, le fumier et les couchettes que la page de notre ami. » Et plus loin, dans la même lettre : « [...] Il fait maintenant un épouvantable vent, les arbres et la rivière mugissent. J'étais en train, ce soir, d'écrire une scène d'été avec des moucherons, des herbes au soleil, etc. Plus je suis dans un milieu contraire et plus je vois l'autre. » **4.** Fagots de menues branches.

tinctes, des bas de tricot, une camisole[1] d'indienne rouge, et un grand drap de toile épaisse étalé en long sur la haie. Au bruit de la barrière, la nourrice parut, tenant sur son bras un enfant qui tétait. Elle tirait de l'autre main un pauvre marmot chétif, couvert de scrofules[2] au visage[3], le fils d'un bonnetier de Rouen, que ses parents trop occupés de leur négoce laissaient à la campagne[4].

— Entrez, dit-elle ; votre petite est là qui dort.

La chambre, au rez-de-chaussée, la seule du logis, avait au fond contre la muraille un large lit sans rideaux, tandis que le pétrin occupait le côté de la fenêtre, dont une vitre était raccommodée avec un soleil de papier bleu. Dans l'angle, derrière la porte, des brodequins à clous luisants étaient rangés sous la dalle du lavoir, près d'une bouteille pleine d'huile qui portait une plume à son goulot ; un *Mathieu Laensberg*[5] traînait sur la cheminée poudreuse, parmi des pierres à fusil, des bouts de chandelle et des morceaux d'amadou. Enfin la dernière superfluité de cet appartement était une Renommée soufflant dans des trompettes, image découpée sans doute à même quelque prospectus de parfumerie, et que six pointes à sabot clouaient au mur[6].

L'enfant d'Emma dormait à terre, dans un berceau d'osier. Elle la prit avec la couverture qui l'enveloppait, et se mit à chanter doucement en se dandinant.

Léon se promenait dans la chambre ; il lui semblait

---

1. Chemise.   **2.** Lésions de la peau, des ganglions.   **3.** Ce détail, rayé sur la copie par la *Revue de Paris*, est rétabli en interligne par Flaubert.   **4.** À Louise Colet, 27 décembre 1852 : « ... ma mère m'a montré (elle l'a découvert hier) dans *Le Médecin de campagne* de Balzac, une *même scène* de ma *Bovary* : une visite chez une nourrice (je n'avais jamais lu ce livre [...]). Ce sont *mêmes détails*, mêmes effets, même intention, à croire que j'ai copié, si ma page n'était infiniment mieux écrite, sans me vanter. Si Du Camp savait tout cela, il dirait que je me compare à Balzac, comme à Goethe. »   **5.** Almanach liégeois, célèbre dans tout le XIXᵉ siècle, répandu par colportage.   **6.** Cette phrase, rayée sur la copie par la *Revue de Paris*, est rétablie suivant la demande de Flaubert, portée en marge : « rétablir les lignes barrées ».

étrange de voir cette belle dame en robe de nankin [1], tout au milieu de cette misère. Madame Bovary devint rouge ; il se détourna, croyant que ses yeux peut-être avaient eu quelque impertinence. Puis elle recoucha la petite, qui venait de vomir sur sa collerette. La nourrice aussitôt vint l'essuyer, protestant qu'il n'y paraîtrait pas.

— Elle m'en fait bien d'autres, disait-elle, et je ne suis occupée qu'à la rincer continuellement ! Si vous aviez donc la complaisance de commander à Camus l'épicier, qu'il me laisse prendre un peu de savon lorsqu'il m'en faut ? ce serait même plus commode pour vous, que je ne dérangerais pas.

— C'est bien, c'est bien ! dit Emma. Au revoir, mère Rollet !

Et elle sortit, en essuyant ses pieds sur le seuil.

La bonne femme l'accompagna jusqu'au bout de la cour, tout en parlant du mal qu'elle avait à se relever la nuit.

— J'en suis si rompue quelquefois, que je m'endors sur ma chaise [2] ; aussi, vous devriez pour le moins me donner une petite livre de café moulu qui me ferait un mois et que je prendrai le matin avec du lait.

Après avoir subi ses remerciements, madame Bovary s'en alla ; et elle était quelque peu avancée dans le sentier, lorsqu'à un bruit de sabots elle tourna la tête : c'était la nourrice !

— Qu'y a-t-il ?

Alors la paysanne, la tirant à l'écart, derrière un orme, se mit à lui parler de son mari, qui, avec son métier et six francs par an que le capitaine...

— Achevez plus vite, dit Emma.

— Eh bien, reprit la nourrice poussant des soupirs entre chaque mot, j'ai peur qu'il ne se fasse une tris-

---

1. Toile de coton, à tissu serré et solide, de couleur jaune.   2. Sur la copie, le détail qui suit est supprimé : « et que je n'entends pas même le marteau de mon homme, qui tape ses planches à côté ».

tesse de me voir prendre du café toute seule ; vous
savez, les hommes...

— Puisque vous en aurez, répétait Emma, je vous
en donnerai !... Vous m'ennuyez !

— Hélas ! ma pauvre chère dame, c'est qu'il a, par
suite de ses blessures, des crampes terribles à la poitrine. Il dit même que le cidre l'affaiblit.

— Mais dépêchez-vous, mère Rollet !

— Donc, reprit celle-ci faisant une révérence, si ce
n'était pas trop vous demander..., [1] — elle salua encore
une fois, — quand vous voudrez, — et son regard suppliait, — un cruchon d'eau-de-vie, dit-elle enfin, et j'en
frotterai les pieds de votre petite, qui les a tendres
comme la langue.

Débarrassée de la nourrice, Emma reprit le bras de
M. Léon. Elle marcha rapidement pendant quelque
temps ; puis elle se ralentit, et son regard qu'elle promenait devant elle rencontra l'épaule du jeune homme, dont
la redingote avait un collet de velours noir. Ses cheveux
châtains tombaient dessus, plats et bien peignés. Elle
remarqua ses ongles, qui étaient plus longs qu'on ne les
portait à Yonville. C'était une des grandes occupations
du clerc que de les entretenir ; et il gardait, à cet usage,
un canif tout particulier dans son écritoire.

Ils s'en revinrent à Yonville en suivant le bord de
l'eau. Dans la saison chaude, la berge plus élargie
découvrait jusqu'à leur base les murs des jardins, qui
avaient un escalier de quelques marches descendant à
la rivière. Elle coulait sans bruit, rapide et froide à
l'œil ; de grandes herbes minces s'y courbaient
ensemble, selon le courant qui les poussait, et comme
des chevelures vertes abandonnées s'étalaient dans sa
limpidité. Quelquefois, à la pointe des joncs ou sur la

---

1. Le manuscrit et les éditions antérieures donnent : « si ce n'était
pas vous demander trop », Charpentier : « si ce n'était pas trop vous
demander trop... » : il semble qu'il y ait eu un oubli dans le report
d'une correction de Flaubert.

feuille des nénuphars, un insecte à pattes fines marchait ou se posait. Le soleil traversait d'un rayon les petits globules bleus des ondes qui se succédaient en se crevant ; les vieux saules ébranchés miraient dans l'eau leur écorce grise ; au-delà, tout alentour, la prairie semblait vide. C'était l'heure du dîner dans les fermes, et la jeune femme et son compagnon n'entendaient en marchant que la cadence de leurs pas sur la terre du sentier, les paroles qu'ils se disaient, et le frôlement de la robe d'Emma qui bruissait tout autour d'elle.

Les murs des jardins, garnis à leur chaperon de morceaux de bouteilles, étaient chauds comme le vitrage d'une serre. Dans les briques, des ravenelles avaient poussé ; et, du bord de son ombrelle déployée, madame Bovary, tout en passant, faisait s'égrener en poussière jaune un peu de leurs fleurs flétries, ou bien quelque branche des chèvrefeuilles et des clématites qui pendaient en dehors traînait un moment sur la soie, en s'accrochant aux effilés.

Ils causaient d'une troupe de danseurs espagnols, que l'on attendait bientôt sur le théâtre de Rouen.

— Vous irez ? demanda-t-elle.

— Si je le peux, répondit-il. [1]

N'avaient-ils rien autre chose à se dire ? Leurs yeux pourtant étaient pleins d'une causerie plus sérieuse ; et, tandis qu'ils s'efforçaient à trouver des phrases banales, ils sentaient une même langueur les envahir tous les deux ; c'était comme un murmure de l'âme, profond, continu, qui dominait celui des voix. Surpris d'étonnement à cette suavité nouvelle, ils ne songeaient pas à s'en raconter la sensation ou à en découvrir la cause. Les bonheurs futurs, comme les rivages des tropiques, projettent sur l'immensité qui les précède leurs mollesses natales, une brise parfumée, et

---

1. Une longue explication suit, supprimée sur la copie (voir « Repentirs », texte n° 21, p. 524.)

l'on s'assoupit dans cet enivrement sans même s'inquiéter de l'horizon que l'on n'aperçoit pas.

La terre, à un endroit, se trouvait effondrée par le
pas des bestiaux ; il fallut marcher sur de grosses
pierres vertes, espacées dans la boue. Souvent elle s'arrêtait une minute à regarder où poser sa bottine, — et,
chancelant sur le caillou qui tremblait, les coudes en
l'air, la taille penchée, l'œil indécis, elle riait alors, de
peur de tomber dans les flaques d'eau.

Quand ils furent arrivés devant son jardin, madame
Bovary poussa la petite barrière, monta les marches en
courant et disparut.

Léon rentra à son étude. Le patron était absent ; il
jeta un coup d'œil sur les dossiers, puis se tailla une
plume, prit enfin son chapeau et s'en alla.

Il alla sur la Pâture [1], au haut de la côte d'Argueil, à
l'entrée de la forêt ; il se coucha par terre sous les
sapins, et regarda le ciel à travers ses doigts.

— Comme je m'ennuie ! se disait-il, comme je
m'ennuie !

Il se trouvait à plaindre de vivre dans ce village, avec
Homais pour ami et M. Guillaumin pour maître. Ce dernier, tout occupé d'affaires, portant des lunettes à
branches d'or et favoris rouges sur cravate blanche,
n'entendait rien aux délicatesses de l'esprit, quoiqu'il
affectât un genre raide et anglais qui avait ébloui le clerc
dans les premiers temps. Quant à la femme du pharmacien, c'était la meilleure épouse de Normandie, douce
comme un mouton, chérissant ses enfants, son père, sa
mère, ses cousins, pleurant aux maux d'autrui, laissant
tout aller dans son ménage, et détestant les corsets ; —
mais si lente à se mouvoir, si ennuyeuse à écouter, d'un
aspect si commun et d'une conversation si restreinte,
qu'il n'avait jamais songé, quoiqu'elle eût trente ans,
qu'il en eût vingt, qu'ils couchassent porte à porte, et
qu'il lui parlât chaque jour, qu'elle pût être une femme

---

1. Le nom du lieu désigne un espace de pâturage.

pour quelqu'un, ni qu'elle possédât de son sexe autre chose que la robe.

Et ensuite, qu'y avait-il ? Binet, quelques marchands, deux ou trois cabaretiers, le curé, et enfin M. Tuvache, le maire, avec ses deux fils, gens cossus, bourrus, obtus, cultivant leurs terres eux-mêmes, faisant des ripailles en famille, dévots d'ailleurs, et d'une société tout à fait insupportable.

Mais, sur le fond commun de tous ces visages humains, la figure d'Emma se détachait isolée et plus lointaine cependant ; car il sentait entre elle et lui comme de vagues abîmes.

Au commencement, il était venu chez elle plusieurs fois dans la compagnie du pharmacien. Charles n'avait point paru extrêmement curieux de le recevoir ; et Léon ne savait comment s'y prendre entre la peur d'être indiscret et le désir d'une intimité qu'il estimait presque impossible.

IV

Dès les premiers froids, Emma quitta sa chambre pour habiter la salle, longue pièce à plafond bas[1] où il y avait, sur la cheminée, un polypier touffu[2] s'étalant contre la glace. Assise dans son fauteuil, près de la fenêtre, elle voyait passer les gens du village sur le trottoir.

Léon, deux fois par jour, allait de son étude au *Lion*

---

1. Flaubert à Louise Colet : « Nous allions loin sans quitter le coin de notre feu. Nous montions haut quoique le plafond de ma chambre fût bas » (31 janvier 1852). **2.** Squelette calcaire des « polypes » ; le corail « arborescent », en particulier, sert d'objet décoratif. Dans leur expédition géologique, Bouvard et Pécuchet s'intéressent aux polypiers : « Quand ils eurent vu des calcaires à polypiers dans la plaine de Caen » (Le Livre de Poche, p. 135).

d'or. Emma, de loin, l'entendait venir ; elle se penchait en écoutant ; et le jeune homme glissait derrière le rideau, toujours vêtu de même façon et sans détourner la tête. Mais au crépuscule, lorsque, le menton dans sa main gauche, elle avait abandonné sur ses genoux sa tapisserie commencée, souvent elle tressaillait à l'apparition de cette ombre glissant tout à coup. Elle se levait et commandait qu'on mît le couvert.

M. Homais arrivait pendant le dîner. Bonnet grec à la main, il entrait à pas muets pour ne déranger personne et toujours en répétant la même phrase : « Bonsoir la compagnie ! » Puis, quand il s'était posé à sa place, contre la table, entre les deux époux, il demandait au médecin des nouvelles de ses malades, et celui-ci le consultait sur la probabilité des honoraires. Ensuite, on causait de ce qu'il y avait *dans le journal*. Homais, à cette heure-là, le savait presque par cœur ; et il le rapportait intégralement, avec les réflexions du journaliste et toutes les histoires des catastrophes individuelles arrivées en France ou à l'étranger. Mais, le sujet se tarissant, il ne tardait pas à lancer quelques observations sur les mets qu'il voyait. Parfois même, se levant à demi, il indiquait délicatement à Madame le morceau le plus tendre, ou, se tournant vers la bonne, lui adressait des conseils pour la manipulation des ragoûts et l'hygiène des assaisonnements ; il parlait arôme, osmazôme [1], sucs et gélatine d'une façon à éblouir. La tête d'ailleurs plus remplie de recettes que sa pharmacie ne l'était de bocaux, Homais excellait à faire quantité de confitures, vinaigres et liqueurs douces, et il connaissait aussi toutes les inventions nouvelles de caléfacteurs économiques [2], avec l'art de conserver les fromages et de soigner les vins malades.

À huit heures, Justin venait le chercher pour fermer la pharmacie. Alors M. Homais le regardait d'un œil nar-

---

1. Substance azotée contenue dans la viande rouge, qui donne goût à celle-ci.   **2.** Pour la cuisson (hygiénique) des aliments.

quois, surtout si Félicité se trouvait là, s'étant aperçu
que son élève affectionnait la maison du médecin.

— Mon gaillard, disait-il, commence à avoir des
idées, et je crois, diable m'emporte, qu'il est amoureux
de votre bonne !

Mais un défaut plus grave, et qu'il lui reprochait,
c'était d'écouter continuellement les conversations. Le
dimanche, par exemple, on ne pouvait le faire sortir du
salon, où madame Homais l'avait appelé pour prendre
les enfants, qui s'endormaient dans les fauteuils, en
tirant avec leurs dos les housses de calicot, trop larges.

Il ne venait pas grand monde à ces soirées du pharmacien, sa médisance et ses opinions politiques ayant
écarté de lui successivement différentes personnes
respectables. Le clerc ne manquait pas de s'y trouver.
Dès qu'il entendait la sonnette, il courait au-devant de
madame Bovary, prenait son châle, et posait à l'écart,
sous le bureau de la pharmacie, les grosses pantoufles
de lisière[1] qu'elle portait sur sa chaussure, quand il y
avait de la neige.

On faisait d'abord quelques parties de trente-et-un ;
ensuite M. Homais jouait à l'écarté avec Emma, Léon,
derrière elle, lui donnait des avis. Debout et les mains
sur le dossier de sa chaise, il regardait les dents de son
peigne qui mordaient son chignon[2]. À chaque mouvement qu'elle faisait pour jeter les cartes, sa robe du
côté droit remontait. De ses cheveux retroussés, il descendait une couleur brune sur son dos, et qui, s'apâlis-
sant graduellement, peu à peu se perdait dans l'ombre.
Son vêtement, ensuite, retombait des deux côtés sur le
siège, en bouffant, plein de plis, et s'étalait jusqu'à
terre. Quand Léon parfois sentait la semelle de sa botte
poser dessus, il s'écartait, comme s'il eût marché sur
quelqu'un.

---

1. Voir note 2, p. 166.   2. Un détail suit, supprimé sur la copie :
« Elle avait plus bas, tout frisés d'eux-mêmes, et se collant sur la peau
comme des accroche cœurs à la nuque » (f° 196).

Lorsque la partie de cartes était finie, l'apothicaire et le médecin jouaient aux dominos, et Emma, changeant de place, s'accoudait sur la table, à feuilleter *l'Illustration*[1]. Elle avait apporté son journal de modes. Léon se mettait près d'elle ; ils regardaient ensemble les gravures et s'attendaient au bas des pages. Souvent elle le priait de lui lire des vers ; Léon les déclamait d'une voix traînante et qu'il faisait expirer soigneusement aux passages d'amour. Mais le bruit des dominos le contrariait ; M. Homais y était fort, il battait Charles à plein double-six. Puis, les trois centaines terminées[2], ils s'allongeaient tous deux devant le foyer et ne tardaient pas à s'endormir. Le feu se mourait dans les cendres ; la théière était vide ; Léon lisait encore. Emma l'écoutait, en faisant tourner machinalement l'abat-jour de la lampe, où étaient peints sur la gaze des pierrots dans des voitures et des danseuses de corde, avec leurs balanciers. Léon s'arrêtait, désignant d'un geste son auditoire endormi ; alors ils se parlaient à voix basse, et la conversation qu'ils avaient leur semblait plus douce, parce qu'elle n'était pas entendue.

Ainsi s'établit entre eux une sorte d'association, un commerce continuel de livres et de romances ; M. Bovary, peu jaloux, ne s'en étonnait pas.

Il reçut pour sa fête une belle tête phrénologique[3], toute marquetée de chiffres jusqu'au thorax et peinte en bleu. C'était une attention du clerc. Il en avait bien

---

1. Grand hebdomadaire illustré, fondé en 1843, alors tout nouveau, et considéré jusqu'au XXe siècle comme de grande qualité.   **2.** L'on joue en se donnant des échelles de points. Il doit donc s'agir ici de trois parties. Le jeu de dominos à deux s'appelle « la partie *en tête à tête* ».   **3.** La « tête phrénologique » est une tête en bois ou en cire sur laquelle sont indiquées les « localisations » cérébrales, selon la théorie, inventée par Gall (1758-1828), des correspondances entre les facultés et les bosses et dépressions du crâne. Cette théorie, un peu désuète à l'époque du roman, avait eu une grande influence au début du XIXe siècle. Balzac en fait souvent mention. Bouvard et Pécuchet feront mieux encore, en se procurant un mannequin anatomique du docteur Auzoux (*Bouvard et Pécuchet*, Le Livre de Poche, p. 99, et note 2).

d'autres, jusqu'à lui faire, à Rouen, ses commissions ; et le livre d'un romancier ayant mis à la mode la manie des plantes grasses, Léon en achetait pour Madame, qu'il rapportait sur ses genoux, dans *l'Hirondelle*, tout en se piquant les doigts à leurs poils durs [1].

Elle fit ajuster, contre sa croisée, une planchette à balustrade pour tenir ses potiches. Le clerc eut aussi son jardinet suspendu ; ils s'apercevaient soignant leurs fleurs à leur fenêtre.

Parmi les fenêtres du village, il y en avait une encore plus souvent occupée ; car, le dimanche, depuis le matin jusqu'à la nuit, et chaque après-midi, si le temps était clair, on voyait à la lucarne d'un grenier le profil maigre de M. Binet penché sur son tour, dont le ronflement monotone s'entendait jusqu'au *Lion d'or*.

Un soir, en rentrant, Léon trouva dans sa chambre un tapis de velours et de laine avec des feuillages sur fond pâle, il appela madame Homais, M. Homais, Justin, les enfants, la cuisinière, il en parla à son patron ; tout le monde désira connaître ce tapis ; pourquoi la femme du médecin faisait-elle au clerc des *générosités* ? Cela parut drôle, et l'on pensa définitivement qu'elle devait être *sa bonne amie*.

Il le donnait à croire, tant il vous entretenait sans cesse de ses charmes et de son esprit, si bien que Binet lui répondit une fois fort brutalement :

— Que m'importe, à moi, puisque je ne suis pas de sa société !

Il se torturait à découvrir par quel moyen lui *faire sa déclaration* ; et, toujours hésitant entre la crainte de lui déplaire et la honte d'être si pusillanime, il en pleurait de découragement et de désirs [2]. Puis il prenait des décisions énergiques ; il écrivait des lettres qu'il déchirait, s'ajournait à des époques qu'il reculait. Souvent il se

---

1. Ces « plantes bizarres, hérissées de poils » avaient étonné Emma, à la Vaubyessard (I, 8, p. 124).   2. Suit un bref épisode, supprimé sur la copie (voir « Repentirs », texte n° 22, p. 524.)

mettait en marche, dans le projet de tout oser ; mais cette résolution l'abandonnait bien vite en la présence d'Emma, et, quand Charles, survenant, l'invitait à monter dans son *boc* pour aller voir ensemble quelque malade aux environs, il acceptait aussitôt, saluait Madame et s'en allait. Son mari, n'était-ce pas quelque chose d'elle ?[1]

Quant à Emma, elle ne s'interrogea point pour savoir si elle l'aimait. L'amour, croyait-elle, devait arriver tout à coup, avec de grands éclats et des fulgurations, — ouragan des cieux qui tombe sur la vie, la bouleverse, arrache les volontés comme des feuilles et emporte à l'abîme le cœur entier. Elle ne savait pas que, sur la terrasse des maisons, la pluie fait des lacs quand les gouttières sont bouchées, et elle fût ainsi demeurée en sa sécurité, lorsqu'elle découvrit subitement une lézarde dans le mur.

V

Ce fut un dimanche de février, une après-midi qu'il neigeait.

Ils étaient tous, M. et madame Bovary, Homais et M. Léon, partis voir, à une demi-lieue d'Yonville, dans la vallée, une filature de lin que l'on établissait. L'apothicaire avait emmené avec lui Napoléon et Athalie, pour leur faire faire de l'exercice, et Justin les accompagnait, portant des parapluies sur son épaule.

Rien pourtant n'était moins curieux que cette curiosité. Un grand espace de terrain vide, où se trouvaient pêle-mêle, entre des tas de sable et de cailloux,

---

1. Un autre épisode suit, intime, supprimé sur la copie (voir « Repentirs », texte n° 23, p. 524-525.)

quelques roues d'engrenage déjà rouillées, entourait un
long bâtiment quadrangulaire que perçaient quantité de
petites fenêtres. Il n'était pas achevé d'être bâti, et l'on
voyait le ciel à travers les lambourdes de la toiture.
Attaché à la poutrelle du pignon, un bouquet de paille
entremêlé d'épis [1] faisait claquer au vent ses rubans tricolores.

Homais parlait. Il expliquait à *la compagnie* l'importance future de cet établissement, supputait la force des
planchers, l'épaisseur des murailles, et regrettait beaucoup de n'avoir pas de canne métrique [2], comme
M. Binet en possédait une pour son usage particulier.

Emma, qui lui donnait le bras, s'appuyait un peu sur
son épaule, et elle regardait le disque du soleil irradiant
au loin, dans la brume, sa pâleur éblouissante ; mais
elle tourna la tête : Charles était là. Il avait sa casquette
enfoncée sur ses sourcils, et ses deux grosses lèvres
tremblotaient, ce qui ajoutait à son visage quelque
chose de stupide ; son dos même, son dos tranquille
était irritant à voir, et elle y trouvait étalée sur la redingote toute la platitude du personnage.

Pendant qu'elle le considérait, goûtant ainsi dans son
irritation une sorte de volupté dépravée, Léon s'avança
d'un pas. Le froid qui le pâlissait semblait déposer sur
sa figure une langueur plus douce ; entre sa cravate et
son cou, le col de la chemise, un peu lâche, laissait voir
la peau ; un bout d'oreille dépassait sous une mèche de
cheveux, et son grand œil bleu, levé vers les nuages,
parut à Emma plus limpide et plus beau que ces lacs
des montagnes où le ciel se mire.

— Malheureux ! s'écria tout à coup l'apothicaire.

Et il courut à son fils, qui venait de se précipiter dans

---

1. Bouquet que l'on attache, traditionnellement, au sommet de la
charpente pour fêter son achèvement.   **2.** Une canne pour prendre
les mesures en mètres : la mesure métrique, instituée en 1791, si elle
était officielle et administrative, était encore loin d'être entrée dans les
habitudes.

un tas de chaux pour peindre ses souliers en blanc. Aux reproches dont on l'accablait, Napoléon se prit à pousser des hurlements, tandis que Justin lui essuyait ses chaussures avec un torchis de paille[1]. Mais il eût fallu un couteau ; Charles offrit le sien.

— Ah ! se dit-elle, il porte un couteau dans sa poche, comme un paysan !

Le givre tombait, et l'on s'en retourna vers Yonville.

Madame Bovary, le soir, n'alla pas chez ses voisins, et, quand Charles fut parti, lorsqu'elle se sentit seule, le parallèle recommença dans la netteté d'une sensation presque immédiate et avec cet allongement de perspective que le souvenir donne aux objets. Regardant de son lit le feu clair qui brûlait, elle voyait encore, comme là-bas, Léon debout, faisant plier d'une main sa badine et tenant de l'autre Athalie, qui suçait tranquillement un morceau de glace. Elle le trouvait charmant ; elle ne pouvait s'en détacher ; elle se rappela ses autres attitudes en d'autres jours, des phrases qu'il avait dites, le son de sa voix, toute sa personne ; et elle répétait, en avançant ses lèvres comme pour un baiser :

— Oui, charmant ! charmant !... N'aime-t-il pas ? se demanda-t-elle. Qui donc ?... mais c'est moi !

Toutes les preuves à la fois s'en étalèrent, son cœur bondit. La flamme de la cheminée faisait trembler au plafond une clarté joyeuse ; elle se tourna sur le dos en s'étirant les bras.

Alors commença l'éternelle lamentation : « Oh ! Si le ciel l'avait voulu ! Pourquoi n'est-ce pas ? Qui empêchait donc ?... »

Quand Charles, à minuit, rentra, elle eut l'air de s'éveiller, et, comme il fit du bruit en se déshabillant, elle se plaignit de la migraine ; puis demanda nonchalamment ce qui s'était passé dans la soirée.

— M. Léon, dit-il, est remonté de bonne heure.

---

1. Une poignée de paille, pour « torcher », essuyer (on dit aussi un « bouchon » de paille).

Elle ne put s'empêcher de sourire[1], et elle s'endormit l'âme remplie d'un enchantement nouveau.

Le lendemain, à la nuit tombante, elle reçut la visite du sieur Lheureux, marchand de nouveautés[2]. C'était un homme habile que ce boutiquier.

Né Gascon, mais devenu Normand, il doublait sa faconde méridionale de cautèle cauchoise. Sa figure grasse, molle et sans barbe, semblait teinte par une décoction de réglisse claire, et sa chevelure blanche rendait plus vif encore l'éclat rude de ses petits yeux noirs. On ignorait ce qu'il avait été jadis : porteballe[3], disaient les uns, banquier à Routot, selon les autres. Ce qu'il y a de sûr, c'est qu'il faisait, de tête, des calculs compliqués, à effrayer Binet lui-même. Poli jusqu'à l'obséquiosité, il se tenait toujours les reins à demi courbés, dans la position de quelqu'un qui salue ou qui invite.

Après avoir laissé à la porte son chapeau garni d'un crêpe, il posa sur la table un carton vert, et commença par se plaindre à Madame, avec force civilités, d'être resté jusqu'à ce jour sans obtenir sa confiance. Une pauvre boutique comme la sienne n'était pas faite pour attirer une *élégante* ; il appuya sur le mot. Elle n'avait pourtant qu'à commander, et il se chargerait de lui fournir ce qu'elle voudrait, tant en mercerie que lingerie, bonneterie ou nouveautés ; car il allait à la ville quatre fois par mois, régulièrement. Il était en relation avec les plus fortes maisons. On pouvait parler de lui aux *Trois Frères*, à *la Barbe d'or* ou au *Grand Sauvage*[4] ; tous ces messieurs le connaissaient comme leur poche ! Aujourd'hui donc, il venait montrer à Madame, en passant, différents articles qu'il se trouvait avoir,

---

1. Un retour de l'épisode précédent est ici supprimé sur la copie (voir « Repentirs », texte n° 24, p. 525.)   **2.** Tous les articles à la mode.   **3.** Vendeur ambulant, en mercerie plus particulièrement, « portant une balle [le paquet de ses marchandises] dans son dos » (Littré).   **4.** Trois noms de magasins qui sonnent tout à fait d'époque.

grâce à une occasion des plus rares. Et il retira de la boîte une demi-douzaine de cols brodés.

Madame Bovary les examina.

— Je n'ai besoin de rien, dit-elle.

Alors M. Lheureux exhiba délicatement trois écharpes algériennes[1], plusieurs paquets d'aiguilles anglaises, une paire de pantoufles en paille, et, enfin, quatre coquetiers en coco, ciselés à jour par des forçats. Puis, les deux mains sur la table, le cou tendu, la taille penchée, il suivait, bouche béante, le regard d'Emma, qui se promenait indécis parmi ces marchandises. De temps à autre, comme pour en chasser la poussière, il donnait un coup d'ongle sur la soie des écharpes, dépliées dans toute leur longueur ; et elles frémissaient avec un bruit léger, en faisant, à la lumière verdâtre du crépuscule, scintiller, comme de petites étoiles, les paillettes d'or de leur tissu.

— Combien coûtent-elles ?

— Une misère, répondit-il, une misère ; mais rien ne presse ; quand vous voudrez ; nous ne sommes pas des juifs[2] !

Elle réfléchit quelques instants, et finit encore par remercier M. Lheureux, qui répliqua sans s'émouvoir :

— Eh bien, nous nous entendrons plus tard ; avec les dames je me suis toujours arrangé, si ce n'est avec la mienne, cependant !

Emma sourit.

— C'était pour vous dire, reprit-il d'un air bonhomme après sa plaisanterie, que ce n'est pas l'argent qui m'inquiète... Je vous en donnerais, s'il le fallait.

Elle eut un geste de surprise.

---

1. Le goût pour l'orientalisme et le colonialisme conjoints fait alors une mode des tissus et objets venus d'Algérie (comme de l'Afrique du Nord et du Moyen-Orient en général). La prise de la smala d'Abd el-Kader par le duc d'Aumale date de 1843. Bugeaud était gouverneur général de l'Algérie depuis 1840. **2.** Vocabulaire courant, langue alors naturelle de l'antisémitisme ambiant, pour désigner les prêteurs sur gage et les commerçants avides de bénéfices.

— Ah ! fit-il vivement et à voix basse, je n'aurais pas besoin d'aller loin pour vous en trouver ; comptez-y !

Et il se mit à demander des nouvelles du père Tellier, le maître du *Café Français*, que M. Bovary soignait alors.

— Qu'est-ce qu'il a donc, le père Tellier ?... Il tousse qu'il en secoue toute sa maison, et j'ai bien peur que prochainement il ne lui faille plutôt un paletot de sapin qu'une camisole de flanelle ? Il a fait tant de bamboches[1] quand il était jeune ! Ces gens-là, madame, n'avaient pas le moindre ordre ! Il s'est calciné avec l'eau-de-vie ! Mais c'est fâcheux tout de même de voir une connaissance s'en aller.

Et, tandis qu'il rebouclait son carton, il discourait ainsi sur la clientèle du médecin.

— C'est le temps, sans doute, dit-il en regardant les carreaux avec une figure rechignée, qui est la cause de ces maladies-là ! Moi aussi, je ne me sens pas en mon assiette ; il faudra même un de ces jours que je vienne consulter Monsieur, pour une douleur que j'ai dans le dos. Enfin, au revoir, madame Bovary ; à votre disposition ; serviteur très humble !

Et il referma la porte doucement[2].

Emma se fit servir à dîner dans sa chambre, au coin du feu, sur un plateau ; elle fut longue à manger ; tout lui sembla bon.

— Comme j'ai été sage ! se disait-elle en songeant aux écharpes.[3]

Elle entendit des pas dans l'escalier : c'était Léon. Elle se leva, et prit sur la commode, parmi des torchons à ourler, le premier de la pile. Elle semblait fort occupée quand il parut.

---

1. Débauche, ripaille, en langue familière.   2. Un bref épisode qui fait suite est supprimé sur la copie (voir « Repentirs », texte n° 25, p. 525.)   3. *DIR* : « ÉCHARPE Poétique » (entrée rayée par Flaubert).

La conversation fut languissante, madame Bovary l'abandonnant à chaque minute, tandis qu'il demeurait lui-même comme tout embarrassé. Assis sur une chaise basse, près de la cheminée, il faisait tourner dans ses doigts l'étui d'ivoire ; elle poussait son aiguille, ou, de temps à autre, avec son ongle, fronçait les plis de la toile. Elle ne parlait pas ; il se taisait, captivé par son silence, comme il l'eût été par ses paroles.

— Pauvre garçon ! pensait-elle.

— En quoi lui déplais-je ? se demandait-il.

Léon, cependant, finit par dire qu'il devait, un de ces jours, aller à Rouen, pour une affaire de son étude.

— Votre abonnement de musique est terminé, dois-je le reprendre ?

— Non, répondit-elle.

— Pourquoi ?

— Parce que...

Et, pinçant ses lèvres, elle tira lentement une longue aiguillée de fil gris.

Cet ouvrage irritait Léon. Les doigts d'Emma semblaient s'y écorcher par le bout ; il lui vint en tête une phrase galante, mais qu'il ne risqua pas.

— Vous l'abandonnez donc ? reprit-il.

— Quoi ? dit-elle vivement ; la musique ? Ah ! Mon Dieu, oui ! n'ai-je pas ma maison à tenir, mon mari à soigner, mille choses enfin, bien des devoirs qui passent auparavant !

Elle regarda la pendule. Charles était en retard. Alors elle fit la soucieuse. Deux ou trois fois même elle répéta :

— Il est si bon !

Le clerc affectionnait M. Bovary. Mais cette tendresse à son endroit l'étonna d'une façon désagréable ; néanmoins il continua son éloge, qu'il entendait faire à chacun, disait-il, et surtout au pharmacien.

— Ah ! c'est un brave homme, reprit Emma.

— Certes, reprit le clerc.

Et il se mit à parler de madame Homais, dont la tenue fort négligée leur apprêtait à rire ordinairement.

— Qu'est-ce que cela fait ? interrompit Emma. Une bonne mère de famille ne s'inquiète pas de sa toilette.

Puis elle retomba dans son silence.

Il en fut de même les jours suivants [1] ; ses discours, ses manières, tout changea. On la vit prendre à cœur son ménage, retourner à l'église régulièrement et tenir sa servante avec plus de sévérité.

Elle retira Berthe de nourrice. Félicité l'amenait quand il venait des visites, et madame Bovary la déshabillait afin de faire voir ses membres. Elle déclarait adorer les enfants ; c'était sa consolation, sa joie, sa folie, et elle accompagnait ses caresses d'expansions lyriques [2], qui, à d'autres qu'à des Yonvillais, eussent rappelé la Sachette de *Notre-Dame de Paris* [3].

Quand Charles rentrait, il trouvait auprès des cendres ses pantoufles à chauffer. Ses gilets maintenant ne manquaient plus de doublure, ni ses chemises de boutons, et même il y avait plaisir à considérer dans l'armoire tous les bonnets de coton rangés par piles égales. Elle ne rechignait plus, comme autrefois, à faire des tours dans le jardin ; ce qu'il proposait était toujours consenti, bien qu'elle ne devinât pas les volontés auxquelles elle se soumettait sans un murmure ; — et lorsque Léon le voyait au coin du feu, après le dîner, les deux mains sur son ventre, les deux pieds sur les chenets, la joue rougie par la digestion, les yeux humides de bonheur, avec l'enfant qui se traînait sur

---

1. Un commentaire sur Léon est supprimé sur la copie (voir « Repentirs », texte n° 26, p. 525.)   **2.** *DIR* : « Enfants Affecter pour eux une tendresse lyrique — quand il y a du monde. »   **3.** Le roman de Hugo, paru en 1831, sert de référence à plusieurs reprises. G. Gengembre fait remarquer que la référence à *Notre-Dame de Paris* est imperceptible pour les Yonvillais, renvoie au livre VI, ch. 3, « Histoire d'une galette au levain de maïs » (la « Sachette » s'appelle alors encore Paquette). À Louise Colet, le 15 juillet 1853 : « Quelle belle chose que *Notre-Dame* ! [...] C'est cela qui *est fort*. »

le tapis, et cette femme à taille mince qui par-dessus le dossier du fauteuil venait le baiser au front :

— Quelle folie, se disait-il, et comment arriver jusqu'à elle ?

Elle lui parut donc si vertueuse et inaccessible, que toute espérance, même la plus vague, l'abandonna [1].

Mais, par ce renoncement, il la plaçait en des conditions extraordinaires. Elle se dégagea, pour lui, des qualités charnelles dont il n'avait rien à obtenir ; et elle alla, dans son cœur, montant toujours et s'en détachant, à la manière magnifique d'une apothéose qui s'envole. C'était un de ces sentiments purs qui n'embarrassent pas l'exercice de la vie, que l'on cultive parce qu'ils sont rares, et dont la perte affligerait plus que la possession n'est réjouissante.

Emma maigrit, ses joues pâlirent, sa figure s'allongea. Avec ses bandeaux noirs, ses grands yeux, son nez droit, sa démarche d'oiseau, et toujours silencieuse, maintenant, ne semblait-elle pas traverser l'existence en y touchant à peine, et porter au front la vague empreinte de quelque prédestination sublime ? Elle était si triste et si calme, si douce à la fois et si réservée, que l'on se sentait près d'elle pris par un charme glacial, comme l'on frissonne dans les églises sous le parfum des fleurs mêlé au froid des marbres. Les autres même n'échappaient point à cette séduction. Le pharmacien disait :

— C'est une femme de grands moyens et qui ne serait pas déplacée dans une sous-préfecture.

Les bourgeoises admiraient son économie, les clients sa politesse, les pauvres sa charité.

Mais elle était pleine de convoitises, de rage, de haine. Cette robe aux plis droits cachait un cœur boule-

---

1. Un long commentaire qui suit est supprimé sur la copie (voir « Repentirs », texte n° 27, p. 525-526.) Un scénario partiel indique : « montrer l'intérieur molasse de Léon » (g 9 f° 23 r°).

versé, et ces lèvres si pudiques n'en racontaient pas la tourmente. Elle était amoureuse de Léon, et elle recherchait la solitude, afin de pouvoir plus à l'aise se délecter en son image. La vue de sa personne troublait la volupté de cette méditation. Emma palpitait au bruit de ses pas ; puis, en sa présence, l'émotion tombait, et il ne lui restait ensuite qu'un immense étonnement qui se finissait en tristesse[1].

Léon ne savait pas, lorsqu'il sortait de chez elle désespéré, qu'elle se levait derrière lui afin de le voir dans la rue. Elle s'inquiétait de ses démarches ; elle épiait son visage ; elle inventa toute une histoire pour trouver prétexte à visiter sa chambre. La femme du pharmacien lui semblait bien heureuse de dormir sous le même toit ; et ses pensées continuellement s'abattaient sur cette maison, comme les pigeons du *Lion d'or* qui venaient tremper là, dans les gouttières, leurs pattes roses et leurs ailes blanches. Mais plus Emma s'apercevait de son amour, plus elle le refoulait, afin qu'il ne parût pas, et pour le diminuer. Elle aurait voulu que Léon s'en doutât ; et elle imaginait des hasards, des catastrophes qui l'eussent facilité. Ce qui la retenait, sans doute, c'était la paresse ou l'épouvante, et la pudeur aussi. Elle songeait qu'elle l'avait repoussé trop loin, qu'il n'était plus temps, que tout était perdu. Puis l'orgueil, la joie de se dire : « Je suis vertueuse », et de se regarder dans la glace en prenant des poses résignées, la consolait un peu du sacrifice qu'elle croyait faire.

Alors, les appétits de la chair, les convoitises d'argent et les mélancolies de la passion, tout se confondit dans une même souffrance ; — et, au lieu

---

1. Le même scénario partiel dessine ce tumulte : « Emma s'en donne en dedans & en veut à Charles / Emm repousse Léon. Léon désespère / vide d'Emma » et complète : « rêve l'adultère, jalouse même de Me Homais, ou du moins envieuse, elle eût fait les premiers pas si... / déteste tout ce qu'elle dit aimer — / douleurs de l'hypocrisie. elle sent la misère de cet état / à qui ? à quoi se raccrocher. »

d'en détourner sa pensée, elle l'y attachait davantage, s'excitant à la douleur et en cherchant partout les occasions. Elle s'irritait d'un plat mal servi ou d'une porte entrebâillée, gémissait du velours qu'elle n'avait pas, du bonheur qui lui manquait, de ses rêves trop hauts, de sa maison trop étroite[1].

Ce qui l'exaspérait, c'est que Charles n'avait pas l'air de se douter de son supplice. La conviction où il était de la rendre heureuse lui semblait une insulte imbécile, et sa sécurité là-dessus de l'ingratitude. Pour qui donc était-elle sage ? N'était-il pas, lui, l'obstacle à toute félicité, la cause de toute misère, et comme l'ardillon[2] pointu de cette courroie complexe qui la bouclait de tous côtés[3] ?

Donc, elle reporta sur lui seul la haine nombreuse qui résultait de ses ennuis, et chaque effort pour l'amoindrir ne servait qu'à l'augmenter ; car cette peine inutile s'ajoutait aux autres motifs de désespoir et contribuait encore plus à l'écartement. Sa propre douceur à elle-même lui donnait des rébellions. La médiocrité domestique la poussait à des fantaisies luxueuses, la tendresse matrimoniale en des désirs adultères. Elle aurait voulu que Charles la battît, pour pouvoir plus justement le détester, s'en venger. Elle s'étonnait parfois des conjectures atroces qui lui arrivaient à la pensée ; et il fallait continuer à sourire, s'entendre répéter qu'elle était heureuse, faire semblant de l'être, le laisser croire !

Elle avait des dégoûts, cependant, de cette hypocrisie. Des tentations la prenaient de s'enfuir avec Léon, quelque part, bien loin, pour essayer une destinée nou-

---

1. Suit un développement psychologique supprimé sur la copie par la *Revue de Paris*, et non rétabli par Flaubert (voir « Repentirs », texte n° 28, p. 526.)   **2.** Pointe d'une ceinture ou d'une sangle qui entre dans les trous de la courroie pour la bloquer.   **3.** Cette comparaison, supprimée sur la copie par la *Revue de Paris*, est rétablie dans la marge par Flaubert.

velle ; mais aussitôt il s'ouvrait dans son âme un gouffre vague, plein d'obscurité.

— D'ailleurs, il ne m'aime plus, pensait-elle ; que devenir ? quel secours attendre, quelle consolation, quel allégement ?

Elle restait brisée, haletante, inerte, sanglotant à voix basse et avec des larmes qui coulaient.

— Pourquoi ne point le dire à Monsieur ? lui demandait la domestique, lorsqu'elle entrait pendant ces crises.

— Ce sont les nerfs, répondait Emma ; ne lui en parle pas, tu l'affligerais.

— Ah ! oui, reprenait Félicité, vous êtes justement comme la Guérine, la fille au père Guérin, le pêcheur du Pollet[1], que j'ai connue à Dieppe, avant de venir chez vous. Elle était si triste, si triste, qu'à la voir debout sur le seuil de sa maison, elle vous faisait l'effet d'un drap d'enterrement tendu devant la porte. Son mal, à ce qu'il paraît, était une manière de brouillard qu'elle avait dans la tête, et les médecins n'y pouvaient rien, ni le curé non plus. Quand ça la prenait trop fort, elle s'en allait toute seule sur le bord de la mer, si bien que le lieutenant de la douane, en faisant sa tournée, souvent la trouvait étendue à plat ventre et pleurant sur les galets. Puis, après son mariage, ça lui a passé, dit-on.

— Mais, moi, reprenait Emma, c'est après le mariage que ça m'est venu.

VI

Un soir que la fenêtre était ouverte, et que, assise au bord, elle venait de regarder Lestiboudois, le bedeau,

---

1. Faubourg de Dieppe.

qui taillait le buis, elle entendit tout à coup sonner l'*Angélus*.

On était au commencement d'avril, quand les primevères sont écloses ; un vent tiède se roule sur les plates-bandes labourées, et les jardins, comme des femmes, semblent faire leur toilette pour les fêtes de l'été. Par les barreaux de la tonnelle et au delà tout alentour, on voyait la rivière dans la prairie, où elle dessinait sur l'herbe des sinuosités vagabondes. La vapeur du soir passait entre les peupliers sans feuilles, estompant leurs contours d'une teinte violette, plus pâle et plus transparente qu'une gaze subtile arrêtée sur leurs branchages. Au loin, des bestiaux marchaient ; on n'entendait ni leurs pas, ni leurs mugissements ; et la cloche, sonnant toujours, continuait dans les airs sa lamentation pacifique.

À ce tintement répété, la pensée de la jeune femme s'égarait dans ses vieux souvenirs de jeunesse et de pension. Elle se rappela les grands chandeliers, qui dépassaient sur l'autel les vases pleins de fleurs et le tabernacle à colonnettes. Elle aurait voulu, comme autrefois, être encore confondue dans la longue ligne des voiles blancs, que marquaient de noir çà et là les capuchons raides des bonnes sœurs inclinées sur leur prie-Dieu ; le dimanche, à la messe, quand elle relevait sa tête, elle apercevait le doux visage de la Vierge parmi les tourbillons bleuâtres de l'encens qui montait[1]. Alors un attendrissement la saisit ; elle se sentit molle et tout abandonnée, comme un duvet d'oiseau qui tournoie dans la tempête ; et ce fut sans en avoir conscience qu'elle s'achemina vers l'église, disposée à n'importe quelle dévotion, pourvu qu'elle y absorbât son âme et que l'existence entière y disparût.

Elle rencontra, sur la place, Lestiboudois, qui s'en revenait ; car, pour ne pas rogner la journée, il préférait

---

1. Ambiguïté de la « vision » : Flaubert revient souvent vers cette interrogation, en particulier avec *La Tentation de saint Antoine* (1849, 1856, 1874), et *Trois Contes* (1877).

interrompre sa besogne puis la reprendre, si bien qu'il tintait l'*Angélus* selon sa commodité. D'ailleurs, la sonnerie, faite plus tôt, avertissait les gamins de l'heure du catéchisme[1].

Déjà quelques-uns, qui se trouvaient arrivés, jouaient aux billes sur les dalles du cimetière. D'autres, à califourchon sur le mur, agitaient leurs jambes, en fauchant avec leurs sabots les grandes orties poussées entre la petite enceinte et les dernières tombes. C'était la seule place qui fût verte ; tout le reste n'était que pierres, et couvert continuellement d'une poudre fine, malgré le balai de la sacristie.

Les enfants en chaussons couraient là comme sur un parquet fait pour eux, et on entendait les éclats de leurs voix à travers le bourdonnement de la cloche. Il diminuait avec les oscillations de la grosse corde qui, tombant des hauteurs du clocher, traînait à terre par le bout. Des hirondelles passaient en poussant de petits cris, coupaient l'air au tranchant de leur vol, et rentraient vite dans leurs nids jaunes, sous les tuiles du larmier[2]. Au fond de l'église, une lampe brûlait, c'est-à-dire une mèche de veilleuse dans un verre suspendu[3]. Sa lumière, de loin, semblait une tache blanchâtre qui tremblait sur l'huile. Un long rayon de soleil traversait toute la nef et rendait plus sombres encore les bas-côtés et les angles.

— Où est le curé ? demanda madame Bovary à un jeune garçon qui s'amusait à secouer le tourniquet dans son trou trop lâche[4].

— Il va venir, répondit-il.

---

1. Le temps de la campagne est « arrangé » par le bedeau, et commande la vie de la petite communauté : l'éducation de Charles enfant était, elle aussi, ponctuée par l'*Angélus* (I, 1, p. 62).   **2.** Partie supérieure, saillante, d'une corniche, qui permet l'écoulement goutte à goutte de l'eau de pluie, en avant de la paroi de l'édifice.   **3.** « Une lampe », l'indication est bien peu « catholique », pour désigner la lampe du tabernacle.   **4.** Ce détail renvoie à un détail supprimé dans la description initiale de l'église (voir note 3, p. 147).

En effet, la porte du presbytère grinça, l'abbé Bournisien parut ; les enfants, pêle-mêle, s'enfuirent dans l'église.

— Ces polissons-là ! murmura l'ecclésiastique, toujours les mêmes !

Et, ramassant un catéchisme en lambeaux qu'il venait de heurter avec son pied :

— Ça ne respecte rien !

Mais, dès qu'il aperçut madame Bovary :

— Excusez-moi, dit-il, je ne vous remettais pas.

Il fourra le catéchisme dans sa poche et s'arrêta, continuant à balancer entre deux doigts la lourde clef de la sacristie.

La lueur du soleil couchant qui frappait en plein son visage pâlissait le lasting[1] de sa soutane, luisante sous les coudes, effiloquée[2] par le bas. Des taches de graisse et de tabac suivaient sur sa poitrine large la ligne des petits boutons, et elles devenaient plus nombreuses en s'écartant de son rabat, où reposaient les plis abondants de sa peau rouge ; elle était semée de macules jaunes[3] qui disparaissaient dans les poils rudes de sa barbe grisonnante. Il venait de dîner et respirait bruyamment.

— Comment vous portez-vous ? ajouta-t-il.

— Mal, répondit Emma ; je souffre.

— Eh bien, moi aussi, reprit l'ecclésiastique. Ces premières chaleurs, n'est-ce pas, vous amollissent étonnamment ? Enfin, que voulez-vous ! nous sommes nés pour souffrir, comme dit saint Paul. Mais, M. Bovary, qu'est-ce qu'il en pense ?

— Lui ! fit-elle avec un geste de dédain.

— Quoi ! répliqua le bonhomme tout étonné, il ne vous ordonne pas quelque chose ?

---

1. Voir I, 9, p. 137, note 1.   **2.** Dont le tissu se défait, par usure. **3.** Taches de la peau. « Macules », « scrofules » sur le visage (voir p. 177, note 2), les « miasmes » de Yonville semblent se mêler aux grains de la peau.

— Ah ! dit Emma, ce ne sont pas les remèdes de la terre qu'il me faudrait.

Mais le curé, de temps à autre, regardait dans l'église, où tous les gamins agenouillés se poussaient de l'épaule, et tombaient comme des capucins de cartes.

— Je voudrais savoir..., reprit-elle.

— Attends, attends, Riboudet, cria l'ecclésiastique d'une voix colère, je m'en vas aller te chauffer les oreilles, mauvais galopin !

Puis, se tournant vers Emma :

— C'est le fils de Boudet le charpentier ; ses parents sont à leur aise et lui laissent faire ses fantaisies. Pourtant il apprendrait vite, s'il le voulait, car il est plein d'esprit. Et moi quelquefois, par plaisanterie, je l'appelle donc Riboudet (comme la côte que l'on prend pour aller à Maromme), et je dis même : mon Riboudet. Ah ! ah ! Mont-Riboudet ! L'autre jour, j'ai rapporté ce mot-là à Monseigneur, qui en a ri... il a daigné en rire. — Et M. Bovary, comment va-t-il ?

Elle semblait ne pas entendre. Il continua :

— Toujours fort occupé, sans doute ? car nous sommes certainement, lui et moi, les deux personnes de la paroisse qui avons le plus à faire. Mais lui, il est le médecin des corps, ajouta-t-il avec un rire épais, et moi, je le suis des âmes !

Elle fixa sur le prêtre des yeux suppliants :

— Oui..., dit-elle, vous soulagez toutes les misères.

— Ah ! ne m'en parlez pas, madame Bovary ! Ce matin même, il a fallu que j'aille dans le Bas-Diauville pour une vache qui avait *l'enfle* [1] ; ils croyaient que c'était un sort. Toutes leurs vaches, je ne sais comment... Mais, pardon ! Longuemarre et Boudet ! Sac à papier ! voulez-vous bien finir !

---

1. Maladie des vaches, qui est le gonflement du ventre provoqué par l'herbe. Bouvard et Pécuchet exerceront leur confiance dans le magnétisme sur une vache qui a « l'enflure » (*Bouvard et Pécuchet*, chap. 8).

Et, d'un bond, il s'élança dans l'église.

Les gamins, alors, se pressaient autour du grand pupitre, grimpaient sur le tabouret du chantre, ouvraient le missel ; et d'autres, à pas de loup, allaient se hasarder bientôt jusque dans le confessionnal. Mais le curé, soudain, distribua sur tous une grêle de soufflets. Les prenant par le collet de la veste, il les enlevait de terre et les reposait à deux genoux sur les pavés du chœur, fortement, comme s'il eût voulu les y planter.

— Allez, dit-il quand il fut revenu près d'Emma, et en déployant son large mouchoir d'indienne, dont il mit un angle entre ses dents, les cultivateurs sont bien à plaindre !

— Il y en a d'autres, répondit-elle.

— Assurément ! les ouvriers des villes, par exemple.

— Ce ne sont pas eux...

— Pardonnez-moi ! j'ai connu là de pauvres mères de famille, des femmes vertueuses, je vous assure, de véritables saintes, qui manquaient même de pain.

— Mais celles, reprit Emma (et les coins de sa bouche se tordaient en parlant), celles, monsieur le curé, qui ont du pain, et qui n'ont pas...

— De feu l'hiver, dit le prêtre.

— Eh ! qu'importe ?

— Comment ! qu'importe ? Il me semble, à moi, que lorsqu'on est bien chauffé, bien nourri..., car enfin...

— Mon Dieu ! mon Dieu ! soupirait-elle.

— Vous vous trouvez gênée ? fit-il, en s'avançant d'un air inquiet ; c'est la digestion, sans doute ? Il faut rentrer chez vous, madame Bovary, boire un peu de thé ; ça vous fortifiera, ou bien un verre d'eau fraîche avec de la cassonade.

— Pourquoi ?

Et elle avait l'air de quelqu'un qui se réveille d'un songe.

— C'est que vous passiez la main sur votre front. J'ai cru qu'un étourdissement vous prenait.

Puis, se ravisant :

— Mais vous me demandiez quelque chose ?
Qu'est-ce donc ? Je ne sais plus.

— Moi ? Rien..., rien..., répétait Emma.

Et son regard, qu'elle promenait autour d'elle,
s'abaissa lentement sur le vieillard à soutane. Ils se
considéraient tous les deux, face à face, sans parler.

— Alors, madame Bovary, dit-il enfin, faites excuse,
mais le devoir avant tout, vous savez ; il faut que j'expé-
die mes garnements. Voilà les premières communions
qui vont venir. Nous serons encore surpris, j'en ai peur !
Aussi, à partir de l'Ascension, je les tiens *recta* tous les
mercredis une heure de plus. Ces pauvres enfants ! on
ne saurait les diriger trop tôt dans la voie du Seigneur,
comme, du reste, il nous l'a recommandé lui-même par
la bouche de son divin Fils... Bonne santé, madame ;
mes respects à monsieur votre mari !

Et il entra dans l'église, en faisant dès la porte une
génuflexion.

Emma le vit qui disparaissait entre la double ligne
des bancs, marchant à pas lourds, la tête un peu penchée sur l'épaule, et avec ses deux mains entrouvertes,
qu'il portait en dehors.[1]

Puis elle tourna sur ses talons, tout d'un bloc comme
une statue sur un pivot, et prit le chemin de sa maison.

---

1. Flaubert écrit à Louise Colet, (13 avril 1853) : « Enfin je
commence à y voir un peu dans mon sacré dialogue du curé [« dialogue
canaille ! et épais », disait une lettre précédente, le 10 avril]. Mais franchement il y a des moments où j'en ai presque envie de vomir, *physiquement*, tant le fond est bas. Je veux exprimer la situation suivante.
Ma petite femme, dans un accès de religion, va à l'église. Elle trouve à
la porte le curé qui, dans un dialogue (sans sujet déterminé), se montre
tellement bête, plat, inepte, crasseux, qu'elle s'en retourne dégoûtée et
in-dévote. Et mon curé est très brave homme, excellent même. Mais il
ne songe qu'au physique (aux souffrances des pauvres, manque de
pain, ou de bois), et ne devine pas les défaillances morales, les vagues
aspirations mystiques. — Il est très chaste et pratique tous ses devoirs.
— Cela doit avoir 6 à 7 pages au plus, et sans *une réflexion* ni *une
analyse* (tout en dialogue direct). »

Mais la grosse voix du curé, la voix claire des gamins arrivaient encore à son oreille et continuaient derrière elle :

— Êtes-vous chrétien ?

— Oui, je suis chrétien.

— Qu'est-ce qu'un chrétien ?

— C'est celui qui, étant baptisé..., baptisé..., baptisé.

Elle monta les marches de son escalier en se tenant à la rampe, et, quand elle fut dans sa chambre, se laissa tomber dans un fauteuil.

Le jour blanchâtre des carreaux s'abaissait douce-ment avec des ondulations. Les meubles à leur place semblaient devenus plus immobiles et se perdre dans l'ombre comme dans un océan ténébreux. La cheminée était éteinte, la pendule battait toujours, et Emma vaguement s'ébahissait à ce calme des choses, tandis qu'il y avait en elle-même tant de bouleversements. Mais, entre la fenêtre et la table à ouvrage, la petite Berthe était là, qui chancelait sur ses bottines de tricot, et essayait de se rapprocher de sa mère, pour lui saisir, par le bout, les rubans de son tablier.

— Laisse-moi ! dit celle-ci en l'écartant avec la main.

La petite fille bientôt revint plus près encore contre ses genoux ; et, s'y appuyant des bras, elle levait vers elle son gros œil bleu, pendant qu'un filet de salive pure découlait de sa lèvre sur la soie du tablier.

— Laisse-moi ! répéta la jeune femme tout irritée.

Sa figure épouvanta l'enfant, qui se mit à crier.

— Eh ! laisse-moi donc ! fit-elle en la repoussant du coude.

Berthe alla tomber au pied de la commode, contre la patère de cuivre ; elle s'y coupa la joue, le sang sortit. Madame Bovary se précipita pour la relever, cassa le cordon de la sonnette, appela la servante de toutes ses forces, et elle allait commencer à se maudire, lorsque Charles parut. C'était l'heure du dîner, il rentrait.

— Regarde donc, cher ami, lui dit Emma d'une voix tranquille : voilà la petite qui, en jouant, vient de se blesser par terre.

Charles la rassura, le cas n'était point grave, et il alla chercher du diachylum[1].

Madame Bovary ne descendit pas dans la salle ; elle voulut demeurer seule à garder son enfant. Alors, en la contemplant dormir, ce qu'elle conservait d'inquiétude se dissipa par degrés, et elle se parut à elle-même bien sotte et bien bonne de s'être troublée tout à l'heure pour si peu de chose. Berthe, en effet, ne sanglotait plus. Sa respiration, maintenant, soulevait insensiblement la couverture de coton. De grosses larmes s'arrêtaient au coin de ses paupières à demi closes, qui laissaient voir entre les cils deux prunelles pâles, enfoncées ; le sparadrap, collé sur sa joue, en tirait obliquement la peau tendue.

— C'est une chose étrange, pensait Emma, comme cette enfant est laide !

Quand Charles, à onze heures du soir, revint de la pharmacie (où il avait été remettre, après le dîner, ce qui lui restait du diachylum), il trouva sa femme debout auprès du berceau.

— Puisque je t'assure que ce ne sera rien, dit-il en la baisant au front ; ne te tourmente pas, pauvre chérie, tu te rendras malade !

Il était resté longtemps chez l'apothicaire. Bien qu'il ne s'y fût pas montré fort ému, M. Homais, néanmoins, s'était efforcé de le raffermir, de lui *remonter le moral*. Alors on avait causé des dangers divers qui menaçaient l'enfance et de l'étourderie des domestiques. Madame Homais en savait quelque chose, ayant encore sur la

---

1. Sorte de sparadrap.

poitrine les marques d'une écuellée [1] de braise qu'une cuisinière, autrefois, avait laissé tomber dans son sarrau [2]. Aussi ces bons parents prenaient-ils quantité de précautions. Les couteaux jamais n'étaient affilés, ni les appartements cirés [3]. Il y avait aux fenêtres des grilles en fer et aux chambranles de fortes barres. Les petits Homais, malgré leur indépendance, ne pouvaient remuer sans un surveillant derrière eux ; au moindre rhume, leur père les bourrait de pectoraux [4], et jusqu'à plus de quatre ans ils portaient tous, impitoyablement, des bourrelets matelassés. C'était, il est vrai, une manie de madame Homais ; son époux en était intérieurement affligé, redoutant pour les organes de l'intellect les résultats possibles d'une pareille compression, et il s'échappait jusqu'à lui dire :

— Tu prétends donc en faire des Caraïbes ou des Botocudos [5] ?

Charles, cependant, avait essayé plusieurs fois d'interrompre la conversation.

— J'aurais à vous entretenir, avait-il soufflé bas à l'oreille du clerc, qui se mit à marcher devant lui dans l'escalier.

— Se douterait-il de quelque chose ? se demandait Léon. Il avait des battements de cœur et se perdait en conjectures.

Enfin Charles, ayant fermé la porte, le pria de voir lui-même à Rouen quels pouvaient être les prix d'un beau daguerréotype [6] ; c'était une surprise sentimentale qu'il réservait à sa femme, une attention fine, son portrait en habit noir. Mais il voulait auparavant *savoir à*

---

1. Le contenu d'une écuelle.   **2.** Blouse.   **3.** Un détail supplémentaire est supprimé sur la copie : « sauf au salon toutefois ». **4.** Médicaments (sirops, pastilles) pour les bronches.   **5.** Indiens des Antilles et tribu du Brésil ; les uns et les autres étaient réputés, dans la représentation que l'on pouvait en donner, anthropophages. **6.** La mode du daguerréotype est alors toute nouvelle, et luxueuse. C'est aussi imaginer qu'il y aurait un « portrait [d'Emma] en habit noir ». Ce désir reste sans suite.

quoi s'en tenir ; ces démarches ne devaient pas embarrasser M. Léon, puisqu'il allait à la ville toutes les semaines, à peu près.

Dans quel but ? Homais soupçonnait là-dessous quelque *histoire de jeune homme*[1], une intrigue. Mais il se trompait ; Léon ne poursuivait aucune amourette. Plus que jamais il était triste[2], et madame Lefrançois s'en apercevait bien à la quantité de nourriture qu'il laissait maintenant sur son assiette. Pour en savoir plus long, elle interrogea le percepteur ; Binet répliqua, d'un ton rogue, qu'il n'était *point payé par la police*.

Son camarade, toutefois, lui paraissait fort singulier ; car souvent Léon se renversait sur sa chaise en écartant les bras, et se plaignait vaguement de l'existence.

— C'est que vous ne prenez point assez de distraction, disait le percepteur.

— Lesquelles ?

— Moi, à votre place, j'aurais un tour !

— Mais je ne sais pas tourner, répondait le clerc.

— Oh ! c'est vrai ! faisait l'autre en caressant sa mâchoire, avec un air de dédain mêlé de satisfaction[3].

Léon était las d'aimer sans résultat[4] ; puis il commençait à sentir cet accablement que vous cause la répétition de la même vie, lorsque aucun intérêt ne la

---

1. *DIR* : « Jeune homme Toujours farceur. Il doit l'être ! s'étonner quand il ne l'est pas. » Homais prononce le cliché, un peu plus tard : « Et vous ne savez pas la vie que mènent ces farceurs-là, dans le quartier Latin, avec les actrices ! » (p. 213). Dans *Bouvard et Pécuchet* (Le Livre de Poche, p. 265), Mme Bordin « s'informa du passé de Bouvard, curieuse de connaître "ses farces de jeune homme" ». Dans *L'Éducation sentimentale* de 1845, le cliché est déjà présent, parmi d'autres : « ... pour lui [le père de Henry] toute jeune fille était *pure*, tout jeune homme était un *farceur*, tout mari était un *cocu*, tout pauvre un *voleur*, tout gendarme un *brutal*, et toute campagne *délicieuse* » (Le Livre de Poche, p. 238).   2. Les deux phrases, depuis « Mais il se trompait... », remplacent, dans la marge de la copie, un épisode supprimé, longue leçon de Homais (voir « Repentirs », texte n° 29, p. 526-527.)   3. Une tirade de Binet suit, supprimée sur la copie (voir « Repentirs », texte n° 30, p. 528.)   4. Une modulation est supprimée sur la copie (voir « Repentirs », texte n° 31, p. 528.)

dirige et qu'aucune espérance ne la soutient. Il était si ennuyé d'Yonville et des Yonvillais, que la vue de certaines gens, de certaines maisons l'irritait à n'y pouvoir tenir ; et le pharmacien, tout bonhomme qu'il était, lui devenait complètement insupportable. Cependant, la perspective d'une situation nouvelle l'effrayait autant qu'elle le séduisait.

Cette appréhension se tourna vite en impatience, et Paris alors agita pour lui, dans le lointain, la fanfare de ses bals masqués avec le rire de ses grisettes. Puisqu'il devait y terminer son droit, pourquoi ne partait-il pas ? qui l'empêchait ? Et il se mit à faire des préparatifs intérieurs ; il arrangea d'avance ses occupations. Il se meubla, dans sa tête, un appartement. Il y mènerait une vie d'artiste ! Il y prendrait des leçons de guitare ! Il aurait une robe de chambre, un béret basque, des pantoufles de velours bleu ! Et même il admirait déjà sur sa cheminée deux fleurets en sautoir, avec une tête de mort et la guitare au-dessus.

La chose difficile était le consentement de sa mère ; rien pourtant ne paraissait plus raisonnable. Son patron même l'engageait à visiter une autre étude, où il pût se développer davantage. Prenant donc un parti moyen, Léon chercha quelque place de second clerc à Rouen, n'en trouva pas [1], et écrivit enfin à sa mère une longue lettre détaillée, où il exposait les raisons d'aller habiter Paris immédiatement. Elle y consentit.

Il ne se hâta point. Chaque jour, durant tout un mois, Hivert transporta pour lui d'Yonville à Rouen, de Rouen à Yonville, des coffres, des valises, des paquets ; et, quand Léon eut remonté sa garde-robe, fait rembourrer ses trois fauteuils, acheté une provision de foulards, pris en un mot plus de dispositions que pour un voyage autour du monde, il s'ajourna de semaine en semaine, jusqu'à ce qu'il reçût une seconde

---

1. Un développement psychologique est ici supprimé sur la copie (voir « Repentirs », texte n° 32, p. 528.)

lettre maternelle où on le pressait de partir, puisqu'il désirait, avant les vacances, passer son examen.

Lorsque le moment fut venu des embrassades, madame Homais pleura ; Justin sanglotait ; Homais, en homme fort, dissimula son émotion ; il voulut lui-même porter le paletot[1] de son ami jusqu'à la grille du notaire, qui emmenait Léon à Rouen dans sa voiture. Ce dernier avait juste le temps de faire ses adieux à M. Bovary.

Quand il fut au haut de l'escalier, il s'arrêta, tant il se sentait hors d'haleine. À son entrée, madame Bovary se leva vivement.

— C'est encore moi ! dit Léon.

— J'en étais sûre !

Elle se mordit les lèvres, et un flot de sang lui courut sous la peau, qui se colora tout en rose, depuis la racine des cheveux jusqu'au bord de sa collerette. Elle restait debout, s'appuyant de l'épaule contre la boiserie.

— Monsieur n'est donc pas là ? reprit-il.

— Il est absent.

Elle répéta :

— Il est absent.

Alors il y eut un silence. Ils se regardèrent ; et leurs pensées, confondues dans la même angoisse, s'étreignaient étroitement, comme deux poitrines palpitantes.

— Je voudrais bien embrasser Berthe, dit Léon.

Emma descendit quelques marches, et elle appela Félicité.

Il jeta vite autour de lui un large coup d'œil qui s'étala sur les murs, les étagères, la cheminée, comme pour pénétrer tout, emporter tout.

Mais elle rentra, et la servante amena Berthe, qui secouait au bout d'une ficelle un moulin à vent la tête en bas.

Léon la baisa sur le cou à plusieurs reprises.

— Adieu, pauvre enfant ! adieu, chère petite, adieu !

---

1. Vêtement à pans, servant de manteau.

Et il la remit à sa mère.

— Emmenez-la, dit celle-ci.

Ils restèrent seuls.

Madame Bovary, le dos tourné, avait la figure posée contre un carreau ; Léon tenait sa casquette à la main et la battait doucement le long de sa cuisse.

— Il va pleuvoir, dit Emma.

— J'ai un manteau, répondit-il.

— Ah !

Elle se détourna, le menton baissé et le front en avant. La lumière y glissait comme sur un marbre, jusqu'à la courbe des sourcils, sans que l'on pût savoir ce qu'Emma regardait à l'horizon ni ce qu'elle pensait au fond d'elle-même [1].

— Allons, adieu ! soupira-t-il.

Elle releva sa tête d'un mouvement brusque :

— Oui, adieu..., partez !

Ils s'avancèrent l'un vers l'autre ; il tendit la main, elle hésita.

— À l'anglaise [2] donc, fit-elle abandonnant la sienne tout en s'efforçant de rire.

Léon la sentit entre ses doigts, et la substance même de tout son être lui semblait descendre dans cette paume humide.

Puis il ouvrit la main ; leurs yeux se rencontrèrent encore, et il disparut [3].

Quand il fut sous les halles, il s'arrêta, et il se cacha derrière un pilier, afin de contempler une dernière fois cette maison blanche avec ses quatre jalousies vertes. Il crut voir une ombre derrière la fenêtre, dans la chambre ; mais le rideau, se décrochant de la patère

---

1. Une insistance est supprimée sur la copie : « Léon cependant tâchait de retenir aux coins de sa bouche deux grandes rides qui tremblaient » (f° 237).   **2.** Se serrer la main, en place du baisemain, est alors à la fois élégant et plus « libre ».   **3.** « Leurs yeux se rencontrèrent », il « disparut » : la séquence délimitera tout l'espace de *L'Éducation sentimentale*, entre la rencontre de Mme Arnoux (I, 1) et sa dernière visite (III, 6).

comme si personne n'y touchait, remua lentement ses
longs plis obliques, qui d'un seul bond s'étalèrent tous,
et il resta droit, plus immobile qu'un mur de plâtre.
Léon se mit à courir.

Il aperçut de loin, sur la route, le cabriolet de son
patron, et à côté un homme en serpillière[1] qui tenait le
cheval. Homais et M. Guillaumin causaient ensemble.
On l'attendait.

— Embrassez-moi, dit l'apothicaire les larmes aux
yeux[2]. Voilà votre paletot, mon bon ami ; prenez garde
au froid ! Soignez-vous ! ménagez-vous !

— Allons, Léon, en voiture ! dit le notaire.

Homais se pencha sur le garde-crotte, et d'une voix
entrecoupée par les sanglots, laissa tomber ces deux
mots tristes :

— Bon voyage !

— Bonsoir, répondit M. Guillaumin. Lâchez tout !

Ils partirent, et Homais s'en retourna.

Madame Bovary avait ouvert sa fenêtre sur le jardin,
et elle regardait les nuages.

Ils s'amoncelaient au couchant du côté de Rouen, et
roulaient vite leurs volutes noires, d'où dépassaient par
derrière les grandes lignes du soleil, comme les flèches
d'or d'un trophée suspendu, tandis que le reste du ciel
vide avait la blancheur d'une porcelaine. Mais une
rafale de vent fit se courber les peupliers, et tout à coup
la pluie tomba ; elle crépitait sur les feuilles vertes.
Puis le soleil reparut, les poules chantèrent, des moi-
neaux battaient des ailes dans les buissons humides, et
les flaques d'eau sur le sable emportaient en s'écoulant
les fleurs roses d'un acacia.

— Ah ! qu'il doit être loin déjà ! pensa-t-elle.

M. Homais, comme de coutume, vint à six heures et
demie, pendant le dîner.

---

1. Tablier de grosse toile.   2. Un bref dialogue, qui suit, est supprimé sur la copie (voir « Repentirs », texte n° 33, p. 528-529.)

— Eh bien, dit-il en s'asseyant, nous avons donc tantôt embarqué notre jeune homme ?

— Il paraît ! répondit le médecin.

Puis, se tournant sur sa chaise :

— Et quoi de neuf chez vous ?

— Pas grand-chose. Ma femme, seulement, a été, cette après-midi, un peu émue. Vous savez, les femmes, un rien les trouble ! la mienne surtout ! Et l'on aurait tort de se révolter là contre, puisque leur organisation nerveuse est beaucoup plus malléable que la nôtre.

— Ce pauvre Léon ! disait Charles, comment va-t-il vivre à Paris ?... S'y accoutumera-t-il ?

Madame Bovary soupira.

— Allons donc ! dit le pharmacien en claquant de la langue, les parties fines chez le traiteur ! les bals masqués ! le champagne ! tout cela va rouler, je vous assure.

— Je ne crois pas qu'il se dérange [1], objecta Bovary.

— Ni moi ! reprit vivement M. Homais, quoiqu'il lui faudra pourtant suivre les autres, au risque de passer pour un jésuite. Et vous ne savez pas la vie que mènent ces farceurs-là, dans le quartier Latin, avec les actrices [2] ! Du reste, les étudiants sont fort bien vus à Paris. Pour peu qu'ils aient quelque talent d'agrément, on les reçoit dans les meilleures sociétés, et il y a même des dames du faubourg Saint-Germain qui en deviennent amoureuses, ce qui leur fournit, par la suite, les occasions de faire de très beaux mariages [3].

— Mais, dit le médecin, j'ai peur pour lui que... là-bas...

— Vous avez raison, interrompit l'apothicaire, c'est le revers de la médaille ! et l'on y est obligé continuel-

---

1. Abandonner une conduite rangée.   **2.** Voir note 1, p. 208. **3.** Scène de la vie parisienne : de très nombreux romans de Balzac avaient façonné alors cette représentation de la conquête sociale.

lement d'avoir la main posée sur son gousset[1]. Ainsi, vous êtes dans un jardin public, je suppose ; un quidam se présente, bien mis, décoré même, et qu'on prendrait pour un diplomate ; il vous aborde ; vous causez ; il s'insinue, vous offre une prise ou vous ramasse votre chapeau. Puis on se lie davantage ; il vous mène au café, vous invite à venir dans sa maison de campagne, vous fait faire, entre deux vins, toutes sortes de connaissances, et, les trois quarts du temps ce n'est que pour flibuster votre bourse ou vous entraîner en des démarches pernicieuses.

— C'est vrai, répondit Charles ; mais je pensais surtout aux maladies, à la fièvre typhoïde, par exemple, qui attaque les étudiants de la province.

Emma tressaillit.

— À cause du changement de régime, continua le pharmacien, et de la perturbation qui en résulte dans l'économie générale. Et puis, l'eau de Paris, voyez-vous ! les mets de restaurateurs, toutes ces nourritures épicées finissent par vous échauffer le sang et ne valent pas, quoi qu'on en dise, un bon pot-au-feu. J'ai toujours, quant à moi, préféré la cuisine bourgeoise : c'est plus sain ! Aussi, lorsque j'étudiais à Rouen la pharmacie, je m'étais mis en pension dans une pension ; je mangeais avec les professeurs.

Et il continua donc à exposer ses opinions générales et ses sympathies personnelles[2], jusqu'au moment où

---

1. Bourse ou petite poche pour mettre de l'argent, des objets, une montre, qu'il faut protéger du vol.   **2.** « En deux pages j'ai réuni, je crois, toutes les bêtises que l'on dit en province sur Paris, la vie d'étudiant, les actrices, les filous qui vous abordent dans les jardins publics, et la cuisine de restaurant "*toujours* plus malsaine que la cuisine bourgeoise" », écrit Flaubert à Louise Colet, le 14 juin 1853 ; il cite dans sa lettre, auparavant, un extrait de ces pages. *DIR* : « Cuisine de restaurant — toujours échauffante / bourgeoise — toujours saine. » Le lieu commun est rapporté dans une autre lettre encore : « Mon cousin et sa longue épouse sont arrivés ce soir. Ils débarquent de Paris. Ils sont "*fatigués* de la cuisine de restaurant" » (à Louise Colet, 29 novembre 1853).

Justin vint le chercher pour un lait de poule[1] qu'il fallait faire.

— Pas un instant de répit ! s'écria-t-il, toujours à la chaîne ! Je ne peux sortir une minute ! Il faut, comme un cheval de labour, être à suer sang et eau ! Quel collier de misère !

Puis, quand il fut sur la porte :

— À propos, dit-il, savez-vous la nouvelle ?

— Quoi donc ?

— C'est qu'il est fort probable, reprit Homais en dressant ses sourcils et en prenant une figure des plus sérieuses, que les comices agricoles de la Seine-Inférieure[2] se tiendront cette année à Yonville-l'Abbaye. Le bruit, du moins, en circule. Ce matin, le journal en touchait quelque chose. Ce serait pour notre arrondissement de la dernière importance ! Mais nous en causerons plus tard. J'y vois, je vous remercie ; Justin a la lanterne.

VII

Le lendemain fut, pour Emma, une journée funèbre. Tout lui parut enveloppé par une atmosphère noire qui flottait confusément sur l'extérieur des choses, et le chagrin s'engouffrait dans son âme avec des hurlements doux, comme fait le vent d'hiver dans les châteaux abandonnés. C'était cette rêverie que l'on a sur ce qui ne reviendra plus, la lassitude qui vous prend après chaque fait accompli, cette douleur enfin que vous apportent l'interruption de tout mouvement

---

1. Jaune d'œuf battu avec du lait et aromatisé, censé être reconstituant. 2. Ce département devient « Seine maritime » au XXe siècle.

accoutumé, la cessation brusque d'une vibration pro-
longée.

Comme au retour de la Vaubyessard, quand les quadrilles tourbillonnaient dans sa tête, elle avait une
mélancolie morne, un désespoir engourdi. Léon réapparaissait plus grand, plus beau, plus suave, plus
vague ; quoiqu'il fût séparé d'elle, il ne l'avait pas
quittée, il était là, et les murailles de la maison semblaient garder son ombre. Elle ne pouvait détacher sa
vue de ce tapis où il avait marché, de ces meubles
vides où il s'était assis. La rivière coulait toujours, et
poussait lentement ses petits flots le long de la berge
glissante. Ils s'y étaient promenés bien des fois, à ce
même murmure des ondes, sur les cailloux couverts
de mousse. Quels bons soleils ils avaient eus ! quelles
bonnes après-midi, seuls, à l'ombre, dans le fond du
jardin ! Il lisait tout haut, tête nue, posé sur un tabouret
de bâtons secs ; le vent frais de la prairie faisait trembler les pages du livre et les capucines de la tonnelle...
Ah ! il était parti, le seul charme de sa vie, le seul
espoir possible d'une félicité ! Comment n'avait-elle
pas saisi ce bonheur-là, quand il se présentait ! Pourquoi ne l'avoir pas retenu à deux mains, à deux
genoux, quand il voulait s'enfuir ? Et elle se maudit de
n'avoir pas aimé Léon ; elle eut soif de ses lèvres.
L'envie la prit de courir le rejoindre, de se jeter dans
ses bras, de lui dire : « C'est moi, je suis à toi ! » Mais
Emma s'embarrassait d'avance aux difficultés de l'entreprise, et ses désirs, s'augmentant d'un regret, n'en
devenaient que plus actifs.

Dès lors, ce souvenir de Léon fut comme le centre
de son ennui ; il y pétillait plus fort que, dans une
steppe de Russie, un feu de voyageurs abandonné sur
la neige. Elle se précipitait vers lui, elle se blottissait
contre, elle remuait délicatement ce foyer près de
s'éteindre, elle allait cherchant tout autour d'elle ce qui
pouvait l'aviver davantage ; et les réminiscences les
plus lointaines comme les plus immédiates occasions,

ce qu'elle éprouvait avec ce qu'elle imaginait, ses envies de volupté qui se dispersaient, ses projets de bonheur qui craquaient au vent comme des branchages morts, sa vertu stérile, ses espérances tombées, la litière domestique, elle ramassait tout, prenait tout, et faisait servir tout à réchauffer sa tristesse.

Cependant les flammes s'apaisèrent, soit que la provision d'elle-même s'épuisât, ou que l'entassement fût trop considérable. L'amour, peu à peu, s'éteignit par l'absence, le regret s'étouffa sous l'habitude ; et cette lueur d'incendie qui empourprait son ciel pâle se couvrit de plus d'ombre et s'effaça par degrés. Dans l'assoupissement de sa conscience, elle prit même les répugnances du mari pour des aspirations vers l'amant, les brûlures de la haine pour des réchauffements de la tendresse ; mais, comme l'ouragan soufflait toujours, et que la passion se consuma jusqu'aux cendres, et qu'aucun secours ne vint, qu'aucun soleil ne parut, il fut de tous côtés nuit complète, et elle demeura perdue dans un froid horrible qui la traversait[1].

Alors les mauvais jours de Tostes recommencèrent. Elle s'estimait à présent beaucoup plus malheureuse ; car elle avait l'expérience du chagrin, avec la certitude qu'il ne finirait pas.

Une femme qui s'était imposé de si grands sacrifices pouvait bien se passer des fantaisies. Elle s'acheta un prie-Dieu gothique, et elle dépensa en un mois pour quatorze francs de citrons à se nettoyer les ongles ; elle

---

1. « Je viens de sortir d'une *comparaison soutenue* qui a d'étendue près de deux pages. C'est un morceau, comme on dit, ou du moins je le crois. Mais peut-être est-ce trop pompeux pour la couleur générale du livre et me faudra-t-il plus tard le retrancher. Mais, physiquement parlant, pour ma santé, j'avais besoin de me retremper dans de bonnes phrases pohétiques. L'envie d'une forte nourriture se faisait sentir, après toutes ces finasseries de dialogues, style haché, etc., et autres malices françoises [...] qui me sont fort difficiles à écrire, et qui tiennent une grande place dans ce livre. Ma comparaison, du reste, est une ficelle, elle me sert de transition, et par là rentre donc dans le plan » (à Louise Colet, 11 juin 1853).

écrivit à Rouen, afin d'avoir une robe en cachemire [1] bleu ; elle choisit chez Lheureux la plus belle de ses écharpes [2] ; elle se la nouait à la taille par-dessus sa robe de chambre ; et, les volets fermés, avec un livre à la main, elle restait étendue sur un canapé dans cet accoutrement.

Souvent, elle variait sa coiffure : elle se mettait à la chinoise, en boucles molles, en nattes tressées ; elle se fit une raie sur le côté de la tête et roula ses cheveux en dessous, comme un homme.

Elle voulut apprendre l'italien : elle acheta des dictionnaires, une grammaire, une provision de papier blanc. Elle essaya des lectures sérieuses, de l'histoire et de la philosophie. La nuit, quelquefois, Charles se réveillait en sursaut, croyant qu'on venait le chercher pour un malade :

— J'y vais, balbutiait-il.

Et c'était le bruit d'une allumette qu'Emma frottait afin de rallumer la lampe. Mais il en était de ses lectures comme de ses tapisseries, qui, toutes commencées encombraient son armoire ; elle les prenait, les quittait, passait à d'autres.

Elle avait des accès, où on l'eût poussée facilement à des extravagances. Elle soutint un jour, contre son mari, qu'elle boirait bien un grand demi-verre d'eau-de-vie, et, comme Charles eut la bêtise de l'en défier, elle avala l'eau-de-vie jusqu'au bout.

Malgré ses airs évaporés (c'était le mot des bourgeoises d'Yonville), Emma pourtant ne paraissait pas joyeuse, et, d'habitude, elle gardait aux coins de la bouche cette immobile contraction qui plisse la figure des vieilles filles et celle des ambitieux déchus. Elle était pâle partout, blanche comme du linge ; la peau du nez se tirait vers les narines, ses yeux vous regardaient

---

1. Tissu, en poil de chèvre du Cachemire ou du Tibet, luxueux et confortable, alors encore relativement nouveau. **2.** Voir p. 19.

d'une manière vague. Pour s'être découvert trois cheveux gris sur les tempes, elle parla beaucoup de sa vieillesse.

Souvent des défaillances la prenaient. Un jour même, elle eut un crachement de sang, et, comme Charles s'empressait, laissant apercevoir son inquiétude :

— Ah bah ! répondit-elle, qu'est-ce que cela fait ?

Charles s'alla réfugier dans son cabinet ; et il pleura, les deux coudes sur la table, assis dans son fauteuil de bureau, sous la tête phrénologique.

Alors il écrivit à sa mère pour la prier de venir, et ils eurent ensemble de longues conférences au sujet d'Emma[1].

À quoi se résoudre ? que faire, puisqu'elle se refusait à tout traitement ?

— Sais-tu ce qu'il faudrait à ta femme ? reprenait la mère Bovary. Ce seraient des occupations forcées, des ouvrages manuels ! Si elle était comme tant d'autres, contrainte à gagner son pain, elle n'aurait pas ces vapeurs-là, qui lui viennent d'un tas d'idées qu'elle se fourre dans la tête, et du désœuvrement où elle vit.

— Pourtant elle s'occupe, disait Charles.

— Ah ! elle s'occupe ! À quoi donc ? À lire des romans, de mauvais livres, des ouvrages qui sont contre la religion et dans lesquels on se moque des prêtres par des discours tirés de Voltaire. Mais tout cela va loin, mon pauvre enfant, et quelqu'un qui n'a pas de religion finit toujours par tourner mal[2].

Donc, il fut résolu que l'on empêcherait Emma de lire des romans[3]. L'entreprise ne semblait point facile.

---

1. Dans son manuscrit, Flaubert associe également Homais à ces « longues conférences ». Il supprime la scène sur la copie (voir « Repentirs », texte n° 34, p. 529-530.)   **2.** La longue suite de la scène à trois, avec Homais, est supprimée sur la copie (voir « Repentirs », texte n° 35, p. 530-532.)   **3.** *DIR* : « ROMAN Pervertissent les masses / Sont moins immoraux en feuilleton qu'en volume / Seuls les romans historiques peuvent être tolérés parce qu'ils enseignent l'Histoire / Il y

La bonne dame s'en chargea[1] : elle devait quand elle passerait par Rouen, aller en personne chez le loueur de livres et lui représenter qu'Emma cessait ses abonnements. N'aurait-on pas le droit d'avertir la police, si le libraire persistait quand même dans son métier d'empoisonneur ?

Les adieux de la belle-mère et de la bru furent secs. Pendant les trois semaines qu'elles étaient restées ensemble, elles n'avaient pas échangé quatre paroles, à part les informations et compliments quand elles se rencontraient à table, et le soir avant de se mettre au lit.

Madame Bovary mère partit un mercredi[2], qui était jour de marché à Yonville.

a des romans écrits avec la pointe d'un scalpel, — d'autres qui roulent sur la pointe d'une aiguille. » La rubrique est très fournie, et renvoie, entre autres allusions, à ce qui a pu être reproché à Flaubert pour *Madame Bovary* (« la pointe d'un scalpel »). Flaubert relèvera, pour la préparation du « Sottisier » de *Bouvard et Pécuchet*, dans ses notes de lecture sur la médecine, de nombreuses citations pour établir une rubrique « haine des romans » ; par exemple, dans *L'Art de prolonger la vie humaine*, de Guillaume Hufeland, un livre de 1809, il relève : « éviter tout ce qui enflamme l'imagination, par exemple les romans ! » et commente en marge : « *encore les Romans !* » ; dans le *Dictionnaire des Sciences médicales* : « Les vices de l'éducation adoptée pour nos jeunes filles, la préférence accordée aux arts de pur agrément *la lecture des romans* ! qui donnent aux jeunes personnes une activité précoce, des désirs prématurés, des idées de perfection imaginaire qu'elles ne trouvent nulle part » (Ms g 226[7] f° 112 v°).

   1. Un passage est supprimé, ici, sur la copie (voir « Repentirs », texte n° 36, p. 532).   **2.** Mercredi, jour de Mercure, dieu des marchands, des voleurs, des messagers, des carrefours. Le 25 juin 1853, Flaubert écrit à Louise Colet : « Enfin, je viens de finir la première partie (de la seconde) [...] et, de demain en huit, je dégueulerai tout au Sieur Bouilhet. Si ça marche, ce sera une grande inquiétude de moins et une bonne chose, j'en réponds, car le fonds était bien *ténu*. Mais je pense pourtant que ce livre aura un grand défaut, à savoir : le défaut de proportion matérielle. J'ai déjà deux cent soixante pages et qui ne contiennent que des préparations d'action, des expositions plus ou moins déguisées de caractère (il est vrai qu'elles sont graduées), de paysage, de lieux. Ma conclusion, qui sera le récit de la mort de ma petite femme, son enterrement et les tristesses du mari qui suivent, aura soixante pages au moins. Restent donc, pour le corps même de l'action, cent vingt à cent soixante pages tout au plus. N'est-ce pas d'une grande

La Place, dès le matin, était encombrée par une file de charrettes qui, toutes à cul et les brancards en l'air, s'étendaient le long des maisons depuis l'église jusqu'à l'auberge. De l'autre côté, il y avait des baraques de toile où l'on vendait des cotonnades, des couvertures et des bas de laine, avec des licous pour les chevaux et des paquets de rubans bleus, qui par le bout s'envolaient au vent. De la grosse quincaillerie s'étalait par terre, entre les pyramides d'œufs et les bannettes de fromages, d'où sortaient des pailles gluantes ; près des machines à blé, des poules qui gloussaient dans des cages plates passaient leurs cous par les barreaux. La foule, s'encombrant au même endroit sans en vouloir bouger, menaçait quelquefois de rompre la devanture de la pharmacie. Les mercredis, elle ne désemplissait pas et l'on s'y poussait, moins pour acheter des médicaments que pour prendre des consultations, tant était fameuse la réputation du sieur Homais dans les villages circonvoisins. Son robuste aplomb avait fasciné les campagnards. Ils le regardaient comme un plus grand médecin que tous les médecins.

Emma était accoudée à sa fenêtre (elle s'y mettait souvent : la fenêtre, en province, remplace les théâtres et la promenade), et elle s'amusait à considérer la cohue des rustres [1], lorsqu'elle aperçut un monsieur vêtu d'une redingote de velours vert. Il était ganté de gants jaunes, quoiqu'il fût chaussé de fortes guêtres ; et il se dirigeait vers la maison du médecin, suivi d'un paysan marchant la tête basse d'un air tout réfléchi.

— Puis-je voir Monsieur ? demanda-t-il à Justin, qui causait sur le seuil avec Félicité.

Et, le prenant pour le domestique de la maison :

---

défectuosité ? Ce qui me rassure (médiocrement cependant), c'est que ce livre est une biographie plutôt qu'une péripétie développée. »

[1]. Gens de la campagne ; le mot n'est pas, dans cet usage, à proprement parler péjoratif, mais il augmente l'écart de distinction avec le « monsieur vêtu d'une redingote ».

— Dites-lui que M. Rodolphe[1] Boulanger, de la Huchette, est là.

Ce n'était point par vanité territoriale que le nouvel arrivant avait ajouté à son nom la particule, mais afin de se faire mieux connaître. La Huchette, en effet, était un domaine près d'Yonville, dont il venait d'acquérir le château, avec deux fermes qu'il cultivait lui-même, sans trop se gêner cependant. Il vivait en garçon[2], et passait pour avoir *au moins quinze mille livres de rentes* !

Charles entra dans la salle. M. Boulanger lui présenta son homme, qui voulait être saigné[3] parce qu'il éprouvait *des fourmis le long du corps*.

— Ça me purgera, objectait-il à tous les raisonnements.

Bovary commanda donc d'apporter une bande et une cuvette, et pria Justin de la soutenir. Puis, s'adressant au villageois déjà blême :

— N'ayez point peur, mon brave.

— Non, non, répondit l'autre, marchez toujours !

Et, d'un air fanfaron, il tendit son gros bras. Sous la piqûre de la lancette, le sang jaillit et alla s'éclabousser contre la glace.

— Approche le vase ! exclama Charles.

— *Guête*[4] ! disait le paysan, on jurerait une petite fontaine qui coule ! Comme j'ai le sang rouge ! ce doit être bon signe, n'est-ce pas ?

— Quelquefois, reprit l'officier de santé, l'on n'éprouve rien au commencement, puis la syncope se

---

1. Prénom à la mode ; c'est le prénom du personnage qu'aime « Mimi », dans *La Vie de Bohème*, pièce en cinq actes écrite par Théodore Barrière et Henry Murger, représentée en novembre 1849, et dans les *Scènes de la vie de bohème*, le roman de Murger publié en 1851. **2.** En célibataire. **3.** *DIR* : « SAIGNER Se faire saigner au printemps » (Flaubert raye finalement cette entrée sur son manuscrit). **4.** « *Guête* », pour « regarde ». Flaubert souligne le parler populaire par l'italique.

déclare, et plus particulièrement chez les gens bien constitués, comme celui-ci.

Le campagnard, à ces mots, lâcha l'étui qu'il tournait entre ses doigts. Une saccade de ses épaules fit craquer le dossier de la chaise. Son chapeau tomba.

— Je m'en doutais, dit Bovary en appliquant son doigt sur la veine.

La cuvette commençait à trembler aux mains de Justin ; ses genoux chancelèrent, il devint pâle.

— Ma femme ! ma femme ! appela Charles.

D'un bond, elle descendit l'escalier.

— Du vinaigre ! cria-t-il. Ah ! mon Dieu, deux à la fois !

Et, dans son émotion, il avait peine à poser la compresse.

— Ce n'est rien, disait tout tranquillement M. Boulanger, tandis qu'il prenait Justin entre ses bras.

Et il l'assit sur la table, lui appuyant le dos contre la muraille.

Madame Bovary se mit à lui retirer sa cravate. Il y avait un nœud aux cordons de la chemise ; elle resta quelques minutes à remuer ses doigts légers dans le cou du jeune garçon ; ensuite elle versa du vinaigre sur son mouchoir de batiste ; elle lui en mouillait les tempes à petits coups et elle soufflait dessus, délicatement.

Le charretier se réveilla ; mais la syncope de Justin durait encore, et ses prunelles disparaissaient dans leur sclérotique [1] pâle, comme des fleurs bleues dans du lait.

— Il faudrait, dit Charles, lui cacher cela.

Madame Bovary prit la cuvette. Pour la mettre sous la table, dans le mouvement qu'elle fit en s'inclinant, sa robe (c'était une robe d'été à quatre volants, de couleur jaune, longue de taille, large de jupe), sa robe s'évasa autour d'elle sur les carreaux de la salle ; — et, comme

---

1. Membrane qui englobe l'arrière du globe oculaire, et que l'on voit précisément chez quelqu'un qui « tourne de l'œil ».

Emma, baissée, chancelait un peu en écartant les bras, le gonflement de l'étoffe se crevait de place en place, selon les inflexions de son corsage. Ensuite elle alla prendre une carafe d'eau, et elle faisait fondre des morceaux de sucre lorsque le pharmacien arriva. La servante l'avait été chercher dans l'algarade [1] ; en apercevant son élève les yeux ouverts, il reprit haleine. Puis, tournant autour de lui, il le regardait de haut en bas.

— Sot ! disait-il ; petit sot, vraiment ! sot en trois lettres ! Grand'chose, après tout, qu'une phlébotomie [2] ! et un gaillard qui n'a peur de rien ! une espèce d'écureuil, tel que vous le voyez, qui monte locher [3] des noix à des hauteurs vertigineuses [4]. Ah ! oui, parle, vante-toi ! voilà de belles dispositions à exercer plus tard la pharmacie ; car tu peux te trouver appelé en des circonstances graves, par-devant les tribunaux [5], afin d'y éclairer la conscience des magistrats ; et il faudra pourtant garder son sang-froid, raisonner, se montrer homme, ou bien passer pour un imbécile !

Justin ne répondait pas. L'apothicaire continuait :

— Qui t'a prié de venir ? Tu importunes toujours monsieur et madame ! Les mercredis, d'ailleurs, ta présence m'est plus indispensable. Il y a maintenant vingt personnes à la maison. J'ai tout quitté à cause de l'intérêt que je te porte. Allons, va-t'en ! cours ! attends-moi, et surveille les bocaux !

Quand Justin, qui se rhabillait, fut parti, l'on causa quelque peu des évanouissements. Madame Bovary n'en avait jamais eu.

— C'est extraordinaire pour une dame ! dit M. Boulanger. Du reste, il y a des gens bien délicats. Ainsi

---

1. Action brusquée (terme militaire).　**2.** Nom technique d'une piqûre dans la veine.　**3.** Secouer une branche ou un arbre pour en faire tomber les fruits (normandisme).　**4.** Un détail suit, supprimé sur la copie : « si bien que Mr Tuvache me l'envoie chercher pour que je lui rende ce service ! »　**5.** Ce souci du tribunal est récurrent chez Homais (voir II, 3, p. 169-170).

j'ai vu, dans une rencontre, un témoin perdre connaissance rien qu'au bruit des pistolets que l'on chargeait.

— Moi, dit l'apothicaire, la vue du sang des autres ne me fait rien du tout ; mais l'idée seulement du mien qui coule suffirait à me causer des défaillances, si j'y réfléchissais trop.

Cependant M. Boulanger congédia son domestique, en l'engageant à se tranquilliser l'esprit, puisque sa fantaisie était passée.

— Elle m'a procuré l'avantage de votre connaissance, ajouta-t-il.

Et il regardait Emma durant cette phrase.

Puis il déposa trois francs sur le coin de la table, salua négligemment et s'en alla.

Il fut bientôt de l'autre côté de la rivière (c'était son chemin pour s'en retourner à la Huchette) ; et Emma l'aperçut dans la prairie, qui marchait sous les peupliers, se ralentissant de temps à autre, comme quelqu'un qui réfléchit.

— Elle est fort gentille ! se disait-il ; elle est fort gentille, cette femme du médecin ! De belles dents, les yeux noirs, le pied coquet, et de la tournure comme une Parisienne. D'où diable sort-elle ? Où donc l'a-t-il trouvée, ce gros garçon-là ?

M. Rodolphe Boulanger avait trente-quatre ans ; il était de tempérament brutal et d'intelligence perspicace, ayant d'ailleurs beaucoup fréquenté les femmes, et s'y connaissant bien. Celle-là lui avait paru jolie ; il y rêvait donc, et à son mari.

— Je le crois très bête. Elle en est fatiguée sans doute. Il porte des ongles sales et une barbe de trois jours. Tandis qu'il trottine à ses malades, elle reste à ravauder des chaussettes. Et on s'ennuie ! on voudrait habiter la ville, danser la polka tous les soirs ! Pauvre petite femme ! Ça bâille après l'amour, comme une carpe après l'eau sur une table de cuisine. Avec trois mots de galanterie, cela vous adorerait, j'en suis sûr !

ce serait tendre ! charmant !... Oui, mais comment s'en débarrasser ensuite ?

Alors les encombrements du plaisir, entrevus en perspective, le firent, par contraste, songer à sa maîtresse. C'était une comédienne de Rouen, qu'il entretenait ; et, quand il se fut arrêté sur cette image, dont il avait, en souvenir même, des rassasiements :

— Ah ! madame Bovary, pensa-t-il, est bien plus jolie qu'elle, plus fraîche surtout. Virginie, décidément, commence à devenir trop grosse. Elle est si fastidieuse avec ses joies. Et, d'ailleurs, quelle manie de salico-ques[1] !

La campagne était déserte, et Rodolphe n'entendait autour de lui que le battement régulier des herbes qui fouettaient sa chaussure, avec le cri des grillons tapis au loin sous les avoines ; il revoyait Emma dans la salle, habillée comme il l'avait vue, et il la déshabillait.

— Oh ! je l'aurai ! s'écria-t-il[2] en écrasant, d'un coup de bâton, une motte de terre devant lui.

Et aussitôt il examina la partie politique de l'entreprise. Il se demandait :

— Où se rencontrer ? par quel moyen ? On aura continuellement le marmot sur les épaules, et la bonne, les voisins, le mari, toute sorte de tracasseries considérables. Ah bah ! dit-il, on y perd trop de temps !

Puis il recommença :

— C'est qu'elle a des yeux qui vous entrent au cœur comme des vrilles. Et ce teint pâle !... Moi, qui adore les femmes pâles[3] !

---

1. Mot normand, pour les crevettes roses, ou « bouquet ».
2. Dans *Passion et vertu*, que Flaubert avait écrit à seize ans (1837), on trouve, brièvement, ce scénario de la dissymétrie amoureuse : « Il avait vu aussi qu'[elle] aimait la poésie, la mer, le théâtre, Byron, et [...] il avait dit : C'est une sotte — Je l'aurai. Et elle souvent aussi avait dit en le voyant partir et quand la porte du salon tournait rapidement sur ses pas... Ô je t'aime » (*Mémoires d'un fou, Novembre, et autres textes de jeunesse*, GF Flammarion, 1991, p. 200). **3.** Voir p. 120 : « une jeune femme pâle », et p. 397, note 3.

Au haut de la côte d'Argueil[1], sa résolution était prise.

— Il n'y a plus qu'à chercher les occasions. Eh bien, j'y passerai quelquefois, je leur enverrai du gibier, de la volaille ; je me ferai saigner, s'il le faut ; nous deviendrons amis, je les inviterai chez moi... Ah ! parbleu ! ajouta-t-il, voilà les comices bientôt ; elle y sera, je la verrai. Nous commencerons, et hardiment, car c'est le plus sûr.[2]

VIII

Ils arrivèrent, en effet, ces fameux Comices[3] ! Dès le matin de la solennité, tous les habitants, sur leurs portes, s'entretenaient des préparatifs ; on avait enguirlandé de lierres le fronton de la mairie ; une tente dans un pré était dressée pour le festin, et, au milieu de la Place, devant l'église, une espèce de bombarde[4] devait signaler l'arrivée de M. le préfet et le nom des cultivateurs lauréats. La garde nationale de Buchy (il n'y en

---

1. « La Pâture », voir p. 181.   2. Fin de la deuxième livraison dans la *Revue de Paris* (15 octobre 1856). Le texte de Flaubert est précédé, dans cette livraison, par le début d'une histoire de *Ferdinand II, roi de Naples (1830-1856)* de F. de Petrucelli della Gattina, et suivi par un « fragment » de *L'Histoire des paysans (1350-1360)* de Bonnemère.   3. « Ce matin, j'ai été à un comice agricole, dont j'en [*sic*] suis revenu mort de fatigue et d'ennui. J'avais besoin de voir une de ces ineptes cérémonies rustiques pour ma *Bovary*, dans la deuxième partie. C'est pourtant là ce qu'on appelle le Progrès et où converge la société moderne. J'en suis physiquement malade » (à Louise Colet, 18 juillet 1852). Il s'agit du comice agricole de Grand-Couronne, près de Croisset (Claudine Gothot-Mersch, Jean Bruneau). Un compte rendu de ce comice, paru dans *Le Nouvelliste de Rouen*, comporte, comme le signale Claudine Gothot-Mersch, des propos proches de ce que Flaubert écrira.   4. Petit canon ancien.

avait point à Yonville) était venue s'adjoindre au corps
des pompiers, dont Binet était le capitaine. Il portait ce
jour-là un col encore plus haut que de coutume ; et,
sanglé dans sa tunique, il avait le buste si roide et
immobile, que toute la partie vitale de sa personne
semblait être descendue dans ses deux jambes, qui se
levaient en cadence, à pas marqués, d'un seul mouvement. Comme une rivalité subsistait entre le percepteur
et le colonel, l'un et l'autre, pour montrer leurs talents,
faisaient à part manœuvrer leurs hommes. On voyait
alternativement passer et repasser les épaulettes rouges
et les plastrons noirs[1]. Cela ne finissait pas et toujours
recommençait ! Jamais il n'y avait eu pareil déploie-
ment de pompe ! Plusieurs bourgeois, dès la veille,
avaient lavé leurs maisons ; des drapeaux tricolores
pendaient aux fenêtres entrouvertes ; tous les cabarets
étaient pleins ; et, par le beau temps qu'il faisait, les
bonnets empesés, les croix d'or et les fichus de couleur
paraissaient plus blancs que neige, miroitaient au soleil
clair, relevaient de leur bigarrure éparpillée la sombre
monotonie des redingotes et des bourgerons bleus[2].
Les fermières des environs retiraient, en descendant de
cheval, la grosse épingle qui leur serrait autour du
corps leur robe retroussée de peur des taches ; et les
maris, au contraire, afin de ménager leurs chapeaux,
gardaient par-dessus des mouchoirs de poche, dont ils
tenaient un angle entre les dents.

   La foule arrivait dans la grande rue par les deux
bouts du village. Il s'en dégorgeait des ruelles, des
allées, des maisons, et l'on entendait de temps à autre
retomber le marteau des portes, derrière les bourgeoises en gants de fil, qui sortaient pour aller voir la

---

1. Rouge et noir, « pompiers » et « garde nationale ». La « garde
nationale », sorte de milice composée par les bourgeois, créée sous la
Révolution ; son importance avait été restaurée sous la Monarchie de
Juillet. Elle joue un rôle important dans la Révolution de 1848.
2. *Redingotes* : habit de ville ; *bourgerons bleus* : habit de campagne.

fête. Ce que l'on admirait surtout, c'étaient deux longs ifs couverts de lampions qui flanquaient une estrade où s'allaient tenir les autorités ; et il y avait de plus, contre les quatre colonnes de la mairie, quatre manières de gaules, portant chacune un petit étendard de toile verdâtre, enrichi d'inscriptions en lettres d'or. On lisait sur l'un : « Au Commerce » ; sur l'autre : « À l'Agriculture » ; sur le troisième : « À l'Industrie » ; et sur le quatrième : « Aux Beaux-Arts ».

Mais la jubilation qui épanouissait tous les visages paraissait assombrir madame Lefrançois, l'aubergiste. Debout sur les marches de sa cuisine, elle murmurait dans son menton :

— Quelle bêtise ! quelle bêtise avec leur baraque de toile ! Croient-ils que le préfet sera bien aise de dîner là-bas, sous une tente, comme un saltimbanque ? Ils appellent ces embarras-là, faire le bien du pays ! Ce n'était pas la peine, alors, d'aller chercher un gargotier à Neufchâtel ! Et pour qui ? pour des vachers ! des va-nu-pieds !...

L'apothicaire passa. Il portait un habit noir [1], un pantalon de nankin, des souliers de castor, et par extraordinaire un chapeau, — un chapeau bas de forme.

— Serviteur ! dit-il ; excusez-moi, je suis pressé.

Et comme la grosse veuve lui demanda où il allait :

— Cela vous semble drôle, n'est-ce pas ? moi qui reste toujours plus confiné dans mon laboratoire que le rat du bonhomme dans son fromage [2].

— Quel fromage ? fit l'aubergiste.

— Non, rien ! ce n'est rien ! reprit Homais. Je voulais vous exprimer seulement, madame Lefrançois, que je demeure d'habitude tout reclus chez moi. Aujourd'hui cependant, vu la circonstance, il faut bien que...

---

1. *DIR* : « HABIT NOIR En province est le dernier terme de la cérémonie et du dérangement. »   **2.** Allusion à la fable du « bonhomme » La Fontaine, « Le rat qui s'est retiré du monde » (*Fables*, VII, 3).

— Ah ! vous allez là-bas ? dit-elle avec un air de dédain.

— Oui, j'y vais, répliqua l'apothicaire étonné ; ne fais-je point partie de la commission consultative ?

La mère Lefrançois le considéra quelques minutes, et finit par répondre en souriant :

— C'est autre chose ! Mais qu'est-ce que la culture vous regarde ? vous vous y entendez donc ?

— Certainement, je m'y entends, puisque je suis pharmacien, c'est-à-dire chimiste ! et la chimie, madame Lefrançois, ayant pour objet la connaissance de l'action réciproque et moléculaire de tous les corps de la nature, il s'ensuit que l'agriculture se trouve comprise dans son domaine ! Et, en effet, composition des engrais, fermentation des liquides, analyse des gaz et influence des miasmes, qu'est-ce que tout cela, je vous le demande, si ce n'est de la chimie pure et simple [1] ?

L'aubergiste ne répondit rien. Homais continua :

— Croyez-vous qu'il faille, pour être agronome, avoir soi-même labouré la terre ou engraissé des volailles ? Mais il faut connaître plutôt la constitution des substances dont il s'agit, les gisements géologiques, les actions atmosphériques, la qualité des terrains, des minéraux, des eaux, la densité des différents corps et leur capillarité ! que sais-je ? Et il faut posséder à fond tous ses principes d'hygiène, pour diriger, critiquer la construction des bâtiments, le régime des animaux, l'alimentation des domestiques ! Il faut encore, madame Lefrançois, posséder la botanique ; pouvoir discerner les plantes, entendez-vous, quelles sont les salutaires d'avec les délétères, quelles les improduc-

---

1. Dans *Bouvard et Pécuchet*, les deux bonshommes (la fiction se situe également au début des années 1840) concluent leurs échecs dans l'agriculture par cette réflexion : « C'est que nous ne savons pas la chimie. » Une nouvelle agriculture « scientifique » se développe dans ces années de la Monarchie de Juillet (voir Jean Gayon, « Agriculture et agronomie dans *Bouvard et Pécuchet* », *Littérature*, nº 109, 1998).

tives et quelles les nutritives, s'il est bon de les arracher par-ci et de les ressemer par-là, de propager les unes, de détruire les autres ; bref, il faut se tenir au courant de la science par les brochures et papiers publics, être toujours en haleine, afin d'indiquer les améliorations...

L'aubergiste ne quittait point des yeux la porte du *Café Français*, et le pharmacien poursuivit :

— Plût à Dieu que nos agriculteurs fussent des chimistes, ou que du moins ils écoutassent davantage les conseils de la science ! Ainsi, moi, j'ai dernièrement écrit un fort opuscule, un mémoire de plus de soixante et douze pages, intitulé : *Du cidre, de sa fabrication et de ses effets ; suivi de quelques réflexions nouvelles à ce sujet*, que j'ai envoyé à la Société agronomique de Rouen ; ce qui m'a même valu l'honneur d'être reçu parmi ses membres, section d'agriculture, classe de pomologie [1], eh bien, si mon ouvrage avait été livré à la publicité...

Mais l'apothicaire s'arrêta, tant madame Lefrançois paraissait préoccupée.

— Voyez-les donc ! disait-elle, on n'y comprend rien ! une gargote semblable !

Et, avec des haussements d'épaules qui tiraient sur sa poitrine les mailles de son tricot, elle montrait des deux mains le cabaret de son rival, d'où sortaient alors des chansons.

— Du reste, il n'en a pas pour longtemps, ajouta-t-elle ; avant huit jours, tout est fini.

Homais se recula de stupéfaction. Elle descendit ses trois marches, et, lui parlant à l'oreille :

— Comment ! vous ne savez pas cela ? On va le saisir cette semaine. C'est Lheureux qui le fait vendre. Il l'a assassiné de billets [2].

— Quelle épouvantable catastrophe ! s'écria l'apo-

---

1. Science des fruits à pépin.　**2.** Billets « à ordre », reconnaissances de dettes. Cela sera le système de Lheureux avec Emma.

thicaire, qui avait toujours des expressions congruantes
à toutes les circonstances imaginables.

L'hôtesse donc se mit à lui raconter cette histoire,
qu'elle savait par Théodore, le domestique de M. Guillaumin, et, bien qu'elle exécrât Tellier, elle blâmait
Lheureux. C'était un enjôleur, un rampant.

— Ah ! tenez, dit-elle, le voilà sous les halles ; il
salue madame Bovary, qui a un chapeau vert. Elle est
même au bras de M. Boulanger.

— Madame Bovary ! fit Homais. Je m'empresse
d'aller lui offrir mes hommages. Peut-être qu'elle sera
bien aise d'avoir une place dans l'enceinte, sous le
péristyle.

Et, sans écouter la mère Lefrançois, qui le rappelait
pour lui en conter plus long, le pharmacien s'éloigna
d'un pas rapide, sourire aux lèvres et jarret tendu, dis-
tribuant de droite et de gauche quantité de salutations
et emplissant beaucoup d'espace avec les grandes
basques de son habit noir, qui flottaient au vent derrière lui.

Rodolphe, l'ayant aperçu de loin, avait pris un train
rapide ; mais madame Bovary s'essouffla ; il se ralentit
donc et lui dit en souriant, d'un ton brutal :

— C'est pour éviter ce gros homme : vous savez,
l'apothicaire.

Elle lui donna un coup de coude.

— Qu'est-ce que cela signifie ? se demanda-t-il.

Et il la considéra du coin de l'œil, tout en continuant
à marcher.

Son profil était si calme, que l'on n'y devinait rien.
Il se détachait en pleine lumière, dans l'ovale de sa
capote [1] qui avait des rubans pâles ressemblant à des
feuilles de roseau. Ses yeux aux longs cils courbes
regardaient devant elle, et, quoique bien ouverts, ils
semblaient un peu bridés par les pommettes, à cause

---

1. Chapeau, assez enveloppant, en tissu plissé, tenu par un ruban
noué sous le cou.

du sang, qui battait doucement sous sa peau fine. Une couleur rose traversait la cloison de son nez. Elle inclinait la tête sur l'épaule, et l'on voyait entre ses lèvres le bout nacré de ses dents blanches.

— Se moque-t-elle de moi ? songeait Rodolphe.

Ce geste d'Emma pourtant n'avait été qu'un avertissement ; car M. Lheureux les accompagnait, et il leur parlait de temps à autre, comme pour entrer en conversation.

— Voici une journée superbe ! tout le monde est dehors ! les vents sont à l'est.

Et madame Bovary, non plus que Rodolphe, ne lui répondait guère, tandis qu'au moindre mouvement qu'ils faisaient, il se rapprochait en disant : « Plaît-il ? » et portait la main à son chapeau.

Quand ils furent devant la maison du maréchal, au lieu de suivre la route jusqu'à la barrière, Rodolphe, brusquement, prit un sentier, entraînant madame Bovary ; il cria :

— Bonsoir, M. Lheureux ! au plaisir !

— Comme vous l'avez congédié ! dit-elle en riant.

— Pourquoi, reprit-il, se laisser envahir par les autres ? et, puisque, aujourd'hui, j'ai le bonheur d'être avec vous...

Emma rougit. Il n'acheva point sa phrase. Alors il parla du beau temps et du plaisir de marcher sur l'herbe. Quelques marguerites étaient repoussées.

— Voici de gentilles pâquerettes, dit-il, et de quoi fournir bien des oracles à toutes les amoureuses du pays.

Il ajouta :

— Si j'en cueillais. Qu'en pensez-vous ?

— Est-ce que vous êtes amoureux ? fit-elle en toussant un peu.

— Eh ! eh ! qui sait ? répondit Rodolphe.

Le pré commençait à se remplir, et les ménagères vous heurtaient avec leurs grands parapluies, leurs paniers et leurs bambins. Souvent il fallait se déranger devant une longue file de campagnardes, servantes en bas bleus, à souliers plats, à bagues d'argent, et qui sentaient le lait, quand on passait près d'elles. Elles marchaient en se tenant par la main, et se répandaient ainsi sur toute la longueur de la prairie, depuis la ligne des trembles jusqu'à la tente du banquet. Mais c'était le moment de l'examen, et les cultivateurs, les uns après les autres, entraient dans une manière d'hippodrome que formait une longue corde portée sur des bâtons.

Les bêtes étaient là, le nez tourné vers la ficelle, et alignant confusément leurs croupes inégales. Des porcs assoupis enfonçaient en terre leur groin ; des veaux beuglaient ; des brebis bêlaient ; les vaches, un jarret replié, étalaient leur ventre sur le gazon, et, ruminant lentement, clignaient leurs paupières lourdes, sous les moucherons qui bourdonnaient autour d'elles. Des charretiers, les bras nus, retenaient par le licou des étalons cabrés, qui hennissaient à pleins naseaux du côté des juments. Elles restaient paisibles, allongeant la tête et la crinière pendante, tandis que leurs poulains se reposaient à leur ombre, ou venaient les téter quelquefois ; et, sur la longue ondulation de tous ces corps tassés, on voyait se lever au vent, comme un flot, quelque crinière blanche, ou bien saillir des cornes aiguës, et des têtes d'hommes qui couraient. À l'écart, en dehors des lices[1], cent pas plus loin, il y avait un grand taureau noir muselé, portant un cercle de fer à la narine, et qui ne bougeait pas plus qu'une bête de bronze. Un enfant en haillons le tenait par une corde.

Cependant, entre les deux rangées, des messieurs avançaient d'un pas lourd, examinant chaque animal, puis se consultaient à voix basse. L'un d'eux, qui semblait plus considérable, prenait, tout en marchant, quelques notes sur un album. C'était le président du jury : M. Derozerays de la Panville. Sitôt qu'il recon-

---

1. Clôtures.

nut Rodolphe, il s'avança vivement, et lui dit en souriant d'un air aimable :

— Comment, monsieur Boulanger, vous nous abandonnez ?

Rodolphe protesta qu'il allait venir. Mais quand le président eut disparu :

— Ma foi, non, reprit-il, je n'irai pas ; votre compagnie vaut bien la sienne.

Et, tout en se moquant des comices, Rodolphe, pour circuler plus à l'aise, montrait au gendarme sa pancarte bleue, et même il s'arrêtait parfois devant quelque beau *sujet*, que madame Bovary n'admirait guère. Il s'en aperçut, et alors se mit à faire des plaisanteries sur les dames d'Yonville, à propos de leur toilette ; puis il s'excusa lui-même du négligé de la sienne. Elle avait cette incohérence de choses communes et recherchées, où le vulgaire, d'habitude, croit entrevoir la révélation d'une existence excentrique, les désordres du sentiment, les tyrannies de l'art, et toujours un certain mépris des conventions sociales, ce qui le séduit ou l'exaspère. Ainsi sa chemise de batiste à manchettes plissées bouffait au hasard du vent, dans l'ouverture de son gilet, qui était de coutil gris, et son pantalon à larges raies découvrait aux chevilles ses bottines de nankin, claquées de cuir verni[1]. Elles étaient si vernies, que l'herbe s'y reflétait. Il foulait avec elles les crottins de cheval, une main dans la poche de sa veste et son chapeau de paille mis de côté.

— D'ailleurs, ajouta-t-il, quand on habite la campagne...

— Tout est peine perdue, dit Emma.

— C'est vrai ! répliqua Rodolphe. Songer que pas un seul de ces braves gens n'est capable de comprendre même la tournure d'un habit !

Alors ils parlèrent de la médiocrité provinciale, des

—————

1. La « claque » est la partie de la tige d'une chaussure qui recouvre l'avant-pied.

existences qu'elle étouffait, des illusions qui s'y perdaient[1].

— Aussi, disait Rodolphe, je m'enfonce dans une tristesse...

— Vous ! fit-elle avec étonnement. Mais je vous croyais très gai ?

— Ah ! oui, d'apparence, parce qu'au milieu du monde je sais mettre sur mon visage un masque railleur ; et cependant que de fois, à la vue d'un cimetière, au clair de lune[2], je me suis demandé si je ne ferais pas mieux d'aller rejoindre ceux qui sont à dormir...

— Oh ! Et vos amis ? dit-elle. Vous n'y pensez pas.

— Mes amis ? lesquels donc ? en ai-je ? Qui s'inquiète de moi ?

Et il accompagna ces derniers mots d'une sorte de sifflement entre ses lèvres.

Mais ils furent obligés de s'écarter l'un de l'autre, à cause d'un grand échafaudage de chaises qu'un homme portait derrière eux. Il en était si surchargé, que l'on apercevait seulement la pointe de ses sabots, avec le bout de ses deux bras, écartés droit. C'était Lestiboudois, le fossoyeur, qui charriait dans la multitude les chaises de l'église. Plein d'imagination pour tout ce qui concernait ses intérêts, il avait découvert ce moyen de tirer parti des comices ; et son idée lui réussissait, car il ne savait plus auquel entendre[3]. En effet, les villageois, qui avaient chaud, se disputaient ces sièges dont la paille sentait l'encens, et s'appuyaient contre leurs gros dossiers salis par la cire des cierges, avec une certaine vénération.

Madame Bovary reprit le bras de Rodolphe ; il continua comme se parlant à lui-même :

— Oui ! tant de choses m'ont manqué ! toujours

---

1. *DIR* : « Illusions Affecter d'en avoir eu beaucoup. / Se plaindre de ce qu'on les a perdues. » **2.** *DIR* : « Lune Inspire la mélancolie . » **3.** La tournure est ancienne, pour acquiescer, faire accord, ici, satisfaire.

seul ! Ah ! Si j'avais eu un but dans la vie, si j'eusse rencontré une affection, si j'avais trouvé quelqu'un... Oh ! comme j'aurais dépensé toute l'énergie dont je suis capable, j'aurais surmonté tout, brisé tout !

— Il me semble pourtant, dit Emma, que vous n'êtes guère à plaindre.

— Ah ! vous trouvez ? fit Rodolphe.

— Car enfin..., reprit-elle, vous êtes libre.

Elle hésita :

— Riche.

— Ne vous moquez pas de moi, répondit-il.

Et elle jurait qu'elle ne se moquait pas, quand un coup de canon retentit ; aussitôt, on se poussa, pêle-mêle, vers le village.

C'était une fausse alerte. M. le préfet n'arrivait pas ; et les membres du jury se trouvaient fort embarrassés, ne sachant s'il fallait commencer la séance ou bien attendre encore.

Enfin, au fond de la Place, parut un grand landau de louage, traîné par deux chevaux maigres, que fouettait à tour de bras un cocher en chapeau blanc. Binet n'eut que le temps de crier : « Aux armes ! » et le colonel de l'imiter. On courut vers les faisceaux. On se précipita. Quelques-uns même oublièrent leur col. Mais l'équipage préfectoral sembla deviner cet embarras, et les deux rosses accouplées, se dandinant sur leur chaînette, arrivèrent au petit trot devant le péristyle de la mairie, juste au moment où la garde nationale et les pompiers s'y déployaient, tambour battant, et marquant le pas.

— Balancez[1] ! cria Binet.

— Halte ! cria le colonel. Par file à gauche !

Et, après un port d'armes où le cliquetis des capucines[2], se déroulant, sonna comme un chaudron de cuivre qui dégringole les escaliers, tous les fusils retombèrent.

---

1. Marquer le pas en restant sur place.   **2.** Anneaux de métal qui relient le canon et le bois des armes à feu.

Alors on vit descendre du carrosse un monsieur vêtu
d'un habit court à broderie d'argent, chauve sur le front,
portant toupet à l'occiput, ayant le teint blafard et l'apparence des plus bénignes. Ses deux yeux, fort gros et couverts de paupières épaisses, se fermaient à demi pour
considérer la multitude, en même temps qu'il levait son
nez pointu et faisait sourire sa bouche rentrée. Il reconnut le maire à son écharpe, et lui exposa que M. le préfet
n'avait pu venir. Il était, lui, un conseiller de préfecture ;
puis il ajouta quelques excuses. Tuvache y répondit par
des civilités, l'autre s'avoua confus ; et ils restaient
ainsi, face à face, et leurs fronts se touchant presque,
avec les membres du jury tout alentour, le conseil municipal, les notables, la garde nationale et la foule. M. le
conseiller, appuyant contre sa poitrine son petit tricorne
noir, réitérait ses salutations, tandis que Tuvache, courbé
comme un arc, souriait aussi, bégayait, cherchait ses
phrases, protestait de son dévouement à la monarchie, et
de l'honneur que l'on faisait à Yonville.

Hippolyte[1], le garçon de l'auberge, vint prendre par
la bride les chevaux du cocher, et tout en boitant de
son pied bot, il les conduisit sous le porche du *Lion
d'or*, où beaucoup de paysans s'amassèrent à regarder
la voiture. Le tambour battit, l'obusier[2] tonna, et les
messieurs à la file montèrent s'asseoir sur l'estrade,
dans les fauteuils en utrecht[3] rouge qu'avait prêtés
madame Tuvache.

Tous ces gens-là se ressemblaient. Leurs molles
figures blondes, un peu hâlées par le soleil, avaient la
couleur du cidre doux, et leurs favoris bouffants

---

1. Étymologiquement, « celui qui délie les chevaux ». Dans la
mythologie grecque, Hippolyte, fils de Thésée, se consacre au culte de
Diane, de la chasse. Il repousse l'amour de Phèdre, épouse de Thésée,
mais est néanmoins accusé par elle ; il meurt emporté dans l'océan par
ses chevaux effrayés devant un monstre envoyé à la demande de
Thésée. Ici, la mythologie est travestie. **2.** « Bombarde », « canon », « obusier », la pluralité des désignations rend l'objet indéfini. **3.** Velours d'Utrecht, lourd tissu d'ameublement.

s'échappaient de grands cols roides, que maintenaient des cravates blanches à rosette[1] bien étalée. Tous les gilets étaient de velours, à châle[2] ; toutes les montres portaient au bout d'un long ruban quelque cachet ovale en cornaline ; et l'on appuyait ses deux mains sur ses deux cuisses, en écartant avec soin la fourche du pantalon, dont le drap non décati[3] reluisait plus brillamment que le cuir des fortes bottes[4].

Les dames de la société se tenaient derrière, sous le vestibule, entre les colonnes, tandis que le commun de la foule était en face, debout, ou bien assis sur des chaises. En effet, Lestiboudois avait apporté là toutes celles qu'il avait déménagées de la prairie, et même il courait à chaque minute en chercher d'autres dans l'église, et causait un tel encombrement par son commerce, que l'on avait grand-peine à parvenir jusqu'au petit escalier de l'estrade.

— Moi, je trouve, dit M. Lheureux (s'adressant au pharmacien, qui passait pour gagner sa place), que l'on aurait dû planter là deux mâts vénitiens : avec quelque chose d'un peu sévère et de riche comme nouveautés, c'eût été d'un fort joli coup d'œil.

— Certes, répondit Homais. Mais, que voulez-vous ! c'est le maire qui a tout pris sous son bonnet. Il n'a pas grand goût, ce pauvre Tuvache, et il est même complètement dénué de ce qui s'appelle le génie des arts.

Cependant Rodolphe, avec madame Bovary, était monté au premier étage de la mairie, dans la *salle des délibérations*, et, comme elle était vide, il avait déclaré que l'on y serait bien pour jouir du spectacle plus à son aise. Il prit trois tabourets autour de la table ovale, sous le buste du monarque, et, les ayant approchés de l'une des fenêtres, ils s'assirent l'un près de l'autre.

Il y eut une agitation sur l'estrade, de longs chuchote-

---

1. Nœud de tissu, en boucles.   2. Gilets croisés à revers.
3. Qui a encore son apprêt.   4. Cette dernière phrase est supprimée sur la copie par la *Revue de Paris*, et rétablie en marge par Flaubert.

ments, des pourparlers. Enfin, M. le Conseiller se leva. On savait maintenant qu'il s'appelait Lieuvain, et l'on se répétait son nom de l'un à l'autre, dans la foule. Quand il eut donc collationné quelques feuilles et appliqué dessus son œil pour y mieux voir, il commença :

« Messieurs

« Qu'il me soit permis d'abord (avant de vous entretenir de l'objet de cette réunion d'aujourd'hui, et ce sentiment, j'en suis sûr, sera partagé par vous tous), qu'il me soit permis, dis-je, de rendre justice à l'administration supérieure, au gouvernement, au monarque, messieurs, à notre souverain, à ce roi bien-aimé à qui aucune branche de la prospérité publique ou particulière n'est indifférente, et qui dirige à la fois d'une main si ferme et si sage le char de l'État parmi les périls incessants d'une mer orageuse, sachant d'ailleurs faire respecter la paix comme la guerre, l'industrie, le commerce, l'agriculture et les beaux-arts. »

— Je devrais, dit Rodolphe, me reculer un peu.
— Pourquoi ? dit Emma.
Mais, à ce moment, la voix du Conseiller s'éleva d'un ton extraordinaire. Il déclamait :

« Le temps n'est plus, messieurs, où la discorde civile ensanglantait nos places publiques, où le propriétaire, le négociant, l'ouvrier lui-même, en s'endormant le soir d'un sommeil paisible, tremblaient de se voir réveillés tout à coup au bruit des tocsins incendiaires, où les maximes les plus subversives sapaient audacieusement les bases [1]... »

---

1. *DIR* : « BASES DE LA SOCIÉTÉ *Id est* : la Propriété, la famille, la religion — le respect des autorités. — / En parler avec colère si on les attaque. » Dans *Bouvard et Pécuchet*, « le régime parlementaire vous sape les bases » (Le Livre de Poche, p. 245).

— C'est qu'on pourrait, reprit Rodolphe, m'apercevoir d'en bas ; puis j'en aurais pour quinze jours à donner des excuses, et, avec ma mauvaise réputation...

— Oh ! vous vous calomniez, dit Emma.

— Non, non, elle est exécrable, je vous jure.

« Mais, messieurs, poursuivait le Conseiller, que si, écartant de mon souvenir ces sombres tableaux, je reporte mes yeux sur la situation actuelle de notre belle patrie : qu'y vois-je ? Partout fleurissent le commerce et les arts ; partout des voies nouvelles de communication, comme autant d'artères nouvelles dans le corps de l'État, y établissent des rapports nouveaux ; nos grands centres manufacturiers ont repris leur activité ; la religion, plus affermie, sourit à tous les cœurs ; nos ports sont pleins, la confiance renaît, et enfin la France respire !... »

— Du reste, ajouta Rodolphe, peut-être, au point de vue du monde, a-t-on raison ?

— Comment cela ? fit-elle.

— Eh quoi ! dit-il, ne savez-vous pas qu'il y a des âmes sans cesse tourmentées ? Il leur faut tour à tour le rêve et l'action, les passions les plus pures, les jouissances les plus furieuses, et l'on se jette ainsi dans toutes sortes de fantaisies, de folies.

Alors elle le regarda comme on contemple un voyageur qui a passé par des pays extraordinaires, et elle reprit :

— Nous n'avons pas même cette distraction, nous autres pauvres femmes !

— Triste distraction, car on n'y trouve pas le bonheur.

— Mais le trouve-t-on jamais ? demanda-t-elle.

— Oui, il se rencontre un jour, répondit-il.

« Et c'est là ce que vous avez compris, disait le Conseiller. Vous, agriculteurs et ouvriers des campagnes ; vous pionniers pacifiques d'une œuvre toute de civilisation ! vous hommes de progrès et de moralité ! vous avez compris, dis-je, que les orages politiques sont encore plus redoutables vraiment que les désordres de l'atmosphère... »

— Il se rencontre un jour, répéta Rodolphe, un jour, tout à coup, et quand on en désespérait. Alors des horizons s'entrouvrent, c'est comme une voix qui crie : « Le voilà ! » Vous sentez le besoin de faire à cette personne la confidence de votre vie, de lui donner tout, de lui sacrifier tout ! On ne s'explique pas, on se devine. On s'est entrevu dans ses rêves. (Et il la regardait.) Enfin, il est là, ce trésor que l'on a tant cherché, là, devant vous ; il brille, il étincelle. Cependant on en doute encore, on n'ose y croire ; on en reste ébloui ; comme si l'on sortait des ténèbres à la lumière.

Et, en achevant ces mots, Rodolphe ajouta la pantomime à sa phrase. Il se passa la main sur le visage, tel qu'un homme pris d'étourdissement ; puis il la laissa retomber sur celle d'Emma. Elle retira la sienne. Mais le Conseiller lisait toujours :

« Et qui s'en étonnerait, messieurs ? celui-là seul qui serait assez aveugle, assez plongé (je ne crains pas de le dire), assez plongé dans les préjugés d'un autre âge pour méconnaître encore l'esprit des populations agricoles. Où trouver, en effet, plus de patriotisme que dans les campagnes, plus de dévouement à la cause publique, plus d'intelligence en un mot ? Et je n'entends pas, messieurs, cette intelligence superficielle, vain ornement des esprits oisifs, mais plus de cette intelligence profonde et modérée, qui s'applique pardessus toute chose à poursuivre des buts utiles, contribuant ainsi au bien de chacun, à l'amélioration commune et au soutien des États, fruit du respect des lois et de la pratique des devoirs... »

— Ah ! encore, dit Rodolphe. Toujours les devoirs, je suis assommé de ces mots-là. Ils sont un tas de vieilles ganaches en gilet de flanelle, et de bigotes à chaufferette et à chapelet, qui continuellement nous chantent aux oreilles : « Le devoir ! le devoir ! » Eh ! Parbleu ! le devoir, c'est de sentir ce qui est grand, de chérir ce qui est beau, et non pas d'accepter toutes les conventions de la société, avec les ignominies qu'elle nous impose.

— Cependant..., cependant..., objectait madame Bovary.

— Eh non ! pourquoi déclamer contre les passions ? Ne sont-elles pas la seule belle chose qu'il y ait sur la terre, la source de l'héroïsme, de l'enthousiasme, de la poésie, de la musique, des arts, de tout enfin ?

— Mais il faut bien, dit Emma, suivre un peu l'opinion du monde et obéir à sa morale.

— Ah ! c'est qu'il y en a deux, répliqua-t-il. La petite, la convenue, celle des hommes, celle qui varie sans cesse et qui braille si fort, s'agite en bas, terre à terre, comme ce rassemblement d'imbéciles que vous voyez. Mais l'autre, l'éternelle, elle est tout autour et au-dessus, comme le paysage qui nous environne et le ciel bleu qui nous éclaire.

M. Lieuvain venait de s'essuyer la bouche avec son mouchoir de poche. Il reprit :

« Et qu'aurais-je à faire, messieurs, de vous démontrer ici l'utilité de l'agriculture ? Qui donc pourvoit à nos besoins ? qui donc fournit à notre subsistance ? N'est-ce pas l'agriculteur ? L'agriculteur, messieurs, qui, ensemençant d'une main laborieuse les sillons féconds des campagnes, fait naître le blé, lequel broyé est mis en poudre au moyen d'ingénieux appareils, en sort sous le nom de farine, et, de là, transporté dans les cités, est bientôt rendu chez le boulanger, qui en confectionne un aliment pour le pauvre comme pour le riche. N'est-ce pas l'agriculteur encore qui engraisse, pour nos vêtements, ses abondants troupeaux dans les pâturages ? Car comment nous vêtirions-nous, car comment nous nourririons-nous sans l'agriculteur ? Et même, messieurs, est-il besoin d'aller si loin chercher des exemples ? Qui n'a souvent réfléchi à toute l'importance que l'on retire de ce modeste animal, ornement de nos basses-cours, qui fournit à la fois un oreiller moelleux pour nos couches, sa chair succulente pour nos tables, et des œufs ? Mais je n'en finirais pas, s'il fallait énumérer les uns après les autres les différents produits que la terre bien cultivée, telle qu'une mère généreuse, prodigue à ses enfants. Ici, c'est la vigne ; ailleurs, ce sont les pommiers à cidre ; là, le colza ; plus loin, les fromages ; et le lin ; messieurs, n'oublions pas le lin ! qui a pris dans ces dernières années un accroissement considérable et sur lequel j'appellerai plus particulièrement votre attention. »

Il n'avait pas besoin de l'appeler : car toutes les bouches de la multitude se tenaient ouvertes, comme pour boire ses paroles. Tuvache, à côté de lui, l'écoutait en écarquillant les yeux ; M. Derozerays, de temps à autre, fermait doucement les paupières ; et, plus loin, le pharmacien, avec son fils Napoléon entre ses jambes, bombait sa main contre son oreille pour ne pas perdre une seule syllabe. Les autres membres du jury balançaient lentement leur menton dans leur gilet, en signe d'approbation. Les pompiers, au bas de l'estrade, se reposaient sur leurs baïonnettes ; et Binet, immobile, restait le coude en dehors, avec la pointe du sabre en l'air. Il entendait peut-être, mais il ne devait rien apercevoir, à cause de la visière de son casque qui lui descendait sur le nez. Son lieutenant, le fils cadet du sieur Tuvache, avait encore exagéré le sien ; car il en portait un énorme et qui lui vacillait sur la tête, en laissant dépasser un bout de son foulard d'indienne. Il souriait là-dessous avec une douceur tout enfantine, et sa petite figure pâle, où des gouttes ruisselaient, avait une expression de jouissance, d'accablement et de sommeil.

La Place jusqu'aux maisons était comble de monde. On voyait des gens accoudés à toutes les fenêtres, d'autres debout sur toutes les portes, et Justin, devant la devanture de la pharmacie, paraissait tout fixé dans la contemplation de ce qu'il regardait. Malgré le silence, la voix de M. Lieuvain se perdait dans l'air. Elle vous arrivait par lambeaux de phrases, qu'interrompait çà et là le bruit des chaises dans la foule ; puis on entendait, tout à coup, partir derrière soi un long mugissement de bœuf, ou bien les bêlements des agneaux qui se répondaient au coin des rues. En effet, les vachers et les bergers avaient poussé leurs bêtes jusque-là, et elles beuglaient de temps à autre, tout en arrachant avec leur langue quelque bribe de feuillage qui leur pendait sur le museau.

Rodolphe s'était rapproché d'Emma, et il disait d'une voix basse, en parlant vite :

— Est-ce que cette conjuration du monde ne vous révolte pas ? Est-il un seul sentiment qu'il ne condamne ? Les instincts les plus nobles, les sympathies les plus pures sont persécutés, calomniés, et, s'il se rencontre enfin deux pauvres âmes, tout est organisé pour qu'elles ne puissent se joindre. Elles essayeront cependant, elles battront des ailes, elles s'appelleront. Oh ! n'importe, tôt ou tard, dans six mois, dix ans, elles se réuniront, s'aimeront, parce que la fatalité l'exige et qu'elles sont nées l'une pour l'autre.

Il se tenait les bras croisés sur ses genoux, et, ainsi levant la figure vers Emma, il la regardait de près, fixement. Elle distinguait dans ses yeux des petits rayons d'or s'irradiant tout autour de ses pupilles noires, et même elle sentait le parfum de la pommade qui lustrait sa chevelure [1]. Alors une mollesse la saisit,

---

1. Ce dernier détail est supprimé sur la copie par la *Revue de Paris*, et rétabli en interligne par Flaubert.

elle se rappela ce vicomte qui l'avait fait valser à la Vaubyessard, et dont la barbe exhalait, comme ces cheveux-là, cette odeur de vanille et de citron ; et, machinalement, elle entre-ferma les paupières pour la mieux respirer. Mais, dans ce geste qu'elle fit en se cambrant sur sa chaise, elle aperçut au loin, tout au fond de l'horizon, la vieille diligence *l'Hirondelle*, qui descendait lentement la côte des Leux, en traînant après soi un long panache de poussière. C'était dans cette voiture jaune que Léon, si souvent, était revenu vers elle ; et par cette route là-bas qu'il était parti pour toujours ! Elle crut le voir en face, à sa fenêtre ; puis tout se confondit, des nuages passèrent ; il lui sembla qu'elle tournait encore dans la valse, sous le feu des lustres, au bras du vicomte, et que Léon n'était pas loin, qui allait venir... et cependant elle sentait toujours la tête de Rodolphe à côté d'elle. La douceur de cette sensation pénétrait ainsi ses désirs d'autrefois, et comme des grains de sable sous un coup de vent, ils tourbillonnaient dans la bouffée subtile du parfum qui se répandait sur son âme. Elle ouvrit les narines à plusieurs reprises, fortement, pour aspirer la fraîcheur des lierres autour des chapiteaux. Elle retira ses gants, elle s'essuya les mains ; puis, avec son mouchoir, elle s'éventait la figure, tandis qu'à travers le battement de ses tempes elle entendait la rumeur de la foule et la voix du Conseiller qui psalmodiait ses phrases.

Il disait :

« Continuez ! persévérez ! n'écoutez ni les suggestions de la routine, ni les conseils trop hâtifs d'un empirisme téméraire ! Appliquez-vous surtout à l'amélioration du sol, aux bons engrais, au développement des races chevalines, bovines, ovines et porcines ! Que ces comices soient pour vous comme des arènes pacifiques où le vainqueur, en en sortant, tendra la main au vaincu et fraternisera avec lui, dans l'espoir d'un succès meilleur ! Et vous, vénérables serviteurs !

humbles domestiques, dont aucun gouvernement jusqu'à ce jour n'avait pris en considération les pénibles labeurs, venez recevoir la récompense de vos vertus silencieuses, et soyez convaincus que l'État, désormais, a les yeux fixés sur vous, qu'il vous encourage, qu'il vous protège, qu'il fera droit à vos justes réclamations et allégera, autant qu'il est en lui, le fardeau de vos pénibles sacrifices ! »

M. Lieuvain se rassit alors [1] ; M. Derozerays se leva, commençant un autre discours. Le sien peut-être, ne fut point aussi fleuri que celui du Conseiller ; mais il se recommandait par un caractère de style plus positif, c'est-à-dire par des connaissances plus spéciales et des considérations plus relevées. Ainsi, l'éloge du gouvernement y tenait moins de place ; la religion et l'agriculture en occupaient davantage. On y voyait le rapport de l'une et de l'autre, et comment elles avaient concouru toujours à la civilisation. Rodolphe, avec madame Bovary, causait rêves, pressentiments, magnétisme. Remontant au berceau des sociétés, l'orateur vous dépeignait ces temps farouches où les hommes vivaient de glands, au fond des bois. Puis ils avaient quitté la dépouille des bêtes, endossé le drap, creusé des sillons, planté la vigne. Était-ce un bien, et n'y avait-il pas dans cette découverte plus d'inconvénients que d'avantages ? M. Derozerays se posait ce problème. Du magnétisme, peu à peu, Rodolphe en était

---

1. Frank Lestringant décrit, en le rapprochant du discours de Lieuvain, l'épisode qui conduisit Musset à faire un discours parfaitement vide (canular ou lacune ?) au Havre, le 9 août 1852, pour l'inauguration des statues de Bernardin de Saint-Pierre et de Casimir Delavigne, que toute la presse locale (dont le *Journal de Rouen*) rapporta (*Musset*, Flammarion, 1999, p. 576 et suiv.). G. Gengembre indique également que Flaubert a utilisé, pour en parodier la rhétorique, le discours de l'académicien Ancelot, prononcé à cette même cérémonie, dans la rédaction de l'article de Homais qui clôt ce chapitre. Flaubert commencera la rédaction de l'épisode l'été suivant.

venu aux affinités, et, tandis que M. le président citait Cincinnatus à sa charrue, Dioclétien plantant ses choux, et les empereurs de la Chine inaugurant l'année par des semailles[1], le jeune homme expliquait à la jeune femme que ces attractions irrésistibles tiraient leur cause de quelque existence antérieure.

— Ainsi, nous, disait-il, pourquoi nous sommes-nous connus ? quel hasard l'a voulu ? C'est qu'à travers l'éloignement, sans doute, comme deux fleuves qui coulent pour se rejoindre, nos pentes particulières nous avaient poussés l'un vers l'autre.

Et il saisit sa main ; elle ne la retira pas.

« Ensemble de bonnes cultures ! » cria le Président.

— Tantôt, par exemple, quand je suis venu chez vous...

« À M. Bizet, de Quincampoix. »

— Savais-je que je vous accompagnerais ?

« Soixante et dix francs ! »

— Cent fois même j'ai voulu partir, et je vous ai suivie, je suis resté.

« Fumiers. »

— Comme je resterais ce soir, demain, les autres jours, toute ma vie !

« À M. Caron, d'Argueil, une médaille d'or ! »

— Car jamais je n'ai trouvé dans la société de personne un charme aussi complet.

« À M. Bain, de Givry-Saint-Martin ! »

— Aussi, moi, j'emporterai votre souvenir.

« Pour un bélier mérinos... »

---

1. Les stéréotypes sont aussi des « scènes » exemplaires : Cincinnatus, héros légendaire de Rome, patricien du ve siècle avant J.-C., image de l'ancien Romain. Les sénateurs qui seraient venus le chercher lors d'un conflit militaire pour qu'il reprenne le pouvoir l'auraient trouvé conduisant sa charrue ; et il aurait, après sa victoire, renoncé à tout honneur ; Dioclétien (245-313), empereur romain qui abdiqua en 305, et se retira à Salone « oubliant dans la culture de son jardin les grandeurs et les ennuis du trône » (*GDU*).

— Mais vous m'oublierez, j'aurai passé comme une ombre.

« À M. Belot, de Notre-Dame... »

— Oh ! non, n'est-ce pas, je serai quelque chose dans votre pensée, dans votre vie ?

« Race porcine, prix *ex æquo* : à MM. Lehérissé et Cullembourg ; soixante francs ! »

Rodolphe lui serrait la main, et il la sentait toute chaude et frémissante comme une tourterelle captive qui veut reprendre sa volée ; mais, soit qu'elle essayât de la dégager ou bien qu'elle répondît à cette pression, elle fit un mouvement des doigts ; il s'écria :

— Oh ! merci ! Vous ne me repoussez pas ! Vous êtes bonne ! vous comprenez que je suis à vous ! Laissez que je vous voie, que je vous contemple !

Un coup de vent qui arriva par les fenêtres fronça le tapis de la table, et, sur la Place, en bas, tous les grands bonnets des paysannes se soulevèrent, comme des ailes de papillons blancs qui s'agitent.

« Emploi de tourteaux [1] de graines oléagineuses », continua le Président.

Il se hâtait :

« Engrais flamand [2], — culture de lin, — drainage, baux à longs termes, — services de domestiques. »

Rodolphe ne parlait plus. Ils se regardaient. Un désir suprême faisait frissonner leurs lèvres sèches ; et mollement, sans effort, leurs doigts se confondirent.

« Catherine-Nicaise-Élisabeth Leroux, de Sassetot-la-Guerrière, pour cinquante-quatre ans de service dans la même ferme, une médaille d'argent — du prix de vingt-cinq francs !

---

1. Pâtes formées avec les résidus des graines, par pressage, utilisées surtout pour l'alimentation des animaux.   **2.** En Flandres (et en Alsace) on faisait des engrais contenant des matières fécales humaines : l'usage en était alors très contesté du point de vue de l'hygiène alimentaire.

« Où est-elle, Catherine Leroux ? » répéta le Conseiller.

Elle ne se présentait pas, et l'on entendait des voix qui chuchotaient :

— Vas-y !

— Non.

— À gauche !

— N'aie pas peur !

— Ah ! qu'elle est bête !

— Enfin y est-elle ? s'écria Tuvache.

— Oui !... la voilà !

— Qu'elle approche donc !

Alors, on vit s'avancer sur l'estrade une petite vieille femme de maintien craintif, et qui paraissait se ratatiner dans ses pauvres vêtements. Elle avait aux pieds de grosses galoches de bois, et, le long des hanches, un grand tablier bleu. Son visage maigre, entouré d'un béguin [1] sans bordure, était plus plissé de rides qu'une pomme de reinette flétrie, et des manches de sa camisole rouge dépassaient deux longues mains, à articulations noueuses. La poussière des granges, la potasse des lessives et le suint des laines [2] les avaient si bien encroûtées, éraillées, durcies, qu'elles semblaient sales quoiqu'elles fussent rincées d'eau claire ; et, à force d'avoir servi, elles restaient entrouvertes, comme pour présenter d'elles-mêmes l'humble témoignage de tant de souffrances subies. Quelque chose d'une rigidité monacale relevait l'expression de sa figure. Rien de triste ou d'attendri n'amollissait ce regard pâle. Dans la fréquentation des animaux, elle avait pris leur mutisme et leur placidité [3]. C'était la première fois qu'elle se voyait au milieu d'une compagnie si nombreuse ; et, intérieurement effarouchée par les dra-

---

1. Coiffe attachée sous le menton par une bride.　　2. « Potasse des lessives », « suint des laines » : les tâches lourdes du travail de la ferme sont résumées dans ces détails.　　3. Félicité, dans *Un cœur simple*, aura de nombreux traits semblables.

peaux, par les tambours, par les messieurs en habit noir et par la croix d'honneur du Conseiller, elle demeurait tout immobile, ne sachant s'il fallait s'avancer ou s'enfuir, ni pourquoi la foule la poussait et pourquoi les examinateurs lui souriaient. Ainsi se tenait, devant ces bourgeois épanouis, ce demi-siècle de servitude[1].

— Approchez, vénérable Catherine-Nicaise-Élisabeth Leroux ! dit M. le Conseiller, qui avait pris des mains du président la liste des lauréats.

Et tour à tour examinant la feuille de papier, puis la vieille femme, il répétait d'un ton paternel :

— Approchez, approchez !

— Êtes-vous sourde ? dit Tuvache, en bondissant sur son fauteuil.

Et il se mit à lui crier dans l'oreille :

— Cinquante-quatre ans de service ! Une médaille d'argent ! Vingt-cinq francs ! C'est pour vous.

Puis, quand elle eut sa médaille, elle la considéra. Alors un sourire de béatitude se répandit sur sa figure, et on l'entendit qui marmottait en s'en allant :

— Je la donnerai au curé de chez nous, pour qu'il me dise des messes.

— Quel fanatisme ! exclama le pharmacien, en se penchant vers le notaire.

La séance était finie ; la foule se dispersa ; et, maintenant que les discours étaient lus, chacun reprenait son rang et tout rentrait dans la coutume : les maîtres rudoyaient les domestiques, et ceux-ci frappaient les

---

1. Gustave Lanson analyse ce paragraphe, dans *L'Art de la prose* (Arthème Fayard, 1908), en vis-à-vis de et par comparaison avec un paragraphe du « bon Perrault », comme un des modèles de l'art de la prose : « Ce n'est plus la glace sans tain : les choses nous apparaissent, ici, dans une imitation artistique analogue à celle de la peinture et de la musique [...] Le mot [opère] comme matière sonore et colorée, qui éveille des harmoniques, éparpille des reflets ; la phrase [opère] comme matière mobile, onduleuse et vivante, dont les éléments lient leurs mouvements particuliers dans un mouvement d'ensemble » (p. 13-14).

animaux, triomphateurs indolents qui s'en retournaient
à l'étable, une couronne verte entre les cornes.

Cependant les gardes nationaux étaient montés au
premier étage de la mairie, avec des brioches embro-
chées à leurs baïonnettes, et le tambour du bataillon
qui portait un panier de bouteilles. Madame Bovary
prit le bras de Rodolphe ; il la reconduisit chez elle ;
ils se séparèrent devant sa porte ; puis il se promena
seul dans la prairie, tout en attendant l'heure du
banquet.

Le festin fut long, bruyant, mal servi ; l'on était si
tassé, que l'on avait peine à remuer les coudes, et les
planches étroites qui servaient de bancs faillirent se
rompre sous le poids des convives. Ils mangeaient
abondamment. Chacun s'en donnait pour sa quote-
part[1]. La sueur coulait sur tous les fronts ; et une
vapeur blanchâtre, comme la buée d'un fleuve par un
matin d'automne, flottait au-dessus de la table, entre
les quinquets suspendus. Rodolphe, le dos appuyé
contre le calicot de la tente, pensait si fort à Emma,
qu'il n'entendait rien. Derrière lui, sur le gazon, des
domestiques empilaient des assiettes sales ; ses voisins
parlaient, il ne leur répondait pas ; on lui emplissait
son verre, et un silence s'établissait dans sa pensée,
malgré les accroissements de la rumeur. Il rêvait à ce
qu'elle avait dit et à la forme de ses lèvres ; sa figure,
comme en un miroir magique, brillait sur la plaque des
shakos[2] ; les plis de sa robe descendaient le long des
murs, et des journées d'amour se déroulaient à l'infini
dans les perspectives de l'avenir.

Il la revit le soir, pendant le feu d'artifice ; mais elle
était avec son mari, madame Homais et le pharmacien,
lequel se tourmentait beaucoup sur le danger des fusées
perdues ; et, à chaque moment, il quittait la compagnie
pour aller faire à Binet des recommandations.

---

1. La part qui revient à chacun.   2. Coiffure militaire rigide, portée par différents corps de cavalerie.

Les pièces pyrotechniques envoyées à l'adresse du sieur Tuvache avaient, par excès de précaution, été enfermées dans sa cave ; aussi la poudre humide ne s'enflammait guère, et le morceau principal, qui devait figurer un dragon se mordant la queue, rata complètement. De temps à autre, il partait une pauvre chandelle romaine ; alors la foule béante poussait une clameur où se mêlait le cri des femmes à qui l'on chatouillait la taille pendant l'obscurité. Emma, silencieuse, se blottissait doucement contre l'épaule de Charles ; puis, le menton levé, elle suivait dans le ciel noir le jet lumineux des fusées. Rodolphe la contemplait à la lueur des lampions qui brûlaient[1].

Ils s'éteignirent peu à peu. Les étoiles s'allumèrent. Quelques gouttes de pluie vinrent à tomber. Elle noua son fichu sur sa tête nue.

À ce moment, le fiacre du Conseiller sortit de l'auberge. Son cocher, qui était ivre, s'assoupit tout à coup ; et l'on apercevait de loin, par-dessus la capote, entre les deux lanternes, la masse de son corps qui se balançait de droite et de gauche selon le tangage des soupentes[2].

— En vérité, dit l'apothicaire, on devrait bien sévir contre l'ivresse ! Je voudrais que l'on inscrivît, hebdomadairement, à la porte de la mairie, sur un tableau *ad hoc*, les noms de tous ceux qui, durant la semaine, se seraient intoxiqués avec des alcools. D'ailleurs, sous le

---

1. Jeanne Goldin a montré (Gabrielle Leleu l'avait indiqué dans son édition des « Ébauches et fragments inédits de *Madame Bovary* », voir Bibliographie) que Flaubert a composé tout l'épisode par un montage de textes écrits séparément, le discours de Lieuvain d'un côté, la scène de séduction de l'autre, et soigneusement entrelacés par un découpage croisé (les lampions ont une place particulière dans les brouillons) ; elle a publié l'ensemble des manuscrits de l'épisode : *Les Comices agricoles de Gustave Flaubert, transcription intégrale et genèse dans le manuscrit g 223*, Droz, 1984.   **2.** Mouvement donné par les courroies de cuir sur lesquelles est supendu le corps de la voiture.

rapport de la statistique, on aurait là comme des annales patentes qu'on irait au besoin... Mais excusez.

Et il courut encore vers le capitaine.

Celui-ci rentrait à sa maison. Il allait revoir son tour.

— Peut-être ne feriez-vous pas mal, lui dit Homais, d'envoyer un de vos hommes ou d'aller vous-même...

— Laissez-moi donc tranquille, répondit le percepteur, puisqu'il n'y a rien !

— Rassurez-vous, dit l'apothicaire, quand il fut revenu près de ses amis. M. Binet m'a certifié que les mesures étaient prises. Nulle flammèche ne sera tombée. Les pompes sont pleines. Allons dormir.

— Ma foi ! j'en ai besoin, fit madame Homais, qui bâillait considérablement ; mais, n'importe, nous avons eu pour notre fête une bien belle journée.

Rodolphe répéta d'une voix basse et avec un regard tendre :

— Oh ! oui, bien belle !

Et, s'étant salués, on se tourna le dos[1].

Deux jours après, dans *le Fanal de Rouen*, il y avait un grand article sur les comices. Homais l'avait composé, de verve, dès le lendemain :

« Pourquoi ces festons, ces fleurs, ces guirlandes ? Où courait cette foule, comme les flots d'une mer en furie, sous les torrents d'un soleil tropical qui répandait sa chaleur sur nos guérets ? »

Ensuite, il parlait de la condition des paysans. Certes le gouvernement faisait beaucoup, mais pas assez !

---

1. Lors de la préparation de ce chapitre, Flaubert écrit à Louise Colet, le 15 juillet 1853 : « Ce soir, je viens d'esquisser toute ma grande scène des Comices agricoles. Elle sera énorme ; ça aura bien trente pages. Il faut, dans le récit de cette fête rustico-municipale, et parmi ses détails (où *tous* les personnages secondaires paraissent, parlent et agissent), que je poursuive, et au premier plan, le dialogue continu d'un monsieur *chauffant* une dame. J'ai de plus, au milieu, le discours solennel d'un conseiller de préfecture, et à la fin (tout terminé) un article de journal fait par mon pharmacien, qui rend compte de la fête en bon style philosophique, poétique et progressif. »

« Du courage ! lui criait-il ; mille réformes sont indispensables, accomplissons-les. » Puis, abordant l'entrée du Conseiller, il n'oubliait point « l'air martial de notre milice », ni « nos plus sémillantes villageoises », ni « les vieillards à tête chauve, sorte de patriarches qui étaient là, et dont quelques-uns, débris de nos immortelles phalanges[1], sentaient encore battre leurs cœurs au son mâle des tambours ». Il se citait des premiers parmi les membres du jury, et même il rappelait, dans une note, que M. Homais, pharmacien, avait envoyé un mémoire sur le cidre à la Société d'agriculture. Quand il arrivait à la distribution des récompenses, il dépeignait la joie des lauréats en traits dithyrambiques. « Le père embrassait son fils, le frère le frère, l'époux l'épouse. Plus d'un montrait avec orgueil son humble médaille, et sans doute, revenu chez lui, près de sa bonne ménagère, il l'aura suspendue en pleurant aux murs discrets de sa chaumine[2].

« Vers six heures, un banquet, dressé dans l'herbage de M. Leigeard, a réuni les principaux assistants de la fête. La plus grande cordialité n'a cessé d'y régner[3]. Divers toasts ont été portés : M. Lieuvain, au monarque ! M. Tuvache, au préfet ! M. Derozerays, à l'agriculture ! M. Homais, à l'industrie et aux beaux-arts, ces deux sœurs ! M. Leplichey, aux améliorations ! Le soir, un brillant feu d'artifice a tout à coup illuminé les airs ; on eût dit un véritable kaléidoscope, un vrai décor d'Opéra, et un moment notre petite localité a pu se croire transportée au milieu d'un rêve des *Mille et une Nuits*.

« Constatons qu'aucun événement fâcheux n'est venu troubler cette réunion de famille. »

---

1. Les anciens combattants des guerres napoléoniennes.   **2.** Chaumière.   **3.** *DIR* : « Banquet La plus franche cordialité ne cesse d'y régner — on en emporte le meilleur souvenir et on ne se sépare jamais sans s'être donné rendez-vous pour l'année suivante. Un farceur doit dire "au banquet de la vie, infortuné convive". »

Et il ajoutait :

« On y a seulement remarqué l'absence du clergé. Sans doute les sacristies entendent le progrès d'une autre manière. Libre à vous, messieurs de Loyola [1] ! »

IX

Six semaines s'écoulèrent. Rodolphe ne revint pas. Un soir, enfin, il parut.

Il s'était dit, le lendemain des comices :

— N'y retournons pas de sitôt, ce serait une faute.

Et, au bout de la semaine, il était parti pour la chasse. Après la chasse, il avait songé qu'il était trop tard, puis il fit ce raisonnement :

— Mais, si du premier jour elle m'a aimé, elle doit, par l'impatience de me revoir, m'aimer davantage. Continuons donc !

Et il comprit que son calcul avait été bon lorsque, en entrant dans la salle, il aperçut Emma pâlir.

Elle était seule. Le jour tombait. Les petits rideaux de mousseline, le long des vitres, épaississaient le crépuscule, et la dorure du baromètre, sur qui frappait un

---

1. Lettre à Louis Bouilhet, 8 décembre 1853 : « J'espère d'ici à ton arrivée avancer ferme la *Bovary*. Si ma Baisade n'est pas faite, elle le sera aux trois quarts. Sais-tu combien les comices (recopiés) tiennent de pages ? 23. — Et j'y suis depuis le commencement de septembre ! [...] Je ne suis pas mécontent de mon article de Homais (indirect et avec des citations). Il rehausse les comices, et les fait paraître plus courts, parce qu'il les résume. » L'attaque finale contre les jésuites recouvre un lieu commun sur l'emprise secrète de la Compagnie de Jésus, alors officiellement interdite. *DIR* : « JÉSUITES Ont la main dans toutes les révolutions. / On ne se doute pas du nombre qu'il y en a. » Michelet et Quinet ont pris fortement parti dans la lutte contre le « parti-prêtre » en 1843 avec *Les Jésuites*.

rayon de soleil, étalait des feux dans la glace, entre les découpures du polypier.

Rodolphe resta debout ; et à peine si Emma répondit à ses premières phrases de politesse.

— Moi, dit-il, j'ai eu des affaires. J'ai été malade.

— Gravement ? s'écria-t-elle.

— Eh bien, fit Rodolphe en s'asseyant à ses côtés sur un tabouret, non !... C'est que je n'ai pas voulu revenir.

— Pourquoi ?

— Vous ne devinez pas ?

Il la regarda encore une fois, mais d'une façon si violente qu'elle baissa la tête en rougissant. Il reprit :

— Emma...

— Monsieur ! fit-elle en s'écartant un peu.

— Ah ! vous voyez bien, répliqua-t-il d'une voix mélancolique, que j'avais raison de vouloir ne pas revenir ; car ce nom, ce nom qui remplit mon âme et qui m'est échappé, vous me l'interdisez ! Madame Bovary !... Eh ! tout le monde vous appelle comme cela !... Ce n'est pas votre nom, d'ailleurs ; c'est le nom d'un autre !

Il répéta :

— D'un autre !

Et il se cacha la figure entre les mains.

— Oui, je pense à vous continuellement !... Votre souvenir me désespère ! Ah ! pardon !... Je vous quitte... Adieu !... J'irai loin..., si loin, que vous n'entendrez plus parler de moi !... Et cependant..., aujourd'hui..., je ne sais quelle force encore m'a poussé vers vous ! Car on ne lutte pas contre le ciel, on ne résiste point au sourire des anges ! on se laisse entraîner par ce qui est beau, charmant, adorable !

C'était la première fois qu'Emma s'entendait dire ces choses ; et son orgueil, comme quelqu'un qui se délasse dans une étuve, s'étirait mollement et tout entier à la chaleur de ce langage.

— Mais, si je ne suis pas venu, continua-t-il, si je

n'ai pu vous voir, ah ! du moins j'ai bien contemplé ce qui vous entoure. La nuit, toutes les nuits, je me relevais, j'arrivais jusqu'ici, je regardais votre maison, le toit qui brillait sous la lune, les arbres du jardin qui se balançaient à votre fenêtre, et une petite lampe, une lueur, qui brillait à travers les carreaux, dans l'ombre. Ah ! vous ne saviez guère qu'il y avait là, si près et si loin, un pauvre misérable [1]...

Elle se tourna vers lui avec un sanglot.

— Oh ! vous êtes bon ! dit-elle.

— Non, je vous aime, voilà tout ! Vous n'en doutez pas ! Dites-le-moi ; un mot ! un seul mot !

Et Rodolphe, insensiblement, se laissa glisser du tabouret jusqu'à terre ; mais on entendit un bruit de sabots dans la cuisine, et la porte de la salle, il s'en aperçut, n'était pas fermée.

— Que vous seriez charitable, poursuivit-il en se relevant, de satisfaire une fantaisie !

C'était de visiter sa maison ; il désirait la connaître ; et, madame Bovary n'y voyant point d'inconvénient, ils se levaient tous les deux, quand Charles entra.

— Bonjour, docteur, lui dit Rodolphe.

Le médecin, flatté de ce titre inattendu, se répandit en obséquiosités, et l'autre en profita pour se remettre un peu.

— Madame m'entretenait, fit-il donc, de sa santé...

Charles l'interrompit : il avait mille inquiétudes, en effet ; les oppressions de sa femme recommençaient. Alors Rodolphe demanda si l'exercice du cheval ne serait pas bon.

---

1. Léon, déjà (II, 6, p. 211) : « ... il se cacha [...] afin de contempler une dernière fois cette maison blanche avec ses quatres jalousies vertes. Il crut voir une ombre derrière la fenêtre, dans la chambre ». Par une ironie inverse dans *L'Éducation sentimentale*, Frédéric contemplera souvent les fenêtres de ce qu'il croit être l'appartement de Mme Arnoux.

— Certes ! excellent, parfait !... Voilà une idée ! Tu devrais la suivre[1].

Et, comme elle objectait qu'elle n'avait point de cheval, M. Rodolphe en offrit un ; elle refusa ses offres ; il n'insista pas ; puis, afin de motiver sa visite, il conta que son charretier, l'homme à la saignée, éprouvait toujours des étourdissements.

— J'y passerai, dit Bovary.

— Non, non, je vous l'enverrai ; nous viendrons, ce sera plus commode pour vous.

— Ah ! fort bien. Je vous remercie.

Et, dès qu'ils furent seuls :

— Pourquoi n'acceptes-tu pas les propositions de M. Boulanger, qui sont si gracieuses ?

Elle prit un air boudeur, chercha mille excuses, et déclara finalement *que cela peut-être semblerait drôle*.

— Ah ! je m'en moque pas mal ! dit Charles en faisant une pirouette. La santé avant tout ! Tu as tort !

— Eh ! comment veux-tu que je monte à cheval, puisque je n'ai pas d'amazone[2] ?

— Il faut t'en commander une ! répondit-il.

L'amazone la décida.

Quand le costume fut prêt, Charles écrivit à M. Boulanger que sa femme était à sa disposition, et qu'ils comptaient sur sa complaisance.

Le lendemain, à midi, Rodolphe arriva devant la porte de Charles avec deux chevaux de maître. L'un portait des pompons roses aux oreilles et une selle de femme en peau de daim.

Rodolphe avait mis de longues bottes molles, se disant que sans doute elle n'en avait jamais vu de pareilles ; en effet, Emma fut charmée de sa tournure, lorsqu'il apparut sur le palier avec son grand habit de

---

1. *DIR* : « Exercice Préserve de toutes les maladies. / Toujours conseiller d'en faire. »   **2.** Jupe longue et ample que portaient les cavalières.

velours et sa culotte de tricot blanc. Elle était prête, elle l'attendait.

Justin s'échappa de la pharmacie pour la voir, et l'apothicaire aussi se dérangea. Il faisait à M. Boulanger des recommandations :

— Un malheur arrive si vite ! Prenez garde ! Vos chevaux peut-être sont fougueux !

Elle entendit du bruit au-dessus de sa tête : c'était Félicité qui tambourinait contre les carreaux pour divertir la petite Berthe. L'enfant envoya de loin un baiser ; sa mère lui répondit d'un signe avec le pommeau de sa cravache.

— Bonne promenade ! cria M. Homais. De la prudence, surtout ! de la prudence !

Et il agita son journal en les regardant s'éloigner.

Dès qu'il sentit la terre, le cheval d'Emma prit le galop. Rodolphe galopait à côté d'elle. Par moments ils échangeaient une parole. La figure un peu baissée, la main haute et le bras droit déployé, elle s'abandonnait à la cadence du mouvement qui la berçait sur la selle [1].

Au bas de la côte, Rodolphe lâcha les rênes ; ils partirent ensemble, d'un seul bond ; puis, en haut, tout à coup, les chevaux s'arrêtèrent, et son grand voile bleu retomba.

On était aux premiers jours d'octobre. Il y avait du brouillard sur la campagne. Des vapeurs s'allongeaient à l'horizon, entre le contour des collines ; et d'autres, se déchirant, montaient, se perdaient. Quelquefois, dans

---

1. Le récit absorbe le langage de l'équitation : il faut garder la « main haute » pour « maintenir le cheval qu'il faut d'ailleurs rassembler de temps à autre », « la main haute et ferme détermine l'enlevé », et « pendant la marche directe au galop modéré, [la dame] s'aperçoit de suite qu'elle reste liée, plus aisément qu'au trot, aux mouvements du cheval ; elle s'y assouplit dès lors avec confiance, sans y résister ; la main libre et légère badine le mors, et maîtrise les rênes sans s'y attacher ». *Nouveau Manuel complet d'équitation*, par A.D. Vergniaud, (Manuel Roret), 1860.

un écartement des nuées, sous un rayon de soleil, on apercevait au loin les toits d'Yonville, avec les jardins au bord de l'eau, les cours, les murs, et le clocher de l'église. Emma fermait à demi les paupières pour reconnaître sa maison, et jamais ce pauvre village où elle vivait ne lui avait semblé si petit. De la hauteur où ils étaient, toute la vallée paraissait un immense lac pâle, s'évaporant à l'air. Les massifs d'arbres, de place en place, saillissaient comme des rochers noirs ; et les hautes lignes des peupliers, qui dépassaient la brume, figuraient des grèves que le vent remuait.

À côté, sur la pelouse, entre les sapins, une lumière brune circulait dans l'atmosphère tiède. La terre, roussâtre comme de la poudre de tabac, amortissait le bruit des pas ; et, du bout de leurs fers, en marchant, les chevaux poussaient devant eux des pommes de pin tombées.

Rodolphe et Emma suivirent ainsi la lisière du bois. Elle se détournait de temps à autre afin d'éviter son regard, et alors elle ne voyait que les troncs des sapins alignés, dont la succession continue l'étourdissait un peu. Les chevaux soufflaient. Le cuir des selles craquait.

Au moment où ils entrèrent dans la forêt, le soleil parut.

— Dieu nous protège ! dit Rodolphe.

— Vous croyez ! fit-elle.

— Avançons ! avançons ! reprit-il.

Il claqua de la langue. Les deux bêtes couraient.

De longues fougères, au bord du chemin, se prenaient dans l'étrier d'Emma. Rodolphe, tout en allant, se penchait et il les retirait à mesure. D'autres fois, pour écarter les branches, il passait près d'elle, et Emma sentait son genou lui frôler la jambe. Le ciel était devenu bleu. Les feuilles ne remuaient pas. Il y avait de grands espaces pleins de bruyères tout en fleurs ; et des nappes de violettes s'alternaient avec le fouillis des arbres, qui étaient gris, fauves ou dorés, selon la diversité des feuillages. Souvent on entendait, sous les buissons, glisser un petit battement d'ailes, ou bien le cri rauque et doux des corbeaux, qui s'envolaient dans les chênes.

Ils descendirent. Rodolphe attacha les chevaux. Elle allait devant, sur la mousse, entre les ornières.

Mais sa robe trop longue l'embarrassait, bien qu'elle la portât relevée par la queue, et Rodolphe, marchant derrière elle, contemplait entre ce drap noir et la bottine noire, la délicatesse de son bas blanc, qui lui semblait quelque chose de sa nudité.

Elle s'arrêta.

— Je suis fatiguée, dit-elle.

— Allons, essayez encore ! reprit-il. Du courage !

Puis, cent pas plus loin, elle s'arrêta de nouveau ; et, à travers son voile, qui de son chapeau d'homme descendait obliquement sur ses hanches, on distinguait son visage dans une transparence bleuâtre, comme si elle eût nagé sous des flots d'azur.

— Où allons-nous donc ?

Il ne répondit rien. Elle respirait d'une façon saccadée. Rodolphe jetait les yeux autour de lui et il se mordait la moustache.

Ils arrivèrent à un endroit plus large, où l'on avait abattu des baliveaux[1]. Ils s'assirent sur un tronc d'arbre renversé, et Rodolphe se mit à lui parler de son amour.

Il ne l'effraya point d'abord par des compliments. Il fut calme, sérieux, mélancolique.

Emma l'écoutait la tête basse, et tout en remuant, avec la pointe de son pied, des copeaux par terre.

Mais, à cette phrase :

— Est-ce que nos destinées maintenant ne sont pas communes ?

— Eh non ! répondit-elle. Vous le savez bien. C'est impossible.

---

1. Grands arbres réservés dans la coupe des taillis.

Elle se leva pour partir. Il la saisit au poignet. Elle s'arrêta. Puis, l'ayant considéré quelques minutes d'un œil amoureux et tout humide, elle dit vivement :

— Ah ! tenez, n'en parlons plus... Où sont les chevaux ? Retournons.

Il eut un geste de colère et d'ennui. Elle répéta :

— Où sont les chevaux ? où sont les chevaux ?

Alors, souriant d'un sourire étrange et la prunelle fixe, les dents serrées, il s'avança en écartant les bras. Elle se recula tremblante. Elle balbutiait :

— Oh ! vous me faites peur ! vous me faites mal ! Partons.

— Puisqu'il le faut, reprit-il en changeant de visage.

Et il redevint aussitôt respectueux, caressant, timide. Elle lui donna son bras. Ils s'en retournèrent. Il disait :

— Qu'aviez-vous donc ? Pourquoi ? Je n'ai pas compris ! Vous vous méprenez, sans doute ? Vous êtes dans mon âme comme une madone sur un piédestal, à une place haute, solide et immaculée. Mais j'ai besoin de vous pour vivre ! J'ai besoin de vos yeux, de votre voix, de votre pensée. Soyez mon amie, ma sœur, mon ange !

Et il allongeait son bras et lui en entourait la taille. Elle tâchait de se dégager mollement. Il la soutenait ainsi, en marchant.

Mais ils entendirent les deux chevaux qui broutaient le feuillage.

— Oh ! encore, dit Rodolphe. Ne partons pas ! Restez !

Il l'entraîna plus loin, autour d'un petit étang, où des lentilles d'eau faisaient une verdure sur les ondes. Des nénuphars flétris se tenaient immobiles entre les joncs. Au bruit de leurs pas dans l'herbe, des grenouilles sautaient pour se cacher.

— J'ai tort, j'ai tort, disait-elle. Je suis folle de vous entendre.

— Pourquoi ?... Emma ! Emma !

— Oh ! Rodolphe !... fit lentement la jeune femme en se penchant sur son épaule.

Le drap de sa robe s'accrochait au velours de l'habit. Elle renversa son cou blanc, qui se gonflait d'un soupir ; et, défaillante, tout en pleurs, avec un long frémissement et se cachant la figure, elle s'abandonna.

Les ombres du soir descendaient ; le soleil horizontal, passant entre les branches, lui éblouissait les yeux. Çà et là, tout autour d'elle, dans les feuilles ou par terre, des taches lumineuses tremblaient, comme si des colibris, en volant, eussent éparpillé leurs plumes. Le silence était partout ; quelque chose de doux semblait sortir des arbres ; elle sentait son cœur, dont les battements recommençaient, et le sang circuler dans sa chair comme un fleuve de lait. Alors, elle entendit tout au loin, au delà du bois, sur les autres collines, un cri vague et prolongé, une voix qui se traînait, et elle l'écoutait silencieusement, se mêlant comme une musique aux dernières vibrations de ses nerfs émus. Rodolphe, le cigare aux dents, raccommodait avec son canif une des deux brides cassée [1].

Ils s'en revinrent à Yonville, par le même chemin. Ils revirent sur la boue les traces de leurs chevaux, côte à côte, et les mêmes buissons, les mêmes cailloux dans l'herbe. Rien autour d'eux n'avait changé ; et pour elle, cependant, quelque chose était survenu de plus considérable que si les montagnes se fussent déplacées. Rodolphe, de temps à autre, se penchait et lui prenait sa main pour la baiser.

Elle était charmante, à cheval ! Droite, avec sa taille mince, le genou plié sur la crinière de sa bête et un peu colorée par le grand air, dans la rougeur du soir.

---

1. La rédaction de cette scène d'« amour » (« il faut que le 1er coup comme couleur domine tout le reste de la passion, qu'il y en ait toujours dessus le reflet », commande déjà le premier scénario) a été très complexe, pour aboutir à cet espace subtil d'impressions ; il a été étudié en détail par Raymonde Debray-Genette, « Hapax et paradigmes. Aux frontières de la critique génétique », *Génésis*, no 6, 1994.

En entrant dans Yonville, elle caracola[1] sur les pavés. On la regardait des fenêtres.

Son mari, au dîner, lui trouva bonne mine ; mais elle eut l'air de ne pas l'entendre lorsqu'il s'informa de sa promenade ; et elle restait le coude au bord de son assiette, entre les deux bougies qui brûlaient.

— Emma ! dit-il.

— Quoi ?

— Eh bien, j'ai passé cette après-midi chez M. Alexandre ; il a une ancienne pouliche encore fort belle, un peu couronnée[2] seulement, et qu'on aurait, je suis sûr, pour une centaine d'écus...

Il ajouta :

— Pensant même que cela te serait agréable, je l'ai retenue..., je l'ai achetée... Ai-je bien fait ? Dis-moi donc.

Elle remua la tête en signe d'assentiment ; puis, un quart d'heure après :

— Sors-tu ce soir ? demanda-t-elle.

— Oui. Pourquoi ?

— Oh ! rien, rien, mon ami.

Et, dès qu'elle fut débarrassée de Charles, elle monta s'enfermer dans sa chambre.

D'abord, ce fut comme un étourdissement ; elle voyait les arbres, les chemins, les fossés, Rodolphe, et elle sentait encore l'étreinte de ses bras, tandis que le feuillage frémissait et que les joncs sifflaient[3].

---

1. Donner une marche sautillante au cheval.   **2.** Cheval qui a eu aux genoux des blessures, à la suite de chutes, et qui est de ce fait dévalorisé.   **3.** Flaubert écrit à Louise Colet, le soir du 23 décembre 1853 : « Aujourd'hui [...] homme et femme tout ensemble, amant et maîtresse à la fois, je me suis promené à cheval dans une forêt, par un après-midi d'automne, sous des feuilles jaunes, et j'étais les chevaux, les feuilles, le vent, les paroles qu'ils se disaient et le soleil rouge qui faisait s'entre-fermer leurs paupières noyées d'amour. » Il lui dit, avant dans la lettre, le bonheur d'écrire : « Je suis à leur Baisade, en plein, au milieu. On sue et on a la gorge serrée. Voilà une des rares journées de ma vie que j'ai passée dans l'Illusion, complètement, et depuis un bout jusqu'à l'autre [...] C'est une délicieuse chose que d'écrire ! que

Mais, en s'apercevant dans la glace, elle s'étonna de son visage. Jamais elle n'avait eu les yeux si grands, si noirs, ni d'une telle profondeur. Quelque chose de subtil épandu sur sa personne la transfigurait.

Elle se répétait : « J'ai un amant ! un amant ! » se délectant à cette idée comme à celle d'une autre puberté qui lui serait survenue. Elle allait donc posséder enfin ces joies de l'amour, cette fièvre du bonheur dont elle avait désespéré. Elle entrait dans quelque chose de merveilleux où tout serait passion, extase, délire ; une immensité bleuâtre l'entourait, les sommets du sentiment étincelaient sous sa pensée, et l'existence ordinaire n'apparaissait qu'au loin, tout en bas, dans l'ombre, entre les intervalles de ces hauteurs.

Alors elle se rappela les héroïnes des livres qu'elle avait lus, et la légion lyrique de ces femmes adultères se mit à chanter dans sa mémoire avec des voix de sœurs qui la charmaient. Elle devenait elle-même comme une partie véritable de ces imaginations et réalisait la longue rêverie de sa jeunesse, en se considérant dans ce type d'amoureuse qu'elle avait tant envié. D'ailleurs, Emma éprouvait une satisfaction de vengeance. N'avait-elle pas assez souffert ! Mais elle triomphait maintenant, et l'amour, si longtemps contenu, jaillissait tout entier avec des bouillonnements joyeux. Elle le savourait sans remords, sans inquiétude, sans trouble.

La journée du lendemain se passa dans une douceur nouvelle. Ils se firent des serments. Elle lui raconta ses tristesses. Rodolphe l'interrompait par ses baisers ; et elle lui demandait, en le contemplant les paupières à demi closes, de l'appeler encore par son nom et de répéter qu'il l'aimait. C'était dans la forêt, comme la veille, sous une hutte de sabotiers. Les murs en étaient de paille et le toit descendait si bas, qu'il fallait se tenir

---

de ne plus être *soi*, mais de circuler dans toute la création dont on parle. »

courbé. Ils étaient assis l'un contre l'autre, sur un lit de feuilles sèches.

À partir de ce jour-là, ils s'écrivirent régulièrement tous les soirs. Emma portait sa lettre au bout du jardin, près de la rivière, dans une fissure de la terrasse. Rodolphe venait l'y chercher et en plaçait une autre, qu'elle accusait toujours d'être trop courte.

Un matin, que Charles était sorti dès avant l'aube, elle fut prise par la fantaisie de voir Rodolphe à l'instant. On pouvait arriver promptement à la Huchette, y rester une heure et être rentré dans Yonville que tout le monde encore serait endormi. Cette idée la fit haleter de convoitise, et elle se trouva bientôt au milieu de la prairie, où elle marchait à pas rapides, sans regarder derrière elle.

Le jour commençait à paraître. Emma, de loin, reconnut la maison de son amant, dont les deux girouettes à queue-d'aronde[1] se découpaient en noir sur le crépuscule pâle.

Après la cour de la ferme, il y avait un corps de logis qui devait être le château. Elle y entra, comme si les murs, à son approche, se fussent écartés d'eux-mêmes. Un grand escalier droit montait vers un corridor. Emma tourna la clenche d'une porte, et tout à coup, au fond de la chambre, elle aperçut un homme qui dormait. C'était Rodolphe. Elle poussa un cri.

— Te voilà ! te voilà ! répétait-il. Comment as-tu fait pour venir ?... Ah ! ta robe est mouillée !

— Je t'aime ! répondit-elle en lui passant les bras autour du cou.

Cette première audace lui ayant réussi, chaque fois maintenant que Charles sortait de bonne heure, Emma s'habillait vite et descendait à pas de loup le perron qui conduisait au bord de l'eau.

Mais, quand la planche aux vaches était levée[2], il

---

1. Vieux mot pour hirondelle ; « en forme de queue d'hirondelle ».
2. Enlevée.

fallait suivre les murs qui longeaient la rivière ; la berge était glissante ; elle s'accrochait de la main, pour ne pas tomber, aux bouquets de ravenelles flétries. Puis elle prenait à travers des champs en labour, où elle enfonçait, trébuchait et empêtrait ses bottines minces. Son foulard, noué sur sa tête, s'agitait au vent dans les herbages ; elle avait peur des bœufs, elle se mettait à courir ; elle arrivait essoufflée, les joues roses, et exhalant de toute sa personne un frais parfum de sève, de verdure et de grand air. Rodolphe, à cette heure-là, dormait encore. C'était comme une matinée de printemps qui entrait dans sa chambre.

Les rideaux jaunes, le long des fenêtres laissaient passer doucement une lourde lumière blonde. Emma tâtonnait en clignant des yeux, tandis que les gouttes de rosée suspendues à ses bandeaux faisaient comme une auréole de topazes tout autour de sa figure. Rodolphe, en riant, l'attirait à lui et il la prenait sur son cœur.

Ensuite, elle examinait l'appartement, elle ouvrait les tiroirs des meubles, elle se peignait avec son peigne et se regardait dans le miroir à barbe. Souvent même, elle mettait entre ses dents le tuyau d'une grosse pipe qui était sur la table de nuit, parmi des citrons et des morceaux de sucre, près d'une carafe d'eau.

Il leur fallait un bon quart d'heure pour les adieux. Alors Emma pleurait ; elle aurait voulu ne jamais abandonner Rodolphe. Quelque chose de plus fort qu'elle la poussait vers lui, si bien qu'un jour, la voyant survenir à l'improviste, il fronça le visage comme quelqu'un de contrarié.

— Qu'as-tu donc ? dit-elle. Souffres-tu ? Parle-moi !

Enfin il déclara, d'un air sérieux, que ses visites devenaient imprudentes et qu'elle se compromettait.

X

Peu à peu, ces craintes de Rodolphe la gagnèrent. L'amour l'avait enivrée d'abord, et elle n'avait songé à rien au delà. Mais, à présent qu'il était indispensable à sa vie, elle craignait d'en perdre quelque chose, ou même qu'il ne fût troublé. Quand elle s'en revenait de chez lui, elle jetait tout alentour des regards inquiets, épiant chaque forme qui passait à l'horizon et chaque lucarne du village d'où l'on pouvait l'apercevoir. Elle écoutait les pas, les cris, le bruit des charrues ; et elle s'arrêtait plus blême et plus tremblante que les feuilles des peupliers qui se balançaient sur sa tête.

Un matin, qu'elle s'en retournait ainsi, elle crut distinguer tout à coup le long canon d'une carabine qui semblait la tenir en joue. Il dépassait obliquement le bord d'un petit tonneau, à demi enfoui entre les herbes, sur la marge d'un fossé. Emma, prête à défaillir de terreur, avança cependant, et un homme sortit du tonneau, comme ces diables à boudin qui se dressent du fond des boîtes. Il avait des guêtres bouclées jusqu'aux genoux, sa casquette enfoncée jusqu'aux yeux, les lèvres grelottantes et le nez rouge. C'était le capitaine Binet, à l'affût des canards sauvages.

— Vous auriez dû parler de loin ! s'écria-t-il. Quand on aperçoit un fusil, il faut toujours avertir.

Le percepteur, par là, tâchait de dissimuler la crainte qu'il venait d'avoir ; car, un arrêté préfectoral ayant interdit la chasse aux canards autrement qu'en bateau, M. Binet, malgré son respect pour les lois, se trouvait en contravention. Aussi croyait-il à chaque minute entendre arriver le garde champêtre. Mais cette inquiétude irritait son plaisir, et, tout seul dans son tonneau, il s'applaudissait de son bonheur et de sa malice.

À la vue d'Emma, il parut soulagé d'un grand poids, et aussitôt, entamant la conversation :

— Il ne fait pas chaud, *ça pique* !

Emma ne répondit rien. Il poursuivit :

— Et vous voilà sortie de bien bonne heure ?

— Oui, dit-elle en balbutiant ; je viens de chez la nourrice où est mon enfant.

— Ah ! fort bien ! fort bien ! Quant à moi, tel que vous me voyez, dès la pointe du jour je suis là ; mais le temps est si crassineux[1], qu'à moins d'avoir la plume juste au bout...

— Bonsoir, monsieur Binet, interrompit-elle en lui tournant les talons.

— Serviteur, madame, reprit-il d'un ton sec.

Et il rentra dans son tonneau[2].

Emma se repentit d'avoir quitté si brusquement le percepteur. Sans doute, il allait faire des conjectures défavorables. L'histoire de la nourrice était la pire excuse, tout le monde sachant bien à Yonville que la petite Bovary, depuis un an, était revenue chez ses parents. D'ailleurs, personne n'habitait aux environs ; ce chemin ne conduisait qu'à la Huchette ; Binet donc avait deviné d'où elle venait, et il ne se tairait pas, il bavarderait, c'était certain ! Elle resta jusqu'au soir à se torturer l'esprit dans tous les projets de mensonges imaginables, et ayant sans cesse devant les yeux cet imbécile à carnassière[3].

Charles, après le dîner, la voyant soucieuse, voulut, par distraction, la conduire chez le pharmacien ; et la première personne qu'elle aperçut dans la pharmacie, ce fut encore lui, le percepteur ! Il était debout devant le comptoir, éclairé par la lumière du bocal rouge, et il disait :

— Donnez-moi, je vous prie, une demi-once de vitriol.

---

1. Temps de « crassin » ou crachin, pluie fine, qui brouille la vue.
2. Un bref paragraphe est supprimé sur la copie (voir « Repentirs », texte n° 37, p. 532.)　　3. Gibecière, sac pour porter le gibier. Le mot lui-même, « carnassière », a ici une insistance particulière, soutenue par le détail coloré du paragraphe suivant.

— Justin, cria l'apothicaire, apporte-nous l'acide sulfurique [1].

Puis, à Emma, qui voulait monter dans l'appartement de madame Homais :

— Non, restez, ce n'est pas la peine, elle va descendre. Chauffez-vous au poêle en attendant... Excusez-moi... Bonjour, docteur (car le pharmacien se plaisait beaucoup à prononcer ce mot *docteur*, comme si en l'adressant à un autre, il eût fait rejaillir sur lui-même quelque chose de la pompe qu'il y trouvait)... Mais prends garde de renverser les mortiers ! va plutôt chercher les chaises de la petite salle ; tu sais bien qu'on ne dérange pas les fauteuils du salon.

Et, pour remettre en place son fauteuil, Homais se précipitait hors du comptoir, quand Binet lui demanda une demi-once d'acide de sucre.

— Acide de sucre ? fit le pharmacien dédaigneusement. Je ne connais pas, j'ignore ! Vous voulez peut-être de l'acide oxalique [2] ? C'est oxalique, n'est-il pas vrai ?

Binet expliqua qu'il avait besoin d'un mordant pour composer lui-même une eau de cuivre avec quoi dérouiller diverses garnitures de chasse. Emma tressaillit. Le pharmacien se mit à dire :

— En effet, le temps n'est pas propice, à cause de l'humidité.

— Cependant, reprit le percepteur d'un air finaud, il y a des personnes qui s'en arrangent.

Elle étouffait.

— Donnez-moi encore...

— Il ne s'en ira donc jamais ! pensait-elle.

— Une demi-once d'arcanson et de térébenthine, quatre onces de cire jaune, et trois demi-onces de noir

---

1. « Acide sulfurique » est le nom savant du nom familier « vitriol », et réciproquement. 2. Acide dont on trouve les sels dans certaines plantes comme l'oseille.

animal[1], s'il vous plaît, pour nettoyer les cuirs vernis de mon équipement.

L'apothicaire commençait à tailler de la cire, quand madame Homais parut avec Irma dans ses bras, Napoléon à ses côtés et Athalie qui la suivait. Elle alla s'asseoir sur le banc de velours contre la fenêtre, et le gamin s'accroupit sur un tabouret, tandis que sa sœur aînée rôdait autour de la boîte à jujube[2], près de son petit papa. Celui-ci emplissait des entonnoirs et bouchait des flacons, il collait des étiquettes, il confectionnait des paquets. On se taisait autour de lui ; et l'on entendait seulement de temps à autre tinter les poids dans les balances, avec quelques paroles basses du pharmacien donnant des conseils à son élève.

— Comment va votre jeune personne ? demanda tout à coup madame Homais.

— Silence ! exclama son mari, qui écrivait des chiffres sur le cahier de brouillons.

— Pourquoi ne l'avez-vous pas amenée ? reprit-elle à demi-voix.

— Chut ! chut ! fit Emma en désignant du doigt l'apothicaire.

Mais Binet, tout entier à la lecture de l'addition, n'avait rien entendu probablement. Enfin il sortit. Alors Emma, débarrassée, poussa un grand soupir.

— Comme vous respirez fort ! dit madame Homais.

— Ah ! c'est qu'il fait un peu chaud, répondit-elle.

Ils avisèrent donc, le lendemain, à organiser leurs rendez-vous ; Emma voulait corrompre sa servante par un cadeau ; mais il eût mieux valu découvrir à Yonville quelque maison discrète. Rodolphe promit d'en chercher une.

Pendant tout l'hiver, trois ou quatre fois la semaine, à la nuit noire, il arrivait dans le jardin. Emma, tout

---

1. L'arcanson est une résine provenant de la distillation de la térébenthine, l'un et l'autre utilisés comme détachants, le noir animal est un colorant obtenu par calcination de matières animales.   **2.** Pâte pour la toux, à base du jujubier.

exprès, avait retiré la clef de la barrière, que Charles crut perdue.

Pour l'avertir, Rodolphe jetait contre les persiennes une poignée de sable. Elle se levait en sursaut ; mais quelquefois il lui fallait attendre, car Charles avait la manie de bavarder au coin du feu, et il n'en finissait pas. Elle se dévorait d'impatience ; si ses yeux l'avaient pu, ils l'eussent fait sauter par les fenêtres. Enfin, elle commençait sa toilette de nuit ; puis, elle prenait un livre et continuait à lire fort tranquillement, comme si la lecture l'eût amusée. Mais Charles, qui était au lit, l'appelait pour se coucher.

— Viens donc, Emma, disait-il, il est temps.

— Oui, j'y vais ! répondait-elle.

Cependant, comme les bougies l'éblouissaient, il se tournait vers le mur et s'endormait. Elle s'échappait en retenant son haleine, souriante, palpitante, déshabillée.

Rodolphe avait un grand manteau ; il l'en enveloppait tout entière, et, passant le bras autour de sa taille, il l'entraînait sans parler jusqu'au fond du jardin.

C'était sous la tonnelle, sur ce même banc de bâtons pourris où autrefois Léon la regardait si amoureusement, durant les soirs d'été. Elle ne pensait guère à lui maintenant.

Les étoiles brillaient à travers les branches du jasmin sans feuilles. Ils entendaient derrière eux la rivière qui coulait, et, de temps à autre, sur la berge, le claquement des roseaux secs. Des massifs d'ombre, çà et là, se bombaient dans l'obscurité, et parfois, frissonnant tous d'un seul mouvement, ils se dressaient et se penchaient comme d'immenses vagues noires qui se fussent avancées pour les recouvrir. Le froid de la nuit les faisait s'étreindre davantage ; les soupirs de leurs lèvres leur semblaient plus forts ; leurs yeux, qu'ils entrevoyaient à peine, leur paraissaient plus grands, et, au milieu du silence, il y avait des paroles dites tout bas qui tombaient sur leur âme avec une sonorité cristalline et qui s'y répercutaient en vibrations multipliées.

Lorsque la nuit était pluvieuse, ils s'allaient réfugier dans le cabinet aux consultations, entre le hangar et l'écurie. Elle allumait un des flambeaux de la cuisine, qu'elle avait caché derrière les livres. Rodolphe s'installait là comme chez lui. La vue de la bibliothèque et du bureau, de tout l'appartement enfin, excitait sa gaieté ; et il ne pouvait se retenir de faire sur Charles quantité de plaisanteries qui embarrassaient Emma. Elle eût désiré le voir plus sérieux, et même plus dramatique à l'occasion, comme cette fois où elle crut entendre dans l'allée un bruit de pas qui s'approchaient.

— On vient ! dit-elle.

Il souffla la lumière.

— As-tu tes pistolets ?

— Pourquoi ?

— Mais... pour te défendre, reprit Emma.

— Est-ce de ton mari ? Ah ! le pauvre garçon !

Et Rodolphe acheva sa phrase avec un geste qui signifiait : « Je l'écraserais d'une chiquenaude. »

Elle fut ébahie de sa bravoure, bien qu'elle y sentît une sorte d'indélicatesse et de grossièreté naïve qui la scandalisa.

Rodolphe réfléchit beaucoup à cette histoire de pistolets. Si elle avait parlé sérieusement, cela était fort ridicule, pensait-il, odieux même, car il n'avait, lui, aucune raison de haïr ce bon Charles, n'étant pas ce qui s'appelle dévoré de jalousie ; — et, à ce propos, Emma lui avait fait un grand serment qu'il ne trouvait pas non plus du meilleur goût.

D'ailleurs, elle devenait bien sentimentale. Il avait fallu échanger des miniatures, on s'était coupé des poignées de cheveux, et elle demandait à présent une bague, un véritable anneau de mariage, en signe d'alliance éternelle[1]. Souvent elle lui parlait des

---

1. Un bref passage est supprimé, ici, sur la copie (voir « Repentirs », texte n° 38, p. 533.)

cloches du soir ou des *voix de la nature*[1] ; puis elle l'entretenait de sa mère, à elle, et de sa mère, à lui. Rodolphe l'avait perdue depuis vingt ans. Emma, néanmoins, l'en consolait avec des mièvreries de langage, comme on eût fait à un marmot abandonné, et même lui disait quelquefois, en regardant la lune :

— Je suis sûre que là-haut, ensemble, elles approuvent notre amour.

Mais elle était si jolie ! il en avait possédé si peu d'une candeur pareille ! Cet amour sans libertinage était pour lui quelque chose de nouveau, et qui, le sortant de ses habitudes faciles, caressait à la fois son orgueil et sa sensualité. L'exaltation d'Emma, que son bon sens bourgeois dédaignait, lui semblait au fond du cœur charmante, puisqu'elle s'adressait à sa personne. Alors, sûr d'être aimé, il ne se gêna pas, et insensiblement ses façons changèrent.

Il n'avait plus, comme autrefois, de ces mots si doux qui la faisaient pleurer, ni de ces véhémentes caresses qui la rendaient folle ; si bien que leur grand amour, où elle vivait plongée, parut se diminuer sous elle, comme l'eau d'un fleuve qui s'absorberait dans son lit, et elle aperçut la vase. Elle n'y voulut pas croire ; elle redoubla de tendresse ; et Rodolphe, de moins en moins, cacha son indifférence.

Elle ne savait pas si elle regrettait de lui avoir cédé, ou si elle ne souhaitait point, au contraire, le chérir davantage. L'humiliation de se sentir faible se tournait en une rancune que les voluptés tempéraient. Ce n'était pas de l'attachement, c'était comme une séduction permanente. Il la subjuguait. Elle en avait presque peur.

Les apparences, néanmoins, étaient plus calmes que jamais, Rodolphe ayant réussi à conduire l'adultère

---

1. Dans *Novembre*, on trouve : « la mer était douce, et murmurait plutôt comme un soupir que comme une voix [...] l'esprit de Dieu me remplissait, je me sentais le cœur grand, j'adorais quelque chose d'un étrange mouvement... » (GF Flammarion, 1991, p. 429).

selon sa fantaisie ; et, au bout de six mois, quand le printemps arriva, ils se trouvaient, l'un vis-à-vis de l'autre, comme deux mariés qui entretiennent tranquillement une flamme domestique.

C'était l'époque où le père Rouault envoyait son dinde [1], en souvenir de sa jambe remise. Le cadeau arrivait toujours avec une lettre. Emma coupa la corde qui la retenait au panier, et lut les lignes suivantes :

« Mes chers enfants,

« J'espère que la présente vous trouvera en bonne santé et que celui-là vaudra bien les autres ; car il me semble un peu plus mollet, si j'ose dire, et plus massif. Mais, la prochaine fois, par changement, je vous donnerai un coq, à moins que vous ne teniez de préférence aux *picots* [2] ; et renvoyez-moi la bourriche, s'il vous plaît, avec les deux anciennes. J'ai eu un malheur à ma charretterie, dont la couverture, une nuit qu'il ventait fort, s'est envolée dans les arbres. La récolte non plus n'a pas été trop fameuse. Enfin, je ne sais pas quand j'irai vous voir. Ça m'est tellement difficile de quitter maintenant la maison, depuis que je suis seul, ma pauvre Emma ! »

Et il y avait ici un intervalle entre les lignes, comme si le bonhomme eût laissé tomber sa plume pour rêver quelque temps.

« Quant à moi, je vais bien, sauf un rhume que j'ai attrapé l'autre jour à la foire d'Yvetot, où j'étais parti pour retenir un berger, ayant mis le mien dehors, par suite de sa trop grande délicatesse de bouche. Comme on est à plaindre avec tous ces brigands-là ! Du reste c'était aussi un malhonnête.

« J'ai appris d'un colporteur qui, voyageant cet hiver par votre pays, s'est fait arracher une dent, que Bovary

---

1. Le masculin pour dinde est un normandisme.   **2.** Dindons (normandisme).

travaillait toujours dur. Ça ne m'étonne pas, et il m'a montré sa dent ; nous avons pris un café ensemble. Je lui ai demandé s'il t'avait vue, il m'a dit que non, mais qu'il avait vu dans l'écurie deux animaux, d'où je conclus que le métier roule. Tant mieux, mes chers enfants, et que le bon Dieu vous envoie tout le bonheur imaginable.

« Il me fait deuil de ne pas connaître encore ma bien-aimée petite-fille Berthe Bovary. J'ai planté pour elle, dans le jardin, sous ta chambre, un prunier de prunes d'avoine, et je ne veux pas qu'on y touche, si ce n'est pour lui faire plus tard des compotes, que je garderai dans l'armoire, à son intention, quand elle viendra.

« Adieu, mes chers enfants. Je t'embrasse, ma fille ; vous aussi, mon gendre, et la petite, sur les deux joues.

« Je suis, avec bien des compliments,

« Votre tendre père,

« THÉODORE ROUAULT. »

Elle resta quelques minutes à tenir entre ses doigts ce gros papier. Les fautes d'orthographe s'y enlaçaient les unes aux autres, et Emma poursuivait la pensée douce qui caquetait tout au travers comme une poule à demi cachée dans une haie d'épines. On avait séché l'écriture avec les cendres du foyer, car un peu de poussière grise glissa de la lettre sur sa robe, et elle crut presque apercevoir son père se courbant vers l'âtre pour saisir les pincettes. Comme il y avait longtemps qu'elle n'était plus auprès de lui, sur l'escabeau [1], dans la cheminée, quand elle faisait brûler le bout d'un

---

1. Petit tabouret, à trois ou quatre pieds ; *dans la cheminée* : près du foyer d'une grande cheminée.

bâton à la grande flamme des joncs marins qui pétillaient !... Elle se rappela des soirs d'été tout pleins de soleil. Les poulains hennissaient quand on passait, et galopaient, galopaient... Il y avait sous sa fenêtre une ruche à miel, et quelquefois les abeilles, tournoyant dans la lumière, frappaient contre les carreaux comme des balles d'or rebondissantes. Quel bonheur dans ce temps-là ! quelle liberté ! quel espoir ! quelle abondance d'illusions ! Il n'en restait plus maintenant ! Elle en avait dépensé à toutes les aventures de son âme, par toutes les conditions successives, dans la virginité, dans le mariage et dans l'amour ; — les perdant ainsi continuellement le long de sa vie, comme un voyageur qui laisse quelque chose de sa richesse à toutes les auberges de la route.

Mais qui donc la rendait si malheureuse ? où était la catastrophe extraordinaire qui l'avait bouleversée ? Et elle releva la tête, regardant autour d'elle, comme pour chercher la cause de ce qui la faisait souffrir.

Un rayon d'avril chatoyait sur les porcelaines de l'étagère ; le feu brûlait ; elle sentait sous ses pantoufles la douceur du tapis ; le jour était blanc, l'atmosphère tiède, et elle entendit son enfant qui poussait des éclats de rire.

En effet, la petite fille se roulait alors sur le gazon, au milieu de l'herbe qu'on fanait. Elle était couchée à plat ventre, au haut d'une meule. Sa bonne la retenait par la jupe. Lestiboudois ratissait à côté, et, chaque fois qu'il s'approchait, elle se penchait en battant l'air de ses deux bras.

— Amenez-la-moi ! dit sa mère se précipitant pour l'embrasser. Comme je t'aime, ma pauvre enfant ! comme je t'aime !

Puis, s'apercevant qu'elle avait le bout des oreilles un peu sale, elle sonna vite pour avoir de l'eau chaude, et la nettoya, la changea de linge, de bas, de souliers, fit mille questions sur sa santé, comme au retour d'un voyage, et enfin, la baisant encore et pleurant un peu, elle la remit aux mains de la domestique, qui restait fort ébahie devant cet excès de tendresse.

Rodolphe, le soir, la trouva plus sérieuse que d'habitude.

— Cela se passera, jugea-t-il, c'est un caprice.

Et il manqua consécutivement à trois rendez-vous. Quand il revint, elle se montra froide et presque dédaigneuse.

— Ah ! tu perds ton temps, ma mignonne...

Et il eut l'air de ne point remarquer ses soupirs mélancoliques, ni le mouchoir qu'elle tirait.

C'est alors qu'Emma se repentit !

Elle se demanda même pourquoi donc elle exécrait Charles, et s'il n'eût pas été meilleur de le pouvoir aimer. Mais il n'offrait pas grande prise à ces retours du sentiment, si bien qu'elle demeurait fort embarrassée dans sa velléité de sacrifice, lorsque l'apothicaire vint à propos lui fournir une occasion.

XI

Il avait lu dernièrement l'éloge d'une nouvelle méthode pour la cure des pieds-bots, et, comme il était partisan du progrès, il conçut cette idée patriotique que Yonville, pour *se mettre au niveau*, devait avoir des opérations de stréphopodie [1].

— Car, disait-il à Emma, que risque-t-on ? Examinez (et il énumérait, sur ses doigts, les avantages de la tentative) ; succès presque certain, soulagement et embellissement du malade, célébrité vite acquise à l'opérateur. Pourquoi votre mari, par exemple, ne voudrait-il pas débarrasser ce pauvre Hippolyte, du *Lion*

---

1. Nom savant du pied-bot.

d'or ? Notez qu'il ne manquerait pas de raconter sa guérison à tous les voyageurs, et puis (Homais baissait la voix et regardait autour de lui) qui donc m'empêcherait d'envoyer au journal une petite note là-dessus ? Eh ! mon Dieu ! un article circule..., on en parle..., cela finit par faire la boule de neige ! Et qui sait ? qui sait ?

En effet, Bovary pouvait réussir ; rien n'affirmait à Emma qu'il ne fût pas habile, et quelle satisfaction pour elle que de l'avoir engagé à une démarche d'où sa réputation et sa fortune se trouveraient accrues ? Elle ne demandait qu'à s'appuyer sur quelque chose de plus solide que l'amour.

Charles, sollicité par l'apothicaire et par elle, se laissa convaincre. Il fit venir de Rouen le volume du docteur Duval[1], et, tous les soirs, se prenant la tête entre les mains, il s'enfonçait dans cette lecture.

Tandis qu'il étudiait les équins, les varus et les valgus[2], c'est-à-dire la stréphocatopodie, la stréphendopodie et la stréphexopodie (ou, pour parler mieux, les différentes déviations du pied, soit en bas, en dedans ou en dehors), avec la stréphypopodie et la stréphanopodie (autrement dit torsion en dessous et redressement en haut), M. Homais par toute sorte de raisonnements, exhortait le garçon d'auberge à se faire opérer.

---

1. Flaubert a lu, lui aussi, le *Traité pratique du pied-bot*, Paris, J.B. Baillière, in-8°, 1839 ; il a pris deux pages de notes (Ms. g 223[4], f° 53 et 53 v°), et s'est renseigné plus directement : « Je patauge en plein dans la chirurgie. J'ai été aujourd'hui à Rouen, exprès, chez mon frère, avec qui j'ai longuement causé anatomie du pied et pathologie des pieds-bots. » La difficulté est stylistique : « Cela n'est pas facile, que de rendre littéraires et *gais* des détails techniques, tout en les gardant précis. Ah ! je les aurai connus les affres du style » (à Louise Colet, 18 avril 1854). Mais elle est aussi « scientifique » car il s'agit de faire commettre à Charles une erreur répertoriée, de mieux lire le livre que lui — ce qui sera également la méthode de Flaubert pour *Bouvard et Pécuchet*. Flaubert a pu trouver là une matière « familiale » : le docteur Duval cite en effet une opération qu'il avait réussie sur une patiente que le docteur Flaubert, le père de Gustave, n'avait pas su traiter. 2. Trois types de pieds-bots, voir note 1, p. 293.

— À peine sentiras-tu, peut-être, une légère douleur ; c'est une simple piqûre comme une petite saignée, moins que l'extirpation de certains cors.

Hippolyte, réfléchissant, roulait des yeux stupides.

— Du reste, reprenait le pharmacien, ça ne me
regarde pas ! c'est pour toi ! par humanité pure ! Je
voudrais te voir, mon ami, débarrassé de ta hideuse
claudication, avec ce balancement de la région lom-
baire, qui, bien que tu prétendes, doit te nuire considérablement dans l'exercice de ton métier.

Alors Homais lui représentait combien il se sentirait
ensuite plus gaillard et plus ingambe, et même lui donnait à entendre qu'il s'en trouverait mieux pour plaire
aux femmes ; et le valet d'écurie se prenait à sourire
lourdement. Puis il l'attaquait par la vanité :

— N'es-tu pas un homme, saprelotte ? Que serait-
ce donc, s'il t'avait fallu servir, aller combattre sous
les drapeaux ?... Ah ! Hippolyte !

Et Homais s'éloignait, déclarant qu'il ne comprenait
pas cet entêtement, cet aveuglement à se refuser aux
bienfaits de la science.

Le malheureux céda, car ce fut comme une conjuration. Binet, qui ne se mêlait jamais des affaires
d'autrui, madame Lefrançois, Artémise, les voisins, et
jusqu'au maire, M. Tuvache, tout le monde l'engagea,
le sermonna, lui faisait honte ; mais ce qui acheva de
le décider, *c'est que ça ne lui coûterait rien*. Bovary se
chargeait même de fournir la machine pour l'opération.
Emma avait eu l'idée de cette générosité ; et Charles y
consentit, se disant au fond du cœur que sa femme était
un ange.

Avec les conseils du pharmacien, et en recommen-
çant trois fois, il fit donc construire par le menuisier,
aidé du serrurier, une manière de boîte pesant huit
livres environ, et où le fer, le bois, la tôle, le cuir, les
vis et les écrous ne se trouvaient point épargnés.

Cependant, pour savoir quel tendon couper à Hippolyte, il fallait connaître d'abord quelle espèce de pied bot il avait.

Il avait un pied faisant avec la jambe une ligne presque droite, ce qui ne l'empêchait pas d'être tourné en dedans, de sorte que c'était un équin mêlé d'un peu de varus, ou bien un léger varus fortement accusé d'équin. Mais, avec cet équin, large en effet comme un pied de cheval, à peau rugueuse, à tendons secs, à gros orteils, et où les ongles noirs figuraient les clous d'un fer, le stréphopode [1], depuis le matin jusqu'à la nuit, galopait comme un cerf. On le voyait continuellement sur la place, sautiller tout autour des charrettes, en jetant en avant son support inégal. Il semblait même plus vigoureux de cette jambe-là que de l'autre. À force d'avoir servi, elle avait contracté comme des qualités morales de patience et d'énergie, et quand on lui donnait quelque gros ouvrage, il s'écorait [2] dessus, préférablement.

Or, puisque c'était un équin, il fallait couper le tendon d'Achille, quitte à s'en prendre plus tard au muscle tibial antérieur pour se débarrasser du varus ; car le médecin n'osait d'un seul coup risquer deux opérations, et même il tremblait déjà, dans la peur d'attaquer quelque région importante qu'il ne connaissait pas.

Ni Ambroise Paré, appliquant pour la première fois depuis Celse, après quinze siècles d'intervalle, la ligature immédiate d'une artère ; ni Dupuytren allant ouvrir un abcès à travers une couche épaisse d'encéphale ; ni Gensoul [3], quand il fit la première ablation

---

1. Étymologiquement, qui a « le pied tourné ». **2.** Se fixer en position stable ; terme normand du vocabulaire maritime (« écorer » : caler un navire en le faisant reposer sur des écores). **3.** Ambroise Paré (v. 1509-1590), chirurgien de Henri II, de François II, de Charles IX, puis de Henri III, Celse (Ier siècle avant J.-C.), médecin romain, « le Cicéron de la médecine », Dupuytren (1777-1835), chirurgien de Louis XVIII et Charles X, un des fondateurs de l'anatomie pathologique, Gensoul (1797-1858), chirurgien lyonnais célèbre pour de nombreuses grandes opérations, la liste fait une histoire des grands gestes médicaux.

de maxillaire supérieur, n'avaient certes le cœur si palpitant, la main si frémissante, l'intellect aussi tendu que M. Bovary quand il approcha d'Hippolyte, son *ténotome* [1] entre les doigts. Et, comme dans les hôpitaux, on voyait à côté, sur une table, un tas de charpie, des fils cirés, beaucoup de bandes, une pyramide de bandes, tout ce qu'il y avait de bandes chez l'apothicaire. C'était M. Homais qui avait organisé dès le matin tous ces préparatifs, autant pour éblouir la multitude que pour s'illusionner lui-même. Charles piqua la peau ; on entendit un craquement sec. Le tendon était coupé, l'opération était finie. Hippolyte n'en revenait pas de surprise ; il se penchait sur les mains de Bovary pour les couvrir de baisers.

— Allons, calme-toi, disait l'apothicaire, tu témoigneras plus tard ta reconnaissance envers ton bienfaiteur !

Et il descendit conter le résultat à cinq ou six curieux qui stationnaient dans la cour, et qui s'imaginaient qu'Hippolyte allait reparaître marchant droit. Puis Charles, ayant bouclé son malade dans le moteur mécanique, s'en retourna chez lui, où Emma, tout anxieuse, l'attendait sur la porte. Elle lui sauta au cou ; ils se mirent à table ; il mangea beaucoup, et même il voulut, au dessert, prendre une tasse de café, débauche qu'il ne se permettait que le dimanche lorsqu'il y avait du monde.

La soirée fut charmante, pleine de causeries, de rêves en commun. Ils parlèrent de leur fortune future, d'améliorations à introduire dans leur ménage [2] ; il voyait sa considération s'étendant, son bien-être s'augmentant, sa femme l'aimant toujours ; et elle se trouvait heureuse de se rafraîchir dans un sentiment nouveau, plus sain, meilleur, enfin d'éprouver quelque tendresse pour ce pauvre garçon qui la chérissait.

---

1. Instrument chirurgical pour sectionner les tendons.　**2.** Installation ménagère.

L'idée de Rodolphe, un moment, lui passa par la tête ; mais ses yeux se reportèrent sur Charles : elle remarqua même avec surprise qu'il n'avait point les dents vilaines.

Ils étaient au lit lorsque M. Homais, malgré la cuisinière, entra tout à coup dans la chambre, en tenant à la main une feuille de papier fraîche écrite. C'était la réclame qu'il destinait au *Fanal de Rouen*. Il la leur apportait à lire.

— Lisez vous-même, dit Bovary.

Il lut :

— « Malgré les préjugés qui recouvrent encore une partie de l'Europe comme un réseau, la lumière cependant commence à pénétrer dans nos campagnes. C'est ainsi que, mardi, notre petite cité d'Yonville s'est vue le théâtre d'une expérience chirurgicale qui est en même temps un acte de haute philanthropie. M. Bovary, un de nos praticiens les plus distingués... »

— Ah ! c'est trop ! c'est trop ! disait Charles, que l'émotion suffoquait.

— Mais non, pas du tout ! comment donc !... « a opéré d'un pied bot... » Je n'ai pas mis le terme scientifique, parce que, vous savez, dans un journal..., tout le monde peut-être ne comprendrait pas ; il faut que les masses [1]...

— En effet, dit Bovary. Continuez.

— Je reprends, dit le pharmacien. « M. Bovary, un de nos praticiens les plus distingués, a opéré d'un pied bot le nommé Hippolyte Tautain, garçon d'écurie depuis vingt-cinq ans à l'hôtel du *Lion d'or*, tenu par madame veuve Lefrançois, sur la place d'Armes. La nouveauté de la tentative et l'intérêt qui s'attachait au

---

1. L'usage « politique » du terme est alors déjà très ambivalent, progressiste, valorisant, ou réactionnaire, dépréciatif : « Les masses sont, suivant les circonstances, meilleures ou plus mauvaises que les individus qui les composent » dit, le *Grand Dictionnaire Universel* de Pierre Larousse, citant Mme de Staël.

sujet avaient attiré un tel concours de population, qu'il y avait véritablement encombrement au seuil de l'établissement. L'opération, du reste, s'est pratiquée comme par enchantement, et à peine si quelques gouttes de sang sont venues sur la peau, comme pour dire que le tendon rebelle venait enfin de céder sous les efforts de l'art. Le malade, chose étrange (nous l'affirmons *de visu*) n'accusa point de douleur. Son état, jusqu'à présent, ne laisse rien à désirer. Tout porte à croire que la convalescence sera courte ; et qui sait même si, à la prochaine fête villageoise, nous ne verrons pas notre brave Hippolyte figurer dans des danses bachiques [1], au milieu d'un chœur de joyeux drilles [2], et ainsi prouver à tous les yeux, par sa verve et ses entrechats, sa complète guérison ? Honneur donc aux savants généreux ! honneur à ces esprits infatigables qui consacrent leurs veilles à l'amélioration ou bien au soulagement de leur espèce ! Honneur ! trois fois honneur ! N'est-ce pas le cas de s'écrier que les aveugles verront, les sourds entendront et les boiteux marcheront ! Mais ce que le fanatisme autrefois promettait à ses élus, la science maintenant l'accomplit pour tous les hommes ! Nous tiendrons nos lecteurs au courant des phases successives de cette cure si remarquable. »

Ce qui n'empêcha pas que, cinq jours après, la mère Lefrançois n'arrivât tout effarée en s'écriant :

— Au secours ! il se meurt !... J'en perds la tête !

Charles se précipita vers le *Lion d'or*, et le pharmacien qui l'aperçut passant sur la place, sans chapeau, abandonna la pharmacie. Il parut lui-même, haletant, rouge, inquiet, et demandant à tous ceux qui montaient l'escalier :

— Qu'a donc notre intéressant stréphopode ?

Il se tordait, le stréphopode, dans des convulsions

---

1. Qui a rapport à Bacchus, dieu grec du vin et du délire, la référence mythologique est un cliché. **2.** Bon vivant.

atroces, si bien que le moteur mécanique où était enfermée sa jambe frappait contre la muraille à la défoncer.

Avec beaucoup de précautions, pour ne pas déranger la position du membre, on retira donc la boîte, et l'on vit un spectacle affreux. Les formes du pied disparaissaient dans une telle bouffissure, que la peau tout entière semblait près de se rompre, et elle était couverte d'ecchymoses occasionnées par la fameuse machine[1]. Hippolyte déjà s'était plaint d'en souffrir ; on n'y avait pris garde ; il fallut reconnaître qu'il n'avait pas eu tort complètement ; et on le laissa libre quelques heures. Mais à peine l'œdème eut-il un peu disparu, que les deux savants jugèrent à propos de rétablir le membre dans l'appareil, et en l'y serrant davantage, pour accélérer les choses. Enfin, trois jours après, Hippolyte n'y pouvant plus tenir, ils retirèrent encore une fois la mécanique, tout en s'étonnant beaucoup du résultat qu'ils aperçurent. Une tuméfaction livide s'étendait sur la jambe, et avec des phlyctènes[2] de place en place, par où suintait un liquide noir. Cela prenait une tournure sérieuse. Hippolyte commençait à s'ennuyer, et la mère Lefrançois l'installa dans la petite salle, près de la cuisine, pour qu'il eût au moins quelque distraction.

Mais le percepteur, qui tous les jours y dînait, se plaignit avec amertume d'un tel voisinage. Alors on transporta Hippolyte dans la salle de billard.

Il était là, geignant sous ses grosses couvertures, pâle, la barbe longue, les yeux caves, et, de temps à autre, tournant sa tête en sueur sur le sale oreiller où s'abattaient les mouches. Madame Bovary le venait voir. Elle lui apportait des linges pour ses cataplasmes, et le consolait, l'encourageait. Du reste, il ne manquait pas de compagnie, les jours de marché surtout, lorsque

---

1. Flaubert avait noté, dans Duval : « Souvent même la jambe tout entière devient œdémateuse — et on ne peut supporter les appareils de contention. »   **2.** Vésicule cutanée emplie de sérosité.

les paysans autour de lui poussaient les billes du billard, escrimaient avec les queues, fumaient, buvaient, chantaient, braillaient.

— Comment vas-tu ? disaient-ils en lui frappant sur l'épaule. Ah ! tu n'es pas fier, à ce qu'il paraît ! mais c'est ta faute. Il faudrait faire ceci, faire cela.

Et on lui racontait des histoires de gens qui avaient tous été guéris par d'autres remèdes que les siens ; puis, en manière de consolation, ils ajoutaient :

— C'est que tu t'écoutes trop ! lève-toi donc ! tu te dorlotes comme un roi ! Ah ! n'importe, vieux farceur ! tu ne sens pas bon !

La gangrène, en effet, montait de plus en plus. Bovary en était malade lui-même. Il venait à chaque heure, à tout moment. Hippolyte le regardait avec des yeux pleins d'épouvante et balbutiait en sanglotant :

— Quand est-ce que je serai guéri ?... Ah ! sauvez-moi !... Que je suis malheureux ! que je suis malheureux !

Et le médecin s'en allait, toujours en lui recommandant la diète.

— Ne l'écoute point, mon garçon, reprenait la mère Lefrançois ; ils t'ont déjà bien assez martyrisé ? tu vas t'affaiblir encore. Tiens, avale [1] !

Et elle lui présentait quelque bon bouillon, quelque tranche de gigot, quelque morceau de lard, et parfois des petits verres d'eau-de-vie, qu'il n'avait pas le courage de porter à ses lèvres.

L'abbé Bournisien, apprenant qu'il empirait, fit demander à le voir. Il commença par le plaindre de son mal, tout en déclarant qu'il fallait s'en réjouir, puisque c'était la volonté du Seigneur, et profiter vite de l'occasion pour se réconcilier avec le ciel.

---

1. Le débat sur la diète est récurrent dans la médecine du XIXe siècle. Dans *Bouvard et Pécuchet*, cela devient un épisode entre le médecin Vaucorbeil et les deux bonshommes (ch. 3, Le Livre de Poche, p. 115-116).

— Car, disait l'ecclésiastique d'un ton paterne, tu négligeais un peu tes devoirs ; on te voyait rarement à l'office divin ; combien y a-t-il d'années que tu ne t'es approché de la sainte table ? Je comprends que tes occupations, que le tourbillon du monde aient pu t'écarter du soin de ton salut. Mais à présent, c'est l'heure d'y réfléchir. Ne désespère pas cependant ; j'ai connu de grands coupables qui, près de comparaître devant Dieu (tu n'en es point encore là, je le sais bien), avaient imploré sa miséricorde, et qui certainement sont morts dans les meilleures dispositions. Espérons que, tout comme eux, tu nous donneras de bons exemples ! Ainsi, par précaution, qui donc t'empêcherait de réciter matin et soir un « Je vous salue, Marie, pleine de grâce » et un « Notre Père, qui êtes aux cieux » ? Oui fais cela ! pour moi, pour m'obliger. Qu'est-ce que ça coûte ?... Me le promets-tu ?

Le pauvre diable promit. Le curé revint les jours suivants. Il causait avec l'aubergiste et même racontait des anecdotes entremêlées de plaisanteries, de calembours qu'Hippolyte ne comprenait pas. Puis, dès que la circonstance le permettait, il retombait sur les matières de religion, en prenant une figure convenable.

Son zèle parut réussir ; car bientôt le stréphopode témoigna l'envie d'aller en pèlerinage à Bon-Secours, s'il se guérissait : à quoi M. Bournisien répondit qu'il ne voyait pas d'inconvénient ; deux précautions valaient mieux qu'une. *On ne risquait rien.*

L'apothicaire s'indigna contre ce qu'il appelait les *manœuvres du prêtre* ; elles nuisaient, prétendait-il, à la convalescence d'Hippolyte, et il répétait à madame Lefrançois :

— Laissez-le ! laissez-le ! vous lui perturbez le moral avec votre mysticisme !

Mais la bonne femme ne voulait plus l'entendre. Il était *la cause de tout.* Par esprit de contradiction, elle accrocha même au chevet du malade un bénitier tout plein, avec une branche de buis.

Cependant la religion pas plus que la chirurgie ne paraissait le secourir, et l'invincible pourriture allait montant toujours des extrémités vers le ventre. On avait beau varier les potions et changer les cataplasmes, les muscles chaque jour se décollaient davantage, et enfin Charles répondit par un signe de tête affirmatif quand la mère Lefrançois lui demanda si elle ne pourrait point, en désespoir de cause, faire venir M. Canivet, de Neufchâtel, qui était une célébrité.

Docteur en médecine, âgé de cinquante ans, jouissant d'une bonne position et sûr de lui-même, le confrère ne se gêna pas pour rire dédaigneusement lorsqu'il découvrit cette jambe gangrenée jusqu'au genou. Puis, ayant déclaré net qu'il la fallait amputer, il s'en alla chez le pharmacien déblatérer contre les ânes qui avaient pu réduire un malheureux homme en un tel état. Secouant M. Homais par le bouton de sa redingote, il vociférait dans la pharmacie :

— Ce sont là des inventions de Paris ! Voilà les idées de ces messieurs de la Capitale ! c'est comme le strabisme [1], le chloroforme [2], et la lithotritie [3], un tas de monstruosités que le gouvernement devrait défendre ! Mais on veut faire le malin, et l'on vous fourre des remèdes sans s'inquiéter des conséquences. Nous ne sommes pas si forts que cela, nous autres ; nous ne sommes pas des savants, des mirliflores, des jolis cœurs ; nous sommes des praticiens, des guérisseurs, et nous n'imaginerions pas d'opérer quelqu'un qui se porte à merveille ! Redresser des pieds bots ! est-ce qu'on peut redresser les pieds bots ? c'est comme si l'on voulait, par exemple, rendre droit un bossu !

Homais souffrait en écoutant ce discours, et il dissimulait son malaise sous un sourire de courtisan, ayant

---

1. Les opérations chirurgicales pour corriger le strabisme étaient nouvelles. **2.** L'anesthésie par chloroforme était encore contestée. **3.** Traitement qui consiste à broyer les calculs rénaux pour permettre leur évacuation.

besoin de ménager M. Canivet, dont les ordonnances quelquefois arrivaient jusqu'à Yonville ; aussi ne prit-il pas la défense de Bovary, ne fit-il même aucune observation, et, abandonnant ses principes, il sacrifia sa dignité aux intérêts plus sérieux de son négoce.

Ce fut dans le village un événement considérable que cette amputation de cuisse par le docteur Canivet ! Tous les habitants, ce jour-là, s'étaient levés de meilleure heure, et la Grande-Rue, bien que pleine de monde, avait quelque chose de lugubre comme s'il se fût agi d'une exécution capitale. On discutait chez l'épicier sur la maladie d'Hippolyte ; les boutiques ne vendaient rien, et madame Tuvache, la femme du maire, ne bougeait pas de sa fenêtre, par l'impatience où elle était de voir venir l'opérateur.

Il arriva dans son cabriolet, qu'il conduisait lui-même. Mais, le ressort du côté droit s'étant à la longue affaissé sous le poids de sa corpulence, il se faisait que la voiture penchait un peu tout en allant, et l'on apercevait sur l'autre coussin près de lui une vaste boîte, couverte de basane[1] rouge, dont les trois fermoirs de cuivre brillaient magistralement.

Quand il fut entré comme un tourbillon sous le porche du *Lion d'or*, le docteur, criant très haut, ordonna de dételer son cheval, puis il alla dans l'écurie voir s'il mangeait bien l'avoine ; car, en arrivant chez ses malades, il s'occupait d'abord de sa jument et de son cabriolet. On disait même à ce propos : « Ah ! M. Canivet, c'est un original ! » Et on l'estimait davantage pour cet inébranlable aplomb. L'univers aurait pu crever jusqu'au dernier homme, qu'il n'eût pas failli à la moindre de ses habitudes.

Homais se présenta.

— Je compte sur vous, fit le docteur. Sommes-nous prêts ? En marche !

---

1. Peau de mouton tannée.

Mais l'apothicaire, en rougissant, avoua qu'il était trop sensible pour assister à une pareille opération.

— Quand on est simple spectateur, disait-il, l'imagination, vous savez, se frappe ! Et puis j'ai le système nerveux tellement...

— Ah bah ! interrompit Canivet, vous me paraissez, au contraire, porté à l'apoplexie. Et, d'ailleurs, cela ne m'étonne pas ; car, vous autres, messieurs les pharmaciens, vous êtes continuellement fourrés dans votre cuisine, ce qui doit finir par altérer votre tempérament. Regardez-moi, plutôt : tous les jours, je me lève à quatre heures, je fais ma barbe à l'eau froide (je n'ai jamais froid), et je ne porte pas de flanelle, je n'attrape aucun rhume, le coffre est bon ! Je vis tantôt d'une manière, tantôt d'une autre, en philosophe, au hasard de la fourchette. C'est pourquoi je ne suis point délicat comme vous, et il m'est aussi parfaitement égal de découper un chrétien que la première volaille venue. Après ça, direz-vous, l'habitude..., l'habitude !...

Alors, sans aucun égard pour Hippolyte, qui suait d'angoisse entre ses draps, ces messieurs engagèrent une conversation où l'apothicaire compara le sang-froid d'un chirurgien à celui d'un général ; et ce rapprochement fut agréable à Canivet, qui se répandit en paroles sur les exigences de son art. Il le considérait comme un sacerdoce, bien que les officiers de santé le déshonorassent. Enfin, revenant au malade, il examina les bandes apportées par Homais, les mêmes qui avaient comparu lors du pied bot, et demanda quelqu'un pour lui tenir le membre. On envoya chercher Lestiboudois, et M. Canivet, ayant retroussé ses manches, passa dans la salle de billard, tandis que l'apothicaire restait avec Artémise et l'aubergiste, plus pâles toutes les deux que leur tablier, et l'oreille tendue contre la porte.

Bovary, pendant ce temps-là, n'osait bouger de sa maison. Il se tenait en bas, dans la salle, assis au coin de la cheminée sans feu, le menton sur sa poitrine, les mains jointes, les yeux fixes. Quelle mésaventure !

pensait-il, quel désappointement ! Il avait pris pourtant
toutes les précautions imaginables. La fatalité s'en était
mêlée. N'importe ! Si Hippolyte plus tard venait à
mourir, c'est lui qui l'aurait assassiné. Et puis, quelle
raison donnerait-il dans les visites, quand on l'inter-
rogerait ? Peut-être, cependant, s'était-il trompé en
quelque chose [1] ? Il cherchait, ne trouvait pas. Mais les
plus fameux chirurgiens se trompaient bien. Voilà ce
qu'on ne voudrait jamais croire ! on allait rire, au
contraire, clabauder ! Cela se répandrait jusqu'à
Forges ! jusqu'à Neufchâtel ! jusqu'à Rouen ! partout !
Qui sait si des confrères n'écriraient pas contre lui ?
Une polémique s'ensuivrait, il faudrait répondre dans
les journaux. Hippolyte même pouvait lui faire un procès [2]. Il se voyait déshonoré, ruiné, perdu ! Et son imagination, assaillie par une multitude d'hypothèses,
ballottait au milieu d'elles comme un tonneau vide
emporté à la mer et qui roule sur les flots.

Emma, en face de lui, le regardait ; elle ne partageait
pas son humiliation, elle en éprouvait une autre : c'était
de s'être imaginé qu'un pareil homme pût valoir
quelque chose, comme si vingt fois déjà elle n'avait
pas suffisamment aperçu sa médiocrité.

Charles se promenait de long en large, dans la
chambre. Ses bottes craquaient sur le parquet.

— Assieds-toi, dit-elle, tu m'agaces !

Il se rassit.

Comment donc avait-elle fait (elle qui était si intelli-
gente !) pour se méprendre encore une fois ? Du reste,
par quelle déplorable manie avoir ainsi abîmé son existence en sacrifices continuels ? Elle se rappela tous ses
instincts de luxe, toutes les privations de son âme, les

---

1. « Bovary a eu un tendon dévié, un sujet graisseux (erreur de tendon) — il a fait une petite piqûre — et ficelé fortement le malade. —
souffrances atroces — convulsions — » Flaubert avait fait dans ses
notes le scénario de l'erreur.   2. L'officier de santé n'était pas auto-
risé à faire de grandes opérations chirurgicales en dehors du contrôle
d'un médecin, voir note 4, p. 66.

bassesses du mariage, du ménage, ses rêves tombant dans la boue comme des hirondelles blessées, tout ce qu'elle avait désiré, tout ce qu'elle s'était refusé, tout ce qu'elle aurait pu avoir ! et pourquoi ? pourquoi ?

Au milieu du silence qui emplissait le village, un cri déchirant traversa l'air. Bovary devint pâle à s'évanouir. Elle fronça les sourcils d'un geste nerveux, puis continua. C'était pour lui cependant, pour cet être, pour cet homme qui ne comprenait rien, qui ne sentait rien ! car il était là, tout tranquillement, et sans même se douter que le ridicule de son nom allait désormais la salir comme lui. Elle avait fait des efforts pour l'aimer, et elle s'était repentie en pleurant d'avoir cédé à un autre.

— Mais c'était peut-être un valgus[1] ! exclama soudain Bovary, qui méditait.

Au choc imprévu de cette phrase tombant sur sa pensée comme une balle de plomb dans un plat d'argent, Emma tressaillant leva la tête pour deviner ce qu'il voulait dire ; et ils se regardèrent silencieusement, presque ébahis de se voir, tant ils étaient par leur conscience éloignés l'un de l'autre. Charles la considérait avec le regard trouble d'un homme ivre, tout en écoutant, immobile, les derniers cris de l'amputé qui se suivaient en modulations traînantes, coupées de saccades aiguës, comme le hurlement lointain de quelque bête qu'on égorge. Emma mordait ses lèvres blêmes, et, roulant entre ses doigts un des brins du polypier qu'elle avait cassé, elle fixait sur Charles la pointe ardente de ses prunelles, comme deux flèches de feu prêtes à partir. Tout en lui l'irritait maintenant, sa figure, son costume, ce qu'il ne disait pas, sa personne entière, son existence enfin. Elle se repentait, comme d'un crime, de sa vertu passée, et ce qui en restait

---

1. L'une des « bêtises du chirurgien » relevée en note est : « il peut, s'il est tout à fait ignorant, se tromper de tendon — confondre le genre de pied-bot, se perdre dans le *valgus* et l'équin, et produire ainsi un genre de pied-bot inconnu à la science. »

encore s'écroulait sous les coups furieux de son orgueil. Elle se délectait dans toutes les ironies mauvaises de l'adultère triomphant. Le souvenir de son amant revenait à elle avec des attractions vertigineuses : elle y jetait son âme, emportée vers cette image par un enthousiasme nouveau ; et Charles lui semblait aussi détaché de sa vie, aussi absent pour toujours, aussi impossible et anéanti, que s'il allait mourir et qu'il eût agonisé sous ses yeux.

Il se fit un bruit de pas sur le trottoir. Charles regarda ; et, à travers la jalousie baissée, il aperçut au bord des halles, en plein soleil, le docteur Canivet qui s'essuyait le front avec son foulard. Homais, derrière lui, portait à la main une grande boîte rouge, et ils se dirigeaient tous les deux du côté de la pharmacie.

Alors, par tendresse subite et découragement, Charles se tourna vers sa femme en lui disant :

— Embrasse-moi donc, ma bonne !

— Laisse-moi ! fit-elle, toute rouge de colère.

— Qu'as-tu ? qu'as-tu ? répétait-il stupéfait. Calme-toi ! reprends-toi !... Tu sais bien que je t'aime !... viens !

— Assez ! s'écria-t-elle d'un air terrible.

Et s'échappant de la salle, Emma ferma la porte si fort, que le baromètre bondit de la muraille et s'écrasa par terre.

Charles s'affaissa dans son fauteuil, bouleversé, cherchant ce qu'elle pouvait avoir, imaginant une maladie nerveuse, pleurant, et sentant vaguement circuler autour de lui quelque chose de funeste et d'incompréhensible.

Quand Rodolphe, le soir, arriva dans le jardin, il trouva sa maîtresse qui l'attendait au bas du perron, sur la première marche. Ils s'étreignirent, et toute leur rancune se fondit comme une neige sous la chaleur de ce baiser [1].

---

1. Un bref épisode qui suit est supprimé sur la copie (voir « Repentirs », texte n° 39, p. 533).

XII

Ils recommencèrent à s'aimer[1]. Souvent même, au milieu de la journée, Emma lui écrivait tout à coup ; puis, à travers les carreaux, faisait un signe à Justin, qui, dénouant vite sa serpillière[2], s'envolait à la Huchette. Rodolphe arrivait ; c'était pour lui dire qu'elle s'ennuyait, que son mari était odieux et son existence affreuse !

— Est-ce que j'y peux quelque chose ? s'écria-t-il un jour, impatienté.

— Ah ! Si tu voulais !...

Elle était assise par terre, entre ses genoux, les bandeaux dénoués, le regard perdu.

— Quoi donc ? fit Rodolphe.

Elle soupira.

— Nous irions vivre ailleurs..., quelque part...

— Tu es folle, vraiment ! dit-il en riant. Est-ce possible ?

Elle revint là-dessus ; il eut l'air de ne pas comprendre et détourna la conversation.

Ce qu'il ne comprenait pas, c'était tout ce trouble dans une chose aussi simple que l'amour. Elle avait un motif, une raison, et comme un auxiliaire à son attachement.

Cette tendresse, en effet, chaque jour s'accroissait davantage sous la répulsion du mari. Plus elle se livrait à l'un, plus elle exécrait l'autre ; jamais Charles ne lui paraissait aussi désagréable, avoir les doigts aussi carrés, l'esprit aussi lourd, les façons si communes

---

1. Quand il achève l'épisode précédent, Flaubert écrit à Louise Colet : « J'ai fait, je crois, un grand pas, à savoir la transition *insensible* de la partie psychologique à la dramatique. Maintenant, je vais entrer dans l'action et mes passions vont être effectives. Je n'aurai plus autant de demi-teintes à ménager. Cela sera plus amusant, pour le lecteur du moins [...] — Quand arrivera-t-il donc ce bienheureux jour où j'écrirai le mot *fin* ? » (18 avril 1854). **2.** Voir p. 212, note 1.

qu'après ses rendez-vous avec Rodolphe, quand ils se trouvaient ensemble. Alors, tout en faisant l'épouse et la vertueuse, elle s'enflammait à l'idée de cette tête dont les cheveux noirs se tournaient en une boucle vers le front hâlé, de cette taille à la fois si robuste et si élégante[1], de cet homme enfin qui possédait tant d'expérience dans la raison, tant d'emportement dans le désir ! C'était pour lui qu'elle se limait les ongles avec un soin de ciseleur, et qu'il n'y avait jamais assez de *cold-cream*[2] sur sa peau, ni de patchouli dans ses mouchoirs. Elle se chargeait de bracelets, de bagues, de colliers. Quand il devait venir, elle emplissait de roses ses deux grands vases de verre bleu, et disposait son appartement et sa personne comme une courtisane qui attend un prince. Il fallait que la domestique fût sans cesse à blanchir du linge ; et, de toute la journée, Félicité ne bougeait de la cuisine, où le petit Justin, qui souvent lui tenait compagnie, la regardait travailler[3].

Le coude sur la longue planche où elle repassait, il considérait avidement toutes ces affaires de femmes étalées autour de lui : les jupons de basin, les fichus, les collerettes, et les pantalons à coulisse, vastes de hanches et qui se rétrécissaient par le bas.

— À quoi cela sert-il ? demandait le jeune garçon en passant sa main sur la crinoline ou les agrafes[4].

— Tu n'as donc jamais rien vu ? répondait en riant Félicité ; comme si ta patronne, madame Homais, n'en portait pas de pareils.

— Ah bien oui ! madame Homais !

---

1. Cette tournure remplace sur la copie une phrase plus explicite : « ... il avait dans la taille, quelque chose à la fois de robuste et d'élégant qui la séduisait, et puis il s'habillait si bien ! Personne enfin n'était irrésistible comme lui, tant il possédait d'expérience dans la raison, d'emportement dans le désir ».   **2.** Crème adoucissante, à base de blanc de baleine, de cire d'abeille et d'huile d'amandes douces. **3.** Un bref dialogue est supprimé sur la copie (voir « Repentirs », texte n° 40, p. 533.)   **4.** Ce passage, d'abord supprimé sur la copie, est rétabli par Flaubert en marge.

Et il ajoutait d'un ton méditatif :

— Est-ce que c'est une dame comme Madame ? [1]

Mais Félicité s'impatientait de le voir tourner ainsi tout autour d'elle. Elle avait six ans de plus, et Théodore [2], le domestique de M. Guillaumin, commençait à lui faire la cour.

— Laisse-moi tranquille ! disait-elle en déplaçant son pot d'empois [3]. Va-t'en plutôt piler des amandes ; tu es toujours à fourrager du côté des femmes ; attends pour te mêler de ça, méchant mioche, que tu aies de la barbe au menton.

— Allons, ne vous fâchez pas, je m'en vais vous *faire ses bottines*.

Et aussitôt, il atteignait sur le chambranle les chaussures d'Emma, tout empâtées de crotte — la crotte des rendez-vous — qui se détachait en poudre sous ses doigts, et qu'il regardait monter doucement dans un rayon de soleil.

— Comme tu as peur de les abîmer ! disait la cuisinière, qui n'y mettait pas tant de façons quand elle les nettoyait elle-même, parce que Madame, dès que l'étoffe n'était plus fraîche, les lui abandonnait.

Emma en avait une quantité dans son armoire, et qu'elle gaspillait à mesure, sans que jamais Charles se permît la moindre observation.

C'est ainsi qu'il déboursa trois cents francs pour une jambe de bois dont elle jugea convenable de faire cadeau à Hippolyte. Le pilon en était garni de liège, et il y avait des articulations à ressort, une mécanique compliquée recouverte d'un pantalon noir, que terminait une botte vernie. Mais Hippolyte, n'osant à tous les jours se servir d'une si belle jambe, supplia

---

1. Un détail, retiré sur la copie : « Puis se levant à demi, il passait sa main sous la doublure des robes, dans les manches des camisoles, sur la toile bombée du corset. » **2.** Théodore (étymologiquement, le présent des dieux) est également le prénom du fugitif « amoureux » de Félicité dans *Un cœur simple*. **3.** Amidon épais pour empeser le linge.

madame Bovary de lui en procurer une autre plus
commode. Le médecin, bien entendu, fit encore les
frais de cette acquisition.

Donc, le garçon d'écurie peu à peu recommença son
métier. On le voyait comme autrefois parcourir le village, et quand Charles entendait de loin, sur les pavés,
le bruit sec de son bâton, il prenait bien vite une autre
route.

C'était M. Lheureux, le marchand, qui s'était chargé
de la commande ; cela lui fournit l'occasion de fréquenter Emma. Il causait avec elle des nouveaux dé-
ballages de Paris[1], de mille curiosités féminines, se
montrait fort complaisant, et jamais ne réclamait d'argent. Emma s'abandonnait à cette facilité de satisfaire
tous ses caprices. Ainsi, elle voulut avoir, pour la donner à Rodolphe, une fort belle cravache qui se trouvait
à Rouen dans un magasin de parapluies. M. Lheureux,
la semaine d'après, la lui posa sur sa table.

Mais le lendemain il se présenta chez elle avec une
facture de deux cent soixante et dix francs, sans compter les centimes. Emma fut très embarrassée : tous les
tiroirs du secrétaire étaient vides ; on devait plus de
quinze jours à Lestiboudois, deux trimestres à la servante, quantité d'autres choses encore, et Bovary attendait impatiemment l'envoi de M. Derozerays, qui avait
coutume, chaque année, de le payer vers la Saint-
Pierre.

Elle réussit d'abord à éconduire Lheureux ; enfin il
perdit patience : on le poursuivait, ses capitaux étaient
absents, et, s'il ne rentrait dans quelques-uns, il serait
forcé de lui reprendre toutes les marchandises qu'elle
avait.

— Eh ! reprenez-les ! dit Emma.

— Oh ! c'est pour rire ! répliqua-t-il. Seulement, je
ne regrette que la cravache. Ma foi ! je la redemanderai
à Monsieur.

---

1. Marchandises récemment arrivées de Paris.

— Non ! non ! fit-elle.

— Ah ! je te tiens ! pensa Lheureux.

Et, sûr de sa découverte, il sortit en répétant à demi-voix et avec son petit sifflement habituel :

— Soit ! nous verrons ! nous verrons !

Elle rêvait comment se tirer de là, quand la cuisinière entrant, déposa sur la cheminée un petit rouleau de papier bleu, *de la part de M. Derozerays*. Emma sauta dessus, l'ouvrit[1]. Il y avait quinze napoléons. C'était le compte. Elle entendit Charles dans l'escalier ; elle jeta l'or au fond de son tiroir et prit la clef.

Trois jours après, Lheureux reparut.

— J'ai un arrangement à vous proposer, dit-il ; si, au lieu de la somme convenue, vous vouliez prendre...

— La voilà, fit-elle en lui plaçant dans la main quatorze napoléons.

Le marchand fut stupéfait. Alors, pour dissimuler son désappointement, il se répandit en excuses et en offres de service qu'Emma refusa toutes ; puis elle resta quelques minutes palpant dans la poche de son tablier les deux pièces de cent sous qu'il lui avait rendues. Elle se promettait d'économiser, afin de rendre plus tard...

— Ah bah ! songea-t-elle, il n'y pensera plus.

Outre la cravache à pommeau de vermeil, Rodolphe avait reçu un cachet avec cette devise : *Amor nel cor*[2] ; de plus, une écharpe pour se faire un cache-nez, et enfin un porte-cigares tout pareil à celui du Vicomte, que Charles avait autrefois ramassé sur la route et

---

1. Un long monologue de M. Derozerais est supprimé sur la copie (voir « Repentirs », texte n° 41, p. 533-534).   **2.** Flaubert, dans une lettre de la fin décembre 1846, répond à Louise Colet, qui lui reproche infidélité et moquerie, pour l'envoi qu'elle lui a fait d'un cachet avec l'inscription *Amor nel cor* (amour au cœur) : « Qu'est-ce que cela veut dire ? est-ce un défi ? un retour ? une raillerie ? Je m'y perds, *Amor nel cor* ! » La devise revient dans le roman d'Emma, avec ironie.

qu'Emma conservait. Cependant ces cadeaux l'humi-
liaient. Il en refusa plusieurs ; elle insista, et Rodolphe
finit par obéir, la trouvant tyrannique et trop envahis-
sante.

Puis elle avait d'étranges idées :

— Quand minuit sonnera, disait-elle, tu penseras à
moi !

Et, s'il avouait n'y avoir point songé, c'étaient des
reproches en abondance, et qui se terminaient toujours
par l'éternel mot :

— M'aimes-tu ?

— Mais oui, je t'aime ! répondait-il.

— Beaucoup ?

— Certainement !

— Tu n'en as pas aimé d'autres, hein ?

— Crois-tu m'avoir pris vierge ? exclamait-il en
riant.

Emma pleurait, et il s'efforçait de la consoler, enjoli-
vant de calembours ses protestations [1].

— Oh ! c'est que je t'aime ! reprenait-elle, je t'aime
à ne pouvoir me passer de toi, sais-tu bien ? J'ai quelquefois des envies de te revoir où toutes les colères de
l'amour me déchirent. Je me demande : « Où est-il ?
Peut-être il parle à d'autres femmes ? Elles lui sourient,
il s'approche... » Oh ! non, n'est-ce pas, aucune ne te
plaît ? Il y en a de plus belles ; mais, moi, je sais mieux
aimer ! Je suis ta servante et ta concubine [2] ! Tu es mon
roi, mon idole ! tu es bon ! tu es beau ! tu es intelli-
gent ! tu es fort !

Il s'était tant de fois entendu dire ces choses,
qu'elles n'avaient pour lui rien d'original. Emma ressemblait à toutes les maîtresses ; et le charme de la
nouveauté, peu à peu tombant comme un vêtement,
laissait voir à nu l'éternelle monotonie de la passion,

---

1. Ce passage est rayé sur la copie par la *Revue de Paris*, et rétabli
selon l'indication de Flaubert dans la marge.   2. Le terme est rayé
sur la copie par la *Revue de Paris*, et rétabli par Flaubert.

qui a toujours les mêmes formes et le même langage.
Il ne distinguait pas, cet homme si plein de pratique,
la dissemblance des sentiments sous la parité des
expressions. Parce que des lèvres libertines ou vénales
lui avaient murmuré des phrases pareilles, il ne croyait
que faiblement à la candeur de celles-là ; on en devait
rabattre, pensait-il, les discours exagérés cachant les
affections médiocres ; comme si la plénitude de l'âme
ne débordait pas quelquefois par les métaphores les
plus vides, puisque personne, jamais, ne peut donner
l'exacte mesure de ses besoins, ni de ses conceptions,
ni de ses douleurs, et que la parole humaine est comme
un chaudron fêlé où nous battons des mélodies à faire
danser les ours, quand on voudrait attendrir les étoiles.

Mais, avec cette supériorité de critique appartenant
à celui qui, dans n'importe quel engagement, se tient
en arrière, Rodolphe aperçut en cet amour d'autres
jouissances à exploiter. Il jugea toute pudeur incom-
mode. Il la traita sans façon. Il en fit quelque chose de
souple et de corrompu. C'était une sorte d'attachement
idiot plein d'admiration pour lui, de voluptés pour elle,
une béatitude qui l'engourdissait ; et son âme s'enfonçait en cette ivresse et s'y noyait, ratatinée, comme le
duc de Clarence dans son tonneau de malvoisie [1].

Par l'effet seul de ses habitudes amoureuses, madame Bovary changea d'allures. Ses regards devinrent
plus hardis, ses discours plus libres ; elle eut même
l'inconvenance de se promener avec M. Rodolphe, une
cigarette à la bouche, *comme pour narguer le monde* ;
enfin, ceux qui doutaient encore ne doutèrent plus
quand on la vit, un jour, descendre de *l'Hirondelle*, la
taille serrée dans un gilet, à la façon d'un homme ; et

---

1. George, duc de Clarence, frère aîné d'Édouard IV roi d'Angleterre, accusé de conspiration contre le roi, fut condamné à mort par le
Parlement : « pour toute faveur on lui accorda le choix de son supplice ;
et il fut noyé clandestinement dans un tonneau de malvoisie (1478) :
choix bizarre, dit Hume, et qui suppose une passion excessive pour
cette liqueur », *Biographie universelle* de Michaud, 1856.

madame Bovary mère, qui, après une épouvantable scène avec son mari, était venue se réfugier chez son fils, ne fut pas la bourgeoise la moins scandalisée. Bien d'autres choses lui déplurent : d'abord Charles n'avait point écouté ses conseils pour l'interdiction des romans ; puis, *le genre de la maison* lui déplaisait ; elle se permit des observations, et l'on se fâcha, une fois surtout, à propos de Félicité.

Madame Bovary mère, la veille au soir, en traversant le corridor, l'avait surprise dans la compagnie d'un homme, un homme à collier brun, d'environ quarante ans, et qui, au bruit de ses pas, s'était vite échappé de la cuisine. Alors Emma se prit à rire ; mais la bonne dame s'emporta, déclarant qu'à moins de se moquer des mœurs, on devait surveiller celles des domestiques [1].

— De quel monde êtes-vous ? dit la bru, avec un regard tellement impertinent que madame Bovary lui demanda si elle ne défendait point sa propre cause.

— Sortez ! fit la jeune femme se levant d'un bond.

— Emma !... maman !... s'écriait Charles pour les rapatrier [2].

Mais elles s'étaient enfuies toutes les deux dans leur exaspération. Emma trépignait en répétant :

— Ah ! quel savoir-vivre ! quelle paysanne !

Il courut à sa mère ; elle était hors des gonds, elle balbutiait :

---

1. « Tout au long du [XIXᵉ] siècle courent deux représentations majeures de la servante [...] Abdication du corps et provocation charnelle, tels sont les deux pôles entre lesquels s'inscrit le destin de celle qui peut incarner tour à tour, ou simultanément, Marthe et Marie-Madeleine » (Alain Corbin, « L'Archéologie de la ménagère », dans *Le Temps, le désir et l'horreur, essais sur le XIXᵉ siècle*, Champs/Flammarion, 1991). Cet article renvoie en particulier à Pierre Guiral, Guy Thuillier, *La Vie quotidienne des domestiques en France au XIXᵉ siècle*, Paris, Hachette, 1978. Dans *Un cœur simple*, Félicité représentera l'autre pôle de ces représentations. Mélie prendra le relais de la servante « volage » dans *Bouvard et Pécuchet*. **2.** Réconcilier.

— C'est une insolente ! une évaporée ! pire, peut-être !

Et elle voulait partir immédiatement, si l'autre ne venait lui faire des excuses. Charles retourna donc vers sa femme et la conjura de céder ; il se mit à genoux ; elle finit par répondre :

— Soit ! j'y vais.

En effet, elle tendit la main à sa belle-mère avec une dignité de marquise, en lui disant :

— Excusez-moi, madame.

Puis, remontée chez elle, Emma se jeta tout à plat ventre sur son lit, et elle y pleura comme un enfant, la tête enfoncée dans l'oreiller.

Ils étaient convenus, elle et Rodolphe, qu'en cas d'événement extraordinaire, elle attacherait à la persienne un petit chiffon de papier blanc, afin que, si par hasard il se trouvait à Yonville, il accourût dans la ruelle, derrière la maison. Emma fit le signal ; elle attendait depuis trois quarts d'heure, quand tout à coup elle aperçut Rodolphe au coin des halles. Elle fut tentée d'ouvrir la fenêtre, de l'appeler ; mais déjà il avait disparu. Elle retomba désespérée.

Bientôt pourtant il lui sembla que l'on marchait sur le trottoir. C'était lui, sans doute ; elle descendit l'escalier, traversa la cour. Il était là, dehors. Elle se jeta dans ses bras.

— Prends donc garde, dit-il.

— Ah ! Si tu savais ! reprit-elle.

Et elle se mit à lui raconter tout, à la hâte, sans suite, exagérant les faits, en inventant plusieurs, et prodiguant les parenthèses si abondamment qu'il n'y comprenait rien.

— Allons, mon pauvre ange, du courage, console-toi, patience !

— Mais voilà quatre ans que je patiente et que je souffre !... Un amour comme le nôtre devrait s'avouer à la face du ciel ! Ils sont à me torturer. Je n'y tiens plus ! Sauve-moi !

Elle se serrait contre Rodolphe. Ses yeux, pleins de larmes, étincelaient comme des flammes sous l'onde ; sa gorge haletait à coups rapides ; jamais il ne l'avait tant aimée ; si bien qu'il en perdit la tête et qu'il lui dit :

— Que faut-il faire ? que veux-tu ?

— Emmène-moi ! s'écria-t-elle. Enlève-moi... Oh ! je t'en supplie !

Et elle se précipita sur sa bouche, comme pour y saisir le consentement inattendu qui s'en exhalait dans un baiser.

— Mais..., reprit Rodolphe.

— Quoi donc ?

— Et ta fille ?

Elle réfléchit quelques minutes, puis répondit :

— Nous la prendrons, tant pis !

— Quelle femme ! se dit-il en la regardant s'éloigner.

Car elle venait de s'échapper dans le jardin. On l'appelait.

La mère Bovary, les jours suivants, fut très étonnée de la métamorphose de sa bru. En effet, Emma se montra plus docile, et même poussa la déférence jusqu'à lui demander une recette pour faire mariner des cornichons.

Était-ce afin de les mieux duper l'un et l'autre ? ou bien voulait-elle, par une sorte de stoïcisme voluptueux, sentir plus profondément l'amertume des choses qu'elle allait abandonner ? Mais elle n'y prenait garde, au contraire ; elle vivait comme perdue dans la dégustation anticipée de son bonheur prochain. C'était avec Rodolphe un éternel sujet de causeries. Elle s'appuyait sur son épaule, elle murmurait :

— Hein ! quand nous serons dans la malle-poste !... Y songes-tu ? Est-ce possible ? Il me semble qu'au moment où je sentirai la voiture s'élancer, ce sera comme si nous montions en ballon, comme si nous partions vers les nuages[1]. Sais-tu que je compte les jours ?... Et toi ?

Jamais madame Bovary ne fut aussi belle qu'à cette époque ; elle avait cette indéfinissable beauté qui résulte de la joie, de l'enthousiasme, du succès, et qui n'est que l'harmonie du tempérament avec les circonstances. Ses convoitises, ses chagrins, l'expérience du plaisir et ses illusions toujours jeunes, comme font aux fleurs le fumier, la pluie, les vents et le soleil, l'avaient par gradations développée, et elle s'épanouissait enfin dans la plénitude de sa nature. Ses paupières semblaient taillées tout exprès pour ses longs regards amoureux où la prunelle se perdait, tandis qu'un souffle fort écartait ses narines minces et relevait le coin charnu de ses lèvres qu'ombrageait à la lumière un peu de duvet noir. On eût dit qu'un artiste habile en corruptions avait disposé sur sa nuque la torsade de ses cheveux : ils s'enroulaient en une masse lourde, négligemment, et selon les hasards de l'adultère, qui les dénouait tous les jours[2]. Sa voix maintenant prenait des inflexions plus molles, sa taille aussi ; quelque chose de subtil qui vous pénétrait se dégageait même des draperies de sa robe et de la cambrure de son pied. Charles, comme aux premiers temps de son mariage, la trouvait délicieuse et tout irrésistible.

Quand il rentrait au milieu de la nuit, il n'osait pas la réveiller[3]. La veilleuse de porcelaine arrondissait au plafond une clarté tremblante, et les rideaux fermés du petit berceau faisaient comme une hutte blanche qui se bombait dans l'ombre, au bord du lit. Charles les regardait. Il croyait entendre l'haleine légère de son enfant. Elle allait grandir maintenant ; chaque saison,

---

1. « À mesure que je monte, je deviens plus léger », dit Antoine, emporté dans le ciel par le Diable (*La Tentation de saint Antoine*, 1849, *Œuvres complètes*, Le Seuil, 1964, p. 443).   2. Cette phrase, rayée sur la copie par la *Revue de Paris*, est rétablie par Flaubert en interligne.   3. Suit un passage rayé par la *Revue de Paris*, et non rétabli malgré l'indication de Flaubert (voir « Repentirs », texte n° 42, p. 534.)

vite, amènerait un progrès. Il la voyait déjà revenant de l'école à la tombée du jour, toute rieuse, avec sa brassière tachée d'encre, et portant au bras son panier ; puis il faudrait la mettre en pension, cela coûterait beaucoup ; comment faire ? Alors il réfléchissait. Il pensait à louer une petite ferme aux environs, et qu'il surveillerait lui-même, tous les matins, en allant voir ses malades. Il en économiserait le revenu, il le place-rait à la caisse d'épargne ; ensuite il achèterait des actions, quelque part, n'importe où ; d'ailleurs, la clientèle augmenterait ; il y comptait, car il voulait que Berthe fût bien élevée, qu'elle eût des talents, qu'elle apprît le piano. Ah ! qu'elle serait jolie, plus tard, à quinze ans, quand, ressemblant à sa mère, elle porterait comme elle, dans l'été, de grands chapeaux de paille ! on les prendrait de loin pour les deux sœurs. Il se la figurait travaillant le soir auprès d'eux, sous la lumière de la lampe ; elle lui broderait des pantoufles ; elle s'occuperait du ménage ; elle emplirait toute la maison de sa gentillesse et de sa gaieté. Enfin, ils songeraient à son établissement : on lui trouverait quelque brave garçon ayant un état solide ; il la rendrait heureuse ; cela durerait toujours.

Emma ne dormait pas, elle faisait semblant d'être endormie ; et, tandis qu'il s'assoupissait à ses côtés, elle se réveillait en d'autres rêves.

Au galop de quatre chevaux, elle était emportée depuis huit jours vers un pays nouveau, d'où ils ne reviendraient plus. Ils allaient, ils allaient, les bras enlacés, sans parler[1]. Souvent, du haut d'une mon-tagne, ils apercevaient tout à coup quelque cité splen-dide avec des dômes, des ponts, des navires, des forêts de citronniers et des cathédrales de marbre blanc, dont

---

1. Une phrase est rayée sur la copie par la *Revue de Paris*, et non rétablie, malgré une indication de Flaubert : « Le soleil frappait sur le cuir de la capote et la poussière âcre, tourbillonnant, leur craquait dans les gencives. »

les clochers aigus portaient des nids de cigogne. On marchait au pas, à cause des grandes dalles, et il y avait par terre des bouquets de fleurs que vous offraient des femmes habillées en corset rouge. On entendait sonner des cloches, hennir les mulets, avec le murmure des guitares et le bruit des fontaines, dont la vapeur s'envolant rafraîchissait des tas de fruits, disposés en pyramide au pied des statues pâles, qui souriaient sous les jets d'eau. Et puis ils arrivaient, un soir, dans un village de pêcheurs, où des filets bruns séchaient au vent, le long de la falaise et des cabanes. C'est là qu'ils s'arrêteraient pour vivre ; ils habiteraient une maison basse, à toit plat, ombragée d'un palmier, au fond d'un golfe, au bord de la mer. Ils se promèneraient en gondole, ils se balanceraient en hamac ; et leur existence serait facile et large comme leurs vêtements de soie, toute chaude et étoilée comme les nuits douces qu'ils contempleraient. Cependant, sur l'immensité de cet avenir qu'elle se faisait apparaître, rien de particulier ne surgissait ; les jours, tous magnifiques, se ressemblaient comme des flots ; et cela se balançait à l'horizon, infini, harmonieux, bleuâtre et couvert de soleil. Mais l'enfant se mettait à tousser dans son berceau, ou bien Bovary ronflait plus fort, et Emma ne s'endormait que le matin, quand l'aube blanchissait les carreaux et que déjà le petit Justin, sur la place, ouvrait les auvents de la pharmacie.

Elle avait fait venir M. Lheureux et lui avait dit :

— J'aurais besoin d'un manteau, un grand manteau, à long collet, doublé.

— Vous partez en voyage ? demanda-t-il.

— Non ! mais..., n'importe, je compte sur vous, n'est-ce pas ? et vivement !

Il s'inclina.

— Il me faudrait encore, reprit-elle, une caisse..., pas trop lourde..., commode.

— Oui, oui, j'entends, de quatre-vingt-douze centi-

mètres environ sur cinquante, comme on les fait à
présent.

— Avec un sac de nuit.

— Décidément, pensa Lheureux, il y a du grabuge
là-dessous.

— Et tenez, dit madame Bovary en tirant sa montre
de sa ceinture, prenez cela ; vous vous payerez dessus.

Mais le marchand s'écria qu'elle avait tort ; ils se
connaissaient ; est-ce qu'il doutait d'elle ? Quel enfan-
tillage ! Elle insista cependant pour qu'il prît au moins
la chaîne, et déjà Lheureux l'avait mise dans sa poche
et s'en allait, quand elle le rappela.

— Vous laisserez tout chez vous. Quant au manteau, — elle eut l'air de réfléchir, — ne l'apportez pas
non plus ; seulement, vous me donnerez l'adresse de
l'ouvrier et avertirez qu'on le tienne à ma disposition.

C'était le mois prochain qu'ils devaient s'enfuir.
Elle partirait d'Yonville comme pour aller faire des
commissions à Rouen. Rodolphe aurait retenu les
places, pris des passeports, et même écrit à Paris, afin
d'avoir la malle entière jusqu'à Marseille, où ils achè-
teraient une calèche et, de là, continueraient sans
s'arrêter, par la route de Gênes. Elle aurait eu soin
d'envoyer chez Lheureux son bagage, qui serait directement porté à *l'Hirondelle*, de manière que personne
ainsi n'aurait de soupçons ; et, dans tout cela, jamais il
n'était question de son enfant. Rodolphe évitait d'en
parler ; peut-être qu'elle n'y pensait pas.

Il voulut avoir encore deux semaines devant lui,
pour terminer quelques dispositions ; puis, au bout de
huit jours, il en demanda quinze autres ; puis il se dit
malade ; ensuite il fit un voyage ; le mois d'août se
passa, et, après tous ces retards, ils arrêtèrent que ce
serait irrévocablement pour le 4 septembre, un lundi[1].

_____

1. Lundi, « jour de la lune ». Cela peut également dater la fiction :
c'est en 1843 que le 4 septembre est un lundi (des rédactions antérieures donnaient : « pour le 12 septembre, un lundi », ce qui indique-

Enfin le samedi, l'avant-veille, arriva.

Rodolphe vint le soir, plus tôt que de coutume.

— Tout est-il prêt ? lui demanda-t-elle.

— Oui.

Alors ils firent le tour d'une plate-bande, et allèrent s'asseoir près de la terrasse, sur la margelle du mur.

— Tu es triste, dit Emma.

— Non, pourquoi ?

Et cependant il la regardait singulièrement, d'une façon tendre.

— Est-ce de t'en aller ? reprit-elle, de quitter tes affections, ta vie ? Ah ! je comprends... Mais, moi, je n'ai rien au monde ! tu es tout pour moi. Aussi je serai tout pour toi, je te serai une famille, une patrie ; je te soignerai, je t'aimerai.

— Que tu es charmante ! dit-il en la saisissant dans ses bras.

— Vrai ? fit-elle avec un rire de volupté. M'aimes-tu ? Jure-le donc !

— Si je t'aime ! si je t'aime ! mais je t'adore, mon amour !

La lune, toute ronde et couleur de pourpre, se levait à ras de terre, au fond de la prairie. Elle montait vite entre les branches des peupliers, qui la cachaient de place en place, comme un rideau noir, troué. Puis elle parut, éclatante de blancheur, dans le ciel vide qu'elle éclairait ; et alors, se ralentissant, elle laissa tomber sur la rivière une grande tache, qui faisait une infinité d'étoiles ; et cette lueur d'argent semblait s'y tordre jusqu'au fond, à la manière d'un serpent sans tête couvert d'écailles lumineuses. Cela ressemblait aussi à quelque monstrueux candélabre, d'où ruisselaient, tout du long, des gouttes de diamant en fusion [1]. La nuit douce s'étalait autour d'eux ; des nappes d'ombre em-

---

rait 1842). Mais le 4 septembre est également un lundi en 1854, au moment précisément de la rédaction de cette scène.

1. La phrase est rayée sur la copie, et rétablie par Flaubert en marge.

plissaient les feuillages[1]. Emma, les yeux à demi clos,
aspirait avec de grands soupirs le vent frais qui soufflait[2]. Ils ne se parlaient pas, trop perdus qu'ils étaient
dans l'envahissement de leur rêverie. La tendresse des
anciens jours leur revenait au cœur, abondante et silencieuse comme la rivière qui coulait, avec autant de
mollesse qu'en apportait le parfum des seringas, et pro-
jetait dans leur souvenir des ombres plus démesurées
et plus mélancoliques que celles des saules immobiles
qui s'allongeaient sur l'herbe[3]. Souvent quelque bête
nocturne, hérisson ou belette, se mettant en chasse,
dérangeait les feuilles, ou bien on entendait par
moments une pêche mûre qui tombait toute seule de
l'espalier.

— Ah ! la belle nuit ! dit Rodolphe.

— Nous en aurons d'autres ! reprit Emma.

Et, comme se parlant à elle-même :

— Oui, il fera bon voyager... Pourquoi ai-je le cœur
triste, cependant ? Est-ce l'appréhension de l'inconnu..., l'effet des habitudes quittées..., ou plutôt... ? Non,
c'est l'excès du bonheur ! Que je suis faible, n'est-ce
pas ? Pardonne-moi !

— Il est encore temps ! s'écria-t-il. Réfléchis, tu
t'en repentiras peut-être.

— Jamais ! fit-elle impétueusement.

Et, en se rapprochant de lui :

— Quel malheur donc peut-il me survenir ? Il n'y a

---

1. Cette description s'apparente au célèbre nocturne que Chateaubriand développe dans le *Génie du christianisme* (1802, 1re partie, livre
V, chap. 12) : « Dans une savane, de l'autre côté de la rivière, la clarté
de la lune dormait sans mouvement sur les gazons [...] des bouleaux
agités par les brises, et dispersés çà et là, formaient des îles d'ombre
flottantes sur cette mer immobile de lumière. »   2. Suit une phrase
rayée sur la copie par la *Revue de Paris*, et non rétablie malgré une
indication de Flaubert : « De temps à autre, il entr'ouvrait son peignoir
et découvrait un peu le haut de sa poitrine, qui était plus blanche encore
que la pâleur de la lune. »   3. Une phrase est supprimée par Flaubert : « Le village dormait ; toutes ses maisons étaient closes, l'horloge
de l'église battait régulièrement. »

pas de désert, pas de précipice ni d'océan que je ne traverserais avec toi. À mesure que nous vivrons ensemble, ce sera comme une étreinte chaque jour plus serrée, plus complète ! Nous n'aurons rien qui nous trouble, pas de soucis, nul obstacle ! Nous serons seuls, tout à nous, éternellement... Parle donc, réponds-moi.

Il répondait à intervalles réguliers : « Oui... oui !... » Elle lui avait passé les mains dans ses cheveux, et elle répétait d'une voix enfantine, malgré de grosses larmes qui coulaient :

— Rodolphe ! Rodolphe !... Ah ! Rodolphe, cher petit Rodolphe !

Minuit sonna.

— Minuit ! dit-elle. Allons, c'est demain ! encore un jour !

Il se leva pour partir ; et, comme si ce geste qu'il faisait eût été le signal de leur fuite, Emma, tout à coup, prenant un air gai :

— Tu as les passeports ?

— Oui.

— Tu n'oublies rien ?

— Non.

— Tu en es sûr ?

— Certainement.

— C'est à l'hôtel *de Provence*, n'est-ce pas, que tu m'attendras ?... à midi ?

Il fit un signe de tête.

— À demain, donc ! dit Emma dans une dernière caresse.

Et elle le regarda s'éloigner.

Il ne se détournait pas [1]. Elle courut après lui, et, se penchant au bord de l'eau entre des broussailles :

— À demain ! s'écria-t-elle [2].

---

1. « Une fois, cependant il eut l'air de se ralentir » est rayé sur la copie. **2.** Le manuscrit donne : « cria-t-elle ! ».

Il était déjà de l'autre côté de la rivière et marchait vite dans la prairie [1].

Au bout de quelques minutes, Rodolphe s'arrêta ; et, quand il la vit avec son vêtement blanc peu à peu s'évanouir dans l'ombre comme un fantôme, il fut pris d'un tel battement de cœur, qu'il s'appuya contre un arbre pour ne pas tomber.

— Quel imbécile je suis ! fit-il en jurant épouvantablement. N'importe, c'était une jolie maîtresse !

Et, aussitôt, la beauté d'Emma, avec tous les plaisirs de cet amour, lui réapparurent. D'abord il s'attendrit, puis il se révolta contre elle.

— Car enfin, exclamait-il en gesticulant, je ne peux pas m'expatrier, avoir la charge d'une enfant.

Il se disait ces choses pour s'affermir davantage.

— Et, d'ailleurs, les embarras, la dépense... Ah ! non, non, mille fois non ! cela eût été trop bête ! [2]

XIII

À peine arrivé chez lui, Rodolphe s'assit brusquement à son bureau, sous la tête de cerf faisant trophée contre la muraille. Mais, quand il eut la plume entre les doigts, il ne sut rien trouver, si bien que, s'appuyant sur les deux coudes, il se mit à réfléchir. Emma lui

---

1. La *Revue de Paris* arrête ici le chapitre 12 et commence le chapitre 13.   **2.** Fin de la troisième livraison dans la *Revue de Paris* du 1er novembre 1856, avec l'indication : « La suite au prochain volume. » Dans ce même volume *Madame Bovary* apparaît entre des textes d'historiens : « Les historiens allemands de la Révolution », par V. Chauffour-Kestner, et « La France au Seizième siècle, Calvin, Loyola, Rabelais », par Henri Martin, d'une part, et une critique de « Les *Mélanges* de M. Veuillot », par Louis Ulbach, d'autre part. On y trouve un poème de Maxime Du Camp, *Tombeaux grecs*.

semblait être reculée dans un passé lointain, comme si la résolution qu'il avait prise venait de placer entre eux, tout à coup, un immense intervalle.

Afin de ressaisir quelque chose d'elle, il alla chercher dans l'armoire, au chevet de son lit, une vieille boîte à biscuits de Reims où il enfermait d'habitude ses lettres de femmes, et il s'en échappa une odeur de poussière humide et de roses flétries. D'abord il aperçut un mouchoir de poche, couvert de gouttelettes pâles. C'était un mouchoir à elle, une fois qu'elle avait saigné du nez, en promenade ; il ne s'en souvenait plus. Il y avait auprès, se cognant à tous les angles, la miniature donnée par Emma ; sa toilette lui parut prétentieuse et son regard *en coulisse*[1] du plus pitoyable effet ; puis, à force de considérer cette image et d'évoquer le souvenir du modèle, les traits d'Emma peu à peu se confondirent en sa mémoire, comme si la figure vivante et la figure peinte, se frottant l'une contre l'autre, se fussent réciproquement effacées. Enfin, il lut de ses lettres ; elles étaient pleines d'explications relatives à leur voyage, courtes, techniques et pressantes comme des billets d'affaires. Il voulut revoir les longues, celles d'autrefois ; pour les trouver au fond de la boîte, Rodolphe dérangea toutes les autres[2] ; et machinalement il se mit à fouiller dans ce tas de papiers et de choses, y retrouvant pêle-mêle des bouquets, une jarretière, un masque noir, des épingles et des cheveux — des cheveux ! de bruns, de blonds ; quelques-uns même, s'accrochant à la ferrure de la boîte, se cassaient quand on l'ouvrait.

Ainsi flânant parmi ses souvenirs, il examinait les écritures et le style des lettres, aussi variés que leurs orthographes. Elles étaient tendres ou joviales, facétieuses, mélancoliques ; il y en avait qui demandaient de

---

1. À la dérobée.   2. Un détail est supprimé, à la demande de la *Revue de Paris* : « ses yeux tombèrent sur cette phrase : "N'oublie pas le homard, amour d'homme" ».

l'amour et d'autres qui demandaient de l'argent. À propos d'un mot, il se rappelait des visages, de certains gestes, un son de voix ; quelquefois pourtant il ne se rappelait rien [1].

En effet, ces femmes, accourant à la fois dans sa pensée, s'y gênaient les unes les autres et s'y rapetissaient, comme sous un même niveau d'amour qui les égalisait. Prenant donc à poignée les lettres confondues, il s'amusa pendant quelques minutes à les faire tomber en cascades, de sa main droite dans sa main gauche. Enfin, ennuyé, assoupi, Rodolphe alla reporter la boîte dans l'armoire en se disant :

— Quel tas de blagues !...

Ce qui résumait son opinion ; car les plaisirs, comme des écoliers dans la cour d'un collège, avaient tellement piétiné sur son cœur, que rien de vert n'y poussait, et ce qui passait par là, plus étourdi que les enfants, n'y laissait pas même, comme eux, son nom gravé sur la muraille.

— Allons, se dit-il, commençons !

Il écrivit :

« Du courage, Emma ! du courage ! Je ne veux pas faire le malheur de votre existence... »

— Après tout, c'est vrai, pensa Rodolphe ; j'agis dans son intérêt ; je suis honnête.

« Avez-vous mûrement pesé votre détermination ? Savez-vous l'abîme où je vous entraînais, pauvre ange ? Non, n'est-ce pas ? Vous alliez confiante et folle, croyant au bonheur, à l'avenir... Ah ! malheureux que nous sommes ! insensés ! »

Rodolphe s'arrêta pour trouver ici quelque bonne excuse.

— Si je lui disais que toute ma fortune est per-

---

1. Un détail est supprimé sur la copie par la *Revue de Paris*, et non rétabli malgré une indication de Flaubert : « Il ne put découvrir d'où lui était venu ce billet : "Comme j'ai eu peur hier ! à tantôt ! au coin du boulevard, en fiacre" ».

due ?... Ah ! non, et d'ailleurs, cela n'empêcherait rien.
Ce serait à recommencer plus tard. Est-ce qu'on peut
faire entendre raison à des femmes pareilles !

Il réfléchit, puis ajouta :

« Je ne vous oublierai pas, croyez-le bien, et j'aurai
continuellement pour vous un dévouement profond ;
mais, un jour, tôt ou tard, cette ardeur (c'est là le sort
des choses humaines) se fût diminuée, sans doute ! Il
nous serait venu des lassitudes, et qui sait même si
je n'aurais pas eu l'atroce douleur d'assister à vos
remords et d'y participer moi-même, puisque je les
aurais causés. L'idée seule des chagrins qui vous arrivent me torture, Emma ! Oubliez-moi ! Pourquoi faut-
il que je vous aie connue ? Pourquoi étiez-vous si
belle ? Est-ce ma faute ? Ô mon Dieu ! non, non, n'en
accusez que la fatalité ! »

— Voilà un mot qui fait toujours de l'effet, se dit-il.

« Ah ! Si vous eussiez été une de ces femmes au
cœur frivole comme on en voit, certes, j'aurais pu, par
égoïsme, tenter une expérience alors sans danger pour
vous. Mais cette exaltation délicieuse, qui fait à la fois
votre charme et votre tourment, vous a empêché de
comprendre, adorable femme que vous êtes, la fausseté
de notre position future. Moi non plus, je n'y avais
pas réfléchi d'abord, et je me reposais à l'ombre de ce
bonheur idéal, comme à celle du mancenillier[1], sans
prévoir les conséquences. »

— Elle va peut-être croire que c'est par avarice que
j'y renonce... Ah ! n'importe ! tant pis, il faut en finir !

« Le monde est cruel, Emma. Partout où nous eus-
sions été, il nous aurait poursuivis. Il vous aurait fallu
subir les questions indiscrètes, la calomnie, le dédain,
l'outrage peut-être. L'outrage à vous ! Oh !... Et moi
qui voudrais vous faire asseoir sur un trône ! moi qui

---

1. Arbre d'Amérique, « arbre de poison », « arbre de mort », qui
produit un latex très vénéneux, dont l'ombre même passait pour être
mortelle.

emporte votre pensée comme un talisman ! Car je me punis par l'exil de tout le mal que je vous ai fait. Je pars. Où ? Je n'en sais rien, je suis fou ! Adieu ! Soyez toujours bonne ! Conservez le souvenir du malheureux qui vous a perdue. Apprenez mon nom à votre enfant, qu'il le redise dans ses prières. »

La mèche des deux bougies tremblait. Rodolphe se leva pour aller fermer la fenêtre, et, quand il se fut rassis :

— Il me semble que c'est tout. Ah ! encore ceci, de peur qu'elle ne vienne *à me relancer* :

« Je serai loin quand vous lirez ces tristes lignes ; car j'ai voulu m'enfuir au plus vite afin d'éviter la tentation de vous revoir. Pas de faiblesse ! Je reviendrai ; et peut-être que, plus tard, nous causerons ensemble très froidement de nos anciennes amours. Adieu ! »

Et il y avait un dernier adieu, séparé en deux mots *À Dieu !* ce qu'il jugeait d'un excellent goût.

— Comment vais-je signer, maintenant ? se dit-il. Votre tout dévoué ?... Non. Votre ami ?... Oui, c'est cela.

                         « Votre ami »

Il relut sa lettre. Elle lui parut bonne.

— Pauvre petite femme ! pensa-t-il avec attendrissement. Elle va me croire plus insensible qu'un roc ; il eût fallu quelques larmes là-dessus ; mais, moi, je ne peux pas pleurer ; ce n'est pas ma faute.

Alors, s'étant versé de l'eau dans un verre, Rodolphe y trempa son doigt et il laissa tomber de haut une grosse goutte, qui fit une tache pâle sur l'encre ; puis, cherchant à cacheter la lettre, le cachet *Amor nel cor* se rencontra.

— Cela ne va guère à la circonstance [1]... Ah bah ! n'importe !

---

1. Louise Colet se souviendra de cet usage, dans la fiction, du petit cachet qu'elle avait offert à Flaubert, dans un poème, intitulé « *Amor*

Après quoi, il fuma trois pipes et s'alla coucher.

Le lendemain, quand il fut debout (vers deux heures environ, il avait dormi tard), Rodolphe se fit cueillir une corbeille d'abricots. Il disposa la lettre dans le fond, sous des feuilles de vigne, et ordonna tout de suite à Girard, son valet de charrue, de porter cela délicatement[1] chez madame Bovary. Il se servait de ce moyen pour correspondre avec elle, lui envoyant, selon la saison, des fruits ou du gibier.

— Si elle te demande de mes nouvelles, dit-il, tu répondras que je suis parti en voyage. Il faut remettre le panier à elle-même, en mains propres... Va, et prends garde !

Girard passa sa blouse neuve, noua son mouchoir autour des abricots, et marchant à grands pas lourds dans ses grosses galoches ferrées, prit tranquillement le chemin d'Yonville.

Madame Bovary, quand il arriva chez elle, arrangeait avec Félicité, sur la table de la cuisine, un paquet de linge.

— Voilà, dit le valet, ce que notre maître vous envoie.

Elle fut saisie d'une appréhension, et, tout en cherchant quelque monnaie dans sa poche, elle considérait

---

nel cor », publié en 1859, quatre ans après la rupture entre eux : « C'était pour lui, pour lui, qu'elle aimait comme un Dieu ; / Pour lui, dur au malheur, grossier envers la femme. / Hélas ! elle était pauvre, elle donnait bien peu, / Mais tout don est sacré quand il renferme une âme. / Eh bien ! dans un roman de commis voyageur / Qui comme un air malsain nous soulève le cœur, / Il a raillé ce don en une phrase plate, / Mais il garde pourtant le beau cachet d'Agathe » (cité par Jean Bruneau, *Correspondance* de Flaubert, Gallimard, 1973, t. I, p. 1023-1024).

1. « Délicatement » ? Les « abricots » ont une forte connotation sexuelle (le sexe de la femme) : « ... une ivrognesse affreuse, n'étalait que des pommes ridées, des poires pendantes comme des seins vides, des abricots cadavéreux, d'un jaune infâme de sorcière. Mais elle faisait de son étalage une grande volupté nue. » Zola, *Le Ventre de Paris*, cité par Jacques Cellard et Alain Rey, *Dictionnaire du français non conventionnel*, Hachette, 1980.

le paysan d'un œil hagard, tandis qu'il la regardait lui-même avec ébahissement, ne comprenant pas qu'un pareil cadeau pût tant émouvoir quelqu'un. Enfin il sortit. Félicité restait. Elle n'y tenait plus, elle courut dans la salle comme pour y porter les abricots, renversa le panier, arracha les feuilles, trouva la lettre, l'ouvrit[1], et, comme s'il y avait eu derrière elle un effroyable incendie, Emma se mit à fuir vers sa chambre, tout épouvantée.

Charles y était, elle l'aperçut ; il lui parla, elle n'entendit rien, et elle continua vivement à monter les marches, haletante, éperdue, ivre, et toujours tenant cette horrible feuille de papier, qui lui claquait dans les doigts comme une plaque de tôle. Au second étage, elle s'arrêta devant la porte du grenier, qui était fermée.

Alors elle voulut se calmer ; elle se rappela la lettre ; il fallait la finir, elle n'osait pas. D'ailleurs, où ? comment ? on la verrait.

— Ah ! non, ici, pensa-t-elle, je serai bien.

Emma poussa la porte et entra.

Les ardoises laissaient tomber d'aplomb une chaleur lourde, qui lui serrait les tempes et l'étouffait ; elle se traîna jusqu'à la mansarde close, dont elle tira le verrou, et la lumière éblouissante jaillit d'un bond.

En face, par-dessus les toits, la pleine campagne s'étalait à perte de vue. En bas, sous elle, la place du village était vide ; les cailloux du trottoir scintillaient, les girouettes des maisons se tenaient immobiles ; au coin de la rue, il partit d'un étage inférieur une sorte de ronflement à modulations stridentes. C'était Binet qui tournait.

Elle s'était appuyée contre l'embrasure de la mansarde, et elle relisait la lettre avec des ricanements de colère. Mais plus elle y fixait d'attention, plus ses idées

---

1. Flaubert élide la lecture même de la lettre, en supprimant ce détail sur la copie : « — Ah ! c'est que j'ai lu trop vite ! se dit-elle d'abord, et elle recommença, mais bientôt elle sentit son cœur qui se déchirait... »

se confondaient. Elle le revoyait, elle l'entendait, elle l'entourait de ses deux bras ; et des battements de cœur, qui la frappaient sous la poitrine comme à grands coups de bélier, s'accéléraient l'un après l'autre, à intermittences inégales. Elle jetait les yeux tout autour d'elle avec l'envie que la terre croulât. Pourquoi n'en pas finir ? Qui la retenait donc ? Elle était libre. Et elle s'avança, elle regarda les pavés en se disant :

— Allons ! allons !

Le rayon lumineux qui montait d'en bas directement tirait vers l'abîme le poids de son corps. Il lui semblait que le sol de la place oscillant s'élevait le long des murs, et que le plancher s'inclinait par le bout, à la manière d'un vaisseau qui tangue. Elle se tenait tout au bord, presque suspendue, entourée d'un grand espace. Le bleu du ciel l'envahissait, l'air circulait dans sa tête creuse [1], elle n'avait qu'à céder, qu'à se laisser prendre [2] ; et le ronflement du tour ne discontinuait pas, comme une voix furieuse qui l'appelait.

— Ma femme ! ma femme ! cria Charles.

Elle s'arrêta.

— Où es-tu donc ? Arrive !

L'idée qu'elle venait d'échapper à la mort faillit la faire s'évanouir de terreur ; elle ferma les yeux ; puis elle tressaillit au contact d'une main sur sa manche : c'était Félicité.

— Monsieur vous attend, Madame ; la soupe est servie.

---

1. « Et elle sentait venir avec délices les accroissements de ce vertige qui facilitait sa résolution », Flaubert supprime sur la copie cette note peut-être trop explicite. 2. Bouvard et Pécuchet, dans un moment de désespoir philosophique et après une « scène de ménage », monteront dans leur grenier pour se pendre ; ils y renoncent, finalement, et c'est par un regard vers l'extérieur, parfaite symétrie de cette scène de vertige, que Flaubert les « sauve » : « Ils se mirent à la lucarne pour respirer. / L'air était froid ; et les astres nombreux brillaient dans le ciel, noir comme de l'encre. La blancheur de la neige, qui couvrait la terre, se perdait dans les brumes de l'horizon » (*Bouvard et Pécuchet*, Le Livre de Poche, 1999, p. 324).

Et il fallut descendre ! il fallut se mettre à table !

Elle essaya de manger. Les morceaux l'étouffaient. Alors elle déplia sa serviette comme pour en examiner les reprises et voulut réellement s'appliquer à ce travail, compter les fils de la toile. Tout à coup, le souvenir de la lettre lui revint. L'avait-elle donc perdue ? Où la retrouver ? Mais elle éprouvait une telle lassitude dans l'esprit, que jamais elle ne put inventer un prétexte à sortir de table. Puis elle était devenue lâche ; elle avait peur de Charles ; il savait tout, c'était sûr ! En effet, il prononça ces mots, singulièrement :

— Nous ne sommes pas près, à ce qu'il paraît, de voir M. Rodolphe.

— Qui te l'a dit ? fit-elle en tressaillant.

— Qui me l'a dit ? répliqua-t-il un peu surpris de ce ton brusque ; c'est Girard, que j'ai rencontré tout à l'heure à la porte du *Café Français*. Il est parti en voyage, ou il doit partir.

Elle eut un sanglot.

— Quoi donc t'étonne ? Il s'absente ainsi de temps à autre pour se distraire, et, ma foi ! je l'approuve. Quand on a de la fortune et que l'on est garçon !... Du reste, il s'amuse joliment, notre ami ! c'est un farceur, M. Langlois m'a conté...

Il se tut par convenance, à cause de la domestique qui entrait.

Celle-ci replaça dans la corbeille les abricots répandus sur l'étagère ; Charles, sans remarquer la rougeur de sa femme, se les fit apporter, en prit un et mordit à même.

— Oh ! parfait ! disait-il. Tiens, goûte.

Et il tendit la corbeille, qu'elle repoussa doucement.

— Sens donc : quelle odeur ! fit-il en la lui passant sous le nez à plusieurs reprises.

— J'étouffe ! s'écria-t-elle en se levant d'un bond.

Mais, par un effort de volonté, ce spasme disparut ; puis :

— Ce n'est rien ! dit-elle, ce n'est rien ! c'est nerveux ! Assieds-toi, mange !

Car elle redoutait qu'on ne fût à la questionner, à la soigner, qu'on ne la quittât plus.

Charles, pour lui obéir, s'était rassis, et il crachait dans sa main les noyaux des abricots, qu'il déposait ensuite dans son assiette.

Tout à coup, un tilbury bleu passa au grand trot sur la place. Emma poussa un cri et tomba roide par terre, à la renverse.

En effet, Rodolphc, après bien des réflexions, s'était décidé à partir pour Rouen. Or, comme il n'y a, de la Huchette à Buchy, pas d'autre chemin que celui d'Yonville, il lui avait fallu traverser le village, et Emma l'avait reconnu à la lueur des lanternes qui coupaient comme un éclair le crépuscule.

Le pharmacien, au tumulte qui se faisait dans la maison, s'y précipita. La table, avec toutes les assiettes, était renversée ; de la sauce, de la viande, les couteaux, la salière et l'huilier jonchaient l'appartement ; Charles appelait au secours ; Berthe, effarée, criait ; et Félicité, dont les mains tremblaient, délaçait Madame, qui avait le long du corps des mouvements convulsifs.

— Je cours, dit l'apothicaire, chercher dans mon laboratoire, un peu de vinaigre aromatique.

Puis, comme elle rouvrait les yeux en respirant le flacon :

— J'en étais sûr, fit-il ; cela vous réveillerait un mort.

— Parle-nous ! disait Charles, parle-nous ! Remets-toi ! C'est moi, ton Charles qui t'aime ! Me reconnais-tu ? Tiens, voilà ta petite fille : embrasse-la donc !

L'enfant avançait les bras vers sa mère pour se pendre à son cou. Mais, détournant la tête, Emma dit d'une voix saccadée :

— Non, non... personne !

Elle s'évanouit encore. On la porta sur son lit[1].

Elle restait étendue, la bouche ouverte, les paupières fermées, les mains à plat, immobile, et blanche comme une statue de cire. Il sortait de ses yeux deux ruisseaux de larmes qui coulaient lentement sur l'oreiller.

Charles, debout, se tenait au fond de l'alcôve, et le pharmacien, près de lui, gardait ce silence méditatif qu'il est convenable d'avoir dans les occasions sérieuses de la vie.

— Rassurez-vous, dit-il en lui poussant le coude, je crois que le paroxysme[2] est passé.

— Oui, elle repose un peu maintenant ! répondit Charles, qui la regardait dormir. Pauvre femme !... pauvre femme !... la voilà retombée !

Alors Homais demanda comment cet accident était survenu. Charles répondit que cela l'avait saisie tout à coup, pendant qu'elle mangeait des abricots.

— Extraordinaire !... reprit le pharmacien. Mais il se pourrait que les abricots eussent occasionné la syncope ! Il y a des natures si impressionnables à l'encontre de certaines odeurs ! et ce serait même une belle question à étudier, tant sous le rapport pathologique que sous le rapport physiologique[3]. Les prêtres en connaissaient l'importance, eux qui ont toujours mêlé des aromates à leurs cérémonies. C'est pour vous stupéfier l'entendement et provoquer des extases, chose d'ailleurs facile à obtenir chez les personnes du sexe, qui sont plus délicates que les autres. On en cite qui

---

1. Flaubert supprime sur la copie une précision trop explicite : « Elle y fut prise d'un sommeil lourd, presque cataleptique. »   2. Désignation d'une phase de la « crise de nerfs ».   3. « Pathologie », « physiologie », sont deux versants de l'enseignement de la médecine, dont la distinction constitue un partage fondamental. Le manuscrit donnait « que sous le rapport philosophique ».

s'évanouissent à l'odeur de la corne brûlée, du pain tendre[1]...

— Prenez garde de l'éveiller ! dit à voix basse Bovary.

— Et non seulement, continua l'apothicaire, les humains sont en butte à ces anomalies, mais encore les animaux. Ainsi, vous n'êtes pas sans savoir l'effet singulièrement aphrodisiaque que produit le *nepeta cataria*, vulgairement appelé herbe-au-chat, sur la gent féline ; et d'autre part, pour citer un exemple que je garantis authentique, Bridoux (un de mes anciens camarades, actuellement établi rue Malpalu[2]) possède un chien qui tombe en convulsions dès qu'on lui présente une tabatière. Souvent même il en fait l'expérience devant ses amis, à son pavillon du bois Guillaume. Croirait-on qu'un simple sternutatoire pût exercer de tels ravages dans l'organisme d'un quadrupède ? C'est extrêmement curieux, n'est-il pas vrai ?

— Oui, dit Charles, qui n'écoutait pas.

— Cela nous prouve, reprit l'autre en souriant avec un air de suffisance bénigne, les irrégularités sans nombre du système nerveux. Pour ce qui est de Madame, elle m'a toujours paru, je l'avoue, une vraie sensitive[3]. Aussi ne vous conseillerai-je point, mon bon ami, aucun de ces prétendus remèdes qui, sous prétexte d'attaquer les symptômes, attaquent le tempérament. Non, pas de médicamentation oiseuse ! du régime, voilà tout ! des sédatifs, des émollients, des

---

1. L'étude des effets des odeurs et des effluves était une part importante de la recherche physiologique. Mais ils sont aussi l'objet d'une poétique : « Il est de fort parfums pour qui toute matière / est poreuse. On dirait qu'ils pénètrent le verre » (Baudelaire, « Le Flacon », *Les Fleurs du mal*).   2. Rue du centre de Rouen ; le mot résonne également comme une ironie, sur ce qui est « lu ».   3. « Se dit d'une personne que les moindres choses blessent ou effarouchent » (Littré). Une théorie philosophique (« l'âme sensitive » par opposition à « l'âme raisonnable ») et physiologique (une hypersensibilité nerveuse et perceptive) est impliquée dans le terme.

dulcifiants[1]. Puis, ne pensez-vous pas qu'il faudrait peut-être frapper l'imagination ?

— En quoi ? comment ? dit Bovary.

— Ah ! c'est là la question ! Telle est effectivement la question : *That is the question !* comme je lisais dernièrement dans le journal[2].

Mais Emma, se réveillant, s'écria :

— Et la lettre ? et la lettre ?

On crut qu'elle avait le délire ; elle l'eut à partir de minuit : une fièvre cérébrale s'était déclarée.

Pendant quarante-trois jours, Charles ne la quitta pas. Il abandonna tous ses malades ; il ne se couchait plus, il était continuellement à lui tâter le pouls, à lui poser des sinapismes[3], des compresses d'eau froide. Il envoyait Justin jusqu'à Neufchâtel chercher de la glace ; la glace se fondait en route ; il le renvoyait. Il appela M. Canivet en consultation ; il fit venir de Rouen le docteur Larivière, son ancien maître ; il était désespéré. Ce qui l'effrayait le plus, c'était l'abattement d'Emma ; car elle ne parlait pas, n'entendait rien et même semblait ne point souffrir, — comme si son corps et son âme se fussent ensemble reposés de toutes leurs agitations.

Vers le milieu d'octobre, elle put se tenir assise dans son lit, avec des oreillers derrière elle. Charles pleura quand il la vit manger sa première tartine de confitures. Les forces lui revinrent ; elle se levait quelques heures pendant l'après-midi, et, un jour qu'elle se sentait mieux, il essaya de lui faire faire, à son bras, un tour de promenade dans le jardin. Le sable des allées disparaissait sous les feuilles mortes ; elle marchait pas à

---

1. Sédatifs, émollients, dulcifiants : trois types de médicaments pour les complexions nerveuses. **2.** La célèbre réplique du *Hamlet* de Shakespeare (que Homais semble ignorer) est ainsi ramenée à un lieu commun du langage de presse. **3.** Cataplasme à la farine de moutarde. *DIR* : « CATAPLASME Doit toujours être mis en attendant l'arrivée du médecin. »

pas, en traînant ses pantoufles, et, s'appuyant de l'épaule contre Charles, elle continuait à sourire.

Ils allèrent ainsi jusqu'au fond, près de la terrasse. Elle se redressa lentement, se mit la main devant ses yeux, pour regarder ; elle regarda au loin, tout au loin ; mais il n'y avait à l'horizon que de grands feux d'herbe, qui fumaient sur les collines.

— Tu vas te fatiguer, ma chérie, dit Bovary.

Et, la poussant doucement pour la faire entrer sous la tonnelle :

— Assieds-toi donc sur ce banc : tu seras bien.

— Oh ! non, pas là, pas là ! fit-elle d'une voix défaillante.

Elle eut un étourdissement, et dès le soir, sa maladie recommença, avec une allure plus incertaine, il est vrai, et des caractères plus complexes. Tantôt elle souffrait au cœur, puis dans la poitrine, dans le cerveau, dans les membres ; il lui survint des vomissements où Charles crut apercevoir les premiers symptômes d'un cancer.

Et le pauvre garçon, par là-dessus, avait des inquiétudes d'argent !

XIV

D'abord, il ne savait comment faire pour dédommager M. Homais de tous les médicaments pris chez lui ; et, quoiqu'il eût pu, comme médecin, ne pas les payer, néanmoins il rougissait un peu de cette obligation. Puis la dépense du ménage, à présent que la cuisinière était maîtresse, devenait effrayante ; les notes pleuvaient dans la maison ; les fournisseurs murmuraient ; M. Lheureux, surtout, le harcelait. En effet, au plus fort de la maladie d'Emma, celui-ci, profitant de la circonstance pour exagérer sa facture, avait vite apporté le manteau, le sac de nuit, deux caisses au lieu d'une, quantité d'autres choses encore. Charles eut beau dire qu'il n'en avait pas besoin, le marchand répondit arrogamment qu'on lui avait commandé tous ces articles et qu'il ne les reprendrait pas ; d'ailleurs, ce serait contrarier Madame dans sa convalescence ; Monsieur réfléchirait ; bref, il était résolu à le poursuivre en justice plutôt que d'abandonner ses droits et que d'emporter ses marchandises. Charles ordonna par la suite de les renvoyer à son magasin ; Félicité oublia ; il avait d'autres soucis ; on n'y pensa plus ; M. Lheureux revint à la charge, et, tour à tour menaçant et gémissant, manœuvra de telle façon, que Bovary finit par souscrire un billet à six mois d'échéance. Mais à peine eut-il signé ce billet, qu'une idée audacieuse lui surgit : c'était d'emprunter mille francs à M. Lheureux. Donc, il demanda, d'un air embarrassé, s'il n'y avait pas moyen de les avoir, ajoutant que ce serait pour un an et au taux que l'on voudrait. Lheureux courut à sa boutique, en rapporta les écus et dicta un autre billet, par lequel Bovary déclarait devoir payer à son ordre, le 1er septembre prochain, la somme de mille soixante et dix francs ; ce qui, avec les cent quatre-vingts déjà stipulés, faisait juste douze cent cinquante. Ainsi, prêtant à six pour cent, augmenté d'un quart de commission, et les fournitures lui rapportant un bon tiers pour le moins, cela devait, en douze mois, donner cent trente francs de bénéfice ; et il espérait que l'affaire ne s'arrêterait pas là, qu'on ne pourrait payer les billets, qu'on les renouvellerait, et que son pauvre argent, s'étant nourri chez le médecin comme dans une maison de santé, lui reviendrait, un jour, considérablement plus dodu, et gros à faire craquer le sac.

Tout, d'ailleurs, lui réussissait. Il était adjudicataire d'une fourniture de cidre pour l'hôpital de Neufchâtel ; M. Guillaumin lui promettait des actions dans les tourbières de Grumesnil, et il rêvait d'établir un nouveau service de diligences entre Arcueil et Rouen, qui ne tarderait pas, sans doute, à ruiner la guimbarde du *Lion d'or*, et qui, marchant plus vite, étant à prix plus bas et portant plus de bagages, lui mettrait ainsi dans les mains tout le commerce d'Yonville[1].

Charles se demanda plusieurs fois par quel moyen, l'année prochaine, pouvoir rembourser tant d'argent ; et il cherchait, imaginait des expédients, comme de recourir à son père ou de vendre quelque chose. Mais son père serait sourd, et il n'avait, lui, rien à vendre. Alors il découvrait de tels embarras, qu'il écartait vite de sa conscience un sujet de méditation aussi désagréable. Il se reprochait d'en oublier Emma ; comme si, toutes ses pensées appartenant à cette femme, c'eût été lui dérober quelque chose que de n'y pas continuellement réfléchir.

L'hiver fut rude. La convalescence de Madame fut longue. Quand il faisait beau, on la poussait dans son fauteuil auprès de la fenêtre, celle qui regardait la Place ; car elle avait maintenant le jardin en antipathie, et la persienne de ce côté restait constamment fermée. Elle voulut que l'on vendît le cheval ; ce qu'elle aimait autrefois, à présent lui déplaisait. Toutes ses idées paraissaient se borner au soin d'elle-même. Elle restait dans son lit à faire de petites collations, sonnait sa domestique pour s'informer de ses tisanes ou pour causer avec elle. Cependant la neige sur le toit des halles jetait dans la chambre un reflet blanc, immobile ; ensuite ce fut la pluie qui tombait[2]. Et Emma quotidiennement attendait, avec une sorte d'anxiété, l'infaillible retour d'événements minimes, qui pourtant ne lui importaient guère. Le plus considérable était, le soir, l'arrivée de *l'Hirondelle*. Alors l'aubergiste criait et

---

1. Cette « rêverie » de Lheureux est en parfaite cohérence avec le développement du commerce et des transports pendant la Monarchie de Juillet.   2. Un commentaire est supprimé sur la copie (voir « Repentirs », texte n° 43, p. 534.)

d'autres voix répondaient, tandis que le falot [1] d'Hippolyte, qui cherchait des coffres sur la bâche, faisait comme une étoile dans l'obscurité. À midi, Charles rentrait ; ensuite il sortait ; puis elle prenait un bouillon, et, vers cinq heures, à la tombée du jour, les enfants qui s'en revenaient de la classe, traînant leurs sabots sur le trottoir, frappaient tous avec leurs règles la cliquette des auvents, les uns après les autres [2].

C'était à cette heure-là que M. Bournisien venait la voir. Il s'enquérait de sa santé, lui apportait des nouvelles et l'exhortait à la religion dans un petit bavardage câlin qui ne manquait pas d'agrément. La vue seule de sa soutane la réconfortait.

Un jour qu'au plus fort de sa maladie elle s'était crue agonisante, elle avait demandé la communion ; et, à mesure que l'on faisait dans sa chambre les préparatifs pour le sacrement, que l'on disposait en autel la commode encombrée de sirops et que Félicité semait par terre des fleurs de dahlia, Emma sentait quelque chose de fort passant sur elle, qui la débarrassait de ses douleurs, de toute perception, de tout sentiment. Sa chair allégée ne pesait plus [3], une autre vie commençait ; il lui sembla que son être, montant vers Dieu, allait s'anéantir dans cet amour comme un encens allumé qui se dissipe en vapeur. On aspergea d'eau bénite les draps du lit ; le prêtre retira du saint ciboire la blanche hostie ; et ce fut en défaillant d'une joie céleste qu'elle avança les lèvres pour accepter le corps du Sauveur qui se présentait [4].

---

1. Grande lanterne.   **2.** Jean-Marie Privat a signalé dans ce détail l'une des multiples marques qui, en filigrane, inscrivent la tradition du *Charivari* (chahut que l'on fait pour un mariage, et en particulier le remariage d'un veuf ou d'une veuve) dans l'histoire de *Charbovari* (Jean-Marie Privat, *Bovary Charivari, Essai d'ethno-critique*, CNRS Éditions, 1994).   **3.** L'édition Charpentier donne : « ne pensait plus » ; coquille ? lapsus ?   **4.** Suit un développement sonore supprimé sur la copie : « Puis elle écouta perdue d'extase, la lente récitation des antiennes qui bourdonnait à ses oreilles comme un murmure d'ondes mystiques, apporté par les vents » (f° 349).

Les rideaux de son alcôve se gonflaient mollement, autour d'elle, en façon de nuées, et les rayons des deux cierges brûlant sur la commode lui parurent être des gloires éblouissantes. Alors elle laissa retomber sa tête, croyant entendre dans les espaces le chant des harpes séraphiques et apercevoir en un ciel d'azur, sur un trône d'or, au milieu des saints tenant des palmes vertes, Dieu le Père tout éclatant de majesté, et qui d'un signe faisait descendre vers la terre des anges aux ailes de flamme pour l'emporter dans leurs bras.

Cette vision splendide [1] demeura dans sa mémoire comme la chose la plus belle qu'il fût possible de rêver ; si bien qu'à présent elle s'efforçait d'en ressaisir la sensation, qui continuait cependant, mais d'une manière moins exclusive et avec une douceur aussi profonde. Son âme, courbatue d'orgueil, se reposait enfin dans l'humilité chrétienne ; et, savourant le plaisir d'être faible, Emma contemplait en elle-même [2] la destruction de sa volonté, qui devait faire aux envahissements de la grâce une large entrée. Il existait donc à la place du bonheur des félicités plus grandes, un autre amour au-dessus de tous les amours, sans intermittence ni fin, et qui s'accroîtrait éternellement [3] ! Elle entrevit, parmi les illusions de son espoir, un état de pureté flottant au-dessus de la terre, se confondant avec le ciel, et où elle aspira d'être. Elle voulut devenir une sainte. Elle acheta des chapelets, elle porta des amulettes ; elle souhaitait avoir dans sa chambre, au chevet de sa

---

1. La « vision » comme moment du « sublime » (« qui fait franchir le seuil », du monde, de la vie), par un accord profond entre la forme stéréotypée de la vision et la profondeur de l'imaginaire : Flaubert reviendra à l'écriture de ce moment avec une intensité particulière dans *La Légende de saint Julien l'Hospitalier* et *Un cœur simple*.
2. Flaubert raye sur la copie : « délicieusement ».   3. Flaubert associe ainsi fortement la « croyance » religieuse à une disposition psychologique : la dimension « merveilleuse » de la croyance n'en est pas pour autant réduite.

couche, un reliquaire enchâssé d'émeraudes, pour le baiser tous les soirs [1].

Le Curé s'émerveillait de ces dispositions, bien que la religion d'Emma, trouvait-il, pût, à force de ferveur, finir par friser l'hérésie et même l'extravagance. Mais, n'étant pas très versé dans ces matières sitôt qu'elles dépassaient une certaine mesure, il écrivit à M. Boulard [2], libraire de Monseigneur, de lui envoyer *quelque chose de fameux pour une personne du sexe, qui était pleine d'esprit* [3]. Le libraire, avec autant d'indifférence que s'il eût expédié de la quincaillerie à des nègres, vous emballa pêle-mêle tout ce qui avait cours pour lors dans le négoce des livres pieux. C'étaient de petits manuels par demandes et par réponses, des pamphlets d'un ton rogue dans la manière de M. de Maistre [4], et des espèces de romans à cartonnage rose et à style douceâtre, fabriqués par des séminaristes troubadours ou des bas bleus [5] repenties. Il y avait le *Pensez-y bien* ; *l'Homme du monde aux pieds de Marie, par M. de* * * *, décoré de plusieurs ordres* ; *des Erreurs de Voltaire à l'usage des jeunes gens* [6], etc.

Madame Bovary n'avait pas encore l'intelligence assez nette pour s'appliquer sérieusement à n'importe quoi ; d'ailleurs, elle entreprit ces lectures avec trop de

---

1. Bouvard et Pécuchet seront pris, eux aussi, par la fièvre des objets religieux (Le Livre de Poche, p. 331).   **2.** Le nom est normand — et comique : celui qui boule, ou qui envoie bouler. « Bouvard » en serait-il, entre autres allusions phonétiques, un écho, plus tard ? **3.** Connaître et obtenir le meilleur ouvrage sur une question : ce sera le souci constant de Bouvard et de Pécuchet.   **4.** Joseph de Maistre (1753-1821), maître à penser de la Contre-Révolution (*Considérations sur la France*, 1796), défenseur de l'attachement au pouvoir du pape et de l'ultramontanisme (*Du pape*, 1819), et d'une conception providentielle de l'histoire (*Les Soirées de Saint-Pétersbourg*, 1821).   **5.** Traduction d'une expression d'origine anglaise du XVIIIᵉ siècle, qui désigne un personnage à prétention littéraire ; en France, à partir des années 1820, il s'applique essentiellement aux femmes qui se prétendent « auteurs ».   **6.** La réfutation de Voltaire était devenue une sorte de genre.

précipitation. Elle s'irrita contre les prescriptions du culte ; l'arrogance des écrits polémiques lui déplut par leur acharnement à poursuivre des gens qu'elle ne connaissait pas ; et les contes profanes relevés de religion lui parurent écrits dans une telle ignorance du monde, qu'ils l'écartèrent insensiblement des vérités dont elle attendait la preuve. Elle persista pourtant, et, lorsque le volume lui tombait des mains, elle se croyait prise par la plus fine mélancolie catholique qu'une âme éthérée pût concevoir.

Quant au souvenir de Rodolphe, elle l'avait descendu tout au fond de son cœur ; et il restait là, plus solennel et plus immobile qu'une momie de roi dans un souterrain.[1] Une exhalaison s'échappait de ce grand amour embaumé et qui, passant à travers tout, parfumait de tendresse l'atmosphère d'immaculation où elle voulait vivre. Quand elle se mettait à genoux sur son prie-Dieu gothique, elle adressait au Seigneur les mêmes paroles de suavité qu'elle murmurait jadis à son amant, dans les épanchements de l'adultère[2]. C'était pour faire venir la croyance ; mais aucune délectation ne descendait des cieux, et elle se relevait, les membres fatigués, avec le sentiment vague d'une immense duperie. Cette recherche, pensait-elle, n'était qu'un mérite de plus ; et dans l'orgueil de sa dévotion, Emma se comparait à ces grandes dames d'autrefois, dont elle avait rêvé la gloire sur un portrait de la Vallière[3], et qui, traînant avec tant de majesté la queue chamarrée de leurs longues robes se retiraient en des solitudes pour y répandre aux pieds du Christ toutes les larmes d'un cœur que l'existence blessait.

Alors, elle se livra à des charités excessives. Elle

---

1. Un développement est supprimé sur la copie (voir « Repentirs », texte n° 44, p. 534.)   **2.** Cette précision est rayée sur la copie par la *Revue de Paris*, et rétablie par Flaubert.   **3.** Cette histoire « édifiante » était très connue, et infiniment représentée sur toutes sortes d'objets, par exemple comme motif décoratif d'assiettes : voir I, 6, p. 97, note 2, la mémoire du récit est la mémoire du personnage.

cousait des habits pour les pauvres ; elle envoyait du bois aux femmes en couches ; et Charles, un jour en rentrant, trouva dans la cuisine trois vauriens attablés qui mangeaient un potage. Elle fit revenir à la maison sa petite fille, que son mari, durant sa maladie, avait renvoyée chez la nourrice. Elle voulut lui apprendre à lire ; Berthe avait beau pleurer, elle ne s'irritait plus. C'était un parti pris de résignation, une indulgence universelle. Son langage, à propos de tout, était plein d'expressions idéales. Elle disait à son enfant :

— Ta colique est-elle passée, mon ange [1] ?

Madame Bovary mère ne trouvait rien à blâmer, sauf peut-être cette manie de tricoter des camisoles pour les orphelins, au lieu de raccommoder ses torchons. Mais, harassée de querelles domestiques, la bonne femme se plaisait en cette maison tranquille, et même elle y demeura jusques après Pâques, afin d'éviter les sarcasmes du père Bovary, qui ne manquait pas, tous les vendredis saints, de se commander une andouille [2].

Outre la compagnie de sa belle-mère, qui la raffermissait un peu par sa rectitude de jugement et ses façons graves, Emma, presque tous les jours, avait encore d'autres sociétés. C'était madame Langlois, madame Caron, madame Dubreuil, madame Tuvache et, régulièrement, de deux à cinq heures, l'excellente madame Homais, qui n'avait jamais voulu croire, celle-là, à aucun des cancans que l'on débitait sur sa voisine. Les petits Homais aussi venaient la voir ; Justin les accompagnait. Il montait avec eux dans la chambre, et il restait debout près de la porte, immobile, sans parler. Souvent même, madame Bovary, n'y prenant garde, se

---

1. Cette réplique est rayée sur la copie par la *Revue de Paris*, et rétablie par Flaubert. **2.** Suit un développement sur Bovary père, supprimé sur la copie (voir « Repentirs », texte n° 45, p. 535.)

mettait à sa toilette[1]. Elle commençait par retirer son peigne, en secouant sa tête d'un mouvement brusque ; et, quand il aperçut la première fois cette chevelure entière qui descendait jusqu'aux jarrets en déroulant ses anneaux noirs, ce fut pour lui, le pauvre enfant, comme l'entrée subite dans quelque chose d'extraordinaire et de nouveau dont la splendeur l'effraya.

Emma, sans doute, ne remarquait pas ses empressements silencieux ni ses timidités. Elle ne se doutait point que l'amour, disparu de sa vie, palpitait là, près d'elle, sous cette chemise de grosse toile, dans ce cœur d'adolescent ouvert aux émanations de sa beauté. Du reste, elle enveloppait tout maintenant d'une telle indifférence, elle avait des paroles si affectueuses et des regards si hautains, des façons si diverses, que l'on ne distinguait plus l'égoïsme de la charité, ni la corruption de la vertu. Un soir, par exemple, elle s'emporta contre sa domestique, qui lui demandait à sortir et balbutiait en cherchant un prétexte ; puis tout à coup :

— Tu l'aimes donc ? dit-elle.

Et, sans attendre la réponse de Félicité, qui rougissait, elle ajouta d'un air triste :

— Allons, cours-y ! amuse-toi !

Elle fit, au commencement du printemps, bouleverser le jardin d'un bout à l'autre, malgré les observations de Bovary ; il fut heureux, cependant, de lui voir enfin manifester une volonté quelconque. Elle en témoigna davantage à mesure qu'elle se rétablissait. D'abord, elle trouva moyen d'expulser la mère Rollet, la nourrice, qui avait pris l'habitude, pendant sa convalescence, de venir trop souvent à la cuisine avec ses

---

1. Cette phrase remplace, sur la copie, un long texte que Flaubert supprima, sur les enfants Homais, et un de leurs jouets, fantastique « objet » animé, qui appartient à cette série des « choses » composites qui ponctuent le roman : la casquette de Charles (p. 56-57), la pièce montée (p. 89-89), le manège de l'orgue de Barbarie (p. 137) (voir « Repentirs », texte n° 46, p. 535-537.)

deux nourrissons et son pensionnaire, plus endenté[1] qu'un cannibale. Puis elle se dégagea de la famille Homais, congédia successivement toutes les autres visites et même fréquenta l'église avec moins d'assiduité, à la grande approbation de l'apothicaire, qui lui dit alors amicalement :

— Vous donniez un peu dans la calotte !

M. Bournisien, comme autrefois, survenait tous les jours, en sortant du catéchisme. Il préférait rester dehors, à prendre l'air *au milieu du bocage*, il appelait ainsi la tonnelle. C'était l'heure où Charles rentrait. Ils avaient chaud ; on apportait du cidre doux, et ils buvaient ensemble au complet rétablissement de Madame.

Binet se trouvait là, c'est-à-dire un peu plus bas, contre le mur de la terrasse, à pêcher des écrevisses[2]. Bovary l'invitait à se rafraîchir, et il s'entendait parfaitement à déboucher les cruchons.

— Il faut, disait-il en promenant autour de lui et jusqu'aux extrémités du paysage un regard satisfait, tenir ainsi la bouteille d'aplomb sur la table, et, après que les ficelles sont coupées, pousser le liège à petits coups, doucement, doucement, comme on fait, d'ailleurs, à l'eau de Seltz, dans les restaurants.

Mais le cidre, pendant sa démonstration, souvent leur jaillissait en plein visage, et alors l'ecclésiastique, avec un rire opaque, ne manquait jamais cette plaisanterie :

— Sa bonté saute aux yeux !

Il était brave homme, en effet, et même, un jour, ne fut point scandalisé du pharmacien, qui conseillait à Charles, pour distraire Madame, de la mener au théâtre de Rouen voir l'illustre ténor Lagardy. Homais s'étonnant de ce silence, voulut savoir son opinion, et le

---

1. Au figuré, avoir bon appétit.   **2.** Suit un détail supprimé sur la copie (voir « Repentirs », texte n° 47, p. 537-538.)

prêtre déclara qu'il regardait la musique comme moins dangereuse pour les mœurs que la littérature.

Mais le pharmacien prit la défense des lettres. Le théâtre, prétendait-il, servait à fronder les préjugés, et, sous le masque du plaisir, enseignait la vertu.

— *Castigat ridendo mores* [1], monsieur Bournisien ! Ainsi, regardez la plupart des tragédies de Voltaire ; elles sont semées habilement de réflexions philosophiques qui en font pour le peuple une véritable école de morale et de diplomatie.

— Moi, dit Binet, j'ai vu autrefois une pièce intitulée *le Gamin de Paris*, où l'on remarque le caractère d'un vieux général qui est vraiment tapé [2] ! Il rembarre un fils de famille qui avait séduit une ouvrière, qui à la fin...

— Certainement ! continuait Homais, il y a la mauvaise littérature comme il y a la mauvaise pharmacie ; mais condamner en bloc le plus important des beaux-arts me paraît une balourdise, une idée gothique, digne de ces temps abominables où l'on enfermait Galilée [3].

— Je sais bien, objecta le Curé, qu'il existe de bons ouvrages, de bons auteurs ; cependant, ne serait-ce que ces personnes de sexe différent réunies dans un appartement enchanteur, orné de pompes mondaines, et puis ces déguisements païens, ce fard, ces flambeaux, ces voix efféminées, tout cela doit finir par engendrer un certain libertinage d'esprit et vous donner des pensées déshonnêtes, des tentations impures. Telle est du moins l'opinion de tous les Pères. Enfin, ajouta-t-il en prenant subitement un ton de voix mystique, tandis qu'il roulait sur son pouce une prise de tabac, si l'Église a

---

1. « Elle corrige les mœurs en faisant rire », épigraphe que fit Santeul (1630-1697), auteur de poèmes en latin, contemporain de Molière, pour la toile du théâtre des Italiens, et qui est devenue la devise de la comédie. Un court texte sur Binet est ici supprimé sur la copie (voir « Repentirs », texte n° 48, p. 538.)   2. Bien fait, bien réussi, « bien envoyé ».   3. Galilée (1564-1642), condamné par l'Inquisition pour avoir soutenu les théories de Copernic sur le mouvement de la Terre.

condamné les spectacles, c'est qu'elle avait raison ; il faut nous soumettre à ses décrets.

— Pourquoi, demanda l'apothicaire, excommunie-t-elle les comédiens ? car, autrefois, ils concouraient ouvertement aux cérémonies du culte. Oui, on jouait, on représentait au milieu du chœur des espèces de farces, appelées mystères, dans lesquelles les lois de la décence souvent se trouvaient offensées.

L'ecclésiastique se contenta de pousser un gémissement, et le pharmacien poursuivit :

— C'est comme dans la Bible ; il y a..., savez-vous..., plus d'un détail... piquant, des choses... vraiment... gaillardes !

Et, sur un geste d'irritation que faisait M. Bournisien :

— Ah ! vous conviendrez que ce n'est pas un livre à mettre entre les mains d'une jeune personne, et je serais fâché qu'Athalie...

— Mais ce sont les protestants, et non pas nous, s'écria l'autre impatienté, qui recommandent la Bible [1] !

— N'importe ! dit Homais, je m'étonne que, de nos jours, en un siècle de lumières, on s'obstine encore à proscrire un délassement intellectuel qui est inoffensif, moralisant et même hygiénique quelquefois, n'est-ce pas, docteur ?

— Sans doute, répondit le médecin nonchalamment, soit que, ayant les mêmes idées, il voulût n'offenser personne, ou bien qu'il n'eût pas d'idées.

La conversation semblait finie, quand le pharmacien jugea convenable de pousser une dernière botte.

— J'en ai connu, des prêtres, qui s'habillaient en bourgeois pour aller voir gigoter des danseuses.

— Allons donc ! fit le curé.

---

1. Dans *Bouvard et Pécuchet*, Flaubert donnera une grande ampleur comique à la dispute religieuse et théologique, entre Bouvard, Pécuchet et l'abbé Jeuffroy, presque une suite de cette amorce (ch. 9).

— Ah ! j'en ai connu !

Et, séparant les syllabes de sa phrase, Homais répéta :

— J'en-ai-connu.

— Eh bien ! ils avaient tort, dit Bournisien résigné à tout entendre.

— Parbleu ! ils en font bien d'autres ! exclama l'apothicaire [1].

— Monsieur !... reprit l'ecclésiastique avec des yeux si farouches, que le pharmacien en fut intimidé.

— Je veux seulement dire, répliqua-t-il alors d'un ton moins brutal, que la tolérance est le plus sûr moyen d'attirer les âmes à la religion.

— C'est vrai ! C'est vrai ! concéda le bonhomme en se rasseyant sur sa chaise.

Mais il n'y resta que deux minutes. Puis, dès qu'il fut parti, M. Homais dit au médecin :

— Voilà ce qui s'appelle une prise de bec ! Je l'ai roulé, vous avez vu, d'une manière !... Enfin, croyez-moi, conduisez Madame au spectacle, ne serait-ce que pour faire une fois dans votre vie enrager un de ces corbeaux-là, saprelotte ! Si quelqu'un pouvait me remplacer, je vous accompagnerais moi-même. Dépêchez-vous ! Lagardy ne donnera qu'une seule représentation ; il est engagé en Angleterre à des appointements considérables. C'est, à ce qu'on assure, un fameux lapin [2] ! il roule sur l'or ! il mène avec lui trois maîtresses et son cuisinier ! Tous ces grands artistes brûlent la chandelle par les deux bouts ; il leur faut une existence dévergondée qui excite un peu l'imagination. Mais ils meurent à l'hôpital, parce qu'ils n'ont pas eu

---

1. *DIR* : « PRÊTRES Couchent avec leur bonne, et en ont des enfants qu'ils appellent "leurs neveux". / "C'est égal, il y en a de bons, tout de même !" »   2. « ... et l'on dira : "c'est un gaillard, celui-là, c'est un luron, c'est un lapin", il aura du poids, on l'écoutera, ce sera un monsieur fort », écrit Flaubert à Louis Bouilhet à propos d'un ami commun (4 septembre 1850).

l'esprit, étant jeunes, de faire des économies [1]. Allons,
bon appétit ; à demain !

Cette idée de spectacle germa vite dans la tête de
Bovary ; car aussitôt il en fit part à sa femme, qui
refusa tout d'abord, alléguant la fatigue, le dérangement, la dépense ; mais, par extraordinaire, Charles ne
céda pas, tant il jugeait cette récréation lui devoir être
profitable. Il n'y voyait aucun empêchement ; sa mère
leur avait expédié trois cents francs sur lesquels il ne
comptait plus, les dettes courantes n'avaient rien
d'énorme, et l'échéance des billets à payer au sieur
Lheureux était encore si longue, qu'il n'y fallait pas
songer. D'ailleurs, imaginant qu'elle y mettait de la
délicatesse, Charles insista davantage ; si bien qu'elle
finit, à force d'obsessions, par se décider. Et, le lendemain, à huit heures, ils s'emballèrent dans *l'Hirondelle*.

L'apothicaire, que rien ne retenait à Yonville, mais
qui se croyait contraint de n'en pas bouger, soupira en
les voyant partir.

— Allons, bon voyage ! leur dit-il, heureux mortels
que vous êtes !

Puis, s'adressant à Emma, qui portait une robe de
soie bleue à quatre falbalas :

— Je vous trouve jolie comme un Amour ! Vous
allez *faire florès* [2] à Rouen.

La diligence descendait à l'hôtel de la *Croix rouge*,
sur la place Beauvoisine. C'était une de ces auberges
comme il y en a dans tous les faubourgs de province,
avec de grandes écuries et de petites chambres à coucher, où l'on voit au milieu de la cour des poules pico-
rant l'avoine sous les cabriolets crottés des commis
voyageurs ; — bons vieux gîtes à balcon de bois ver-
moulu qui craquent au vent dans les nuits d'hiver,
continuellement pleins de monde, de vacarme et de

---

1. *DIR* : « Artistes Tous farceurs. [...] Gagnent des sommes folles,
mais le jettent par les fenêtres. »   2. Avoir du succès.

mangeaille, dont les tables noires sont poissées par les *glorias*, les vitres épaisses jaunies par les mouches, les serviettes humides tachées par le vin bleu ; et qui, sentant toujours le village, comme des valets de ferme habillés en bourgeois, ont un café sur la rue, et du côté de la campagne un jardin à légumes. Charles immédiatement se mit en courses. Il confondit l'avant-scène avec les galeries, le *parquet* avec les loges, demanda des explications, ne les comprit pas, fut renvoyé du contrôleur au directeur, revint à l'auberge, retourna au bureau, et, plusieurs fois ainsi, arpenta toute la longueur de la ville, depuis le théâtre jusqu'au boulevard.

Madame s'acheta un chapeau, des gants, un bouquet[1]. Monsieur craignait beaucoup de manquer le commencement ; et, sans avoir eu le temps d'avaler un bouillon, ils se présentèrent devant les portes du théâtre, qui étaient encore fermées.

XV

La foule stationnait contre le mur, parquée symétriquement entre des balustrades. À l'angle des rues voisines, de gigantesques affiches répétaient en caractères baroques : « *Lucie de Lammermoor*[2]... Lagardy[3]...

---

1. Un commentaire psychologique est supprimé sur la copie : « ... avec une impatience nerveuse qui la surprit elle-même ».
2. *Lucia di Lammermoor*, opéra de Donizetti (1797-1848), créé en 1835 à Naples et à Paris en 1837, aux Italiens en italien, puis en français au théâtre de la Renaissance (1839, et donné à l'Opéra en 1846. Le titre et le nom donné aux personnages indiquent qu'il s'agit, à Rouen, de la version en français. L'opéra de Donizetti eut un immense succès.   3. René Dumesnil cite comme source possible, dans son édition, le ténor G.H. Roger, qui eut « un succès triomphal » lors de la création à l'Opéra en 1849.

Opéra..., etc. » Il faisait beau ; on avait chaud ; la sueur coulait dans les frisures, tous les mouchoirs tirés épongeaient les fronts rouges [1] ; et parfois un vent tiède, qui soufflait de la rivière, agitait mollement la bordure des tentes en coutil suspendues à la porte des estaminets. Un peu plus bas, cependant, on était rafraîchi par un courant d'air glacial qui sentait le suif, le cuir et l'huile. C'était l'exhalaison de la rue des Charrettes, pleine de grands magasins noirs où l'on roule des barriques [2].

De peur de paraître ridicule, Emma voulut, avant d'entrer, faire un tour de promenade sur le port, et Bovary, par prudence, garda les billets à sa main, dans la poche de son pantalon, qu'il appuyait contre son ventre.

Un battement de cœur la prit dès le vestibule. Elle sourit involontairement de vanité, en voyant la foule qui se précipitait à droite par l'autre corridor, tandis qu'elle montait l'escalier des *premières*. Elle eut plaisir, comme un enfant, à pousser de son doigt les larges portes tapissées ; elle aspira de toute sa poitrine l'odeur poussiéreuse des couloirs, et, quand elle fut assise dans sa loge, elle se cambra la taille avec une désinvolture de duchesse.

La salle commençait à se remplir, on tirait les lorgnettes de leurs étuis, et les abonnés, s'apercevant de loin, se faisaient des salutations. Ils venaient se délasser dans les beaux-arts des inquiétudes de la vente ; mais, n'oubliant point *les affaires*, ils causaient encore cotons [3], trois-six [4] ou indigo [5]. On voyait là des têtes de vieux, inexpressives et pacifiques, et qui, blan-

---

1. Détail, rayé par la *Revue de Paris* sur la copie, rétabli suivant une indication de Flaubert. **2.** Ces deux phrases, rayées par la *Revue de Paris*, ont été rétablies suivant une indication de Flaubert. **3.** *DIR* : « Coton Une des bases de la Société dans la Seine-Inférieure. » **4.** Alcool à 36 degrés Cartier, 90 degrés centésimaux. **5.** Extrait de l'indigotier, de couleur bleue, utilisé pour la teinture des tissus, industrie importante de Rouen.

châtres de chevelure et de teint, ressemblaient à des médailles d'argent ternies par une vapeur de plomb. Les jeunes beaux se pavanaient au *parquet*, étalant, dans l'ouverture de leur gilet, leur cravate rose ou vert pomme[1] ; et madame Bovary les admirait d'en haut, appuyant sur des badines à pomme d'or la paume tendue de leurs gants jaunes.

Cependant, les bougies de l'orchestre s'allumèrent ; le lustre descendit du plafond, versant, avec le rayonnement de ses facettes, une gaieté subite dans la salle[2] ; puis les musiciens entrèrent les uns après les autres, et ce fut d'abord un long charivari de basses ronflant, de violons grinçant, de pistons trompettant, de flûtes et de flageolets qui piaulaient. Mais on entendit trois coups sur la scène ; un roulement de timbales commença, les instruments de cuivre plaquèrent des accords, et le rideau, se levant, découvrit un paysage.

C'était le carrefour d'un bois, avec une fontaine, à gauche, ombragée par un chêne. Des paysans et des seigneurs, le plaid sur l'épaule, chantaient tous ensemble une chanson de chasse ; puis il survint un capitaine qui invoquait l'ange du mal en levant au ciel ses deux bras ; un autre parut ; ils s'en allèrent, et les chasseurs reprirent.

Elle se retrouvait dans les lectures de sa jeunesse, en plein Walter Scott. Il lui semblait entendre, à travers le brouillard, le son des cornemuses écossaises se répéter sur les bruyères. D'ailleurs, le souvenir du roman facilitant l'intelligence du libretto[3], elle suivait l'intrigue

---

1. Un détail est supprimé sur la copie : « Des colliers d'une régularité géométrique entouraient ces visages lourds. »   **2.** « Ce que j'ai toujours trouvé de plus beau dans un théâtre, dans mon enfance et encore maintenant, c'est *le lustre* — un bel objet lumineux, cristallin, compliqué, circulaire et symétrique », écrit Baudelaire (*Mon cœur mis à nu*, dans *Œuvres complètes*, Gallimard, coll. de la Pléiade, t. I, p. 682).   **3.** Le livret est composé à partir du roman de Walter Scott, *La Fiancée de Lammermoor* (1819), qui eut de nombreuses adaptations au théâtre et à l'Opéra.

phrase à phrase, tandis que d'insaisissables pensées qui lui revenaient se dispersaient, aussitôt, sous les rafales de la musique. Elle se laissait aller au bercement des mélodies et se sentait elle-même vibrer de tout son être comme si les archets des violons se fussent promenés sur ses nerfs. Elle n'avait pas assez d'yeux pour contempler les costumes, les décors, les personnages, les arbres peints qui tremblaient quand on marchait, et les toques de velours, les manteaux, les épées, toutes ces imaginations qui s'agitaient dans l'harmonie comme dans l'atmosphère d'un autre monde. Mais une jeune femme s'avança en jetant une bourse à un écuyer vert. Elle resta seule, et alors on entendit une flûte qui faisait comme un murmure de fontaine ou comme des gazouillements d'oiseau. Lucie entama d'un air brave sa cavatine en *sol* majeur ; elle se plaignait d'amour, elle demandait des ailes. Emma, de même, aurait voulu, fuyant la vie, s'envoler dans une étreinte. Tout à coup, Edgar-Lagardy [1] parut.

Il avait une de ces pâleurs splendides qui donnent quelque chose de la majesté des marbres aux races ardentes du Midi. Sa taille vigoureuse était prise dans un pourpoint de couleur brune ; un petit poignard ciselé lui battait sur la cuisse gauche, et il roulait des regards langoureusement en découvrant ses dents blanches. On disait qu'une princesse polonaise, l'écoutant un soir chanter sur la plage de Biarritz [2], où il radoubait des chaloupes, en était devenue amoureuse. Elle s'était ruinée à cause de lui. Il l'avait plantée là pour d'autres femmes, et cette célébrité sentimentale ne laissait pas que de servir à sa réputation artistique. Le cabotin diplomate avait même soin de faire toujours glisser dans les réclames une phrase poétique sur la fascination de sa personne et la sensibilité de son âme. Un bel organe, un imperturbable aplomb, plus de tempérament

---

1. Lagardy dans le rôle d'Edgar.   **2.** La station balnéaire devint à la mode dans les années 1840.

que d'intelligence et plus d'emphase que de lyrisme, achevaient de rehausser cette admirable nature de charlatan, où il y avait du coiffeur et du toréador.

Dès la première scène, il enthousiasma. Il pressait Lucie dans ses bras, il la quittait, il revenait, il semblait désespéré : il avait des éclats de colère, puis des râles élégiaques d'une douceur infinie, et les notes s'échappaient de son cou nu, pleines de sanglots et de baisers. Emma se penchait pour le voir, égratignant avec ses ongles le velours de sa loge. Elle s'emplissait le cœur de ces lamentations mélodieuses qui se traînaient à l'accompagnement des contrebasses, comme des cris de naufragés dans le tumulte d'une tempête. Elle reconnaissait tous les enivrements et les angoisses dont elle avait manqué mourir. La voix de la chanteuse ne lui semblait être que le retentissement de sa conscience, et cette illusion qui la charmait quelque chose même de sa vie. Mais personne sur la terre ne l'avait aimée d'un pareil amour. Il ne pleurait pas comme Edgar, le dernier soir, au clair de lune, lorsqu'ils se disaient : « À demain ; à demain [1] !... » La salle craquait sous les bravos ; on recommença la strette [2] entière ; les amoureux parlaient des fleurs de leur tombe, de serments, d'exil, de fatalité, d'espérances, et quand ils poussèrent l'adieu final, Emma jeta un cri aigu, qui se confondit avec la vibration des derniers accords.

— Pourquoi donc, demanda Bovary, ce seigneur est-il à la persécuter ?

— Mais non, répondit-elle ; c'est son amant.

— Pourtant il jure de se venger sur sa famille, tandis que l'autre, celui qui est venu tout à l'heure, disait : « J'aime Lucie et je m'en crois aimé. » D'ailleurs, il est parti avec son père, bras dessus, bras dessous. Car c'est bien son père, n'est-ce pas, le petit laid qui porte une plume de coq à son chapeau ?

---

1. Voir II, 12, p. 311.   **2.** Partie finale d'un ensemble dont le rythme s'accélère et dans laquelle les voix sont resserrées.

Malgré les explications d'Emma, dès le duo récitatif
où Gilbert expose à son maître Ashton ses abominables
manœuvres, Charles, en voyant le faux anneau de fian-
çailles qui doit abuser Lucie, crut que c'était un souvenir d'amour envoyé par Edgar. Il avouait, du reste, ne
pas comprendre l'histoire, — à cause de la musique —
qui nuisait beaucoup aux paroles.

— Qu'importe ? dit Emma ; tais-toi !

— C'est que j'aime, reprit-il en se penchant sur son
épaule, à me rendre compte, tu sais bien.

— Tais-toi ! tais-toi ! fit-elle impatientée.

Lucie s'avançait, à demi soutenue par ses femmes,
une couronne d'oranger dans les cheveux, et plus pâle
que le satin blanc de sa robe. Emma rêvait au jour de
son mariage ; et elle se revoyait là-bas, au milieu des
blés, sur le petit sentier, quand on marchait vers
l'église. Pourquoi donc n'avait-elle pas, comme celle-
là, résisté, supplié ? Elle était joyeuse, au contraire,
sans s'apercevoir de l'abîme où elle se précipitait...
Ah ! Si, dans la fraîcheur de sa beauté, avant les souil-
lures du mariage et la désillusion de l'adultère, elle
avait pu placer sa vie sur quelque grand cœur solide,
alors la vertu, la tendresse, les voluptés et le devoir se
confondant, jamais elle ne serait descendue d'une félicité si haute. Mais ce bonheur-là, sans doute, était un
mensonge imaginé pour le désespoir de tout désir. Elle
connaissait à présent la petitesse des passions que l'art
exagérait. S'efforçant donc d'en détourner sa pensée,
Emma voulait ne plus voir dans cette reproduction de
ses douleurs qu'une fantaisie plastique bonne à amuser
les yeux, et même elle souriait intérieurement d'une
pitié dédaigneuse, quand au fond du théâtre, sous la
portière de velours, un homme apparut en manteau
noir.

Son grand chapeau à l'espagnole tomba dans un
geste qu'il fit ; et aussitôt les instruments et les chanteurs entonnèrent le sextuor. Edgar, étincelant de furie,
dominait tous les autres de sa voix plus claire. Ashton

lui lançait en notes graves des provocations homicides,
Lucie poussait sa plainte aiguë, Arthur modulait à
l'écart des sons moyens, et la basse-taille [1] du ministre
ronflait comme un orgue, tandis que les voix de
femmes, répétant ses paroles, reprenaient en chœur,
délicieusement. Ils étaient tous sur la même ligne à
gesticuler ; et la colère, la vengeance, la jalousie, la
terreur, la miséricorde et la stupéfaction s'exhalaient à
la fois de leurs bouches entr'ouvertes [2]. L'amoureux
outragé brandissait son épée nue ; sa collerette de guipure se levait par saccades, selon les mouvements de
sa poitrine, et il allait de droite et de gauche, à grands
pas, faisant sonner contre les planches les éperons ver-
meils de ses bottes molles, qui s'évasaient à la che-
ville [3]. Il devait avoir, pensait-elle, un intarissable
amour, pour en déverser sur la foule à si larges
effluves. Toutes ses velléités de dénigrement s'éva-
nouissaient sous la poésie du rôle qui l'envahissait, et,
entraînée vers l'homme par l'illusion du personnage,
elle tâcha de se figurer sa vie, cette vie retentissante,
extraordinaire, splendide, et qu'elle aurait pu mener
cependant, si le hasard l'avait voulu. Ils se seraient
connus, ils se seraient aimés ! Avec lui, par tous les
royaumes de l'Europe, elle aurait voyagé de capitale
en capitale, partageant ses fatigues et son orgueil,
ramassant les fleurs qu'on lui jetait, brodant elle-même
ses costumes ; puis, chaque soir, au fond d'une loge,
derrière la grille à treillis d'or, elle eût recueilli, béante,

---

1. Voix d'homme immédiatement au-dessus de la basse, que l'on
désigne maintenant par « baryton » ou « première basse ».   **2.** Le
sextuor, qui est le final de deuxième acte, est particulièrement réussi
musicalement, et demeure un des meilleurs moments de cet opéra, en
tout cas l'un des plus célèbres, avec l'air de la folie du troisième et
dernier acte. Flaubert énumère en une juxtaposition ce qui fait la poly-
phonie du sextuor, les six « passions » simultanément représentées,
« sur la même ligne à gesticuler ».   **3.** « Rodolphe avait mis de
longues bottes molles, se disant que sans doute elle n'en avait jamais
vu de pareilles » (II, 9, p. 259).

les expansions de cette âme qui n'aurait chanté que
pour elle seule ; de la scène, tout en jouant, il l'aurait
regardée. Mais une folie la saisit : il la regardait, c'est
sûr ! Elle eut envie de courir dans ses bras pour se
réfugier en sa force, comme dans l'incarnation de
l'amour même, et de lui dire, de s'écrier : « Enlève-
moi, emmène-moi, partons ! À toi, à toi ! toutes mes
ardeurs et tous mes rêves ! »

Le rideau se baissa.

L'odeur du gaz se mêlait aux haleines ; le vent des
éventails rendait l'atmosphère plus étouffante. Emma
voulut sortir ; la foule encombrait les corridors, et elle
retomba dans son fauteuil avec des palpitations qui la
suffoquaient. Charles, ayant peur de la voir s'évanouir,
courut à la buvette lui chercher un verre d'orgeat.

Il eut grand-peine à regagner sa place, car on lui
heurtait les coudes à tous les pas, à cause du verre qu'il
tenait entre ses mains, et même il en versa les trois
quarts sur les épaules d'une Rouennaise en manches
courtes, qui, sentant le liquide froid lui couler dans les
reins, jeta des cris de paon, comme si on l'eût assassi-
née. Son mari, qui était un filateur, s'emporta contre le
maladroit ; et, tandis qu'avec son mouchoir elle épon-
geait les taches sur sa belle robe de taffetas[1] cerise, il
murmurait d'un ton bourru les mots d'indemnité, de
frais, de remboursement. Enfin, Charles arriva près de
sa femme, en lui disant tout essoufflé[2] :

— J'ai cru, ma foi, que j'y resterais ! Il y a un
monde !... un monde !...

Il ajouta :

— Devine un peu qui j'ai rencontré là-haut ?
M. Léon !

— Léon ?

— Lui-même ! Il va venir te présenter ses civilités.

---

1. Étoffe de soie.   **2.** Ce paragraphe est rayé sur la copie par la
Revue de Paris, et rétabli selon l'indication de Flaubert.

Et, comme il achevait ces mots, l'ancien clerc d'Yonville entra dans la loge.

Il tendit sa main avec un sans-façon de gentilhomme : et madame Bovary machinalement avança la sienne, sans doute obéissant à l'attraction d'une volonté plus forte. Elle ne l'avait pas sentie depuis ce soir de printemps où il pleuvait sur les feuilles vertes, quand ils se dirent adieu, debout au bord de la fenêtre [1]. Mais, vite, se rappelant à la convenance de la situation, elle secoua dans un effort cette torpeur de ses souvenirs et se mit à balbutier des phrases rapides.

— Ah ! bonjour... Comment ! vous voilà ?

— Silence ! cria une voix du parterre, car le troisième acte commençait.

— Vous êtes donc à Rouen ?

— Oui.

— Et depuis quand ?

— À la porte ! à la porte !

On se tournait vers eux ; ils se turent.

Mais, à partir de ce moment, elle n'écouta plus ; et le chœur des conviés, la scène d'Ashton et de son valet, le grand duo en *ré* majeur, tout passa pour elle dans l'éloignement, comme si les instruments fussent devenus moins sonores et les personnages plus reculés [2] ; elle se rappelait les parties de cartes chez le pharmacien, et la promenade chez la nourrice, les lectures sous la tonnelle, les tête-à-tête au coin du feu, tout ce pauvre amour si calme et si long, si discret, si tendre, et qu'elle avait oublié cependant. Pourquoi donc revenait-il ? quelle combinaison d'aventures le replaçait dans sa vie ? Il se tenait derrière elle, s'appuyant de l'épaule

---

1. Le souvenir (du récit, d'Emma) complète, dans les retrouvailles, la scène antérieure de la séparation, ou plutôt la synthétise : contact de la main, pluie, bord de la fenêtre, étaient espacés en deux temps successifs (II, 6, p. 211-212). 2. Un morceau de décor est supprimé sur la copie : « Et même elle aperçut à peine le château gothique à tourelles rondes, découpant dans la couleur noire de la toile, une triple rangée de petits trous, par où la lumière sortait. »

contre la cloison ; et, de temps à autre, elle se sentait
frissonner sous le souffle tiède de ses narines qui lui
descendait dans la chevelure[1].

— Est-ce que cela vous amuse ? dit-il en se penchant sur elle de si près, que la pointe de sa moustache
lui effleura la joue.

Elle répondit nonchalamment :

— Oh ! mon Dieu, non ! pas beaucoup.

Alors il fit la proposition de sortir du théâtre, pour
aller prendre des glaces quelque part.

— Ah ! pas encore ! restons ! dit Bovary. Elle a les
cheveux dénoués : cela promet d'être tragique.

Mais la scène de la folie n'intéressait point Emma,
et le jeu de la chanteuse lui parut exagéré.

— Elle crie trop fort, dit-elle en se tournant vers
Charles, qui écoutait.

— Oui... peut-être... un peu, répliqua-t-il, indécis
entre la franchise de son plaisir et le respect qu'il portait aux opinions de sa femme.

Puis Léon dit en soupirant :

— Il fait une chaleur...

— Insupportable ! c'est vrai.

— Es-tu gênée ? demanda Bovary.

— Oui, j'étouffe ; partons.

M. Léon posa délicatement sur ses épaules son long
châle de dentelle[2], et ils allèrent tous les trois s'asseoir
sur le port, en plein air, devant le vitrage d'un café.

Il fut d'abord question de sa maladie, bien qu'Emma
interrompît Charles de temps à autre, par crainte,
disait-elle, d'ennuyer M. Léon ; et celui-ci leur raconta
qu'il venait à Rouen passer deux ans dans une forte
étude, afin de se rompre aux affaires, qui étaient diffé-

---

1. Le détail, rayé par la *Revue de Paris*, est rétabli suivant les indications de Flaubert.   2. Une suite de ce geste est supprimée sur la
copie : « ... et il lui donna le bras pour descendre tandis que Charles
qui avait égaré le numéro de sa canne ne les rejoignit que cinq minutes
plus tard au bas de la rue Grand-Pont où ils l'attendaient par politesse ».

rentes en Normandie de celles que l'on traitait à Paris. Puis il s'informa de Berthe, de la famille Homais, de la mère Lefrançois ; et, comme ils n'avaient, en présence du mari, rien de plus à se dire, bientôt la conversation s'arrêta.[1]

Des gens qui sortaient du spectacle passèrent sur le trottoir, tout fredonnant ou braillant à plein gosier : *Ô bel ange, ma Lucie !* Alors Léon, pour faire le dilettante, se mit à parler musique. Il avait vu Tamburini, Rubini, Persiani, Grisi[2] ; et à côté d'eux, Lagardy, malgré ses grands éclats, ne valait rien.

— Pourtant, interrompit Charles qui mordait à petits coups son sorbet au rhum, on prétend qu'au dernier acte il est admirable tout à fait ; je regrette d'être parti avant la fin, car ça commençait à m'amuser.

— Au reste, reprit le clerc, il donnera bientôt une autre représentation.

Mais Charles répondit qu'ils s'en allaient dès le lendemain.

---

1. Une « conversation » sur la nuit est supprimée sur la copie (voir « Repentirs », texte n° 49, p. 538.)   **2.** Tamburini (né en 1800, à Faenza, en Italie, mort en 1876, carrière jusqu'en 1855), basse chantante, fut célèbre dans les années 1820 à la Scala de Milan, à la *Fenice* de Venise, à Naples, à Gênes ; il débuta à Paris au Théâtre-Italien en 1832 : « Pendant plus de dix ans, Tamburini a joui à Paris de la faveur d'un public éclairé, et a tenu un rang distingué dans le bel ensemble formé par Rubini, Lablache, mesdames Persiani, Grisi, Viardot et lui » (*Biographie universelle des musiciens*, par F.J. Fétis, deuxième édition, 1875). Rubini (né en 1794 à Romano, province de Bergame, où il mourut en 1854) fut sans doute le ténor le plus célèbre de la première moitié du XIXe siècle ; il chanta en Italie, à Londres et à Paris ; son succès fut immense à Saint-Pétersbourg, où il « donna des représentations dont la vogue tint du délire » (*ibid.*). Le tsar Nicolas le nomma directeur de chant. Fanni Persiani (1818-1867), soprano, débuta à Paris en 1838 dans *Le Barbier de Séville*, après avoir chanté dans toutes les grandes salles italiennes entre 1832 et 1838 : « Son talent de cantatrice dramatique fut un des plus beaux de la dernière époque de l'art du beau chant italien » (*ibid.*) ; sa carrière s'arrête en 1843 à Londres. Giulia Grisi, née à Milan en 1811, morte en 1869, mezzo-soprano, chanta dans les grands théâtres italiens et débuta à Paris au Théâtre-Italien en 1832, dans *Semiramis* de Rossini.

— À moins, ajouta-t-il en se tournant vers sa femme, que tu ne veuilles rester seule, mon petit chat ?

Et, changeant de manœuvre devant cette occasion inattendue qui s'offrait à son espoir, le jeune homme entama l'éloge de Lagardy dans le morceau final. C'était quelque chose de superbe, de sublime ! Alors Charles insista :

— Tu reviendrais dimanche. Voyons, décide-toi ! tu as tort, si tu sens le moins du monde que cela te fait du bien.

Cependant les tables, alentour, se dégarnissaient ; un garçon[1] vint discrètement se poster près d'eux ; Charles, qui comprit, tira sa bourse ; le clerc le retint par le bras, et même n'oublia point de laisser, en plus, deux pièces blanches, qu'il fit sonner contre le marbre.

— Je suis fâché, vraiment, murmura Bovary, de l'argent que vous...

L'autre eut un geste dédaigneux plein de cordialité, et, prenant son chapeau :

— C'est convenu, n'est-ce pas, demain, à six heures ?

Charles se récria encore une fois qu'il ne pouvait s'absenter plus longtemps ; mais rien n'empêchait Emma...

— C'est que..., balbutia-t-elle avec un singulier sourire, je ne sais pas trop...

— Eh bien ! tu réfléchiras, nous verrons, la nuit porte conseil...

Puis à Léon, qui les accompagnait :

— Maintenant que vous voilà dans nos contrées, vous viendrez, j'espère de temps à autre, nous demander à dîner ?

---

1. Un détail est supprimé sur la copie : « ... qui sommeillait dans un coin... ». Il reviendra dans *L'Éducation sentimentale* : « Les deux garçons fatigués dormaient dans des coins, et une odeur de cuisine, de quinquet et de tabac emplissait la salle déserte » (Première partie, ch. 3, GF Flammarion, p. 72).

Le clerc affirma qu'il n'y manquerait pas, ayant d'ailleurs besoin de se rendre à Yonville pour une affaire de son étude. Et l'on se sépara devant le passage Saint-Herbland, au moment où onze heures et demie sonnaient à la cathédrale. [1]

1. Fin de la quatrième livraison dans la *Revue de Paris* (15 novembre 1856, p. 403-456), avec la mention « (La suite au prochain volume) ». *Madame Bovary* est précédée de « Shakespeare inédit », présentation des traductions de Shakespeare par François V. Hugo, et publication de la traduction d'un poème de Shakespeare : « Les Plaintes d'une amoureuse », et de « Conseil », extrait de *The Passionate Pilgrim*. C'est aussi la dernière livraison de *Ferdinand II, roi de Naples (1836-1856)* par F. Petrucelli della Gattina — dont la première livraison était dans le même numéro que la première de *Madame Bovary* —, « extrait d'une *Histoire des Bourbons de Naples*, qui paraîtra prochainement », et l'avant-dernière livraison du « Voyage dans les principautés danubiennes et aux embouchures du Danube » par la baronne Aloyse de Carlowitz, texte déjà présent quand *Madame Bovary* est arrivé dans la revue. Dans la rubrique « Chronique de la quinzaine », un long commentaire élogieux de Louis Ulbach sur *Esquisses morales, pensées, réflexions et maximes*, par Daniel Stern (pseudonyme de Marie d'Agoult, elle-même collaboratrice de la *Revue de Paris*) : « C'est la pensée de Mme de Staël avec la foi de Mme Roland. » Et, dans la rubrique « Revue théâtrale », une critique favorable de *Mme de Montarcy*, de Louis Bouilhet, drame en cinq actes et en vers, donné à l'Odéon, le 6 novembre 1856.

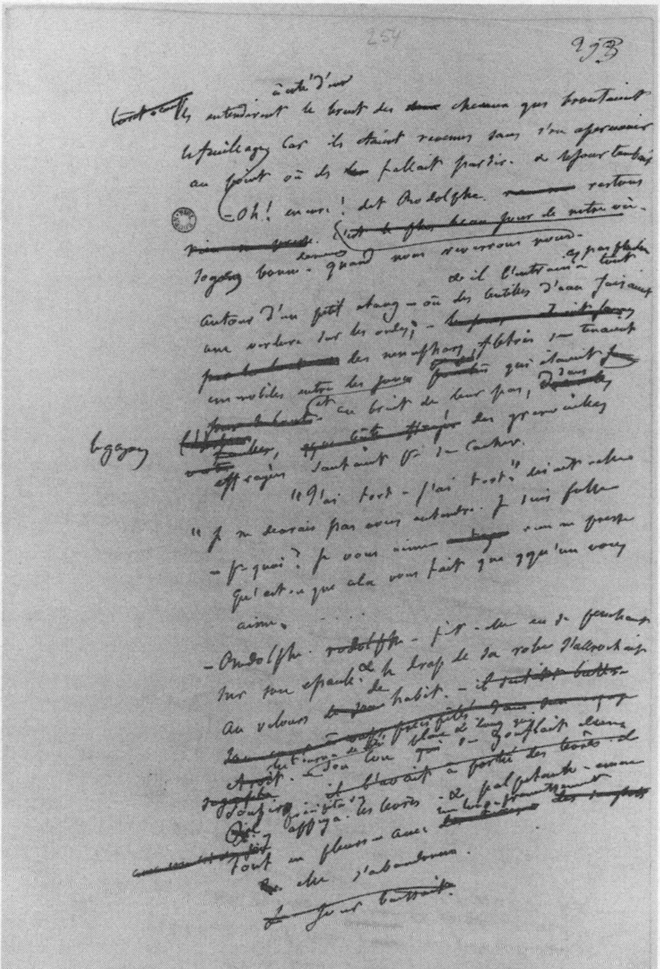

Ms. g 223, folio 254.

« ... tout en pleurs, avec un long frémissement, elle s'abandonna. »

TROISIÈME PARTIE [1]

1. Début de la livraison du 1ᵉʳ décembre de la *Revue de Paris*, p. 35-82. Le texte y est précédé par un commentaire de Jules Bastide sur l'*Histoire du Consulat et de l'Empire*, de M. Thiers, et une notice de Charles Blanc sur Wenceslas Hollar (graveur, 1607-1677). Il y est suivi de la suite et fin du « Voyage dans les principautés danubiennes » de la baronne Aloyse de Carlowitz. Parmi les comptes rendus de la « Chronique de la quinzaine », une critique très élogieuse du huitième volume de l'*Histoire de la Révolution française* de Louis Blanc, par Maxime Du Camp : « À M. Louis Blanc appartiendra l'honneur d'avoir le premier écrit l'histoire *vraie* de la Révolution française. »

I

M. Léon, tout en étudiant son droit, avait passablement fréquenté la *Chaumière* [1], où il obtint même de fort jolis succès près des grisettes, qui lui trouvaient *l'air distingué*. C'était le plus convenable des étudiants : il ne portait les cheveux ni trop longs ni trop courts, ne mangeait pas le 1er du mois l'argent de son trimestre, et se maintenait en de bons termes avec ses professeurs. Quant à faire des excès, il s'en était toujours abstenu, autant par pusillanimité que par délicatesse.

Souvent, lorsqu'il restait à lire dans sa chambre, ou bien assis le soir sous les tilleuls du Luxembourg [2], il laissait tomber son Code par terre, et le souvenir d'Emma lui revenait. Mais, peu à peu, ce sentiment s'affaiblit, et d'autres convoitises s'accumulèrent pardessus, bien qu'il persistât cependant à travers elles ; car Léon ne perdait pas toute espérance, et il y avait pour lui comme une promesse incertaine qui se balançait dans l'avenir, tel un fruit d'or suspendu à quelque feuillage fantastique.

Puis, en la revoyant après trois années d'absence, sa passion se réveilla. Il fallait, pensait-il, se résoudre

---

1. *La Grande Chaumière*, « le plus célèbre des bals publics de Paris ». Fondée en 1787, « elle a jeté son plus grand éclat sous le règne constitutionnel de Louis-Philippe et sous la direction dictatoriale du père Lahire. On se souvient encore de ce refrain : Messieurs les étudiants / s'en vont à la *Chaumière* / Pour danser le *Cancan* / et la *Robert Macaire* » (*GDU*). *La Chaumière* a disparu en 1853, elle est une chose du passé quand Flaubert écrit ce texte. **2.** Jardin du Luxembourg, dans le quartier Latin. Le jardin avait été agrandi et réaménagé par Louis XVIII.

enfin à la vouloir posséder[1]. D'ailleurs, sa timidité
s'était usée au contact des compagnies folâtres, et il
revenait en province, méprisant tout ce qui ne frôlait
pas d'un pied verni l'asphalte du boulevard. Auprès
d'une Parisienne en dentelles, dans le salon de quelque
docteur illustre, personnage à décorations et à voiture,
le pauvre clerc, sans doute, eût tremblé comme un
enfant ; mais ici, à Rouen, sur le port, devant la femme
de ce petit médecin, il se sentait à l'aise, sûr d'avance
qu'il éblouirait. L'aplomb dépend des milieux où il se
pose ; on ne parle pas à l'entresol comme au quatrième
étage, et la femme riche semble avoir autour d'elle,
pour garder sa vertu, tous ses billets de banque, comme
une cuirasse, dans la doublure de son corset[2].

En quittant, la veille au soir, monsieur et madame
Bovary, Léon, de loin, les avait suivis dans la rue ; puis
les ayant vus s'arrêter à la *Croix rouge*[3], il avait tourné
les talons et passé toute la nuit à méditer un plan.

Le lendemain donc, vers cinq heures, il entra dans
la cuisine de l'auberge, la gorge serrée, les joues pâles,
et avec cette résolution des poltrons que rien n'arrête.

— Monsieur n'y est point, répondit un domestique.

Cela lui parut de bon augure. Il monta.

Elle ne fut pas troublée à son abord ; elle lui fit, au
contraire, des excuses pour avoir oublié de lui dire où
ils étaient descendus.

— Oh ! je l'ai deviné, reprit Léon.

— Comment ?

Il prétendit avoir été guidé vers elle, au hasard, par
un instinct. Elle se mit à sourire, et aussitôt, pour répa-
rer sa sottise, Léon raconta qu'il avait passé sa matinée
à la chercher successivement dans tous les hôtels de la
ville.

---

1. Un complément est supprimé sur la copie : « et le jeune homme
se proposa cette tentative comme l'épreuve suprême de son énergie ».   **2.** Ce passage, depuis « ... et la femme riche ... », est rayé
par la *Revue de Paris*, et rétabli selon l'indication de Flaubert.   **3.** L'hôtel de la Croix-Rouge.

— Vous vous êtes donc décidée à rester ? ajouta-t-il.

— Oui, dit-elle, et j'ai eu tort. Il ne faut pas s'accoutumer à des plaisirs impraticables, quand on a autour de soi mille exigences...

— Oh ! je m'imagine...

— Eh ! non, car vous n'êtes pas une femme, vous.

Mais les hommes avaient aussi leurs chagrins, et la conversation s'engagea par quelques réflexions philosophiques. Emma s'étendit beaucoup sur la misère des affections terrestres et l'éternel isolement où le cœur reste enseveli.

Pour se faire valoir, ou par une imitation naïve de cette mélancolie qui provoquait la sienne, le jeune homme déclara s'être ennuyé prodigieusement tout le temps de ses études. La procédure l'irritait, d'autres vocations l'attiraient, et sa mère ne cessait, dans chaque lettre, de le tourmenter. Car ils précisaient de plus en plus les motifs de leur douleur, chacun, à mesure qu'il parlait, s'exaltant un peu dans cette confidence progressive [1]. Mais ils s'arrêtaient quelquefois devant l'exposition complète de leur idée, et cherchaient alors à imaginer une phrase qui pût la traduire cependant. Elle ne confessa point sa passion pour un autre ; il ne dit pas qu'il l'avait oubliée.

Peut-être ne se rappelait-il plus ses soupers après le bal, avec des débardeuses ; et elle ne se souvenait pas sans doute des rendez-vous d'autrefois, quand elle courait le matin dans les herbes, vers le château de son amant. Les bruits de la ville arrivaient à peine jusqu'à eux ; et la chambre semblait petite, tout exprès pour resserrer davantage leur solitude. Emma, vêtue d'un peignoir en basin [2], appuyait son chignon contre le dossier du vieux fauteuil ; le papier jaune de la muraille

---

1. Un degré d'aveu supplémentaire est rayé sur la copie : « ... si bien qu'elle finissait par ne plus dissimuler sa haine de Bovary, et il avouait à peu près, les petites maîtresses qui lui avaient causé, là-bas, tant de désillusions ». **2.** Étoffe de fil et de coton.

faisait comme un fond d'or derrière elle ; et sa tête nue
se répétait dans la glace avec la raie blanche au milieu,
et le bout de ses oreilles dépassant sous ses bandeaux.

— Mais, pardon, dit-elle, j'ai tort ! je vous ennuie
avec mes éternelles plaintes !

— Non, jamais ! jamais !

— Si vous saviez, reprit-elle, en levant au plafond
ses beaux yeux qui roulaient une larme, tout ce que
j'avais rêvé !

— Et moi, donc ! Oh ! j'ai bien souffert ! Souvent
je sortais, je m'en allais, je me traînais le long des
quais, m'étourdissant au bruit de la foule sans pouvoir
bannir l'obsession qui me poursuivait. Il y a sur le boulevard, chez un marchand d'estampes, une gravure italienne qui représente une Muse. Elle est drapée d'une
tunique et elle regarde la lune, avec des myosotis sur sa
chevelure dénouée. Quelque chose incessamment me
poussait là ; j'y suis resté des heures entières.

Puis, d'une voix tremblante :

— Elle vous ressemblait un peu.

Madame Bovary détourna la tête, pour qu'il ne vît
pas sur ses lèvres l'irrésistible sourire qu'elle y sentait
monter.

— Souvent, reprit-il, je vous écrivais des lettres
qu'ensuite je déchirais.

Elle ne répondait pas. Il continua :

— Je m'imaginais quelquefois qu'un hasard vous
amènerait. J'ai cru vous reconnaître au coin des rues :
et je courais après tous les fiacres où flottait à la portière un châle, un voile pareil au vôtre...

Elle semblait déterminée à le laisser parler sans l'interrompre. Croisant les bras et baissant la figure, elle
considérait la rosette de ses pantoufles [1], et elle faisait
dans leur satin de petits mouvements, par intervalles,
avec les doigts de son pied.

---

1. Flaubert supprime sur la copie une précision colorée : « qui
posaient à plat sur les pavés rouges ».

Cependant, elle soupira :

— Ce qu'il y a de plus lamentable, n'est-ce pas, c'est de traîner, comme moi, une existence inutile ? si nos douleurs pouvaient servir à quelqu'un, on se consolerait dans la pensée du sacrifice !

Il se mit à vanter la vertu, le devoir et les immolations silencieuses, ayant lui-même un incroyable besoin de dévouement qu'il ne pouvait assouvir.

— J'aimerais beaucoup, dit-elle, à être une religieuse d'hôpital.

— Hélas ! répliqua-t-il, les hommes n'ont point de ces missions saintes, et je ne vois nulle part aucun métier..., à moins peut-être que celui de médecin...

Avec un haussement léger de ses épaules, Emma l'interrompit pour se plaindre de sa maladie où elle avait manqué mourir ; quel dommage ! elle ne souffrirait plus maintenant. Léon tout de suite envia *le calme du tombeau*, et même, un soir, il avait écrit son testament en recommandant qu'on l'ensevelît dans ce beau couvre-pied, à bandes de velours, qu'il tenait d'elle[1] ; car c'est ainsi qu'ils auraient voulu avoir été, l'un et l'autre se faisant un idéal sur lequel ils ajustaient à présent leur vie passée. D'ailleurs, la parole est un laminoir qui allonge toujours les sentiments.

Mais à cette invention du couvre-pied :

— Pourquoi donc ? demanda-t-elle.

— Pourquoi ?

Il hésitait.

— Parce que je vous ai bien aimée !

Et, s'applaudissant d'avoir franchi la difficulté, Léon, du coin de l'œil, épia sa physionomie.

Ce fut comme le ciel, quand un coup de vent chasse les nuages. L'amas des pensées tristes qui les assombrissaient parut se retirer de ses yeux bleus ; tout son visage rayonna.

---

1. Voir II, 4, p. 186.

Il attendait. Enfin elle répondit [1] :

— Je m'en étais toujours doutée...

Alors, ils se racontèrent les petits événements de cette existence lointaine, dont ils venaient de résumer, par un seul mot, les plaisirs et les mélancolies. Il se rappelait le berceau de clématite, les robes qu'elle avait portées, les meubles de sa chambre, toute sa maison.

— Et nos pauvres cactus, où sont-ils ?

— Le froid les a tués cet hiver.

— Ah ! que j'ai pensé à eux, savez-vous ? Souvent je les revoyais comme autrefois, quand, par les matins d'été, le soleil frappait sur les jalousies... et j'apercevais vos deux bras nus qui passaient entre les fleurs.

— Pauvre ami ! fit-elle en lui tendant la main.

Léon, bien vite, y colla ses lèvres. Puis, quand il eut largement respiré :

— Vous étiez, dans ce temps-là, pour moi, je ne sais quelle force incompréhensible qui captivait ma vie. Une fois, par exemple, je suis venu chez vous ; mais vous ne vous en souvenez pas, sans doute ?

— Si, dit-elle. Continuez.

— Vous étiez en bas, dans l'antichambre, prête à sortir, sur la dernière marche ; — vous aviez même un chapeau à petites fleurs bleues ; et, sans nulle invitation de votre part, malgré moi, je vous ai accompagnée. À chaque minute, cependant, j'avais de plus en plus conscience de ma sottise, et je continuais à marcher près de vous, n'osant vous suivre tout à fait, et ne voulant pas vous quitter. Quand vous entriez dans une boutique, je restais dans la rue, je vous regardais par le carreau défaire vos gants et compter la monnaie sur le comptoir. Ensuite vous avez sonné chez madame Tuvache, on vous a ouvert, et je suis resté comme un idiot devant la grande porte lourde, qui était retombée sur vous [2].

---

1. Flaubert retire, sur la copie, « avec un inexprimable sourire ».
2. Mémoire du récit, mémoire des personnages : Léon ajoute un nouvel épisode au récit antérieur.

Madame Bovary, en l'écoutant, s'étonnait d'être si vieille ; toutes ces choses qui réapparaissaient lui semblaient élargir son existence ; cela faisait comme des immensités sentimentales où elle se reportait ; et elle disait de temps à autre, à voix basse et les paupières à demi fermées :

— Oui, c'est vrai !... c'est vrai !... c'est vrai...

Ils entendirent huit heures sonner aux différentes horloges du quartier Beauvoisine, qui est plein de pensionnats, d'églises et de grands hôtels abandonnés. Ils ne se parlaient plus ; mais ils sentaient, en se regardant, un bruissement dans leurs têtes, comme si quelque chose de sonore se fût réciproquement échappé de leurs prunelles fixes. Ils venaient de se joindre les mains ; et le passé, l'avenir, les réminiscences et les rêves, tout se trouvait confondu dans la douceur de cette extase. La nuit s'épaississait sur les murs, où brillaient encore, à demi perdues dans l'ombre, les grosses couleurs de quatre estampes représentant quatre scènes de *la Tour de Nesle*[1], avec une légende au bas, en espagnol et en français. Par la fenêtre à guillotine, on voyait un coin de ciel noir, entre des toits pointus[2].

Elle se leva pour allumer deux bougies sur la commode, puis elle vint se rasseoir.

— Eh bien... fit Léon.

— Eh bien ?... répondit-elle.

Et il cherchait comment renouer le dialogue interrompu, quand elle lui dit :

— D'où vient que personne, jusqu'à présent, ne m'a jamais exprimé des sentiments pareils ?

Le clerc se récria que les natures idéales étaient difficiles à comprendre. Lui, du premier coup d'œil, il

---

1. Le drame de Dumas, créé en 1832, eut un très grand succès et donna lieu à une imagerie populaire. Flaubert l'avait lu en 1835, à un moment de grandes lectures romantiques (lettre à Ernest Chevalier, 14 août 1835). 2. Une semblable atmosphère de crépuscule entourera la dernière visite de Mme Arnoux chez Frédéric, dans *L'Éducation sentimentale* (III, 5).

l'avait aimée ; et il se désespérait en pensant au bonheur qu'ils auraient eu si, par une grâce du hasard, se
rencontrant plus tôt, ils se fussent attachés l'un à
l'autre d'une manière indissoluble.

— J'y ai songé quelquefois, reprit-elle.

— Quel rêve ! murmura Léon.

Et, maniant délicatement le liséré bleu de sa longue
ceinture blanche, il ajouta :

— Qui nous empêche donc de recommencer ?...

— Non, mon ami, répondit-elle. Je suis trop
vieille... vous êtes trop jeune..., oubliez-moi ! D'autres
vous aimeront..., vous les aimerez.

— Pas comme vous ! s'écria-t-il.

— Enfant que vous êtes ! Allons, soyons sages ! je
le veux !

Elle lui représenta les impossibilités de leur amour,
et qu'ils devaient se tenir, comme autrefois, dans les
simples termes d'une amitié fraternelle.

Était-ce sérieusement qu'elle parlait ainsi ? Sans
doute qu'Emma n'en savait rien elle-même, tout occupée par le charme de la séduction et la nécessité de
s'en défendre ; et, contemplant le jeune homme d'un
regard attendri, elle repoussait doucement les timides
caresses que ses mains frémissantes essayaient.

— Ah ! pardon, dit-il en se reculant.

Et Emma fut prise d'un vague effroi, devant cette
timidité, plus dangereuse pour elle que la hardiesse de
Rodolphe quand il s'avançait les bras ouverts. Jamais
aucun homme ne lui avait paru si beau. Une exquise
candeur s'échappait de son maintien. Il baissait ses
longs cils fins qui se recourbaient. Sa joue à l'épiderme
suave rougissait — pensait-elle — du désir de sa personne, et Emma sentait une invincible envie d'y porter
ses lèvres [1]. Alors se penchant vers la pendule comme
pour regarder l'heure :

---

1. Cette phrase, supprimée par la *Revue de Paris* sur la copie, est
rétablie par Flaubert.

— Qu'il est tard, mon Dieu ! dit-elle ; que nous bavardons !

Il comprit l'allusion et chercha son chapeau.

— J'en ai même oublié le spectacle ! Ce pauvre Bovary qui m'avait laissée tout exprès ! M. Lormaux, de la rue Grand-Pont, devait m'y conduire avec sa femme.

Et l'occasion était perdue, car elle partait dès le lendemain.

— Vrai ? fit Léon.

— Oui.

— Il faut pourtant que je vous voie encore, reprit-il, j'avais à vous dire...

— Quoi ?

— Une chose... grave, sérieuse. Eh ! non, d'ailleurs, vous ne partirez pas, c'est impossible ! Si vous saviez... Écoutez-moi... Vous ne m'avez donc pas compris ? vous n'avez donc pas deviné ?...

— Cependant vous parlez bien, dit Emma.

— Ah ! des plaisanteries ! Assez, assez ! Faites, par pitié, que je vous revoie..., une fois..., une seule.

— Eh bien !...

Elle s'arrêta ; puis, comme se ravisant :

— Oh ! pas ici !

— Où vous voudrez.

— Voulez-vous...

Elle parut réfléchir, et, d'un ton bref :

— Demain, à onze heures, dans la cathédrale.

— J'y serai ! s'écria-t-il en saisissant ses mains, qu'elle dégagea.

Et, comme ils se trouvaient debout tous les deux, lui placé derrière elle et Emma baissant la tête, il se pencha vers son cou et la baisa longuement à la nuque.

— Mais vous êtes fou ! Ah ! vous êtes fou ! disait-elle avec de petits rires sonores, tandis que les baisers se multipliaient.

Alors, avançant la tête par-dessus son épaule, il sembla chercher le consentement de ses yeux. Ils tombèrent sur lui, pleins d'une majesté glaciale.

Léon fit trois pas en arrière, pour sortir. Il resta sur le seuil. Puis il chuchota d'une voix tremblante :

— À demain.

Elle répondit par un signe de tête, et disparut comme un oiseau dans la pièce à côté.

Emma, le soir, écrivit au clerc une interminable lettre où elle se dégageait du rendez-vous : tout maintenant était fini, et ils ne devaient plus, pour leur bonheur, se rencontrer. Mais, quand la lettre fut close, comme elle ne savait pas l'adresse de Léon, elle se trouva fort embarrassée.

— Je la lui donnerai moi-même, se dit-elle ; il viendra.

Léon, le lendemain, fenêtre ouverte et chantonnant sur le balcon, vernit lui-même ses escarpins, et à plusieurs couches [1]. Il passa un pantalon blanc, des chaussettes fines, un habit vert, répandit dans son mouchoir tout ce qu'il possédait de senteurs, puis, s'étant fait friser, se défrisa, pour donner à sa chevelure plus d'élégance naturelle.

— Il est encore trop tôt ! pensa-t-il en regardant le coucou du perruquier, qui marquait neuf heures.

Il lut un vieux journal de modes, sortit, fuma un cigare, remonta trois rues, songea qu'il était temps et se dirigea lentement vers le parvis Notre-Dame [2].

C'était par un beau matin d'été. Des argenteries reluisaient aux boutiques des orfèvres, et la lumière qui arrivait obliquement sur la cathédrale posait des miroitements à la cassure des pierres grises ; une compagnie d'oiseaux tourbillonnaient dans le ciel bleu, autour des clochetons à trèfles ; la place, retentissante de cris, sentait les fleurs qui bordaient son pavé, roses,

---

1. Détail rayé sur la copie par la *Revue de Paris*, rétabli par Flaubert.
2. La cathédrale de Rouen est célèbre par son architecture : « Quand, en montant la rue Grand-Pont ou en descendant la rue des Carmes, par un beau jour, on débouche sur la place Notre-Dame, on s'arrête étonné et ravi à l'aspect de la cathédrale », rapporte le *Grand Dictionnaire Universel*.

jasmins, œillets, narcisses et tubéreuses, espacés inégalement par des verdures humides, de l'herbe-au-chat et
du mouron pour les oiseaux ; la fontaine, au milieu,
gargouillait, et sous de larges parapluies, parmi des
cantaloups[1] s'étageant en pyramides, des marchandes,
nu-tête, tournaient dans du papier des bouquets de violettes.

Le jeune homme en prit un. C'était la première fois
qu'il achetait des fleurs pour une femme ; et sa poitrine, en les respirant, se gonfla d'orgueil, comme si
cet hommage qu'il destinait à une autre se fût retourné
vers lui.

Cependant il avait peur d'être aperçu ; il entra résolument dans l'église.

Le Suisse, alors, se tenait sur le seuil, au milieu du
portail à gauche, au-dessous de la *Marianne dansant*[2],
plumet en tête, rapière au mollet, canne au poing, plus
majestueux qu'un cardinal et reluisant comme un saint
ciboire.

Il s'avança vers Léon, et, avec ce sourire de béni-
gnité pateline que prennent les ecclésiastiques lorsqu'ils interrogent les enfants :

— Monsieur, sans doute, n'est pas d'ici ? Monsieur
désire voir les curiosités de l'église ?

— Non, dit l'autre.

Et il fit d'abord le tour des bas-côtés. Puis il vint
regarder sur la place. Emma n'arrivait pas. Il remonta
jusqu'au chœur.

La nef se mirait dans les bénitiers pleins, avec le
commencement des ogives et quelques portions de
vitrail[3]. Mais le reflet des peintures, se brisant au bord

---

1. Melons. **2.** Il s'agit en fait de la « Salomé » du tympan nord
du portail principal, dont Flaubert se souviendra en écrivant *Hérodias*.
3. Dumesnil fait remarquer, dans son édition, que c'est dans une autre
église de Rouen, celle de Saint-Ouen, que l'on peut voir un tel reflet.
Flaubert avait fait d'une « haute église, avec son porche noirci, ses
aiguilles et ses pyramides de pierre » le personnage multiple d'un
épisode de *Smarh* (1839) : bénitier, nef, colonne, vitraux, gargouilles,

du marbre, continuait plus loin, sur les dalles, comme un tapis bariolé. Le grand jour du dehors s'allongeait dans l'église en trois rayons énormes, par les trois portails ouverts. De temps à autre, au fond, un sacristain passait en faisant devant l'autel l'oblique génuflexion des dévots pressés. Les lustres de cristal pendaient immobiles. Dans le chœur, une lampe d'argent brûlait ; et, des chapelles latérales, des parties sombres de l'église, il s'échappait quelquefois comme des exhalaisons de soupirs, avec le son d'une grille qui retombait, en répercutant son écho sous les hautes voûtes.

Léon, à pas sérieux, marchait auprès des murs. Jamais la vie ne lui avait paru si bonne. Elle allait venir tout à l'heure, charmante, agitée, épiant derrière elle les regards qui la suivaient, — et avec sa robe à volants, son lorgnon d'or, ses bottines minces, dans toute sorte d'élégances dont il n'avait pas goûté, et dans l'ineffable séduction de la vertu qui succombe. L'église, comme un boudoir gigantesque, se disposait autour d'elle ; les voûtes s'inclinaient pour recueillir dans l'ombre la confession de son amour ; les vitraux resplendissaient pour illuminer son visage, et les encensoirs allaient brûler pour qu'elle apparût comme un ange, dans la fumée des parfums.

Cependant elle ne venait pas. Il se plaça sur une chaise et ses yeux rencontrèrent un vitrage bleu où l'on voit des bateliers qui portent des corbeilles[1]. Il le regarda longtemps, attentivement, et il comptait les écailles des poissons et les boutonnières des pourpoints, tandis que sa pensée vagabondait à la recherche d'Emma.

Le Suisse, à l'écart, s'indignait intérieurement contre cet individu, qui se permettait d'admirer seul la cathé-

---

prenaient tour à tour la parole, avant de s'écrouler sous la parole de Satan (c'était une autre forme du « ceci tuera cela » de *Notre-Dame de Paris*). E. Maynial proposait d'y voir une première description de la cathédrale de Rouen.

1. C'est le vitrail de saint Julien de la cathédrale de Rouen, que Flaubert met en récit dans *La Légende de saint Julien l'Hospitalier*.

drale. Il lui semblait se conduire d'une façon monstrueuse, le voler en quelque sorte, et presque
commettre un sacrilège.

Mais un froufrou de soie sur les dalles, la bordure
d'un chapeau, un camail noir... C'était elle ! Léon se
leva et courut à sa rencontre.

Emma était pâle. Elle marchait vite.

— Lisez ! dit-elle en lui tendant un papier... Oh ! non.

Et brusquement elle retira sa main, pour entrer dans
la chapelle de la Vierge, où, s'agenouillant contre une
chaise, elle se mit en prière.

Le jeune homme fut irrité de cette fantaisie bigote ;
puis il éprouva pourtant un certain charme à la voir, au
milieu du rendez-vous, ainsi perdue dans les oraisons
comme une marquise andalouse ; puis il ne tarda pas à
s'ennuyer, car elle n'en finissait.

Emma priait, ou plutôt s'efforçait de prier, espérant
qu'il allait lui descendre du ciel quelque résolution
subite ; et, pour attirer le secours divin, elle s'emplissait les yeux des splendeurs du tabernacle, elle aspirait
le parfum des juliennes [1] blanches épanouies dans les
grands vases, et prêtait l'oreille au silence de l'église,
qui ne faisait qu'accroître le tumulte de son cœur.

Elle se relevait, et ils allaient partir, quand le suisse
s'approcha vivement, en disant :

— Madame, sans doute, n'est pas d'ici ? Madame
désire voir les curiosités de l'église ?

— Eh non ! s'écria le clerc.

— Pourquoi pas ? reprit-elle.

Car elle se raccrochait de sa vertu chancelante à la
Vierge, aux sculptures, aux tombeaux, à toutes les
occasions.

Alors, afin de procéder *dans l'ordre*, le suisse les
conduisit jusqu'à l'entrée, près de la place, où, leur
montrant avec sa canne un grand cercle de pavés noirs,
sans inscriptions ni ciselures :

---

1. Plante ornementale à fleurs en grappes.

— Voilà, fit-il majestueusement, la circonférence de la belle cloche d'Amboise. Elle pesait quarante mille livres. Il n'y avait pas sa pareille dans toute l'Europe. L'ouvrier qui l'a fondue en est mort de joie...

— Partons, dit Léon.

Le bonhomme se remit en marche ; puis, revenu à la chapelle de la Vierge, il étendit les bras dans un geste synthétique de démonstration, et, plus orgueilleux qu'un propriétaire campagnard vous montrant ses espaliers :

— Cette simple dalle recouvre Pierre de Brézé, seigneur de la Varenne et de Brissac, grand maréchal de Poitou et gouverneur de Normandie, mort à la bataille de Montlhéry, 16 juillet 1465.

Léon, se mordant les lèvres, trépignait.

— Et, à droite, ce gentilhomme tout bardé de fer, sur un cheval qui se cabre, est son petit-fils Louis de Brézé, seigneur de Breval et de Montchauvet, comte de Maulevrier, baron de Mauny, chambellan du roi, chevalier de l'Ordre[1] et pareillement gouverneur de Normandie, mort le 23 juillet 1531, un dimanche, comme l'inscription porte ; et, au-dessous, cet homme prêt à descendre au tombeau vous figure exactement le même[2]. Il n'est point possible, n'est-ce pas, de voir une plus parfaite représentation du néant ?

Madame Bovary prit son lorgnon. Léon, immobile, la regardait, n'essayant même plus de dire un seul mot, de faire un seul geste, tant il se sentait découragé devant ce double parti pris de bavardage et d'indifférence.

L'éternel guide continuait :

— Près de lui, cette femme à genoux qui pleure est son épouse Diane de Poitiers, comtesse de Brézé, duchesse de Valentinois, née en 1499, morte en 1566 ; et, à gauche, celle qui porte un enfant, la sainte Vierge. Maintenant, tournez-vous de ce côté : voici les tombeaux d'Amboise. Ils ont été tous les deux cardinaux

---

1. Ordre de Malte.   2. « ... représenté au moment où il vient d'expirer », dit Adolphe Joanne.

et archevêques de Rouen. Celui-là était ministre du roi Louis XII. Il a fait beaucoup de bien à la Cathédrale. On a trouvé dans son testament trente mille écus d'or pour les pauvres.

Et, sans s'arrêter, tout en parlant, il les poussa dans une chapelle encombrée par des balustrades, en dérangea quelques-unes, et découvrit une sorte de bloc, qui pouvait bien avoir été une statue mal faite.

— Elle décorait autrefois, dit-il avec un long gémissement, la tombe de Richard Cœur de Lion, roi d'Angleterre et duc de Normandie. Ce sont les calvinistes, monsieur, qui vous l'ont réduite en cet état. Ils l'avaient, par méchanceté, ensevelie dans de la terre, sous le siège épiscopal de Monseigneur. Tenez, voici la porte par où il se rend à son habitation, Monseigneur. Passons voir les vitraux de la Gargouille.

Mais Léon tira vivement une pièce blanche de sa poche et saisit Emma par le bras. Le Suisse demeura tout stupéfait, ne comprenant point cette munificence intempestive, lorsqu'il restait encore à l'étranger tant de choses à voir. Aussi, le rappelant :

— Eh ! monsieur. La flèche ! la flèche !...

— Merci, fit Léon.

— Monsieur a tort ! Elle aura quatre cent quarante pieds, neuf de moins que la grande pyramide d'Égypte. Elle est toute en fonte, elle...

Léon fuyait ; car il lui semblait que son amour, qui, depuis deux heures bientôt, s'était immobilisé dans l'église comme les pierres, allait maintenant s'évaporer tel qu'une fumée, par cette espèce de tuyau tronqué, de cage oblongue, de cheminée à jour, qui se hasarde si grotesquement sur la cathédrale comme la tentative extravagante de quelque chaudronnier fantaisiste[1].

— Où allons-nous donc ? disait-elle.

Sans répondre, il continuait à marcher d'un pas

---

1. La flèche d'origine avait été détruite par la foudre en 1822, et a été reconstruite en une structure métallique, à partir de 1827.

rapide, et déjà madame Bovary trempait son doigt dans l'eau bénite, quand ils entendirent derrière eux un grand souffle haletant, entrecoupé régulièrement par le rebondissement d'une canne. Léon se détourna.

— Monsieur !

— Quoi ?

Et il reconnut le Suisse, portant sous son bras et maintenant en équilibre contre son ventre une vingtaine environ de forts volumes brochés. C'étaient les ouvrages *qui traitaient de la cathédrale*.

— Imbécile ! grommela Léon s'élançant hors de l'église.

Un gamin polissonnait sur le parvis :

— Va me chercher un fiacre !

L'enfant partit comme une balle, par la rue des Quatre-Vents ; alors ils restèrent seuls quelques minutes, face à face et un peu embarrassés.

— Ah ! Léon !... Vraiment... je ne sais... si je dois... !

Elle minaudait. Puis, d'un air sérieux :

— C'est très inconvenant, savez-vous ?

— En quoi ? répliqua le clerc. Cela se fait à Paris[1] !

Et cette parole, comme un irrésistible argument, la détermina.

Cependant le fiacre n'arrivait pas. Léon avait peur qu'elle ne rentrât dans l'église. Enfin le fiacre parut.

— Sortez du moins par le portail du nord ! leur cria le Suisse, qui était resté sur le seuil, pour voir la *Résurrection*, le *Jugement dernier*, le *Paradis*, le *Roi David*, et les *Réprouvés* dans les flammes d'enfer.

---

1. L'épisode ne figure pas dans les scénarios. Louise Colet, en juin 1852, avait raconté à Flaubert la mésaventure qu'elle avait eue avec Musset, ivre, dans un fiacre : refus de Musset de venir chez elle, dispute, « Il m'indignait et me faisait peur. J'ouvre la portière et je saute », écrit-elle dans son *Mémento* du 28 juin 1852 (publié par Jean Bruneau, *Correspondance de Flaubert, op. cit.*, t. I, p. 888). Flaubert commente : « J'ai beaucoup songé à Musset. Eh bien le fond de tout cela, c'est la Pose ! pour la Pose tout sert... » (à Louise Colet, 3 juillet 1852) (voir également Frank Lestringant, *Musset, op. cit.*, p. 584-597).

— Où Monsieur va-t-il ? demanda le cocher.

— Où vous voudrez ! dit Léon[1] poussant Emma dans la voiture.

Et la lourde machine se mit en route.

Elle descendit la rue Grand-Pont, traversa la place des Arts, le quai Napoléon, le pont Neuf et s'arrêta court devant la statue de Pierre Corneille.

— Continuez ! fit une voix qui sortait de l'intérieur.

La voiture repartit, et, se laissant, dès le carrefour La Fayette, emporter par la descente, elle entra au grand galop dans la gare du chemin de fer[2].

— Non, tout droit ! cria la même voix.

Le fiacre sortit des grilles, et bientôt, arrivé sur le Cours, trotta doucement, au milieu des grands ormes. Le cocher s'essuya le front, mit son chapeau de cuir entre ses jambes et poussa la voiture en dehors des contre-allées, au bord de l'eau, près du gazon.

Elle alla le long de la rivière, sur le chemin de halage pavé de cailloux secs, et, longtemps, du côté d'Oyssel, au delà des îles.

Mais tout à coup, elle s'élança d'un bond à travers Quatremares, Sotteville, la Grande-Chaussée, la rue d'Elbeuf, et fit sa troisième halte devant le Jardin des plantes.

— Marchez donc ! s'écria la voix plus furieusement.

Et aussitôt, reprenant sa course, elle passa par Saint-Sever, par le quai des Curandiers, par le quai aux

---

1. La *Revue de Paris* arrête le chapitre sur ces mots, avec cette note : « La direction s'est vue dans la nécessité de supprimer ici un passage qui ne pouvait convenir à la rédaction de la *Revue de Paris* ; nous en donnons acte à l'auteur. M.D. [Maxime Du Camp]. » Le texte continue aussitôt par le chapitre 2, ce qui constitue un étrange effet d'ellipse : « En arrivant à l'auberge... »   2. Le développement du chemin de fer est alors tout récent. Une loi du 11 juin 1842 lui avait donné une grande expansion dans tout le pays : la ligne de Paris à Rouen a été ouverte en 1843. Il s'agit de la gare Saint-Sever : le rêve d'Emma d'un voyage à Paris est frôlé.

Meules, encore une fois par le pont, par la place du
Champ-de-Mars et derrière les jardins de l'hôpital, où
des vieillards en veste noire se promènent au soleil, le
long d'une terrasse toute verdie par des lierres[1]. Elle
remonta le boulevard Bouvreuil, parcourut le boulevard Cauchoise, puis tout le Mont-Riboudet jusqu'à la
côte de Deville.

Elle revint ; et alors, sans parti pris ni direction, au
hasard, elle vagabonda. On la vit à Saint-Pol, à Les-
cure, au mont Gargan, à la Rouge-Mare, et place du
Gaillard-Bois ; rue Maladrerie, rue Dinanderie, devant
Saint-Romain, Saint-Vivien, Saint-Maclou, Saint-
Nicaise, — devant la Douane, — à la basse Vieille-
Tour, aux Trois-Pipes et au Cimetière Monumental[2].
De temps à autre, le cocher sur son siège jetait aux
cabarets des regards désespérés. Il ne comprenait pas
quelle fureur de la locomotion poussait ces individus à
ne vouloir point s'arrêter. Il essayait quelquefois, et
aussitôt il entendait derrière lui partir des exclamations
de colère. Alors il cinglait de plus belle ses deux rosses
tout en sueur, mais sans prendre garde aux cahots,
accrochant par-ci par-là, ne s'en souciant, démoralisé,
et presque pleurant de soif, de fatigue et de tristesse.

Et sur le port, au milieu des camions et des barriques,
et dans les rues, au coin des bornes, les bourgeois
ouvraient de grands yeux ébahis devant cette chose si
extraordinaire en province, une voiture à stores tendus,
et qui apparaissait ainsi continuellement, plus close
qu'un tombeau et ballottée comme un navire.

Une fois, au milieu du jour, en pleine campagne, au
moment où le soleil dardait le plus fort contre les

---

1. Commentant ce passage au présent, Gérard Genette écrit :
« ... cette seconde d'inattention rachète toute la scène, parce que nous
y voyons l'auteur oublier la courbe de son récit, et la quitter en *prenant
la tangente* » (*Figures I*, Le Seuil, 1966, p. 240).   2. L'itinéraire
évoqué ici est une sorte de carte de Rouen, précise quant aux noms,
aux lieux, qui fait parcourir la ville et sa banlieue, dans tous les sens,
et selon une logique plus énumérative que topographique.

vieilles lanternes argentées, une main nue passa sous les petits rideaux de toile jaune et jeta des déchirures de papier, qui se dispersèrent au vent et s'abattirent plus loin, comme des papillons blancs, sur un champ de trèfles rouges tout en fleur.

Puis, vers six heures, la voiture s'arrêta dans une ruelle du quartier Beauvoisine, et une femme en descendit qui marchait le voile baissé, sans détourner la tête.

II

En arrivant à l'auberge, madame Bovary fut étonnée de ne pas apercevoir la diligence. Hivert, qui l'avait attendue cinquante-trois minutes, avait fini par s'en aller.

Rien pourtant ne la forçait à partir ; mais elle avait donné sa parole qu'elle reviendrait le soir même. D'ailleurs, Charles l'attendait ; et déjà elle se sentait au cœur cette lâche docilité qui est, pour bien des femmes, comme le châtiment tout à la fois et la rançon de l'adultère.

Vivement elle fit sa malle, paya la note, prit dans la cour un cabriolet, et, pressant le palefrenier, l'encourageant, s'informant à toute minute de l'heure et des kilomètres parcourus, parvint à rattraper *l'Hirondelle* vers les premières maisons de Quincampoix [1].

À peine assise dans son coin, elle ferma les yeux et les rouvrit au bas de la côte, où elle reconnut de loin Félicité, qui se tenait en vedette devant la maison du maréchal [2]. Hivert retint ses chevaux, et la cuisinière, se haussant jusqu'au vasistas, dit mystérieusement :

---

1. Petite géographie de hasard, univers de redites, coïncidence ironique et symbolique avec le déménagement de Tostes à Yonville (« le curé de plâtre, [...] tombant de la charrette à un cahot trop fort, s'était écrasé en mille morceaux sur le pavé de Quincampoix », II, 3, p. 171) ?
2. *En vedette* : qui veillait ; *maréchal* : maréchal-ferrant.

— Madame il faut que vous alliez tout de suite chez M. Homais. C'est pour quelque chose de pressé.

Le village était silencieux comme d'habitude. Au coin des rues, il y avait de petits tas roses qui fumaient à l'air, car c'était le moment des confitures, et tout le monde à Yonville confectionnait sa provision le même jour. Mais on admirait devant la boutique du pharmacien, un tas beaucoup plus large, et qui dépassait les autres de la supériorité qu'une officine doit avoir sur les fourneaux bourgeois, un besoin général sur des fantaisies individuelles.

Elle entra. Le grand fauteuil était renversé, et même *le Fanal de Rouen* gisait par terre, étendu entre les deux pilons. Elle poussa la porte du couloir ; et, au milieu de la cuisine, parmi les jarres brunes pleines de groseilles égrenées, du sucre râpé, du sucre en morceaux, des balances sur la table, des bassines sur le feu, elle aperçut tous les Homais, grands et petits, avec des tabliers qui leur montaient jusqu'au menton et tenant des fourchettes à la main. Justin, debout, baissait la tête, et le pharmacien criait :

— Qui t'avait dit de l'aller chercher dans le capharnaüm [1] ?

— Qu'est-ce donc ? qu'y a-t-il ?

— Ce qu'il y a ? répondit l'apothicaire. On fait des confitures : elles cuisent ; mais elles allaient déborder à cause du bouillon trop fort, et je commande une autre bassine. Alors, lui, par mollesse, par paresse, a été prendre, suspendue à son clou dans mon laboratoire, la clef du capharnaüm !

L'apothicaire appelait ainsi un cabinet, sous les toits, plein des ustensiles et des marchandises de sa profes-

---

1. Le mot était récent, pour désigner familièrement un lieu où sont rangés pêle-mêle des objets hétéroclites, sens introduit dans les années 1830 par Balzac. Mais Homais se souvient peut-être de l'étymologie du mot : Capharnaüm est la ville de Galilée où le Christ accomplit de nouveaux miracles au milieu d'une foule de malades de toutes sortes.

sion. Souvent il y passait seul de longues heures à étiqueter, à transvaser, à reficeler ; et il le considérait non comme un simple magasin, mais comme un véritable sanctuaire, d'où s'échappaient ensuite, élaborés par ses mains, toutes sortes de pilules, bols, tisanes, lotions et potions, qui allaient répandre aux alentours sa célébrité. Personne au monde n'y mettait les pieds ; et il le respectait si fort, qu'il le balayait lui-même. Enfin, si la pharmacie, ouverte à tout venant, était l'endroit où il étalait son orgueil, le capharnaüm était le refuge où, se concentrant égoïstement, Homais se délectait dans l'exercice de ses prédilections ; aussi l'étourderie de Justin lui paraissait-elle monstrueuse d'irrévérence ; et, plus rubicond que les groseilles, il répétait :

— Oui, du capharnaüm ! La clef qui enferme les acides avec les alcalis caustiques[1] ! Avoir été prendre une bassine de réserve ! une bassine à couvercle ! et dont jamais peut-être je ne me servirai ! Tout a son importance dans les opérations délicates de notre art ! Mais que diable ! il faut établir des distinctions et ne pas employer à des usages presque domestiques ce qui est destiné pour les pharmaceutiques ! C'est comme si on découpait une poularde avec un scalpel, comme si un magistrat...

— Mais calme-toi ! disait madame Homais.

Et Athalie, le tirant par sa redingote :

— Papa ! papa !

— Non, laissez-moi ! reprenait l'apothicaire, laissez-moi ! fichtre ! Autant s'établir épicier, ma parole d'honneur ! Allons, va ! ne respecte rien ! casse ! brise ! lâche les sangsues ! brûle la guimauve ! marine des cornichons dans les bocaux ! lacère les bandages !

— Vous aviez pourtant..., dit Emma.

— Tout à l'heure ! — Sais-tu à quoi tu t'exposais ?...

---

1. L'une des bases qui donnent avec de l'oxygène les métaux alcalins. Le terme appartient à une chimie déjà ancienne, celle de Lavoisier.

N'as-tu rien vu, dans le coin, à gauche, sur la troisième tablette ? Parle, réponds, articule quelque chose !

— Je ne... sais pas, balbutia le jeune garçon.

— Ah ! tu ne sais pas ! Eh bien, je sais, moi ! Tu as vu une bouteille, en verre bleu, cachetée avec de la cire jaune, qui contient une poudre blanche, sur laquelle même j'avais écrit : *Dangereux !* et sais-tu ce qu'il y avait dedans ? De l'arsenic ! et tu vas toucher à cela ! prendre une bassine qui est à côté !

— À côté ! s'écria madame Homais en joignant les mains. De l'arsenic ? Tu pouvais nous empoisonner tous !

Et les enfants se mirent à pousser des cris, comme s'ils avaient déjà senti dans leurs entrailles d'atroces douleurs.

— Ou bien empoisonner un malade ! continuait l'apothicaire. Tu voulais donc que j'allasse sur le banc des criminels, en cour d'assises ? me voir traîner à l'échafaud ? Ignores-tu le soin que j'observe dans les manutentions, quoique j'en aie cependant une furieuse habitude. Souvent je m'épouvante moi-même, lorsque je pense à ma responsabilité ! car le gouvernement nous persécute, et l'absurde législation qui nous régit est comme une véritable épée de Damoclès suspendue sur notre tête[1] !

Emma ne songeait plus à demander ce qu'on lui voulait, et le pharmacien poursuivait en phrases haletantes :

— Voilà comme tu reconnais les bontés qu'on a pour toi ! voilà comme tu me récompenses des soins tout paternels que je te prodigue ! Car, sans moi, où serais-tu ? que ferais-tu ? Qui te fournit la nourriture, l'éducation, l'habillement, et tous les moyens de figurer un jour, avec honneur dans les rangs de la société ! Mais il faut pour cela suer ferme sur l'aviron, et acqué-

---

1. L'expression « épée de Damoclès » est dans les notes prises par Flaubert sur la législation. (Voir II, 3, p. 169, note 3.)

rir, comme on dit, du cal aux mains, *Fabricando fit faber, age quod agis*[1].

Il citait du latin, tant il était exaspéré. Il eût cité du chinois et du groënlandais, s'il eût connu ces deux langues ; car il se trouvait dans une de ces crises où l'âme entière montre indistinctement ce qu'elle enferme, comme l'Océan, qui, dans les tempêtes, s'entrouvre depuis les fucus[2] de son rivage jusqu'au sable de ses abîmes.

Et il reprit :

— Je commence à terriblement me repentir de m'être chargé de ta personne ! J'aurais certes mieux fait de te laisser dans la crasse où tu es né ! Tu ne seras jamais bon qu'à être un gardeur de bêtes à cornes ! Tu n'as nulle aptitude pour les sciences ! à peine si tu sais coller une étiquette ! Et tu vis là, chez moi, comme un chanoine, comme un coq en pâte, à te goberger !

Mais Emma, se tournant vers madame Homais :

— On m'avait fait venir...

— Ah ! mon Dieu ! interrompit d'un air triste la bonne dame, comment vous dirai-je bien ?... C'est un malheur !

Elle n'acheva pas. L'apothicaire tonnait :

— Vide-la ! écure-la ! reporte-la ! dépêche-toi donc !

Et, secouant Justin par le collet de son bourgeron, il fit tomber un livre de sa poche.

L'enfant se baissa. Homais fut plus prompt, et, ayant ramassé le volume, il le contemplait, les yeux écarquillés, la mâchoire ouverte.

— *L'amour... conjugal* ! dit-il en séparant lentement ces deux mots. Ah ! très bien ! très bien ! très joli ! Et des gravures !... Ah ! c'est trop fort[3] !

---

1. « C'est en œuvrant que l'on devient ouvrier ; sois pleinement à ce que tu fais », Homais décline une série d'expressions proverbes pour dire le rôle de l'expérience et l'attention que l'on doit porter au travail. 2. Algue brune, varech. 3. Le *Tableau de l'amour conjugal* (1688) de Nicolas Venette, ouvrage anatomique et d'éducation sexuelle, eut de nombreuses rééditions. Flaubert le qualifie de « production inepte ». Julien Sorel, dans *Le Rouge et le Noir*, est lui aussi surpris avec un livre interdit : le *Mémorial de Sainte-Hélène*.

Madame Homais s'avança.

— Non ! n'y touche pas !

Les enfants voulurent voir les images.

— Sortez ! fit-il impérieusement.

Et ils sortirent.

Il marcha d'abord de long en large, à grands pas, gardant le volume ouvert entre ses doigts, roulant les yeux, suffoqué, tuméfié, apoplectique. Puis il vint droit à son élève, et, se plantant devant lui les bras croisés :

— Mais tu as donc tous les vices, petit malheureux ?... Prends garde, tu es sur une pente !... Tu n'as donc pas réfléchi qu'il pouvait, ce livre infâme, tomber entre les mains de mes enfants, mettre l'étincelle dans leur cerveau, ternir la pureté d'Athalie, corrompre Napoléon ! Il est déjà formé comme un homme[1]. Es-tu bien sûr, au moins, qu'ils ne l'aient pas lu ? peux-tu me certifier... ?

— Mais enfin, monsieur, fit Emma, vous aviez à me dire... ?

— C'est vrai, madame... Votre beau-père est mort !

En effet, le sieur Bovary père venait de décéder l'avant-veille, tout à coup, d'une attaque d'apoplexie, au sortir de table ; et, par excès de précaution pour la sensibilité d'Emma, Charles avait prié M. Homais de lui apprendre avec ménagement cette horrible nouvelle[2].

Il avait médité sa phrase, il l'avait arrondie, polie, rythmée ; c'était un chef-d'œuvre de prudence et de transitions, de tournures fines et de délicatesse ; mais la colère avait emporté la rhétorique.

Emma, renonçant à avoir aucun détail, quitta donc la pharmacie ; car M. Homais avait repris le cours de

---

1. Le détail, supprimé sur la copie par la *Revue de Paris*, est rétabli par Flaubert. **2.** Confitures du pharmacien, colère du pharmacien dans un moment de bonheur d'Emma, annonce de la mort de Bovary père au lendemain de la scène du fiacre, les trois épisodes, conçus séparément dans différentes étapes des scénarios et de la rédaction, sont finalement conjoints — avec l'indice important que représente la localisation du « bocal bleu » de l'arsenic. Le rôle de Justin, dans la croisée des destins, s'en trouve renforcé, parallèlement à celui de Homais.

ses vitupérations. Il se calmait cependant, et, à présent, il grommelait d'un ton paterne, tout en s'éventant avec son bonnet grec :

— Ce n'est pas que je désapprouve entièrement l'ouvrage ! L'auteur était médecin. Il y a là dedans certains côtés scientifiques qu'il n'est pas mal à un homme de connaître et, j'oserais dire, qu'il faut qu'un homme connaisse. Mais plus tard, plus tard ! Attends du moins que tu sois homme toi-même et que ton tempérament soit fait[1].

Au coup de marteau d'Emma[2], Charles, qui l'attendait, s'avança les bras ouverts et lui dit avec des larmes dans la voix :

— Ah ! ma chère amie...

Et il s'inclina doucement pour l'embrasser. Mais, au contact de ses lèvres, le souvenir de l'autre la saisit, et elle se passa la main sur son visage en frissonnant.

Cependant elle répondit :

— Oui, je sais..., je sais...

Il lui montra la lettre où sa mère narrait l'événement, sans aucune hypocrisie sentimentale. Seulement, elle regrettait que son mari n'eût pas reçu les secours de la religion, étant mort à Doudeville, dans la rue, sur le seuil d'un café, après un repas patriotique avec d'anciens officiers[3].

Emma rendit la lettre ; puis, au dîner, par savoir-vivre, elle affecta quelque répugnance. Mais comme il la reforçait, elle se mit résolument à manger, tandis que Charles, en face d'elle, demeurait immobile, dans une posture accablée.

De temps à autre, relevant la tête, il lui envoyait un long regard tout plein de détresse. Une fois il soupira :

---

1. Le paragraphe, rayé sur la copie par la *Revue de Paris*, est rétabli selon l'indication de Flaubert.   2. Il s'agit du marteau sur la porte, pour annoncer sa venue ou demander l'ouverture.   3. « Repas patriotique » remplace « bonapartiste » sur la copie, à la demande de la *Revue de Paris*.

— J'aurais voulu le revoir encore !

Elle se taisait. Enfin, comprenant qu'il fallait parler :

— Quel âge avait-il, ton père ?

— Cinquante-huit ans !

— Ah !

Et ce fut tout.

Un quart d'heure après, il ajouta :

— Ma pauvre mère ?... que va-t-elle devenir, à présent ?

Elle fit un geste d'ignorance.

À la voir si taciturne, Charles la supposait affligée et il se contraignait à ne rien dire, pour ne pas aviver cette douleur qui l'attendrissait. Cependant, secouant la sienne :

— T'es-tu bien amusée hier ? demanda-t-il.

— Oui.

Quand la nappe fut ôtée, Bovary ne se leva pas, Emma non plus ; et, à mesure qu'elle l'envisageait, la monotonie de ce spectacle bannissait peu à peu tout apitoiement de son cœur.[1] Il lui semblait chétif, faible, nul, enfin être un pauvre homme, de toutes les façons[2]. Comment se débarrasser de lui ? Quelle interminable soirée ! Quelque chose de stupéfiant comme une vapeur d'opium l'engourdissait.

Ils entendirent dans le vestibule le bruit sec d'un bâton sur les planches. C'était Hippolyte qui apportait les bagages de Madame. Pour les déposer, il décrivit péniblement un quart de cercle avec son pilon.

— Il n'y pense même plus ! se disait-elle en regardant le pauvre diable, dont la grosse chevelure rouge dégouttait de sueur.

Bovary cherchait un patard[3] au fond de sa bourse ;

----

1. Une pensée supprimée sur la copie : « Elle le trouvait trop accablé d'une catastrophe qu'elle avait bien supportée jadis. »   2. La phrase, supprimée sur la copie par la *Revue de Paris*, est rétablie par Flaubert. 3. Pièce de deux sous au XIXe siècle ; le mot est également utilisé dans des expressions courantes pour désigner une très petite somme de menue monnaie.

et, sans paraître comprendre tout ce qu'il y avait pour lui d'humiliation dans la seule présence de cet homme qui se tenait là, comme le reproche personnifié de son incurable ineptie :

— Tiens ! tu as un joli bouquet ! dit-il en remarquant sur la cheminée les violettes de Léon.

— Oui, fit-elle avec indifférence ; c'est un bouquet que j'ai acheté tantôt... à une mendiante.

Charles prit les violettes, et, rafraîchissant dessus ses yeux tout rouges de larmes, il les humait délicatement. Elle les retira vite de sa main, et alla les porter dans un verre d'eau.

Le lendemain, madame Bovary mère arriva. Elle et son fils pleurèrent beaucoup. Emma, sous prétexte d'ordres à donner, disparut.

Le jour d'après, il fallut aviser ensemble aux affaires de deuil. On alla s'asseoir, avec les boîtes à ouvrage, au bord de l'eau, sous la tonnelle.

Charles pensait à son père, et il s'étonnait de sentir tant d'affection pour cet homme qu'il avait cru jusqu'alors n'aimer que très médiocrement. Madame Bovary mère pensait à son mari. Les pires jours d'autrefois lui réapparaissaient enviables. Tout s'effaçait sous le regret instinctif d'une si longue habitude ; et, de temps à autre, tandis qu'elle poussait son aiguille, une grosse larme descendait le long de son nez et s'y tenait un moment suspendue [1]. Emma pensait qu'il y avait quarante-huit heures à peine, ils étaient ensemble, loin du monde, tout en ivresse, et n'ayant pas assez d'yeux pour se contempler. Elle tâchait de ressaisir les plus imperceptibles détails de cette journée disparue. Mais la présence de la belle-mère et du mari la gênait. Elle aurait voulu ne rien entendre, ne rien voir, afin de ne pas déranger le recueillement de son amour qui allait se perdant, quoi qu'elle fît, sous les sensations extérieures.

---

1. La phrase, supprimée sur la copie par la *Revue de Paris*, est rétablie par Flaubert.

Elle décousait la doublure d'une robe, dont les bribes s'éparpillaient autour d'elle ; la mère Bovary, sans lever les yeux, faisait crier ses ciseaux, et Charles, avec ses pantoufles de lisière et sa vieille redingote brune qui lui servait de robe de chambre, restait les deux mains dans ses poches et ne parlait pas non plus ; près d'eux, Berthe, en petit tablier blanc, raclait avec sa pelle le sable des allées.

Tout à coup, ils virent entrer par la barrière M. Lheureux, le marchand d'étoffes.

Il venait offrir ses services, *eu égard à la fatale circonstance*. Emma répondit qu'elle croyait pouvoir s'en passer. Le marchand ne se tint pas pour battu.

— Mille excuses, dit-il ; je désirerais avoir un entretien particulier.

Puis, d'une voix basse :

— C'est relativement à cette affaire..., vous savez ?

Charles devint cramoisi jusqu'aux oreilles.

— Ah ! oui..., effectivement.

Et, dans son trouble, se tournant vers sa femme :

— Ne pourrais-tu pas..., ma chérie... ?

Elle parut le comprendre, car elle se leva, et Charles dit à sa mère :

— Ce n'est rien ! Sans doute quelque bagatelle de ménage.

Il ne voulait point qu'elle connût l'histoire du billet, redoutant ses observations.

Dès qu'ils furent seuls, M. Lheureux se mit, en termes assez nets, à féliciter Emma sur la succession, puis à causer de choses indifférentes, des espaliers, de la récolte et de sa santé à lui, qui allait toujours *coucicouci, entre le zist et le zest*. En effet, il se donnait un mal de cinq cents diables, bien qu'il ne fît pas, malgré les propos du monde, de quoi avoir seulement du beurre sur son pain.

Emma le laissait parler. Elle s'ennuyait si prodigieusement depuis deux jours !

— Et vous voilà tout à fait rétablie ? continuait-il.

Ma foi, j'ai vu votre pauvre mari dans de beaux états !
C'est un brave garçon, quoique nous ayons eu ensemble
des difficultés.

Elle demanda lesquelles, car Charles lui avait caché
la contestation des fournitures.

— Mais vous le savez bien ! fit Lheureux. C'était
pour vos petites fantaisies, les boîtes de voyage.

Il avait baissé son chapeau sur ses yeux, et, les deux
mains derrière le dos, souriant et sifflotant, il la regardait en face, d'une manière insupportable. Soupçon-
nait-il quelque chose ? Elle demeurait perdue dans
toutes sortes d'appréhensions. À la fin pourtant, il
reprit :

— Nous nous sommes rapatriés[1], et je venais
encore lui proposer un arrangement.

C'était de renouveler le billet signé par Bovary.
Monsieur, du reste, agirait à sa guise ; il ne devait point
se tourmenter, maintenant surtout qu'il allait avoir une
foule d'embarras.

— Et même il ferait mieux de s'en décharger sur
quelqu'un, sur vous, par exemple ; avec une procuration, ce serait commode, et alors nous aurions
ensemble de petites affaires...

Elle ne comprenait pas. Il se tut. Ensuite, passant à
son négoce, Lheureux déclara que Madame ne pouvait
se dispenser de lui prendre quelque chose. Il lui enverrait un barège[2] noir, douze mètres, de quoi faire une
robe.

— Celle que vous avez là est bonne pour la maison.
Il vous en faut une autre pour les visites. J'ai vu ça,
moi, du premier coup en entrant. J'ai l'œil américain[3].

Il n'envoya point l'étoffe, il l'apporta. Puis il revint
pour l'aunage[4] ; il revint sous d'autres prétextes,

---

1. Réconciliés.　2. Étoffe de laine légère (de Barèges, dans les
Pyrénées).　3. Être vigilant et perspicace (le *Trésor de la langue française* cite ce texte).　4. Pour mesurer le tissu (en aunes, ancienne
mesure).

tâchant chaque fois, de se rendre aimable, serviable, s'inféodant, comme eût dit Homais, et toujours glissant à Emma quelques conseils sur la procuration. Il ne parlait point du billet. Elle n'y songeait pas ; Charles, au début de sa convalescence, lui en avait bien conté quelque chose ; mais tant d'agitations avaient passé dans sa tête, qu'elle ne s'en souvenait plus. D'ailleurs, elle se garda d'ouvrir aucune discussion d'intérêt ; la mère Bovary en fut surprise, et attribua son changement d'humeur aux sentiments religieux qu'elle avait contractés étant malade.

Mais, dès qu'elle fut partie, Emma ne tarda pas à émerveiller Bovary par son bon sens pratique. Il allait falloir prendre des informations, vérifier les hypothèques, voir s'il y avait lieu à une licitation ou à une liquidation. Elle citait des termes techniques, au hasard, prononçait les grands mots d'ordre, d'avenir, de prévoyance, et continuellement exagérait les embarras de la succession ; si bien qu'un jour elle lui montra le modèle d'une autorisation générale pour « gérer et administrer ses affaires, faire tous emprunts, signer et endosser tous billets, payer toutes sommes, etc. ». Elle avait profité des leçons de Lheureux.

Charles, naïvement, lui demanda d'où venait ce papier.

— De M. Guillaumin.

Et, avec le plus grand sang-froid du monde, elle ajouta :

— Je ne m'y fie pas trop. Les notaires ont si mauvaise réputation ! il faudrait peut-être consulter... Nous ne connaissons que... Oh ! personne.

— À moins que Léon..., répliqua Charles, qui réfléchissait.

Mais il était difficile de s'entendre par correspondance. Alors elle s'offrit à faire ce voyage. Il la remercia. Elle insista. Ce fut un assaut de prévenances. Enfin, elle s'écria d'un ton de mutinerie factice :

— Non, je t'en prie, j'irai.

— Comme tu es bonne ! dit-il en la baisant au front.

Dès le lendemain, elle s'embarqua dans *l'Hirondelle* pour aller à Rouen consulter M. Léon ; et elle y resta trois jours.

III

Ce furent trois jours pleins, exquis, splendides, une vraie lune de miel.

Ils étaient à l'*hôtel de Boulogne*, sur le port. Et ils vivaient là, volets fermés, portes closes, avec des fleurs par terre et des sirops à la glace, qu'on leur apportait dès le matin[1].

Vers le soir, ils prenaient une barque couverte et allaient dîner dans une île.

C'était l'heure où l'on entend, au bord des chantiers, retentir le maillet des calfats[2] contre la coque des vaisseaux. La fumée du goudron s'échappait d'entre les arbres, et l'on voyait sur la rivière de larges gouttes grasses, ondulant inégalement sous la couleur pourpre du soleil, comme des plaques de bronze florentin, qui flottaient.

Ils descendaient au milieu des barques amarrées, dont les longs câbles obliques frôlaient un peu le dessus de la barque.

Les bruits de la ville insensiblement s'éloignaient, le roulement des charrettes, le tumulte des voix, le jappement des chiens sur le pont des navires. Elle dénouait son chapeau et ils abordaient à leur île.

---

1. Lès détails « volets fermés », « et des sirops à la glace, qu'on leur apportait dès le matin », rayés sur la copie par la *Revue de Paris*, sont rétablis selon l'indication de Flaubert.   2. L'ouvrier qui calfate (rend étanche) les bateaux. Un écho s'en trouve dans *Un cœur simple* : « Au loin, les marteaux des calfats tamponnaient des carènes, et une brise lourde apportait la senteur du goudron » (Le Livre de Poche, p. 59).

Ils se plaçaient dans la salle basse d'un cabaret, qui avait à sa porte des filets noirs suspendus[1]. Ils mangeaient de la friture d'éperlans, de la crème et des cerises. Ils se couchaient sur l'herbe ; ils s'embrassaient à l'écart sous les peupliers ; et ils auraient voulu, comme deux Robinsons, vivre perpétuellement dans ce petit endroit, qui leur semblait, en leur béatitude, le plus magnifique de la terre. Ce n'était pas la première fois qu'ils apercevaient des arbres, du ciel bleu, du gazon, qu'ils entendaient l'eau couler et la brise soufflant dans le feuillage ; mais ils n'avaient sans doute jamais admiré tout cela, comme si la nature n'existait pas auparavant, ou qu'elle n'eût commencé à être belle que depuis l'assouvissance de leurs désirs.

À la nuit, ils repartaient. La barque suivait le bord des îles. Ils restaient au fond, tous les deux cachés par l'ombre, sans parler. Les avirons carrés sonnaient entre les tolets de fer ; et cela marquait dans le silence comme un battement de métronome, tandis qu'à l'arrière la bauce[2] qui traînait ne discontinuait pas son petit clapotement doux dans l'eau.

Une fois, la lune parut ; alors ils ne manquèrent pas à faire des phrases, trouvant l'astre mélancolique et plein de poésie[3] ; même elle se mit à chanter :

Un soir, t'en souvient-il ? nous voguions, etc. [4]

---

1. « Et puis ils arrivaient, un soir, dans un village de pêcheurs, où des filets bruns séchaient au vent, le long de la falaise et des cabanes » (II, 12, p. 307).   2. Ou « bosse », cordage pour amarrer le bateau.   3. Le poncif a été utilisé par Rodolphe, pour séduire Emma : « [...] que de fois, à la vue d'un cimetière, au clair de lune, je me suis demandé si je ne ferais pas mieux d'aller rejoindre ceux qui sont à dormir » (II, 8, p. 236).   4 Le poème de Lamartine, *Le Lac*, est une référence obligée, stéréotype d'une telle situation « romantique ». Ce poème a souvent été mis en musique, dès sa publication, mais la composition la plus connue est celle de Niedermeyer (1802-1861) : « Récitatif, mélodie ont un cachet de distinction, d'originalité, d'émotion chaste et contenue qui feront vivre éternellement cette belle inspiration » (*GDU*). Dans *L'Éducation sentimentale* de 1845, Jules s'émancipait du cliché : « La

Sa voix harmonieuse et faible se perdait sur les flots ; et le vent emportait les roulades que l'on écoutait passer, comme des battements d'ailes, autour de lui.

Elle se tenait en face, appuyée contre la cloison de la chaloupe, où la lune entrait par un des volets ouverts. Sa robe noire, dont les draperies s'élargissaient en éventail, l'amincissait, la rendait plus grande. Elle avait la tête levée, les mains jointes, et les deux yeux vers le ciel. Parfois l'ombre des saules la cachait en entier, puis elle réapparaissait tout à coup, comme une vision, dans la lumière de la lune.

Léon, par terre, à côté d'elle, rencontra sous sa main un ruban de soie ponceau[1].

Le batelier l'examina et finit par dire :

— Ah ! c'est peut-être à une compagnie que j'ai promenée l'autre jour. Ils sont venus un tas de farceurs, messieurs et dames, avec des gâteaux, du champagne, des cornets à pistons, tout le tremblement ! Il y en avait un surtout, un grand bel homme, à petites moustaches, qui était joliment amusant ! et ils disaient comme ça : « Allons, conte-nous quelque chose... Adolphe..., Dodolphe..., je crois. »

Elle frissonna.

— Tu souffres ? fit Léon en se rapprochant d'elle.

— Oh ! ce n'est rien. Sans doute, la fraîcheur de la nuit.

— Et qui ne doit pas manquer de femmes, non plus, ajouta doucement le vieux matelot, croyant dire une politesse à l'étranger.

Puis, crachant dans ses mains, il reprit ses avirons.

Il fallut pourtant se séparer ! Les adieux furent tristes. C'était chez la mère Rolet qu'il devait envoyer

tempête aussi perdit considérablement dans son estime ; le lac avec son éternelle barque et son perpétuel clair de lune, lui parut tellement inhérent aux keepsakes qu'il s'interdit d'en parler, même dans la conversation familière. » (Le Livre de Poche, p. 304-305.)

1. Rouge vif.

ses lettres ; et elle lui fit des recommandations si pré-
cises à propos de la double enveloppe, qu'il admira
grandement son astuce amoureuse.

— Ainsi, tu m'affirmes que tout est bien ? dit-elle
dans le dernier baiser.

— Oui certes ! — Mais pourquoi donc, songea-t-il
après, en s'en revenant seul par les rues, tient-elle si
fort à cette procuration ?

IV

Léon, bientôt, prit devant ses camarades un air de
supériorité, s'abstint de leur compagnie, et négligea
complètement les dossiers.

Il attendait ses lettres ; il les relisait. Il lui écrivait.
Il l'évoquait de toute la force de son désir et de ses
souvenirs. Au lieu de diminuer par l'absence, cette
envie de la revoir s'accrut, si bien qu'un samedi matin
il s'échappa de son étude.

Lorsque, du haut de la côte, il aperçut dans la vallée
le clocher de l'église avec son drapeau de fer-blanc qui
tournait au vent, il sentit cette délectation mêlée de
vanité triomphante et d'attendrissement égoïste que
doivent avoir les millionnaires, quand ils reviennent
visiter leur village.

Il alla rôder autour de sa maison. Une lumière brillait dans la cuisine. Il guetta son ombre derrière les
rideaux. Rien ne parut.

La mère Lefrancois, en le voyant, fit de grandes
exclamations, et elle le trouva « grandi et minci », tandis qu'Artémise, au contraire, le trouva « forci et
bruni ».

Il dîna dans la petite salle, comme autrefois, mais
seul, sans le percepteur ; car Binet, *fatigué* d'attendre

l'Hirondelle, avait définitivement avancé son repas d'une heure, et, maintenant, il dînait à cinq heures juste, encore prétendait-il le plus souvent que *la vieille patraque retardait*.

Léon pourtant se décida ; il alla frapper à la porte du médecin. Madame était dans sa chambre, d'où elle ne descendit qu'un quart d'heure après. Monsieur parut enchanté de le revoir ; mais il ne bougea de la soirée, ni de tout le jour suivant.

Il la vit seule, le soir, très tard, derrière le jardin, dans la ruelle ; — dans la ruelle, comme avec l'autre ! il faisait de l'orage, et ils causaient sous un parapluie à la lueur des éclairs.

Leur séparation devenait intolérable.

— Plutôt mourir ! disait Emma.

Elle se tordait sur son bras, tout en pleurant.

— Adieu !... adieu !... Quand te reverrai-je ?

Ils revinrent sur leurs pas pour s'embrasser encore ; et ce fut là qu'elle lui fit la promesse de trouver bientôt, par n'importe quel moyen, l'occasion permanente de se voir en liberté, au moins une fois la semaine. Emma n'en doutait pas. Elle était, d'ailleurs, pleine d'espoir. Il allait lui venir de l'argent.

Aussi, elle acheta pour sa chambre une paire de rideaux jaunes à larges raies, dont M. Lheureux lui avait vanté le bon marché ; elle rêva un tapis, et Lheureux, affirmant « que ce n'était pas la mer à boire », s'engagea poliment à lui en fournir un. Elle ne pouvait plus se passer de ses services. Vingt fois dans la journée elle l'envoyait chercher, et aussitôt il plantait là ses affaires, sans se permettre un murmure. On ne comprenait point davantage pourquoi la mère Rolet déjeunait chez elle tous les jours, et même lui faisait des visites en particulier.

Ce fut vers cette époque, c'est-à-dire vers le commencement de l'hiver, qu'elle parut prise d'une grande ardeur musicale.

Un soir que Charles l'écoutait, elle recommença

quatre fois de suite le même morceau, et toujours en se dépitant, tandis que, sans y remarquer de différence, il s'écriait :

— Bravo !..., très bien !... Tu as tort ! va donc !

— Eh non ! c'est exécrable ! j'ai les doigts rouillés.

Le lendemain, il la pria *de lui jouer encore quelque chose*.

— Soit, pour te faire plaisir !

Et Charles avoua qu'elle avait un peu perdu. Elle se trompait de portée, barbouillait ; puis, s'arrêtant court :

— Ah ! c'est fini ! il faudrait que je prisse des leçons ; mais...

Elle se mordit les lèvres et ajouta :

— Vingt francs par cachet, c'est trop cher !

— Oui, en effet..., un peu..., dit Charles tout en ricanant niaisement. Pourtant, il me semble que l'on pourrait peut-être à moins ; car il y a des artistes sans réputation qui souvent valent mieux que les célébrités.

— Cherche-les, dit Emma.

Le lendemain, en rentrant, il la contempla d'un œil finaud, et ne put à la fin retenir cette phrase :

— Quel entêtement tu as quelquefois ! J'ai été à Barfeuchères aujourd'hui. Eh bien, madame Liégeard m'a certifié que ses trois demoiselles, qui sont à la Miséricorde, prenaient des leçons moyennant cinquante sous la séance, et d'une fameuse maîtresse encore !

Elle haussa les épaules, et ne rouvrit plus son instrument.

Mais, lorsqu'elle passait auprès (si Bovary se trouvait là), elle soupirait :

— Ah ! mon pauvre piano !

Et quand on venait la voir, elle ne manquait pas de vous apprendre qu'elle avait abandonné la musique et ne pouvait maintenant s'y remettre, pour des raisons majeures. Alors on la plaignait. C'était dommage ! elle qui avait un si beau talent ! On en parla même à Bovary. On lui faisait honte, et surtout le pharmacien :

— Vous avez tort ! Il ne faut jamais laisser en friche

les facultés de la nature. D'ailleurs, songez, mon bon ami, qu'en engageant Madame à étudier, vous économisez pour plus tard sur l'éducation musicale de votre enfant ! Moi, je trouve que les mères doivent instruire elles-mêmes leurs enfants. C'est une idée de Rousseau, peut-être un peu neuve encore, mais qui finira par triompher, j'en suis sûr, comme l'allaitement maternel et la vaccination [1].

Charles revint donc encore une fois sur cette question du piano. Emma répondit avec aigreur qu'il valait mieux le vendre. Ce pauvre piano, qui lui avait causé tant de vaniteuses satisfactions, le voir s'en aller, c'était pour Bovary comme l'indéfinissable suicide d'une partie d'elle-même !

— Si tu voulais..., disait-il, de temps à autre, une leçon, cela ne serait pas, après tout, extrêmement ruineux.

— Mais les leçons, répliquait-elle, ne sont profitables que suivies.

Et voilà comme elle s'y prit pour obtenir de son époux la permission d'aller à la ville, une fois la semaine, voir son amant. On trouva même, au bout d'un mois, qu'elle avait fait des progrès considérables.

---

1. De Rousseau à la vaccination, Homais télescope les « idées modernes », sur l'éducation et l'hygiène. Les théories hygiénistes, développant une politique renforçant le rôle et les devoirs de la mère, conseillent l'allaitement maternel au lieu de l'allaitement par des nourrices qui était d'usage dans la bourgeoisie. La vaccination : Flaubert avait commencé avec Louis Bouilhet et Maxime Du Camp (1845-1847, d'après Jean Bruneau) une tragédie parodique en cinq actes, *Jenner ou la Découverte de la vaccine*. *DIR* : « Vaccine Ne fréquenter que les personnes vaccinées. » La famille Homais applique strictement ces « idées modernes ».

V

C'était le jeudi[1]. Elle se levait, et elle s'habillait silencieusement pour ne point éveiller Charles, qui lui aurait fait des observations sur ce qu'elle s'apprêtait de trop bonne heure. Ensuite elle marchait de long en large ; elle se mettait devant les fenêtres, elle regardait la Place. Le petit jour circulait entre les piliers des halles, et la maison du pharmacien, dont les volets étaient fermés, laissait apercevoir dans la couleur pâle de l'aurore les majuscules de son enseigne.

Quand la pendule marquait sept heures et un quart, elle s'en allait au *Lion d'or*, dont Artémise, en bâillant, venait lui ouvrir la porte. Celle-ci déterrait pour Madame les charbons enfouis sous les cendres. Emma restait seule dans la cuisine. De temps à autre, elle sortait. Hivert attelait sans se dépêcher, et en écoutant d'ailleurs la mère Lefrançois, qui, passant par un guichet sa tête en bonnet de coton, le chargeait de commissions et lui donnait des explications à troubler un tout autre homme. Emma[2] battait la semelle de ses bottines contre les pavés de la cour.

Enfin, lorsqu'il avait mangé sa soupe, endossé sa limousine[3], allumé sa pipe et empoigné son fouet, il s'installait tranquillement sur le siège.

L'Hirondelle partait au petit trot, et, durant trois quarts de lieue, s'arrêtait de place en place pour prendre des voyageurs, qui la guettaient debout, au bord du chemin, devant la barrière des cours. Ceux qui avaient prévenu la veille se faisaient attendre ; quelques-uns même étaient encore au lit dans leur maison ; Hivert appelait, criait, sacrait[4], puis il descendait de son siège,

---

1. Jeudi, jour de Jupiter. Un développement initial est ici supprimé sur la copie. (voir « Repentirs », texte n° 50, p. 538-539). **2.** Un détail, supprimé sur la copie : « se mordant les lèvres ». **3.** Manteau à pèlerine, de peau de chèvre ou de grosse laine. **4.** Lancer des jurons.

et allait frapper de grands coups contre les portes. Le vent soufflait par les vasistas fêlés.

Cependant les quatre banquettes se garnissaient, la voiture roulait, les pommiers à la file se succédaient ; et la route, entre ses deux longs fossés pleins d'eau jaune, allait continuellement se rétrécissant vers l'horizon.

Emma la connaissait d'un bout à l'autre ; elle savait qu'après un herbage il y avait un poteau, ensuite un orme, une grange ou une cahute de cantonnier ; quelquefois même, afin de se faire des surprises, elle fermait les yeux. Mais elle ne perdait jamais le sentiment net de la distance à parcourir.

Enfin, les maisons de briques se rapprochaient, la terre résonnait sous les roues, *l'Hirondelle* glissait entre des jardins où l'on apercevait, par une claire-voie, des statues, un vignot [1], des ifs taillés et une escarpolette. Puis, d'un seul coup d'œil, la ville apparaissait [2].

Descendant tout en amphithéâtre et noyée dans le brouillard, elle s'élargissait au-delà des ponts, confusément. La pleine campagne remontait ensuite d'un mouvement monotone, jusqu'à toucher au loin la base indécise du ciel pâle. Ainsi vu d'en haut, le paysage tout entier avait l'air immobile comme une peinture ; les navires à l'ancre se tassaient dans un coin ; le fleuve arrondissait sa courbe au pied des collines vertes, et les îles, de forme oblongue, semblaient sur

---

1. Ou « vigneau », appartient à l'art populaire des jardins : « sorte de tertre avec sentier en hélice et couronné d'une treille qu'on élevait jadis en Normandie » (*GDU*). Bouvard et Pécuchet, artistes, transfigureront le leur : « Au sommet du vigneau six arbres équarris supportaient un chapeau de fer-blanc à pointes retroussées, et le tout signifiait une pagode chinoise » (*Bouvard et Pécuchet*, Le Livre de Poche, p. 81).
2. Déplacement, glissement, découverte, cette mobilité subjective est nouvelle dans la littérature. Flaubert l'avait expérimentée dans ses récits de voyage. Il la perfectionnera encore avec *L'Éducation sentimentale*, en particulier dans les deux grands prologues des première et deuxième parties du roman.

l'eau de grands poissons noirs arrêtés. Les cheminées des usines poussaient d'immenses panaches bruns qui s'envolaient par le bout. On entendait le ronflement des fonderies avec le carillon clair des églises qui se dressaient dans la brume. Les arbres des boulevards, sans feuilles, faisaient des broussailles violettes au milieu des maisons, et les toits, tout reluisants de pluie, miroitaient inégalement, selon la hauteur des quartiers. Parfois un coup de vent emportait les nuages vers la côte Sainte-Catherine, comme des flots aériens qui se brisaient en silence contre une falaise[1].

Quelque chose de vertigineux se dégageait pour elle de ces existences amassées, et son cœur s'en gonflait abondamment, comme si les cent vingt mille âmes qui palpitaient là lui eussent envoyé toutes à la fois la vapeur des passions qu'elle leur supposait. Son amour s'agrandissait devant l'espace, et s'emplissait de tumulte aux bourdonnements vagues qui montaient. Elle le reversait au dehors, sur les places, sur les promenades, sur les rues, et la vieille cité normande s'étalait à ses yeux comme une capitale démesurée, comme une Babylone[2] où elle entrait. Elle se penchait des deux mains par le

---

1. Ce paragraphe est devenu un « modèle » de la description flaubertienne. Antoine Albalat (*Revue bleue*, 4ᵉ série, 1902, p. 782-784) compara les six rédactions successives du paragraphe qui suit comme exemple de « la façon dont Flaubert travaillait ses hésitations, ses tâtonnements continuels » (repris dans *Le Travail du style enseigné par les corrections manuscrites des grands écrivains*, Armand Colin, 1907, chap. 4). Gérard Genette a proposé un « apocryphe » « pseudo-génétique », en traitant les six versions « comme autant de brouillons où l'auteur aurait omis de biffer les bribes abandonnées ou remplacées », et en donnant en un texte continu, étrangement répétitif, l'imbrication de ces versions (*Figures IV*, Seuil, 1999, p. 351-354). **2.** La capitale de l'Asie ancienne, connue dans l'Antiquité pour ses splendeurs par les récits d'Hérodote, fut la rivale de Jérusalem, et elle est présentée dans l'Ancien Testament comme un lieu de corruption maudit. Cette référence à Babylone pour désigner les grandes métropoles comme Londres ou Paris, conçues comme des lieux où la foule et le luxe « engendrent nécessairement la corruption des mœurs », est alors très répandue dans la littérature, depuis Balzac.

vasistas, en humant la brise ; les trois chevaux galopaient, les pierres grinçaient dans la boue, la diligence se balançait, et Hivert, de loin, hélait les carrioles sur la route, tandis que les bourgeois qui avaient passé la nuit au bois Guillaume descendaient la côte tranquillement, dans leur petite voiture de famille.

On s'arrêtait à la barrière ; Emma débouclait ses socques [1], mettait d'autres gants, rajustait son châle, et, vingt pas plus loin, elle sortait de *l'Hirondelle*.

La ville alors s'éveillait. Des commis, en bonnet grec, frottaient la devanture des boutiques, et des femmes qui tenaient des paniers sur la hanche poussaient par intervalles un cri sonore, au coin des rues. Elle marchait les yeux à terre [2], frôlant les murs, et souriant de plaisir sous son voile noir baissé.

Par peur d'être vue, elle ne prenait pas ordinairement le chemin le plus court. Elle s'engouffrait dans les ruelles sombres, et elle arrivait tout en sueur vers le bas de la rue Nationale, près de la fontaine qui est là. C'est le quartier du théâtre, des estaminets et des filles [3]. Souvent une charrette passait près d'elle, portant quelque décor qui tremblait. Des garçons en tablier versaient du sable sur les dalles, entre des arbustes verts. On sentait l'absinthe, le cigare et les huîtres.

Elle tournait une rue ; elle le reconnaissait à sa chevelure frisée qui s'échappait de son chapeau.

Léon, sur le trottoir, continuait à marcher. Elle le suivait jusqu'à l'hôtel ; il montait, il ouvrait la porte, il entrait... Quelle étreinte !

Puis les paroles, après les baisers, se précipitaient. On se racontait les chagrins de la semaine, les pressentiments, les inquiétudes pour les lettres ; mais à présent

---

1. Sorte de sabots, pour protéger les chaussures.   **2.** Une précision supprimée par Flaubert, à la demande de la *Revue de Paris* : « en retroussant sa jupe contre son mollet mignon ».   **3.** Ces deux dernières précisions, rayées sur la copie par la *Revue de Paris*, sont rétablies selon l'indication de Flaubert.

tout s'oubliait, et ils se regardaient face à face, avec
des rires de volupté et des appellations de tendresse.

Le lit était un grand lit d'acajou en forme de nacelle.
Les rideaux de levantine [1] rouge, qui descendaient du
plafond, se cintraient trop bas vers le chevet évasé ;
— et rien au monde n'était beau comme sa tête brune
et sa peau blanche se détachant sur cette couleur
pourpre, quand, par un geste de pudeur, elle fermait ses
deux bras nus, en se cachant la figure dans les mains [2].

Le tiède appartement, avec son tapis discret, ses orne-
ments folâtres et sa lumière tranquille, semblait tout
commode pour les intimités de la passion. Les bâtons se
terminant en flèche, les patères de cuivre et les grosses
boules de chenets reluisaient tout à coup, si le soleil
entrait. Il y avait sur la cheminée, entre les candélabres,
deux de ces grandes coquilles roses où l'on entend le
bruit de la mer quand on les applique à son oreille.

Comme ils aimaient cette bonne chambre pleine de
gaieté, malgré sa splendeur un peu fanée ! Ils retrou-
vaient toujours les meubles à leur place, et parfois des
épingles à cheveux qu'elle avait oubliées, l'autre jeudi,
sous le socle de la pendule. Ils déjeunaient au coin du
feu, sur un petit guéridon incrusté de palissandre.
Emma découpait, lui mettait les morceaux dans son
assiette en débitant toutes sortes de chatteries ; et elle
riait d'un rire sonore et libertin quand la mousse du
vin de Champagne débordait du verre léger sur les
bagues de ses doigts. Ils étaient si complètement perdus en la possession d'eux-mêmes, qu'ils se croyaient
là dans leur maison particulière, et devant y vivre jusqu'à la mort, comme deux éternels jeunes époux. Ils
disaient notre chambre, notre tapis, nos fauteuils,
même elle disait mes pantoufles, un cadeau de Léon,
une fantaisie qu'elle avait eue. C'étaient des pantoufles

---

1. Étoffe de soie unie.   2. Ce paragraphe, supprimé sur la copie par
la *Revue de Paris*, est rétabli selon l'indication de Flaubert.

en satin rose, bordées de cygne [1]. Quand elle s'asseyait sur ses genoux, sa jambe alors trop courte pendait en l'air ; et la mignarde chaussure, qui n'avait pas de quartier, tenait seulement par les orteils à son pied nu.

Il savourait pour la première fois [2] l'inexprimable délicatesse des élégances féminines. Jamais il n'avait rencontré cette grâce de langage, cette réserve du vêtement, ces poses de colombe assoupie. Il admirait l'exaltation de son âme et les dentelles de sa jupe. D'ailleurs, n'était-ce pas *une femme du monde*, et une femme mariée ! une vraie maîtresse enfin ?

Par la diversité de son humeur, tour à tour mystique ou joyeuse, babillarde, taciturne, emportée, nonchalante, elle allait rappelant en lui mille désirs, évoquant des instincts ou des réminiscences. Elle était l'amoureuse de tous les romans, l'héroïne de tous les drames, le vague *elle* de tous les volumes de vers. Il retrouvait sur ses épaules la couleur ambrée de l'*odalisque au bain* ; elle avait le corsage long des châtelaines féodales ; elle ressemblait aussi à la *femme pâle de Barcelone*, mais elle était par-dessus tout Ange [3] !

---

1. Dans *L'Éducation sentimentale* de 1869, Frédéric, préparant un appartement pour recevoir Mme Arnoux (mais c'est Rosanette qui y viendra), « choisit une paire de pantoufles en satin bleu » (II, 6). **2.** « ... et dans l'exercice de l'amour » : la précision rayée sur la copie par la *Revue de Paris*, et rétablie selon l'indication de Flaubert, parue dans la revue, ne sera pourtant pas reprise par Flaubert dans la publication en volume. **3.** « Bovarysme » de Léon : ne pouvoir aimer qu'à travers les stéréotypes. L'*Odalisque* est un thème reçu, rendu populaire en particulier par les reproductions lithographiques des tableaux d'Ingres — ici il semble y avoir une référence composite à *La Baigneuse* (1806) et à l'une ou l'autre des *Odalisque*, en particulier celle de 1819, l'*Odalisque couchée* : une salle entière fut consacrée à Ingres lors de l'Exposition universelle de 1855 ; Delacroix présente une *Odalisque* au Salon de 1847 ; la *femme pâle de Barcelone* : un brouillon précisait l'image : « elle ressemblait aussi (parce que c'était la mode) à la femme pâle aux baisers muets, qui porte des mitaines noires jusqu'au coude, et soupire sur les balcons » (éd. Pommier-Leleu, p. 528) (voir p. 226, note 3) ; c'est aussi comme l'écho d'une autre scène : « un cavalier en habit bleu causait Italie

Souvent, en la regardant, il lui semblait que son âme, s'échappant vers elle, se répandait comme une onde sur le contour de sa tête, et descendait entraînée dans la blancheur de sa poitrine.

Il se mettait par terre, devant elle ; et, les deux coudes sur ses genoux, il la considérait avec un sourire, et le front tendu.

Elle se penchait vers lui et murmurait, comme suffoquée d'enivrement :

— Oh ! Ne bouge pas ! ne parle pas ! regarde-moi ! il sort de tes yeux quelque chose de si doux, qui me fait tant de bien !

Elle l'appelait enfant :

— Enfant, m'aimes-tu ?

Et elle n'entendait guère sa réponse, dans la précipitation de ses lèvres qui lui montaient à la bouche.

Il y avait sur la pendule un petit Cupidon de bronze, qui minaudait en arrondissant les bras sous une guirlande dorée. Ils en rirent bien des fois ; mais, quand il fallait se séparer, tout leur semblait sérieux.

Immobiles l'un devant l'autre, ils se répétaient :

— À jeudi !... à jeudi !

Tout à coup elle lui prenait la tête dans les deux mains, le baisait vite au front en s'écriant : « Adieu ! » et s'élançait dans l'escalier.

Elle allait rue de la Comédie, chez un coiffeur, se faire arranger ses bandeaux. La nuit tombait ; on allumait le gaz dans la boutique.

Elle entendait la clochette du théâtre qui appelait les cabotins à la représentation ; et elle voyait, en face, passer des hommes à figure blanche et des femmes en toilette fanée, qui entraient par la porte des coulisses.

Il faisait chaud dans ce petit appartement trop bas, où le poêle bourdonnait au milieu des perruques et des

avec une jeune femme pâle » (I, 8, p. 120) ; « Ange » a un grand rôle dans le vocabulaire romantique, de Lamartine et Vigny à Musset, de Hugo à Baudelaire. *DIR* : « ANGE Fait bien en amour, et en Littérature. »

pommades. L'odeur des fers[1], avec ces mains grasses qui lui maniaient la tête, ne tardait pas à l'étourdir, et elle s'endormait un peu sous son peignoir. Souvent le garçon, en la coiffant, lui proposait des billets pour le bal masqué.[2]

Puis elle s'en allait ! Elle remontait les rues ; elle arrivait à la *Croix rouge* ; elle reprenait ses socques, qu'elle avait cachés le matin sous une banquette, et se tassait à sa place parmi les voyageurs impatientés. Quelques-uns descendaient au bas de la côte. Elle restait seule dans la voiture.

À chaque tournant, on apercevait de plus en plus tous les éclairages de la ville qui faisaient une large vapeur lumineuse au-dessus des maisons confondues. Emma se mettait à genoux sur les coussins, et elle égarait ses yeux dans cet éblouissement. Elle sanglotait, appelait Léon, et lui envoyait des paroles tendres et des baisers qui se perdaient au vent.

Il y avait dans la côte un pauvre diable vagabondant avec son bâton, tout au milieu des diligences. Un amas de guenilles lui recouvrait les épaules, et un vieux castor défoncé[3], s'arrondissant en cuvette, lui cachait la figure ; mais, quand il le retirait, il découvrait, à la place des paupières, deux orbites béantes tout ensanglantées. La chair s'effiloquait par lambeaux rouges ; et il en coulait des liquides qui se figeaient en gales vertes jusqu'au nez, dont les narines noires reniflaient convulsivement. Pour vous parler, il se renversait la tête avec un rire idiot ; — alors ses prunelles bleuâtres, roulant d'un mouvement continu, allaient se cogner, vers les tempes, sur le bord de la plaie vive[4].

---

1. Fers à friser.   **2.** Les trois paragraphes précédents sont rayés sur la copie par la *Revue de Paris*, et rétablis selon l'indication de Flaubert.   **3.** Chapeau en poils de castor.   **4.** Flaubert avait demandé, le 30 mai 1850, conseil à Louis Bouilhet, qui lui indique : « Quant à la *Bovary*, tu ne peux mettre ni un idiot, ni un cul-de-jatte : 1° à cause de Monnier, *Voyage en diligence* ; 2° à cause de Hugo, les *Limaces*, etc. Il faut un grand gaillard avec un chantre sous le nez, ou bien un individu

Il chantait une petite chanson en suivant les voitures :

> *Souvent la chaleur d'un beau jour*
> *Fait rêver fillette à l'amour.*

Et il y avait dans tout le reste des oiseaux, du soleil et du feuillage [1].

Quelquefois, il apparaissait tout à coup derrière Emma, tête nue. Elle se retirait avec un cri. Hivert venait le plaisanter. Il l'engageait à prendre une baraque à la foire Saint-Romain, ou bien lui demandait, en riant, comment se portait sa bonne amie.

Souvent, on était en marche, lorsque son chapeau, d'un mouvement brusque entrait dans la diligence par le vasistas, tandis qu'il se cramponnait, de l'autre bras, sur le marchepied, entre l'éclaboussure des roues. Sa voix, faible d'abord et vagissante, devenait aiguë. Elle se traînait dans la nuit, comme l'indistincte lamentation d'une vague détresse ; et, à travers la sonnerie des grelots, le murmure des arbres et le ronflement de la boîte creuse, elle avait quelque chose de lointain qui bouleversait Emma. Cela lui descendait au fond de l'âme comme un tourbillon dans un abîme, et l'emportait parmi les espaces d'une mélancolie sans bornes. Mais Hivert, qui s'apercevait d'un contrepoids, allongeait à l'aveugle de grands coups avec son fouet. La mèche le

---

avec un moignon nu ou sanguinolent. Vois toi-même. » Flaubert a la trouvaille de l'aveugle, plus forte symboliquement. Le texte, depuis « La chair s'effiloquait... », est rayé par la *Revue de Paris*, et rétabli selon l'indication de Flaubert.

    1. La chanson est de Restif (ou Rétif) de La Bretonne (1734-1806) ; Flaubert en relève le texte complet dans *L'Année des dames nationales ou Histoire jour par jour d'une femme de France* (1791-1794, 12 vol.), sur un feuillet conservé dans les brouillons, comme l'indique Claudine Gothot-Mersch dans son édition, note 93, p. 462.

cinglait sur ses plaies, et il tombait dans la boue en poussant un hurlement[1].

Puis les voyageurs de *l'Hirondelle* finissaient par s'endormir, les uns la bouche ouverte, les autres le menton baissé, s'appuyant sur l'épaule de leur voisin, ou bien le bras passé dans la courroie, tout en oscillant régulièrement au branle de la voiture ; et le reflet de la lanterne qui se balançait en dehors, sur la croupe des limoniers[2], pénétrant dans l'intérieur par les rideaux de calicot chocolat, posait des ombres sanguinolentes sur tous ces individus immobiles. Emma, ivre de tristesse, grelottait sous ses vêtements ; et se sentait de plus en plus froid aux pieds, avec la mort dans l'âme[3].

Charles, à la maison, l'attendait ; *l'Hirondelle* était toujours en retard le jeudi. Madame arrivait enfin ! à peine si elle embrassait la petite. Le dîner n'était pas prêt, n'importe ! Elle excusait la cuisinière. Tout maintenant semblait permis à cette fille.

Souvent son mari, remarquant sa pâleur, lui demandait si elle ne se trouvait point malade.

— Non, disait Emma.

— Mais, répliquait-il, tu es toute drôle ce soir ?

— Eh ! ce n'est rien ! ce n'est rien !

Il y avait même des jours où, à peine rentrée, elle montait dans sa chambre ; et Justin, qui se trouvait là, circulait à pas muets, plus ingénieux à la servir qu'une excellente camériste. Il plaçait les allumettes, le bougeoir, un livre, disposait sa camisole, ouvrait les draps.

— Allons, disait-elle, c'est bien, va-t'en !

Car il restait debout, les mains pendantes et les yeux ouverts, comme enlacé dans les fils innombrables d'une rêverie soudaine.

---

1. Dans *Un cœur simple*, une même violence surgira, subitement, contre Félicité : « [le conducteur] furieux releva le bras, et à pleine volée, avec son grand fouet, lui cingla du ventre au chignon un tel coup qu'elle tomba sur le dos » (*Trois Contes*, Le Livre de Poche, p. 81).   **2.** Cheval mis aux « limons » (les brancards de la voiture).   **3.** Phrase rayée sur la copie par la *Revue de Paris*, rétablie selon l'indication de Flaubert.

La journée du lendemain était affreuse, et les suivantes étaient plus intolérables encore par l'impatience qu'avait Emma de ressaisir son bonheur, — convoitise âpre, enflammée d'images connues, et qui, le septième jour, éclatait tout à l'aise dans les caresses de Léon. Ses ardeurs, à lui, se cachaient sous des expansions d'émerveillement et de reconnaissance. Emma goûtait cet amour d'une façon discrète et absorbée, l'entretenait par tous les artifices de sa tendresse, et tremblait un peu qu'il ne se perdît plus tard.

Souvent elle lui disait, avec des douceurs de voix mélancolique :

— Ah ! tu me quitteras, toi !..., tu te marieras !... tu seras comme les autres.

Il demandait :

— Quels autres ?

— Mais les hommes, enfin, répondait-elle.

Puis, elle ajoutait en le repoussant d'un geste langoureux.

— Vous êtes tous des infâmes !

Un jour qu'ils causaient philosophiquement des désillusions terrestres, elle vint à dire (pour expérimenter sa jalousie ou cédant peut-être à un besoin d'épanchement trop fort) qu'autrefois, avant lui, elle avait aimé quelqu'un, « pas comme toi ! » reprit-elle vite, protestant sur la tête de sa fille *qu'il ne s'était rien passé* [1].

Le jeune homme la crut, et néanmoins la questionna pour savoir ce qu'*il* faisait.

— Il était capitaine de vaisseau, mon ami [2].

N'était-ce pas prévenir toute recherche, et en même

---

1. Ce dernier détail, rayé sur la copie par la *Revue de Paris*, est rétabli selon l'indication de Flaubert.   **2.** Cette invention d'Emma est un souvenir du premier scénario de Flaubert : « recoup avec le Capitaine », précédemment désigné (mais la mention est raturée comme « un second amant officier de spahis brun »). Claudine Gothot-Mersch rapproche cette idée du fait que dans les *Mémoires de Madame Ludovica*, dont Flaubert s'est servi pour son roman, Louise Pradier avait eu pour amant un « capitaine de vaisseau » (note 95, p. 463).

temps se poser très haut, par cette prétendue fascination exercée sur un homme qui devait être de nature belliqueuse et accoutumé à des hommages ?

Le clerc sentit alors l'infimité de sa position ; il envia des épaulettes, des croix, des titres. Tout cela devait lui plaire : il s'en doutait à ses habitudes dispendieuses.

Cependant Emma taisait quantité de ses extravagances, telle que l'envie d'avoir, pour l'amener à Rouen, un tilbury bleu, attelé d'un cheval anglais, et conduit par un groom en bottes à revers [1]. C'était Justin qui lui en avait inspiré le caprice, en la suppliant de le prendre chez elle comme valet de chambre ; et, si cette privation n'atténuait pas à chaque rendez-vous le plaisir de l'arrivée, elle augmentait certainement l'amertume du retour.

Souvent lorsqu'ils parlaient ensemble de Paris, elle finissait par murmurer :

— Ah ! que nous serions bien là pour vivre !

— Ne sommes-nous pas heureux ? reprenait doucement le jeune homme, en lui passant la main sur ses bandeaux.

— Oui, c'est vrai, disait-elle, je suis folle ; embrasse-moi !

Elle était pour son mari plus charmante que jamais, lui faisait des crèmes à la pistache et jouait des valses après dîner. Il se trouvait donc le plus fortuné des mor-

---

1. La saga du « tilbury » se prolonge en rêve : le *boc* aménagé par Charles « ressembl[ait] presque à un tilbury » (I, 5, p. 94) ; et le « tilbury bleu de Charles » est passé comme une vision la nuit de son départ (II, 13, p. 321). L'envie est ici mémoire. Il y aura encore un retour fugitif, comme en une condensation, avec le « tilbury que conduisait un gentleman en zibeline », qu'Emma croit reconnaître comme étant le Vicomte (III, 7, p. 438). Dans *L'Éducation sentimentale*, Frédéric élèvera socialement l'aspiration, quand il apprendra son héritage : « ... à la porte stationnerait son tilbury, non, un coupé plutôt ! un coupé noir, avec un domestique en livrée brune » (I, 6).

tels, et Emma vivait sans inquiétude, lorsqu'un soir, tout à coup :

— C'est mademoiselle Lempereur, n'est-ce pas, qui te donne des leçons ?

— Oui.

— Eh bien, je l'ai vue tantôt, reprit Charles, chez madame Liégeard. Je lui ai parlé de toi ; elle ne te connaît pas.

Ce fut comme un coup de foudre. Cependant elle répliqua d'un air naturel :

— Ah ! Sans doute, elle aura oublié mon nom ?

— Mais il y a peut-être à Rouen, dit le médecin, plusieurs demoiselles Lempereur qui sont maîtresses de piano ?

— C'est possible !

Puis, vivement :

— J'ai pourtant ses reçus, tiens ! regarde.

Et elle alla au secrétaire, fouilla tous les tiroirs, confondit les papiers et finit si bien par perdre la tête, que Charles l'engagea fort à ne point se donner tant de mal pour ces misérables quittances.

— Oh ! je les trouverai, dit-elle.

En effet, dès le vendredi suivant, Charles, en passant une de ses bottes dans le cabinet noir où l'on serrait ses habits, sentit une feuille de papier entre le cuir et sa chaussette, il la prit et lut :

« Reçu, pour trois mois de leçons, plus diverses fournitures, la somme de soixante-cinq francs. FÉLICIE LEMPEREUR, professeur de musique. »

— Comment diable est-ce dans mes bottes ?

— Ce sera, sans doute, répondit-elle, tombé du vieux carton aux factures, qui est sur le bord de la planche.

À partir de ce moment, son existence en fut plus qu'un assemblage de mensonges, où elle enveloppait son amour comme dans des voiles, pour le cacher.

C'était un besoin, une manie, un plaisir, au point que, si elle disait avoir passé hier par le côté droit d'une rue, il fallait croire qu'elle avait pris par le côté gauche.

Un matin qu'elle venait de partir, selon sa coutume, assez légèrement vêtue, il tomba de la neige tout à coup ; et comme Charles regardait le temps à la fenêtre, il aperçut M. Bournisien dans le boc du sieur Tuvache qui le conduisait à Rouen. Alors il descendit confier à l'ecclésiastique un gros châle pour qu'il le remît à Madame, sitôt qu'il arriverait à la *Croix rouge*. À peine fut-il à l'auberge que Bournisien demanda où était la femme du médecin d'Yonville. L'hôtelière répondit qu'elle fréquentait fort peu son établissement. Aussi, le soir, en reconnaissant madame Bovary dans *l'Hirondelle*, le curé lui conta son embarras, sans paraître, du reste y attacher de l'importance ; car il entama l'éloge d'un prédicateur qui pour lors faisait merveilles à la cathédrale, et que toutes les dames couraient entendre.

N'importe s'il n'avait point demandé d'explications, d'autres plus tard pourraient se montrer moins discrets. Aussi jugea-t-elle utile de descendre chaque fois à la *Croix rouge*, de sorte que les bonnes gens de son village qui la voyaient dans l'escalier ne se doutaient de rien.

Un jour pourtant, M. Lheureux la rencontra qui sortait de l'hôtel de *Boulogne* au bras de Léon ; et elle eut peur, s'imaginant qu'il bavarderait. Il n'était pas si bête.

Mais trois jours après, il entra dans sa chambre, ferma la porte et dit :

— J'aurais besoin d'argent.

Elle déclara ne pouvoir lui en donner. Lheureux se répandit en gémissements, et rappela toutes les complaisances qu'il avait eues.

En effet, des deux billets souscrits par Charles, Emma jusqu'à présent n'en avait payé qu'un seul. Quant au second, le marchand, sur sa prière, avait consenti à le remplacer par deux autres, qui même avaient été renouvelés à une fort longue échéance. Puis il tira de sa poche une liste de fournitures non soldées, à savoir : les rideaux, le tapis, l'étoffe pour les fauteuils, plusieurs robes et divers articles de toilette, dont la valeur se montait à la somme de deux mille francs environ.

Elle baissa la tête ; il reprit :

— Mais, si vous n'avez pas d'espèces, vous avez *du bien*.

Et il indiqua une méchante masure sise à Barneville, près d'Aumale, qui ne rapportait pas grand-chose. Cela dépendait autrefois d'une petite ferme vendue par M. Bovary père, car Lheureux savait tout, jusqu'à la contenance d'hectares, avec le nom des voisins.

— Moi, à votre place, disait-il, je me libérerais, et j'aurais encore le surplus de l'argent.

Elle objecta la difficulté d'un acquéreur ; il donna l'espoir d'en trouver ; mais elle demanda comment faire pour qu'elle pût vendre.

— N'avez-vous pas la procuration ? répondit-il.

Ce mot lui arriva comme une bouffée d'air frais.

— Laissez-moi la note, dit Emma.

— Oh ! ce n'est pas la peine ! reprit Lheureux.

Il revint la semaine suivante, et se vanta d'avoir, après force démarches, fini par découvrir un certain Langlois qui, depuis longtemps, guignait la propriété sans faire connaître son prix.

— N'importe le prix ! s'écria-t-elle.

Il fallait attendre, au contraire, tâter ce gaillard-là. La chose valait la peine d'un voyage, et, comme elle ne pouvait faire ce voyage, il offrit de se rendre sur les lieux, pour s'aboucher avec Langlois. Une fois revenu, il annonça que l'acquéreur proposait quatre mille francs.

Emma s'épanouit à cette nouvelle.

— Franchement, ajouta-t-il, c'est bien payé.

Elle toucha la moitié de la somme immédiatement, et, quand elle fut pour solder son mémoire, le marchand lui dit :

— Cela me fait de la peine, parole d'honneur, de vous voir vous dessaisir tout d'un coup d'une somme aussi *conséquente* que celle-là.

Alors, elle regarda les billets de banque ; et, rêvant au nombre illimité de rendez-vous que ces deux mille francs représentaient :

— Comment ! comment ! balbutia-t-elle.

— Oh ! reprit-il en riant d'un air bonhomme, on met tout ce que l'on veut sur les factures. Est-ce que je ne connais pas les ménages ?

Et il la considérait fixement, tout en tenant à sa main deux longs papiers qu'il faisait glisser entre ses ongles. Enfin, ouvrant son portefeuille, il étala sur la table quatre billets à ordre, de mille francs chacun.

— Signez-moi cela, dit-il, et gardez tout.

Elle se récria, scandalisé.

— Mais, si je vous donne le surplus, répondit effrontément M. Lheureux, n'est-ce pas vous rendre service, à vous ?

Et, prenant une plume, il écrivit au bas du mémoire :

« Reçu de madame Bovary quatre mille francs. »

— Qui vous inquiète, puisque vous toucherez dans six mois l'arriéré de votre baraque, et que je vous place l'échéance du dernier billet pour après le payement ?

Emma s'embarrassait un peu dans ses calculs, et les oreilles lui tintaient comme si des pièces d'or, s'éventrant de leurs sacs, eussent sonné tout autour d'elle sur le parquet. Enfin Lheureux expliqua qu'il avait un sien ami Vinçart, banquier à Rouen, lequel allait escompter ces quatre billets, puis il remettrait lui-même à Madame le surplus de la dette réelle.

Mais au lieu de deux mille francs, il n'en apporta que dix-huit cents, car l'ami Vinçart (comme *de juste*) en avait prélevé deux cents, pour frais de commission et d'escompte.

Puis il réclama négligemment une quittance.

— Vous comprenez..., dans le commerce..., quelquefois... Et avec la date, s'il vous plaît, la date [1].

Un horizon de fantaisies réalisables s'ouvrit alors devant Emma. Elle eut assez de prudence pour mettre en réserve mille écus, avec quoi furent payés, lorsqu'ils échurent, les trois premiers billets ; mais le quatrième, par hasard, tomba dans la maison un jeudi, et Charles, bouleversé, attendit patiemment le retour de sa femme pour avoir des explications.

Si elle ne l'avait point instruit de ce billet, c'était afin de lui épargner des tracas domestiques ; elle s'assit sur ses genoux, le caressa, roucoula, fit une longue énumération de toutes les choses indispensables prises à crédit.

— Enfin, tu conviendras que, vu la quantité, ce n'est pas trop cher.

Charles, à bout d'idées, bientôt eut recours à l'éternel Lheureux, qui jura de calmer les choses, si Monsieur lui signait deux billets, dont l'un de sept cents francs, payable dans trois mois. Pour se mettre en mesure, il écrivit à sa mère une lettre pathétique. Au lieu d'envoyer la réponse, elle vint elle-même ; et, quand Emma voulut savoir s'il en avait tiré quelque chose :

— Oui, répondit-il. Mais elle demande à connaître la facture.

Le lendemain, au point du jour, Emma courut chez M. Lheureux le prier de refaire une autre note, qui ne dépassât point mille francs ; car pour montrer celle de

---

1. Le piège de Lheureux est précis (voir déjà II, 14, p. 326) : amener à assurer un remboursement par une nouvelle dette, offrir des avances pour couvrir des achats à venir, et faire d'un tiers (recevant lui-même un important pourcentage dans cette opération) le créancier ultime, pour renforcer la contrainte, et pour dissimuler son rôle propre. « À propos d'argent, je suis empêtré dans des explications de billets, d'escompte, etc., que je ne comprends pas trop. J'arrange tout cela en dialogue rythmé, miséricorde ! » (à Louis Bouilhet, 27 juin 1855). Flaubert avait pris des renseignements très précis auprès de Frédéric Fovard, notaire à Paris (lettre du 15 août 1855).

quatre mille, il eût fallu dire qu'elle en avait payé les deux tiers, avouer conséquemment la vente de l'immeuble, négociation bien conduite par le marchand, et qui ne fut effectivement connue que plus tard.

Malgré le prix très bas de chaque article, madame Bovary mère ne manqua point de trouver la dépense exagérée.

— Ne pouvait-on se passer d'un tapis ? Pourquoi avoir renouvelé l'étoffe des fauteuils ? De mon temps, on avait dans une maison un seul fauteuil, pour les personnes âgées, — du moins, c'était comme cela chez ma mère, qui était une honnête femme, je vous assure. — Tout le monde ne peut être riche ! Aucune fortune ne tient contre le coulage ! Je rougirais de me dorloter comme vous faites ! et pourtant, moi, je suis vieille, j'ai besoin de soins... En voilà ! en voilà, des ajustements [1] ! des flaflas [2] ! Comment ! de la soie pour doublure, à deux francs !... tandis qu'on trouve du jaconas [3] à dix sous, et même à huit sous qui fait parfaitement l'affaire.

Emma, renversée sur la causeuse, répliquait le plus tranquillement possible :

— Eh ! madame, assez ! assez !...

L'autre continuait à la sermonner, prédisant qu'ils finiraient à l'hôpital. D'ailleurs, c'était la faute de Bovary. Heureusement qu'il avait promis d'anéantir cette procuration...

— Comment ?

— Ah ! il me l'a juré, reprit la bonne femme.

Emma ouvrit la fenêtre, appela Charles, et le pauvre garçon fut contraint d'avouer la parole arrachée par sa mère.

Emma disparut, puis rentra vite en lui tendant majestueusement une grosse feuille de papier.

— Je vous remercie, dit la vieille femme.

---

1. Arrangements et décoration d'un appartement. **2.** Chichis, recherche exagérée de l'effet. **3.** Étoffe de coton légère.

Et elle jeta dans le feu la procuration.

Emma se mit à rire d'un rire strident, éclatant, continu : elle avait une attaque de nerfs.

— Ah ! mon Dieu ! s'écria Charles. Eh ! tu as tort aussi toi ! tu viens lui faire des scènes !...

Sa mère, en haussant les épaules, prétendait que *tout cela c'étaient des gestes* [1].

Mais Charles, pour la première fois se révoltant, prit la défense de sa femme, si bien que madame Bovary mère voulut s'en aller. Elle partit dès le lendemain, et, sur le seuil, comme il essayait à la retenir, elle répliqua :

— Non, non ! Tu l'aimes mieux que moi, et tu as raison, c'est dans l'ordre. Au reste, tant pis ! tu verras !... Bonne santé !... car je ne suis pas près, comme tu dis, de venir lui faire des scènes.

Charles n'en resta pas moins fort penaud vis-à-vis d'Emma, celle-ci ne cachant point la rancune qu'elle lui gardait pour avoir manqué de confiance ; il fallut bien des prières avant qu'elle consentît à reprendre sa procuration, et même il l'accompagna chez M. Guillaumin pour lui en faire faire une seconde, toute pareille.

— Je comprends cela, dit le notaire ; un homme de science ne peut s'embarrasser aux détails pratiques de la vie.

Et Charles se sentit soulagé par cette réflexion pateline, qui donnait à sa faiblesse les apparences flatteuses d'une préoccupation supérieure.

Quel débordement, le jeudi d'après, à l'hôtel, dans leur chambre, avec Léon ! Elle rit, pleura, chanta, dansa, fit monter des sorbets, voulut fumer des cigarettes, lui parut extravagante, mais adorable, superbe.

Il ne savait pas quelle réaction de tout son être la poussait davantage à se précipiter sur les jouissances de la vie. Elle devenait irritable, gourmande, et voluptueuse ; et elle se promenait avec lui dans les rues,

---

1. Des simagrées.

tête haute, sans peur, disait-elle, de se compromettre[1]. Parfois, cependant, Emma tressaillait à l'idée soudaine de rencontrer Rodolphe ; car il lui semblait, bien qu'ils fussent séparés pour toujours, qu'elle n'était pas complètement affranchie de sa dépendance.

Un soir, elle ne rentra point à Yonville. Charles en perdait la tête, et la petite Berthe, ne voulant pas se coucher sans sa maman, sanglotait à se rompre la poitrine. Justin était parti au hasard sur la route. M. Homais en avait quitté sa pharmacie.

Enfin, à onze heures, n'y tenant plus, Charles attela son boc, sauta dedans, fouetta sa bête et arriva vers deux heures du matin à la *Croix rouge*. Personne. Il pensa que le clerc peut-être l'avait vue ; mais où demeurait-il ? Charles, heureusement, se rappela l'adresse de son patron. Il y courut.

Le jour commençait à paraître. Il distingua des panonceaux au-dessus d'une porte ; il frappa. Quelqu'un, sans ouvrir, lui cria le renseignement demandé, tout en ajoutant force injures contre ceux qui dérangeaient le monde pendant la nuit.

La maison que le clerc habitait n'avait ni sonnette, ni marteau, ni portier. Charles donna de grands coups de poing contre les auvents. Un agent de police vint à passer ; alors il eut peur et s'en alla.

— Je suis fou, se disait-il ; sans doute, on l'aura retenue à dîner chez M. Lormeaux.

La famille Lormeaux n'habitait plus Rouen.

— Elle sera restée à soigner madame Dubreuil. Eh ! madame Dubreuil est morte depuis dix mois !... Où est-elle donc ?

Une idée lui vint. Il demanda, dans un café, *l'Annuaire* ; et chercha vite le nom de mademoiselle Lem-

---

1. Mémoire du texte ? Cette phrase est comme une réponse à ce commentaire, lors de la première promenade d'Emma avec Léon : « ... et madame Tuvache, la femme du maire, déclara devant sa servante que *madame Bovary se compromettait* » (II, 3, p. 176).

pereur, qui demeurait rue de la Renelle-des-Maro-
quiniers, n° 74.

Comme il entrait dans cette rue, Emma parut elle-
même à l'autre bout ; il se jeta sur elle plutôt qu'il ne
l'embrassa, en s'écriant :

— Qui t'a retenue hier ?

— J'ai été malade.

— Et de quoi ?... Où ?... Comment ?...

Elle se passa la main sur le front, et répondit :

— Chez mademoiselle Lempereur.

— J'en étais sûr ! J'y allais.

— Oh ! ce n'est pas la peine, dit Emma. Elle vient
de sortir tout à l'heure ; mais, à l'avenir, tranquillise-
toi. Je ne suis pas libre, tu comprends, si je sais que le
moindre retard te bouleverse ainsi.

C'était une manière de permission qu'elle se donnait
de ne point se gêner dans ses escapades. Aussi en pro-
fita-t-elle tout à son aise, largement. Lorsque l'envie la
prenait de voir Léon, elle partait sous n'importe quel
prétexte, et, comme il ne l'attendait pas ce jour-là, elle
allait le chercher à son étude.

Ce fut un grand bonheur les premières fois ; mais
bientôt il ne cacha plus la vérité, à savoir : que son
patron se plaignait fort de ces dérangements.

— Ah ! bah ! viens donc, disait-elle.

Et il s'esquivait.

Elle voulut qu'il se vêtît tout en noir et se laissât
pousser une pointe au menton, pour ressembler aux
portraits Louis XIII [1]. Elle désira connaître son loge-
ment, le trouva médiocre ; il en rougit, elle n'y prit
garde, puis lui conseilla d'acheter des rideaux pareils
aux siens, et comme il objectait la dépense :

— Ah ! ah ! tu tiens à tes petits écus ! dit-elle en riant.

Il fallait que Léon, chaque fois, lui racontât toute sa

---

1. L'édition Charpentier donne, à la différence du manuscrit et des
éditions qui précèdent : « portraits de Louis XIII », vraisemblablement
par erreur.

conduite, depuis le dernier rendez-vous. Elle demanda des vers, des vers pour elle, *une pièce d'amour* en son honneur ; jamais il ne put parvenir à trouver la rime du second vers, et il finit par copier un sonnet dans un keepsake.

Ce fut moins par vanité que dans le seul but de lui complaire. Il ne discutait pas ses idées ; il acceptait tous ses goûts ; il devenait sa maîtresse plutôt qu'elle n'était la sienne. Elle avait des paroles tendres avec des baisers qui lui emportaient l'âme. Où donc avait-elle appris cette corruption, presque immatérielle à force d'être profonde et dissimulée ?

VI

Dans les voyages qu'il faisait pour la voir, Léon souvent avait dîné chez le pharmacien, et s'était cru contraint, par politesse, de l'inviter à son tour.

— Volontiers ! avait répondu M. Homais ; il faut, d'ailleurs, que je me retrempe un peu, car je m'encroûte ici. Nous irons au spectacle, au restaurant, nous ferons des folies !

— Ah bon ami ! murmura tendrement madame Homais, effrayée des périls vagues qu'il se disposait à courir.

— Eh bien, quoi ? tu trouves que je ne ruine pas assez ma santé à vivre parmi les émanations continuelles de la pharmacie ! Voilà, du reste, le caractère des femmes : elles sont jalouses de la Science, puis s'opposent à ce que l'on prenne les plus légitimes distractions. N'importe, comptez sur moi ; un de ces jours, je tombe à Rouen et nous ferons sauter ensemble les *monacos* [1].

---

1. Monnaie de Monaco, au XIXᵉ siècle. Le mot est alors utilisé pour désigner avec désinvolture (et un certain type d'élégance familière) l'argent en général ; « faire sauter les *monacos* » : dépenser sans compter.

L'apothicaire, autrefois, se fût bien gardé d'une telle expression ; mais il donnait maintenant dans un genre folâtre et parisien qu'il trouvait du meilleur goût ; et, comme madame Bovary, sa voisine, il interrogeait le clerc curieusement sur les mœurs de la capitale, même il parlait argot afin d'éblouir... les bourgeois, disant *turne*, *bazar*, *chicard*, *chicandard*, *Breda-street*, et *Je me la casse* pour : Je m'en vais[1].

Donc, un jeudi, Emma fut surprise de rencontrer, dans la cuisine du *Lion d'or*, M. Homais en costume de voyageur, c'est-à-dire couvert d'un vieux manteau qu'on ne lui connaissait pas, tandis qu'il portait d'une main une valise, et, de l'autre, la chancelière[2] de son établissement. Il n'avait confié son projet à personne, dans la crainte d'inquiéter le public par son absence.

L'idée de revoir les lieux où s'était passée sa jeunesse l'exaltait sans doute, car tout le long du chemin il n'arrêta pas de discourir[3] ; puis, à peine arrivé, il sauta vivement de la voiture pour se mettre en quête de Léon ; et le clerc eut beau se débattre, M. Homais l'entraîna vers le grand café de *Normandie*, où il entra

---

1. De Balzac (*Le Père Goriot*, 1834) à Hugo (*Les Misérables*, 1862), mais aussi, massivement, dans les romans populaires (Eugène Sue), l'argot est traité par la littérature. Ici, c'est son usage « chic » et « à la mode », mais vu de province, qui est désigné. « Turne » et « bazar » : appartement sans ordre ni décor, traité péjorativement ; « chicard », « chicandard », homme qui fait de l'élégance et fréquente les lieux « chics » ; « Breda-street », anglicisation affectée de « la rue de Bréda », dans le quartier Notre-Dame-de-Lorette, habité par de nombreuses femmes « entretenues ». Flaubert écrit à Louis Bouilhet, à propos d'un projet que celui-ci avait d'un voyage en Italie : « C'est une occâse (style Breda street) que tu ne retrouveras jamais, mon bon » (23 mai 1855). Le paragraphe, rayé sur la copie par la *Revue de Paris*, est rétabli selon l'indication de Flaubert.   **2.** Boîte ou sac fourré, qui permet de se mettre les pieds au chaud.   **3.** « Sacré nom de Dieu, quel aspect que celui de Rouen. Est-ce mastoc ! et emmerdant ! » écrit Flaubert à Louis Bouilhet, après être allé une journée à Rouen (27 juin 1855).

majestueusement sans retirer son chapeau, estimant fort provincial de se découvrir dans un endroit public [1].

Emma attendit Léon trois quarts d'heure. Enfin elle courut à son étude, et, perdue dans toute sorte de conjectures, l'accusant d'indifférence et se reprochant à elle-même sa faiblesse, elle passa l'après-midi le front collé contre les carreaux.

Ils étaient encore à deux heures attablés l'un devant l'autre. La grande salle se vidait ; le tuyau du poêle, en forme de palmier, arrondissait au plafond blanc sa gerbe dorée ; et près d'eux, derrière le vitrage, en plein soleil, un petit jet d'eau gargouillait dans un bassin de marbre où, parmi du cresson et des asperges, trois homards engourdis s'allongeaient jusqu'à des cailles, toutes couchées en pile, sur le flanc.

Homais se délectait. Quoiqu'il se grisât de luxe encore plus que de bonne chère, le vin de Pomard, cependant, lui excitait un peu les facultés, et, lorsque apparut l'omelette au rhum, il exposa sur les femmes des théories immorales. Ce qui le séduisait par-dessus tout, c'était le *chic*. Il adorait une toilette élégante dans un appartement bien meublé, et, quant aux qualités corporelles, ne détestait pas le *morceau* [2].

Léon contemplait la pendule avec désespoir. L'apothicaire buvait, mangeait, parlait.

— Vous devez être, dit-il tout à coup, bien privé à Rouen. Du reste, vos amours ne logent pas loin.

Et, comme l'autre rougissait :

— Allons, soyez franc ! Nierez-vous qu'à Yonville... ?

Le jeune homme balbutia.

---

1. Flaubert supprime sur la copie une précision : « Ils s'assirent donc, et Léon commanda huit douzaines avec un fort beafsteck, une sole normande et une bouteille de Beaune, première. » **2.** Femme bien en chair et désirable (Musset, *Lorenzaccio*, IV, 1 : « Catherine est un morceau de roi » : 1834, *Trésor de la langue française*). Les deux dernières phrases, rayées sur la copie par la *Revue de Paris*, sont rétablies selon l'indication de Flaubert.

— Chez madame Bovary, vous ne courtisiez point... ?

— Et qui donc ?

— La bonne !

Il ne plaisantait pas ; mais, la vanité l'emportant sur toute prudence, Léon, malgré lui, se récria. D'ailleurs, il n'aimait que les femmes brunes.

— Je vous approuve, dit le pharmacien ; elles ont plus de tempérament[1].

Et se penchant à l'oreille de son ami, il indiqua les symptômes auxquels on reconnaissait qu'une femme avait du tempérament. Il se lança même dans une digression ethnographique : l'Allemande était vaporeuse, la Française libertine, l'Italienne passionnée[2].

— Et les négresses[3] ? demanda le clerc.

— C'est un goût d'artiste, dit Homais. — Garçon ! deux demi-tasses !

— Partons-nous ? reprit à la fin Léon s'impatientant.

— *Yes*.

Mais il voulut, avant de s'en aller, voir le maître de l'établissement et lui adressa quelques félicitations.

Alors le jeune homme, pour être seul, allégua qu'il avait affaire.

— Ah ! je vous escorte ! dit Homais.

Et, tout en descendant les rues avec lui, il parlait de sa femme, de ses enfants, de leur avenir et de sa phar-

---

1. *DIR* : « Brunes Plus chaudes que les blondes (Voy. Blondes) » ; « Blondes Plus chaudes que les brunes (Voy. Brunes) ». 2. Les clichés de Homais concentrent en la dégradant une théorie des tempéraments nationaux, qui a traversé le xixe siècle de Mme de Staël à Michelet. 3. *DIR* : « Négresses Plus chaudes que les blanches (Voy. Brunes et Blondes) » (l'article est évoqué dans la lettre du 16 déc. 1852). Cet échange (« les théories gaillardes [de Homais] », écrit Flaubert à Bouilhet, le 1er août 1855), depuis « elles ont plus de tempérament... », est rayé sur la copie par la *Revue de Paris*, et rétabli selon l'indication de Flaubert.

macie, racontait en quelle décadence elle était autrefois, et le point de perfection où il l'avait montée.

Arrivé devant l'hôtel de *Boulogne*, Léon le quitta brusquement, escalada l'escalier, et trouva sa maîtresse en grand émoi.

Au nom du pharmacien, elle s'emporta. Cependant, il accumulait de bonnes raisons ; ce n'était pas sa faute, ne connaissait-elle pas M. Homais ? pouvait-elle croire qu'il préférât sa compagnie ? Mais elle se détournait ; il la retint ; et, s'affaissant sur les genoux, il lui entoura la taille de ses deux bras, dans une pose langoureuse toute pleine de concupiscence et de supplication [1].

Elle était debout ; ses grands yeux enflammés le regardaient sérieusement et presque d'une façon terrible. Puis des larmes les obscurcirent, ses paupières roses s'abaissèrent, elle abandonna ses mains, et Léon les portait à sa bouche lorsque parut un domestique, avertissant Monsieur qu'on le demandait.

— Tu vas revenir ? dit-elle.

— Oui.

— Mais quand ?

— Tout à l'heure.

— C'est un *truc*, dit le pharmacien en apercevant Léon. J'ai voulu interrompre cette visite qui me paraissait vous contrarier. Allons chez Bridoux prendre un verre de garus [2].

Léon jura qu'il lui fallait retourner à son étude. Alors l'apothicaire fit des plaisanteries sur les paperasses, la procédure.

— Laissez donc un peu Cujas et Barthole [3], que diable ! Qui vous empêche ? Soyez un brave ! Allons chez Bridoux ; vous verrez son chien. C'est très curieux !

---

1. Ce détail est rayé sur la copie par la *Revue de Paris* et rétabli selon l'indication de Flaubert.   **2.** Élixir employé contre les maux d'estomac.   **3.** *DIR* : « Cujas Inséparable de Barthole. — On ne sait pas ce qu'ils ont écrit n'importe. Dire à tout homme étudiant les lois : "Vous êtes enfermé dans Cujas et Barthole." » Barthole, ou Bartole

Et comme le clerc s'obstinait toujours :

— J'y vais aussi. Je lirai un journal en vous attendant, ou je feuilletterai un Code.

Léon, étourdi par la colère d'Emma, le bavardage de M. Homais et peut-être les pesanteurs du déjeuner, restait indécis et comme sous la fascination du pharmacien qui répétait :

— Allons chez Bridoux ! c'est à deux pas, rue Malpalu[1].

Alors, par lâcheté, par bêtise, par cet inqualifiable sentiment qui nous entraîne aux actions les plus antipathiques, il se laissa conduire chez Bridoux ; et ils le trouvèrent dans sa petite cour, surveillant trois garçons qui haletaient à tourner la grande roue d'une machine pour faire de l'eau de Seltz. Homais leur donna des conseils ; il embrassa Bridoux ; on prit le garus. Vingt fois Léon voulut s'en aller ; mais l'autre l'arrêtait par le bras en lui disant :

— Tout à l'heure ! je sors. Nous irons au *Fanal de Rouen*, voir ces messieurs. Je vous présenterai à Thomassin.

Il s'en débarrassa pourtant et courut d'un bond jusqu'à l'hôtel. Emma n'y était plus.

Elle venait de partir, exaspérée. Elle le détestait maintenant. Ce manque de parole au rendez-vous lui semblait un outrage, et elle cherchait encore d'autres raisons pour s'en détacher : il était incapable d'héroïsme, faible, banal, plus mou qu'une femme, avare d'ailleurs et pusillanime.

Puis, se calmant, elle finit par découvrir qu'elle l'avait sans doute calomnié. Mais le dénigrement de

_____

(1313-1356), jurisconsulte italien qui apporta une conception argumentative et scholastique du Droit développée dans l'Europe entière, jusqu'au XVIe siècle ; Cujas (1522-1590), jurisconsulte français, apporta une interprétation historique du Droit romain, dans la lignée de l'école de A. Alciat, en rupture avec la tradition de Bartole, et eut pour élèves Scaliger et de Thou.

1. Voir II, 13, p. 323.

ceux que nous aimons toujours nous en détache quelque peu. Il ne faut pas toucher aux idoles : la dorure en reste aux mains.

Ils en vinrent à parler plus souvent de choses indifférentes à leur amour ; et, dans les lettres qu'Emma lui envoyait, il était question de fleurs, de vers, de la lune et des étoiles, ressources naïves d'une passion affaiblie, qui essayait de s'aviver à tous les secours extérieurs. Elle se promettait continuellement, pour son prochain voyage, une félicité profonde ; puis elle s'avouait ne rien sentir d'extraordinaire. Cette déception s'effaçait vite sous un espoir nouveau, et Emma revenait à lui plus enflammée, plus avide. Elle se déshabillait brutalement, arrachant le lacet mince de son corset, qui sifflait autour de ses hanches comme une couleuvre qui glisse[1]. Elle allait sur la pointe de ses pieds nus regarder encore une fois si la porte était fermée, puis elle faisait d'un seul geste tomber ensemble tous ses vêtements ; — et, pâle, sans parler, sérieuse, elle s'abattait contre sa poitrine, avec un long frisson[2].

Cependant, il y avait sur ce front couvert de gouttes froides, sur ces lèvres balbutiantes, dans ces prunelles égarées, dans l'étreinte de ces bras, quelque chose d'extrême, de vague et de lugubre, qui semblait à Léon se glisser entre eux, subtilement, comme pour les séparer[3].

---

1. Le troisième scénario (f° 14 recto) indique : « manière féroce dont elle se déshabillait jetant tout à bas », associant l'indication à une dimension plus inquiétante : « sang au doigt de Léon qu'elle suce / amour si violent qu'il tourne / au sadisme / plaisir du supplice » (Flaubert a développé l'épisode dans les premières rédactions, et y a renoncé). Dans *Salammbô*, le motif sera repris, dans une autre tonalité : « ... la chaînette d'or éclata, et les deux bouts, en s'envolant, frappèrent la toile comme deux vipères rebondissantes » (chap. 11).   **2.** Tout ce passage, depuis : « ... et Emma revenait à lui... », est rayé sur la copie par la *Revue de Paris*, et rétabli selon l'indication de Flaubert. **3.** « D'où venait cet étonnement sans nom, qui s'élevait entre eux deux comme pour les écarter l'un de l'autre ? », *L'Éducation sentimentale* de 1845, Le Livre de Poche, p. 270.

Il n'osait lui faire des questions ; mais, la discernant si expérimentée, elle avait dû passer, se disait-il, par toutes les épreuves de la souffrance et du plaisir. Ce qui le charmait autrefois l'effrayait un peu maintenant. D'ailleurs, il se révoltait contre l'absorption, chaque jour plus grande, de sa personnalité. Il en voulait à Emma de cette victoire permanente. Il s'efforçait même à ne pas la chérir ; puis, au craquement de ses bottines, il se sentait lâche, comme les ivrognes à la vue des liqueurs fortes [1].

Elle ne manquait point, il est vrai, de lui prodiguer toute sorte d'attentions, depuis les recherches de table jusqu'aux coquetteries du costume et aux langueurs du regard. Elle apportait d'Yonville des roses dans son sein, qu'elle lui jetait à la figure, montrait des inquiétudes pour sa santé, lui donnait des conseils sur sa conduite ; et, afin de le retenir davantage, espérant que le ciel peut-être s'en mêlerait, elle lui passa autour du cou une médaille de la Vierge. Elle s'informait, comme une mère vertueuse, de ses camarades. Elle lui disait :

— Ne les vois pas, ne sors pas, ne pense qu'à nous ; aime-moi !

Elle aurait voulu pouvoir surveiller sa vie, et l'idée lui vint de le faire suivre dans les rues. Il y avait toujours, près de l'hôtel, une sorte de vagabond qui accostait les voyageurs et qui ne refuserait pas... Mais sa fierté se révolta.

— Eh ! tant pis ! qu'il me trompe, que m'importe ! est-ce que j'y tiens ?

Un jour qu'ils s'étaient quittés de bonne heure, et qu'elle s'en revenait seule par le boulevard, elle aperçut les murs de son couvent ; alors elle s'assit sur un banc, à l'ombre des ormes. Quel calme dans ce temps-là ! comme elle enviait les ineffables sentiments

---

1. Cette comparaison est rayée sur la copie par la *Revue de Paris*, et rétablie selon l'indication de Flaubert.

d'amour qu'elle tâchait, d'après des livres, de se figurer !

Les premiers mois de son mariage, ses promenades à cheval dans la forêt, le Vicomte qui valsait, et Lagardy chantant, tout repassa devant ses yeux... Et Léon lui parut soudain dans le même éloignement que les autres.

— Je l'aime pourtant ! se disait-elle.

N'importe ! elle n'était pas heureuse, ne l'avait jamais été. D'où venait donc cette insuffisance de la vie, cette pourriture instantanée des choses où elle s'appuyait ?... Mais, s'il y avait quelque part un être fort et beau, une nature valeureuse, pleine à la fois d'exaltation et de raffinements, un cœur de poète sous une forme d'ange, lyre aux cordes d'airain, sonnant vers le ciel des épithalames [1] élégiaques, pourquoi, par hasard, ne le trouverait-elle pas ? Oh ! quelle impossibilité ! Rien, d'ailleurs, ne valait la peine d'une recherche ; tout mentait ! Chaque sourire cachait un bâillement d'ennui, chaque joie une malédiction, tout plaisir son dégoût, et les meilleurs baisers ne vous laissaient sur la lèvre qu'une irréalisable envie d'une volupté plus haute.

Un râle métallique se traîna dans les airs et quatre coups se firent entendre à la cloche du couvent. Quatre heures ! et il lui semblait qu'elle était là, sur ce banc, depuis l'éternité. Mais un infini de passions peut tenir dans une minute, comme une foule dans un petit espace.

Emma vivait tout occupée des siennes, et ne s'inquiétait pas plus de l'argent qu'une archiduchesse [2].

Une fois pourtant [3], un homme d'allure chétive, rubicond et chauve, entra chez elle, se déclarant envoyé par M. Vinçart, de Rouen. Il retira les épingles qui fermaient la poche latérale de sa longue redingote

---

1. Poème qui célèbre de nouveaux mariés.   **2.** La comparaison, rayée sur la copie par la *Revue de Paris*, est rétablie selon une indication de Flaubert.   **3.** Entre les deux paragraphes, un espace blanc est laissé dans la *Revue de Paris* et dans l'édition Michel Lévy de 1857.

verte, les piqua sur sa manche et tendit poliment un papier.

C'était un billet de sept cents francs, souscrit par elle, et que Lheureux, malgré toutes ses protestations, avait passé à l'ordre de Vinçart.

Elle expédia chez lui sa domestique. Il ne pouvait venir.

Alors, l'inconnu, qui était resté debout, lançant de droite et de gauche des regards curieux que dissimulaient ses gros sourcils blonds, demanda d'un air naïf :

— Quelle réponse apporter à M. Vinçart ?

— Eh bien, répondit Emma, dites-lui... que je n'en ai pas... Ce sera la semaine prochaine... Qu'il attende..., oui, la semaine prochaine.

Et le bonhomme s'en alla sans souffler mot.

Mais, le lendemain, à midi, elle reçut un protêt [1] ; et la vue du papier timbré, où s'étalait à plusieurs reprises et en gros caractères : « Maître Hareng, huissier à Buchy » l'effraya si fort, qu'elle courut en toute hâte chez le marchand d'étoffes.

Elle le trouva dans sa boutique, en train de ficeler un paquet.

— Serviteur ! dit-il, je suis à vous.

Lheureux n'en continua pas moins sa besogne, aidé par une jeune fille de treize ans environ, un peu bossue, et qui lui servait à la fois de commis et de cuisinière.

Puis, faisant claquer ses sabots sur les planches de la boutique, il monta devant Madame au premier étage, et l'introduisit dans un étroit cabinet, où un gros bureau en bois de sape [2] supportait quelques registres, défendus transversalement par une barre de fer cadenassée. Contre le mur, sous des coupons d'indienne, on entrevoyait un coffre-fort, mais d'une telle dimension, qu'il devait contenir autre chose que des billets et de l'argent. M. Lheureux, en effet, prêtait sur gages, et c'est

---

1. Acte officiel qui constate qu'un effet de commerce n'a pas été réglé à échéance. **2.** Sapin, normandisme.

là qu'il avait mis la chaîne en or de madame Bovary, avec les boucles d'oreilles du pauvre père Tellier, qui, enfin contraint de vendre, avait acheté à Quincampoix un maigre fonds d'épicerie, où il se mourait de son catarrhe, au milieu de ses chandelles moins jaunes que sa figure.

Lheureux s'assit dans son large fauteuil de paille, en disant :

— Quoi de neuf ?

— Tenez.

Et elle lui montra le papier.

— Eh bien, qu'y puis-je ?

Alors, elle s'emporta, rappelant la parole qu'il avait donnée de ne pas faire circuler ses billets ; il en convenait.

— Mais j'ai été forcé moi-même, j'avais le couteau sur la gorge.

— Et que va-t-il arriver, maintenant ? reprit-elle.

— Oh ! c'est bien simple : un jugement du tribunal, et puis la saisie... ; *bernique* !

Emma se retenait pour ne pas le battre. Elle lui demanda doucement s'il n'y avait pas moyen de calmer M. Vinçart.

— Ah bien, oui ! calmer Vinçart ; vous ne le connaissez guère ; il est plus féroce qu'un Arabe.

Pourtant il fallait que M. Lheureux s'en mêlât.

— Écoutez donc ! il me semble que, jusqu'à présent, j'ai été assez bon pour vous.

Et, déployant un de ses registres :

— Tenez !

Puis, remontant la page avec son doigt :

— Voyons..., voyons... Le 3 août, deux cents francs... Au 17 juin, cent cinquante... 23 mars, quarante-six... En avril...

Il s'arrêta, comme craignant de faire quelque sottise.

— Et je ne dis rien des billets souscrits par Monsieur, un de sept cents francs, un autre de trois cents !

Quant à vos petits acomptes, aux intérêts, ça n'en finit pas, on s'y embrouille. Je ne m'en mêle plus !

Elle pleurait, elle l'appela même « son bon Monsieur Lheureux ». Mais il se rejetait toujours sur ce « mâtin de Vinçard ». D'ailleurs, il n'avait pas un centime, personne à présent ne le payait, on lui mangeait la laine sur le dos [1], un pauvre boutiquier comme lui ne pouvait faire d'avances.

Emma se taisait ; et M. Lheureux, qui mordillonnait les barbes d'une plume, sans doute s'inquiéta de son silence, car il reprit :

— Au moins, si un de ces jours j'avais quelques rentrées... je pourrais...

— Du reste, dit-elle, dès que l'arriéré de Barneville...

— Comment ?...

Et, en apprenant que Langlois n'avait pas encore payé, il parut fort surpris. Puis, d'une voix mielleuse :

— Et nous convenons, dites-vous... ?

— Oh ! de ce que vous voudrez !

Alors, il ferma les yeux pour réfléchir, écrivit quelques chiffres, et, déclarant qu'il aurait grand mal, que la chose était scabreuse et qu'il se *saignait*, il dicta quatre billets de deux cent cinquante francs, chacun, espacés les uns des autres à un mois d'échéance.

— Pourvu que Vinçart veuille m'entendre ! Du reste c'est convenu, je ne lanterne pas, je suis rond comme une pomme.

Ensuite il lui montra négligemment plusieurs marchandises nouvelles, mais dont pas une, dans son opinion, n'était digne de Madame.

— Quand je pense que voilà une robe à sept sous le mètre, et certifiée bon teint ! Ils gobent cela pourtant ! on ne leur conte pas ce qui en est, vous pensez bien, voulant par cet aveu de coquinerie envers les autres la convaincre tout à fait de sa probité.

Puis il la rappela, pour lui montrer trois aunes de

---

1. On l'exploitait, il se faisait « tondre ».

guipure [1] qu'il avait trouvées dernièrement « dans une *vendue* [2] ».

— Est-ce beau ! disait Lheureux ; on s'en sert beaucoup maintenant, comme têtes de fauteuils, c'est le genre.

Et, plus prompt qu'un escamoteur, il enveloppa la guipure de papier bleu et la mit dans les mains d'Emma.

— Au moins, que je sache... ?

— Ah ! plus tard, reprit-il en lui tournant les talons.

Dès le soir, elle pressa Bovary d'écrire à sa mère pour qu'elle leur envoyât bien vite tout l'arriéré de l'héritage. La belle-mère répondit n'avoir plus rien ; la liquidation était close, et il leur restait, outre Barneville, six cents livres de rente, qu'elle leur servirait exactement.

Alors Madame expédia des factures chez deux ou trois clients, et bientôt usa largement de ce moyen, qui lui réussissait. Elle avait toujours soin d'ajouter en post-scriptum : « N'en parlez pas à mon mari, vous savez comme il est fier... Excusez-moi... Votre servante... » Il y eut quelques réclamations ; elle les intercepta.

Pour se faire de l'argent, elle se mit à vendre ses vieux gants, ses vieux chapeaux, la vieille ferraille ; et elle marchandait avec rapacité, — son sang de paysanne la poussant au gain. Puis, dans ses voyages à la ville, elle brocanterait des babioles, que M. Lheureux, à défaut d'autres, lui prendrait certainement. Elle s'acheta des plumes d'autruche, de la porcelaine chinoise et des bahuts ; elle empruntait à Félicité, à madame Lefrançois, à l'hôtelière de la *Croix rouge*, à tout le monde, n'importe où. Avec l'argent qu'elle reçut enfin de Barneville, elle paya deux billets ; les

---

1. Voir p. 115, note 2.   2. Normandisme désignant une « vente sur saisie ».

quinze cents autres francs s'écoulèrent. Elle s'engagea de nouveau, et toujours ainsi[1] !

Parfois, il est vrai, elle tâchait de faire des calculs ; mais elle découvrait des choses si exorbitantes, qu'elle n'y pouvait croire. Alors elle recommençait, s'embrouillait vite, plantait tout là et n'y pensait plus.

La maison était bien triste, maintenant ! On en voyait sortir les fournisseurs avec des figures furieuses. Il y avait des mouchoirs traînant sur les fourneaux ; et la petite Berthe, au grand scandale de madame Homais, portait des bas percés. Si Charles, timidement, hasardait une observation, elle répondait avec brutalité que ce n'était point sa faute !

Pourquoi ces emportements ? Il expliquait tout par son ancienne maladie nerveuse ; et, se reprochant d'avoir pris pour des défauts ses infirmités, il s'accusait d'égoïsme, avait envie de courir l'embrasser.

— Oh ! non, se disait-il, je l'ennuierais !

Et il restait.

Après le dîner, il se promenait seul dans le jardin ; il prenait la petite Berthe sur ses genoux, et, déployant son journal de médecine, essayait de lui apprendre à lire. L'enfant, qui n'étudiait jamais, ne tardait pas à ouvrir de grands yeux tristes et se mettait à pleurer. Alors il la consolait ; il allait lui chercher de l'eau dans l'arrosoir pour faire des rivières sur le sable, ou cassait les branches des troènes pour planter des arbres dans les plates-bandes, ce qui gâtait peu le jardin, tout encombré de longues herbes ; on devait tant de journées à Lestiboudois ! Puis l'enfant avait froid et demandait sa mère.

---

1. Le 30 août 1855, Flaubert écrit à Louis Bouilhet : « J'ai été aujourd'hui à Rouen *consulter un avocat*, à savoir le jeune Nion qui m'a donné toutes les explications désirables ; il viendra demain ici ; nous aurons une séance d'affaires. / Quand je serai quitte de ce passage financier et procédurier, c'est-à-dire dans une quinzaine, j'arriverai vite à la Catastrophe. »

— Appelle ta bonne, disait Charles. Tu sais bien, ma petite, que ta maman ne veut pas qu'on la dérange.

L'automne commençait et déjà les feuilles tombaient, — comme il y a deux ans, lorsqu'elle était malade ! — Quand donc tout cela finira-t-il !... Et il continuait à marcher, les deux mains derrière le dos.

Madame était dans sa chambre. On n'y montait pas. Elle restait là tout le long du jour, engourdie, à peine vêtue, et, de temps à autre, faisant fumer des pastilles du sérail qu'elle avait achetées à Rouen, dans la boutique d'un Algérien. Pour ne pas avoir la nuit auprès d'elle[1], cet homme étendu qui dormait, elle finit, à force de grimaces, par le reléguer au second étage ; et elle lisait jusqu'au matin des livres extravagants où il y avait des tableaux orgiaques avec des situations sanglantes. Souvent une terreur la prenait, elle poussait un cri, Charles accourait.

— Ah ! va-t'en ! disait-elle.

Ou, d'autres fois, brûlée plus fort par cette flamme intime que l'adultère avivait, haletante, émue, tout en désir, elle ouvrait sa fenêtre, aspirait l'air froid, éparpillait au vent sa chevelure trop lourde, et, regardant les étoiles, souhaitait des amours de prince. Elle pensait à lui, à Léon. Elle eût alors tout donné pour un seul de ces rendez-vous, qui la rassasiaient.

C'était ses jours de gala. Elle les voulait splendides ! et, lorsqu'il ne pouvait payer seul la dépense, elle complétait le surplus libéralement, ce qui arrivait à peu près toutes les fois. Il essaya de lui faire comprendre qu'ils seraient aussi bien ailleurs, dans quelque hôtel plus modeste ; mais elle trouva des objections.

Un jour, elle tira de son sac six petites cuillers en vermeil (c'était le cadeau de noces du père Rouault),

---

1. Sur la copie la phrase est : « La nuit, contre sa chair, cet homme étendu qui dormait » ; la *Revue de Paris* en avait demandé la suppression, et finalement la publie telle, selon l'indication de Flaubert. « Contre sa chair » n'est pas repris dans les éditions en volume.

en le priant d'aller immédiatement porter cela, pour elle, au mont-de-piété ; et Léon obéit, bien que cette démarche lui déplût. Il avait peur de se compromettre.

Puis, en y réfléchissant, il trouva que sa maîtresse prenait des allures étranges, et qu'on n'avait peut-être pas tort de vouloir l'en détacher.

En effet, quelqu'un avait envoyé à sa mère une longue lettre anonyme, pour la prévenir qu'il *se perdait avec une femme mariée* ; et aussitôt la bonne dame, entrevoyant l'éternel épouvantail des familles, c'est-à-dire la vague créature pernicieuse, la sirène, le monstre, qui habite fantastiquement les profondeurs de l'amour, écrivit à maître Dubocage son patron, lequel fut parfait dans cette affaire. Il le tint durant trois quarts d'heure, voulant lui dessiller les yeux, l'avertir du gouffre. Une telle intrigue nuirait plus tard à son établissement. Il le supplia de rompre, et, s'il ne faisait ce sacrifice dans son propre intérêt, qu'il le fît au moins pour lui, Dubocage !

Léon enfin avait juré de ne plus revoir Emma ; et il se reprochait de n'avoir pas tenu sa parole, considérant tout ce que cette femme pourrait encore lui attirer d'embarras et de discours, sans compter les plaisanteries de ses camarades, qui se débitaient le matin, autour du poêle. D'ailleurs, il allait devenir premier clerc : c'était le moment d'être sérieux. Aussi renonçait-il à la flûte, aux sentiments exaltés, à l'imagination ; — car tout bourgeois, dans l'échauffement de sa jeunesse, ne fût-ce qu'un jour, une minute, s'est cru capable d'immenses passions, de hautes entreprises. Le plus médiocre libertin a rêvé des sultanes ; chaque notaire porte en soi les débris d'un poète.

Il s'ennuyait maintenant lorsque Emma, tout à coup, sanglotait sur sa poitrine ; et son cœur, comme les gens qui ne peuvent endurer qu'une certaine dose de musique, s'assoupissait d'indifférence au vacarme d'un amour dont il ne distinguait plus les délicatesses.

Ils se connaissaient trop pour avoir ces ébahissements de la possession qui en centuplent la joie. Elle était aussi dégoûtée de lui qu'il était fatigué d'elle. Emma retrouvait dans l'adultère toutes les platitudes du mariage [1].

Mais comment pouvoir s'en débarrasser ? Puis, elle avait beau se sentir humiliée de la bassesse d'un tel bonheur, elle y tenait par habitude ou par corruption ; et, chaque jour, elle s'y acharnait davantage, tarissant toute félicité à la vouloir trop grande. Elle accusait Léon de ses espoirs déçus, comme s'il l'avait trahie ; et même elle souhaitait une catastrophe qui amenât leur séparation, puisqu'elle n'avait pas le courage de s'y décider [2].

Elle n'en continuait pas moins à lui écrire des lettres amoureuses, en vertu de cette idée, qu'une femme doit toujours écrire à son amant.

Mais, en écrivant, elle percevait un autre homme, un fantôme fait de ses plus ardents souvenirs, de ses lectures les plus belles, de ses convoitises les plus fortes ; et il devenait à la fin si véritable, et accessible, qu'elle en palpitait émerveillée, sans pouvoir néanmoins le nettement imaginer, tant il se perdait, comme un dieu, sous l'abondance de ses attributs. Il habitait la contrée bleuâtre où les échelles de soie se balancent à des balcons, sous le souffle des fleurs, dans la clarté de la lune. Elle le sentait près d'elle, il allait venir et l'enlèverait tout entière dans un baiser. Ensuite elle retombait à plat, brisée ; car ces élans d'amour vague la fatiguaient plus que de grandes débauches.

Elle éprouvait maintenant une courbature incessante

---

1. Le texte fut modifié dans l'édition en volume de 1857 en « les platitudes de son mariage » ; le réquisitoire avait violemment critiqué cette phrase : « Platitudes du mariage, poésie de l'adultère ! tantôt c'est la souillure du mariage [allusion à II, 15, p. 344], tantôt ce sont ses platitudes, mais c'est toujours la poésie de l'adultère. Voilà, Messieurs, les situations que M. Flaubert aime à peindre, et malheureusement il ne les peint que trop bien. » **2.** Le 23 mai 1855, à Louis Bouilhet : « Je vais lentement, très lentement même. Mais cette semaine je me suis amusé à cause du fond. Il faut qu'au mois de juillet j'en sois à peu près au commencement de la fin, c'est-à-dire aux dégoûts de ma jeune femme pour son petit monsieur. »

et universelle. Souvent même, Emma recevait des assignations, du papier timbré qu'elle regardait à peine. Elle aurait voulu ne plus vivre, ou continuellement dormir.

Le jour de la mi-carême, elle ne rentra pas à Yonville ; elle alla le soir au bal masqué. Elle mit un pantalon de velours et des bas rouges, avec une perruque à catogan et un lampion sur l'oreille. Elle sauta toute la nuit au son furieux des trombones ; on faisait cercle autour d'elle ; et elle se trouva le matin sur le péristyle du théâtre parmi cinq ou six masques, débardeuses et matelots, des camarades de Léon, qui parlaient d'aller souper.

Les cafés d'alentour étaient pleins. Ils avisèrent sur le port un restaurant des plus médiocres, dont le maître leur ouvrit, au quatrième étage, une petite chambre.

Les hommes chuchotèrent dans un coin, sans doute se consultant sur la dépense. Il y avait un clerc, deux carabins et un commis : quelle société pour elle ! Quant aux femmes Emma s'aperçut vite, au timbre de leurs voix, qu'elles devaient être, presque toutes, du dernier rang. Elle eut peur alors, recula sa chaise et baissa les yeux.

Les autres se mirent à manger. Elle ne mangea pas ; elle avait le front en feu, des picotements aux paupières et un froid de glace à la peau. Elle sentait dans sa tête le plancher du bal, rebondissant encore sous la pulsation rythmique des mille pieds qui dansaient. Puis, l'odeur du punch avec la fumée des cigares l'étourdit. Elle s'évanouissait ; on la porta devant la fenêtre.

Le jour commençait à se lever, et une grande tache de couleur pourpre s'élargissait dans le ciel pâle, du côté de Sainte-Catherine. La rivière livide frissonnait au vent ; il n'y avait personne sur les ponts ; les réverbères s'éteignaient.

Elle se ranima cependant, et vint à penser à Berthe, qui dormait là-bas, dans la chambre de sa bonne. Mais une charrette pleine de longs rubans de fer passa, en jetant contre le mur des maisons une vibration métallique assourdissante.

Elle s'esquiva brusquement, se débarrassa de son costume, dit à Léon qu'il lui fallait s'en retourner, et enfin resta seule à l'hôtel de *Boulogne*. Tout et elle-même lui étaient insupportables. Elle aurait voulu, s'échappant comme un oiseau, aller se rajeunir quelque part, bien loin, dans les espaces immaculés.

Elle sortit, elle traversa le boulevard, la place Cauchoise et le faubourg, jusqu'à une rue découverte qui dominait des jardins. Elle marchait vite, le grand air la calmait : et peu à peu les figures de la foule, les masques, les quadrilles, les lustres, le souper, ces femmes, tout disparaissait comme des brumes emportées. Puis, revenue à la *Croix rouge*, elle se jeta sur son lit, dans la petite chambre du second, où il y avait les images de *la Tour de Nesle*[1]. À quatre heures du soir, Hivert la réveilla.

En rentrant chez elle, Félicité lui montra derrière la pendule un papier gris. Elle lut :

« En vertu de la grosse[2], en forme exécutoire d'un jugement... »

Quel jugement ? La veille, en effet, on avait apporté un autre papier qu'elle ne connaissait pas ; aussi fut-elle stupéfaite de ces mots :

« Commandement de par le roi, la loi et justice, à madame Bovary... »

Alors, sautant plusieurs lignes, elle aperçut :

« Dans vingt-quatre heures pour tout délai. » — Quoi donc ? « Payer la somme totale de huit mille francs. » Et même, il y avait plus bas : « Elle y sera contrainte par toute voie de droit, et notamment par la saisie exécutoire de ses meubles et effets. »

Que faire ?... C'était dans vingt-quatre heures ; demain ! Lheureux, pensa-t-elle, voulait sans doute l'effrayer encore ; car elle devina du coup toutes ses

---

1. Voir II, 1, p. 361.   2. Acte notarié ou d'un jugement, qui est écrit en caractère plus gros que la « minute ».

manœuvres, le but de ses complaisances. Ce qui la rassurait, c'était l'exagération de la somme[1].

Cependant, à force d'acheter, de ne pas payer, d'emprunter, de souscrire des billets, puis de renouveler ces billets, qui s'enflaient à chaque échéance nouvelle, elle avait fini par préparer au sieur Lheureux un capital, qu'il attendait impatiemment pour ses spéculations.

Elle se présenta chez lui d'un air dégagé.

— Vous savez ce qui m'arrive ? C'est une plaisanterie, sans doute !

— Non.

— Comment cela ?

Il se détourna lentement, et lui dit en se croisant les bras :

— Pensiez-vous, ma petite dame, que j'allais, jusqu'à la consommation des siècles, être votre fournisseur et banquier pour l'amour de Dieu[2] ? Il faut bien que je rentre dans mes déboursés, soyons justes !

Elle se récria sur la dette.

— Ah ! tant pis ! le tribunal l'a reconnue ! Il y a jugement ! On vous l'a signifié ! D'ailleurs, ce n'est pas moi, c'est Vinçart.

— Est-ce que vous ne pourriez... ?

— Oh ! rien du tout.

— Mais..., cependant..., raisonnons.

Et elle battit la campagne[3] ; elle n'avait rien su... c'était une surprise...

— À qui la faute ? dit Lheureux en la saluant ironiquement. Tandis que je suis, moi, à bûcher comme un nègre, vous vous repassez du bon temps.

— Ah ! pas de morale !

---

1. Huit mille francs sont environ l'équivalent de 160 000 francs actuels, mais infiniment plus en pouvoir d'achat.   **2.** L'expression de Lheureux pourrait faire entendre dans cette scène un écho inversé des rencontres de Dom Juan avec le Pauvre et avec Monsieur Dimanche (*Dom Juan*, acte III, sc. 2 et V, sc. 3).   **3.** Parler en cherchant tous les prétextes.

— Ça ne nuit jamais, répliqua-t-il.

Elle fut lâche, elle le supplia ; et même elle appuya sa jolie main blanche et longue [1] sur les genoux du marchand.

— Laissez-moi donc ! On dirait que vous voulez me séduire !

— Vous êtes un misérable ! s'écria-t-elle.

— Oh ! oh ! comme vous y allez ! reprit-il en riant.

— Je ferai savoir qui vous êtes. Je dirai à mon mari...

— Eh bien, moi, je lui montrerai quelque chose, à votre mari !

Et Lheureux tira de son coffre-fort le reçu de dix-huit cents francs, qu'elle lui avait donné lors de l'escompte Vinçart.

— Croyez-vous, ajouta-t-il, qu'il ne comprenne pas votre petit vol, ce pauvre cher homme ?

Elle s'affaissa, plus assommée qu'elle n'eût été par un coup de massue. Il se promenait depuis la fenêtre jusqu'au bureau, tout en répétant :

— Ah ! je lui montrerai bien... je lui montrerai bien...

Ensuite il se rapprocha d'elle, et, d'une voix douce :

— Ce n'est pas amusant, je le sais ; personne, après tout, n'en est mort, et, puisque c'est le seul moyen qui vous reste de me rendre mon argent...

— Mais où en trouverai-je ? dit Emma en se tordant les bras.

— Ah bah ! quand on a comme vous des amis !

Et il la regardait d'une façon si perspicace et si terrible, qu'elle en frissonna jusqu'aux entrailles.

— Je vous promets, dit-elle, je signerai...

— J'en ai assez, de vos signatures !

— Je vendrai encore...

---

1. Le manuscrit et les éditions antérieures précisent : « sa main, sa jolie main blanche et longue » (voir I, 2, p. 72).

— Allons donc ! fit-il en haussant les épaules, vous n'avez plus rien.

Et il cria dans le judas qui s'ouvrait sur la boutique :

— Annette ! n'oublie pas les trois coupons du n° 14.

La servante parut ; Emma comprit et demanda « ce qu'il faudrait d'argent pour arrêter toutes les poursuites. »

— Il est trop tard !

— Mais si je vous apportais plusieurs mille francs, le quart de la somme, le tiers, presque tout ?

— Eh ! non, c'est inutile !

Il la poussait doucement vers l'escalier.

— Je vous en conjure, monsieur Lheureux, quelques jours encore !

Elle sanglotait.

— Allons, bon ! des larmes !

— Vous me désespérez !

— Je m'en moque pas mal ! dit-il en refermant la porte [1].

VII [2]

Elle fut stoïque, le lendemain, lorsque Maître Hareng, l'huissier, avec deux témoins, se présenta chez elle pour faire le procès-verbal de la saisie.

---

1. Fin de la livraison de la *Revue de Paris* : « (La fin au prochain volume) ». **2.** Début de la dernière livraison de la *Revue de Paris* (15 décembre 1856, p. 250-290), comportant, à la demande de Flaubert, la note suivante : « Des considérations que je n'ai pas à apprécier ont contraint la *Revue de Paris* à faire une suppression dans le numéro du 1er décembre. Ses scrupules s'étant renouvelés à l'occasion du présent numéro, elle a jugé convenable d'enlever encore plusieurs passages. En conséquence, je déclare dénier la responsabilité des lignes qui suivent ; le lecteur est donc prié de n'y voir que des fragments et non pas un ensemble. Gustave Flaubert. » La *Revue de Paris* numérote alors les cha-

Ils commencèrent par le cabinet de Bovary et n'inscrivirent point la tête phrénologique, qui fut considérée comme *instrument de sa profession* ; mais ils comptèrent dans la cuisine les plats, les marmites, les chaises, les flambeaux, et, dans sa chambre à coucher, toutes les babioles de l'étagère. Ils examinèrent ses robes, le linge, le cabinet de toilette ; et son existence, jusque dans ses recoins les plus intimes, fut, comme un cadavre que l'on autopsie, étalée tout du long aux regards de ces trois hommes.

Maître Hareng, boutonné dans un mince habit noir, en cravate blanche, et portant des sous-pieds fort tendus, répétait de temps à autre :

— Vous permettez, madame ? vous permettez ?

Souvent, il faisait des exclamations :

— Charmant !... fort joli !

Puis il se remettait à écrire, trempant sa plume dans l'encrier de corne qu'il tenait de la main gauche.

Quand ils en eurent fini avec les appartements, ils montèrent au grenier.

Elle y gardait un pupitre où étaient enfermées les lettres de Rodolphe. Il fallut l'ouvrir.

— Ah ! une correspondance ! dit maître Hareng avec un sourire discret. Mais, permettez ! car je dois m'assurer si la boîte ne contient pas autre chose.

Et il inclina les papiers, légèrement, comme pour en faire tomber des napoléons. Alors l'indignation la prit, à voir cette grosse main, aux doigts rouges et mous comme des limaces, qui se posait sur ces pages où son cœur avait battu.

Ils partirent enfin ! Félicité rentra. Elle l'avait envoyée aux aguets pour détourner Bovary ; et elles

---

pitres, jusqu'à la fin, par erreur, de 8 à 12. *Madame Bovary* est précédée dans ce numéro de différents articles, « sur l'esclavage », sur « les conteurs italiens », sur « Buchanan » (dont l'élection comme président des États-Unis était en cours) ; elle est suivie d'un long poème, « Une suite à Mardoche, conte occidental », de Hector Saint-Maur.

installèrent vivement sous les toits le gardien de la saisie, qui jura de s'y tenir.

Charles, pendant la soirée, lui parut soucieux. Emma
l'épiait d'un regard plein d'angoisse, croyant apercevoir dans les rides de son visage des accusations. Puis,
quand ses yeux se reportaient sur la cheminée garnie
d'écrans chinois, sur les larges rideaux, sur les fauteuils, sur toutes ces choses enfin qui avaient adouci
l'amertume de sa vie, un remords la prenait, ou plutôt
un regret immense et qui irritait la passion, loin de
l'anéantir. Charles tisonnait avec placidité, les deux
pieds sur les chenets.

Il y eut un moment où le gardien, sans doute s'ennuyant dans sa cachette, fit un peu de bruit.

— On marche là-haut ? dit Charles.

— Non ! reprit-elle, c'est une lucarne restée ouverte
que le vent remue.

Elle partit pour Rouen, le lendemain dimanche, afin
d'aller chez tous les banquiers dont elle connaissait le
nom. Ils étaient à la campagne ou en voyage. Elle ne
se rebuta pas ; et ceux qu'elle put rencontrer, elle leur
demandait de l'argent, protestant qu'il lui en fallait,
qu'elle le rendrait. Quelques-uns lui rirent au nez ; tous
refusèrent.

À deux heures, elle courut chez Léon, frappa contre
sa porte. On n'ouvrit pas. Enfin il parut.

— Qui t'amène ?

— Cela te dérange !

— Non..., mais...

Et il avoua que le propriétaire n'aimait point que
l'on reçût « des femmes ».

— J'ai à te parler, reprit-elle.

Alors il atteignit sa clef. Elle l'arrêta.

— Oh ! non, là-bas, chez nous.

Et ils allèrent dans leur chambre, à l'hôtel de *Boulogne*.

Elle but en arrivant un grand verre d'eau. Elle était
très pâle. Elle lui dit :

— Léon, tu vas me rendre un service.

Et, le secouant par ses deux mains, qu'elle serrait étroitement, elle ajouta :

— Écoute, j'ai besoin de huit mille francs !

— Mais tu es folle !

— Pas encore !

Et, aussitôt, racontant l'histoire de la saisie, elle lui exposa sa détresse ; car Charles ignorait tout : sa belle-mère la détestait, le père Rouault ne pouvait rien ; mais lui, Léon, il allait se mettre en course pour trouver cette indispensable somme...

— Comment veux-tu... ?

— Quel lâche tu fais ! s'écria-t-elle.

Alors il dit bêtement :

— Tu t'exagères le mal. Peut-être qu'avec un millier d'écus ton bonhomme se calmerait.

Raison de plus pour tenter quelque démarche ; il n'était pas possible que l'on ne découvrît point trois mille francs. D'ailleurs, Léon pouvait s'engager à sa place.

— Va ! essaye ! il le faut ! cours !... Oh ! tâche ! tâche ! je t'aimerai bien !

Il sortit, revint au bout d'une heure, et dit avec une figure solennelle :

— J'ai été chez trois personnes... inutilement !

Puis ils restèrent assis l'un en face de l'autre, aux deux coins de la cheminée, immobiles, sans parler. Emma haussait les épaules tout en trépignant. Il l'entendit qui murmurait :

— Si j'étais à ta place, moi, j'en trouverais bien !

— Où donc ?

— À ton étude !

Et elle le regarda.

Une hardiesse infernale s'échappait de ses prunelles enflammées, et les paupières se rapprochaient d'une façon lascive et encourageante ; — si bien que le jeune homme se sentit faiblir sous la muette volonté de cette femme qui lui conseillait un crime. Alors il eut peur, et, pour éviter tout éclaircissement, il se frappa le front en s'écriant :

— Morel doit revenir cette nuit ! Il ne me refusera pas, j'espère (c'était un de ses amis, le fils d'un négociant fort riche), et je t'apporterai cela demain, ajouta-t-il.

Emma n'eut point l'air d'accueillir cet espoir avec autant de joie qu'il l'avait imaginé. Soupçonnait-elle le mensonge ? Il reprit en rougissant :

— Pourtant, si tu ne me voyais pas à trois heures, ne m'attends plus, ma chérie. Il faut que je m'en aille, excuse-moi. Adieu !

Il serra sa main, mais il la sentit tout inerte. Emma n'avait plus la force d'aucun sentiment.

Quatre heures sonnèrent ; et elle se leva pour s'en retourner à Yonville, obéissant comme un automate à l'impulsion des habitudes.

Il faisait beau ; c'était un de ces jours du mois de mars clairs et âpres, où le soleil reluit dans un ciel tout blanc. Les Rouennais endimanchés se promenaient d'un air heureux. Elle arriva sur la place du Parvis. On sortait des vêpres ; la foule s'écoulait par les trois portails, comme un fleuve par les trois arches d'un pont, et, au milieu, plus immobile qu'un roc, se tenait le suisse.

Alors elle se rappela ce jour où, tout anxieuse et pleine d'espérance, elle était entrée sous cette grande nef qui s'étendait devant elle moins profonde que son amour ; et elle continua de marcher, en pleurant sous son voile, étourdie, chancelante, près de défaillir.

— Gare ! cria une voix sortant d'une porte cochère qui s'ouvrait.

Elle s'arrêta pour laisser passer un cheval noir, piaffant dans les brancards d'un tilbury que conduisait un gentleman en fourrure de zibeline [1]. Qui était-ce donc ? Elle le connaissait... La voiture s'élança et disparut.

---

1. Fourrure particulièrement précieuse.

Mais c'était lui, le vicomte ! Elle se détourna ; la rue était déserte. Et elle fut si accablée, si triste, qu'elle s'appuya contre un mur pour ne pas tomber.

Puis elle pensa qu'elle s'était trompée. Au reste, elle n'en savait rien. Tout, en elle-même et au-dehors, l'abandonnait. Elle se sentait perdue, roulant au hasard dans des abîmes indéfinissables ; et ce fut presque avec joie qu'elle aperçut, en arrivant à la *Croix rouge*, ce bon Homais qui regardait charger sur *l'Hirondelle* une grande boîte pleine de provisions pharmaceutiques ; il tenait à sa main, dans un foulard, six *cheminots* pour son épouse [1].

Madame Homais aimait beaucoup ces petits pains lourds, en forme de turban, que l'on mange dans le carême avec du beurre salé : dernier échantillon des nourritures gothiques, qui remonte peut-être au siècle des croisades, et dont les robustes Normands s'emplissaient autrefois, croyant voir sur la table, à la lueur des torches jaunes, entre les brocs d'hypocras [2] et les gigantesques charcuteries, des têtes de Sarrasins à dévorer. La femme de l'apothicaire les croquait comme eux, héroïquement, malgré sa détestable dentition ; aussi, toutes les fois que M. Homais faisait un voyage à la ville, il ne manquait pas de lui en rapporter, qu'il prenait toujours chez le grand faiseur, rue Massacre.

— Charmé de vous voir ! dit-il en offrant la main à Emma pour l'aider à monter dans *l'Hirondelle*.

Puis il suspendit les *cheminots* aux lanières du filet, et resta nu-tête et les bras croisés, dans une attitude pensive et napoléonienne.

---

1. À Louis Bouilhet, 23 mai 1855 : « Il faut à toute force que les *cheminots* trouvent leur place dans la *Bovary*. Mon livre serait incomplet sans les dits turbans alimentaires, puisque j'ai la prétention de *peindre* Rouen [...] Je m'arrangerai pour qu'Homais raffole des cheminots [...] N'aie pas peur ! ils seront de la rue Massacre [...] »   **2.** Vin mélangé d'épices (cannelle, amandes douces, musc, ambre), boisson datant du Moyen Âge. La rêverie « gothique » sur les « têtes de Sarrasins à dévorer » est-elle liée à la rue « Massacre » ?

Mais, quand l'Aveugle, comme d'habitude, apparut au bas de la côte, il s'écria :

— Je ne comprends pas que l'autorité tolère encore de si coupables industries[1] ! On devrait enfermer ces malheureux, que l'on forcerait à quelque travail. Le progrès, ma parole d'honneur, marche à pas de tortue ! Nous pataugeons en pleine barbarie !

L'Aveugle tendait son chapeau, qui ballottait au bord de la portière, comme une poche de la tapisserie déclouée.

— Voilà, dit le pharmacien, une affection scrofuleuse !

Et, bien qu'il connût ce pauvre diable, il feignit de le voir pour la première fois, murmura les mots de *cornée*, *cornée opaque*, *sclérotique*, *facies*[2], puis lui demanda d'un ton paterne :

— Y a-t-il longtemps, mon ami, que tu as cette épouvantable infirmité ? Au lieu de t'enivrer au cabaret, tu ferais mieux de suivre un régime.

Il l'engageait à prendre de bon vin, de bonne bière, de bons rôtis. L'aveugle continuait sa chanson ; il paraissait, d'ailleurs, presque idiot. Enfin, M. Homais ouvrit sa bourse.

— Tiens, voilà un sou, rends-moi deux liards : et n'oublie pas mes recommandations, tu t'en trouveras bien.

Hivert se permit tout haut quelque doute sur leur efficacité. Mais l'apothicaire certifia qu'il le guérirait

---

1. *DIR* : « Mendicité Devrait être interdite et ne l'est jamais » (entrée supprimée par Flaubert).   **2.** Flaubert avait demandé à Louis Bouilhet (lettre du 19 septembre 1855) « des *mots scientifiques* désignant les parties de l'œil (ou des paupières) endommagé. Tout est endommagé, et c'est une compote où l'on ne discerne plus rien ». Bouilhet répond, le 22 septembre : « Voici maintenant la composition de l'œil, autant que je me la rappelle : 1° paupière ; 2° sclérotique ou cornée opaque (c'est le blanc) ; 3° cornée proprement dite, ou cornée transparente (c'est le rond brun du milieu) ; 4° la pupille [...], etc. » Le *faciès* désigne l'aspect du visage qui permet d'identifier une maladie.

lui-même, avec une pommade antiphlogistique[1] de sa composition, et il donna son adresse :

— M. Homais, près des halles, suffisamment connu.

— Eh bien ! pour la peine, dit Hivert, tu vas nous *montrer la comédie*.

L'aveugle s'affaissa sur ses jarrets, et, la tête renversée, tout en roulant ses yeux verdâtres et tirant la langue, il se frottait l'estomac à deux mains, tandis qu'il poussait une sorte de hurlement sourd, comme un chien affamé. Emma, prise de dégoût, lui envoya, pardessus l'épaule, une pièce de cinq francs. C'était toute sa fortune. Il lui semblait beau de la jeter ainsi.

La voiture était repartie, quand, soudain, M. Homais se pencha en dehors du vasistas et cria :

— Pas de farineux ni de laitage ! Porter de la laine sur la peau et exposer les parties malades à la fumée de baies de genièvre[2] !

Le spectacle des objets connus qui défilaient devant ses yeux peu à peu détournait Emma de sa douleur présente. Une intolérable fatigue l'accablait, et elle arriva chez elle hébétée, découragée, presque endormie.

— Advienne que pourra ! se disait-elle.

Et puis, qui sait ? pourquoi, d'un moment à l'autre, ne surgirait-il pas un événement extraordinaire ? Lheureux même pouvait mourir.

Elle fut, à neuf heures du matin, réveillée par un bruit de voix sur la place. Il y avait un attroupement

---

1. Anti-inflammatoire. **2.** Flaubert suit une suggestion de Bouilhet : « ... comme toutes les affections partent d'un vice scrofuleux, il [Homais] lui conseillera, avec bonté, le bon régime, le bon vin, la bonne bière, les viandes rôties [...] il se souvient de ces ordonnances qu'il reçoit quotidiennement, et qui se terminent invariablement par ces mots : s'abstenir de *farineux*, de *laitage*, et s'exposer de *temps à autre à la fumée de baies de genièvre*. Je crois que ces conseils donnés par un gros homme à ce misérable qui crève de faim, seraient d'un effet poignant » (lettre à Flaubert du 18 septembre 1855). Homais proposait également de penser à une opération de « rhinoplastie », « ce serait une opération parallèle à celle du pied-bot, à seule fin d'embellir la race humaine ».

autour des halles pour lire une grande affiche collée contre un des poteaux, et elle vit Justin qui montait sur une borne et qui déchirait l'affiche. Mais, à ce moment, le garde champêtre lui posa la main sur le collet. M. Homais sortit de la pharmacie, et la mère Lefrançois, au milieu de la foule, avait l'air de pérorer.

— Madame ! madame ! s'écria Félicité en entrant, c'est une abomination !

Et la pauvre fille, émue, lui tendit un papier jaune qu'elle venait d'arracher à la porte. Emma lut d'un clin d'œil que tout son mobilier était à vendre.

Alors elles se considérèrent silencieusement. Elles n'avaient, la servante et la maîtresse, aucun secret l'une pour l'autre. Enfin Félicité soupira :

— Si j'étais de vous, madame, j'irais chez M. Guillaumin.

— Tu crois ?...

Et cette interrogation voulait dire :

— Toi qui connais la maison par le domestique, est-ce que le maître quelquefois aurait parlé de moi ?

— Oui, allez-y, vous ferez bien.

Elle s'habilla, mit sa robe noire avec sa capote à grains de jais [1] ; et, pour qu'on ne la vît pas (il y avait toujours beaucoup de monde sur la place), elle prit en dehors du village, par le sentier au bord de l'eau.

Elle arriva tout essoufflée devant la grille du notaire ; le ciel était sombre et un peu de neige tombait.

Au bruit de la sonnette, Théodore, en gilet rouge, parut sur le perron ; il vint lui ouvrir presque familièrement, comme à une connaissance, et l'introduisit dans la salle à manger.

Un large poêle de porcelaine bourdonnait sous un cactus qui emplissait la niche, et, dans les cadres de bois noir, contre la tenture de papier de chêne, il y

---

1. Petites pierres (lignites noires) dont on faisait des bijoux ou des garnitures pour les vêtements, signe d'élégance.

avait la *Esméralda* de Steuben, avec la *Putiphar* de Schopin [1]. La table servie, deux réchauds d'argent, le bouton des portes en cristal, le parquet et les meubles, tout reluisait d'une propreté méticuleuse, anglaise ; les carreaux étaient décorés, à chaque angle, par des verres de couleur [2].

— Voilà une salle à manger, pensait Emma, comme il m'en faudrait une.

Le notaire entra, serrant du bras gauche contre son corps sa robe de chambre à palmes, tandis qu'il ôtait et remettait vite de l'autre main sa toque de velours marron, prétentieusement posée sur le côté droit, où retombaient les bouts de trois mèches blondes qui, prises à l'occiput, contournaient son crâne chauve.

Après qu'il eut offert un siège, il s'assit pour déjeuner, tout en s'excusant beaucoup de l'impolitesse.

— Monsieur, dit-elle, je vous prierais...

— De quoi, madame ? J'écoute.

Elle se mit à lui exposer sa situation.

Maître Guillaumin la connaissait, étant lié secrètement avec le marchand d'étoffes, chez lequel il trouvait toujours des capitaux pour les prêts hypothécaires qu'on lui demandait à contracter.

Donc, il savait (et mieux qu'elle) la longue histoire de ces billets, minimes d'abord, portant comme endos-

---

1. Charles de Steuben (1788-1856), russe, peintre d'histoire, il collabora au musée historique de Versailles, et exposa régulièrement au Salon à Paris, de 1812 à 1843. Frédéric Schopin (1804-1880), élève de Gros, prix de Rome, fut lui aussi un peintre relativement coté dans la première moitié du XIXe siècle. Les deux scènes représentées sont des allusions au désir, à la séduction, à la tromperie : La Esméralda, dans *Notre-Dame de Paris* de Hugo, est victime de ses séducteurs (voir note 3, p. 194) ; l'épouse de Putiphar, dans la Bible, tente de séduire Joseph et le fait, par ruse, condamner par Putiphar.   **2.** Le détail renvoie à une mode bourgeoise des maisons du XIXe siècle. Ce détail était attribué à la maison des Bovary dans le manuscrit, mais fut rayé sur la copie : « ... la porte d'entrée avait des verres de couleur, puis Emma s'était fait construire une salle de bains, bref le *genre de la maison* lui déplaisait » (II, 12, p. 302).

seurs des noms divers, espacés à de longues échéances et renouvelés continuellement, jusqu'au jour où, ramassant tous les protêts, le marchand avait chargé son ami Vinçart de faire en son nom propre les poursuites qu'il fallait, ne voulant point passer pour un tigre parmi ses concitoyens.

Elle entremêla son récit de récriminations contre Lheureux, récriminations auxquelles le notaire répondait de temps à autre par une parole insignifiante. Mangeant sa côtelette et buvant son thé, il baissait le menton dans sa cravate bleu de ciel, piquée par deux épingles de diamants que rattachait une chaînette d'or ; et il souriait d'un singulier sourire, d'une façon douceâtre et ambiguë. Mais, s'apercevant qu'elle avait les pieds humides :

— Approchez-vous donc du poêle... plus haut... contre la porcelaine.

Elle avait peur de la salir. Le notaire reprit d'un ton galant :

— Les belles choses ne gâtent rien.

Alors elle tâcha de l'émouvoir, et, s'émotionnant elle-même, elle vint à lui conter l'étroitesse de son ménage, ses tiraillements, ses besoins. Il comprenait cela : une femme élégante ! et, sans s'interrompre de manger, il s'était tourné vers elle complètement, si bien qu'il frôlait du genou sa bottine, dont la semelle se recourbait tout en fumant contre le poêle.

Mais, lorsqu'elle lui demanda mille écus, il serra les lèvres, puis se déclara très peiné de n'avoir pas eu autrefois la direction de sa fortune, car il y avait cent moyens fort commodes, même pour une dame, de faire valoir son argent. On aurait pu, soit dans les tourbières de Grumesnil ou les terrains du Havre, hasarder presque à coup sûr d'excellentes spéculations ; et il la laissa se dévorer de rage à l'idée des sommes fantastiques qu'elle aurait certainement gagnées.

— D'où vient-il[1], reprit-il, que vous n'êtes pas venue chez moi ?

— Je ne sais trop, dit-elle.

— Pourquoi, hein ?... Je vous faisais donc bien peur ? C'est moi, au contraire, qui devrais me plaindre ! À peine si nous nous connaissons ! Je vous suis pourtant très dévoué ; vous n'en doutez plus, j'espère ?

Il tendit sa main, prit la sienne, la couvrit d'un baiser vorace, puis la garda sur son genou ; et il jouait avec ses doigts délicatement, tout en lui contant mille douceurs.

Sa voix fade susurrait, comme un ruisseau qui coule ; une étincelle jaillissait de sa pupille à travers le miroitement de ses lunettes, et ses mains s'avançaient dans la manche d'Emma, pour lui palper le bras. Elle sentait contre sa joue le souffle d'une respiration haletante. Cet homme la gênait horriblement.

Elle se leva d'un bond et lui dit :

— Monsieur, j'attends !

— Quoi donc ? fit le notaire, qui devint tout à coup extrêmement pâle.

— Cet argent.

— Mais...

Puis, cédant à l'irruption d'un désir trop fort :

— Eh bien, oui !...

Il se traînait à genoux vers elle, sans égard pour sa robe de chambre.

— De grâce, restez ! je vous aime !

Il la saisit par la taille.

Un flot de pourpre monta vite au visage de madame Bovary. Elle se recula d'un air terrible, en s'écriant :

— Vous profitez impudemment de ma détresse, monsieur ! Je suis à plaindre, mais pas à vendre.

Et elle sortit.

Le notaire resta fort stupéfait, les yeux fixés sur ses

---

1. Tout le passage qui suit, à partir d'ici jusqu'à « ... mais pas à vendre », a été supprimé dans la *Revue de Paris*.

belles pantoufles en tapisserie. C'était un présent de l'amour. Cette vue à la fin le consola. D'ailleurs, il songeait qu'une aventure pareille l'aurait entraîné trop loin.

— Quel misérable ! quel goujat !... quelle infamie ! se disait-elle, en fuyant d'un pied nerveux sous les trembles de la route. Le désappointement de l'insuccès renforçait l'indignation de sa pudeur outragée ; il lui semblait que la Providence s'acharnait à la poursuivre, et, s'en rehaussant d'orgueil, jamais elle n'avait eu tant d'estime pour elle-même ni tant de mépris pour les autres. Quelque chose de belliqueux la transportait. Elle aurait voulu battre les hommes, leur cracher au visage, les broyer tous ; et elle continuait à marcher rapidement devant elle, pâle, frémissante, enragée, furetant d'un œil en pleurs l'horizon vide, et comme se délectant à la haine qui l'étouffait.

Quand elle aperçut sa maison, un engourdissement la saisit. Elle ne pouvait plus avancer ; il le fallait, cependant ; d'ailleurs, où fuir ?

Félicité l'attendait sur la porte.

— Eh bien ?

— Non ! dit Emma.

Et, pendant un quart d'heure, toutes les deux, elles avisèrent les différentes personnes d'Yonville disposées peut-être à la secourir. Mais, chaque fois que Félicité nommait quelqu'un, Emma répliquait :

— Est-ce possible ! Ils ne voudront pas !

— Et monsieur qui va rentrer !

— Je le sais bien... Laisse-moi seule.

Elle avait tout tenté. Il n'y avait plus rien à faire maintenant ; et quand Charles paraîtrait, elle allait donc lui dire :

— Retire-toi. Ce tapis où tu marches n'est plus à nous. De ta maison, tu n'as pas un meuble, une épingle, une paille, et c'est moi qui t'ai ruiné, pauvre homme !

Alors ce serait un grand sanglot, puis il pleurerait abondamment, et enfin, la surprise passée, il pardonnerait.

— Oui, murmurait-elle en grinçant des dents, il me pardonnera, lui qui n'aurait pas assez d'un million à m'offrir pour que je l'excuse de m'avoir connue... Jamais ! jamais !

Cette idée de la supériorité de Bovary sur elle l'exaspérait. Puis, qu'elle avouât ou n'avouât pas, tout à l'heure, tantôt, demain, il n'en saurait pas moins la catastrophe ; donc il fallait attendre cette horrible scène et subir le poids de sa magnanimité. L'envie lui vint de retourner chez Lheureux : à quoi bon ? d'écrire à son père : il était trop tard ; et peut-être qu'elle se repentait maintenant de n'avoir pas cédé à l'autre, lorsqu'elle entendit le trot d'un cheval dans l'allée. C'était lui, il ouvrait la barrière, il était plus blême que le mur de plâtre. Bondissant dans l'escalier, elle s'échappa vivement par la place ; et la femme du maire, qui causait devant l'église avec Lestiboudois, la vit entrer chez le percepteur.

Elle courut le dire à madame Caron. Ces deux dames montèrent dans le grenier ; et, cachées par du linge étendu sur des perches, se postèrent commodément pour apercevoir tout l'intérieur de Binet.

Il était seul, dans sa mansarde, en train d'imiter, avec du bois, une de ces ivoireries indescriptibles, composées de croissants, de sphères creusées les unes dans les autres, le tout droit comme un obélisque et ne servant à rien ; et il entamait la dernière pièce, il touchait au but ! Dans le clair-obscur de l'atelier, la poussière blonde s'envolait de son outil, comme une aigrette d'étincelles sous les fers d'un cheval au galop : les deux roues tournaient, ronflaient ; Binet souriait, le menton baissé, les narines ouvertes, et semblait enfin perdu dans un de ces bonheurs complets, n'appartenant sans doute qu'aux occupations médiocres, qui amusent l'intelligence par des difficultés faciles, et l'assouvissent en une réalisation au-delà de laquelle il n'y a pas à rêver.

— Ah ! la voici ! fit madame Tuvache.

Mais il n'était guère possible, à cause du tour, d'entendre ce qu'elle disait.

Enfin, ces dames crurent distinguer le mot *francs*, et la mère Tuvache souffla tout bas :

— Elle le prie, pour obtenir un retard à ses contributions.

— D'apparence ! reprit l'autre.

Elles la virent qui marchait de long en large, examinant contre les murs les ronds de serviette, les chandeliers, les pommes de rampe, tandis que Binet se caressait la barbe avec satisfaction.

— Viendrait-elle lui commander quelque chose ? dit madame Tuvache.

— Mais il ne vend rien ! objecta sa voisine.

Le percepteur avait l'air d'écouter, tout en écarquillant les yeux, comme s'il ne comprenait pas. Elle continuait d'une manière tendre, suppliante. Elle se rapprocha ; son sein haletait ; ils ne parlaient plus.

— Est-ce qu'elle lui fait des avances ? dit madame Tuvache.

Binet était rouge jusqu'aux oreilles. Elle lui prit les mains.

— Ah ! c'est trop fort !

Et sans doute qu'elle lui proposait une abomination ; car le percepteur, — il était brave, pourtant, il avait combattu à Bautzen et à Lutzen [1], fait la campagne de France [2], et même été *porté pour la croix* ; — tout à coup, comme à la vue d'un serpent, se recula bien loin en s'écriant :

— Madame ! y pensez-vous ?...

— On devrait fouetter ces femmes-là ! dit madame Tuvache.

---

1. Victoires de Napoléon.　　2. Du 24 janvier au 10 avril 1814, campagne de défense contre les Alliés, sur le territoire français, elle était considérée par les nostalgiques de l'Empire comme l'une des plus savantes et héroïques campagnes de Napoléon, même si elle s'acheva par la défaite, la déchéance et l'abdication de l'Empereur.

— Où est-elle donc ? reprit madame Caron[1].

Car elle avait disparu durant ces mots ; puis, l'apercevant qui enfilait la Grande-Rue et tournait à droite comme pour gagner le cimetière, elles se perdirent en conjectures.

— Mère Rolet, dit-elle en arrivant chez la nourrice, j'étouffe !... délacez-moi.

Elle tomba sur le lit ; elle sanglotait. La mère Rolet la couvrit d'un jupon et resta debout près d'elle. Puis, comme elle ne répondait pas, la bonne femme s'éloigna, prit son rouet et se mit à filer du lin.

— Oh ! finissez ! murmura-t-elle, croyant entendre le tour de Binet.

— Qui la gêne ? se demandait la nourrice. Pourquoi vient-elle ici ?

Elle y était accourue, poussée par une sorte d'épouvante qui la chassait de sa maison.

Couchée sur le dos, immobile et les yeux fixes, elle discernait vaguement les objets, bien qu'elle y appliquât son attention avec une persistance idiote. Elle contemplait les écaillures de la muraille, deux tisons fumant bout à bout, et une longue araignée qui marchait au-dessus de sa tête dans la fente de la poutrelle. Enfin, elle rassembla ses idées. Elle se souvenait... Un jour, avec Léon... Oh ! comme c'était loin... Le soleil brillait sur la rivière et les clématites embaumaient... Alors, emportée dans ses souvenirs comme dans un torrent qui bouillonne, elle arriva bientôt à se rappeler la journée de la veille.

— Quelle heure est-il ? demanda-t-elle.

La mère Rolet sortit, leva les doigts de sa main

---

1. Mythologie « travestie » : « Tuvache » et « Caron » font ici une sorte de couple touchant à la mort, Abattoirs et Enfers ; « Charon » est, dans la mythologie grecque, le nocher qui reçoit les âmes des morts pour leur faire passer l'Achéron.

droite du côté que le ciel était le plus clair, et rentra lentement en disant :

— Trois heures, bientôt.

— Ah ! merci ! merci !

Car il allait venir. C'était sûr ! Il aurait trouvé de l'argent. Mais il irait peut-être là-bas, sans se douter qu'elle fût là ; et elle commanda à la nourrice de courir chez elle pour l'amener.

— Dépêchez-vous !

— Mais, ma chère dame, j'y vais ! j'y vais !

Elle s'étonnait, à présent, de n'avoir pas songé à lui tout d'abord ; hier, il avait donné sa parole, il n'y manquerait pas ; et elle se voyait déjà chez Lheureux, étalant sur son bureau les trois billets de banque. Puis il faudrait inventer une histoire qui expliquât les choses à Bovary. Laquelle ?

Cependant la nourrice était bien longue à revenir. Mais, comme il n'y avait point d'horloge dans la chaumière, Emma craignait de s'exagérer peut-être la longueur du temps. Elle se mit à faire des tours de promenade dans le jardin, pas à pas ; elle alla dans le sentier le long de la haie, et s'en retourna vivement, espérant que la bonne femme serait rentrée par une autre route. Enfin, lasse d'attendre, assaillie de soupçons qu'elle repoussait, ne sachant plus si elle était là depuis un siècle ou une minute, elle s'assit dans un coin et ferma les yeux, se boucha les oreilles. La barrière grinça : elle fit un bond ; avant qu'elle eût parlé, la mère Rolet lui avait dit :

— Il n'y a personne chez vous !

— Comment ?

— Oh ! personne ! Et monsieur pleure. Il vous appelle. On vous cherche.

Emma ne répondit rien. Elle haletait, tout en roulant les yeux autour d'elle, tandis que la paysanne, effrayée de son visage, se reculait instinctivement, la croyant folle. Tout à coup elle se frappa le front, poussa un cri, car le souvenir de Rodolphe, comme un grand éclair dans une nuit sombre, lui avait passé dans l'âme. Il était si bon, si délicat, si généreux ! Et, d'ailleurs, s'il hésitait à lui rendre ce service, elle saurait bien l'y contraindre en rappelant d'un seul clin d'œil leur amour perdu. Elle partit donc vers la Huchette, sans s'apercevoir qu'elle courait s'offrir à ce qui l'avait tantôt si fort exaspérée, ni se douter le moins du monde de cette prostitution.

VIII

Elle se demandait tout en marchant : « Que vais-je dire ? Par où commencerai-je ? » Et à mesure qu'elle avançait, elle reconnaissait les buissons, les arbres, les joncs marins sur la colline, le château là-bas. Elle se retrouvait dans les sensations de sa première tendresse, et son pauvre cœur comprimé s'y dilatait amoureusement. Un vent tiède lui soufflait au visage ; la neige, se fondant, tombait goutte à goutte des bourgeons sur l'herbe.

Elle entra, comme autrefois, par la petite porte du parc, puis arriva à la cour d'honneur, que bordait un double rang de tilleuls touffus. Ils balançaient, en sifflant, leurs longues branches. Les chiens au chenil aboyèrent tous, et l'éclat de leurs voix retentissait sans qu'il parût personne.

Elle monta le large escalier droit, à balustres de bois, qui conduisait au corridor pavé de dalles poudreuses où s'ouvraient plusieurs chambres à la file, comme dans les monastères ou les auberges. La sienne était au bout, tout au fond, à gauche. Quand elle vint à poser les doigts sur la serrure, ses forces subitement l'abandonnèrent. Elle avait peur qu'il ne fût pas là, le souhaitait presque, et c'était pourtant son seul espoir, la dernière chance de salut. Elle se recueillit une minute, et, retrempant son courage au sentiment de la nécessité présente, elle entra.

Il était devant le feu, les deux pieds sur le chambranle, en train de fumer une pipe.

— Tiens ! c'est vous ! dit-il en se levant brusquement.

— Oui, c'est moi !... je voudrais, Rodolphe, vous demander un conseil.

Et, malgré tous ses efforts, il lui était impossible de desserrer la bouche.

— Vous n'avez pas changé. Vous êtes toujours charmante !

— Oh ! reprit-elle amèrement, ce sont de tristes charmes, mon ami, puisque vous les avez dédaignés.

Alors il entama une explication de sa conduite, s'excusant en termes vagues, faute de pouvoir inventer mieux.

Elle se laissa prendre à ses paroles, plus encore à sa voix et par le spectacle de sa personne [1] ; si bien qu'elle fit semblant de croire, ou crut-elle peut-être, au prétexte de leur rupture ; c'était un secret d'où dépendaient l'honneur et même la vie d'une troisième personne.

— N'importe ! fit-elle en le regardant tristement, j'ai bien souffert !

Il répondit d'un ton philosophique :

— L'existence est ainsi !

— A-t-elle du moins, reprit Emma, été bonne pour vous depuis notre séparation ?

— Oh ! ni bonne... ni mauvaise.

— Il aurait peut-être mieux valu ne jamais nous quitter.

— Oui..., peut-être !

— Tu crois ? dit-elle en se rapprochant.

---

1. Une description plus précise de Rodolphe est supprimée par Flaubert sur la copie. Voir « Repentirs », texte n° 51, p. 539.

Et elle soupira :

— Ô Rodolphe ! Si tu savais !... je t'ai bien aimé !

Ce fut alors qu'elle prit sa main, et ils restèrent quelque temps les doigts entrelacés, — comme le premier jour, aux Comices ! Par un geste d'orgueil, il se débattait sous l'attendrissement. Mais, s'affaissant contre sa poitrine, elle lui dit :

— Comment voulais-tu que je vécusse sans toi ? On ne peut pas se déshabituer du bonheur ! J'étais désespérée ! J'ai cru mourir ! Je te conterai tout cela, tu verras. Et toi, tu m'as fuie !...

Car, depuis trois ans, il l'avait soigneusement évitée, par suite de cette lâcheté naturelle qui caractérise le sexe fort ; et Emma continuait avec des gestes mignons de tête, plus câline qu'une chatte amoureuse :

— Tu en aimes d'autres, avoue-le. Oh ! je les comprends, va ! je les excuse ; tu les auras séduites, comme tu m'avais séduite. Tu es un homme, toi ! tu as tout ce qu'il faut pour te faire chérir. Mais nous recommencerons, n'est-ce pas ? nous nous aimerons ! Tiens, je ris, je suis heureuse !... parle donc !

Et elle était ravissante à voir, avec son regard où tremblait une larme, comme l'eau d'un orage dans un calice bleu.

Il l'attira sur ses genoux, et il caressait du revers de la main ses bandeaux lisses, où, dans la clarté du crépuscule, miroitait comme une flèche d'or un dernier rayon du soleil. Elle penchait le front ; il finit par la baiser sur les paupières, tout doucement, du bout de ses lèvres[1].

— Mais tu as pleuré ! dit-il. Pourquoi ?

Elle éclata en sanglots. Rodolphe crut que c'était l'explosion de son amour ; comme elle se taisait, il prit ce silence pour une dernière pudeur, et alors il s'écria :

— Ah ! pardonne-moi ! tu es la seule qui me plaise.

---

1. Ce paragraphe est supprimé dans la *Revue de Paris*.

J'ai été imbécile et méchant ! Je t'aime, je t'aimerai toujours !... Qu'as-tu ? dis-le donc !

Il s'agenouillait.

— Eh bien !... je suis ruinée, Rodolphe ! Tu vas me prêter trois mille francs !

— Mais... mais..., dit-il en se relevant peu à peu, tandis que sa physionomie prenait une expression grave.

— Tu sais, continuait-elle vite, que mon mari avait placé toute sa fortune chez un notaire ; il s'est enfui[1]. Nous avons emprunté ; les clients ne payaient pas. Du reste la liquidation n'est pas finie ; nous en aurons plus tard. Mais, aujourd'hui, faute de trois mille francs, on va nous saisir ; c'est à présent, à l'instant même ; et comptant sur ton amitié, je suis venue.

— Ah ! pensa Rodolphe, qui devint très pâle tout à coup, c'est pour cela qu'elle est venue !

Enfin il dit d'un air calme :

— Je ne les ai pas, chère madame.

Il ne mentait point. Il les eût eus qu'il les aurait donnés, sans doute, bien qu'il soit généralement désagréable de faire de si belles actions : une demande pécuniaire, de toutes les bourrasques qui tombent sur l'amour, étant la plus froide et la plus déracinante.

Elle resta d'abord quelques minutes à le regarder.

— Tu ne les as pas !

Elle répéta plusieurs fois :

— Tu ne les as pas !... J'aurais dû m'épargner cette dernière honte. Tu ne m'as jamais aimée ! Tu ne vaux pas mieux que les autres !

Elle se trahissait, elle se perdait.

Rodolphe l'interrompit, affirmant qu'il se trouvait « gêné » lui-même.

— Ah ! je te plains ! dit Emma. Oui, considérablement !...

---

1. Voir I, 2, p. 77.

Et, arrêtant ses yeux sur une carabine damasquinée qui brillait dans la panoplie :

— Mais, lorsqu'on est si pauvre, on ne met pas d'argent à la crosse de son fusil ! On n'achète pas une pendule avec des incrustations d'écailles ! continuait-elle en montrant l'horloge de Boulle [1] ; ni des sifflets de vermeil pour ses fouets — elle les touchait ! — ni des breloques pour sa montre ! Oh ! rien ne lui manque ! jusqu'à un porte-liqueurs dans sa chambre ; car tu t'aimes, tu vis bien, tu as un château, des fermes, des bois ; tu chasses à courre, tu voyages à Paris... Eh ! quand ce ne serait que cela, s'écria-t-elle en prenant sur la cheminée ses boutons de manchettes, que la moindre de ces niaiseries ! on en peut faire de l'argent !... Oh ! je n'en veux pas ! garde-les.

Et elle lança bien loin les deux boutons, dont la chaîne d'or se rompit en cognant contre la muraille.

— Mais, moi, je t'aurais tout donné, j'aurais tout vendu, j'aurais travaillé de mes mains, j'aurais mendié sur les routes, pour un sourire, pour un regard, pour t'entendre dire : « Merci ! » Et tu restes là tranquillement dans ton fauteuil, comme si déjà tu ne m'avais pas fait assez souffrir ? Sans toi, sais-tu bien, j'aurais pu vivre heureuse ! Qui t'y forçait ? Était-ce une gageure ? Tu m'aimais cependant, tu le disais... Et tout à l'heure encore... Ah ! il eût mieux valu me chasser ! J'ai les mains chaudes de tes baisers, et voilà la place, sur le tapis, où tu jurais à mes genoux une éternité d'amour. Tu m'y as fait croire : tu m'as, pendant deux ans, traînée dans le rêve le plus magnifique et le plus suave !... Hein ? nos projets de voyage, tu te rappelles ? Oh ! ta lettre, ta lettre ! elle m'a déchiré le cœur !... Et

---

1. Boulle, ébéniste de la fin du XVIIe et du début du XVIIIe siècle, fournisseur du roi et de la cour : son nom fut donné à un style de meubles et d'objets incrustés de nacre, d'ivoire, d'écailles, et décorés de bronze. Les objets de Boulle étaient de très grande valeur, et très à la mode sous la Monarchie de Juillet et le second Empire.

puis, quand je reviens vers lui, vers lui, qui est riche, heureux, libre ! pour implorer un secours que le premier venu rendrait, suppliante et lui rapportant toute ma tendresse, il me repousse, parce que ça lui coûterait trois mille francs !

— Je ne les ai pas ! répondit Rodolphe avec ce calme parfait dont se recouvrent comme d'un bouclier les colères résignées.

Elle sortit. Les murs tremblaient, le plafond l'écrasait ; et elle repassa par la longue allée, en trébuchant contre les tas de feuilles mortes que le vent dispersait. Enfin elle arriva au saut-de-loup devant la grille ; elle se cassa les ongles contre la serrure, tant elle se dépêchait pour l'ouvrir. Puis, cent pas plus loin, essoufflée, près de tomber, elle s'arrêta. Et alors, se détournant, elle aperçut encore une fois l'impassible château, avec le parc, les jardins, les trois cours, et toutes les fenêtres de la façade.

Elle resta perdue de stupeur, et n'ayant plus conscience d'elle-même que par le battement de ses artères, qu'elle croyait entendre s'échapper comme une assourdissante musique qui emplissait la campagne. Le sol sous ses pieds était plus mou qu'une onde, et les sillons lui parurent d'immenses vagues brunes, qui déferlaient. Tout ce qu'il y avait dans sa tête de réminiscences, d'idées, s'échappait à la fois, d'un seul bond, comme les mille pièces d'un feu d'artifice. Elle vit son père, le cabinet de Lheureux, leur chambre là-bas, un autre paysage. La folie la prenait, elle eut peur, et parvint à se ressaisir, d'une manière confuse, il est vrai ; car elle ne se rappelait point la cause de son horrible état, c'est-à-dire la question d'argent. Elle ne souffrait que de son amour, et sentait son âme l'abandonner par ce souvenir, comme les blessés, en agonisant, sentent l'existence qui s'en va par leur plaie qui saigne.

La nuit tombait, des corneilles volaient.

Il lui sembla tout à coup que des globules couleur de feu éclataient dans l'air comme des balles fulminantes en s'aplatissant, et tournaient, tournaient, pour aller se fondre sur la neige, entre les branches des arbres. Au milieu de chacun d'eux, la figure de Rodolphe apparaissait. Ils se multiplièrent, et ils se rapprochaient, la pénétraient ; tout disparut. Elle reconnut les lumières des maisons, qui rayonnaient de loin dans le brouillard[1].

Alors sa situation, telle qu'un abîme, se représenta. Elle haletait à se rompre la poitrine. Puis, dans un transport d'héroïsme qui la rendait presque joyeuse, elle descendit la côte en courant, traversa la planche aux vaches, le sentier, l'allée, les halles, et arriva devant la boutique du pharmacien.

Il n'y avait personne. Elle allait entrer ; mais, au bruit de la sonnette, on pouvait venir ; et, se glissant par la barrière, retenant son haleine, tâtant les murs, elle s'avança jusqu'au seuil de la cuisine, où brûlait une chandelle posée sur le fourneau. Justin, en manches de chemise, emportait un plat.

— Ah ! ils dînent. Attendons.

Il revint. Elle frappa contre la vitre. Il sortit.

— La clef ! celle d'en haut, où sont les...

— Comment !

Et il la regardait, tout étonné par la pâleur de son visage, qui tranchait en blanc sur le fond noir de la nuit. Elle lui apparut extraordinairement belle, et majestueuse comme un fantôme ; sans comprendre ce qu'elle voulait, il pressentait quelque chose de terrible.

Mais elle reprit vivement, à voix basse, d'une voix douce, dissolvante :

— Je la veux ! Donne-la-moi.

Comme la cloison était mince, on entendait le cliquetis des fourchettes sur les assiettes dans la salle à manger.

Elle prétendit avoir besoin de tuer les rats qui l'empêchaient de dormir.

---

1. Flaubert détaille, dans une lettre à Taine du 1er décembre 1866, sa propre expérience de l'hallucination dans des termes qui sont proches (voir Dossier, p. 540).

— Il faudrait que j'avertisse monsieur.

— Non ! reste !

Puis, d'un air indifférent :

— Eh ! ce n'est pas la peine, je lui dirai tantôt. Allons, éclaire-moi !

Elle entra dans le corridor où s'ouvrait la porte du laboratoire. Il y avait contre la muraille une clef étiquetée *capharnaüm* [1].

— Justin ! cria l'apothicaire, qui s'impatientait.

— Montons !

Et il la suivit.

La clef tourna dans la serrure, et elle alla droit vers la troisième tablette, tant son souvenir la guidait bien, saisit le bocal bleu, en arracha le bouchon, y fourra sa main, et, la retirant pleine d'une poudre blanche, elle se mit à manger à même [2].

— Arrêtez ! s'écria-t-il en se jetant sur elle.

— Tais-toi ! on viendrait...

Il se désespérait, voulait appeler.

— N'en dis rien, tout retomberait sur ton maître !

Puis elle s'en retourna subitement apaisée, et presque dans la sérénité d'un devoir accompli [3].

Quand Charles, bouleversé par la nouvelle de la saisie, était rentré à la maison, Emma venait d'en sortir. Il cria, pleura, s'évanouit, mais elle ne revint pas. Où pouvait-elle être ? Il envoya Félicité chez Homais, chez M. Tuvache, chez Lheureux, au *Lion d'or*, partout ; et,

---

1. Voir III, 2, p. 375-376.   **2.** Ironie du *DIR* : « ARSENIC Se trouve partout ! — Rappeler Me Lafarge / Cependant, il y a des peuples qui en mangent ! »   **3.** La chronologie de la fiction, complexe, relativement flottante, permet cependant de supposer, d'après la chronologie interne du roman, qu'Emma Bovary se suicide le 23 mars 1846, et meurt le 24 (en 1846, la mi-carême tombe le 19 mars). On a pu en voir l'indication « chiffrée » dans les comptes de Lheureux : « 23 mars, quarante-six... » (p. 423). La sœur de Flaubert, Caroline, était morte le 22 mars 1846, et avait été enterrée le 24.

dans les intermittences de son angoisse, il voyait sa considération anéantie, leur fortune perdue, l'avenir de Berthe brisé ! Par quelle cause ?... pas un mot ! Il attendit jusqu'à six heures du soir. Enfin, n'y pouvant plus tenir, et imaginant qu'elle était partie pour Rouen, il alla sur la grande route, fit une demi-lieue, ne rencontra personne, attendit encore et s'en revint.

Elle était rentrée.

— Qu'y avait-il ?... Pourquoi ?... Explique-moi ?...

Elle s'assit à son secrétaire, et écrivit une lettre qu'elle cacheta lentement, ajoutant la date du jour et l'heure. Puis elle dit d'un ton solennel :

— Tu la liras demain ; d'ici là, je t'en prie, ne m'adresse pas une seule question !... Non, pas une !

— Mais...

— Oh ! laisse-moi !

Et elle se coucha tout du long sur son lit.

Une saveur âcre qu'elle sentait dans sa bouche la réveilla. Elle entrevit Charles et referma les yeux.

Elle s'épiait curieusement, pour discerner si elle ne souffrait pas. Mais non ! rien encore. Elle entendait le battement de la pendule, le bruit du feu, et Charles, debout près de sa couche, qui respirait.

— Ah ! c'est bien peu de chose, la mort ! pensait-elle ; je vais m'endormir, et tout sera fini !

Elle but une gorgée d'eau et se tourna vers la muraille.

Cet affreux goût d'encre continuait.

— J'ai soif !... oh ! j'ai bien soif ! soupira-t-elle.

— Qu'as-tu donc ? dit Charles, qui lui tendait un verre.

— Ce n'est rien !... Ouvre la fenêtre... j'étouffe !

Et elle fut prise d'une nausée si soudaine, qu'elle eut à peine le temps de saisir son mouchoir sous l'oreiller.

— Enlève-le ! dit-elle vivement ; jette-le !

Il la questionna ; elle ne répondit pas. Elle se tenait immobile, de peur que la moindre émotion ne la fît vomir. Cependant, elle sentait un froid de glace qui lui montait des pieds jusqu'au cœur.

— Ah ! voilà que ça commence ! murmura-t-elle.

— Que dis-tu ?

Elle roulait sa tête avec un geste doux plein d'angoisse, et tout en ouvrant continuellement les mâchoires, comme si elle eût porté sur sa langue quelque chose de très lourd. À huit heures, les vomissements reparurent.

Charles observa qu'il y avait au fond de la cuvette une sorte de gravier blanc, attaché aux parois de la porcelaine.

— C'est extraordinaire ! c'est singulier ! répéta-t-il.

Mais elle dit d'une voix forte :

— Non, tu te trompes !

Alors, délicatement et presque en la caressant, il lui passa la main sur l'estomac. Elle jeta un cri aigu. Il se recula tout effrayé.

Puis elle se mit à geindre, faiblement d'abord. Un grand frisson lui secouait les épaules, et elle devenait plus pâle que le drap où s'enfonçaient ses doigts crispés. Son pouls, inégal, était presque insensible maintenant.

Des gouttes suintaient sur sa figure bleuâtre, qui semblait comme figée dans l'exhalaison d'une vapeur métallique. Ses dents claquaient, ses yeux agrandis regardaient vaguement autour d'elle, et à toutes les questions, elle ne répondait qu'en hochant la tête ; même elle sourit deux ou trois fois. Peu à peu, ses gémissements furent plus forts. Un hurlement sourd lui échappa ; elle prétendit qu'elle allait mieux et qu'elle se lèverait tout à l'heure. Mais les convulsions la saisirent ; elle s'écria :

— Ah ! c'est atroce, mon Dieu !

Il se jeta à genoux contre son lit.

— Parle ! qu'as-tu mangé ? Réponds, au nom du ciel !

Et il la regardait avec des yeux d'une tendresse comme elle n'en avait jamais vu.

— Eh bien, là... là !... dit-elle d'une voix défaillante.

Il bondit au secrétaire, brisa le cachet et lut tout haut ! *Qu'on n'accuse personne...* Il s'arrêta, se passa la main sur les yeux, et relut encore.

— Comment ! Au secours ! À moi !

Et il ne pouvait que répéter ce mot : « Empoisonnée ! empoisonnée ! » Félicité courut chez Homais, qui l'exclama sur la place ; madame Lefrançois l'entendit au *Lion d'or* ; quelques-uns se levèrent pour l'apprendre à leurs voisins, et toute la nuit le village fut en éveil.

Éperdu, balbutiant, près de tomber, Charles tournait dans la chambre. Il se heurtait aux meubles, s'arrachait les cheveux, et jamais le pharmacien n'avait cru qu'il pût y avoir de si épouvantable spectacle.

Il revint chez lui pour écrire à M. Canivet et au docteur Larivière. Il perdait la tête ; il fit plus de quinze brouillons. Hippolyte partit à Neufchâtel, et Justin talonna si fort le cheval de Bovary, qu'il le laissa dans la côte du bois Guillaume, fourbu et aux trois quarts crevé.

Charles voulut feuilleter son dictionnaire de médecine ; il n'y voyait pas, les lignes dansaient.

— Du calme ! dit l'apothicaire. Il s'agit seulement d'administrer quelque puissant antidote. Quel est le poison ?

Charles montra la lettre. C'était de l'arsenic.

— Eh bien, reprit Homais, il faudrait en faire l'analyse.

Car il savait qu'il faut, dans tous les empoisonnements, faire une analyse ; et l'autre, qui ne comprenait pas, répondit :

— Ah ! faites ! faites ! sauvez-la...

Puis, revenu près d'elle, il s'affaissa par terre sur le tapis, et il restait la tête appuyée contre le bord de sa couche à sangloter.

— Ne pleure pas ! lui dit-elle. Bientôt je ne te tour-
menterai plus !

— Pourquoi ? Qui t'a forcée ?

Elle répliqua :

— Il le fallait, mon ami.

— N'étais-tu pas heureuse ? Est-ce ma faute ? J'ai
fait tout ce que j'ai pu pourtant !

— Oui..., c'est vrai..., tu es bon, toi !

Et elle lui passait la main dans les cheveux, lentement. La douceur de cette sensation surchargeait sa
tristesse ; il sentait tout son être s'écrouler de désespoir
à l'idée qu'il fallait la perdre, quand, au contraire, elle
avouait pour lui plus d'amour que jamais ; et il ne trouvait rien ; il ne savait pas, il n'osait, l'urgence d'une
résolution immédiate achevant de le bouleverser.

Elle en avait fini, songeait-elle, avec toutes les trahi-
sons, les bassesses et les innombrables convoitises qui
la torturaient. Elle ne haïssait personne, maintenant ;
une confusion de crépuscule s'abattait en sa pensée, et
de tous les bruits de la terre Emma n'entendait plus que
l'intermittente lamentation de ce pauvre cœur, douce et
indistincte, comme le dernier écho d'une symphonie
qui s'éloigne.

— Amenez-moi la petite, dit-elle en se soulevant du
coude.

— Tu n'es pas plus mal, n'est-ce pas ? demanda
Charles.

— Non ! non !

L'enfant arriva sur le bras de sa bonne, dans sa
longue chemise de nuit, d'où sortaient ses pieds nus,
sérieuse et presque rêvant encore. Elle considérait avec
étonnement la chambre tout en désordre, et clignait des
yeux, éblouie par les flambeaux qui brûlaient sur les
meubles. Ils lui rappelaient sans doute les matins du
jour de l'an ou de la mi-carême, quand, ainsi réveillée
de bonne heure à la clarté des bougies, elle venait dans
le lit de sa mère pour y recevoir ses étrennes, car elle
se mit à dire :

— Où est-ce donc, maman ?

Et, comme tout le monde se taisait :

— Mais je ne vois pas mon petit soulier !

Félicité la penchait vers le lit, tandis qu'elle regardait toujours du côté de la cheminée.

— Est-ce nourrice qui l'aurait pris ? demanda-t-elle.

Et, à ce nom, qui la reportait dans le souvenir de ses adultères et de ses calamités, madame Bovary détourna sa tête, comme au dégoût d'un autre poison plus fort qui lui remontait à la bouche. Berthe, cependant, restait posée sur le lit.

— Oh ! comme tu as de grands yeux, maman ! comme tu es pâle ! comme tu sues !...

Sa mère la regardait.

— J'ai peur ! dit la petite en se reculant.

Emma prit sa main pour la baiser ; elle se débattait.

— Assez ! qu'on l'emmène ! s'écria Charles, qui sanglotait dans l'alcôve.

Puis les symptômes s'arrêtèrent un moment ; elle paraissait moins agitée ; et, à chaque parole insignifiante, à chaque souffle de sa poitrine un peu plus calme, il reprenait espoir. Enfin, lorsque Canivet entra, il se jeta dans ses bras en pleurant.

— Ah ! c'est vous ! merci ! vous êtes bon ! Mais tout va mieux. Tenez, regardez-la...

Le confrère ne fut nullement de cette opinion, et, n'y allant pas, comme il le disait lui-même, *par quatre chemins*, il prescrivit de l'émétique, afin de dégager complètement l'estomac.

Elle ne tarda pas à vomir du sang. Ses lèvres se serrèrent davantage. Elle avait les membres crispés, le corps couvert de taches brunes, et son pouls glissait sous les doigts comme un fil tendu, comme une corde de harpe près de se rompre.

Puis elle se mettait à crier, horriblement. Elle maudissait le poison, l'invectivait, le suppliait de se hâter, et repoussait de ses bras raidis tout ce que Charles, plus agonisant qu'elle, s'efforçait de lui faire boire. Il

était debout, son mouchoir sur les lèvres, râlant, pleurant, et suffoqué par des sanglots qui le secouaient jusqu'aux talons ; Félicité courait çà et là dans la
chambre ; Homais, immobile, poussait de gros soupirs,
et M. Canivet, gardant toujours son aplomb, commençait néanmoins à se sentir troublé.

— Diable !... cependant... elle est purgée, et, du
moment que la cause cesse...

— L'effet doit cesser, dit Homais ; c'est évident.

— Mais sauvez-la ! exclamait Bovary.

Aussi, sans écouter le pharmacien qui hasardait
encore cette hypothèse : « C'est peut-être un paroxysme
salutaire », Canivet allait administrer de la thériaque [1],
lorsqu'on entendit le claquement d'un fouet ; toutes les
vitres frémirent, et, une berline de poste qu'enlevaient
à plein poitrail trois chevaux crottés jusqu'aux oreilles,
débusqua d'un bond au coin des halles. C'était le docteur Larivière [2].

L'apparition d'un dieu n'eût pas causé plus d'émoi.
Bovary leva les mains, Canivet s'arrêta court, et
Homais retira son bonnet grec bien avant que le doc-
teur fût entré.

Il appartenait à la grande école chirurgicale sortie
du tablier de Bichat [3], à cette génération, maintenant
disparue, de praticiens philosophes qui, chérissant leur
art d'un amour fanatique, l'exerçaient avec exaltation
et sagacité ! Tout tremblait dans son hôpital quand il
se mettait en colère, et ses élèves le vénéraient si bien,

---

1. Médicament opiacé.　　2. Canivet et Larivière avaient déjà fait
une très elliptique consultation auprès d'Emma, à l'appel de Charles
(voir II, 13, p. 324).　　3. Bichat (1771-1802), anatomiste et physiolo-
giste, il occupe une place très importante dans l'histoire de la médecine
moderne, en particulier par ses études sur la sensibilité des tissus, sur
l'embryologie, et sa doctrine des propriétés vitales. On trouve dans une
version de *Louis Lambert*, de Balzac : « Les observations de Bichat sur
le dualisme de nos sens extérieurs annoncent que ce grand génie analysait
et pressentait des vérités encore vagues sur la constitution intérieure de
l'homme. » (Balzac, *La Comédie humaine*, Gallimard, Pléiade, 1980,
t. XI, p. 1555.)

qu'ils s'efforçaient, à peine établis, de l'imiter le plus possible ; de sorte que l'on retrouvait sur eux, par les villes d'alentour, sa longue douillette de mérinos[1] et son large habit noir, dont les parements déboutonnés couvraient un peu ses mains charnues, de fort belles mains, et qui n'avaient jamais de gants, comme pour être plus promptes à plonger dans les misères. Dédaigneux des croix, des titres et des académies, hospitalier, libéral, paternel avec les pauvres et pratiquant la vertu sans y croire, il eût presque passé pour un saint si la finesse de son esprit ne l'eût fait craindre comme un démon. Son regard, plus tranchant que ses bistouris, vous descendait droit dans l'âme et désarticulait tout mensonge à travers les allégations et les pudeurs. Et il allait ainsi, plein de cette majesté débonnaire que donnent la conscience d'un grand talent, de la fortune, et quarante ans d'une existence laborieuse et irréprochable[2].

Il fronça les sourcils dès la porte, en apercevant la face cadavéreuse d'Emma, étendue sur le dos, la bouche ouverte. Puis, tout en ayant l'air d'écouter Canivet, il se passait l'index sous les narines et répétait :

— C'est bien, c'est bien.

Mais il fit un geste lent des épaules. Bovary l'observa : ils se regardèrent ; et cet homme, si habitué

---

1. « ... une jeune femme, en robe de mérinos bleu... » (I, 2, p. 71).
2. Claudine Gothot-Mersch propose de rapprocher ce portrait de celui que Flaubert donne dans un texte de jeunesse, *Les Funérailles du docteur Mathurin* (août 1839) : « Il connaissait la vie surtout, il savait à fond le cœur des hommes, il n'y avait pas moyen d'échapper au critérium de son regard pénétrant et sagace, quand il levait la tête, abaissait sa paupière, et vous regardait de côté en souriant, vous sentiez qu'une sonde magnétique entrait dans votre âme et en fouillait tous les recoins » (GF Flammarion, 1991, p. 335). Le portrait est marqué, assurément, par l'image du père de Flaubert, célèbre chirurgien à Rouen, image publique que l'on pouvait avoir de lui, image fantasmatique que Flaubert pouvait transformer dans l'écriture (voir II, 11, p. 280, note 1).

pourtant à l'aspect des douleurs, ne put retenir une larme qui tomba sur son jabot.

Il voulut emmener Canivet dans la pièce voisine. Charles le suivit.

— Elle est bien mal, n'est-ce pas ? Si l'on posait des sinapismes ? je ne sais quoi ! Trouvez donc quelque chose, vous qui en avez tant sauvé !

Charles lui entourait le corps de ses deux bras, et il le contemplait d'une manière effarée, suppliante, à demi pâmé contre sa poitrine.

— Allons, mon pauvre garçon, du courage ! Il n'y a plus rien à faire.

Et le docteur Larivière se détourna.

— Vous partez ?

— Je vais revenir.

Il sortit comme pour donner un ordre au postillon, avec le sieur Canivet, qui ne se souciait pas non plus de voir Emma mourir entre ses mains.

Le pharmacien les rejoignit sur la place. Il ne pouvait, par tempérament, se séparer des gens célèbres. Aussi conjura-t-il M. Larivière de lui faire cet insigne honneur d'accepter à déjeuner.

On envoya bien vite prendre des pigeons au *Lion d'or*, tout ce qu'il y avait de côtelettes à la boucherie, de la crème chez Tuvache, des œufs chez Lestiboudois, et l'apothicaire aidait lui-même aux préparatifs, tandis que madame Homais disait, en tirant les cordons de sa camisole :

— Vous ferez excuse, monsieur ; car, dans notre malheureux pays, du moment qu'on n'est pas prévenu la veille...

— Les verres à patte ! ! ! souffla Homais.

— Au moins, si nous étions à la ville, nous aurions la ressource des pieds farcis.

— Tais-toi !... À table, docteur !

Il jugea bon, après les premiers morceaux, de fournir quelques détails sur la catastrophe :

— Nous avons eu d'abord un sentiment de siccité[1] au pharynx, puis des douleurs intolérables à l'épigastre, superpurgation, coma.

— Comment s'est-elle donc empoisonnée ?

— Je l'ignore, docteur, et même je ne sais pas trop où elle a pu se procurer cet acide arsénieux.

Justin, qui apportait alors une pile d'assiettes, fut saisi d'un tremblement.

— Qu'as-tu ? dit le pharmacien.

Le jeune homme, à cette question, laissa tout tomber par terre, avec un grand fracas.

— Imbécile ! s'écria Homais, maladroit ! lourdaud ! fichu âne !

Mais, soudain, se maîtrisant :

— J'ai voulu, docteur, tenter une analyse, et *primo*, j'ai délicatement introduit dans un tube...

— Il aurait mieux valu, dit le chirurgien, lui introduire vos doigts dans la gorge[2].

Son confrère se taisait, ayant tout à l'heure reçu confidentiellement une forte semonce à propos de son émétique, de sorte que ce bon Canivet, si arrogant et verbeux lors du pied bot, était très modeste aujourd'hui ; il souriait sans discontinuer, d'une manière approbative[3].

Homais s'épanouissait dans son orgueil d'amphitryon, et l'affligeante idée de Bovary contribuait vague-

---

1. Sécheresse. **2.** « Allons donc ! croyez-vous que l'estomac de l'homme soit une cornue de chimiste ? » (*Ébauches et fragments*, t. II, p. 519) **3.** Contradictions médicales : Flaubert les utilise avec précision dans son récit. La difficulté était la même que pour l'opération du pied bot (voir p. 280, note 1). Il utilisa, pour connaître les effets de l'empoisonnement par l'arsenic, Mateo Orfila, *Traité de médecine légale,* 3e édition, Béchet Jeune, 1836, 4 vol., et l'article « Arsenic » du *Dictionnaire de médecine, ou Répertoire général des sciences médicales considérées sous le rapport théorique et pratique*, deuxième édition, Béchet Jeune et Labé, t. IV, 1833. Les notes prises par Flaubert (conservées à la Bibliotheca Bodmeriana, Cologny-Genève) ont été publiées par Douglas Siler, « La mort d'Emma Bovary : sources médicales », *Revue d'Histoire littéraire de la France*, juillet-octobre 1981, nos 4-5, p. 719-746.

ment à son plaisir, par un retour égoïste qu'il faisait sur
lui-même. Puis la présence du Docteur le transportait.
Il étalait son érudition, il citait pêle-mêle les cantharides,
l'upas [1], le mancenillier, la vipère.

— Et même j'ai lu que différentes personnes
s'étaient trouvées intoxiquées, docteur, et comme fou-
droyées par des boudins qui avaient subi une trop véhé-
mente fumigation ! Du moins, c'était dans un fort beau
rapport, composé par une de nos sommités pharmaceutiques, un de nos maîtres, l'illustre Cadet de Gassicourt [2] !

Madame Homais réapparut, portant une de ces vacil-
lantes machines que l'on chauffe avec de l'esprit-de-
vin ; car Homais tenait à faire son café sur la table,
l'ayant, d'ailleurs, torréfié lui-même, porphyrisé lui-
même, mixtionné lui-même.

— *Saccharum*, docteur, dit-il en offrant du sucre.

Puis il fit descendre tous ses enfants, curieux d'avoir
l'avis du chirurgien sur leur constitution.

Enfin, M. Larivière allait partir, quand madame
Homais lui demanda une consultation pour son mari.
Il s'épaississait le sang à s'endormir chaque soir après
le dîner.

— Oh ! ce n'est pas le *sens* qui le gêne [3].

Et, souriant un peu de ce calembour inaperçu, le
docteur ouvrit la porte. Mais la pharmacie regorgeait
de monde ; et il eut grand-peine à pouvoir se débarrasser du sieur Tuvache, qui redoutait pour son épouse
une fluxion de poitrine, parce qu'elle avait coutume de

---

1. Poison végétal des îles de la Sonde.   2. Il existe une dynastie de
Cadet de Gassicourt : Louis-Claude (1731-1799), Charles-Louis, son fils
(1769-1821), premier pharmacien de Napoléon en 1809, Charles-Louis-
Félix, fils du précédent (1789-1821), libéral, qui participa à la Révolution
de Juillet 1830. Il se distingua également par son dévouement lors du
choléra de 1832. C'est celui-ci qui est contemporain de la fiction, et que
Homais peut appeler « un de nos maîtres ».   3. Ce « calembour inaperçu », curieusement, a un lointain écho dans Agrippa d'Aubigné : « Le
sang, non pas le sens, se trouble à votre vue », *Les Tragiques*, IV, 938.

cracher dans les cendres ; puis de M. Binet, qui éprouvait parfois des fringales, et de madame Caron, qui avait des picotements ; de Lheureux, qui avait des vertiges ; de Lestiboudois, qui avait un rhumatisme ; de madame Lefrançois, qui avait des aigreurs. Enfin les trois chevaux détalèrent, et l'on trouva généralement qu'il n'avait point montré de complaisance.

L'attention publique fut distraite par l'apparition de M. Bournisien, qui passait sous les halles avec les saintes huiles.

Homais, comme il le devait à ses principes, compara les prêtres à des corbeaux qu'attire l'odeur des morts ; la vue d'un ecclésiastique lui était personnellement désagréable, car la soutane le faisait rêver au linceul, et il exécrait l'une un peu par épouvante de l'autre.

Néanmoins, ne reculant pas devant ce qu'il appelait *sa mission*, il retourna chez Bovary en compagnie de Canivet, que M. Larivière, avant de partir, avait engagé fortement à cette démarche ; et même, sans les représentations de sa femme, il eût emmené avec lui ses deux fils, afin de les accoutumer aux fortes circonstances, pour que ce fût une leçon, un exemple, un tableau solennel qui leur restât plus tard dans la tête.

La chambre, quand ils entrèrent, était toute pleine d'une solennité lugubre. Il y avait sur la table à ouvrage, recouverte d'une serviette blanche, cinq ou six petites boules de coton dans un plat d'argent, près d'un gros crucifix, entre deux chandeliers qui brûlaient. Emma, le menton contre sa poitrine, ouvrait démesurément les paupières : et ses pauvres mains se traînaient sur les draps, avec ce geste hideux et doux des agonisants qui semblent vouloir déjà se recouvrir du suaire. Pâle comme une statue, et les yeux rouges comme des charbons, Charles, sans pleurer, se tenait en face d'elle, au pied du lit, tandis que le prêtre, appuyé sur un genou, marmottait des paroles basses.

Elle tourna sa figure lentement, et parut saisie de joie à voir tout à coup l'étole violette, sans doute

retrouvant au milieu d'un apaisement extraordinaire la
volupté perdue de ses premiers élancements mystiques,
avec des visions de béatitude éternelle qui commençaient.

Le prêtre se releva pour prendre le crucifix ; alors
elle allongea le cou comme quelqu'un qui a soif, et,
collant ses lèvres sur le corps de l'Homme-Dieu, elle y
déposa de toute sa force expirante le plus grand baiser
d'amour qu'elle eût jamais donné. Ensuite il récita le
Misereatur et l'*Indulgentiam* [1], trempa son pouce droit
dans l'huile et commença les onctions : d'abord sur les
yeux, qui avaient tant convoité toutes les somptuosités
terrestres ; puis sur les narines, friandes de brises tièdes
et de senteurs amoureuses ; puis sur la bouche, qui
s'était ouverte pour le mensonge, qui avait gémi d'orgueil et crié dans la luxure ; puis sur les mains, qui se
délectaient aux contacts suaves, et enfin sur la plante
des pieds, si rapides autrefois quand elle courait à
l'assouvissance de ses désirs, et qui maintenant ne mar-
cheraient plus [2].

Le curé s'essuya les doigts, jeta dans le feu les brins
de coton trempés d'huile, et revint s'asseoir près de la
moribonde pour lui dire qu'elle devait à présent joindre
ses souffrances à celles de Jésus-Christ et s'abandonner
à la miséricorde divine.

En finissant ses exhortations, il essaya de lui mettre
dans la main un cierge bénit, symbole des gloires
célestes dont elle allait tout à l'heure être environnée.
Emma, trop faible, ne put fermer les doigts, et le
cierge, sans M. Bournisien, serait tombé à terre.

---

1. Prières du rite catholique de l'extrême-onction, sacrement délivré
au mourant.   2. Le procureur Pinard, dans son réquisitoire, condamne
ainsi : « Vous le savez, le prêtre fait les onctions saintes sur le front, sur
les oreilles, sur la bouche, sur les pieds, en prononçant ces phrases litur-
giques : *quidquid per pedes, per aures, per pectus,* etc., toujours suivies
des mots *misericordia...* péché d'un côté, miséricorde de l'autre. Il faut
les reproduire exactement, ces paroles saintes et sacrées ; si vous ne les
reproduisez pas exactement, au moins n'y mettez rien de voluptueux. »

Cependant elle n'était plus aussi pâle, et son visage avait une expression de sérénité, comme si le sacrement l'eût guéric.

Le prêtre ne manqua point d'en faire l'observation ; il expliqua même à Bovary que le Seigneur, quelquefois, prolongeait l'existence des personnes lorsqu'il le jugeait convenable pour leur salut ; et Charles se rappela un jour où, ainsi près de mourir, elle avait reçu la communion.

— Il ne fallait peut-être pas se désespérer, pensat-il.

En effet, elle regarda tout autour d'elle, lentement, comme quelqu'un qui se réveille d'un songe ; puis, d'une voix distincte, elle demanda son miroir, et elle resta penchée dessus quelque temps, jusqu'au moment où de grosses larmes lui découlèrent des yeux. Alors elle se renversa la tête en poussant un soupir et retomba sur l'oreiller.

Sa poitrine aussitôt se mit à haleter rapidement. Sa langue tout entière lui sortit hors de la bouche ; ses yeux, en roulant, pâlissaient comme deux globes de lampe qui s'éteignent, à la croire déjà morte, sans l'effrayante accélération de ses côtes, secouées par un souffle furieux, comme si l'âme eût fait des bonds pour se détacher. Félicité s'agenouilla devant le crucifix, et le pharmacien lui-même fléchit un peu les jarrets, tandis que M. Canivet regardait vaguement sur la place. Bournisien s'était remis en prière, la figure inclinée contre le bord de la couche, avec sa longue soutane noire qui traînait derrière lui dans l'appartement. Charles était de l'autre côté, à genoux, les bras étendus vers Emma. Il avait pris ses mains et il les serrait, tressaillant à chaque battement de son cœur, comme au contrecoup d'une ruine qui tombe. À mesure que le râle devenait plus fort, l'ecclésiastique précipitait ses oraisons ; elles se mêlaient aux sanglots étouffés de Bovary, et quelquefois tout semblait disparaître dans le sourd murmure des syllabes latines, qui tintaient comme un glas de cloche.

Tout à coup, on entendit sur le trottoir un bruit de gros sabots, avec le frôlement d'un bâton ; et une voix s'éleva, une voix rauque, qui chantait :

> *Souvent la chaleur d'un beau jour*
> *Fait rêver fillette à l'amour.*

Emma se releva comme un cadavre que l'on galvanise, les cheveux dénoués, la prunelle fixe, béante.

> *Pour amasser diligemment*
> *Les épis que la faux moissonne,*
> *Ma Nanette va s'inclinant*
> *Vers le sillon qui nous les donne.*

— L'aveugle ! s'écria-t-elle.

Et Emma se mit à rire, d'un rire atroce, frénétique, désespéré, croyant voir la face hideuse du misérable, qui se dressait dans les ténèbres éternelles comme un épouvantement.

> *Il souffla bien fort ce jour-là.*
> *Et le jupon court s'envola !*

Une convulsion la rabattit sur le matelas. Tous s'approchèrent. Elle n'existait plus[1].

---

1. À Louise Colet, le 16 septembre 1853, alors qu'il est au milieu de la rédaction de son roman, Flaubert commente la mort « fort belle » de Virginie dans *Paul et Virginie*, et continue : « Que l'on pleure moins à la mort de ma mère Bovary qu'à celle de Virginie, j'en suis sûr d'avance. Mais l'on pleurera plus sur le mari de l'une que sur l'amant de l'autre, et ce dont je ne doute pas, c'est du cadavre. Il faudra qu'il vous poursuive. »

IX

Il y a toujours, après la mort de quelqu'un, comme une stupéfaction qui se dégage, tant il est difficile de comprendre cette survenue du néant et de se résigner à croire. Mais, quand il s'aperçut pourtant de son immobilité, Charles se jeta sur elle en criant :

— Adieu ! adieu !

Homais et Canivet l'entraînèrent hors de la chambre.

— Modérez-vous !

— Oui, disait-il en se débattant, je serai raisonnable, je ne ferai pas de mal. Mais laissez-moi ! je veux la voir ! c'est ma femme !

Et il pleurait.

— Pleurez, reprit le pharmacien, donnez cours à la nature, cela vous soulagera !

Devenu plus faible qu'un enfant, Charles se laissa conduire en bas, dans la salle, et M. Homais, bientôt, s'en retourna chez lui.

Il fut, sur la Place, accosté par l'Aveugle, qui, s'étant traîné jusqu'à Yonville, dans l'espoir de la pommade antiphlogistique, demandait à chaque passant où demeurait l'apothicaire.

— Allons, bon ! comme si je n'avais pas d'autres chiens à fouetter ! Ah ! tant pis, reviens plus tard !

Et il entra précipitamment dans la pharmacie.

Il avait à écrire deux lettres, à faire une potion calmante pour Bovary, à trouver un mensonge qui pût cacher l'empoisonnement et à le rédiger en article pour *le Fanal*, sans compter les personnes qui l'attendaient, afin d'avoir des informations ; et, quand les Yonvillais eurent tous entendu son histoire d'arsenic qu'elle avait pris pour du sucre[1], en faisant une crème à la vanille, Homais, encore une fois, retourna chez Bovary.

---

1. Le mensonge est vraisemblable, la confusion est ancienne : Agrippa d'Aubigné déjà : « Voici un froid meurtrier, un arsenic si blanc /

Il le trouva seul (M. Canivet venait de partir), assis dans le fauteuil, près de la fenêtre, et contemplant d'un regard idiot les pavés de la salle.

— Il faudrait à présent, dit le pharmacien, fixer vous-même l'heure de la cérémonie.

— Pourquoi ? Quelle cérémonie ?

Puis, d'une voix balbutiante et effrayée :

— Oh ! non, n'est-ce pas ? non, je veux la garder.

Homais, par contenance, prit une carafe sur l'étagère pour arroser les géraniums.

— Ah ! merci, dit Charles, vous êtes bon !

Et il n'acheva pas, suffoquant sous une abondance de souvenirs que ce geste du pharmacien lui rappelait.

Alors, pour le distraire, Homais jugea convenable de causer un peu horticulture ; les plantes avaient besoin d'humidité. Charles baissa la tête en signe d'approbation.

— Du reste, les beaux jours maintenant vont revenir.

— Ah ! fit Bovary.

L'apothicaire, à bout d'idées, se mit à écarter doucement les petits rideaux du vitrage.

— Tiens, voilà M. Tuvache qui passe.

Charles répéta comme une machine :

— M. Tuvache qui passe [1].

---

qu'on le goûta pour sucre » (*Les Tragiques*, VI, 635-636). Homais semble attaché au sucre (« *Saccharum*, docteur, dit-il en offrant du sucre », III, 8, p. 468, et l'on se souvient de la cérémonie des confitures, au cours de laquelle l'emplacement de l'arsenic est désigné, III, 2, p. 374) ; mais le détail rencontre également un émerveillement lointain d'Emma, à la Vaubyessard : « Le sucre en poudre même lui parut plus blanc et plus fin qu'ailleurs » (I, 8, p. 117). Voir Michel Bernard, « *Madame Bovary* ou le danger des sucreries », *Romantisme*, n° 103, 1999.

1. Nabokov remarque, à propos de cette « réplique » : « Un [...] trait — celui-là relève plus de la poésie que de la prose — est la méthode par laquelle Flaubert rend des émotions ou des états d'âme à travers un échange de mots dépourvus de sens [...] Mots dépourvus de sens, mais combien suggestifs » (« *Madame Bovary* », dans *Littératures*, I, Fayard, 1983, p. 262-263).

Homais n'osa lui reparler des dispositions funèbres ;
ce fut l'ecclésiastique qui parvint à l'y résoudre.

Il s'enferma dans son cabinet, prit une plume, et,
après avoir sangloté quelque temps, il écrivit :

« *Je veux qu'on l'enterre dans sa robe de noces,
avec des souliers blancs, une couronne. On lui étalera
les cheveux sur les épaules ; trois cercueils, un de
chêne, un d'acajou, un de plomb. Qu'on ne me dise
rien, j'aurai de la force. On lui mettra par-dessus tout
une grande pièce de velours vert. Je le veux. Faites-
le.* »

Ces messieurs s'étonnèrent beaucoup des idées romanesques de Bovary, et aussitôt le pharmacien alla
lui dire :

— Ce velours me paraît une superfétation. La
dépense, d'ailleurs...

— Est-ce que cela vous regarde ? s'écria Charles.
Laissez-moi ! vous ne l'aimiez pas ! Allez-vous-en !

L'ecclésiastique le prit par-dessous le bras pour lui
faire faire un tour de promenade dans le jardin. Il discourait sur la vanité des choses terrestres. Dieu était
bien grand, bien bon ; on devait sans murmure se soumettre à ses décrets, même le remercier.

Charles éclata en blasphèmes.

— Je l'exècre, votre Dieu !

— L'esprit de la révolte est encore en vous, soupira
l'ecclésiastique.

Bovary était loin. Il marchait à grands pas, le long
du mur, près de l'espalier, et il grinçait des dents, il
levait au ciel des regards de malédiction ; mais pas une
feuille seulement n'en bougea.

Une petite pluie tombait. Charles, qui avait la poitrine nue, finit par grelotter ; il rentra s'asseoir dans la
cuisine.

À six heures, on entendit un bruit de ferraille sur la
place : c'était *l'Hirondelle* qui arrivait ; et il resta le
front contre les carreaux, à voir descendre les uns
après les autres tous les voyageurs. Félicité lui étendit

un matelas dans le salon ; il se jeta dessus et s'endormit.

Bien que philosophe, M. Homais respectait les morts. Aussi, sans garder rancune au pauvre Charles, il revint le soir pour faire la veillée du cadavre, apportant avec lui trois volumes, et un portefeuille [1], afin de prendre des notes.

M. Bournisien s'y trouvait, et deux grands cierges brûlaient au chevet du lit, que l'on avait tiré hors de l'alcôve.

L'apothicaire, à qui le silence pesait, ne tarda pas à formuler quelques plaintes sur cette « infortunée jeune femme » ; et le prêtre répondit qu'il ne restait plus maintenant qu'à prier pour elle.

— Cependant, reprit Homais, de deux choses l'une : ou elle est morte en état de grâce (comme s'exprime l'Église), et alors elle n'a nul besoin de nos prières ; ou bien elle est décédée impénitente (c'est, je crois, l'expression ecclésiastique), et alors...

Bournisien l'interrompit, répliquant d'un ton bourru qu'il n'en fallait pas moins prier.

— Mais, objecta le pharmacien, puisque Dieu connaît tous nos besoins, à quoi peut servir la prière ?

— Comment ! fit l'ecclésiastique, la prière ! Vous n'êtes donc pas chrétien ?

— Pardonnez ! dit Homais. J'admire le christianisme. Il a d'abord affranchi les esclaves, introduit dans le monde une morale...

— Il ne s'agit pas de cela ! Tous les textes...

— Oh ! oh ! quant aux textes, ouvrez l'histoire ; on sait qu'ils ont été falsifiés par les jésuites [2].

Charles entra, et, s'avançant vers le lit, il tira lentement les rideaux.

---

1. Le mot est ici au sens propre : chemise qui contient des feuilles.
2. Voir note 1, p. 256.

Emma avait la tête penchée sur l'épaule droite. Le coin de sa bouche, qui se tenait ouverte, faisait comme un trou noir au bas de son visage, les deux pouces restaient infléchis dans la paume des mains ; une sorte de poussière blanche lui parsemait les cils, et ses yeux commençaient à disparaître dans une pâleur visqueuse qui ressemblait à une toile mince, comme si des araignées avaient filé dessus. Le drap se creusait depuis ses seins jusqu'à ses genoux, se relevant ensuite à la pointe des orteils[1] ; et il semblait à Charles que des masses infinies, qu'un poids énorme pesait sur elle.

L'horloge de l'église sonna deux heures. On entendait le gros murmure de la rivière qui coulait dans les ténèbres, au pied de la terrasse. M. Bournisien, de temps à autre, se mouchait bruyamment, et Homais faisait grincer sa plume sur le papier.

— Allons, mon bon ami, dit-il, retirez-vous, ce spectacle vous déchire !

Charles une fois parti, le pharmacien et le curé recommencèrent leurs discussions.

— Lisez Voltaire ! disait l'un ; lisez d'Holbach[2], lisez l'*Encyclopédie* !

— Lisez les *Lettres de quelques juifs portugais* ! disait l'autre ; lisez la *Raison du christianisme*, par Nicolas, ancien magistrat[3] !

---

1. Le procureur Pinard, dans son réquisitoire, cite cette phrase comme une audace inacceptable : « Lorsque le corps est froid, la chose qu'il faut respecter par-dessus tout, c'est le cadavre que l'âme a quitté. Quand le mari est là, à genoux, pleurant sa femme, quand il a étendu sur elle le linceul, tout autre se serait arrêté ; et c'est le moment où M. Flaubert donne le dernier coup de pinceau. » 2. Philosophe matérialiste (1723-1789), qui fut avec Diderot, Voltaire, Rousseau, Condillac, etc., l'un des rédacteurs de l'*Encyclopédie, Dictionnaire raisonné des sciences, des arts et des métiers* (1751-1772). 3. *Lettres de quelques juifs portugais, allemands et polonais à M. de Voltaire* (1769), par l'abbé Guénée, défense de la Bible, qui polémique avec Voltaire (« critique fine, pressante, légèrement sardonique », *GDU*) ; les *Études philosophiques sur le christianisme*, d'Auguste Nicolas, avocat, théologien laïc, qui parurent en fascicules à partir de 1842, en volumes en 1845. Elles argumentent rationnellement la pratique du christianisme. L'influence en fut

Ils s'échauffaient, ils étaient rouges, ils parlaient à la fois, sans s'écouter ; Bournisien se scandalisait d'une telle audace ; Homais s'émerveillait d'une telle bêtise ; et ils n'étaient pas loin de s'adresser des injures, quand Charles, tout à coup, reparut. Une fascination l'attirait. Il remontait continuellement l'escalier.

Il se posait en face d'elle pour la mieux voir, et il se perdait en cette contemplation, qui n'était plus douloureuse à force d'être profonde.

Il se rappelait des histoires de catalepsie [1], les miracles du magnétisme ; et il se disait qu'en le voulant extrêmement, il parviendrait peut-être à la ressusciter. Une fois même il se pencha vers elle, et il cria tout bas : « Emma ! Emma ! » Son haleine, fortement poussée, fit trembler la flamme des cierges contre le mur.

Au petit jour, madame Bovary mère arriva ; Charles, en l'embrassant, eut un nouveau débordement de pleurs. Elle essaya, comme avait tenté le pharmacien, de lui faire quelques observations sur les dépenses de l'enterrement. Il s'emporta si fort qu'elle se tut, et même il la chargea de se rendre immédiatement à la ville pour acheter ce qu'il fallait.

Charles resta seul toute l'après-midi ; on avait conduit Berthe chez madame Homais ; Félicité se tenait en haut, dans la chambre, avec la mère Lefrançois.

Le soir, il reçut des visites. Il se levait, vous serrait les mains sans pouvoir parler, puis on s'asseyait auprès des autres, qui faisaient devant la cheminée un grand demi-cercle. La figure basse et le jarret sur le genou, ils dandinaient leur jambe, tout en poussant par inter-

considérable. La deuxième édition (1846) contient une lettre du père Lacordaire. Nicolas occupa d'importantes fonctions auprès du ministre Falloux. L'abbé Bournisien est donc dans l'actualité. En 1855, au moment où Flaubert écrit, le livre en était à sa vingt-sixième édition.

1. Perte de toute motricité musculaire, état morbide d'immobilisation complète.

valles un gros soupir ; et chacun s'ennuyait d'une façon démesurée ; c'était pourtant à qui ne partirait pas.

Homais, quand il revint à neuf heures (on ne voyait que lui sur la place, depuis deux jours), était chargé d'une provision de camphre, de benjoin et d'herbes aromatiques [1]. Il portait aussi un vase plein de chlore, pour bannir les miasmes. À ce moment, la domestique, madame Lefrançois et la mère Bovary tournaient autour d'Emma, en achevant de l'habiller ; et elles abaissèrent le long voile raide, qui la recouvrit jusqu'à ses souliers de satin.

Félicité sanglotait :

— Ah ! ma pauvre maîtresse ! ma pauvre maîtresse !

— Regardez-la, disait en soupirant l'aubergiste, comme elle est mignonne encore ! Si l'on ne jurerait pas qu'elle va se lever tout à l'heure.

Puis [2] elles se penchèrent, pour lui mettre sa couronne.

Il fallut soulever un peu la tête, et alors un flot de liquides noirs sortit, comme un vomissement, de sa bouche.

— Ah ! mon Dieu ! la robe, prenez garde ! s'écria madame Lefrançois. Aidez-nous donc ! disait-elle au pharmacien. Est-ce que vous avez peur, par hasard ?

— Moi, peur ? répliqua-t-il en haussant les épaules. Ah bien, oui ! J'en ai vu d'autres à l'Hôtel-Dieu, quand j'étudiais la pharmacie ! Nous faisions du punch dans l'amphithéâtre aux dissections ! Le néant n'épouvante pas un philosophe ; et même, je le dis sou-

1. Bouvard et Pécuchet, à la lecture du *Manuel de la Santé* de Raspail, seront enthousiasmés par les vertus purifiantes du camphre : « Bouvard et Pécuchet l'adoptèrent. Ils en prisaient, ils en croquaient et distribuaient des cigarettes, des flacons d'eau sédative, et des pilules d'aloès » (ch. 3, Le Livre de Poche, p. 111).   **2.** Le dialogue qui suit, jusqu'à « ... plus tard à la Science », rayé sur la copie par la *Revue de Paris*, est rétabli selon l'indication de Flaubert.

vent, j'ai l'intention de léguer mon corps aux hôpitaux, afin de servir plus tard à la Science.

En arrivant, le Curé demanda comment se portait Monsieur ; et, sur la réponse de l'apothicaire, il reprit :

— Le coup, vous comprenez, est encore trop récent !

Alors Homais le félicita de n'être pas exposé, comme tout le monde, à perdre une compagne chérie ; d'où s'ensuivit une discussion sur le célibat des prêtres.

— Car[1], disait le pharmacien, il n'est pas naturel qu'un homme se passe de femmes ! On a vu des crimes...

— Mais, sabre de bois ! s'écria l'ecclésiastique, comment voulez-vous qu'un individu pris dans le mariage puisse garder, par exemple, le secret de la confession ?

Homais attaqua la confession. Bournisien la défendit ; il s'étendit sur les restitutions qu'elle faisait opérer. Il cita différentes anecdotes de voleurs devenus honnêtes tout à coup. Des militaires, s'étant approchés du tribunal de la pénitence, avaient senti les écailles leur tomber des yeux. Il y avait à Fribourg un ministre...

Son compagnon dormait. Puis, comme il étouffait un peu dans l'atmosphère trop lourde de la chambre, il ouvrit la fenêtre, ce qui réveilla le pharmacien.

— Allons, une prise ! lui dit-il. Acceptez, cela dissipe.

Des aboiements continus se traînaient au loin, quelque part.

— Entendez-vous un chien qui hurle ? dit le pharmacien.

— On prétend qu'ils sentent les morts, répondit

---

1. Le passage qui suit, jusqu'à « ... Acceptez, cela dissipe !... », est rayé sur la copie par la *Revue de Paris* et rétabli selon l'indication de Flaubert.

l'ecclésiastique. C'est comme les abeilles : elles s'en-
volent de la ruche au décès des personnes.

Homais ne releva pas ces préjugés, car il s'était ren-
dormi.

M. Bournisien, plus robuste, continua quelque temps
à remuer tout bas les lèvres ; puis, insensiblement, il
baissa le menton, lâcha son gros livre noir et se mit à
ronfler.

Ils étaient en face l'un de l'autre, le ventre en avant,
la figure bouffie, l'air renfrogné, après tant de désac-
cord se rencontrant enfin dans la même faiblesse
humaine ; et ils ne bougeaient pas plus que le cadavre
à côté d'eux qui avait l'air de dormir.

Charles, en entrant, ne les réveilla point. C'était la
dernière fois. Il venait lui faire ses adieux.

Les herbes aromatiques fumaient encore, et des tourbillons de vapeur bleuâtre se confondaient au bord de
la croisée avec le brouillard qui entrait[1]. Il y avait
quelques étoiles, et la nuit était douce.

La cire des cierges tombait par grosses larmes sur
les draps du lit. Charles les regardait brûler, fatiguant
ses yeux contre le rayonnement de leur flamme jaune.

Des moires frissonnaient sur la robe de satin, blanche
comme un clair de lune. Emma disparaissait dessous ; et
il lui semblait que, s'épandant au-dehors d'elle-même,
elle se perdait confusément dans l'entourage des choses,
dans le silence, dans la nuit, dans le vent qui passait,
dans les senteurs humides qui montaient.

Puis, tout à coup, il la voyait dans le jardin de
Tostes, sur le banc, contre la haie d'épines, ou bien à
Rouen, dans les rues, sur le seuil de leur maison, dans
la cour des Bertaux. Il entendait encore le rire des garçons en gaieté qui dansaient sous les pommiers ; la

---

1. Flaubert ne cessera d'explorer ces moments de seuil, jusqu'au *Trois
Contes*, en particulier *Un cœur simple* : « Et les encensoirs, allant à pleine
volée, glissaient sur leurs chaînettes. / Une vapeur d'azur monta dans la
chambre de Félicité » (Le Livre de Poche, p. 89).

chambre était pleine du parfum de sa chevelure, et sa robe lui frissonnait dans les bras avec un bruit d'étincelles. C'était la même, celle-là !

Il fut longtemps à se rappeler ainsi toutes les félicités disparues, ses attitudes, ses gestes, le timbre de sa voix. Après un désespoir, il en venait un autre et toujours, intarissablement, comme les mots d'une marée qui déborde.

Il eut une curiosité terrible : lentement, du bout des doigts, en palpitant, il releva son voile. Mais il poussa un cri d'horreur qui réveilla les deux autres. Ils l'entraînèrent en bas, dans la salle.

Puis Félicité vint dire qu'il demandait des cheveux.

— Coupez-en ! répliqua l'apothicaire.

Et, comme elle n'osait, il s'avança lui-même, les ciseaux à la main. Il tremblait si fort, qu'il piqua la peau des tempes en plusieurs places. Enfin, se raidissant contre l'émotion, Homais donna deux ou trois grands coups au hasard, ce qui fit des marques blanches dans cette belle chevelure noire.

Le pharmacien [1] et le curé se replongèrent dans leurs occupations, non sans dormir de temps à autre, ce dont ils s'accusaient réciproquement à chaque réveil nouveau. Alors M. Bournisien aspergeait la chambre d'eau bénite et Homais jetait un peu de chlore par terre.

Félicité avait soin de mettre pour eux, sur la commode, une bouteille d'eau-de-vie, un fromage et une grosse brioche. Aussi l'apothicaire, qui n'en pouvait plus, soupira, vers quatre heures du matin :

— Ma foi, je me sustenterais avec plaisir !

L'ecclésiastique ne se fit point prier ; il sortit pour aller dire sa messe, revint [2] ; puis ils mangèrent et trin-

---

1. Tout le passage qui suit, jusqu'à « Alors, Charles... », est supprimé, contrairement aux indications de Flaubert sur la copie, dans la *Revue de Paris*. Le passage n'est pas repris dans la première édition en volume, chez Michel Lévy, en 1857, mais l'est dans celle de 1858.   2. « Il sortit pour aller dire sa messe » n'existe ni dans le manuscrit ni dans l'édition de 1857.

quèrent, tout en ricanant un peu, sans savoir pourquoi, excités par cette gaieté vague qui vous prend après des séances de tristesse ; et, au dernier petit verre, le prêtre dit au pharmacien, tout en lui frappant sur l'épaule :

— Nous finirions par nous entendre !

Ils rencontrèrent en bas, dans le vestibule, les ouvriers qui arrivaient. Alors, Charles, pendant deux heures, eut à subir le supplice du marteau qui résonnait sur les planches. Puis on la descendit dans son cercueil de chêne que l'on emboîta dans les deux autres ; mais, comme la bière était trop large, il fallut boucher les interstices avec la laine d'un matelas. Enfin, quand les trois couvercles furent rabotés, cloués, soudés, on l'exposa devant la porte ; on ouvrit toute grande la maison, et les gens d'Yonville commencèrent à affluer.

Le père Rouault arriva. Il s'évanouit sur la place en apercevant le drap noir[1].

X

Il n'avait reçu la lettre du pharmacien que trente-six heures après l'événement ; et, par égard pour sa sensibilité, M. Homais l'avait rédigée de telle façon qu'il était impossible de savoir à quoi s'en tenir.

Le bonhomme tomba d'abord comme frappé d'apoplexie. Ensuite il comprit qu'elle n'était pas morte. Mais elle pouvait l'être... Enfin il avait passé sa blouse, pris son chapeau, accroché un éperon à son soulier et était parti ventre à terre ; et, tout le long de la route, le père

---

1. Félicité décrivant à Emma le « malaise » nerveux de « la Guérine » : « Elle était si triste, si triste, qu'à la voir debout sur le seuil de sa maison elle vous faisait l'effet d'un drap d'enterrement tendu devant la porte » (II, 5, p. 198).

Rouault, haletant, se dévora d'angoisses. Une fois même, il fut obligé de descendre. Il n'y voyait plus, il entendait des voix autour de lui, il se sentait devenir fou.

Le jour se leva, il aperçut trois poules noires qui dormaient dans un arbre ; il tressaillit, épouvanté de ce présage. Alors il promit à la sainte Vierge trois chasubles pour l'église, et qu'il irait pieds nus depuis le cimetière des Bertaux jusqu'à la chapelle de Vassonville.

Il entra dans Maromme en hélant les gens de l'auberge, enfonça la porte d'un coup d'épaule, bondit au sac d'avoine, versa dans la mangeoire une bouteille de cidre doux, et renfourcha son bidet, qui faisait feu des quatre fers.

Il se disait qu'on la sauverait sans doute ; les médecins découvriraient un remède, c'était sûr. Il se rappela toutes les guérisons miraculeuses qu'on lui avait contées.

Puis elle lui apparaissait morte. Elle était là, devant lui, étendue sur le dos, au milieu de la route. Il tirait la bride et l'hallucination disparaissait.

À Quincampoix [1], pour se donner du cœur, il but trois cafés l'un sur l'autre.

Il songea qu'on s'était trompé de nom en écrivant. Il chercha la lettre dans sa poche, l'y sentit, mais il n'osa pas l'ouvrir.

Il en vint à supposer que c'était peut-être une *farce*, une vengeance de quelqu'un, une fantaisie d'homme en goguettes ; et, d'ailleurs, si elle était morte, on le saurait ? Mais non ! la campagne n'avait rien d'extraordinaire : le ciel était bleu, les arbres se balançaient ; un troupeau de moutons passa. Il aperçut le village ; on le vit accourant tout penché sur son cheval, qu'il bâtonnait à grands coups, et dont les sangles dégouttelaient de sang.

Quand il eut repris connaissance, il tomba tout en pleurs dans les bras de Bovary :

1. Voir note 1, p. 373.

— Ma fille ! Emma ! mon enfant ! expliquez-moi... ?

Et l'autre répondait avec des sanglots :

— Je ne sais pas, je ne sais pas ! c'est une malédiction !

L'apothicaire les sépara.

— Ces horribles détails sont inutiles. J'en instruirai monsieur. Voici le monde qui vient. De la dignité, fichtre ! de la philosophie !

Le pauvre garçon voulut paraître fort, et il répéta plusieurs fois :

— Oui..., du courage !

— Eh bien, s'écria le bonhomme, j'en aurai, nom d'un tonnerre de Dieu ! Je m'en vas la conduire jusqu'au bout.

La cloche tintait. Tout était prêt. Il fallut se mettre en marche.

Et, assis dans une stalle du chœur, l'un près de l'autre, ils virent passer devant eux et repasser continuellement les trois chantres qui psalmodiaient. Le serpent[1] soufflait à pleine poitrine. M. Bournisien, en grand appareil, chantait d'une voix aiguë ; il saluait le tabernacle, élevait les mains, étendait les bras. Lestiboudois circulait dans l'église avec sa latte de baleine ; près du lutrin, la bière reposait entre quatre rangs de cierges. Charles avait envie de se lever pour les éteindre.

Il tâchait cependant de s'exciter à la dévotion, de s'élancer dans l'espoir d'une vie future où il la reverrait. Il imaginait qu'elle était partie en voyage, bien loin, depuis longtemps. Mais, quand il pensait qu'elle se trouvait là-dessous, et que tout était fini, qu'on l'emportait dans la terre, il se prenait d'une rage farouche, noire, désespérée. Parfois, il croyait ne plus rien sentir ;

---

1. Le serpent est un instrument à vent, en bois recouvert de cuir, au tuyau ondulé, utilisé dans la musique d'église, jusqu'au XIXᵉ siècle. On en donne le nom à celui qui joue de cet instrument.

et il savourait cet adoucissement de sa douleur, tout en
se reprochant d'être un misérable.

On entendit sur les dalles comme le bruit sec d'un
bâton ferré qui les frappait à temps égaux. Cela venait
du fond, et s'arrêta court dans les bas-côtés de l'église.
Un homme en grosse veste brune s'agenouilla péniblement. C'était Hippolyte, le garçon du *Lion d'or*. Il
avait mis sa jambe neuve.

L'un des chantres vint faire le tour de la nef pour
quêter, et les gros sous, les uns après les autres, sonnaient dans le plat d'argent.

— Dépêchez-vous donc ! Je souffre, moi ! s'écria
Bovary, tout en lui jetant avec colère une pièce de cinq
francs.

L'homme d'église le remercia par une longue révérence.

On chantait, on s'agenouillait, on se relevait, cela
n'en finissait pas ! Il se rappela qu'une fois, dans les
premiers temps, ils avaient ensemble assisté à la messe,
et ils s'étaient mis de l'autre côté, à droite, contre le
mur. La cloche recommença. Il y eut un grand mouvement de chaises. Les porteurs glissèrent leurs trois
bâtons sous la bière, et l'on sortit de l'église.

Justin alors parut sur le seuil de la pharmacie. Il y
rentra tout à coup, pâle, chancelant.

On se tenait aux fenêtres pour voir passer le cortège.
Charles, en avant, se cambrait la taille. Il affectait un
air brave et saluait d'un signe ceux qui, débouchant
des ruelles ou des portes, se rangeaient dans la foule.

Les six hommes, trois de chaque côté, marchaient
au petit pas et en haletant un peu. Les prêtres, les
chantres et les deux enfants de chœur récitaient le *De
Profundis* ; et leurs voix s'en allaient sur la campagne,
montant et s'abaissant avec des ondulations. Parfois ils
disparaissaient aux détours du sentier ; mais la grande
croix d'argent se dressait toujours entre les arbres.

Les femmes suivaient, couvertes de mantes noires à
capuchon rabattu ; elles portaient à la main un gros

cierge qui brûlait, et Charles se sentait défaillir à cette continuelle répétition de prières et de flambeaux, sous ces odeurs affadissantes de cire et de soutane. Une brise fraîche soufflait, les seigles et les colzas verdoyaient, des gouttelettes de rosée tremblaient au bord du chemin, sur les haies d'épines. Toutes sortes de bruits joyeux emplissaient l'horizon : le claquement d'une charrette roulant au loin dans les ornières, le cri d'un coq qui se répétait ou la galopade d'un poulain que l'on voyait s'enfuir sous les pommiers. Le ciel pur était tacheté de nuages roses ; des fumignons [1] bleuâtres se rabattaient sur les chaumières couvertes d'iris ; Charles, en passant, reconnaissait les cours. Il se souvenait de matins comme celui-ci, où, après avoir visité quelque malade, il en sortait, et retournait vers elle.

Le drap noir, semé de larmes blanches, se levait de temps à autre en découvrant la bière. Les porteurs fatigués se ralentissaient, et elle avançait par saccades continues, comme une chaloupe qui tangue à chaque flot.

On arriva.

Les hommes continuèrent jusqu'en bas, à une place dans le gazon où la fosse était creusée.

On se rangea tout autour ; et, tandis que le prêtre parlait, la terre rouge, rejetée sur les bords, coulait par les coins sans bruit, continuellement.

Puis, quand les quatre cordes furent disposées, on poussa la bière dessus. Il la regarda descendre. Elle descendait toujours.

Enfin on entendit un choc ; les cordes en grinçant remontèrent. Alors Bournisien prit la bêche que lui tendait Lestiboudois ; de sa main gauche, tout en aspergeant de la droite, il poussa vigoureusement une large pelletée ; et le bois du cercueil, heurté par les cailloux, fit ce bruit formidable qui nous semble être le retentissement de l'éternité.

---

1. Petites fumées, fumerons, normandisme.

L'ecclésiastique passa le goupillon à son voisin. C'était M. Homais. Il le secoua gravement, puis le tendit à Charles, qui s'affaissa jusqu'aux genoux dans la terre, et il en jetait à pleines mains tout en criant : « Adieu ! » Il lui envoyait des baisers ; il se traînait vers la fosse pour s'y engloutir avec elle.

On l'emmena ; et il ne tarda pas à s'apaiser, éprouvant peut-être, comme tous les autres, la vague satisfaction d'en avoir fini[1].

Le père Rouault, en revenant, se mit tranquillement à fumer une pipe ; ce que Homais, dans son for intérieur, jugea peu convenable. Il remarqua de même que M. Binet s'était abstenu de paraître, que Tuvache « avait filé » après la messe, et que Théodore, le domestique du notaire, portait un habit bleu, « comme si l'on ne pouvait pas trouver un habit noir, puisque c'est l'usage, que diable ! ». Et pour communiquer ses observations, il allait d'un groupe à l'autre. On y déplorait la mort d'Emma, et surtout Lheureux, qui n'avait pas manqué de venir à l'enterrement.

— Cette pauvre petite dame ! quelle douleur pour son mari !

L'apothicaire reprenait :

— Sans moi, savez-vous bien, il se serait porté sur lui-même à quelque attentat funeste !

— Une si bonne personne ! Dire pourtant que je l'ai encore vue samedi dernier dans ma boutique !

---

1. Le 6 juin 1853, devant aller à l'enterrement de Mme Pouchet le lendemain, Flaubert écrivait à Louise Colet : « Comme il faut du reste *profiter de tout*, je suis sûr que ce sera demain d'un dramatique très sombre et que ce pauvre savant [le veuf] sera lamentable. Je trouverai là peut-être des choses pour ma *Bovary*. Cette exploitation à laquelle je vais me livrer, et qui semblerait odieuse si on en faisait la confidence, qu'a-t-elle donc de mauvais ? J'espère faire couler des larmes aux autres avec ces larmes d'un seul, passer ensuite à la chimie du style. Aucun *intérêt* ne les provoquera et il faut que mon bonhomme (c'est un médecin aussi) vous émeuve pour tous les veufs. »

— Je n'ai pas eu le loisir, dit Homais, de préparer quelques paroles que j'aurais jetées sur sa tombe.

En rentrant, Charles se déshabilla, et le père Rouault repassa sa blouse bleue. Elle était neuve, et, comme il s'était, pendant la route, souvent essuyé les yeux avec les manches, elle avait déteint sur sa figure ; et la trace des pleurs y faisait des lignes dans la couche de poussière qui la salissait.

Madame Bovary mère était avec eux. Ils se taisaient tous les trois. Enfin le bonhomme soupira :

— Vous rappelez-vous, mon ami, que je suis venu à Tostes une fois, quand vous veniez de perdre votre première défunte. Je vous consolais dans ce temps-là ! Je trouvais quoi dire ; mais à présent...

Puis, avec un long gémissement qui souleva toute sa poitrine :

— Ah ! c'est la fin pour moi, voyez-vous ! J'ai vu partir ma femme..., mon fils après..., et voilà ma fille, aujourd'hui !

Il voulut s'en retourner tout de suite aux Bertaux, disant qu'il ne pourrait pas dormir dans cette maison-là. Il refusa même de voir sa petite-fille.

— Non ! non ! ça me ferait trop de deuil. Seulement vous l'embrasserez bien ! Adieu !... vous êtes un bon garçon ! Et puis, jamais je n'oublierai ça, dit-il en se frappant la cuisse, n'ayez peur ! vous recevrez toujours votre dinde.

Mais, quand il fut au haut de la côte, il se détourna, comme autrefois il s'était détourné sur le chemin de Saint-Victor, en se séparant d'elle. Les fenêtres du village étaient tout en feu sous les rayons obliques du soleil, qui se couchait dans la prairie. Il mit sa main devant ses yeux ; et il aperçut à l'horizon un enclos de murs où des arbres, çà et là, faisaient des bouquets noirs entre des pierres blanches, puis il continua sa route, au petit trot, car son bidet boitait.

Charles et sa mère restèrent le soir, malgré leur fatigue, fort longtemps à causer ensemble. Ils parlèrent

des jours d'autrefois et de l'avenir. Elle viendrait habiter Yonville, elle tiendrait son ménage, ils ne se quitte-
raient plus. Elle fut ingénieuse et caressante, se ré-
jouissant intérieurement à ressaisir une affection qui
depuis tant d'années lui échappait. Minuit sonna. Le
village, comme d'habitude, était silencieux, et Charles,
éveillé, pensait toujours à elle.

Rodolphe, qui, pour se distraire, avait battu le bois
toute la journée, dormait tranquillement dans son cha-
teau ; et Léon, là-bas, dormait aussi.

Il y en avait un autre qui, à cette heure-là, ne dormait
pas.

Sur la fosse, entre les sapins, un enfant pleurait age-
nouillé, et sa poitrine, brisée par les sanglots, haletait
dans l'ombre, sous la pression d'un regret immense plus
doux que la lune et plus insondable que la nuit. La grille
tout à coup craqua. C'était Lestiboudois ; il venait chercher sa bêche qu'il avait oubliée tantôt. Il reconnut Justin
escaladant le mur, et sut alors à quoi s'en tenir sur le mal-
faiteur qui lui dérobait ses pommes de terre [1].

XI

Charles, le lendemain, fit revenir la petite. Elle demanda sa maman. On lui répondit qu'elle était absente,
qu'elle lui rapporterait des joujoux. Berthe en reparla
plusieurs fois ; puis, à la longue, elle n'y pensa plus. La
gaieté de cette enfant navrait Bovary, et il avait à subir
les intolérables consolations du pharmacien.

Les affaires d'argent bientôt recommencèrent,
M. Lheureux excitant de nouveau son ami Vinçart, et
Charles s'engagea pour des sommes exorbitantes ; car

---

1. Voir II, 1, p. 149.

jamais il ne voulut consentir à laisser vendre le moindre des meubles qui *lui* avaient appartenu. Sa mère en fut exaspérée. Il s'indigna plus fort qu'elle. Il avait changé tout à fait. Elle abandonna la maison.

Alors chacun se mit à *profiter*. Mademoiselle Lempereur réclama six mois de leçons, bien qu'Emma n'en eût jamais pris une seule (malgré cette facture acquittée qu'elle avait fait voir à Bovary) : c'était une convention entre elles deux ; le loueur de livres réclama trois ans d'abonnement ; la mère Rolet réclama le port d'une vingtaine de lettres ; et, comme Charles demandait des explications, elle eut la délicatesse de répondre :

— Ah ! je ne sais rien ! c'était pour ses affaires.

À chaque dette qu'il payait, Charles croyait en avoir fini. Il en survenait d'autres, continuellement.

Il exigea l'arriéré d'anciennes visites. On lui montra les lettres que sa femme avait envoyées. Alors il fallut faire des excuses.

Félicité portait maintenant les robes de Madame ; non pas toutes, car il en avait gardé quelques-unes, et il les allait voir dans son cabinet de toilette, où il s'enfermait ; elle était à peu près de sa taille, souvent Charles, en l'apercevant par-derrière, était saisi d'une illusion, et s'écriait :

— Oh ! reste ! reste !

Mais, à la Pentecôte, elle décampa d'Yonville, enlevée par Théodore, et en volant tout ce qui restait de la garde-robe.

Ce fut vers cette époque que Madame veuve Dupuis eut l'honneur de lui faire part du « mariage de M. Léon Dupuis, son fils, notaire à Yvetot, avec Mademoiselle Léocadie Lebœuf, de Bondeville [1] ». Charles, parmi les félicitations qu'il lui adressa, écrivit cette phrase :

---

1. De la banalité d'un destin : le 15 décembre 1850, depuis Constantinople, Flaubert écrivait à sa mère, à propos du récent mariage de son ami Ernest Chevalier : « Ce brave Ernest ! Le voilà donc marié, et toujours magistrat par-dessus le marché ! [...] Comme il va bien plus que jamais défendre l'ordre, la famille et la propriété ! Il a du reste suivi la marche

« Comme ma pauvre femme aurait été heureuse ! »

Un jour qu'errant sans but dans la maison, il était monté jusqu'au grenier, il sentit sous sa pantoufle une boulette de papier fin. Il l'ouvrit et il lut : « Du courage, Emma ! du courage ! Je ne veux pas faire le malheur de votre existence. » C'était la lettre de Rodolphe, tombée à terre entre des caisses, qui était restée là[1], et que le vent de la lucarne venait de pousser vers la porte. Et Charles demeura tout immobile et béant à cette même place où jadis, encore plus pâle que lui, Emma, désespérée, avait voulu mourir. Enfin, il découvrit un petit R au bas de la seconde page. Qu'était-ce ? il se rappela les assiduités de Rodolphe, sa disparition soudaine et l'air contraint qu'il avait eu en le rencontrant[2] depuis, deux ou trois fois. Mais le ton respectueux de la lettre l'illusionna.

— Ils se sont peut-être aimés platoniquement, se dit-il.

D'ailleurs, Charles n'était pas de ceux qui descendent au fond des choses ; il recula devant les preuves, et sa jalousie incertaine se perdit dans l'immensité de son chagrin.

On avait dû, pensait-il, l'adorer. Tous les hommes, à coup sûr, l'avaient convoitée. Elle lui en parut plus belle ; et il en conçut un désir permanent, furieux, qui enflammait son désespoir et qui n'avait pas de limites, parce qu'il était maintenant irréalisable.

Pour lui plaire, comme si elle vivait encore, il adopta ses prédilections, ses idées ; il s'acheta des bottes vernies, il prit l'usage des cravates blanches. Il mettait du

normale. — Lui aussi, il a été artiste, il portait un couteau-poignard et rêvait des plans de drame [...] Il est devenu grave et a *renoncé à l'imagination* (textuel). » Dans *Bouvard et Pécuchet*, le clerc du notaire Marescot sera comme une ombre discrète de Léon.

1. « ... le souvenir de la lettre lui revint. L'avait-elle donc perdue ? Où la retrouver ? », p. 320 ; voir également, p. 324 : « Et la lettre ? et la lettre ? » 2. Charpentier seul donne « en *la* rencontrant », sans doute par erreur.

cosmétique à ses moustaches, il souscrivit comme elle des billets à ordre. Elle le corrompait par delà le tombeau.

Il fut obligé de vendre l'argenterie pièce à pièce, ensuite il vendit les meubles du salon. Tous les appartements se dégarnirent ; mais la chambre, sa chambre à elle, était restée comme autrefois. Après son dîner, Charles montait là. Il poussait devant le feu la table ronde, et il approchait *son* fauteuil. Il s'asseyait en face. Une chandelle brûlait dans un des flambeaux dorés. Berthe, près de lui, enluminait des estampes.

Il souffrait, le pauvre homme, à la voir si mal vêtue, avec ses brodequins sans lacet et l'emmanchure de ses blouses déchirées jusqu'aux hanches, car la femme de ménage n'en prenait guère de souci. Mais elle était si douce, si gentille, et sa petite tête se penchait si gracieusement en laissant retomber sur ses joues roses sa bonne chevelure blonde, qu'une délectation infinie l'envahissait, plaisir tout mêlé d'amertume comme ces vins mal faits qui sentent la résine [1]. Il raccommodait ses joujoux, lui fabriquait des pantins avec du carton, ou recousait le ventre déchiré de ses poupées. Puis, s'il rencontrait des yeux la boîte à ouvrage, un ruban qui traînait ou même une épingle restée dans une fente de la table, il se prenait à rêver, et il avait l'air si triste, qu'elle devenait triste comme lui.

Personne à présent ne venait les voir ; car Justin s'était enfui à Rouen, où il est devenu garçon épicier, et les enfants de l'apothicaire fréquentaient de moins en moins la petite, M. Homais ne se souciant pas, vu la différence de leurs conditions sociales, que l'intimité se prolongeât.

L'aveugle, qu'il n'avait pu guérir avec sa pommade, était retourné dans la côte du Bois-Guillaume, où il narrait aux voyageurs la vaine tentative du pharmacien,

---

1. Cette comparaison, rayée sur la copie par la *Revue de Paris*, est rétablie selon l'indication de Flaubert.

à tel point que Homais, lorsqu'il allait à la ville, se dissimulait derrière les rideaux de *l'Hirondelle*, afin d'éviter sa rencontre. Il l'exécrait ; et, dans l'intérêt de sa propre réputation, voulant s'en débarrasser à toute force, il dressa contre lui une batterie [1] cachée, qui décelait la profondeur de son intelligence et la scélératesse de sa vanité. Durant six mois consécutifs, on put donc lire dans *le Fanal de Rouen* des entrefilets ainsi conçus :

« Toutes les personnes qui se dirigent vers les fertiles contrées de la Picardie auront remarqué sans doute, dans la côte du Bois-Guillaume, un misérable atteint d'une horrible plaie faciale. Il vous importune, vous persécute et prélève un véritable impôt sur les voyageurs. Sommes-nous encore à ces temps monstrueux du Moyen Âge, où il était permis aux vagabonds d'étaler par nos places publiques la lèpre et les scrofules qu'ils avaient rapportés de la croisade [2] ? »

Ou bien :

« Malgré les lois contre le vagabondage, les abords de nos grandes villes continuent à être infestés par des bandes de pauvres. On en voit qui circulent isolément, et qui, peut-être, ne sont pas les moins dangereux. À quoi songent nos édiles ? »

Puis Homais inventait des anecdotes :

« Hier, dans la côte du Bois-Guillaume, un cheval ombrageux... » Et suivait le récit d'un accident occasionné par la présence de l'aveugle.

Il fit si bien qu'on l'incarcéra. Mais on le relâcha. Il recommença, et Homais aussi recommença. C'était une lutte. Il eut la victoire ; car son ennemi fut condamné à une réclusion perpétuelle dans un hospice. [3]

---

1. L'ensemble des moyens dont on dispose pour obtenir un résultat recherché.　　2. Une autre version encore était proposée, supprimée sur la copie par Flaubert (voir « Repentirs », texte n° 52, p. 539).　　3. Tout ce passage, depuis « L'aveugle, qu'il n'avait pu guérir... », rayé sur la copie par la *Revue de Paris*, est rétabli selon l'indication de Flaubert.

Ce succès l'enhardit ; et dès lors il n'y eut plus dans l'arrondissement un chien écrasé, une grange incendiée, une femme battue, dont aussitôt il ne fit part au public, toujours guidé par l'amour du progrès et la haine des prêtres. Il établissait des comparaisons entre les écoles primaires et les frères ignorantins [1], au détriment de ces derniers, rappelait la Saint-Barthélemy à propos d'une allocation de cent francs faite à l'église, et dénonçait des abus, lançait des boutades. C'était son mot. Homais sapait ; il devenait dangereux.

Cependant, il étouffait dans les limites étroites du journalisme, et bientôt il lui fallut le livre, l'ouvrage ! Alors il composa une *Statistique générale du canton d'Yonville, suivie d'observations climatologiques*, et la statistique le poussa vers la philosophie. Il se préoccupa des grandes questions : problème social, moralisation des classes pauvres, pisciculture, caoutchouc, chemins de fer, etc. Il en vint à rougir d'être un bourgeois. Il affectait *le genre artiste*, il fumait ! Il s'acheta deux statuettes *chic* Pompadour, pour décorer son salon [2].

Il n'abandonnait point la pharmacie ; au contraire ! il se tenait au courant des découvertes. Il suivait le grand mouvement des chocolats. C'est le premier qui ait fait venir dans la Seine-Inférieure du *cho-ca* et de la *revalentia* [3]. Il s'éprit d'enthousiasme pour les chaînes hydro-électriques Pulvermacher ; il en portait une lui-

---

1. Frères de Saint-Jean-de-Dieu, qui dirigeaient les écoles chrétiennes, et que l'on appelait par dédain ou dérision « Ignorantins ». La lutte de pouvoir autour de l'école a été un enjeu politique considérable dans tout le XIXe siècle. Flaubert représentera à nouveau cette opposition entre l'instituteur et le curé dans *Bouvard et Pécuchet*.   **2.** Emma, en rêve, décorait l'appartement du « Marquis » d'une pendule ·de style « Pompadour » (I, 9, p. 127) ; Homais, lui, achète ce *chic*.   **3.** Deux marques du commerce. Flaubert a conservé dans ses dossiers de travail un prospectus pour la *Revalentia Arabica*, « santé rendue sans médicament par la délicieuse farine restaurative de MM. Barry du Barry et Cie, qui a obtenu plus de 50 000 certificats des plus célèbres médecins, de la haute noblesse et de toutes les classes en Angleterre et pays étrangers... » (Ms g 226⁴ f° 227).

même ; et, le soir, quand il retirait son gilet de flanelle, madame Homais restait, tout éblouie devant la spirale d'or sous laquelle il disparaissait, et sentait redoubler ses ardeurs pour cet homme plus garrotté qu'un Scythe et splendide comme un mage.

Il eut de belles idées à propos du tombeau d'Emma. Il proposa d'abord un tronçon de colonne avec une draperie, ensuite une pyramide, puis un temple de Vesta, une manière de rotonde... ou bien « un amas de ruines ». Et, dans tous les plans, Homais ne démordait point du saule pleureur, qu'il considérait comme le symbole obligé de la tristesse.

Charles et lui firent ensemble[1] un voyage à Rouen, pour voir des tombeaux, chez un entrepreneur de sépultures, — accompagnés d'un artiste peintre, un nommé Vaufrylard[2], ami de Bridoux, et qui, tout le temps, débita des calembours. Enfin, après avoir examiné une centaine de dessins, s'être commandé un devis et avoir fait un second voyage à Rouen, Charles se décida pour un mausolée qui devait porter sur ses deux faces principales « un génie tenant une torche éteinte ».

Quant à l'inscription, Homais ne trouvait rien de beau comme : *Sta viator*, et il en restait là ; il se creusait l'imagination ; il répétait continuellement *Sta viator*... Enfin, il découvrit *amabilem conjugem calcas*[3] ! qui fut adopté.

Une chose étrange, c'est que Bovary, tout en pensant à Emma continuellement, l'oubliait ; et il se désespérait à sentir cette image lui échapper de la mémoire au milieu des efforts qu'il faisait pour la retenir. Chaque nuit pourtant, il la rêvait ; c'était toujours le même

---

1. Tout le passage qui précède, depuis « Il en vint à rougir d'être un bourgeois... », rayé par la *Revue de Paris*, est rétabli selon l'indication de Flaubert.   2. Claudine Gothot-Mersch indique, dans son édition, citant Sergio Cigada, que Flaubert, d'après E. Feydeau, était appelé « sire de Vaufrylard » dans les salons de Mme Sabatier. On peut voir ici l'ironique signature de Flaubert.   3. *Sta viator amabilem conjugem calcas* : « Arrête-toi voyageur, tu marches sur une épouse digne d'amour. »

rêve : il s'approchait d'elle ; mais, quand il venait à l'étreindre, elle tombait en pourriture dans ses bras.

On le vit pendant une semaine entrer le soir à l'église. M. Bournisien lui fit même deux ou trois visites, puis l'abandonna. D'ailleurs, le bonhomme tournait à l'intolérance, au fanatisme, disait Homais ; il fulminait[1] contre l'esprit du siècle, et ne manquait pas, tous les quinze jours, au sermon, de raconter l'agonie de Voltaire, lequel mourut en dévorant ses excréments, comme chacun sait[2].

Malgré l'épargne où vivait Bovary, il était loin de pouvoir amortir ses anciennes dettes. Lheureux refusa de renouveler aucun billet. La saisie devint imminente. Alors il eut recours à sa mère, qui consentit à lui laisser prendre une hypothèque sur ses biens, mais en lui envoyant force récriminations contre Emma ; et elle demandait, en retour de son sacrifice, un châle, échappé aux ravages de Félicité. Charles le lui refusa. Ils se brouillèrent.

Elle fit les premières ouvertures de raccommodement, en lui proposant de prendre chez elle la petite, qui la soulagerait dans sa maison. Charles y consentit. Mais, au moment du départ, tout courage l'abandonna. Alors, ce fut une rupture définitive, complète.

À mesure que ses affections disparaissaient, il se resserrait plus étroitement à l'amour de son enfant. Elle l'inquiétait cependant ; car elle toussait quelquefois, et avait des plaques rouges aux pommettes.

En face de lui s'étalait, florissante et hilare, la famille du pharmacien, que tout au monde contribuait à satisfaire. Napoléon l'aidait au laboratoire, Athalie lui brodait[3] un bonnet grec, Irma découpait des ron-

---

1. *DIR* : « FULMINER Joli verbe. »   2. Le passage qui précède, depuis « D'ailleurs, le bonhomme tournait à l'intolérance... », rayé sur la copie par la *Revue de Paris*, est rétabli selon l'indication de Flaubert.   3. L'édition Charpentier seule donne « bordait », sans doute par erreur.

delles de papier pour couvrir les confitures, et Franklin récitait tout d'une haleine la table de Pythagore. Il était le plus heureux des pères, le plus fortuné des hommes.

Erreur ! une ambition sourde le rongeait : Homais désirait la croix. Les titres ne lui manquaient point.

1° S'être, lors du choléra, signalé par un dévouement sans bornes ; 2° avoir publié, et à mes frais, différents ouvrages d'utilité publique, tels que... (et il rappelait son mémoire intitulé : *Du cidre, de sa fabrication et de ses effets* ; plus, des observations sur le puceron laniger [1], envoyées à l'Académie ; son volume de statistique, et jusqu'à sa thèse de pharmacien) ; sans compter que je suis membre de plusieurs sociétés savantes (il l'était d'une seule).

— Enfin, s'écriait-il, en faisant une pirouette, quand ce ne serait que de me signaler aux incendies [2] !

Alors Homais inclina vers le Pouvoir. Il rendit secrètement à M. le préfet de grands services dans les élections. Il se vendit enfin, il se prostitua. Il adressa même au souverain une pétition où il le suppliait *de lui faire justice* ; il l'appelait *notre bon roi* et le comparait à Henri IV.

Et, chaque matin, l'apothicaire se précipitait sur le journal pour y découvrir sa nomination : elle ne venait pas. Enfin, n'y tenant plus, il fit dessiner dans son jardin un gazon figurant l'étoile de l'honneur, avec deux petits tordillons d'herbe qui partaient du sommet pour imiter le ruban. Il se promenait autour, les bras croisés, en méditant sur l'ineptie du gouvernement et l'ingratitude des hommes.

Par respect, ou par une sorte de sensualité qui lui faisait mettre de la lenteur dans ses investigations, Charles n'avait pas encore ouvert le compartiment secret d'un bureau de palissandre dont Emma se servait habituellement. Un jour, enfin, il s'assit devant, tourna

---

1. Puceron des pommiers.   **2.** Ces mérites de Homais, rayés sur la copie par la *Revue de Paris*, sont rétablis selon l'indication de Flaubert.

la clef et poussa le ressort. Toutes les lettres de Léon s'y trouvaient. Plus de doute, cette fois ! Il dévora jusqu'à la dernière, fouilla dans tous les coins, tous les meubles, tous les tiroirs, derrière les murs, sanglotant, hurlant, éperdu, fou. Il découvrit une boîte, la défonça d'un coup de pied. Le portrait de Rodolphe lui sauta en plein visage, au milieu des billets doux bouleversés.

On s'étonna de son découragement. Il ne sortait plus, ne recevait personne, refusait même d'aller voir ses malades. Alors on prétendit qu'il *s'enfermait pour boire*.

Quelquefois pourtant, un curieux se haussait par-dessus la haie du jardin, et apercevait avec ébahissement cet homme à barbe longue, couvert d'habits sordides, farouche, et qui pleurait tout haut en marchant.

Le soir, dans l'été, il prenait avec lui sa petite fille et la conduisait au cimetière. Ils s'en revenaient à la nuit close, quand il n'y avait plus d'éclairé sur la place que la lucarne de Binet.

Cependant, la volupté de sa douleur était incomplète, car il n'avait autour de lui personne qui la partageât ; et il faisait des visites à la mère Lefrançois afin de pouvoir parler d'*elle*. Mais l'aubergiste ne l'écoutait que d'une oreille, ayant comme lui des chagrins, car M. Lheureux venait enfin d'établir les *Favorites du Commerce* [1], et Hivert, qui jouissait d'une grande réputation pour les commissions, exigeait un surcroît d'appointements et menaçait de s'engager « à la Concurrence ».

Un jour qu'il était allé au marché d'Arguiel pour y vendre son cheval, — dernière ressource, — il rencontra Rodolphe.

Ils pâlirent en s'apercevant. Rodolphe, qui avait seulement envoyé sa carte, balbutia d'abord quelques excuses, puis s'enhardit et même poussa l'aplomb (il faisait très chaud, on était au mois d'août) jusqu'à l'inviter à prendre une bouteille de bière au cabaret.

Accoudé en face de lui, il mâchait son cigare tout

1. Voir II, 14, p. 327.

en causant, et Charles se perdait en rêveries devant
cette figure qu'elle avait aimée. Il lui semblait revoir
quelque chose d'elle. C'était un émerveillement. Il
aurait voulu être cet homme.

L'autre continuait à parler culture, bestiaux, engrais,
bouchant avec des phrases banales tous les interstices
où pouvait se glisser une allusion. Charles ne l'écoutait
pas ; Rodolphe s'en apercevait, et il suivait sur la
mobilité de sa figure le passage des souvenirs. Elle
s'empourprait peu à peu, les narines battaient vite, les
lèvres frémissaient ; il y eut même un instant où
Charles, plein d'une fureur sombre, fixa ses yeux
contre Rodolphe qui, dans une sorte d'effroi, s'interrompit. Mais bientôt la même lassitude funèbre réapparut sur son visage.

— Je ne vous en veux pas, dit-il.

Rodolphe était resté muet. Et Charles, la tête dans
ses deux mains, reprit d'une voix éteinte et avec
l'accent résigné des douleurs infinies :

— Non, je ne vous en veux plus !

Il ajouta même un grand mot, le seul qu'il ait jamais
dit :

— C'est la faute de la fatalité !

Rodolphe, qui avait conduit cette fatalité, le trouva
bien débonnaire pour un homme dans sa situation,
comique même, et un peu vil.

Le lendemain, Charles alla s'asseoir sur le banc,
dans la tonnelle. Des jours passaient par le treillis ; les
feuilles de vigne dessinaient leurs ombres sur le sable,
le jasmin embaumait, le ciel était bleu, des cantharides
bourdonnaient autour des lis en fleur, et Charles suffoquait comme un adolescent sous les vagues effluves
amoureux [1] qui gonflaient son cœur chagrin.

---

1. Flaubert a écrit dans son manuscrit, et maintenu dans les éditions
successives jusqu'à celle de Charpentier en 1873 : « effluves amoureuses ».

À sept heures, la petite Berthe, qui ne l'avait pas vu de toute l'après-midi, vint le chercher pour dîner.

Il avait la tête renversée contre le mur, les yeux clos, la bouche ouverte, et tenait dans ses mains une longue mèche de cheveux noirs.

— Papa, viens donc ! dit-elle.

Et, croyant qu'il voulait jouer, elle le poussa doucement. Il tomba par terre. Il était mort.

Trente-six heures après, sur la demande de l'apothicaire, M. Canivet accourut. Il l'ouvrit et ne trouva rien.

Quand tout fut vendu, il resta douze francs soixante et quinze centimes qui servirent à payer le voyage de mademoiselle Bovary chez sa grand'mère. La bonne femme mourut dans l'année même ; le père Rouault étant paralysé, ce fut une tante qui s'en chargea. Elle est pauvre et l'envoie, pour gagner sa vie, dans une filature de coton.

Depuis la mort de Bovary, trois médecins se sont succédé à Yonville sans pouvoir y réussir, tant M. Homais les a tout de suite battus en brèche. Il fait une clientèle d'enfer ; l'autorité le ménage et l'opinion publique le protège.

Il vient de recevoir la croix d'honneur.

FIN

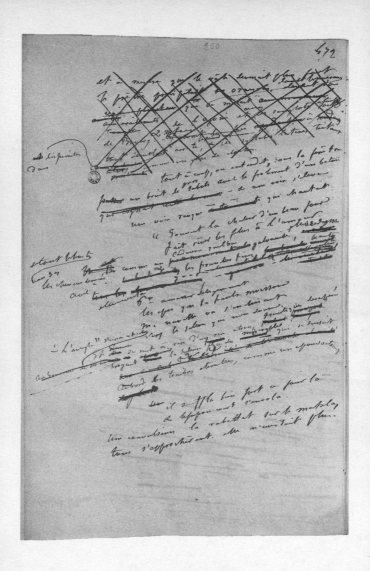

Manuscrit g 223⁶, folio 250.
« *Une convulsion la rabattit sur le matelas, tous s'approchèrent,
elle n'existait plus.* »

DOSSIER

Flaubert disséquant Madame Bovary.

PREMIER SCÉNARIO DE *MADAME BOVARY*
ET NOTE SCÉNARIQUE POUR LA FIN

PREMIER SCÉNARIO DE *MADAME BOVARY*
(Ms g 9 f° 1 et 1 v°)

Flaubert écrit les plans et scénarios de Madame Bovary *pendant les mois d'août et septembre 1851, date à laquelle il commence la rédaction du roman. Le moment des scénarios est essentiel dans la conception nouvelle que Flaubert a de la création littéraire : « Il faut bien ruminer son objectif avant de songer à la forme, car elle n'arrive bonne que si l'illusion du sujet nous obsède » (à Louise Colet, 29 novembre 1853). « Tout dépend du plan », constatait-il déjà, à propos des défauts de* La Tentation de saint Antoine *de 1849 (à Louise Colet, 31 janvier 1852).*

Yvan Leclerc, dans la remarquable édition qu'il donne de l'ensemble des plans et scénarios du roman (CNRS Éditions et Zulma, 1995), distingue « trois scénarios généraux, de plus en plus détaillés et prenant un nombre de pages croissant, un plan général, deux scénarios d'ensemble », des scénarios et plans partiels, des notes, des résumés, des esquisses. Le dossier a été classé à part dans l'ensemble des manuscrits du roman, mais d'autres pages de scénarios partiels se trouvent dans les brouillons, Flaubert redessinant en cours de rédaction le détail de sa fiction et l'équilibre minutieux des faits, des gestes, des situations.

Ces plans et scénarios avaient été publiés une pre-

mière fois par Jean Pommier et Gabrielle Leleu, dans
leur « nouvelle version » de Madame Bovary *(José
Corti, 1949), le texte proposé intégrant un choix des
brouillons. Claudine Gothot-Mersch a analysé la
complexité du travail scénarique de Flaubert dans* La
Genèse de « Madame Bovary »*, José Corti, 1966, et
Slatkine, 1980.*

On remarque que ce premier scénario *(Ms g 9 f° 1)*
indique déjà le titre Madame Bovary, *sur lequel Flaubert semble n'avoir alors eu aucune hésitation (ce ne
sera pas le cas pour* Bouvard et Pécuchet*), que le
commencement par l'arrivée de Charles au collège et
l'achèvement par sa mort et la pauvreté de sa fille sont
déjà conçus comme le cadre de la « biographie »
d'Emma, que l'idée de deux amants et du suicide font
déjà la structure d'ensemble pourtant linéaire de la fiction ; on remarque également que le rythme du récit y
est commandé par la psychologie du personnage
d'Emma :* « longue attente d'une passion et d'un événement qui n'arrive pas » *; et que certains détails sont
étrangement fixés, déjà :* « voyages à Rouen jeudis ».

< > *indique les ajouts.*

Charles Bovary officier de santé 33 ans quand commence le livre veuf déjà d'une femme plus vieille que lui épousée par spéculation ou plutôt par bêtise et dont il a été dupe — son enfance à la campagne jusqu'à 15 ans < — vagabondage dans les champs — époque où l'on brasse — > trois ou quatre ans au collège officier de santé puis carabin à grand peine. misère sotte et dont il n'a pas conscience esprit plus sensible, droit juste obtus, sans imagination, une ou deux grisettes lui font connaître l'amour est reçu — sa mère avec lui <μ ambitieuse & tripotière le père ivrogne & bravache> — puis sa première femme

Me Bovary Marie (signe Maria, Marianne ou Marietta) fille d'un cultivateur aisé élevée au couvent à Rouen — nobles amies — toilette piano — <souvenir de ses rêves quand elle passe devant le couvent.> Au spectacle aux foires St Romain quand son père bon gars piété du pays de Caux y vient = (père Desnoyers) y vient

Aime d'abord son mari qui est un assez beau garçon — bien fait & bellâtre. Mais sans gd emportement. Ses sens ne sont pas encore rév nés elle apporte <peu à peu> dans la maison plus de luxe que le revenu n'en comporte — sa vie solitaire pendant que son mari fait ses courses — ses rentrées le soir, trempé quand elle elle vient de lire quelque beau roman — de la vie parisienne surtout. <Journaux de mode. Journal des demoiselles> — un commencement d'amour <un bal de châ-

Commencer par son entrée au collège. — use ses habits de campagne dans les récréations

Loge sur l'eau de Robec

μ vient de temps à autres chez Charles passer 8j. 15 jours

Poser ces antécédents dans le cours des développements postérieurs si ce n'est peut-être la mine du père

ceci développé plus tard — à cette époque elle en est encore au rêve et à l'ennui

ψ Longue attente d'une passion & d'un événement qui n'arrive pas — l'année suivante on ne redonne pas le bal à la même époque.

teau> sans résultat ψ. Elle finit par prendre la pays en exécration et force son mari à le quitter.

on va ailleurs c'est encore pire — le <1er>clerc de notaire d'en face +, même homme que son mari mais <de nature> supérieur quoique semblable. — elle résiste longtemps à elle-même — puis se donne à lui λ ~~lassitude elle revient à son effleur~~ <lassitude de la nature féminine de ce premier amant>

un second amant ~~officier de spahis~~ <37 3 ans — homme d'expérience> brun — cassant — spirituel — l'empoigne en blaguant et lui remue vigoureusement le tempérament — sous son apparente gaieté c'est un homme ~~rongé d'ambition~~ <archi-positif> chasseur en habits de velours — rude — halé — énergique & viveur, se ruine peu à peu

positif lassé sensuel — il la démoralise en lui faisant voir un peu la vie telle qu'elle est.

rentrée chez elle — le monde est vide — ça se calme le ~~mot~~ maître-clerc revient <il est établi maître-clerc à Rouen> — voyages à Rouen jeudis l'hôtel d'Angleterre — pluie — flambant ~~les~~ désespoir de la sensualité du comfortable non assouvie (le besoin d'un bien être & général est développé par l'amour

---

+ passe tous les jours sous ses fenêtres en allant à l'étude — ~~la m~~ il a une chambre dans la maison en face chez le pharmacien

λ Calme — c'est tout comme avec son mari

le type du *brac* mais plutôt extérieurement

Inanité de ~~Char~~ son mari. Froissements.
Elle revient à Léopold. Mûre de sens. & <là> la passion s'établit et se régularise. elle s'y apporte tout entière

un voyage à Paris.

heureux — le désintéressement de la matière n'est qu'au commencement des passions) auquel se vient joindre le besoin pratique du luxe — vie pécheresse

lecture de romans (au point de vue de la sensualité imaginative)

dépenses — les mémoires de fournisseur ! —

vide de <cœur pr> à mesure que les sens se développent

vertige. — elle ne peut prtant aimer son mari

recoup avec la Capitaine — <qui l'envoie promener>

<elle tâche de revenir à son mari — elle l'~~admire~~ <estime> et s'aperçoit de l'abîme> dernière baisade avec l'~~amant~~ <Léopold> — suicide

<maladie — >

sa mort

veillée de la morte — après midi pluvieux diligence qui passe sous la fenêtre ouverte

enterrement —

vide solitaire de Charles avec sa petite fille — le soir

il s'aperçoit de jour en jour des dettes de sa femme

le maître-clerc se marie —

un jour que Charles se promène dans son jardin il meurt tout à coup — sa petite fille aux écoles gratuites

ESQUISSE SCÉNARIQUE POUR LA FIN
(Ms g 9 f° 39 r°)

Cette esquisse pour un épilogue élargi et « philoso-phique » sur le triomphe de Homais n'a pas été reprise par Flaubert dans la rédaction du roman. Mais c'est Homais qui, dans le roman, fait le choix du tombeau d'Emma Bovary.

Chanson de l'aveugle <dans la côte> les 2 derniers vers — Emma les trouve obscènes

prurit de la Croix — servile <se vendit> au Pouvoir — sert dans les élections <énumération des titres>

Épilogue
Le jour qu'il <l'> a reçu n'y voulut pas croire. Mr X député lui avait envoyé un bout de ruban — le met se regarde dans la glace Éblouissement

Il partageait<icipait> à ce rayon de gloire qui commençant au Sous Préfet qui était chevalier allait par le préfet qui était officier le génér[al] <de division> qui était commandeur — les min[istres] gds-off. jusqu'au monarque qui était gd-croix que dis-je jusqu'à l'Emp. Napol qui l'a fondée <créé> — Homais s'ebati s'absorbait dans le soleil d'Austerlitz Doute de lui

Existence. <délire. Effets fantastiques. l<s>a croix répétée dans la glace, pluie foudre de rubans rouges> — ne suis-je qu'un personnage de roman, le fruit d'une imagination en délire, l'invention d'un petit paltoquot que j'ai vu naître. — Oh cela n'est possible. Voilà les fœtus. <voilà mes enfants voilà. voilà>

Puis se resumant il finit par le gd mot du rationalisme moderne Cogito ; ergo sum

X tous les aspects de la croix. Institut — diplomate — guerrier — à en crever.

Et c'est une des grandes preuves de son tempérament qu'il n'en soit pas crevé.

& [1]
qui m'a inventé pour faire croire que je n'existe pas

1. Un trait relie « que j'ai vu naître » à « ce qui m'a inventé... »

REPENTIRS
(textes supprimés sur la copie finale du roman)

Flaubert a travaillé son roman jusqu'au moment ultime de la publication dans la Revue de Paris, *jusque sur la copie préparée par des copistes (cette copie est conservée à la Bibliothèque municipale de Rouen). Il y intervient sur des points décisifs : c'est sur la copie qu'il décide du découpage en chapitres (alors que le manuscrit final est rédigé en un texte continu, seule la division en trois parties, prévue par les scénarios, étant indiquée) ; et c'est sur la copie que Flaubert modifie la première phrase pour introduire le récit par : « Nous étions à l'étude... », qui change profondément la perspective de l'ensemble du roman.*

Mais la copie comporte également un grand nombre de passages rayés et de modifications de détail. Ces suppressions sont de deux sortes : celles que Flaubert a choisi de faire (souvent dans le fil des conseils de Bouilhet), celles qui ont été demandées par la Revue de Paris *par crainte d'une condamnation prévisible pour « outrage à la morale publique, à la religion et aux bonnes mœurs ». Le partage est en fait complexe, certaines des suppressions de Flaubert pouvant être liées également à l'évaluation de ce qui serait inacceptable ou incompréhensible. Les suppressions demandées par la* Revue de Paris *ont été « négociées » par Flaubert avec Laurent-Pichat. Une grande partie de celles-ci ont été de fait annulées, et les passages visés rétablis et publiés dans la revue (nous l'indiquons en note du texte). Mais d'autres suppressions, majeures (nous les indiquons également*

*en note du texte), sont intervenues contre la décision de
Flaubert, au point que celui-ci a songé à faire un procès
à la revue, et a exigé la publication, dans la dernière
livraison de son roman, d'une note de protestation (voir
p. 434). La plupart de celles-ci ont été rétablies par
Flaubert dès la première édition en volume, chez Michel
Lévy, en avril 1857. Flaubert a marqué sur un exemplaire de cette édition (qui est conservé à la Bibliothèque
historique de la Ville de Paris) les passages dont Laurent-Pichat lui avait demandé la suppression (il en
note 71). Yvan Leclerc a analysé avec une grande précision l'entrelacs de ces suppressions et rétablissements,
dans la perspective de ce qu'étaient « les logiques de la
censure » « littéraire » au* XIXe *siècle dans* Crimes écrits,
la littérature en procès au XIXe siècle, *Plon, 1991 (p. 129-
222).*

*Ces phrases ou paragraphes « raturés » sont un ajus-
tement ultime, ils sont comme la crête du travail des
brouillons et de la multitude des « variantes » de possibles qui les composent. Nous les publions parce qu'ils
représentent l'ultime frange du texte de Flaubert, dans
laquelle l'exigence esthétique croise le poids d'un pouvoir « moral ». Et parce que chaque texte a son existence et sa force propres. On peut remarquer aussi que
les personnages autour d'Emma et de Charles y avaient
une grande existence. Nous y avons inclus, à sa place
par rapport au texte du roman, un épisode qui de fait est
en amont, qui est dans une version antérieure au manuscrit final même (texte n° 14). Nous le citons d'après
l'édition composite que Jean Pommier et Gabrielle
Leleu ont élaborée du roman, en combinant des états
divers du texte, avec l'idée que le texte de Flaubert pouvait être l'ensemble de ses versions.*

*Nous suivons le texte du manuscrit final de Flaubert
(Ms g 221) en indiquant le folio sur lequel se trouve
le passage. Pour plus de lisibilité, nous ne faisons pas
intervenir les ratures et transformations encore nom-*

breuses sur ce manuscrit. Nous laissons cependant à la ponctuation son allure propre (qui est plus rythmique que typographique). [ ] *marque les limites du passage supprimé.*

1 « [Il [*Bovary père*] se fâcha avec ses voisins, eut des procès sans nombre et fut souvent cité en justice où il parlait abondamment ce qui lui valut la réputation d'homme d'esprit. Ne sachant que faire, il s'abonna à trois journaux, se mit à boire et devint républicain. Ses maîtresses l'avaient gâté, il fut despote dans son ménage.] » (f°8) (passage supprimé sur la copie, v. p. 60, note 2)

2 « [Combien peu il [*Charles Bovary*] nous ressemblait à tous, il ne souhaitait point l'incendie du collège, disait *Monsieur* en parlant du *Pion*, et ne se plaignait pas continuellement de la nourriture.] » (f°13) (passage supprimé sur la copie, v. p. 63, note 2)

3 « [La première fois qu'il entra dans une salle, Charles se sentit incommodé par l'odeur des lits, mais il se raidit vite contre l'émotion, et d'ailleurs la nouveauté, le mouvement, le bruit des grandes bassines de la pharmacie, les infirmiers allant et venant, la foule des élèves autour de l'opérateur, la vue de tant d'instruments en acier si bien affilés, tout cela l'amusa beaucoup d'abord. Il ne se trouva pas trop embarrassé en ces petites fonctions manuelles dont on charge les commençants. Une sorte d'indélicatesse d'organes jointe à un fonds de bonté naturelle fit bientôt même qu'il aima mieux lever des appareils que tourner des phrases. Quand il pansait un malade, c'était avec une telle attention, que la sueur lui en ruisselait du front.

Il se sentait petit, cependant, tout ce *monde* lui faisait peur, il regardait les internes avec leurs tabliers blancs, comme des êtres privilégiés ; l'agent de surveillance était pour lui, le directeur d'un département considérable, une espèce de Ministre, les administrateurs (braves négociants de la ville pour la plupart : droguistes ou autres) lui parurent des capitalistes philanthropes, et quant aux professeurs, à ces hommes graves dont les paroles, tombant dans son oreille — une à une — comme des pierres dans un puits, allaient s'élargissant et disparaissant sur la surface plane de son esprit, il leur trouvait à tous des têtes d'homme de génie. C'étaient des gens bien autrement posés que les professeurs de son collège, quelques-uns allaient en cabriolet par la ville et avaient dans leur cabinet des bustes en platre.] » (f° 16) (passage supprimé sur la copie, v. p. 64, note 3)

4 « [Il [*Charles*] buvait du vin chaud dans une tête de mort, se couchait à minuit, ne respectait plus rien. Il se mit à porter des sous-pieds, se laissa pousser les cheveux, s'acheta une canne, il allait en parties à Bonsecours à la Bouille, au bal masqué, il se dérangeait tout à fait. Sa mère s'en aperçut bien lorsqu'elle vit qu'il ne renvoyait plus exactement les pots des provisions qu'elle lui expédiait, et qu'il salissait plus de linge.

Il s'intéressait à l'établissement d'un cafetier — dont il était l'ami, lui donnait des conseils, et même le remplaçait au comptoir quand celui-ci, par hasard s'absentait un moment. Charles cependant avait beau remettre sa dépense de semaine en semaine, espérant qu'il pourrait se libérer plus tard, par de petits à compte, comme la consommation allait toujours la note s'allongeait sans fin aussi le maître du café perdant patience parla d'écrire à sa famille. Charles le supplia d'attendre encore un mois, le mois se passa ; l'argent ne vint pas ; et une note de 75 francs, envoyée par la poste, tomba comme une bombe dans la maison Bovary. Me Bovary fut atterrée, le père Bovary s'exaspéra, il écrivit à son fils qu'il déshonorait son nom et voulait, sans doute, mettre ses parents sur la paille avec des dettes pareilles. Il ajoutait qu'il ne les paierait pas, qu'il ne lui donnerait rien, que c'était un polisson indigne de sa tendresse et il menaçait en finissant de le faire embarquer pour la pêche à la baleine.

Me Bovary tout exprès vint à Rouen. Elle alla trouver le cafetier, s'emporta, lâcha de gros mots, obtint une réduction et s'en retourna chez elle, sans avoir voulu adresser une seule parole à son fils. Il pleura — ce fut une leçon.] » (f°s 20-21) (passage supprimé sur la copie, v. p. 66, note 3)

5 « [Quelle femme du reste n'eût accepté Charles ? il avait alors vingt-trois ans, était frais comme une jeune fille, et portait la barbe en collier. Sensuelle et dévôte à la fois, la veuve en le prenant pour mari y trouvait son compte sans se troubler la conscience.

Il y eut une entrevue, chez elle — à la nuit tombante, on resta longtemps sans apporter de lumière — Elle avait un grand bonnet à rubans bleus et s'y prit de façon à se faire embrasser au bout de la visite. Et Charles le cœur ému ressentit alors cet amour officiel qu'il est presqu'immoral de ne pas avoir lorsque l'on vient à s'établir.] » (f° 24) (passage supprimé sur la copie, v. p. 67, note 3)

6 « [Elle [*Emma*] marchait sans bruit sur les planches élastiques de la chambre, chaussée de bottines minces, qu'avait un peu blanchi d'usure au coup de pied, la bride des sabots qu'elle portait dans la cuisine, ou pour sortir dans les cours.] » (f° 31) (passage supprimé sur la copie, v. p. 72, note 2)

7 « [— ou bien, c'était au milieu du jour, le ciel était blanc — un nuage passait — versant tout à coup d'en haut une lumière éblouissante ; et pour voir elle mettait horizontalement sa main sur son front] » (f° 37) (passage supprimé sur la copie, v. p. 75, note 1)

8 « [D'autre part, la mort de sa femme ne l'avait [*Charles*] pas mal servi dans son métier, et comme à propos de cette catastrophe on avait répété pendant quelques jours dans tout l'arrondissement "ce pauvre jeune homme quel malheur" son nom s'était répandu, sa clientèle s'était accrue, il avait même dans son secrétaire, une petite réserve de napoléons. Et puis il allait aux Bertaux, tout à son aise ! et il s'y chauffait à la société d'Emma comme aux rayons d'un soleil doux. Il avait un espoir sans but, un bonheur vague. Il se trouvait la figure agréable, en brossant ses favoris devant son miroir. L'après-midi, qqfois il se disait tout

à coup "Allons voir le Père Rouault" et il partait, il arrivait avant le souper, à la tombée du jour. D'ordinaire à cette heure-là, Emma se trouvait dans la cuisine près de la fenêtre à inscrire sur un cahier de papier gris, le nombre des bottes de blé qu'on engrangeait — (c'était l'époque de la moisson) en puisant son encre, dans une petite barrique de porcelaine blanche, à cercles roses. Quand il faisait trop chaud, on prenait deux chaises pour s'aller mettre au frais devant la laiterie, sous le perron — en vue de la cour. Assis l'un près de l'autre, ils se parlaient sans détourner la tête — regardant passer les cochons qui grognaient — ou les paons, qui marchaient le col baissé, traînant leur belle queue sur les cailloux.] » (f°s 45-47) (passage supprimé sur la copie, v. p. 80, note 1)

9 « [Ils allèrent à Rouen faire des emplettes et quand les passants la regardaient, Charles tournait la tête afin de pouvoir à son aise, sourire de satisfaction, — un jour même sur le Pont-Suspendu, comme ils étaient arrêtés à voir passer les bateaux, il entendit trois officiers dire entr'eux, à voix basse, qu'ils en avaient peu rencontré de plus gentille.] » (f° 65) (passage supprimé sur la copie, v. p. 94, note 1)

10 « [La sueur, déteignant la doublure de ses manches avait marqué de deux plaques vertes sa [*Charles*] chemise sous les aisselles ; et son nez était rayé d'une barre rouge, à cause du sautillement de ses lunettes, car il en portait, ayant la vue basse, la nuit seulement, pour voyager.] » (f°s 84-85-86) (passage supprimé sur la copie, v. p. 108, note 2)

11 « [Certes, il n'y avait pas dans tout l'arrondissement de mari plus attentionné, ni de meilleure pâte d'homme, il l'avait dernièrement menée à Dieppe, au concert entendre des chanteurs montagnards ; chaque fois qu'il passait par Yvetot, il achetait chez le patissier des petits gateaux pour elle, et il les rapportait à sa main, dans son mouchoir.] » (f° 90) (passage supprimé sur la copie, v. p. 109, note 2)

12 « [Mais ce bal n'est pas de leur monde. Outre ses hôtes du château et quelques connaissances des environs,

le marquis avait invité par politique, des *notabilités* de
Rouen. Le maire, le général, le président du tribunal de
commerce, plusieurs magistrats et des hommes d'affaires
s'y trouvaient avec leurs épouses.

Se promenant de groupes en groupes le marquis se
mêlait aux conversations.

Il aborda trois messieurs à figures rouges et en gilet de
velours :

— "Ah ! Monsieur le Marquis" dit l'un d'eux, — qui
tenait à la main son verre de punch à moitié bu — "Que
vous nous donnez là, une fête charmante !"

— Oh ! Oh simple soirée de famille petite fête de campagne !

— Comment, petite fête de campagne, c'est une fête
de la Chaussée d'Antin ! un raout de ministres ! un vrai
bal des Tuileries !"

Le marquis rougit, l'invité (c'était un notaire) crut
avoir touché juste, et ajouta :

— "Le dîner vraiment étai... d'une magnificence..."

Le marquis tourna sur ses talons.

"— oui un joli dîner !" continua l'autre, en s'adressant
à son voisin qui répondit avec lenteur :

— Ce qui me plaît à moi dans un dîner, c'est le luxe !
ce sont les fortes pièces, quel saumon

— Moi j'aime beaucoup cette méthode de changer de
couverts à tous les plats" dit le troisième monsieur

— Cela s'appelle le service anglais" fit le notaire

Alors, à propos de l'argenterie :

— "il y en avait bien, n'est-ce pas, pour une trentaine
de mille francs" dit le premier

— de trente, à trente-cinq mille" reprit le second

— avec les petites cuillères ça irait à quarante, pour le
moins" ajouta le troisième.

— plus bas" le marquis repasse.

Il s'arrêta devant le salon des joueurs :

— Vous ne faites pas un whist, Monsieur le conseiller" dit-il en s'adressant à un homme chauve, dont le nez
camus portait des lunettes d'argent.

— Vous m'excuserez, Monsieur le Marquis, mais je me dégourdis un peu les jambes. Pour nous autres gens de vie sédentaire, vous savez, c'est un véritable plaisir que de se tenir debout. Le spectacle de la fête est ici, d'un charmant coup d'œil, quelle plus ravissante perspective ! on dirait une guirlande de fleurs, Monsieur le Marquis.

— Toutes ne sont pas en bouton" reprit le marquis, à demi voix

— Ah ! très joli ! très joli ! eh ! eh ! effectivement les femmes ne sont pas perpétuelles.

— Charmant... ne sont pas perpétuelles, le mot est parfait. Je le retiendrai." Puis cessant de rire, tout d'un coup "c'est une chose qui m'a toujours surpris, que les hommes graves puissent ainsi conserver dans le monde leur liberté d'esprit, et abandonner au seuil du Cabinet, les importantes préoccupations qui leur emplissent la tête.

— Au contraire ! Monsieur le marquis, au contraire ! plus l'imagination a été tendue dans la journée, plus elle se détend d'elle-même, le soir, comme un arc ; et alors il s'opère, en moi du moins, une sorte de révulsion, de réaction nerveuse, si je puis m'exprimer ainsi, qui me délassant tout à fait, ne m'en prédispose que mieux au travail du lendemain ; à la seconde session de cette année je présidais les assises ; je ne rentrais chez moi que fort tard, je dinais, j'allais dans le monde comme d'habitude, et ma foi j'étais très gai. Jamais ma santé ne fut meilleure" puis s'inclinant avec un sourire "votre arrondissement du reste, est un de ceux qui nous ont donné le moins de besogne".

— Oui l'esprit de nos campagnes est généralement assez bon" dit le marquis "quoique les mœurs de la population agricole, déjà s'y corrompent un peu au voisinage des fabriques. L'exemple des fortunes rapidement acquises descend en effet, du Capitaliste au petit bourgeois, frappe l'artisan, gagne l'ouvrier lui-même et établit ainsi, à poste fixe, dans la basse classe, une cause de perturbation morale déplorable ! monsieur le conseiller ! le colportage de la librairie nous fait aussi bien du mal et les fillettes de paysan au lieu d'aller aux vêpres, passent maintenant leur dimanche à lire un tas de mauvais petits livres qui les gâtent et sur lesquels le gouvernement devrait avoir les yeux !"

Après avoir devisé quelque temps des dangers de l'instruction, du frein de la religion, et de la décentralisation, le marquis entra dans le boudoir où l'on jouait, et le magistrat alla faire sa cour à la marquise qui causait avec un jeune homme, appuyé du coude sur la cheminée, près d'un magnolia en fleurs, dans un vase de chine. Il avait de longs cheveux blonds, une chaîne de montre en or passée à son cou comme un collier de chevalerie, un habit noir un peu vieux, ne prenait aucun rafraichissement, ne dansait pas, et entretenait la marquise d'un grand projet de salles d'asyles, [à] établir pour les jeunes filles, dans toutes les communes des cinq départements. C'était le rédacteur en second de la feuille légitimiste du Havre, ancien maître d'études dans un collège, auteur d'un volume d'élégies chrétiennes dédiées à Monseigneur de Bayeux, un homme d'art et de sentiment qui cachetait ses lettres avec un cachet représentant un cœur entr'ouvert, planté d'une plume, et garni de cette inscription "c'est là qu'elle puise"] » (f°s 103, 104, 105, 106) (passage supprimé sur la copie, v. p. 120, note 1)

13 « [Un troisième prit à part son voisin

— "Savez-vous la nouvelle ?

— Quoi donc ?

Hector vient de partir avec la princesse de Balury.

Ils s'écartèrent et elle n'entendit plus qu'un chuchottement, mêlé de rires contenus et d'exclamations.] » (f° 107) (passage supprimé sur la copie, v. p. 120, note 3)

14 « [Le jour venu, quand la porte d'en bas fut ouverte, elle descendit et se promena dans le jardin. On dormait encore. Elle regarda le château avec ses volets fermés, tâchant à deviner quelles pouvaient être par hasard, les chambres de tous ceux qu'elle avait remarqués la veille. Mais y étaient-ils encore ? Aucun maintenant ne pensait à elle ; d'où vient qu'elle pensait à eux et souhaitait les revoir ?

Il y avait de la boue sur le sable des petits chemins ; elle marchait lentement en écrasant des baies de sorbier que le vent avait jetées. Au tournant d'une allée quelque chose de rond, tout à coup roula sous elle. C'était un des lampions de la fête ; sa mêche éteinte était mouillée, au milieu du suif blanc tout sali dans son godet fêlé. Elle resta devant quelques minutes à le retourner du pied, comme le cadavre d'un animal. Un valet en veste rouge parut au loin sur le perron où il poussa des fauteuils et se mit à les brosser. Quelque mouvement commençait à se faire du côté des écuries. Une paysanne passant avec de l'herbe sur sa tête la salua d'un grand salut.

En allant ainsi au hasard, elle atteignit bientôt un bosquet touffu et s'arrêta surprise devant une maisonnette basse, à toit bombé recourbé par les quatre bouts, couvert de rondelles peintes comme des écailles de poisson, et que garnissait tout autour une rangée de cloches de bois. La rivière, en cet endroit, s'avançait un peu dans l'herbe et formait une crique d'eau dormante, où il y avait au repos deux chaloupes, avec une cabane verte pour les cygnes, parmi les nénuphars. Quand on regardait du dehors on ne voyait rien à l'intérieur. La porte semblait close, elle céda pourtant sous sa main, et elle se trouva dans un appartement tendu de papier bleu, où il y avait des feuillages et des perroquets perchés. Les meubles étaient un divan circulaire de coutil gris, quelques chaises en bambou et une table ronde, en marbre vert sur une natte d'Amérique. C'était une retraite pour les jours d'été, un lieu de rendez-vous, où, caché à tous les yeux, mais découvrant l'horizon par l'éclaircie des massifs, on venait sans doute, bien des fois à des heures silencieuses, passer là ses mélancolies d'amour au murmure des eaux, les murs, contre un portrait, semblaient penser des choses qu'ils ne voulaient pas dire. Au milieu de la rivière, arrondissant ses ailes au vent, un cygne nageait et laissait sur l'eau tranquille un long sillon, qui s'élargissait derrière lui.

Des losanges égaux étaient disposés à l'une des deux fenêtres. Elle regarda la campagne par les verres de couleur.

À travers les bleus tout semblait triste. Une buée d'azur immobile répandue dans l'air allongeait la prairie et reculait les collines. Le sommet des verdures était velouté par une poussière marron pâle inégalement floconnée, comme s'il fût tombé de la neige, et dans un champ bien loin, un feu d'herbes sèches que l'on brûlait semblait avoir des flammes d'esprit de vin.

Puis par les carrés jaunes les feuilles des arbres étaient plus petites, le gazon plus clair et le paysage entier comme découpé dans du métal. Les nuages détachés figuraient des édredons de poudre d'or prêts à crever ; on eût dit l'atmosphère illuminée. C'était joyeux ; il faisait chaud dans cette grande couleur topaze, délayée d'azur.

Elle mit son œil au carreau vert. Tout fut vert, le sable, l'eau, les fleurs, la terre elle-même se confondant avec les gazons. Les ondes étaient toute noires, l'onde livide semblait figée sur ses bords.

Mais elle resta plus longtemps devant la vitre rouge. Dans un reflet de pourpre étalé partout et qui dévorait tout de sa couleur, la verdure était presque grise, les tons rouges eux-mêmes disparaissaient. La rivière élargie coulait comme un fleuve rose, les plate-bandes de terreau semblaient des mares de sang caillé, le ciel immense entassait des incendies. Elle eut peur.

Elle détourna les yeux et par la fenêtre aux verres blancs, tout à coup le jour ordinaire reparut tout pâle et avec de petites nuées indécises de la couleur du ciel.

La rosée matinale fumait dans la prairie ; un troupeau de moutons en passant broutait la pelouse du parc et à l'une des lucarnes du château une femme en camisole de nuit nettoyait son peigne au vent, et le soleil blanc d'un bond entra dans l'appartement fermé dont les murs s'échauffant exhalèrent une odeur tiède qui vous affadissait. Fatiguée, elle s'affaissa sur un coussin. Emma sentait une douleur qui la pinçait à l'occiput et, quoiqu'elle ne dormît pas, qu'elle commençait à rêver.

Elle fut réveillée en sursaut, par une volée de corneilles qui rasa le taillis, et fut s'abattre au-delà dans les sapins.

Elle eut peur d'être surprise ! elle se dépêcha de rentrer.] » (passage du manuscrit antérieur au manuscrit final, non repris dans la copie, voir éd. Pommier-Leleu, p. 216-217, v. p. 123, note 2[1])

15 « [Pour ne point parler, Emma faisait semblant d'être endormie. De temps à autre, par ennui elle entr'ouvrait un œil et elle voyait devant elle la route vide avec quelque roulier qui passait, couché dans la paille, sous sa voiture, puis de place en place un orme ébranché et les mètres de cailloux se succédant à la file.] » (f° 115) (passage supprimé sur la copie, v. p. 125, note 1)

16 : « [On était en été ; les baigneurs allaient à Dieppe, et la poste se trouvant en face, pendant que les voitures s'arrêtaient à relayer, Emma regardant du haut de sa fenêtre la bâche poudreuse, les châles aux portières, les figures des voyageurs, elle aurait voulu savoir leurs noms, les connaître, et elle emportait d'eux, dans son souvenir quelque détail minime qui la tenait ensuite occupée. Elle resta, une fois, jusqu'à la nuit songeant à la casquette galonnée d'or d'un courrier qu'elle avait vu le matin sur le siège d'une berline ; il en avait battu la poussière contre une roue, avait payé la poste, était remonté puis parti.

Mais toutes ces existences qui passaient sans parler lui semblaient se tenir dans le monde à une distance prodigieuse de la sienne.] » (f°s 84-85-86) (Paragraphe supprimé par Flaubert sur son manuscrit final, avec en marge

---

1. « Sais-tu à quoi j'ai passé tout mon après-midi avant hier ? à regarder la campagne par des verres de couleur. J'en avais besoin pour une page de ma *Bovary* qui, je crois, ne sera pas des plus mauvaises » (à Louise Colet, 15-16 mai 1852). Cette promenade matinale semble également toucher la mémoire : Flaubert, en Égypte, dans une lettre à Louis Bouilhet, écrite le 13 mars 1850 « à bord de notre cange », racontait la chasse matinale qu'il avait faite quelques jours auparavant, après la nuit passée avec Kuchuk-Hanem, « courtisane fort célèbre », à Esneh : « Je marchais poussant mes pieds devant moi, et songeant à des matinées analogues... à une entre autres, chez le marquis de Pomereu, au Héron, après un bal. Je ne m'étais pas couché et le matin j'avais été me promener en barque sur l'étang, tout seul, dans mon habit de collège. Les cygnes me regardaient passer et les feuilles des arbustes tombaient. C'était peu de jours avant la rentrée ; j'avais quinze ans. »

cette note : « Suppression à cause des rêves de voy[ages] à Paris plus loin. » ; v. p. 128, note 1)

17 « Madame Lefrançois, par pompe, avait fait dresser les quatre couverts. [Ils étaient en ligne, sur une serviette dépliée au haut bout d'une longue table sans nappe qui se perdait par le bas dans les ténèbres de l'appartement ; et l'on distinguait à peine, à la clarté des deux bougies, une chasse à courre qui tenait toute la muraille, avec des cavaliers, des trompes, des piqueurs, des amazones dînant sur l'herbe — et des bouteilles de vin rafraîchissaient dans des fontaines. Le cordon de la sonnette, tombant le long du papier sale, y avait marqué de son gland sur les paysages, un grand quart de cercle, tout gris. L'apothicaire s'assit là, ayant le médecin à sa droite, et à sa gauche Me Bovary qui avait Mr Léon à côté d'elle.] » (f° 156) (paragraphe supprimé sur la copie, v. p. 159, note 1)

18 « [Homais disait vrai. Il était abonné à deux journaux et il en possédait les collections, et même il envoyait aux gérants par la poste, dans des lettres affranchies, les observations qu'il avait faites sur les articles forts. Il avait la collection du *Journal des Villes et des Campagnes*, avec la collection de l'*Illustration*, et la collection du *Journal de Rouen*, depuis sa fondation, le tout cartonné par lui-même, et enfermé dans un bas d'armoire qu'il appelait la succursale de sa bibliothèque.] » (f° 163) (paragraphe supprimé sur la copie, v. p. 166, note 1)

19 « ["Rien au monde", dit-il [*Homais*] en présentant ses dons lui-même "n'est plus malsain que les dragées, car les matières colorantes qu'on y emploie généralement tirées de substances minérales irritent l'œsophage, attaquent la dentition et provoquent dans l'intestin, par les parcelles vénéneuses qu'elles y déposent, des embarras abdominaux qui chez les jeunes sujets bien souvent dégénèrent en attaques convulsives."] » (f° 177) (paragraphe supprimé sur la copie, v. p. 173, note 4)

20 « [Certes, il ne dédaignait pas la bombance, mais il était d'un caractère violent. Et puis Mr Bovary avait outre-passé les bornes, au dire même du pharmacien. Car bien qu'il n'eût pas de religion, Homais blâmait à son endroit, les abominations jacobines et il eût été fâché de la voir anéantie, — sans doute y découvrant (à l'instar des législateurs et politiques) un gage de sécurité sociale. Et ce même homme qui tantôt, dans l'église, avait ri de pitié en récitant un *pater*, se serait scandalisé de toute son âme si l'on eût refusé au cadavre de qqu 'un les honneurs catholiques de la sépulture.] » (f° 178) (paragraphe supprimé sur la copie, v. p. 174, note 4)

21 « [En effet la voiture repartant tous les jours à trois heures du soir, il n'était pas facile de rester à Rouen, pour le spectacle. Il fallait coucher à l'hôtel, s'absenter complètement, en demander la permission, et Mr Guillaumin rechignait à la donner pour de pareils motifs. Mais lui, il ne se gênait point avec son cheval et son cabriolet. Alors on parla du cheval : il avait coûté douze cents francs, il venait d'Angleterre, il faisait une lieue en seize minutes.] » (f°s 187-188) (passage supprimé sur la copie, v. p. 180, note 1).

22 « [Le petit Justin entra, un jour dans sa chambre, comme il [*Léon*] s'essuyait les yeux à son mouchoir.

— Vous avez du chagrin" demanda-t-il.

— non ! non ! va t'en ! et n'en parle à personne." car il eût regardé comme infâme que l'on connût son amour; et il n'en voulait rien perdre pas même le mystère inutile. Chaque soir, il s'efforçait à y penser, espérant qu'elle viendrait dans ses songes.] » (f°s 200-201) (passage supprimé sur la copie, v. p. 186, note 2)

23 « [Chez le pharmacien, un soir, Me Bovary tout en causant, laissa tomber son gant par terre. Léon le poussa sous la table, puis quand on fut couché, il descendit à tâtons, le trouva sans peine et revint dans son lit. C'était un gant de couleur jaune, avec de petites rides sur la phalange ; et la peau semblait soulevée davantage au gd morceau du pouce, à cet endroit de la main, où il y a le plus de chair. Léon cligna les yeux et il l'entrevit au poignet d'Emma, boutonné, tendu, agissant coquettement en mille fonctions indéterminées, il le huma, il le baisa, il y passa les quatre doigts de sa main droite et s'endormit la bouche dessus.] » (f° 202) (passage supprimé sur la copie, v. p. 187, note 1)

24 « ["Tu avais donc perdu ton mouchoir de poche", reprit Charles, "Justin, après le dessert, est parti le chercher dans les champs" Et il tendit son mouchoir tâché de boue, qu'elle avait égaré tantôt, sur la route. "Oh, c'est une surprise, qu'il me fait."] » (f° 209) (passage supprimé sur la copie, v. p. 190, note 1)

25 « [Un quart d'heure après, Félicité entra, en poussant des exclamations de joie. Elle portait aux épaules, un beau foulard en cotonnade, dont Mr Lheureux venait de lui faire cadeau. Cette œuvre d'un génie rouennais qui était sur fond rouge bariolée de foudres noires, et avec personnages, eut alors pendant quinze jours, un immense succès, grâce à sa portée politique. On y voyait, agréablement reproduits Mr Guizot, Prittchard et la reine Pomaré, qui autour d'une table ronde, buvaient ensemble un verre de bière [1].] » (f° 213) (passage supprimé sur la copie, v. p. 192, note 2)

26 « [Léon peu à peu se sentit écarté d'elle, et cette sympathie si pleine de promesses se dessécha, comme un fruit sur la branche qui se fane avant de mûrir, et reste suspendu.] » (f° 215) (passage supprimé sur la copie, et déjà mis entre crochets sur le manuscrit, v. p. 194, note 1)

27 « [S'en faire aimer, lui [*Léon*] sembla dès lors, une entreprise surhumaine, qqchose d'inoui et de perdu dans

---

1. Illustration très contemporaine du « règlement », en 1843, d'une affaire qui avait failli provoquer la guerre entre la France et l'Angleterre dans leur rivalité à Tahiti. La France, avec Guizot comme Premier ministre, avait, en tentant d'imposer son protectorat sur l'île, gouvernée par la reine Pomaré IV, expulsé le missionnaire anglais protestant Pritchard. La rupture de l'Entente cordiale avec l'Angleterre ne fut évitée que par le paiement à Pritchard d'une indemnité de 25 000 francs, qualifiée de « honteuse » par l'opposition, alors très forte, au ministère Guizot. Dans une note à son édition de *Madame Bovary* (voir Bibliographie), t. I, p. 412, Gabrielle Leleu dit avoir vu au Musée commercial de Rouen un foulard de ce type, dans lequel elle voit une source directe de ce passage, et dont elle donne la description. Cela est commenté par Dumesnil dans son édition du roman (t. II, p. 290-291).

les nuages, comme ces montagnes que l'on juge démesurées par l'impuissance où l'on est, d'y pouvoir parvenir.
Sa passion, d'ailleurs, n'était point de celles que les obstacles avivent. L'incertitude l'avait rendue patiente et
l'admiration presque désintéressée, il y avait dans son
amour plus de respect que d'orgueil, plus d'attendrissement encore que de concupiscence, et s'il était à cet âge,
où l'on goûte toutes les femmes ou une seule femme, il
était à l'âge aussi où l'on retrouve celle-là dans toutes les
autres.] » (f° 216) (passage supprimé sur la copie, v.
p. 195, note 1)

28 « [Comme une éponge que l'on promène sur un
mur, trainant son cœur sur la surface de sa vie, elle
[*Emma*] le tordait avec acharnement et en faisait couler
un continuel ennui. Elle espérait en acquérir l'habitude,
mais le dégoût était trop fort, ou son tempérament trop
faible.] » (f° 219) (passage supprimé sur la copie par la
Revue de Paris, non rétabli par Flaubert, v. p. 197, note 1)

29 « [*Homais avec Léon*] [Et même il l'en plaisantait
seul à seul au jardin. Dans ce jardin de l'apothicaire,
coupé d'allées nombreuses et divisé par losanges, rien ne
poussait qui ne fût utile pour la pharmacie. La bourrache,
le houblon, la guimauve et l'angélique avec la camomille
et les belles de nuit s'étalaient largement dans les plate-
bandes ; et elles envahissaient un peu les carrés de
légumes, comme dans l'âme du pharmacien, les idées
scientifiques trop à l'étroit débordaient d'elles-mêmes,
sur les choses du ménage et y restaient enlacées.

Tous les matins après son racahout, Mr Homais en
manches de chemise venait ramasser là les limaçons qui lui
servaient à composer du sirop. Le clerc souvent l'accompagnait, et c'est alors que Homais le persécutait de questions,
pour lui faire avouer ses amours. Léon parfois s'en croyait
quitte, lorsque le pharmacien laissant à terre sa cuvette à
escargots soudain lui disait en le poussant du coude "est-
elle gentille ? contez-moi cela !"

Léon se récriait, — "taisez-vous donc, farceur !" reprenait l'apothicaire, puis comme semblant comprendre la

mauvaise honte du jeune homme, et vouloir la ménager par savoir-vivre : — Eh parbleu ! vous avez raison", "il faut que jeunesse se passe ! vous connaissez d'ailleurs, mes opinions philosophiques. Ainsi voilà Napoléon, mon aîné, je le destine à la magistrature, c'est un salpêtre — et même je crois qu'il aura du tempérament. Eh bien ? pensez-vous que plus tard s'il me fait des fredaines d'étudiant, je serai sans cesse à le morigéner comme un pédagogue de comédie ! non ! qu'il coure la prétentaine tout à son aise, pourvu qu'il ménage sa santé ! et qu'il reste honnête homme ! Car je comprends que l'on s'amuse, mais en gardant des mœurs et en respectant les principes ! Aussi faut-il accoutumer les enfants à une liberté sage, afin qu'ils la connaissent déjà lorsqu'ils la possèderont ! et ne me parlez pas de ces éducations bigottes qui leur rétrécissent les idées et vont jusqu'à gâter leur estomac ! qu'arrive-t-il ? c'est qu'à peine établis, dès qu'ils sont abandonnés à eux-mêmes mes gaillards tâchent de rattraper le temps perdu — (la nature est toujours là, voyez-vous !) — et alors se livrent au dévergondage avec bien plus d'emportement, font la cour à leur propre femme de chambre, prennent des habitudes au café quoiqu'étant mariés, dissipent la fortune du beau-père (souvent péniblement acquise) ! — bref finissent par tomber dans la déconsidération. Tout cela parce qu'on ne leur a pas lâché la bride quand il le fallait. Et j'aimerais mieux donner ma fille à un brave garçon qui aurait rondement mené la vie et rôti le balai, qu'à l'un de ces grands coqs-d'inde élevés dans les séminaires, (où on en fait des hypocrites), et qui n'ayant jamais eu de bons exemples, ourdissent en silence leurs machinations, puis se découvrent tout d'un coup et déshonorent la société ! — oui monsieur !" reprenait-il vivement (et en rejetant le gland d'or de son bonnet qui lui battait sur l'œil) "déshonorent la société ! — eh bien, l'autre, saprelotte, s'il se dérangeait qqfois au moins connaitrait ce que c'est que la vie et le moyen de se faire aimer d'une femme !] » (f°s 230-231-232) (épisode supprimé sur la copie, v. p. 208, note 2).

30 « [*Binet à Léon*] ... en caressant sa mâchoire, avec un air de dédain mêlé de satisfaction ["Vous n'avez aucun goût de jeune homme, vous ne chassez pas ! vous ne pêchez pas ! et même vous ne vous promenez pas ! — Il y a ici, par exemple un billard. Si vous en priez Me Lefrançois, car vous, vous êtes son favori, elle y ferait j'en suis sûr les réparations nécessaires.

— alors nous pourrions tous les soirs, après le dîner, pousser de compagnie quelques carambolages, — et c'est un très beau jeu que le billard ! qui exerce l'adresse, et qui développe le corps, mais les jeunes gens, à présent, sont comme des poules mouillées."

Léon accoudé sur la table, tambourinait de son bras gauche étendu sur le marbre du petit poële, dont les trois pieds de fonte s'enfonçaient dans du sable.

— "voyez-vous" reprenait le percepteur, "quand on n'a pas servi, comme militaire, on n'est pas un homme".

"Ah !" faisait Léon.] » (f°s 232-233) (passage supprimé sur la copie, v. p. 208, note 3)

31 « Il [*Léon*] était las de cet amour sans résultat ni conclusion. [Il pensait à d'autres femmes — c'était la société d'Emma qui provoquait son cœur à ces divagations. Le désir écarté du but, se portait ainsi sur d'autres rêves.]

D'ailleurs il commençait à sentir cet accablement... » (f° 233) (passage supprimé sur la copie, v. p. 208, note 4)

32 « Léon chercha une place de second clerc à Rouen, n'en trouva pas [et fut content.

Il avait honte de vouloir abandonner Yonville et d'aimer Emma moins qu'autrefois "restons, se dit-il, et adorons-la jusqu'à la mort."

Ainsi l'amour recommença, et avec l'amour le long ennui qui en découlait, si bien que pour se garantir de toute faiblesse ultérieure] il écrivit enfin à sa mère... » (f° 234) (passage supprimé sur la copie, v. p. 209, note 1)

33 « ... dit l'apothicaire les larmes aux yeux ["Adieu mon bon ami, pensez à nous"

"Nous sommes en retard" murmurait Mr Guillaumin tout en resserrant la gourmette trop lâche.

— "Au moins écrivez-nous !" reprit Homais

— "Certainement !" dit Léon

— "Avez-vous mis mes papiers dans le coffre ?" demanda le notaire à son domestique

— "Ils y sont"

— "C'est bien ! apportez-moi une allumette"

L'apothicaire suffoquait :

— Tenez,] voilà votre paletot, mon bon ami. » (f° 238) (passage supprimé sur la copie, v. p. 212, note 2).

34 « ... de longues conférences, au sujet d'Emma. [L'apothicaire en était. Elles se tenaient chez lui, dans son salon, portes fermées "À quoi résoudre ?" demandait Charles.

— "C'est grave, c'est grave" répétait Homais et la mère Bovary soupirait : "Ah ! te voilà bien loti mon pauvre garçon avec une femme pareille qui n'a point de santé.

— "Peut-être que des bains" disait le pharmacien "amèneraient qque soulagement, car vous savez l'action lénifiante des bains. Ils relâchent les tissus, détendent les nerfs et procurent à l'ensemble des organes, un état de bien-être inconcevable, voyez, réfléchissez, mon bon ami, — mon établissement, du reste est à votre disposition.

Ce qu'Homais appelait son établissement, était une manière de cuve oblongue, à demi perdue dans son bûcher, entre le sac au charbon et les fagots. Il était si difficile de s'y accommoder un bain que Mme Homais avait renoncé à en prendre et la baignoire ne servait plus qu'aux enfants pour s'y cacher, lorsqu'ils jouaient à la climusette [1]. À force de piétiner dedans avec leurs sabots, ou de taper dessus avec des bâtons, ils l'avaient tellement bosselée et trouée, qu'un chaudronnier n'aurait pas voulu

---

1. Ou « cligne-musette » : l'équivalent de « à cache-cache ».

de ses morceaux bien que l'apothicaire affirmât qu'elle
était bonne encore.

Mais Charles attendri refusait ses propositions. À quoi
bon ? puisqu'Emma se révoltait contre tout traitement ?] » (f°s 247-248) (passage supprimé sur la copie, v.
p. 219, note 1)

35 « [″Pardonnez-moi !″ interrompit Mr Homais ″on
peut rester dans la bonne voie, sans suivre aucunement
celle de l'église. Admettons tout, plutôt. Soyons large et
philosophe, examinons les choses ; — et ce n'est pas pour
attaquer la religion. Je la respecte, je sais qu'il en faut
une ; mais enfin, le dogme n'implique point la morale,
pas plus que la vertu ne relève de la croyance et ainsi les
Espagnoles, les Italiennes, les Andalouses dont on parle
dans les auteurs, ces femmes voluptueuses qui assistent
aux combats de taureaux et portent des poignards dans
leur jarretière, eh bien ? elles ont de la religion, et ça
n'empêche pas que...

— ″Vous, Mr Homais″ répliquait la mère Bovary,
″vous êtes un homme de science ! vous avez vos idées,
j'ai les miennes ! cependant vous conviendrez qu'une
femme ne peut pas raisonner comme un homme. Elle ne
sait pas le latin ! Il lui est impossible de peser le pour et
le contre ; et moi je soutiens qu'à force de se tourmenter
toujours, afin de vouloir apprendre davantage on finit par
se rendre malade, figurez-vous qu'elle passe les nuits...″

— Oh ! détestable ! détestable″ s'écria le pharmacien,
subitement radouci par le compliment, ″nul excès n'est
pire que cette manie de faire du jour la nuit, de la nuit le
jour. Aussi moi, même dans le plus fort de mes études,
jamais je ne me suis couché passé dix heures ! mais dès
quatre heures en été, cinq heures en hiver, j'étais à la
besogne ! et du reste, six heures suffisent ; c'est raisonnable !

Septem horas pigro, nulli concedimus octo

Quoiqu'à vrai dire nous nous soyons un peu relâchés,
là dessus de la rigidité gothique de nos bons aïeux.
Nonobstant, je pense, comme vous, Madame, que la

molesse du lit lorsqu'on y joint l'habitude de la lecture peut devenir extrêmement funeste. L'inertie musculaire qui est trop complète ne contrebalance pas l'action céphalique qui est trop violente ; sans compter que la nuit par elle-même agit puissamment sur le système nerveux ; car l'imagination alors est plus surexcitable, la sensibilité plus impressionable, le nerf optique continuellement obligé de porter au cerveau les sensations, l'ébranle, il le commotionne, il travaille à la façon d'une tarière qui serait adaptée contre lui pour le perforer, — et de là, palpitations, dégoûts, perte de l'appétit, les digestions se font mal, l'innervation se trouble, c'est la veille qui se change en rêve, le rêve en veille ; le sommeil s'il se présente est perpétuellement agité par des épistomachies autrement dit cauchemars, et bientôt arrivent les différents phénomènes de magnétisme et de somnambulisme, avec les plus tristes résultats, les plus déplorables conséquences, — et je n'attaque pas ici, notez-le bien, le fond de la chose, le cœur du sujet qui serait d'examiner les rapports du moral et du physique et comment la littérature et les Beaux-Arts se rattachent à la Physiologie, — non, effleurons, et voyons en passant ce que l'on trouve dans la plupart des auteurs modernes, afin de découvrir s'il est possible...

— "Mais puisque ça l'amuse," objectait Charles abasourdi.

— "Permettez !" disait l'apothicaire échauffé.

— "Écoute-le" répliquait la mère Bovary.

— "Des cavernes" continuait Mr Homais "des spectres, des ruines, des cimetières, des faux-monnayeurs, des clairs de lune, que sais-je ? toutes sortes de tableaux lugubres et qui prédisposent singulièrement à la mélancolie. Puis ajoutez que ces produits fiévreux d'imagination en délire sont entâchés de néologismes, d'expressions barbares, de mots baroques, si bien qu'on est obligé de se casser la tête pour les comprendre. Car moi, je vous avoue que souvent je ne comprends pas vos auteurs à la mode ! — et je ne lis point les petits, — non — mais les plus célèbres, ceux qui ont de la réputation, ceux qui sont au pinacle ! — et je le répète encore une fois, c'est peut-être un défaut d'esprit, je le déclare en toute humilité, enfin je-ne-les-comprends-pas ; et je ne serais pas surpris, le moins du monde, que ces inventions où le bon goût, comme la langue et les mœurs sont si audacieusement outragés ne finissent pas par révolutionner jusqu'à l'organisme lui-même. Tout cela bien entendu ne s'adresse nullement à Me Bovary qui certainement est une des dames que je considère le plus, sauf peut-être un peu d'effervescence, un peu d'exaltation...

— "Non ! non !" s'écriait la vieille femme en agitant ses gencives aiguës, "ce que vous dites est plein de jugement, Mr Homais ; car ces livres dont vous parlez font voir l'existence en beau, puis quand on arrive à la réalité, on trouve du désenchantement ; et c'est cela, j'en suis sûre, elle enrage de savoir qu'elle n'a pas raison, et que je la connais bien. Ah oui ! je la connais bien. Pourtant il ne s'agit pas de faire la mijaurée ! le bel esprit ! il faut encore souffrir dans la vie ! il faut accomplir ses devoirs ! il faut gouverner sa maison ! mais c'est pitoyable, vraiment ! tu devrais la surveiller, n'est-ce pas Monsieur, vous qui êtes son ami ?]

Donc il fut résolu qu'on empêcherait Emma de lire des romans. » (f°s 248-249-251) (passage supprimé sur la copie, v. p. 219, note 2)

36 « [La belle-mère s'en chargea ; et elle eut l'approbation de Mr Homais, qui bien que libéral, ne s'en déclarait pas moins pour l'ordre. Or il y avait dans les manières de la jeune femme, dans son langage, son regard et jusque dans sa toilette, qque chose qui scandalisait leurs idées ; et ils la poursuivaient avec cet acharnement qui anime les gouvernements et les familles contre toute originalité.

Quand la mère Bovary passerait par Rouen]... » (f°s 251-252) (passage supprimé sur la copie, v. p. 220, note 1)

37 « [Elle [*Emma*] était avancée de quelques pas lorsqu'elle entendit la détonation d'une arme à feu et une compagnie d'oiseaux qui s'enfuyaient, lui passa près des épaules, avec un long bruit d'ailes en claquant du bec dans le brouillard.] » (f° 295) (paragraphe supprimé sur la copie, v. p. 270, note 2)

38 « [Était-ce s'imaginant que la circonstance l'exigeait, ou bien son cœur trop rempli débordait-il naturellement sur les hasards qui l'entouraient ? Elle [*Emma*] distribuait des aumônes, elle essayait de réciter des prières, elle chantait des barcarolles.] » (f°s 299-300) (passage supprimé sur la copie, v. p. 274, note 1)

39 « [Il en fut de même les jours suivants et bientôt les parties de cheval recommencèrent. Rodolphe dînait chez eux fréquemment ; Emma le plaçait à côté d'elle ; leurs pieds se touchaient sous la table, et sans le regarder, d'un air tranquille elle faisait des allusions à leur amour, si flatteuses pour lui, si outrageantes pour l'autre, qu'il en demeurait surpris, et presque scandalisé. Elle avait tort, disait-il, on pourrait tout savoir. Mais elle n'écouta rien, elle répondit - - Eh qu'on le sache, peu m'importe. Je suis fière de t'appartenir, nous sommes l'un à l'autre ? c'est pour toujours ! embrasse-moi ! quand tu n'es plus là, j'ai la vie si triste !

Emma n'exagérait pas, sans cesse, elle pensait à Rodolphe.] » (f°s 319-320) (passage supprimé sur la copie, v. p. 294, note 1)

40 « [— À quoi penses-tu ? " disait-elle / — "à rien" / — "Pourquoi n'es-tu pas à ton ouvrage ?" / — "Ah c'est trop ennuyeux !" / — "Qu'as-tu donc à présent ? rien ne te plaît !" / "— ma foi oui !" Et la conversation s'arrêtait là.] » (f° 321) (passage supprimé sur la copie, v. p. 296, note 3)

41 « [Il [*M. Deroserays*] parla des excellents soins de Mr Bovary et de la santé de ses deux jeunes filles. Elles étaient toujours un peu souffrantes, un peu malingres, particulièrement l'aînée qui avait la même constitution que sa pauvre mère. Il aurait fallu la conduire aux Eaux. Mais comment l'envoyer si loin avec une femme de chambre, car il ne pouvait pas quant à lui, se permettre un voyage, à cause de ses occupations. Ce gentilhomme en était surchargé, il avait continuellement un tas de rapports à écrire ! il était membre du conseil municipal et du conseil général, membre de la société des naufrages et de l'Académie de Rouen, de la société de vaccine, de la société des Bonnes mœurs, de la société de St Régis, et d'une infinité d'autres sociétés philanthropiques, scientifiques, morales, littéraires, agricoles. Bien qu'il fût dévôt, néanmoins il suivait le progrès ; et poli, agréable en société, amateur de dessin — et même un peu romantique ; il bavardait sur toutes choses avec une voix doucereuse qui vous affadissait. Emma en l'écoutant, faisait des efforts pour sourire, tandis qu'elle ne quittait pas des yeux, un petit rouleau de papier bleu qu'il avait déposé près de la pendule. Puis dès qu'il fut parti] Emma sauta dessus... » (f° 324) (passage supprimé sur la copie, v. p. 299, note 1)

42 « ... il [*Charles*] n'osait pas la réveiller, [mais se glissant à côté d'elle, il la baisait sur le cou, du bout des lèvres, entre le bonnet et le fichu. À travers le linge, il sentait en s'endormant la forme confuse de ses membres. Étendue sur le dos et sans ouvrir les yeux, Emma repoussait le bras qu'il avançait vers son cœur, dans un étirement de lassitude et de concupiscence timide.] » (f° 331) (passage supprimé sur la copie par la *Revue de Paris*, et non publié malgré la demande de rétablissement, en marge, de Flaubert, v. p. 305, note 3)

43 « [Rien n'avait égalé jusqu'à présent l'insipide monotonie de ces journées-là ; elles étaient si vides et si pareilles qu'elles en devenaient presque douces par l'excès même de leur platitude et de leur monotonie.] » (f° 348) (passage supprimé sur la copie, v. p. 327, note 2)

44 « Quant au souvenir de Rodolphe, elle l'avait descendu tout au fond de son cœur ; et il restait là, plus solennel et plus immobile qu'une momie de roi [dans un souterrain fermé. Elle avait chanté dessus, la complainte funèbre de sa jeunesse perdue. Elle avait entendu retomber, l'une après l'autre, les lourdes résolutions de son désespoir, et maintenant il s'étendait entr'eux, pour les séparer à jamais, une interminable succession de douleurs anciennes, remplie d'ombre, de poussière et d'or. Cependant] une exhalaison s'échappait... » (f° 351) (passage supprimé sur la copie, v. p. 331, note 1)

45 « [Il [*Bovary père*] prétendait à présent, que *l'Empereur lui avait promis la croix sur le champ de bataille*, et comme les réclamations qu'il faisait, restaient inutiles, cela l'exaspérait. Puis la gêne d'argent et les infirmités survenant, le tourmentaient. Il ne voulait plus sortir, il se laissait pousser la barbe, il se grisait davantage ; Parfois même, dans son indignation permanente, il regardait sa carabine en déclarant qu'il tuerait quelqu'un et qu'il se tuerait après ; enfin profitant d'une absence de sa femme, il avait dernièrement pris pour cuisinière *une créature*. Me Bovary ne put s'empêcher d'en parler à son fils, un soir, au coin du feu dans la salle, Emma étant couchée ; et alors ils épanchèrent leurs chagrins ; Charles lui conta ses embarras, ils avisèrent, le principal en attendant, c'est qu'Emma se guérissait.] » (f° 352) (passage supprimé sur la copie, v. p. 332, note 2).

46 « [Elle [*Mme Homais*] arrivait escortée de ses quatre marmots trainant après eux l'incroyable cadeau du médecin, qu'avaient acheté de compagnie le percepteur et le marchand d'étoffes.

Sur sa prière, en effet, ces deux messieurs s'étaient ensemble transportés à Rouen et répétant invariablement dans toutes les boutiques leur invariable phrase "nous voudrions pour une personne qui a de la reconnaissance envers quelqu'un quelque chose de joli" ils avaient fini par découvrir une curiosité qui coûta cinquante écus et qui ne valait pas trois liards.

C'était une manière de disque en bois, garni de grelots tout autour, et sur lequel quantité de petits bonshommes, parmi des maisonnettes peintes en rouge s'occupaient à des professions différentes. L'ensemble représentait une ville. La cathédrale au milieu, était ornée sous son portique de personnages en verre filé, qui se pressaient pour un baptême. Plus loin un âne à poil de lapin, portait dans des cacolets, des noyaux de prune en guise de cantaloups, et sous les tentes de la poissonnerie, des saumons en plâtre avec leurs rougeurs à la gueule, ressemblaient à des cigares en chocolat. On voyait un vendeur de moutarde brouettant son tonneau et un charcutier qui ouvrait un cochon ; puis des arbres, frisés comme des perruques et dans une confusion de couleurs bleue, blanche, grise, dans un pêle-mêle de lignes disgracieuses et de positions impossibles, des veaux, des chevaux, des charrettes, des laitières, car il y en avait pour tous les goûts, pour tous les sexes. Ainsi quatre soldats à panache, entouraient un obusier, tandis que des blanchisseuses lavaient du linge absent dans un bassin sans eau, — où s'accumulait d'ailleurs, toute la poussière de ce hideux édifice. — Et s'il n'était pas des plus neufs c'est qu'on ne fabriquait point souvent de pareilles choses. Celle-là même affirmait le marchand, avait été autrefois *destinée au Roi de Rome* [1].

L'apothicaire en fut si enthousiasmé, qu'il la plaça dans son salon ; et il la montrait aux personnes qui venaient à la pharmacie en s'écriant invariablement "moi je trouve que c'est un morceau digne d'être dédié à un musée !"

Ce merveilleux joujou ne tarda pas cependant, à produire du trouble dans la famille Homais. D'abord, les enfants le manièrent tellement que toute la peinture s'en alla, puis s'ennuyant de la contempler en commun, chacun voulut accaparer pr lui seul ce qu'il jugeait être à sa convenance. Mais la colle-forte qui se moulait comme des bottines sur les jambes des bonshommes, et qui montait comme une lave contre les murs des maisons ne permit pas d'arracher une seule pièce sans endommager toutes les autres. Napoléon en s'emparant des militaires, cassa complètement la cathédrale, ce qui fit pleurer Athalie, et Franklin détruisit exprès les basses-cours pour se venger d'Irma qui en versant de l'eau dans la fontaine, avait abîmé la peau de l'âne.

L'on put même en cette circonstance, voir un peu les différents caractères des petits Homais.

---

1. Fils de Napoléon, né en 1811.

Napoléon était vif, turbulent, grimacier. On lui réservait la pharmacie, à moins qu'il ne préférât faire son droit pour entrer plus tard dans la magistrature. Athalie avait l'humeur capricieuse et déjà se montrait coquette. Irma comme sa maman, serait une bonne ménagère. Quant à Franklin, il était taciturne, méditatif, vindicatif, et partisan des jeux paisibles. Son père le destinait à l'école polytechnique, mais sa mère avait peur qu'il n'y prît trop de peine, et qu'on ne lui cassât la tête.

— "Nous pourrons néanmoins, ma bonne amie" objectait alors Mr Homais, "commencer dès quatorze ans, par lui apprendre le dessin, cela forme le goût ! — et si nous voyons qu'il y morde, s'il aime à *faire un lavis*, à tirer des plans, à lever un arpentage... eh bien, ma foi, nous le lancerons dans les mathématiques."

Et il fallait entendre la manière dont il prononçait ce mot : mathématiques ! avec quelle emphase à la fois, et quelle volubilité ! Admirateur de toutes les sciences, Homais se proposait de n'épargner rien, pour en inculquer le fanatisme à ses enfants.

Il épargnait en revanche l'habillement de son élève, car il le vêtissait avec de vieilles défroques rajustées par la cuisinière, et comme le jeune garçon grandissait vite, non seulement elles étaient sales, mais toujours incommodes. Son pantalon noir lui montait jusqu'à la poitrine ; ses chaussons de drap bleu taillés à même quelque gilet déteint avaient des reprises au fil rouge ; et sa veste le serrait tellement des épaules qu'il ne se résignait à la porter que dans les froids excessifs. Il se montrait d'ailleurs encore plus paresseux que d'habitude, et on le voyait, les trois quarts du jour, assis en face de Mr Homais, sur l'autre comptoir, du côté droit, regardant voler les mouches autour des bocaux, et la main passée dans ses cheveux ; à la moindre occasion, il décampait bien vite, pour aller flâner chez le médecin. Lorsqu'il y conduisait les petits Homais,] il montait avec eux dans la chambre... » (f⁰ˢ 353-354-355) (passage supprimé sur la copie, v. p. 333, note 1)

47 « [Mais le bruit du bouchon qui sautait et les éclats
de voix du père Bournisien, les [*les écrevisses*] effrayant
quelquefois, elles se traînaient vite sur les pierres, à
grands coups de leurs pinces pour se tapir dans la vase.
Le percepteur aussitôt grommelait d'un air rébarbatif,
Bovary, par politesse,] l'invitait à se rafraîchir. » (f° 356)
(passage supprimé sur la copie, v. p. 334, note 2)

48 « [— C'est une jolie distraction" se mit à dire le
percepteur, en train d'aligner autour de ses balances, des
morceaux de viande "et si j'avais de la fortune, si j'étais
plus jeune aussi (car à mon âge, on est revenu de tout
cela) j'aimerais beaucoup à me tenir au courant des nouveautés. Quand j'étais à Rouen, vérificateur, j'allais le
dimanche au spectacle, écouter un vaudeville. Ce genre
m'amuse, on retient des couplets qu'on peut ensuite chanter en société.] » (f° 356) (passage supprimé sur la copie,
v. p. 335, note 1)

49 « [*Emma et Léon*] [... bientôt ils s'échangèrent des
phrases banales à propos de la belle nuit qu'il faisait.

Il y avait des nuages, et qui roulaient sur le ciel beu,
en cachant qqfois, tout à coup les petites étoiles. Le vent
ne soufflait pas assez fort pour agiter contre la mâture des
navires les voiles dépliées qui se détachaient comme de
grandes ombres plus noires dans l'obscurité pâle, — et la
rivière couleur d'ardoise apparaissait élargie tandis que
la ligne des quais sous la succession des réverbères se
prolongeait, indéfiniment. On entendait des bruits de chaloupe à la godille, avec le cri rauque des capitaines qui
regagnaient leur bord. En face, les lumières du faubourg
se mirant dans l'eau disparaissaient l'une après l'autre.

Me Bovary silencieuse, le coude gauche dans sa main
droite et le menton entre deux doigts, se tenait appuyée
contre la devanture du café. Mais à cause de la lueur qui
l'environnait, Léon bien qu'à trois pas d'elle, ne distinguait que ses deux yeux dont les prunelles fixes le regardant lui semblaient étinceler comme des escarboucles
dans la nuit.] » (f^bs 366-367) (passage supprimé sur la
copie, v. p. 349, note 1)

50 « [Dès la veille, à peine couchée, Emma tout à coup se réveillait. Il était une heure, minuit qqfois ; elle tâchait de se rendormir, n'y parvenant jamais, enfin immobile, les yeux ouverts, elle commençait par impatience à se figurer le rendez-vous. Elle se voyait déjà dans leur chambre là-bas, et elle sentait le goût de ses baisers avec le parfum de sa barbe fine qui lui caressait la peau. — Puis, au loin, des coqs chantaient dans la cour de l'auberge, la porte de l'écurie s'ouvrait, c'était le bonhomme Hivert qui conduisait ses chevaux à l'abreuvoir.] » (f°s 400-401) (passage supprimé sur la copie, v. p. 392, note 1)

51 « [Sa [*Rodolphe*] chemise entr'ouverte découvrait son cou gras. Son pantalon à pieds, de flanelle rousse, lui dessinait la musculature des cuisses, et toute la rancune d'Emma s'évanouissait à l'enchantement de la force ct de la virilité.] » (f° 449) (passage supprimé sur la copie, v. p. 452, note 1)

52 « [L'aveugle qui exploite la côte du Bois-Guillaume semble en avoir pris possession. Cependant si la maladie de ce pauvre homme est comme on l'affirme contagieuse, n'est-il pas à craindre qu'il ne la communique à des enfants ou à de faibles femmes et à des vieillards ? L'opinion publique commence à s'alarmer.] » (f° 481) (passage supprimé sur la copie, v. p. 494, note 2)

LETTRE DE FLAUBERT À TAINE

Nous donnons la deuxième lettre que Flaubert envoie à Taine en réponse à une enquête psychologique que faisait celui-ci sur l'imagination, en particulier artistique, et sur l'hallucination. La première, datée du 20 novembre 1866, répondait point par point aux questions de Taine : « 1) L'image intérieure inventée est pour moi aussi vraie que la réalité objective des choses [...] 2) Les personnages imaginaires m'affectent, me poursuivent, ou plutôt c'est moi qui suis dans leur peau. Quand j'écrivais l'empoisonnement d'Emma Bovary j'avais si bien le goût d'arsenic dans la bouche, j'étais si bien empoisonné moi-même que je me suis donné deux indigestions coup sur coup. [...] 3) Je crois que généralement (et quoi qu'on en dise) le souvenir idéalise, c'est-à-dire choisit ? Mais peut-être l'œil idéalise-t-il aussi ? [...] 4) L'intuition artistique ressemble en effet aux hallucinations hypnagogiques — par son caractère de fugacité [...]. » (Voir Bruno Donatelli, Flaubert e Taine, Luoghi e tempi di un dialogo, *Rome, Nuova Arnica Editrice, 1998).*

Croisset, 1ᵉʳ décembre [1866]

Mon cher ami,

Voici ce que j'éprouvais, quand j'ai eu des hallucinations :

1° D'abord une angoisse indéterminée, un malaise vague, un sentiment d'attente avec douleur. *Comme il arrive avant l'inspiration* poétique, où l'on sent « qu'il va venir quelque chose » (état qui ne peut se comparer qu'à celui d'un fouteur sentant le sperme qui monte et la décharge qui s'apprête. Me fais-je comprendre ?).

2° puis, tout à coup, comme la foudre, envahissement ou plutôt irruption instantanée *de la mémoire* car l'hallucination proprement dite n'est pas autre chose, — pour moi, du moins. C'est une maladie de la mémoire, un relâchement de ce qu'elle recèle. On sent les images s'échapper de vous comme des flots de sang. Il vous semble que tout ce qu'on a dans la tête éclate à la fois comme les mille pièces d'un feu d'artifice et on n'a pas le temps de regarder ces images internes qui défilent avec furie. — En d'autres circonstances, ça commence par une seule image qui grandit, se développe et *finit* par couvrir la Réalité objective, comme par exemple une étincelle qui voltige et devient un grand feu flambant. Dans ce dernier cas, on peut très bien penser à autre chose, *en même temps* ; et cela se confond presque avec ce qu'on appelle « les papillons noirs », c'est-à-dire ces rondelles de satin que certaines personnes voient flotter dans l'air, quand le ciel est grisâtre et qu'elles ont la vue fatiguée.

Je crois que la Volonté peut beaucoup sur les hallucinations. J'ai essayé à m'en donner sans y réussir. — Mais très souvent et le plus souvent je m'en suis débarrassé à force de volonté.

[...] Dans l'hallucination artistique, le tableau *n'est pas bien limité*, quelque précis qu'il soit. Ainsi je vois *parfaitement* un meuble, une figure, un coin, un paysage. Mais cela flotte, cela est suspendu, ça se trouve je ne sais où. Ça existe *seul* et sans rapport avec le reste, tandis que, dans la réalité, quand je regarde un fauteuil ou un arbre, je vois en même temps les autres meubles de ma chambre, les autres arbres du jardin, ou tout au moins je perçois vaguement qu'ils existent. L'hallucination artistique ne peut porter sur un grand espace, se mouvoir dans un cadre très large. Alors on tombe dans la rêverie et on revient au calme. C'est même *toujours* comme cela que cela finit.

Vous me demandez si elle s'emboîte, pour moi, dans la réalité ambiante ? Non. La réalité ambiante a disparu. Je ne sais plus ce qu'il y a autour de moi. J'appartiens à cette apparition exclusivement.

Au contraire, dans l'hallucination pure et simple on peut très bien voir une image fausse d'un œil, et les objets vrais de l'autre. C'est même là le supplice.

Adieu. Bonne pioche et tout à vous.

Gve Flaubert

LECTEURS CONTEMPORAINS

On trouvera ci-dessous le compte rendu publié par Edmond Duranty dans la revue Réalisme[1] *le 15 mars 1857, un extrait de l'article[2] de Barbey d'Aurevilly paru dans* Le Pays *le 6 octobre 1857, un extrait du texte que Baudelaire[3] publia dans* L'Artiste *du 18 octobre 1857, un extrait de l'*Étude sur Gustave Flaubert[4] *de Maupassant (1884).*

---

1. Revue fondée par Edmond Duranty (1833-1880), qui eut six numéros entre le 15 novembre 1856 et mai 1857. Duranty, proche de Champfleury, définissait le roman comme « la reproduction *exacte, sincère* du milieu social, de l'époque où l'on vit [...], aussi simple que possible pour être compréhensible ». Critique d'art (ami de Manet, c'est probablement lui qui amena Zola chez Manet), il publia également plusieurs romans : *Le Malheur d'Henriette Gérard* (1861), *La Cause du beau Guillaume* (1862). Flaubert écrit à George Sand, le 6 février 1876 : « Et notez que j'exècre ce qu'on est convenu d'appeler le *réalisme*, bien qu'on m'en fasse un des pontifes. » L'article n'est pas signé.   **2.** Texte repris dans Barbey d'Aurevilly, *Le XIXᵉ siècle. Des œuvres et des hommes*, choix de textes établi par Jacques Petit, Mercure de France, 1964, t. I, p. 204-213.   **3.** Flaubert avait écrit à Baudelaire, lorsque celui-ci fut poursuivi pour *Les Fleurs du Mal*, le 17 août 1857 : « Ceci est du nouveau : poursuivre un livre de vers ! Jusqu'à présent la magistrature laissait la poésie fort tranquille. / Je suis grandement indigné. » Flaubert semble n'avoir pas été attentif à l'importance contemporaine de l'œuvre de Baudelaire, et à la proximité de cette œuvre avec ses propres recherches : ce n'était peut-être finalement pour lui qu'un « volume de vers ». Baudelaire, au contraire, a eu une intelligence particulièrement profonde de ce qu'apportait Flaubert.   **4.** Cette étude a été publiée les 19 et 26 janvier 1884 dans la *Revue bleue*. Elle est reprise en tête de l'édition Charpentier des *Lettres de Flaubert à George Sand* (1884), et en tête du volume 7 de l'édition Quantin des *Œuvres complètes* (1855) qui est celui de *Bouvard et Pécuchet*. Cette étude comprend en effet un long développement sur la genèse et la nouveauté de ce roman posthume.

Réalisme (Duranty)

Madame Bovary, roman par Gustave Flaubert, représente l'obstination de la description. Ce roman est un de ceux qui rappellent le dessin linéaire, tant il est fait au compas, avec minutie ; calculé, travaillé, tout à angles droits, et en définitive sec et aride. On a mis plusieurs années à le faire, dit-on. En effet les détails y sont comptés un à un, avec la même valeur ; chaque rue, chaque maison, chaque chambre, chaque ruisseau, chaque brin d'herbe est décrit en entier ; chaque personnage, en arrivant en scène, parle préalablement sur une foule de sujets inutiles et peu intéressants, servant seulement à faire connaître son degré d'intelligence. Par suite de ce système de description obstinée, le roman se passe presque toujours par *gestes* ; pas une main, pas un pied ne bouge, pas un muscle du visage, qu'il n'y ait deux ou trois lignes ou même plus pour le décrire. Il n'y a ni émotion, ni sentiment, ni vie dans ce roman, mais une grande force d'arithméticien qui a supputé et rassemblé tout ce qu'il peut y avoir de gestes, de pas ou d'accidents de terrain, dans des personnages, des événements et des pays *donnés*. Ce livre est une application littéraire du calcul des probabilités. Je parle ici pour ceux qui ont pu le lire. Le style a des allures inégales comme chez tout homme qui écrit *artistiquement* sans *sentir* : tantôt des pastiches, tantôt du lyrisme, rien de personnel. — Je le répète, toujours *description* matérielle et jamais *impression*. Il me paraît inutile d'entrer dans le point de vue même de l'œuvre, auquel les défauts précédents enlèvent tout intérêt. — Avant que ce roman eût paru, on le croyait meilleur. — *Trop d'étude* ne remplace pas la spontanéité qui vient du sentiment.

Barbey d'Aurevilly

Quant au style par lequel on est peintre, par lequel on vit dans la mémoire des hommes, celui de *Madame Bovary* est d'un artiste littéraire qui a sa langue à lui, colorée, brillante, étincelante et d'une précision presque scientifique. Nous avons dit [...] que M. Flaubert avait une plume de pierre. Cette pierre est souvent du diamant ; mais du diamant, malgré son éclat, c'est dur et monotone, quand il s'agit des nuances *spirituelles* de l'écrivain. M. Flaubert n'a point de spiritualité. Il doit être un matérialiste de doctrine comme il l'est de style, car une telle nature ne saurait être inconséquente. Elle a été coulée d'un seul jet, comme une glace de Venise. Ce que M. Flaubert est quelque part, il l'est partout. Son style a, comme son observation, le sentiment le plus étonnant du détail, mais de ce détail menu, imperceptible, que tout le monde oublie, et qu'il aperçoit, lui, par une singulière conformation microscopique de son œil. Cet homme, qui voit comme un lynx dans l'âme *ombrée* de sa madame Bovary et qui nous fait le compte des taches qui bleuissent ici, noircissent là, cette belle pêche tombée, aux velours menteurs, est un entomologiste de style, qui décrirait des éléphants comme il décrirait des insectes. Il fait des tableaux de grandeur naturelle, au *pointillé*, dans lesquels rien ne se fond et où tout se détache. Certes, pour peindre ainsi, il faut une main dont on soit sûr, mais la largeur vaut mieux que la finesse. Tant de subtiles observations finissent par donner des *bluettes* ! La lumière se met à papilloter sur toutes ces nervures inutiles, sur tous ces linéaments rendus perceptibles et *heurtants* par le relief trop marqué du dessin, comme elle papillote, intersectée par les angles des pierres précieuses et nous éblouit. Un détail aussi enragé détruit l'effet même projeté par l'écrivain. Que M. Flaubert prenne garde à cela ! Il a peut-être un superbe avenir, mais son succès d'aujourd'hui force la Critique à plus de rigueur dans la vérité. Grand talent, qui penche vers les petites choses et qui peut s'y perdre et s'y noyer, comme s'il était petit !

BAUDELAIRE

Plusieurs critiques avaient dit : cette œuvre, vraiment belle par la minutie et la vivacité des descriptions, ne contient pas un seul personnage qui représente la morale, qui parle la conscience de l'auteur. Où est-il, le personnage proverbial et légendaire, chargé d'expliquer la fable et de diriger l'intelligence du lecteur ? En d'autres termes, où est le réquisitoire ?

Absurdité ! Éternelle et incorrigible confusion des fonctions et des genres ! — Une véritable œuvre d'art n'a pas besoin de réquisitoire. La logique de l'œuvre suffit à toutes les postulations de la morale, et c'est au lecteur à tirer les conclusions de la conclusion.

Quant au personnage intime, profond, de la fable, incontestablement c'est la femme adultère ; elle seule, la victime déshonorée, possède toutes les grâces du héros. — Je disais tout à l'heure qu'elle était presque mâle, et que l'auteur l'avait ornée (inconsciencieusement peut-être) de toutes les qualités viriles.

Qu'on examine attentivement :

1° L'imagination, faculté suprême et tyrannique, substituée au cœur, ou à ce qu'on appelle le cœur, d'où le raisonnement est d'ordinaire exclu, et qui domine généralement dans la femme comme dans l'animal ;

2° Énergie soudaine d'action, rapidité de décision, fusion mystique du raisonnement et de la passion, qui caractérise les hommes créés pour agir ;

3° Goût immodéré de la séduction, de la domination et même de tous les moyens vulgaires de séduction, descendant jusqu'au charlatanisme du costume, des parfums et de la pommade, — le tout se résumant en deux mots : dandysme, amour exclusif de la domination. [...]

En somme, cette femme est vraiment grande, elle est surtout pitoyable, et malgré la dureté systématique de l'auteur, qui a fait tous ses efforts pour être absent de son œuvre et pour jouer la fonction d'un montreur de marionnettes, toutes les femmes *intellectuelles* lui sauront gré d'avoir élevé la femelle à une si haute puissance, si loin de l'animal pur et si près de l'homme idéal, et de l'avoir fait participer à ce double caractère de calcul et de rêverie qui constitue l'être parfait.

On dit que madame Bovary est ridicule. En effet, la voilà, tantôt prenant pour un héros de Walter Scott une espèce de monsieur, — dirai-je même un gentilhomme campagnard ? — vêtu de gilets de chasse et de toilettes contrastées ! et maintenant, la voici amoureuse d'un petit clerc de notaire (qui ne sait même pas commettre une action dangereuse pour sa maîtresse), et finalement la pauvre épuisée, la bizarre Pasiphaé, reléguée dans l'étroite enceinte d'un village, poursuit l'idéal à travers les bastringues et les estaminets de la préfecture : — qu'importe ? Disons-le, avouons-le, c'est un César à Carpentras ; elle poursuit l'Idéal !

Maupassant

L'apparition de *Madame Bovary* fut une révolution dans les lettres.

Le grand Balzac, méconnu, avait jeté son génie en des livres puissants, touffus, débordant de vie, d'observations ou plutôt de révélations sur l'humanité. Il devinait, inventait, créait un monde entier né dans son esprit.

Peu artiste, au sens délicat du mot, il écrivait une langue forte, imagée, un peu confuse et pénible.

Emporté par son inspiration, il semble avoir ignoré l'art si difficile de donner aux idées de la valeur par les mots, par la sonorité et la contexture de la phrase.

Il a, dans son œuvre, des lourdeurs de colosse ; et il est peu de pages de ce très grand homme qui puissent être citées comme des chefs-d'œuvre de la langue, ainsi qu'on cite du Rabelais, du La Bruyère, du Bossuet, du Montesquieu, du Chateaubriand, du Michelet, du Gautier, etc.

Gustave Flaubert, au contraire, procédant par pénétration bien plus que par intuition, apportait dans une langue admirable et nouvelle, précise, sobre et sonore, une étude de vie humaine, profonde, surprenante, complète.

Ce n'était plus du roman comme l'avaient fait les plus grands, du roman où l'on sent toujours un peu l'imagination et l'auteur, du roman pouvant être classé dans le genre tragique, dans le genre sentimental, dans le genre passionné ou dans le genre familier, du roman où se montrent les intentions, les opinions et les manières de penser de l'écrivain ; c'était la vie elle-même apparue. On eût dit que les personnages se dressaient sous les yeux en tournant les pages, que les paysages se déroulaient avec leurs tristesses et leurs gaietés, leurs odeurs, leur charme, que les objets aussi surgissaient devant le lecteur à mesure que les évoquait une puissance invisible, cachée on ne sait où.

LE « BOVARYSME [1] »

Jules de Gaultier donne dans ce livre un nom plein d'avenir à la complexité psychologique du personnage de Flaubert. C'était identifier la capacité qu'une œuvre peut avoir de fonder un type identifiable bien au-delà d'elle-même. Jules de Gaultier, philosophe, publia également, entre autres ouvrages, La Fiction universelle, La Sensibilité métaphysique, *et* Le Génie de Flaubert *(Alcan).*

La fortune de l'idée de « Bovarysme » dans l'histoire de notre culture montre aussi que, comme l'écrit Kenneth Burke, « une œuvre comme Madame Bovary *(ou sa version américaine* Babbitt*) consiste à donner un nom stratégique à une situation. Elle fait ressortir un schéma d'expérience suffisamment représentatif de notre structure sociale, qui revient suffisamment souvent,* mutatis mutandis, *pour que l'on ait "besoin d'un nom pour le nommer" et adopter une attitude devant lui »* (The Philosophy of Literary Form, *Berkeley, Los Angeles, Londres, University of California Press, 1973, p. 300). Presque à la même époque que* Madame Bovary, *en Russie, en 1859, Ivan Gontcharov, dans* Oblomov, *donnait un nom, dans l'œuvre elle-même, à la « maladie » sociale de l'ennui que son personnage apportait avec lui, l'« oblomovisme ».*

Tout fragment d'un Rembrandt, d'un Mozart, d'un Shakespeare, d'un Corneille porte l'empreinte de ce joug : quelles que soient, dans ces productions diverses du génie,

---

1. Jules de Gaultier, *Le Bovarysme*, Mercure de France 1902 (première publication, « Le Bovarysme, la psychologie dans l'œuvre de Flaubert », Léopold Cerf, 1892, 60 p.).

l'abondance des développements de second plan et la variété des sujets, un mode de vision tyrannique s'y fait toujours sentir. Il en est ainsi chez Flaubert, et on compte peu d'œuvres littéraires où ce despotisme d'une conception unique s'exerce avec plus d'autorité que dans la suite de ses romans. Il y éclate en une vue psychologique qui présente tous les personnages sous le jour d'une même déformation, et les montre atteints d'une même tare.

Il semble que les procédés de la connaissance soient les mêmes, qu'ils s'appliquent aux choses de l'esprit ou au monde physiologique. Or, dans ce deuxième domaine, ce fut le plus souvent la déformation du cas pathologique qui décela le mécanisme normal des fonctions, et c'est à ce point que des savants et des philosophes ont fait de cette remarque une méthode d'investigation. À se confier à cette méthode, il est apparu que la tare dont les personnages de Flaubert sont marqués suppose chez l'être humain et à l'état normal l'existence d'une faculté essentielle. Cette faculté est *le pouvoir départi à l'homme de se concevoir autre qu'il n'est*. C'est elle que, du nom de l'une des principales héroïnes de Flaubert, on a nommée le Bovarysme. [...]

Au lieu des personnages falots de *L'Éducation sentimentale* voici, avec Mme Bovary, un être pourvu d'une énergie plus forte. Aussi la fausse conception qu'elle prend d'elle-même va-t-elle se traduire par de tout autres conséquences. Mme Bovary échappe au ridicule par la frénésie ; avec elle, l'erreur sur la personne devient un élément de drame. Au service de l'être imaginaire qu'elle a substitué à elle-même elle emploie toute l'ardeur qui la possède. Pour se persuader qu'elle est ce qu'elle veut être, elle ne s'en tient pas [à des] gestes décoratifs [...], mais elle ose accomplir des actes véritables. Or elle entreprend sur le réel avec des moyens qui ne sont valables qu'à l'égard de la fiction.

La conception sentimentale qu'elle s'est formée d'elle-même exige en effet une sensibilité différente de celle qui est la sienne, en même temps que des circonstances différentes de celles dont elle dépend.

La maison de Flaubert à Croisset.

« *Elle savait faire de la tapisserie et toucher du piano...* » (p. 75)

« *Il y eut donc une noce, où vinrent quarante-trois personnes,
où l'on resta seize heures à table...* » (p. 85)

IV

« *Le cœur d'Emma lui battit un peu lorsque son cavalier
la tenant par le bout des doigts, elle vint se mettre en
ligne et attendit le coup d'archer pour partir.* » (p. 119)

« *Madame, sans doute, est un peu lasse ?
On est si épouvantablement cahoté dans notre* Hirondelle *!* » (p. 160)

« *L'apothicaire se montra le meilleur des voisins.* » (p. 169)

« *La porte du presbytère grinça, l'abbé Bournisien parut.* » (p. 201)

*« Ainsi se tenait, devant ces bourgeois épanouis,
ce demi-siècle de servitude. »* (p. 251)

TRAITÉ PRATIQUE

DU

PIED-BOT,

PAR

VINCENT DUVAL,

DOCTEUR EN MÉDECINE, MEMBRE DE PLUSIEURS SOCIÉTÉS SAVANTES,
DIRECTEUR DES TRAITEMENTS ORTHOPÉDIQUES DES HÔPITAUX CIVILS
DE PARIS, ET DE LA MAISON SPÉCIALE POUR LA CURE DES PIEDS-BOTS,
DES FAUSSES ANKYLOSES DU GENOU, ET DES AUTRES DIFFORMITÉS DES
MEMBRES, ETC.

AVEC UN GRAND NOMBRE DE PLANCHES ET DE FIGURES
INTERCALÉES DANS LE TEXTE.

PARIS,

CHEZ J. B. BAILLIÈRE,

LIBRAIRE DE L'ACADÉMIE ROYALE DE MÉDECINE,
RUE DE L'ÉCOLE-DE-MÉDECINE, 17.

A LA MAISON SPÉCIALE, DIRIGÉE PAR L'AUTEUR,
Allée-des-Veuves, 33, aux Champs-Elysées.

1839

*« Il fit venir de Rouen le volume du Docteur Duval, et,
tous les soirs, se prenant la tête entre les mains,
il s'enfonçait dans cette lecture. » (p. 280)*

« Dès le lendemain, elle s'embarqua dans l'Hirondelle
pour aller à Rouen... » (p. 385)

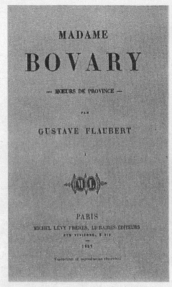

« Jamais, moi vivant, on ne m'illustrera, parce que la plus belle description littéraire est dévorée par le plus piètre dessin. Du moment qu'un type est fixé par le crayon, il perd ce caractère de généralité, de concordance avec mille objets connus qui font dire au lecteur : "J'ai vu cela" ou "Cela doit être". Une femme dessinée ressemble à une femme, voilà tout. L'idée est dès lors fermée, complète, et toutes les phrases sont inutiles, tandis qu'une femme écrite fait rêver à mille femmes. Donc, ceci étant une question d'esthétique, je refuse formellement toute espèce d'illustration.

» Je n'y avais pas pris garde lorsque j'ai vendu *Madame Bovary*. Lévy, heureusement, n'y a point songé non plus. Mais j'ai arrogamment refusé cette permission à Préault qui me la demandait pour un de ses amis. »

Flaubert à Ernest Duplan, le 12 juin 1862.

BIBLIOGRAPHIE

ÉDITIONS CRITIQUES ET GÉNÉTIQUES DE *MADAME BOVARY*

— *Madame Bovary, mœurs de province*, texte établi et présenté par René Dumesnil, Paris, Les Belles Lettres, coll. « Les Textes français », 1945, 2 vol.

— *Madame Bovary, mœurs de province*, sommaire biographique, introduction, note bibliographique, relevé de variantes et notes, par Claudine Gothot-Mersch, Paris, Classiques Garnier, 1971.

— *Madame Bovary, mœurs de province*, présentation, notes et transcriptions, par Pierre-Marc de Biasi, Paris, Imprimerie nationale, 1994.

— *Madame Bovary*, ébauches et fragments inédits recueillis d'après les manuscrits, par Mlle Gabrielle Leleu, Paris, Conard, 1936 (2 vol.).

— *Madame Bovary*, nouvelle version précédée des scénarios inédits. Textes établis sur les manuscrits de Rouen avec une introduction et des notes par Jean Pommier et Gabrielle Leleu, Paris, Librairie José Corti, 1949.

— *Plans et scénarios de « Madame Bovary ». Gustave Flaubert*, présentation, transcription et notes par Yvan Leclerc, Paris et Cadeilhan, CNRS Éditions et Zulma, 1995.

— *Les Comices agricoles de Gustave Flaubert. « Madame Bovary » (2ᵉ partie, chap. 8)*, transcription intégrale et genèse dans le manuscrit g 223-1. Étude génétique et transcription, par Jeanne Goldin, Genève, Droz, 1984 (2 vol.).

Correspondance et carnets

— *Correspondance*, édition établie par Jean Bruneau, Paris, Gallimard, « Bibliothèque de la Pléiade », 1973, 4 volumes parus (années 1830-1875).
— Pour les années 1875-1880, t. 15 et 16 de l'Édition des œuvres complètes du Club de l'Honnête Homme, 1975.
— *Carnets de travail*, édition critique et génétique établie par Pierre-Marc de Biasi, Paris, Balland, 1988.

Sur Flaubert

— Guy de Maupassant, *Pour Gustave Flaubert*, recueil de textes sur Flaubert, préface de Maurice Nadeau, Bruxelles, Éditions Complexe, coll. « Le Regard littéraire », 1986.
— Émile Zola, « Gustave Flaubert. L'écrivain », dans les *Œuvres complètes*, éd. Henri Mitterand, Le Cercle du Livre précieux, t. 11, 1976 (article publié en nov. 1875 dans *Le Messager de l'Europe*).
— Henri James, « Gustave Flaubert » (1893), dans *Du roman considéré comme un des Beaux Arts*, trad. Chantal de Biasi, Paris, Christian Bourgois éditeur, 1987 ; et *Gustave Flaubert* (1902), édition bilingue, trad. Michel Zeraffa, Paris, L'Herne, 1969.
— Marcel Proust, « À propos du "style" de Flaubert », dans *Contre Sainte-Beuve*, suivi de *Essais et articles,* Paris, Gallimard, Bibliothèque de la Pléiade, 1971, p. 586-600.
— Nathalie Sarraute, *Flaubert le précurseur* (fait suite à *Paul Valéry et l'Enfant d'Éléphant*), Paris, Gallimard, 1986.
— Jean-Paul Sartre, *L'Idiot de la famille*, Paris, Gallimard, coll. « Bibliothèque de Philosophie », 3 vol., 1971-1972 (rééd. coll. « Tel ») [nouvelle édition revue et complétée en 1988].

— Maurice Bardeche, *L'Œuvre de Flaubert*, Paris, La Table Ronde, 1988.
— Pierre-Marc de Biasi, *Flaubert. Les secrets de l'« homme-plume »*, Hachette, 1995.
— Victor Brombert, *The Novels of Flaubert*, Princeton, Princeton University Press, 1966.

— Victor Brombert, *Flaubert par lui-même*, Paris, Le Seuil, 1971.

— Lucette Czyba, *Mythes et idéologie de la femme dans les romans de Flaubert*, Lyon, Presses universitaires de Lyon, 1983.

— Pierre Danger, *Sensations et objets dans le roman de Flaubert*, Paris, Armand Colin, 1973.

— Raymonde Debray-Genette, *Métamorphoses du récit. Autour de Flaubert*, Paris, Le Seuil, coll. « Poétique », 1988.

— Charles Du Bos, « Sur "le milieu intérieur" de Flaubert », *Approximations*, première série, Paris, Fayard, 1965.

— Philippe Dufour, *Flaubert ou la Prose du silence,* Nathan, 1997.

— Gérard Genette (éd.), *Travail de Flaubert* (études sur *Madame Bovary*), Le Seuil, 1983.

— Claudine Gothot-Mersch (éd.), *La Production du sens chez Flaubert*, colloque de Cerisy (études sur *Madame Bovary*), 10/18, U.G.E., 1975.

— Herbert Lottman, *Gustave Flaubert*, trad. française (M. Véron), Paris, Fayard, 1989 (repris en coll. « Pluriel »).

— Claude Mouchard et Jacques Neefs, *Flaubert*, Paris, Balland, coll. « Phares », 1986.

— Maurice Nadeau, *Gustave Flaubert, écrivain*, Paris, Les Lettres Nouvelles, 1969.

— Georges Poulet, « Flaubert », dans *Études sur le temps humain*, t. I, Paris, Librairie Plon, coll. « Agora », 1952.

— Jacques Rancière, « Le livre en style », dans *La Parole muette. Essai sur les contradictions de la littérature*, Paris, Hachette, 1998.

— Jean-Pierre Richard, « La création de la forme chez Flaubert », dans *Littérature et sensation*, Paris, Le Seuil, 1954 (repris dans *Stendhal-Flaubert*, coll. « Points », 1970).

— Marthe Robert, *En haine du roman. Essai sur Flaubert*, Paris, Balland, 1982 (rééd. Le Livre de Poche, coll. « Biblio/Essais », 1986).

— Albert Thibaudet, *Gustave Flaubert*, Paris, Gallimard, 1935 (rééd. coll. « Tel »).

Sur *Madame Bovary*

— Vladimir Nabokov, « Flaubert, *Madame Bovary* », dans *Littératures I*, trad. de l'anglais (É.U.) par Hélène Pasquier, Paris, Fayard, 1983.

— Mario Vargas Llosa, *L'Orgie perpétuelle (Flaubert et « Madame Bovary »)*, trad. de l'espagnol par Albert Bensoussan, Paris, Gallimard, 1978.

— Laurent Adert, « La parole fêlée », dans *Les Mots des autres, Flaubert, Sarraute, Pinget*, Villeneuve-d'Ascq, Presses universitaires du Septentrion, coll. « Objet », 1996.

— Yvonne Bargues-Rollin, *Le Pas de Flaubert : une danse macabre*, Honoré Champion, 1998.

— Geneviève Bollème, « La description romanesque. *Madame Bovary* », dans *La Leçon de Flaubert*, Paris, Julliard, Les Lettres Nouvelles, 1964.

— Léon Bopp, *Commentaire sur « Madame Bovary »*, Neuchâtel, À la Baconnière, 1951.

— Pierre Campion, « Le personnage comme sujet. Trois études de style dans *Madame Bovary* », dans *La Littérature à la recherche de la vérité*, Paris, Le Seuil, coll. « Poétique », 1996.

— Ross Chambers, « Répétition et ironie », dans *Mélancolie et opposition*, Paris, José Corti, 1987.

— Sergio Cigada, « Le chapitre des Comices et la structure de la double opposition dans *Madame Bovary* », dans *Flaubert, l'autre. Pour Jean Bruneau*, textes réunis par F. Lecercle et F. Messina, Lyon, Presses universitaires de Lyon, 1989.

— Michel Crouzet, « Le style épique dans *Madame Bovary* », dans *Europe*, nos 485-486-487, « Flaubert », sept., oct., nov. 1989.

— Michel Crouzet, « "Ecce" Homais », dans *Revue d'Histoire littéraire de la France*, nov.-déc. 1989.

— Raymonde Debray-Genette, « Frontières de la critique génétique : cris et chuchotements dans *Madame Bovary* », dans *Romanic Review*, 86, n° 3, mai 1995.

— Graham Falconer, « Le travail de "débalzaciénisation" dans la rédaction de *Madame Bovary* », *Gustave Flaubert 3*, Paris, Lettres Modernes, Minard, 1983.

— Gérard GENGEMBRE, *Madame Bovary*, Paris, PUF, coll. « Études littéraires », 1990.

— Claudine GOTHOT-MERSCH, *La Genèse de « Madame Bovary »*, Paris, José Corti, 1966 (Genève-Paris, Slatkine reprints, 1980).

— Claudine GOTHOT-MERSCH, « La description des visages dans *Madame Bovary* », *Littérature*, n° 15, « Modernité de Flaubert », Paris, Larousse, 1974.

— Roger KEMPF, *Sur le corps romanesque*, Paris, Le Seuil, 1968.

— Jean-Claude LAFAY, *Le réel et la critique dans « Madame Bovary »*, Paris, Minard, « Archives des Lettres Modernes », 1986.

— Alain DE LATTRE, *La Bêtise d'Emma*, Paris, José Corti, 1980.

— Yvan LECLERC, « *Madame Bovary* et *Les Fleurs du mal* : lectures croisées », *Romantisme*, n° 62, 1988.

— Bernard MASSON, « Le corps d'Emma », dans *Flaubert, la Femme, la Ville*, Paris, PUF, 1983.

— Bernard MASSON, « Flaubert, écrivain de l'impalpable », dans *Lectures de l'imaginaire*, Paris, PUF, 1993.

— Jacques NEEFS, « La figuration réaliste, l'exemple de *Madame Bovary* », *Poétique*, n° 16, Le Seuil, 1973.

— Jacques NEEFS, « L'espace d'Emma », dans *Women in French Literature*, essais réunis par Michel Guggenheim, Stanford, Anma Libri, 1988.

— Didier PHILIPPOT, *Vérité des choses, mensonge de l'Homme dans « Madame Bovary » de Flaubert. De la nature au Narcisse*, Paris, Honoré Champion, 1997.

— Pierre-Louis REY, *« Madame Bovary » de Gustave Flaubert*, Gallimard, « Foliothèque », 1996.

— Kurt RINGGER, « *Lucia di Lammermoor* ou les regrets d'Emma Bovary », dans *Littérature et opéra*, textes réunis par Ph. Berthier et K. Ringger, Grenoble, Presses universitaires de Grenoble, 1985.

— Jean ROUSSET, « *Madame Bovary* ou le livre sur rien », dans *Forme et signification*, Paris, José Corti, 1964.

— André VIAL, *Le Dictionnaire de Flaubert ou le Rire d'Emma Bovary*, Paris, Nizet, 1974.

— Serge ZENKINE, *Madame Bovary et l'oppression réaliste*, Clermont-Ferrand, Association des publications de la

Faculté des Lettres et Sciences humaines, Université Blaise-Pascal, 1996.

— *Emma Bovary*, sous la direction d'Alain Buisine, textes d'Alain Buisine, Yvan Leclerc, Jean Bellemin-Noël, Elissa Marder, Jorge Pedrasa, Antonia Fonyi, Paris, Autrement, 1997.

Sur le procès contre le roman de Flaubert et la situation de la littérature en 1857

— Yvan Leclerc, *Crimes écrits, la littérature en procès au XIXe siècle*, Paris, Plon, 1991.

Adaptations cinématographiques

— *Unholy Love*, film d'Albert John Ray, États-Unis, 1932.
— *Madame Bovary*, film de Jean Renoir (avec Valentine Tessier, Max Darly, Pierre Renoir), France, 1933.
— *Madame Bovary*, film de Gerhard Lamprecht (avec Pola Negri), Allemagne, 1937.
— *Madame Bovary*, film de Carlos Schlieper, Argentine, 1947.
— *Madame Bovary*, film de Vincente Minelli (avec Jennifer Jones, James Mason, Louis Jourdan), États-Unis, 1949.
— *Les Folles Nuits de la Bovary* (ou *La Bovary nue*), film de John Scott (avec Edwige Fenech), RFA et Italie, 1969.
— *Madame Bovary*, adaptation pour la télévision de Pierre Cardinal (avec Nicole Courcel), 1974.
— *Madame Bovary*, film de Claude Chabrol (avec Isabelle Huppert, Jean-François Balmer, Christophe Malavoy), France, 1991. (Voir *Autour d'Emma. Un film de Claude Chabrol avec Isabelle Huppert*, entretien de Claude Chabrol avec Pierre-Marc de Biasi, textes de François Boddaert, Caroline Eliacheff, Arnaud Laporte, Claude Mouchard, André Versaille, Paris, Hatier, coll. « Brèves Cinéma », 1991.)
— *Val Abraham*, film de Manoel de Oliveira, 1993, d'après le roman *Vale Abraão*, adaptation du roman de Flaubert par Agustina Bessa-Luís, Lisbonne, Guimarães Editores, 1991.

CHRONOLOGIE

1821 : 12 décembre, naissance de Gustave Flaubert ; son père est né dans l'Aude, en 1784, sa mère est née en 1793, à Pont-l'Évêque, dans une famille de médecins et d'armateurs. « Je suis né à l'Hôpital (de Rouen — dont mon père était le chirurgien-chef ; il a laissé un nom illustre dans son art) et j'ai grandi au milieu de toutes les misères humaines — dont un mur me séparait. Tout enfant, j'ai joué dans un amphithéâtre » (lettre à Mlle Leroyer de Chantepie, 30 mars 1857). Son frère aîné Achille (1813-1882) est alors âgé de huit ans ; il sera lui aussi chirurgien à Rouen.

1824 : Naissance de sa sœur Caroline. Trois autres enfants, nés entre 1813 et 1824, meurent en bas âge.

1829-1835 : Amitié avec Ernest Chevalier. Entrée en février 1832, comme interne, au Collège royal de Rouen, dans la classe de huitième. À partir de 1834 (et jusqu'en 1839), il a pour professeur d'histoire Chéruel, un disciple de Michelet, et en français Gourgaud-Dugazon. Voyages familiaux en Normandie, à Nogent, à Paris. Il fonde au collège un journal manuscrit, *Art et Progrès*, et écrit un essai historique, *Mort du duc de Guise*.

1835-1839 : Se lie d'amitié avec Alfred Le Poittevin (dont la sœur, Laure, amie de Caroline, sera la mère de Guy de Maupassant). Très nombreux textes : *Narrations et discours* (qui comprennent, entre autres textes, *Matteo Falcone ou Deux cercueils pour un proscrit*, *Le Moine des Chartreux*, *Portrait de Lord Byron*), des contes philosophiques (*Un parfum à sentir ou les Baladins*, *Quidquid Volueris*, *Passion et vertu*), des contes fantastiques (*Bibliomanie*, *Rage et impuissance*, *Rêve d'enfer*, *La Danse des morts*), un drame historique (*Louis XI*). Une physiologie, *Une leçon d'histoire naturelle : genre commis*, paraît dans *Le Colibri*, journal de

Rouen, le 30 mars 1837. Premier récit autobiographique : *Mémoires d'un fou*. En 1839, *Smarh*, « vieux mystère ».

Durant l'été 1836, rencontre à Trouville d'Élisa Foucault, liée à Maurice Schlesinger, éditeur de musique : « Je n'ai eu qu'une passion véritable [...] J'avais à peine 15 ans, ça m'a duré jusqu'à 18. Et quand j'ai revu cette femme-là après plusieurs années j'ai eu du mal à la reconnaître [...] Il y aurait une histoire magnifique à faire, mais ce n'est pas moi qui la ferai, ni personne, ce serait trop beau » (à Louise Colet, 8 oct. 1846).

1840 : Baccalauréat (préparé seul, car Flaubert a été exclu du collège pour avoir organisé un chahut). Commence en février un journal intime, qui sera tenu jusqu'au 8 février 1841 (il sera intitulé pour publication *Souvenirs, notes et pensées intimes* par sa nièce Caroline). Voyage dans les Pyrénées, puis en Corse, avec le docteur Cloquet, un ami de la famille. Aventure amoureuse à Marseille avec Nathalie Foucaud. Il rédige des *Notes* de ces voyages.

1840-1843 : Rouen, puis Paris, inscrit en droit. Il réussit son premier examen, échoue au second. « Je suis arrivé à un moment décisif : il faut reculer ou avancer, tout est là pour moi [...]. J'ai dans la tête trois romans, trois contes de genres tout différents et demandant une manière toute particulière d'être écrits. C'est assez pour pouvoir me prouver à moi-même si j'ai du talent, oui ou non » (à Gourgaud-Dugazon, 22 janvier 1842). Deuxième récit autobiographique, *Novembre*. À Paris, fréquente les familles Collier, Schlesinger, Pradier. Se lie d'amité avec Maxime Du Camp.

1843-1845 : Rédaction de *L'Éducation sentimentale* (première version), achevée le 7 janvier 1845. Au milieu de la rédaction en janvier 1844, attaque nerveuse (souvent interprétée comme une crise d'épilepsie), sur la route de Pont-l'Évêque. Flaubert quitte ses études, et vivra désormais dans la propriété de Croisset, près de Rouen, achetée pendant l'été 1844. « Ma vie active, passionnée, émue, pleine de soubresauts opposés et de sensations multiples, a fini à 22 ans » (à Louise Colet, 31 août 1846).

1845 : Voyage en Italie, où il accompagne sa sœur Caroline qui y fait son voyage de noces. Flaubert rédige des *Notes* de ce voyage.

1846 : Mort de son père (15 janvier). La famille, avec quelque 800 000 francs, a une des plus grosses fortunes urbaines de Normandie. Mort de sa sœur Caroline (23 mars), après avoir donné naissance, le 21 février, à une petite fille, Désirée-Caroline. La mère de Gustave, et Gustave, élèveront, installés définitivement à Croisset, la petite Caroline (Flaubert l'appellera, dans ses lettres, Caro, Loulou...). Rencontre, à Paris, chez le sculpteur Pradier, de Louise Colet. Début de leur liaison (4 août, première lettre à Louise Colet). Retrouve Louis Bouilhet, perdu de vue depuis le collège. Avec Bouilhet et Du Camp, rédaction d'une tragédie burlesque, *Jenner ou la Découverte de la vaccine*.

1847 : Voyage en Bretagne avec Du Camp, rédaction, en parties alternées, de *Par les Champs et par les Grèves*.

1848 : En février, à Paris, Flaubert assiste aux journées révolutionnaires. Il revient ensuite à Croisset. Première rupture avec Louise Colet. Mort d'Alfred Le Poittevin, le 3 avril : « Tu sais, toi qui nous as connus dans notre jeunesse, si je l'aimais et quelle peine cette perte m'a dû faire. Encore un de moins, encore un de plus qui s'en va, tout tombe autour de moi, il me semble parfois que je suis bien vieux » (à Ernest Chevalier, 10 avril 1848).

1848-1849 : Flaubert écrit *La Tentation de saint Antoine*, du 22 mai 1848 au 12 septembre 1849. Lecture à Bouilhet et Du Camp : « Nous pensons qu'il faut jeter cela au feu et n'en jamais reparler. »

1849-1851 : Voyage en Orient, avec Maxime Du Camp : Marseille, Alexandrie, Le Caire (excursions et séjour), voyage en Haute-Égypte. Retour au Caire et Alexandrie, puis Beyrouth, Tyr, Saint-Jean d'Acre, Jérusalem, la mer Morte, Damas, Baalbek, Tripoli, Beyrouth, Rhodes, Smyrne, Constantinople, Athènes, Marathon, Delphes, Brindisi, Naples, Pompéi, Rome, Florence et Venise. Flaubert commence au retour à Croisset, le 21 juin 1851, la rédaction, à partir de ses Carnets de voyage, de son *Voyage en Égypte*, jusqu'à fin juillet.

1850 : 5 août, naissance en Normandie de Guy de Maupassant, fils de Laure Le Poittevin et de Gustave de Maupassant. 18 août, mort, à Paris, de Balzac.

1851 : Juillet, reprise de la liaison avec Louise Colet.

Août et septembre, Flaubert travaille les scénarios de *Madame Bovary*.

19 septembre, début de la rédaction de *Madame Bovary* : « J'ai commencé hier au soir mon roman. J'entrevois maintenant des difficultés de style qui m'épouvantent » (lettre de Flaubert à Louise Colet, 20 septembre 1851).

1er octobre, parution du premier numéro de la « nouvelle » *Revue de Paris* (Arsène Houssaye, Théophile Gautier, Louis de Cormenin, Maxime Du Camp). La *Revue de Paris* avait paru auparavant de 1829 à 1845. C'est elle qui avait accueilli la première publication du *Père Goriot*, en quatre livraisons, entre le 14 décembre 1834 et le 1er février 1835.

1851-1854 : Flaubert à Croisset, la plupart du temps. Quelques séjours à Paris, des rendez-vous à Mantes avec Louise Colet ; très importante correspondance : Flaubert, dans ses lettres à Louise Colet, unit à la correspondance amoureuse une sorte de journal de son travail d'écrivain, et de traité d'esthétique en fragments. Rupture définitive avec Louise Colet en octobre 1854.

1851-1856 : Rédaction de *Madame Bovary*, achevée le 30 avril 1856. « Ce soir, pourtant, je commence à y voir clair. Mais que de temps perdu ! Comme je vais lentement ! Et qui est-ce qui s'apercevra jamais des profondes combinaisons que m'aura demandées un livre si simple ? Quelle mécanique que le naturel, et comme il faut de ruses pour être vrai ! » (à Louise Colet, 6 avril 1853). Pendant l'été 1856, négociation avec la *Revue de Paris*, pour publication, et à propos des coupures demandées par la rédaction de la revue. En octobre, Flaubert s'installe, pour ses séjours parisiens, 42, boulevard du Temple. Du 1er octobre au 15 décembre, publication de *Madame Bovary*, en six livraisons, dans la *Revue de Paris*.

Dès mai, Flaubert prend des notes pour une *Légende de saint Julien*, projet qu'il abandonne alors (il le reprendra en 1875), et travaille sur le manuscrit de *La Tentation de saint Antoine*, dont il publie des fragments dans *L'Artiste* (21-28 décembre 1856, 11 janvier, 1er février 1857).

1857 : 29 janvier et 7 février, procès de *Madame Bovary*, pour atteinte aux bonnes mœurs et à la religion. Acquittement. En août, procès des *Fleurs du Mal* de Baudelaire.

Avril, publication, chez Michel Lévy de *Madame Bovary* (en 2 vol. in-8°). Premier tirage, 6 600 exemplaires. Le 30 avril 1857, George Sand fait la connaissance de Flaubert, à l'Odéon. Deuxième tirage en mai : « Lévy m'a écrit qu'il allait faire un second tirage : voilà quinze mille exemplaires de vendus... » ; d'après Dumesnil et Demorest, une troisième édition paraît la même année. En septembre Flaubert commence la rédaction de son roman « Carthage » (qui deviendra *Salammbô*). Travail considérable de documentation sur l'Antiquité.

1857-1862 : Rédaction de *Salammbô*. D'avril à juin 1858, voyage à Carthage pour se documenter, retour par l'Algérie. Achève la rédaction de *Salammbô* en avril 1862.

En 1859, Louise Colet publie *Lui*, roman de vengeance contre Flaubert. Séjours à Paris, Flaubert fréquente Sainte-Beuve, Renan, Gautier, Feydeau, les Goncourt, Mme Sabatier.

1862-1863 : 24 novembre 1862, parution de *Salammbô* (1 vol. in-8°). La critique est défavorable, et ne comprend pas l'ouvrage. Polémique de Flaubert avec l'archéologue Froehner et avec Sainte-Beuve. Bel article de George Sand dans *La Presse* du 27 janvier 1863 ; c'est le début de l'amitié profonde, et fidèle, des deux écrivains, dont témoigne la très importante correspondance qu'ils échangèrent, jusqu'à la mort de Sand. En 1862 également, nouvelle édition de *Madame Bovary* (1 vol.) chez Michel Lévy.

Dès décembre 1862, Flaubert fréquente le « dîner Magny », créé par Sainte-Beuve, lieu de rendez-vous régulier des écrivains et artistes, où il rencontre, le 28 février, Tourgueniev : début d'une longue amitié. En janvier 1863, se lie avec la princesse Mathilde, cousine de Napoléon III, et dont le salon est très apprécié des personnalités du monde artistique et littéraire.

1864-1869 : Mariage de Caroline avec Ernest Comanville, en 1864. Nombreuses notes et scénarios, dont ceux des « deux commis » (futur *Bouvard et Pécuchet*) et de « Me Moreau » : ce sera *L'Éducation sentimentale*. Flaubert commence son roman le 1er septembre 1864 et l'achève le 16 mai 1869.

En novembre 1864, invitation à Compiègne, chez l'Empereur. Le 15 août 1865, il est fait chevalier de la Légion d'honneur. Voyage à Baden-Baden, en juillet 1865 ; voyages en Angleterre, en 1865 et en juillet 1866 (le premier avait été fait en sept.-oct. 1851) ; George Sand vient à Croisset (28-30 août 1866, 24-26 mai 1868). En 1869, Flaubert déménage pour le 4, rue Murillo, pour des séjours parisiens.

Mort de Louis Bouilhet, le 18 juillet 1869. Publication de *L'Éducation sentimentale*, chez Michel Lévy (2 vol. in-8°), le 17 novembre. Mauvais accueil de la critique. Nouvelle édition de *Madame Bovary*, chez Michel Lévy (1 vol.)

1870-1871 : Flaubert commence en 1870 à rédiger une toute nouvelle version de *La Tentation de saint Antoine*, qu'il achèvera en juin 1872 (« C'est l'œuvre de toute ma vie, puisque la première idée m'en est venue en 1845 à Gênes, devant un tableau de Breughel et depuis ce temps-là je n'ai cessé d'y songer et de faire des lectures afférentes », à Mlle Leroyer de Chantepie, 5 juin 1872). Il remanie également une comédie de Louis Bouilhet, *Le Sexe faible*, et commence une Préface aux *Dernières Chansons*, du même.

Mort de Jules Duplan et de Jules de Goncourt. En nov. 1870, les Prussiens occupent Croisset, Flaubert se réfugie à Rouen, avec sa mère. Visite à Bruxelles, en 1871, chez la princesse Mathilde, puis voyage en Angleterre. Réinstallation définitive à Croisset en avril 1871.

1872 : « Lettre à la municipalité de Rouen » (qui avait refusé un projet de monument à Louis Bouilhet), dans *Le Temps* du 26 janvier 1872. Publication chez Michel Lévy des *Dernières Chansons* de Louis Bouilhet avec la préface de Flaubert. Mort de la mère de Flaubert, en avril : « Je vais vivre maintenant complètement seul. Depuis trois ans, *tous* mes amis intimes sont morts. Je n'ai plus personne à qui parler » (à Mlle Leroyer de Chantepie, 5 juin 1872). Mort de Gautier, en octobre.

Recherches préparatoires pour *Bouvard et Pécuchet* (le premier plan date de 1863, l'idée du *Dictionnaire des idées reçues* remonte à 1850) ; début de la rédaction le 22 août, qui continuera, avec une longue interruption entre 1875 et 1877, jusqu'à la mort de Flaubert.

1873 : Flaubert achève la rédaction du *Sexe faible*, et en sept.-nov. rédige une comédie « politique », *Le Candidat*. Nouvelle édition, dite définitive, de *Madame Bovary*, suivie des actes du procès, chez Charpentier (1 vol. in-18), nouvelle édition de *L'Éducation sentimentale* (2 vol. in-18) chez Michel Lévy.

1874 : *Le Candidat*, représenté au Vaudeville, est un échec complet : la pièce est retirée après quatre représentations (11-14 mars). Publication de *La Tentation de saint Antoine*, en avril, chez Charpentier (1vol. in-8°), sans aucun succès public. Édition de *Madame Bovary*, chez Lemerre (2 vol. petits in-12), et « édition définitive » de *Salammbô* chez Michel Lévy (avec le dossier de la polémique archéologique).

1875 : En mai, ruine d'Ernest Comanville. Flaubert vend sa ferme de Deauville, réduit son train de vie, intervient où il peut, et sauve le couple de la catastrophe financière. Il s'installe, pour ses séjours parisiens, 240, faubourg Saint-Honoré. Il abandonne provisoirement la rédaction de *Bouvard et Pécuchet*. De septembre à novembre, séjour à Concarneau, chez son ami le naturaliste Pouchet. Il commence la rédaction de *La Légende de saint Julien l'Hospitalier*.

1876 : En mars, mort de Louise Colet. Mort de George Sand, le 8 juin, pour laquelle il a commencé en février la rédaction d'*Un cœur simple*.

1875-1877 : Rédaction des *Trois Contes* : *La Légende de saint Julien l'Hospitalier* (sept. 1875-18 fév. 1876) ; *Un cœur simple* (fév. 1876-août 1876) ; *Hérodias* (23 août-1er fév. 1877).

Publication d'*Un cœur simple* dans *Le Moniteur universel* du 12 au 19 avril ; *Saint Julien l'Hospitalier*, dans *Le Bien public* (19-22 avril) ; *Hérodias* dans *Le Moniteur universel* (21-27 avril). Le recueil de *Trois Contes* est publié chez Charpentier le 24 avril. Succès relatif, le livre sera toutefois réédité cinq fois en trois ans.

1877-1880 : Reprise de la rédaction de *Bouvard et Pécuchet*, travail intense, nouvelles recherches documentaires. Maladie, accident : il se casse le péroné en janvier 1879, cela au milieu de difficultés financières : les amis de Flaubert interviennent en sa faveur, et une aide annuelle de 3 000 francs lui est accordée par le ministre Jules Ferry, à partir du 1er juillet 1879. Flaubert espère pouvoir rembourser. Au début de 1880, *Le Château des cœurs* paraît par fragments dans *La Vie moderne*.

1880 : Croisset, le 25 janvier : « Enfin je commence mon *dernier chapitre* ! Quand il sera fini (à la fin d'avril ou de mai), j'irai à Paris pour le second volume qui ne me demandera pas plus de six mois. Il est fait aux trois quarts et ne sera presque composé que de citations. Après quoi je reposerai ma pauvre cervelle qui n'en peut plus. »

Flaubert meurt le 8 mai, d'une hémorragie cérébrale, à Croisset.

1881 : En mars, publication de « *Bouvard et Pécuchet*, œuvre posthume », chez Lemerre.

1885 : Première édition des *Œuvres complètes* de Gustave Flaubert, chez Quantin, en 8 volumes.

Table des illustrations

Table

Composition réalisée par NORD COMPO

IMPRIMÉ EN FRANCE PAR BRODARD ET TAUPIN
La Flèche (Sarthe).
N° d'imprimeur : 18826 – Dépôt légal Édit. 35329-07/2003
Édition : 50
LIBRAIRIE GÉNÉRALE FRANÇAISE - 43, quai de Grenelle - 75015 Paris.
ISBN : 2 - 253 - 00486 - 3

30/0713/5